俳の森

金子つとむ

東京図書出版

前書き

三十歳を過ぎて始めた俳句について、自分なりにきちんと考えてみようと思いたったのは、五十歳を過ぎた頃でした。きっかけは、その頃所属していた俳句結社「雲の峰」の朝妻力主宰の、「切字という呪縛」という文章に出会ったからです。それは、俳句の句形論でしたが、いままでよく分からなかったことを解き明かしてくださり、少し霧が晴れたような気がしました。

それからというもの、三冊百円の手の平サイズのメモ帳が、私の必需品になりました。通勤の車中でも、気が付いたことがあるとすぐにメモします。そうして五年、十年、考えたこと、気づいたことを記しつづけ、気がつくとメモ帳は百冊を超え、「俳の森」と題した一千文字程の短文のエッセーは、四百編を超えていました。

最初の五十編程は、雲の峰に連載しましたが、その後、私自身が雲の峰を退いたこともあり、そのままになっていました。ところで、人が来し方をあっという間だと感じるのは、人は時間を記憶することができないからではないでしょうか。唯一、自分の書いたものは、読み返すのにも時間がかかり、過ぎし日の時間をなぞる縁のような気がしています。生きた証と言えば大げさですが、俳の森四百二十七編は、どれも私から生まれた子どものようなもの、全て活字にしたいと思いました。

題名の「俳の森」は、奥深い俳句の森を逍遥する意味で名づけました。森というと私は、花や鳥の写真を撮り歩いた尾瀬や奥日光の森を思い出します。そして、私から生まれたこの「俳の森」。どなたか一緒に歩いていただけると嬉しいです。

俳の森◇目次

〇〇一、俳句の短さについて

俳の森に踏み込んで二十五年。瑞々しい新緑や、小鳥の声や、みごとな紅葉に幻惑されて、いまだに全容は分からないどころか、いまどの辺りにいるのかさえ掴めない有り様です。このエッセーは、私の実作体験や書物から得られた知識をもとに、俳の森の有り様を探る試みです。堂々巡りの迷路のような一抹の不安もありますが、ともかくチャレンジしてみたいと思います。

さて、今日のテーマは、俳句の短さについてです。何かを伝えるときに、文章ではその長さを気にせずに書き継ぐことができます。しかし、俳句は五・七・五。十七音もしくは、一音一字のひらがな表記なら十七文字。俳句を始めたとき誰もが思うのは、あれもこれもいいたいのに言えないもどかしさではないでしょうか。それに、ほんとうに自分のいいたいことが伝わるのかという不安もあるでしょう。

片言のような俳句が何故伝わるのでしょうか。話は飛びますが、ことばの話せない赤ん坊は泣くだけで自分の要求を伝えようとします。その子の母親には、その声は、「ミルクだよ」「おむつだよ」というふうに聞こえるのではないでしょうか。この例は極端ですが、この母親にあたるものを私は、俳句の母胎と考えています。たった十七音でも俳句が通じるのは、この母胎があるからではないでしょうか。俳句を理解するための共通の土壌といってもいいでしょう。それは、だれもが経験する四季折々の景物や、日本の文化が育んだ日本人の心性そのものです。

古池や蛙飛びこむ水の音　　松尾芭蕉

この句の表面上の意味なら、日本語を分かる人ならだれでも理解することができるでしょう。しかし、この句に共感し、その作者と同じような感慨に浸るためには、共感の母胎をもっていることが必要だと思うのです。逆に共感の母胎をもってさえいるなら、だれでも俳句を理解することができます。

短くても通じるのは、共感の母胎があるからだということは分かりました。でも何故、五・七・五なのでしょうか。勿論歴史的な背景があって現在があるわけですが、個人的な体験からいえば、五・七・五はそれを作る人々によって選択され、支持されてきた結果なのだと考えています。そうです。短いことには、それなりの利点があるのです。蛇足ですが、歴史的な背景を知りたいのなら、『俳句の世界』（小西甚一著、講談社学術文庫）がおすすめです。

初心のころは、指をおりながら五・七・五と音数を揃えたものです。それがいつしか、五・七・五のリズムが体に入ってしまうと、普段の話し言葉のように、五・七・五を発話することができます。ものに触れて「あっ」と感じたとき、即座に五・七・五になるのです。まさに、感動瞬時定着装置。短いことは、瞬時の感動を言いとめるための仕掛けだったのです！

〇〇二、俳句固有の方法について

俳句の短さは、作者の側からいえば、感動や一瞬のこころの動きを言いとめるのに適切な詩形ということになります。まさに、芭蕉さんのいう「物の見えたる光、いまだ心に消えざる中に言ひとむべし」を可能にしているのは俳句の短さといえるでしょう。しかし、それにしてもたったの十七音です。これだけで、本当にいいたいことがいえるのでしょうか。共感の母胎をもっているとはいえ、読者は作者のいいたいことを細大漏らさず受け止めてくれるのでしょうか。

思いの丈を存分に述べたいのなら、はじめから散文に敵うはずはありません。そこで、俳句固有の方法が登場します。もし叙述によって意味を伝えようとすれば、十七音はあっという間に尽きてしまうでしょう。そこで、乱暴なようですが、俳句は叙述することをひとまず放棄してしまうのです。散文のように読者の理に訴えながら文章を繋げていくのではなく、理を放棄し、自己を感動させたものの核心を探りあて、それをそのまま投げ出すように読者の眼前に提示するのです。作者の立ち位置に読者を連れてくる、居合わせるという方法を採るのです。これが、俳句の骨法と呼ばれているものの中身です。これが可能なのは、共感の母胎をもつ読者への絶大な信頼があるからです。この信頼をもとに、作者は自句を投げ出すのです。

荒海や佐渡に横たふ天の川　　松尾芭蕉

俳句はいうまでもなく五・七・五の韻文です。単なる十七音の集まりではありません。当たり前のことですが、作者が五・七・五の韻律に乗せたものを、読者もまた当たり前のように五・七・五の韻律で解読するのです。このことが、作者と読者をつなぐ一つの糸口を提供します。掲句は、「荒海や」で一旦切れ、その後は、「佐渡に横たふ天の川」と一気に読み下されます。作者が述べたくても叶わなかったものが大きければ大きいほど、この切れは大きくなるでしょう。切れには何もないのでしょうか。いいえ、ありすぎるのです。共感の母胎をもつ読者は、この切れを解読し、作者と同じ立ち位置に自分を立たせることで、その句の世界を感受するのです。

雲の峰の朝妻主宰は、俳句のかたちを大きく三つの形に分類しています。

①一句一章（一つの文で、一つの文章）
②二句一章（二つの文で、一つの文章）
③三句一章（三つの文で、一つの文章）

ここでいう句とは、句文のことで、それだけでまとまった意味をもつ文を意味します。ここで、二句一章、三句一章が成立しうるのは、俳句が叙述を放棄し、切れを取り込んだ結果なのだといえるでしょう。私自身は、作品の良し悪しは別として理論的には、四句以上の多句一章も在り得ると考えています。

○○三、季語について

私は当初、季語というものは俳句表現を豊かにするための表現技術なのだと考えていました。大野晋氏の『日本語について』（岩波書店）によれば、

コミュニケーションによってやりとりされるのは未知の情報であり、その方法は、以下の二つに大別されるといいます。

①未知の情報のみ
②既知の情報＋未知の情報

俳句も、自分の感動を読者に伝えるコミュニケーションというふうに考えると、季語は、既知の情報、作者の感動は未知の情報ということになるのではないでしょうか。

古池や蛙飛びこむ水の音　　松尾芭蕉

読者は、既知の情報である季語の蛙を手がかりに、未知の情報として提示された水の音を紐解いていく。蛙と言えばその声を愛でるという当時の人々の期待に反し、芭蕉さんが提示したのは、蛙の跳躍の結果としての水音だったのです。それは、今の私たちが想像する以上に、新鮮な驚きだったでしょう。ここでは、古池という静謐な世界の中での生の躍動が捉えられており、蛙の水音は、まさに新しい情報だったといえないでしょうか。つまり、「蛙（季語）」という既知の情

報によって、「水の音」が生かされているのです。季語には一部に空想季語もありますが、その殆どは自然の景物であり、実際に見たり触れたりできるものです。さらに、歳時記に採録された文化的な財産としての例句の世界があります。季語のもつこの二重性は、季語ということばのもつ情報量を莫大に飛躍させているのです。

　ところで、芭蕉さんの「五月雨を集めて早し最上川」も、はじめは「五月雨を集めて涼し最上川」だったように、季語は連句の座への挨拶として盛り込まれたものだと言われています。つまり、掲句の「涼し」は座の主への挨拶であり、その句が作り置きでないことの証でもあったのです。さて、既知の情報としての季語は、共感の母胎そのものといってもいいほど重要なものです。次の句では、季語が作者の真意を決定づけているといえないでしょうか。

少年の長き潜水夏終る　川瀬さとゑ

「夏終る」という季語は歳時記に掲載されることで、読者にとっての了解事項となります。因みに夏終るという季語は、『角川俳句大歳時記』では次のように説明されています。

　夏の果、夏の終わりである。（中略）避暑のために高原や海水浴場に逗留して夏休みを過ごしたのち、明日はいよいよ都会に戻るという夜に星空を見上げれば、とりわけ夏が名残惜しいのである。

この説明文（本意・本情）がこの句の解釈の固定化に寄与しているといえましょう。長き潜水には、少年の夏を惜しむ気持ちが揺曳《ようえい》しているのです。このように、季語は表現技術としては、句の真意を伝えるはたらきをしているのです。

〇〇四、一大アートプロジェクト

俳句の短さを補う表現技術として季語を捉えるのは、はたして正しいのでしょうか。もし、表現技術としてのみ季語を捉えるのであれば、季語に代わるものがあれば、何でもよいということになります。しかし、実際の作句現場を冷静に振り返ってみると、私たちは、むしろ季語そのものに触発されて作句しているように思われます。季語が私たちに句を作らせている。季語は表現技術のためにあるのではなく、作句活動のもっと根本にあるのではないか、そんなふうに思えてきたのです。

　季語は、不思議なことばです。私たちは、季節の繰り返しの中で生きているように思っていますが、今年の花は今年限りともいえます。何故なら、来年になったら、花も私たちも一つずつ年老いていくからです。私たちの暮しの根本は、家庭であり、会社であり、地域社会です。そして、ほぼ決まった人と会話を交わして生きていますので、何か変わらぬことをつづけているように錯覚しているのですが、実際には季節ばかりでなく、毎日が一期一会だともいえるのです。

これを別のことばでいえば、季語はいつも新しい、季語は古びていかないのだといえるでしょう。これは、季語のもつ大きな特色といえます。今年の自分が花に出会い、花の句を詠む。去年の自分が詠んだ花の句とはどこかしら違っているはずなのです。

ところで、俳諧から発句へそして俳句へ、これまでに詠まれた句の数はおそらく天文学的な数字になるでしょう。句は同時代の人々によって共有され、その中からほんの一握りの句が、記憶され、記録され、後世に伝えられていく。この国民的な創作活動を何と名づければいいのでしょうか。これは、過去・現在・未来へと繋がる一大アートプロジェクトなのではないか。少々突飛な言い方かもしれませんが、美術の世界では、あるテーマのもとに多くのアーティストが参集して、その個性のぶつかりあいの中でテーマを深掘りしていくものをアートプロジェクトと呼んでいるようです。俳句の世界では、

一、俳句アートプロジェクトのテーマは美の発見であり、発見された美は新たな例句として季語の世界を豊かにし、ときには新季語となって定着していく。

二、俳句アートプロジェクトの領域は自然から人間全般に亘っており、とりわけ自然の美を慈しみ、暮しの美を愛しむことがその目的となっている。

三、参加条件は決められたルールで俳句を作るということだけである。

ということになります。つまり、私たちは、季語の美を発見し、新たな美を見つけるために作句活動を続けているのではないかと思えてきたのです。芭蕉さんの「季節の一つも探り出したらんは後世によき賜と也」(『去来抄』)とは、美の第一発見者になることだったのです。

〇〇五、物の見えたる光

俳句が短詩であることの利点は、少し訓練すれば誰でも見ることと作句することがほぼ同時にできるようになることではないでしょうか。ところで、芭蕉さんのいう「物の見えた

る光」とは、いったいどういう状態を指すのでしょうか。俳句をしていると、確かに物のよく見える瞬間があることに気づきます。

ヘルマン・ヘッセは、その著『人は成熟するにつれて若くなる』（草思社）の中で、ブナの古い葉が、時が来ていっせいに散りゆく様を感動的に叙述したあとで、次のように述べています。

自然の生命のある現象が私たちに語りかけ、その真実の姿を見せてくれるこのような瞬間を体験すると、私たちが十分年をとっている場合には、喜びと苦しみを味わい、愛と認識を体験し、友情と愛情をもち、書物を読み、音楽を聴き、旅行をし、そして仕事をしてきたその長い全生涯が、まるで、ひとつの風景、一本の木、ひとりの人間の顔、一輪の花の姿に神が示現し、一切の存在と事象の意味と価値が示されるこのような瞬間への、長いまわり道以外の何ものでもなかったように思われるであろう。（傍線筆者）

このような、まさに天啓とでもいうべき瞬間を言い止めることにおいて、俳句はその優位性を遺憾なく発揮するでしょう。いや、逆にそのためにこそ、十七音は選択されたのではないかと思えるほどです。

物の見えたる光とは、真実の姿ということでしょう。俳句をしていると、ちょっとした心の動き、自分の内面の変化、反応といったものにも敏感になってきます。そういう瞬間にことばを与える行為は、人を内省的で思慮深くすると思われます。

俳句をつづけることで、知らず知らずのうちに、自然を見つめ、自分自身を見つめるようになっていくのです。

正岡子規の『墨汁一滴』（岩波文庫）のなかには、鳥の水浴びの様子を記述した、次のような一節があります。

その後でジャガタラ雀が浴びる。キンカ鳥も浴びる。カナリヤも浴びる。暫くは水鉢のほとりには先番後番と鳥が詰めかけて居る。浴びてすんだ奴は皆高いとまり木にとまってしきりに羽ばたきして居る。その様が実に愉快さうに見える。考えて見ると自分が湯に入ることが出来ぬようになってからもう五年になる。（傍線筆者）

最後の一文まで読み進んだとき、読者の誰もが子規に同情し、胸を締め付けられる思いがするはずです。

俳句が伝えようとするのは、まさにこういう瞬間なのではないでしょうか。

○○六、ことばの質量変化

だれでも美しい花に出会うと、覗き込んでその色や形、匂いや手触りといったものまで吟味しようとするでしょう。句会での選句を想像してみましょう。

俳句もまた、短詩であるがゆえに一字一句まで吟味されることになります。てにをはの違いだけで、入選したりしなかったりするのはそのためです。安住敦さんに、

しぐる、や駅に西口東口　安住敦

という句があります。初案は「駅の西口東口」であったのを、師が直したと何かで読んだことがあります。

「駅に」とすれば、「……がある」の省略された形となり、西口、東口の存在がよりクローズアップされ、ぐんとよくなるのが分かります。

ところで、「見る」「聞く」などの動詞は、ふだんは省略されることが多いのですが、あえて一句のなかで使われるとどういうことになるのでしょうか。そこでは、

見る→ことさらによく見る
見える→ことさらによく見える
聞く→ことさらによく聞く
聞こえる→ことさらによく聞こえる

の意味になってしまいます。いや、そんなはずはないと思われるかもしれませんが、俳句では、実際そうなってしまうのです。何故こんなことが起こるのでしょうか。

実は俳句の世界では、ほとんどの場合読者もまた俳人だからです。俳人の鑑賞には、自ずから作者としての鑑賞眼が入ってきます。

普通なら省略可能な「見る」ということばをあえて使っているのだから、そこには何かきっと作者の強い思いが込められているに違いない……、と解釈されてしまうのです。

ことばの質量が増すというのは、そういうことです。実は俳句にしただけで、それ以外のことばの質量も増してしまうと私は考えています。もっと正確にいえば、ことば本来の質量を取り戻すといった方がいいのかも知れません。

ふだん、湯水のように消費していることばに、俳句では立

ち止まるのです。たった一文字の違いで良し悪しが決まってしまう俳句。読者は一字一句を重くしっかりと受け止めようとします。このように、鑑賞者の眼が行き届くということは、もうそれだけでことばの質量が増しているとはいえないでしょうか。

峠見ゆ十一月のむなしさに　細見綾子

十一月のむなしさがあって、はっきりと見えてくる峠です。峠の向こう側にあるのは、憧憬の世界。峠を見ながら大半の時間をこちら側で暮らすしかないのが、人間の生活だからです。

〇〇七、見るということ

あるとき、近所の空き地に雲雀の巣があるというので、子どもといっしょに見にいきました。実は誰かから巣があると聞いた子どもが、鳥好きの私を呼びにきたのです。

巣は空き地の少し奥まったところにあり、雛が数羽親をまっていました。私は、驚かさないようにほんの少し覗いて、その場を離れました。

後から聞くと、子は、「雛は四羽いた」といいます。私はといえば、一斉に開いた赤い口に見とれて、数までは覚えていません。子どもが目で見ているのに対し、大人は頭で見ているといったら、奇異に聞こえるでしょうか。

大人にとっては、名前を知ることが大切で、すでに名前を知っているものは、ことさらよく見たりしないことが多いようです。

見知らぬ花があると直ぐに名前を知りたがります。名前が分かると、それで分かったつもりになっているのです。

それにひきかえ、子どもたちは、好奇心からでしょうか、実によくものを見ています。見た記憶をもとに、絵を描くこともできます。

山下清さんは、記憶をたよりに貼り絵をしたといわれていますが、きっと子どものような好奇心を生涯忘れなかったのでしょう。

さて、俳句表現の根幹をなしているのは、この見るという行為だと思います。見ることが十分にできないと、観念で句を作ってしまうことになり、人を感動させる句は生まれてこないでしょう。観念というのは、いわば理屈です。

叙述が理屈によって進むものだとすれば、叙述することを放棄した俳句は、既に理屈を放棄しているといえるかも知れません。私も相当理屈っぽい人間ですから、理屈に流れてしまった句をときどき推敲しています。

芭蕉さんは、「俳諧は三尺の童にさせよ、初心の句こそたのもしけれ」といっています。子どもたちがいつも好奇心いっぱいなのは、今を生きているからではないでしょうか。大人がスケジュールに追われて今を忘れがちなのに対し、子どもたちは無心に今を生きています。

大人も本当に与えられている時間は今だけなのだと覚悟できれば、眼前に集中することができます。

日本画家の川合玉堂は、次のように述べています。

自然を見て、見て、さんざん見るんです。そうしていて、目をつぶると、あらゆる自然がはっきり浮かんできます。そうでなくっちゃ描けません。自然が、私に表現の方法まで教えてくれるのです。

雲雀の巣見てより雨の二三日　金子つとむ

〇〇八、理屈について

俳句もいくつかの文で一つの文章（〇句一章）をなすものですから、確かに叙述をしているということができます。しかし、私が、あえて俳句が叙述を放棄したというのは、一つの俳句の後には、散文のように次の文がくることは決して無いということを強調したいからです。

俳句の句点は、金輪際何も足さないという覚悟があっての句点であり、俳句が叙述を放棄したというのはそういう意味です。

叙述を放棄した俳句は、必然的に理屈を離れていきます。そして、散文のように論理性をベースに何かを伝えるのではなく、場の提示によって相手に直観してもらう方法をとるのです。それでは、理屈とは何かということを次の例句をもとに考えてみましょう。

朝妻主宰の担当する伊丹市の俳句コーナーで、

石鹸玉百パーセント僕の息　いわきまる

という句に出会いました。「百パーセント僕の息」を一瞬理屈ではないかと思ったのは、石鹸玉の題詠で自分も作っていたからです。石鹸玉が子の息をのせているという感じを抱いたのですが、採用しませんでした。

理屈とは何かといえば、頭で考えたことで、実感・感動を伴わないものということができるでしょう。

拙句に、

冬晴や地上はいのち濃きところ　　金子つとむ

というのがありますが、ややもすると理屈に聞こえる可能性があります。しかし、冬晴の空を見上げたときの、これは紛れもない実感だったのです。

「百パーセント僕の息」も「地上はいのち濃きところ」もその文だけを取り出してみれば、理屈と取られてしまう危うさを秘めています。しかし、私はいわきまるさんの句に踏みとどまったのです。

ここで注目すべきは季語の働きです。子どもたちは、みんな石鹸玉が大好きです。そのはかなさ、うつくしさ。そう思って「百パーセント僕の息」に眼を転じると、自分の息をのせて飛んで行く石鹸玉が、みんな愛おしく見えてくるではありませんか。

一方、「地上はいのち濃きところ」はどうかといえば、美しいが何もない、人を拒絶するような空の青さから地上に眼を転じてみると、騒々しいほどの地上の営みはいのちの濃さそのものではないでしょうか。

このように、一見理屈のように見える文でも、それが作者の実感そのものだと分かれば、理屈と受けとられることはないでしょう。石鹸玉も冬晴も現実のものであり、多くの人が経験し、実感しているものです。その実感が、一見理屈のような文を、感動へと押し戻してくれるのです。

○○九、表現位置いまここの獲得

私は以前に、俳句固有の方法とは、作者の立ち位置に読者を連れてくることだと述べました。

俳句を理解することは、作者が提示した場面に立ち会うということなのです。これは俳句を介した作者とのコミュニケーションというふうに捉えることもできます。

ところで、正岡子規の活躍した時代、言文一致運動という大きな運動がありました。

杉山康彦は、『ことばの芸術』（大修館書店）のなかで、二葉亭四迷訳の『あいびき』（ツルゲーネフ著）の冒頭を紹介した後で、次のように述べています。

ここには小雨、晴れ間、日かげ、雲、雲間、蒼空という微妙な変化が、そういう瞬間々々が何気なくとらえられている。（中略）

その瞬間々々の変化の表現は、「自分がさる樺の林の中に坐してゐた」「蒼空がのぞかれた」「自分は坐して、四顧して……」という表現する自己の位置、ここというものがはっきりしているということによって始めて可能となったものである。すべての外界はその位置から表現されており、そのことによっていまというものの表現が可能になっている。（傍線筆者）

ています。

そして、さらに、島崎藤村の文章修行を次のように紹介しています。

藤村が信州の山にこもり、「もっと自分を新鮮に、そして簡素にすることはないか」と志し、画家の用いるような三脚を野外に据えてつくり出した文章とはこのようなものであった。

若い鷹は私の頭の上を舞って居た。私はある草のある場所を選んで、土の匂いなどを嗅ぎながら、そこに寝そべった。水蒸気を含んだ風が吹いて来ると、麦の穂と穂が擦れ合って、私語《ささや》くやうな音をさせる。（後略）

当時、文語文から口語文を生み出す苦しみは、想像以上のものであったことが偲ばれます。さらに杉山氏は、子規の短歌「ガラス戸の外に据ゑたる鳥籠のブリキの屋根に月映る見ゆ」を紹介したあとに次のように述べています。

ここでは表現位置というものと月、鳥籠の屋根、小庇などの位置関係が歌を形づくっている。この厳密な自己の表現位置は、子規の寝たきりの位置ということが深くかかわっていようが、その位置の発見こそが、「貫之は下手な歌よみにて古今集はくだらぬ集に有之候」という自信をもたらした当のものである。

このように「表現位置いまここ」の獲得は、子規の俳句革新に大きな影響を与えたものと思われます。

子規が写生を唱導したのも、それが「表現位置いまここ」の実践に他ならなかったからではないでしょうか。

一〇、写生について　その一

初心のころ、先輩から写生をしなさいと何度も言われたことが、つよく印象に残っています。

芭蕉さんは、「松の事は松に習へ、竹の事は竹に習へ」（『赤さうし』）といっています。ご存知のように写生を唱えたのは子規ですが、子規は初心者に向けた「俳句の初歩」という文章（『俳諧大要』所収、岩波文庫）の中で、自分の俳諧遍歴を告白し、次のように述べています。

「七部集」を見て言ふべからざる愉快を感ぜし時は、始めて夜の明たるが如き心地に、大悟徹底あるいはこれならんかなど、いたづらに思ひ驕りしことを記憶す。

とにかく予が理屈を捨て自然に入りたるはこの時なり。写実的自然は俳句の大部分にして、即ち俳句の生命なり。この趣味を解せずして俳句に入らんとするは、水を汲まずして月を取らんとするに同じ。いよいよ取らんとして度を失す。月影粉々終に完円を見ず。

試行錯誤の中から写生の味を掴んだ子規は、明治三十三年に有名な鶏頭の句を作ります。子規は鶏頭に何を見たのでしょうか。

鶏頭の十四五本もありぬべし　　正岡子規

病臥中の子規が、世界の全てともいえる庭を見ています。さっきからずっと、鶏頭だけを見ている。そして、終に鶏頭以外のものがすべて消え去ったとき、この句が成ったのではないでしょうか。

そう思えるのは、この句が場所を一切説明していないからです。それに鶏頭の色や形を述べているわけでもありません。ただ単に鶏頭の有り様を、こぼれ種から生え広がったようなその数だけを述べているのです。

十四五本もありぬべし。なんというぶっきらぼうな言い方でしょう。しかし、実はこの物言いの中にこそ、鶏頭の本質が隠されているのではないでしょうか。

本当は十本でも、二十本でもかまわない、ただ十四五本もありぬべしというような物言いが相応しいように鶏頭は生えている、と子規は見たのです。

この句には、鶏頭の生命力の匂いたつような迫力があります。このように写生とは、見たものをありのままに写すのではなく、命を見つめるこころが、命の営みを捉えることだと思うのです。

梅や桜などの花木は半年も前に花芽をつくり、それをゆっくりと育てて花を咲かせるそうです。花が咲くということは、命の営みの頂点ともいえるでしょう。

もともと写生の根本には、造化・万物への尊敬の念があるようです。子規が写生を唱えたとき、そこには、造化・万物に対する根本的な信頼があったのではないでしょうか。子規には、こんな句（明治二十六年作）もあります。

苗代のへりをつたうて目高かな　正岡子規

○一一、写生について　その二

子規の目高の句もそうですが、写生句のこちら側には、写生をしている作者がいます。作者の立っている場所があります。そして、景はいつも眼前の景なのです。

初心者にはよく写生をしなさいということが言われるのは、写生という方法がそのまま眼前の景を描くことになるからです。

また、作者と読者を同じ立ち位置に立たせるという俳句固有の方法は、同時にその場を作者と読者のコミュニケーションの場とするともいえるでしょう。

苗代のへりをつたうて目高かな　正岡子規

という句を読むとき、私たちは、子規の傍らにあって一緒に目高を覗きこんでいるのです。そうして、傍らにいる子規の思いを察するのです。句のあとの作者名は、そこに子規さんがいると告げているのです。

ですから、作者は傍らに読者を呼び込むように作ればいいということになります。自分が感動した場面から、その感動の核心をとらえ、その場面を再構成するのです。読者とのコミュニケーションということでいえば、独りよがりではない表現の工夫も必要でしょう。

例えば相手が子どもなら、話すときには語彙の選び方や言い方を工夫するように……。相手が不特定多数の読者であれば、メジャーでない地名などは避けたほうがいいかも知れません。

さて、このように写生にはいくつかの利点があることがわかります。それを整理してみると、

■今ここの視点で詠むため、ひとりでに作者の立ち位置が明確になります。
■ものを写生することで、ひとりでに理屈から離れられます。
■写生を通して、存在に対する深い認識を得ることができます。

写生の対象が、人のこころに向かうとき、人生に対する深い洞察や叡智に至ることもできるでしょう。優れた句が、物のありようや、こころのありよう、いのちのありようなどを際立たせるものだとすれば、写生はまさにそのための方法ということができます。

また、俳句をコミュニケーションと考えると、例えば「古池や……」の句では、芭蕉さんと時を超えてコミュニケーションしていることになります。何と楽しいことではないでしょうか。

歌人の吉野秀雄さんは、

一、写生だけでは芸術は進まない
二、写生なしでは本格的芸術は生れない

と述べています。『やわらかな心』（講談社文庫）

○一二、雑の句について

連句の世界では、花の定座、月の定座に加えて、恋の句、雑の句、季節の句によって、一巻を通して人間模様を描き出していきます。雑の句は、季の句に対することばで、神祇・釈教・無常・恋・旅・述懐・懐旧・名所などと分類されるようです。

大きな感動を十七音に託したものが俳句というふうに捉えると、雑の句もまた、一句をなすに十分な母胎をもっているということになりましょう。雑の句の分類からも分かるように、人々にとっての共通の関心事であればあるほど、共感の母胎となり得るからです。

先だって知人の告別式で、次のような句を詠みました。

逆縁の棺に見入る老女かな　　**金子つとむ**

気がついてみると、この句には季語がありませんが、無理に入れる必要もないように思えるのです。

おそらく、句のテーマの普遍性がそう思わせるのでしょう。人々の暮しが急激に変化する中で、共感の母胎がどう変化していくのか、非常に興味があるところです。

私は有季定型句をつくりますが、無季の句を一切否定している訳ではありません。感動を十七音に託すことができればそれでいいと、ゆるやかに考えているのです。恋愛、離別、戦争などにまつわることばは、人々の間でさほど説明しなくても通じやすいことばといえましょう。

渡辺白泉の句に、

戦争が廊下の奥に立ってゐた　　渡辺白泉

というのがあります。無季定型の句です。私には、この廊下は、学校の廊下のように思われてなりません。

私は戦後世代ですが、しのびよる戦争の影と学徒動員などということばが即座に浮かんできます。季語がなくても通じる世界があることもまた事実なのです。

たまたま読んだ細見綾子さんのエッセー「子規と私」(『子規・写生』所収、沢木欣一編、角川書店)に次のような一節がありました。

日本の風土っていうものは、ただそこにあるから風土なんじゃなくて、私たちが万葉集の昔から、源氏物語の昔から、大変な日本人のエネルギー、いちいち挙げられないけれども、たくさんの文学作品があることによって、日本の風土が磨かれてきたんです。(中略)ただ一人の立派な俳人、作家が出るよりも、たくさんの俳人が出て、いまなら野の花を詠み、春は桜の花を歌い、そういう精神の土壌、そういうものが伝わっていくことこそ、本当の本懐じゃないかなあ、と思います。

これを読んで、俳句は日本の風土が好きで好きでたまらない人たちが支えているのだと思いました。

○一三、底荷ということ

俳句をしていると、自然にことばを大切にし、ひとつひとつのことばの意味を深く理解するようになります。それは、俳句という文芸では、一字一句たりとも疎かにできないからです。

また、作者がどんなにことばに注意を払っても、読者の受け止め方には個人差があります。そう考えると、わずか十七音で作者の意図通りに伝えるのは、ほんとうに至難の業といえるでしょう。

俳人は、その困難なことに日々チャレンジしているといっても過言ではありません。因みに、けやき句会の過去一年間の最高得点率を調べてみますと、平均三十八％（二十六〜五十％）という結果になりました。

普通に考えて、俳句では三割の共感を得られたら上出来ということになるのではないでしょうか。

さて、雲の峰では、「季語と定形を生かし、正しく表現する」ということを標榜していますが、これは、同時代は勿論のこと、五十年後、百年後の人たちにも正しく伝わることを前提にしているのだと私は解釈しています。

丁度今の私たちが、三百年前の芭蕉さんの句を読むことができるように、正しく表現することで後世に伝えることができるのです。

歌人の上田三四二さんは、『短歌一生』（講談社学術文庫）の中で、俳句や短歌の意味を次のように述べています。

■短歌を日本語の底荷だと思っている。そういうつもりで、歌を作っている。俳句も日本語の底荷だと思う。短歌、俳句——そういった伝統的な詩歌の現代においてもつ意味は、この底荷としての意味を措いてほかにないと思っている。

■私は、短歌、俳句の言葉は日本語の中でもとくに格調の正しい、磨かれたことばであると思っている。的確に物を捉え、思いを述べるのに情操のかぎりをつくし、正確に、真実に、核心を衝く言葉を選ぶのが、短歌であり、俳句である。

ここで底荷というのは、船の喫水を深くして船体を安定させるために積む重荷のことです。

俳句や短歌はその役割を担っているというのです。主宰の言われる「正しい日本語」もまさにこのことに他ならないのではないでしょうか。

また、文語は平安時代の口語で千年以上の歴史があるそうです。それに引き換え口語体はたかだか百数十年。ことばは使い続けることによってのみ残すことができます。

文語、口語を問わず私たちの感性が美しいと認めたものを育んでいけばいいのではないかと思います。次の主宰句の翠微は芭蕉の『幻住庵記』にでてくることばです。

朝靄の晴れて翠微に余花一樹　**朝妻力**

○一四、季語体験

はじめは単なる知識でしかなかった季語が、作句体験を通して次第に実感を伴うようになってくると、季語のもつ美しさ、先人たちが発見した美の世界に共感し、俳句をより深く味わうことができるようになります。

ことばを知ることは、新しい世界を知ることです。新しい季語を覚えるたびに、世界が広がってゆくように感じるのは、初心者だけに限ったことではありません。

みなさんそれぞれに季語の体験をお持ちでしょうが、私の体験を一つお話ししたいと思います。初夏の季語に茅花流しというのがあります。歳時記では、

茅花の穂綿が綻びるころに吹く南風で、雨を伴うことが多い。

と説明されています。五月の初め、私がよく散歩する小貝川の土手や田圃道にも茅花の穂をたくさん見かけるようになります。穂綿の出始めのころは、それが風になびいて銀色のうねりのように耀いてみえます。

ある日の夕方、いつものように茅花の傍らを通りかかった時、その穂綿が折からの風に一斉に舞い上がったのです。

それは、しばらく見とれているほど幻想的で美しい光景でした。そのとき、「茅花流し」ということばが浮かびました。これが茅花流しか。私は茅花流しという季語が、営々と受け継がれてきたことを合点したのです。

季語は自分の季語体験を持つことで、はじめて自分のものになってきます。以前に季語は共感の母胎であると述べましたが、それはそのまま作句の母胎でもあるわけです。

しかし、住んでいる地域によっては、なかなか体験できない季語もあるでしょう。まずは、自分の住んでいる場所で体験できるものから、意識して季語体験をすることをお勧めします。

正岡子規は、『俳諧大要』（岩波文庫）の修学第二期の中で、「写実の目的をもって天然の風光を探ること最も俳句に適せり」として、さかんに吟行を勧めています。

私自身は、数年前から、私の住んでいる藤代の七十二候と称して、季節の変化をメモするようにしています。そこには、鳥が囀り始めた日や、花木の開花日などが記録されてい

ます。

さて、季節メモをつけていて気づいたのは、先人たちもそのように季節を感じてきたのではないかということです。

その年初めて花が咲いた日、初めて鳥が鳴いた日、初めて昆虫などが現れた日というのは、ひとりでにこころがときめきます。そして、それらは皆季語と重なってくるのです。季語は、季節に出会った喜びに充ちています。季語体験はまさによろこびの体験なのです。


もう一度つばな流しに立ちたしよ　　角川照子

○一五、鳥の句あれこれ

私事になりますが、私は現在、茨城県取手市に住んでいます。八年程前に初めてこの地を訪れ、半ば衝動的に家を購入したのがきっかけです。昔は南相馬郡藤代町といいましたが、平成の大合併で取手市となりました。

藤代駅に初めて降り立ったのは、八月の暑い日でしたが、新興住宅地を囲むように緑の田圃が広がっており、いっぺんで気に入ってしまいました。

人には自分の肌に合う土地というものがあるのかも知れません。そして不思議なことに、この地に住むことになった理由の一つに、藤代という地名に惹かれたということがあります。Fu-ji-shi-roという音の響きがとても気にいっています。

俳句のことでいうと、以前、松戸市に住んでいたときは、毎月十五句揃えるのがやっとでした。仕事が忙しかったせいもありますが、何度かパスした覚えがあります。

ところが、こちらに来て二時間も散歩すると、十句くらいはたちどころに出来てしまうのです。それだけ自然が濃いところなのです。朝日も夕日もしっかりと見届けることができます。冬には少し首を回すだけで、筑波山と富士山をほぼ同時に見渡すことができます。

さて、題は鳥の句あれこれということでした。私の散歩は鳥見が主体ですので、出来るのはほとんど鳥の句ばかりです。藤代は雲雀の多いところで、おまけに私は雲雀が大好きなのです。


喩ふれば此処は雲雀野三丁目　　金子つとむ

もともと雲雀の住み処だったところを、人間が住宅地に変えてしまったというべきでしょうか。

二時間ほど散歩がてらに鳥見をすると、決まってうれしい出会いがあるものです。それは、珍しい鳥に出会うとか、不思議な鳥の行動を目撃するとか様々ですが、私はそれを散歩の恵みと呼んで、ひとり悦に入っています。

鳥の句に限らず、個人的な趣味の世界の句は、なかなか共感を得にくいものです。俳句には鳥の季語もたくさんありますが、実際に知っている人は少なく、鳥といえば鴉と雀という人が大半です。

日本では六百種類もの鳥が見られるそうです。昔から花鳥風月というではありませんか。鳥の世界を知ることも私たちの俳句の世界をきっと広げてくれると思うのですが、いかがでしょうか。

散歩でひろった鳥の句から。

親雀穂綿で頬をふくらます　　金子つとむ

郭公の声を百まで数へけり　　同

舳先よりひらく投網や冬雲雀　　同

冬の鵙啼いて夕日に塗れけり　　同

〇一六、主観的表現と客観的表現　その一

例を挙げて、表現の違いを考えてみたいと思います。

南禅寺苔の紅葉は掃かでおく　　平野八重子

とても美しいところを句にされていて、私も好きな句です。この句の主観的表現は、「掃かでおく」でしょう。「掃かでおく」にはまた、すこし理屈も見え隠れしています。

掲句のように動作の主体が人である場合、読者の関心はその行為主体の方に行きがちです。ましてや、「掃かでおく」という否定形の場合、読者は何故だろうと、知らず知らずのうちに関心を行為者へ向けていきます。

作者は明らかにそのことを考慮にいれて作句しています。「掃かずにおくほど美しい」と、作者はその美しさを仄めかしています。

作者にお許しいただいて、この句を少し客観的表現にしてみましょう。「掃かでおく」には作者の思いがいっぱい詰まっています。

そこで読者によっては、「掃かでおく」に気をとられて、肝心の紅葉の美しさを見落としてしまうやも知れません。「掃かでおく」を少し弱めにすると、やや客観的表現に近づけることができます。

掃かでおく苔の紅葉や南禅寺　　作句例

この例では、「掃かでおく」を上五にすることで、「苔の紅葉」に焦点を絞っています。「掃かでおく」は、動作には違いないのですが、作句例では「苔の紅葉」を形容する位置に後退しています。

さらに、切字の「や」をおくことで、読者は、苔の紅葉にピタリと照準を合わせ、そのひとつひとつを思い浮かべる時間を手に入れるのです。切字の「や」は、作者の「ああもいいたい、こうもいいたい」という感動を集約したかのように、そこに収まっています。

俳句は自分の感動を他者へ伝えるものですが、感動自体は、作者の主観そのものです。表現方法として、主観的表現と客観的表現があるのだと思います。勿論どちらか一方が優れているとは一概に言えるものではありません。作者としては、そのときの自分の感動により近い表現を選べばいいのではないでしょうか。

○一七、主観的表現と客観的表現　その二

主観的表現からは作者の肉声が響いてきますが、客観的表現では、作者は句のなかに溶け込んでいます。これは、表現の違いによって、読者に伝わるものが違うということを意味します。それでは、さらに詳しくみてみましょう。

句に注意深く耳を傾けたとき、作者の肉声が響いてくるようであれば主観的、そうでなければ、客観的表現です。客観的表現には作者がいないのではありません。ただ、控えめに肉声を響かせないようにしているだけなのです。

次の二つの句に、耳を傾けてみましょう。

古利根や鴨の鳴夜の酒の味

なの花のとつぱづれ也ふじの山

いかがでしょうか。実は、ふたつとも一茶の句です。それぞれに味わいのある句ではないでしょうか。

まず、主観的表現の代表選手として、小林一茶（一七六三～一八二八年）を取り上げます。一茶の句なら、たちどころに五つや六つ出てくるのではないでしょうか。まさに、国民的俳人のひとりです。

雀の子そこのけそこのけ御馬が通る　小林一茶

やれ打つな蝿が手をすり足をする　同

雪とけて村一ぱいの子ども哉　同

痩蛙まけるな一茶是に有　同

うつくしやせうじの穴の天川　同

これらの句は、みな一茶調とでもいうべきトーンに彩られています。作者の肉声が特に響いていると思われる箇所に傍線を引いてみました。

私たちが一茶の句に惹かれるのは、一茶の肉声に共感できるからではないでしょうか。別の言い方をすれば、一茶の句が好きな人は、一茶が好きなのです。俳句のうえでの一茶は、弱いものの味方であり、庶民感覚の持ち主であり、障子の穴から天の川をのぞくような暮らしをしています。

一方、客観的表現はどうでしょうか。芭蕉を尊敬していた一茶には、次のような句もあります。

炉のはたやよべの笑ひがいとまごひ　小林一茶

日の暮の背中淋しき紅葉哉　同

木がらしや地びたに暮るる辻諷ひ　同

松陰にをどらぬ人の白さ哉　同

山やくや眉にはらはら夜の雨　同

客観的表現では、読者のほうから句の世界に入り、詩句と出会い、自己の記憶や思いと重ね合わせることで、共感を覚えることができます。

一句目は、馬橋（松戸市）在住の先輩俳人、大川立砂への追悼句です。たまたま臨終に立ち会ったときのものですが、昨夜の笑いが最期であったと、人の世の無常を詠っています。

二句目の「日の暮の背中」や三句目の「地びたに暮るる辻諷ひ」は、生きていくことの辛さ、哀しさを普遍的に捉えているといっていいでしょう。

四句目の「をどらぬ人の白さ」からは、やや病的な印象を受けますが、楽の音に誘われてでてきたといった風情が感じられます。
五句目の「眉にはらはら」には、臨場感があり、山焼きの炎の色が郷愁を誘います。

きさらぎが眉のあたりに来る如し　細見綾子

○一八、季語数のことなど

以前、「季語について」の項で、季語は表現技術として句の真意を伝えるはたらきをしていると述べました。また、「一大アートプロジェクト」の項では、季語は古びていかない不思議なことばであるという指摘をしました。また、「雑の句について」では、季語と同じような働きをすることばが、他にもあるというお話をしました。

私は今では、季語は機能的には共感の母胎であり、本質的には日本人が培ってきた美意識の表徴ではないかと考えています。先人たちは自らの感性で取捨選択し、美しいと認めたものだけを後世に伝えてきたのではないでしょうか。

正岡子規は、雑の句について、次のように述べています（『俳諧大要』岩波文庫）。

雑の句は四季の連想なきを以て、その意味浅薄にして吟誦に堪へざる者多し。ただ、勇壮高大なる者に至りては必ずしも四季の変化を持たず。故に間々この種の雑の句を見る。古来作る所の雑の句極めて少きが中に、過半は富士を詠じたるものなり。しかして、その吟誦すべき者、また富士の句なり。

子規は、季語を機能面から捉えて、四季の連想のない雑の句には、秀句が少ないと述べています。しかし、一概に雑の句を否定しているわけではありません。

そして、雑の句の代表として富士山の句を挙げていますが、もし季語に変わりうるものがあるとすれば、富士山のような周知の地名、記憶に残る天変地異や事件、芸術や文化に貢献した有名人などになるのではないでしょうか。

地名はともかく、天変地異や事件は日付があるため、すでに季語としてその多くが取り込まれています。また、文化功労者の忌日が季語になっているのは、季節が特定できるからでしょう。

『季の問題』（宇田久著、三省堂書店）によれば、一六四一年（寛永十八年）刊行の『俳諧初学抄』の季題数は五九九語、一八五一年（嘉永四年）刊行の『俳諧歳時記栞草』の季題数は三四二四語です。現在、二〇〇六年発行の『角川俳句大歳時記』の採録数は実に約一九〇〇〇語です。

季語は日本の歴史を取り込みながら、膨らんでいます。俳人・歌人や文化功労者の忌日を季語としているのは、彼らが文化芸術の世界に、新たな価値や美を追加してくれたことへの感謝の気持ちからではないでしょうか。

逆にいうと、人々の思いがたくさんの俳句作品を生むことで、季語は定着してきたのでしょう。最近では東日本大震災がありました。俳句作品は、そうした民族の歴史を記憶にとどめ、後世に伝える役割の一端を担っているともいえるのです。

初燕震災の地に声こぼす　　**金子つとむ**

○一九、ことばの重さ

季語は不思議なことばです。哲学者の池田晶子さんは、『魂とは何か』（トランスビュー刊）のなかで、季節と人生の関わりを次のように考察しています。

> 人が、季節と人生とを、別々には感じ難いのはなぜなのか。感傷が、季節のふとした感受によって鋭く喚び覚まされるのは、そこに、変わらないのに変わってしまったもの、繰り返すのに取り戻せないもの、忘れていたのにずっとそこに在ったもの、が鮮やかに現れているのに気づくためなのだろう。
>
> 風の変わった或る朝の窓だとか、信号待ちの路面に反射する光の具合だとかで、「いま確実にその季節を感受した」、その一瞬は、私が過ごした数十回の季節を、ひとつ残らず垂直に射抜く速さで私を襲う。それは、ほとんど痛いようだ。
>
> 記憶の不意打ちを受けて、私は身動きもできず、あられもなく想い呆ける。季節は記憶の鎖を放つ。

ここでは、季節に対する感受が、記憶を呼び覚まし一瞬のうちに人生を俯瞰させる様子が語られています。

季節は人のいのちが限りあるものでしかないことを思い出させます。その狂おしいほどの愛しさが、ある刹那、季節とともにあった数十回分の生の記憶を一気に解き放つのではないかと思われます。

季語は不思議なことばです。永遠に咲くと思われていた花が、いつしか、あと何回かと数えられる射程に入ってきます。

この花火をあと何回見られるのだろう。そして、自分の人生を彩るように美しい季節がともにあったことに気づくのです。

季語に込められた人々の思いを推し量るとき、一つの俳句がその人の人生に匹敵するほどの重さをもつこともあるでしょう。一つの助言が人生の道標となることがあるように、一つの俳句が、誰かのこころに一生宿ることもあるのです。

亡くなられた久保一岩さんの句にこんな句がありました。

春近し花の色して人の骨　久保一岩

余程親しい人だったのでしょう。生前は、一岩さんにとってまさに花のような人だったのかもしれません。亡くなられても、その方の骨は花の色をしていたと……。

人の骨とあえて突き放したような言い方をされていますが「花の色して」は、一岩さんの絶唱といってもいいのではないでしょうか。酸素ボンベを引きながら、最後まで句会に出席されていたことを思い出します。

家の祖は三河侍鬼打木　久保一岩

木枯や指の包帯口で結ふ　同

〇二〇、初心者のための作句講座　その一

以前に俳句の骨法とは、自分を感動させたものを探りあて、それをそのまま読者の眼前に提示することだと述べました。それを、具体的にどう実現すればいいのでしょうか。

今回は特に初心者の方のための作句講座です。たまたま、古本屋で手に入れた『俳句作法講座』（改造社、昭和十年発行）というのを読んでいましたら、俳句の作り方について、松瀬青々が面白いことを述べていましたので、ご紹介します。

青々さんには、

日盛りに蝶のふれ合ふ音すなり　　**松瀬青々**

という有名な句がありますので、ご存知の方も多いでしょう。青々さんは、俳句は、以下の三つの要素からなりたっているといわれています。少し翻訳すると、

①何を見つけたのか（季語）
②どこで見つけたのか（場所又は対象）
③何に感動したのか（感動）

ということになります。

先だって私は、ローカル線の無人駅に咲く一株の額紫陽花に目を止めました。駅名を探してみると入地驛とありました。駅が旧字のままだったのです。そこで、

あぢさゐや駅が旧字の無人駅　　**金子つとむ**

と詠みました。まさに、あぢさゐ（季語）が、旧字のまま（感動）時が止まったかのような無人駅（場所）にあると詠んだのです。

また、夕立のあとのどこか郷愁を誘うような光景を目の当たりにして、次のように詠みました。

抜路地に残る余光や夕立あと　　**金子つとむ**

抜路地とは、通りぬけできる路地のことですが、夕立（季語）のあと、抜路地（場所）に残る余光に感動して、そのまま詠んでみました。その光の帯は、遥か西の空の彼方まで繋がっているように見えました。

写生をすることは、眼前の景の中から、季語や、場所を選びだしてくることなのです。後は、自分が何に感動したかを見極めて描出すればいいだけです。

このような作り方をすることで、空想や理屈から離れ、実感に裏づけられた句をつくることができるようになるのです。

句の型については、朝妻主宰（雲の峰）の懇切丁寧な説明がありますので、そちらを熟読されることをお勧めします。二句一章の句は、次の何れかの句型に集約されます。

①情景提示型
②補完関係型
③二物衝撃型

何れにしても、季語、場所、感動の三つのポイントを押さ

えるだけで、鬼に金棒です。ぜひ、試してみてください。

○二一、初心者のための作句講座　その二

前回は、季語、場所、感動の三つのポイントを押さえた二句一章の作り方でしたが、今回は、二句一章のおさらいと一句一章の作り方についてです。

あぢさゐや駅が旧字の無人駅　　金子つとむ

抜路地に残る余光や夕立あと　　同

掲句の「あぢさゐ」や「夕立」はいってみれば、感動の引き金であり、感動のポイントは、むしろ、「無人駅」や「余光」ということになります。

つまり、感動の中心は季語そのものではないということです。このようなケースでは、二句一章になることが多いようです。他の例も見てみましょう。

初霜やむらさきがちの佐久の鯉　　皆川盤水

楷若葉子らの素読の声揃ふ　　朝妻力

これらの句では、「むらさきがち」や「声揃ふ」に感動の中心があることが分かります。初霜との取合せが、「むらさきがち」ということをいっそう引き立てています。言外には、寒くなって美味であるということも含まれているようです。

また、楷の木は、孔子に縁のある木で、楷書の語源ともなっており、若葉が子どもたちの声と響きあっています。

それでは、一句一章の場合は、季語の位置づけはどうなるのでしょうか。『伊吹嶺』の中から、一句一章の句を拾ってみます。傍線は季語。

色鳥の入りこぼれつぐ一樹かな　　朝妻力

当り日の荷を仕舞ひゐる酢茎売　　同

地境に残せる桑の芽吹きけり　　同

緑なす松をそびらに翁舞ふ　　同

芝能の火勢に幣の揺れやまず　同

美しく売れ残りたる種袋　同

これらの句では、作者の感動の中心は、季語そのものにあるといっていいでしょう。

季語が主役ということは、季語が叙述の部分を引き寄せ、全体として一句一章を構成しやすくしているのだと考えられます。

作句の現場では、自分が季語そのものの動きや、状態に感動しているのであれば、一句一章仕立てにするのが、もっとも自然な形といえるのではないでしょうか。

一夜さに裸木となるいてふかな　吉田紀子

掲句では、作者の思いは一晩で裸木となってしまった銀杏の木そのものにあります。ですから、いってみれば、裸木が主役。「一夜さに」という言い方には、それまで毎日のように見続けていた木がという含みがあります。それほど、なじみのある木だったのでしょう。

このように、季語が感動の主役かどうかを見極めることで、適切な句形を選択できるのではないでしょうか。

○二二、初心者のための作句講座　その三

いつまでたっても俳句は難しいものです。あるとき、次のような句をつくって、どこか違和感を覚えながらも、ひと月ほどそのままにしていました。

正直いって、自分の句ほどわからないものはないと思います。さて、この二つの句を手がかりに、再度句形ということを考えてみましょう。

数へ日や駅のポストに小さき列　金子つとむ

寒暁や駅へ駆けゆくハイヒール　同

一句目は、年も押し詰まって、朝の駅にあるポストに四、五人の列ができたことへのちょっとした驚きを句にしています。田舎の駅のこととて、ポストに投函待ちの列ができることなど、めったにないのです。

二句目は、朝の駅に向かって、たびたび会うハイヒールの女性です。たった十分でも早く起きればいいものをと老婆心

ながら思ってしまうのですが、いつも駆けていくのです。私は、次の電車ですので、マイペース。これも、若さのなせるわざでしょうか。

この二つの句は、ともに同じ形をしています。季語＋や＋感動の叙述です。ポストにできた小さな列も、駆けていくハイヒールの音も私にとっては、感動といっては大げさですが、ちょっとした驚きだったのです。しかし、句にしてみると、どこか散漫な感じがするのです。

そこで、もう一度、これらの句の何が主役なのかを考えてみることにしました。最初は、「駅のポストに小さき列」や「駅へ駆けゆくハイヒール」の方に感動の中心があって、そちらを主役と考えていたのですが、こうして、文だけを取り出してみると、これだけで、独立して主役となり得るのかという疑問が湧いてきました。

私自身が、この季節のなかにどっぷりと浸かっているため気付かなかったのですが、主役は、むしろ「数へ日」や「寒暁」のほうにあるのではないかと思い直したのです。

もし、そうであるならば、一句一章のほうがいいのではないか。そう思って、推敲してみたのが、次の句です。二つとも、「や」を「の」に替えただけです。

数へ日の駅のポストに小さき列　金子つとむ
寒暁の駅へ駆けゆくハイヒール　同

「駅のポストに小さき列」や「駅へ駆けゆくハイヒール」が主役であるかどうかを判定するには、他の季節を思い浮かべればいいのです。

そうすると、これらの文がまさに季語に依存した文であることが分かってきます。作ったあとで、どこかしっくりこないなと思ったら、今一度、季語が主役かどうかを自問自答してみるといいでしょう。

〇二三、共振語　その一

俳句は、その短さを強調してもし過ぎることがないほど短いものです。ややもすると、知らずに傍らを通りすぎてしまう。

コピーライターがこころを砕くのは、いかにして人々を振り向かせるかということでしょう。そこで思い当たるのは、初めて句に接したとき、いきなり飛び込んでくることばがあるということです。それを私は、共振語と呼んでいます。

具体例を挙げましょう。

赤とんぼ馬具はづされし馬憩ふ　皆川盤水

初めてこの句を読んだとき、私は、傍線の部分に釘付けになりました。もっと正確にいえば、「馬憩ふ」情景がすっと目に浮かんだのです。

そのことばが、私の中の記憶を呼び覚ましたのかもしれません。この「馬憩ふ」のようなことばを私は、共振語と呼んでいるのです。

もちろん、受け手によって多少の違いはあるでしょうが、何故そう呼ぶかと言えば、それが、作者が読者に伝えたい感動の核心のようなものだと思えるからです。それが句に接した瞬間に真っ先にこちらにやってくる。「赤とんぼ」と「馬憩ふ」が私のなかで、すぐに共振したのです。

共振語は、季語と共振することばです。その役割は、私たちをその句に立ち止まらせ、作者の立ち位置へと私たちを誘うことなのです。

さらに細かく、共振語の有り様をみていきましょう。掲句の共振語は、「馬憩ふ」です。そこに赤とんぼが群れていること、その馬が一日の労働を終えて馬具を外された馬であること、それだけで読者は、「馬憩ふ」を肯《うべな》い、共感をいだくことができるのではないでしょうか。

普段は人に対して使う「憩ふ」ということばがここでは馬に対して使われています。作者が「憩ふ」ということばに込めたものを味わうことが、この句を味わうことになるのではないでしょうか。

そこには人馬一体となった暮しがあり、作者の慈しむような眼が働いています。赤とんぼが、えもいわれぬ安らぎの光景を作り出しているのです。

このように、共振語は季語と共振することで、読者をいっきに句の世界へと誘います。

俳句の固有の方法とは、眼前の景を描出することで、作者の立ち位置に読者を連れてくることでした。共振語はその先導役ともいえましょう。

読者にとってその有無は、一句に共感できるか否かの分かれ目となります。読者は季語と共振語のハーモニーのなかに詩情を見出し、共感を得るからです。

〇二四、共振語　その二

共振語が一句への先導役だとすると、その良し悪しが共感の成否を左右することになると考えられます。

それでは、共振語はどのように作ったらいいのでしょうか。私たちの作句の現場では、ほとんどの場合、推敲によって句を仕上げていきます。

私は、推敲過程が、共振語を探りあてるプロセスだと考えています。拙句の推敲過程を通して、共振語を探りあてるプロセスを描出してみましょう。

一、千里来て初鴨の群れひた眠る　金子つとむ

二、初鴨の千里翔けたる深眠り　同

三、初鴨の薄目開けては又眠る　同

私にとっての感動の核心は何かといえば、余程疲れていたのか、ひたすら眠る初鴨の姿でした。その姿を何とか描いてみたいというのが、苦闘の始まりでした。

一句目――「千里」と「ひた眠る」に、作者の主観の強さがしっかりと刻印されてしまいました。読者の参加する余地、詩情が果たしてあるでしょうか。思い入れの強い内容ほど、そっけないくらいに突き放して詠むとうまくいく場合が多いようです。

二句目――一説によると、渡り鳥は一回の渡りで体重が半分になるといいます。まして、小さな鳥であれば、旅の途中で猛禽の手にかかって命を落とすこともしばしばとか。正に、命がけの大飛行なのです。

この思い入れの強さが、「千里」であり、「深（眠り）」となっています。しかし、千里は誇張であり、レトリックです。時間が経てば経つほど、胡散くさくなってくる可能性が大です。

三句目――思い切って、「千里」ということばを手放したとき、いつか見た鴨の薄目のことが浮かんできました。ちょっと薄目を開けて、またけだるそうにすぐに閉じたことを思いだしたのです。

鴨の生態を知らない人には分かりにくいかも知れませんが、「薄目開けては又眠る」という動作に尋常ではない疲れを感じてもらえればいいと考えています。

こうして、私は「又眠る」という共振語を手に入れたので

した。私自身は、「文眠る」という平易なことばが気に入っています。しかし、これが共振語として働くかどうかはあくまで読者次第です。

作者にとっては、できるだけ自分の感動に近いことばを探しだせればいいのではないでしょうか。次に挙げた例句では、傍線部分が私にとっての共振語です。

葛晒す桶に宇陀野の雲動く　渡辺政子

生垣に乾く子の靴小鳥来る　高野清風

理科室に滾るフラスコ春隣　酒井多加子

○二五、切れについて

まず、次の文章をご覧ください。

①私は茨城県に住んでいます。(四・七・六)
②取手市の藤代という所です。(五・七・五)
③三月には、もう雲雀が啼き出します。(六・六・六)

今回はこの文章と、次の水原秋桜子の俳句作品から、切れということを考えてみたいと思います。

葛飾や桃の籬も水田べり　水原秋櫻子

まず、目的の違い。私の文章は、自己紹介という目的に適うように三つの文が配置されています。一方俳句の目的は、感動を表現するということです。掲句には、葛飾の景物に対する秋桜子さんの感動が脈打っています。

次に、文の形。三つの文の末尾に、音数を付してみました。②の文は偶然にも五・七・五になっています。しかし、俳人には、はじめから五・七・五の制約が課せられています。

山本健吉は、「純粋俳句」(『俳句とは何か』所収、角川ソフィア文庫)の中で、五・七・五は、俳句の前提条件だと述べています。それでは、②の文章は俳句と呼べるのでしょうか。それを検討するまえに、作者の立ち位置を見ておきましょう。

私の文章では、私は語り部のように文章の背後に隠れていますが、俳句では、秋桜子さんは紛れもなく葛飾の野にいるのです。

それは、眼前の景を詠むことが、俳句の暗黙の了解だからです。俳句の場は、常に「いま、ここ」、「いま、ここ」は俳句表現の非常に重要なポイントです。

これを別のことばでいえば、俳句では、無限の時空間のなかに、作者の「いま、ここ」を措定しているのだといえるでしょう。そのなかで、時を特定するのに季語が大きく関与していることはいうまでもありません。

最後に、文章の意味。②の文章は、それだけでは意味が通じてくれません。つまり、散文では他の文章が文脈として意味を補完しているのです。

ところが、俳句には、後にも先にも頼むべき文章はありません。いわば、孤立無援。何も足さない、何も引かない覚悟で一句は屹立しているのです。

そうです。②の文章は五・七・五ではあっても俳句ではありません。山本健吉によれば、俳句が生まれた当初からの第一義的な約束は、切字だったといいます（純粋俳句）。

切字とは文字通り文章を切るためのものであり、意味の完結を表しているのです。朝妻主宰は、端的に「切れは句点」であり、「切字とは句点を含んだことば」だと説明されています。

俳句は、作者に言い切れと迫っているのです。それは、俳句が一句として成立するための必須の条件だからです。

○二六、句点について

切れは句点であるというとき、俳句にとって句点とはそもそも何なのでしょうか。もう一度、散文との比較に戻って考えてみましょう。散文では、思いのままに文の長さを設定して、好きなところで句点を打つことができます。いわば、「自由な句点」です。

一方俳句では、十七音の音数と五・七・五の韻の制約により、句点の位置も限られたものになります。散文との対比でいえば、「不自由な句点」ということになります。

俳句特有のこの「不自由な句点」は、作者に何をもたらすのでしょうか。一つには、一句一章なら十七音で、二句一章であれば、五音もしくは十二音で意味を完結させるように働きかけます。

俳句を始めて以来、私たちを悩まし続け、またそれゆえ俳句の虜にさせる魔力の正体は、この強制といっていいでしょう。

しかし、実はこの強制は、知らず知らずのうちに私たちを訓練しているのです。私たちは、十七音に盛るべき景物を探して、ものをよく見るようになっていきます。季節の小さな変化にも、心をときめかせるようになります。そして、外部に向かっていた目は自分自身にも向けられ、自分の心の動きをいちはやく捉えることができるようになるのです。

こうして、あれほど悩みの種だった強制が、いつしか、感じたところをすかさずことばにするための道具に変わっていることに気づくのです。

芭蕉さんは、「見るにあり、聞くにあり、作者感ずるや句となる所は、即ち俳諧の誠なり」（『三冊子』）と述べています。私たちの意識下に蠢く僅かな粒立ちさえ捉えようとしているのが、俳句なのではないでしょうか。昔から不思議に思っていた芭蕉さんの句があります。『奥の細道』の千住を出立する際に詠んだ次の句です。

行春や鳥啼き魚の目は泪　　松尾芭蕉

はじめは、離別に際しての感情の昂りを差し引いたとしても、少し大仰すぎるように感じていました。普通は、離別に際しての暗喩として解釈されているようですが、泪する魚のイメージは、確かにそのとき芭蕉さんが感得したことばだったのではないかと思い直したのです。

私たちは、無意識に俳句を信じています。俳句で嘘はつけないはずだと誰もが信じているのです。

雲の峰の標榜する「俳句は十七文字の自分詩、そして一日一行の自分史」とは、まさに作者の側からその確信を表明しています。俳句に対するこの信頼もまた、共感の母胎の一部です。俳句の句点とは、作者が読者を信頼して打つピリオドだったのです。

〇二七、切れてつながる

一句一章では、一つの文がそのまま一章を構成していますが、二句一章、三句一章の場合、複数の文が、どうして一章となりえるのでしょうか。

ここでは、二句一章、三句一章の句を例にとって、複数の文が、一章として認識されるプロセスを見ていきたいと思います。

まずは、二句一章の句からです。『伊吹嶺』から、いくつか拾ってみます。（句点筆者）

川なりに鯖の街道。風光る。　朝妻力

蘆芽ぐむ。棒杭残る渡し跡。　同

のどけしや。稲荷の口に小巻物。　同

琵琶やがて入水のくだり。冬紅葉。　同

星近き里や。夜干しの梅匂ふ。　同

これらの句を読んで読者が違和感をもつことなく、句の世界を堪能できるのは、作者が「いま、ここ」にいて、眼前の景物から触発された感動を提示しているからです。二つの完結した文は、作者が句点を打って読者に手渡した情報の全てです。

この二つの文が、読者の中に明確な映像を結びます。逆にいえば、たしかな映像を結ぶためには、文として完結していることが必須の条件になるのです。

季語一語を文とすることが多いのも、歳時記の解説や例句を通して、季語の世界が確立されているからといえましょう。

俳句を読んで読者が思い浮かべる映像が、読者を作者と同じ立ち位置につれていきます。厳密にいえば、作者が見たものと読者が思い浮かべるものは同じではないでしょう。しかし、共感の母胎をもつ読者であれば、この句を紐解き、作者と同じ立ち位置に立つことができるのです。

次に三句一章の句を見てみましょう。

目には青葉。山郭公。初鰹。　山口素堂

彼一語。我一語。秋深みかも。　高浜虚子

明日ありや。あり。外套のボロちぎる。　秋元不死男

緑なす松や。金欲し。命欲し。　石橋秀野

奈良七重。七堂伽藍。八重桜。　松尾芭蕉

一句目は視覚、聴覚、味覚と全身で、初夏の喜びが表現されています。二句目は、対話の場面。一語ごとに秋が深まっていくような感覚です。

また、三句目、四句目は、作者の境涯に対する独白が、読者の胸を打ちます。最後の芭蕉さんの句では、奈良の都をよんで、七、七、八と弾むようにことばが並べられ、何かを寿

ぐ気持ちが横溢しています。

このように、三句一章では、「いま、ここ」に加えて、三つの文を統べるモチーフが一章の意味の完結に寄与しているのです。

○二八、季語と季重なり

普通俳句では、季語は一つ、季重なりは極力避けるように教えられます。その理由は何なのでしょうか。季語が何かが分かれば、季重なりが何故いけないのか分かるのではないでしょうか。

『広辞苑』では、季語は、

連歌・連句・俳句で、句の季節を示すためによみこむように特に定められた語。

と説明されています。具体的に桜を例に考えてみます。

私の最寄り駅までの通勤路には、二つの児童公園があり、囲むように桜の木が植わっています、勿論一年中桜の木はあり、折々の風情を見せてくれます。桜にまつわる季語を調べてみると、仲春から初夏にかけていくつもの季語がちりばめられているのが分かります。

初花・初桜↓花・桜↓落花↓桜蘂降る↓葉桜

加えて、これらの季語には多くの副季語があります。桜の木は一年中あるのに、桜といっただけで桜の花を意味します。当たり前のことをいうようですが、ここに季語のもつ重大な特性があります。

桜といえば春に咲いた花をいうと決めた背景には、多くの人が、桜の花のもつ情趣を味わい深いものとして認めたということがあるでしょう。これを図式的にいえば、

季語＝事物＋事物のもつ季節固有の情趣

ということになります。つまり、

桜＝桜の木＋春になって咲いた花の情趣

といえましょう。桜についていえば、落花、桜蕊降る、葉桜とそれぞれの情趣を認めた結果、たくさんの季語が定着し

たのではないでしょうか。そして、この情趣のもとは、みな感動だったと思うのです。季語は既に情趣という感動を内在させたことばだったのです。

このように、ひとびとは思いの在りどころを、季語として結晶させてきました。つまり、季語は初めから感動の中心、いわば句の主役となるべきことばだと思うのです。季語が主役なら、一句のなかに季語は二つ要らないというのは、ものの道理です。

したがって、仮に季語が二つ以上でも、主役である季語がはっきりしており、他方を季語と感じさせないようにすることができれば、季重なりの問題は自然に解消するのではないかと思われます。

目には青葉山郭公初鰹　　山口素堂

視覚、聴覚、味覚とすべて主役級の季語です。注目すべきは、「目には」の「は」の働きです。目には青葉、山にはほととぎすの（声）というふうに、他の二つは初鰹を食するための豪華なお膳立てとなっているのです。

○二九、季語が主役ということ

前回私は、季語は一句のなかで主役となるべきことばだと述べました。季語が作者の感動そのものであるか、あるいは、その要因であることを強調するために、主役ということばを使いました。それでは、季語を主役として作る俳句とはそもそも何なのでしょうか。

歳時記のことを少し考えてみましょう。歳時記は、元々年中行事の解説書といった趣のものですが、俳句の季題集も歳時記といわれています。季節ごとの季語の説明や例句を中心として編まれ、生活の詩として四季折々の人々の暮しを活写しています。

ところで、たった十七音で、俳句は何を伝えようとしているのでしょうか。答えは人によってさまざまでしょうが、私は、俳句は、季節の移ろいに託した生きる喜びであり、悲しみであり、まさにいのちの実感なのではないかと考えています。

それは、ふと口をついて生まれた呟きであったり、共感を得るために発せられたぎりぎりのメッセージだったりします。そんな俳句に、仮に五音の季語を入れると、残りは十二音です。そうまでして、季語を一つ入れるということに、いったいどんな意味があるのでしょうか。

季語は、先人たちが守り育ててきた日本人として思いの丈の詰まったことばだと、私は考えています。その季語とともに、多くの日本人が泣き笑いして生きてきたのです。季語によって私たちは、先人たちの思いにつながることができるのではないでしょうか。

季語の解説に例句を添えた、美意識の集大成のような歳時記。その歳時記を育て、新たな美を付加しようとする連綿とした営み……。

かたまって薄き光の菫かな　渡辺水巴

春になると私は、決まってこの句を思いだします。来年も再来年も、私は、この句を思いだすでしょう。「繰り返される」ことで、この句は、既に永遠のいのちを獲得しているのではないでしょうか。野に咲く菫の花のように、この句も毎年私のこころに咲くからです。

このように、季語によって一句が季節のなかに措定されると、優れた俳句もまた、野辺の花のような存在になるのではないでしょうか。そして、繰り返し読まれることで、永遠性を獲得していくのだといえましょう。

日本人は、季節の景物にこころをよせ、慈しみ、季語として守り育ててきました。季語は、日本人の心性そのものといっては言い過ぎでしょうか。

俳句は、個人的な、季語との出会いの体験を詠うものだと私は考えています。ですから、そこには作者の出会った季語が一つ必ず入ることになるのです。それ故、俳句は作者にとっての自分詩となるのではないでしょうか。

〇三〇、季語のゆたかさ

何の目的をもたずに歳時記をつらつら眺めていると、自分の知らないことばのなんと多いことかと、改めて気づかされます。不勉強といえばそれまでですが……。

それにしても、日本人はみな詩人ではないかと思えるほどです。どんなことばも初めは誰かが口にし、共感を呼び、定着してきたものだといえるでしょう。

それでは、さっそく歳時記を繰ってみましょう。例えば、木の芽の項をひらいてみます。

木の芽張る、木の芽垣、名の木の芽、雑木の芽、欅の芽、山毛欅の芽、楢の芽、桜の芽、柿の芽、銀杏の芽

つぎつぎにでてきます。『角川俳句大歳時記』には、何と二十六もの副季語が採録されています。そこには一茶の句、

木々おのおの名乗り出でたる木の芽かな　小林一茶

も紹介されていて、人と木々の近さを感じることができます。長い冬を耐え忍び、春を迎えて一斉に芽吹きだした木々への共感が、これだけの数の季語を残してきたといえるでしょう。さらに、木の芽を冠した季語もあります。

木の芽雨、木の芽風、木の芽時、木の芽晴、木の芽冷え、木の芽山

もう、みんなこの季節が大好きという感じです。

木の芽のことをお話ししましたので、こんどは秋に目を転じて、もみじの項をひらいてみます。

もみじ葉、色葉、紅葉の錦、紅葉山、夕紅葉、庭紅葉、櫨紅葉、桜紅葉、柿紅葉、銀杏紅葉

木の芽と紅葉の間には、若葉、青葉の季節があり、人々が暮しのなかで、これらの木々に注いだ深い眼差しを感じとることができます。

ところで私の手元に、『花の名前』、『雨の名前』、『風の名前』と名づけられた写真とエッセーのシリーズ（小学館、高橋順子文、佐藤秀明写真）がありますが、採録された数の多さに驚かされてしまいます。

特に、雨と風は、農耕や漁業に密接に結びついているため、人々の暮しの中から名付けられ、淘汰されてきたものだと思われます。たとえば、黒南風《くろはえ》は、

黒っぽい雨雲のかかる梅雨入りのころにやわらかに吹く南風で、鳥羽や伊豆地方の船乗りの言葉だった。

いっぽう梅雨明けの白南風《しらはえ》は、

「しろはえ」ともいう。梅雨明けのころにそよ吹く南風。雨雲に代わって白い巻雲や巻層雲が広がる。

と、説明されています。これらのことばは、季節をよりいっそう美しいものにしているように思われます。

そこには、日本人の豊かな感性が連綿と息づいています。俳句はそれらのことばを守り育てている文芸といえるのではないでしょうか。

白南風や砂丘にもどす靴の砂　　中尾杏子

○三一、季語の二面性について

五・七・五で季語一つ、これが、初心者がまず教わることです。季語を通して先人たちの美意識に目覚め、季語のもつ豊穣な世界に触れることを教わるのです。

ほとんどの季語は現実に見聞きできる自然物としての側面と、例句に彩られた文学としての側面を持っています。季語はこの二面性を担うことで、豊穣な世界を作り出しているといえましょう。

ところで、季重なりは、眼前の景としてみたらただ同居しているに過ぎないものが、季語どうしだったという場合がほとんどです。季語は、それぞれが独立した世界を持っていますので、季語どうしが一緒になれば喧嘩してしまうと考えてもいいでしょう。

さて、一口に季語といっても、和歌の時代からある縦題、俳諧の時代に取り込まれた横題、比較的新しいもの、また、景物としては、季節限定のもの、一年中見られるものなど様々です。

例えば、鵯は秋の季語ですが、今では一年中見ることができます。昔は漂鳥といって夏の間は森林で暮らし、秋になって人里に現れたので秋の季語となったのでしょう。しかし、いまでは生態の変化により、街の鳥といってもいいくらいいつでも見かけることができるようになりました。それでは、秋の季語の鵯を他の季節に詠んではいけないのでしょうか。

眼前の景を詠むことが第一義だと私は考えています。眼前の景こそが、感動の源だからです。確かにあの甲高い、尾を引くような鵯の声には独特の響きがあります。

人々は秋の到来を強く感じ、秋の季語として定着させてきたのでしょう。いつも、感動を呼び起こすのは、現実の景なのです。そして、その感動や美意識を追認し、そこに新たな内容を盛り続けた人々の手で例句の世界が築かれてきたのです。

鵯を季語として作句するということは、季語のもつ美意識の世界に連なることを意味しています。一句の季語が一つなら、作者は、季語のもつ豊穣な世界を味方に付け、自句を完成させることができるのです。

しかし、地味な色の鶫が、花の蜜を吸う姿などはなかなか絵になり捨て難いものがあります。それには、まず鶫の持つ濃厚な秋のイメージを払拭しなければなりません。

一、インパクトの強い他の季語と組み合わせることで、季語の装いを奪ってしまう。

二、括弧付き（限定付き）とすることで、本来の季節でないことをイメージさせる。

などが、その方法として考えられます。

蜜吸うて鶫が貌だす桜かな　　金子つとむ

○三二、表現領域の拡大――二物衝撃

自分の感動を表現したいとき、俳句はその選択肢の一つに過ぎません。音楽でも美術でも、相応しいものを選択すればいいわけです。

しかし、もし仮に、俳句で表現してはいけない領域があるとしたら、それこそが問題なのではないでしょうか。

季語が感動の中心だとすると、予め定められた季語の情趣の範疇でしか、俳句を詠むことはできないのでしょうか。実は俳句には、季語の情趣を塗り替える方法がある、あるいは新たな季語を生み出す力があるというのが、私の考えです。それが、二物衝撃です。

結社雲の峰の朝妻主宰説によれば、二物衝撃は、

二句一章　　二物衝撃型俳句
二つの文節を真正面から衝突させる句形。
蟾蜍長子家去る由もなし　　中村草田男
算術の少年しのび泣けり夏　　西東　三鬼
　蟾蜍。長子家去る由もなし。
　算術の少年しのび泣けり。夏。
二物衝撃と呼ばれ、緊張感の出る句形。

と、説明されています。衝撃ということばが示すように、ここでは、季語に対する新たな情趣（衝撃的な情趣）が発見されているのです。

草田男の句でいえば、確かに、蟾蜍と長子家去る由もなしとの取合せは意外ですが、よく考えてみると、家というものの手桎足枷を肯う長子の在り方と、蟾蜍のグロテスクだが土から生えたような土着性とは、どこか相通じるものがあるといえるでしょう。

また、蛙は卵をたくさん産むことから子孫繁栄の象徴といわれていることも、作者の脳裏にあったかも知れません。何れにせよ、この意外な組合せに対し読者が戸惑いながらも得心したときが、蟾蜍という季語に新たな情趣が加わった瞬間であったといえましょう。衝撃とは、通常ならありえない組合せの中から、新しい情趣が生まれる衝撃だったのです。

このように、二物衝撃は季語を超え、季語に新たな情趣を付加していくものといえましょう。

季語の働きでいえば、季語は句の真意を伝えるために働くのに対し、二物衝撃の句では、季語はその句の中で新たな意味を付加され、再生を果たしているともいえます。

そして、新しい季語もまた、作者が発見した新たな情趣が提示されることで、生まれてくるのです。二物衝撃の最大の機能は、季語を新たに生み出すことにあるのではないでしょうか。

万緑の中や吾子の歯生え初むる　　中村草田男

○三三、子規の俳句革新

正岡子規は、俳句は文学であると確信していました。月並調の俳句をあれ程攻撃したのは、その思いがいかに強かったかを物語っています。『俳諧大要』（岩波文庫）の中で、子規は次のように述べています（傍線筆者）。

- 俳句は文学の一部なり。文学は美術の一部なり。故に美の標準は文学の標準なり。文学の標準は俳句の標準なり。天保（一八三〇）以後の句は概ね卑俗陳腐にして見るに耐えず。称して月並調といふ。（括弧内は元年の西暦）

また、別の箇所では、

- 古人の俳句を読まんとならば総じて元禄（一六八八）、明和（一七六四）、安永（一七七二）、天明（一七八一）

の俳書を可とす。（括弧内は元年の西暦）

と、芭蕉、蕪村の時代の俳書を薦めています。

また、俳句問答（『ちくま日本文学全集』筑摩書房）では、月並俳句の特徴を次のようにのべています。

■彼（月並俳句：筆者注）は往々知識に訴えんと欲す
■彼は陳腐を好み新奇を嫌う傾向あり
■彼は懈弛《たるみ》を好み緊密を嫌う傾向あり
■彼は洋語を排斥し漢語は自己が用いなれたる狭き範囲を出づべからずとし、雅語も多くは用いず
■彼は俳諧の系統と流派とを有す

子規がどんな句を月並と呼んだのか、子規が句のたるみの項（俳諧大要）で例に挙げた句で考えてみましょう。

立ち並ぶ木も古びたり梅の花　舎羅（元禄）

二もとの梅に遅速を愛すかな　蕪村（天明）

すくなきは庵の常なり梅の花　蒼虬（天保）

舎羅の句は、老木に対する感慨を述べて、言外に自己の老いをも語っているようです。

蕪村の句は、梅の花の遅速を愛でることで、深く自然のなかに没入しているように見受けられます。

これに対し蒼虬の句は、梅の花の少なさを言うのに、「庵の常なり」と、理屈にしてしまった感があります。

子規は蒼虬の句を、「天保の句は、ゆるみがちなるものをなほゆるめたらん心地あり」と評し、月並調と断定しています。しかし、蒼虬の理屈にも人々を感心させる力が備わっているように思われます。

ここで問題なのは、感動と感心の違いではないでしょうか。俳句が感動を忘れて理知に走るとき、ことばあそびに堕《だ》してしまう危険性を孕んでいます。ことばあそびもまた、別の意味で面白いものだからです。

子規の俳句革新は、この理屈に堕することの対抗措置だったのではないでしょうか。あれから百年以上、写生は人々の間に脈々と受け継がれているのです。

○三四、俳句の美しさについて

俳句の魅力の一つに、ことばの美しさがあるように思います。飛行機の機体の美しさを機能美といいますが、むだのないことばの配列、ことばどうしの相互関係が醸し出す美しさは、まさに機能美といってもいいかもしれません。

また、一方ではことばがしなやかな構造物のように感じられることもあります。カテドラルのように厳然と聳える屹然とした美しさ。

もちろん、そんな句が、生涯に何句もできるわけではないでしょうが、長年にわたって人の口の端にのぼり、人のこころを捉えてきた句には、そのような美しさがあるように思えるのです。

句意が俳句の中身だとすれば、この美しさは俳句の姿といっていいでしょう。

子規は、『俳諧大要』(岩波文庫)のなかで、句のたるみということを次のように指摘しています。

一、語の上にたるむたるまぬといふ事あり。たるまぬとは語々緊密にして一字も動かすべからざるをいふ。たるむとは一句の聞え自ら緩みてしまらぬ心地するをいふ。

二、口調のたるむこと一概には言ひ尽されねど、普通に分かりたる例を挙ぐれば虚字の多きものはたるみやすく、名詞の多きものはしまりやすし。虚字とは第一に「てには」なり。第二に「副詞」なり。第三に「動詞」なり。(中略)。

ものたらぬ月や枯野を照るばかり　蒼虬

といふ句の中に必要なるものは月と枯野と二語あるのみ。(後略)

もとより、子規はたるみをすべて否定している訳ではありませんが、ことばのたるみの問題は、一句の美しさに関わる重要な問題のように思われます。

俳句では不要なことばを極力排除することで、一語一語が十分に働く場を提供するのです。以前に、俳句にするとことばの質量が増すといったのは、すべてのことばが、置かれるべくしてそこに置かれているからなのです。

城の石垣のように、どれ一つとっても不要な語はない、それが、俳句の美しさの根本にあるように思うのです。

俳句の難しさがここにあります。また、俳句の楽しさもここにあるといっていいでしょう。何故なら、このようにことばの意味を吟味し、ことばを駆使できるようになるためには多くの経験を必要とするからです。
それは、ことばのプロフェッショナルになることに他なりません。雲の峰の標榜する「正しい日本語」とは、ことばのプロフェッショナルとして、当然すぎることなのではないでしょうか。

〇三五、ことばの芸術――「笹鳴」考

杉山康彦は、『ことばの藝術』（大修館書店）のなかで、日常語と文学の言語の違いを次のように述べています。

> 例えば「たつ」という語は、「霞がたつ」「波がたつ」「片足でたつ」「都へたつ」「うわさがたつ」「目にたつ」「春がたつ」「時がたつ」等々さまざまの意味がある。これは、「たつ」という語がもともとこのような多様な意味を荷っていたわけではない。（中略）
> もともと「うわさがたつ」は「霞がたつ」を背景としている。霞がたつようにうわさがたつ。ここでは得体の知れぬうわさというものがきわめて生なましくとらえられている。
> しかし、日常語では、
> 一つ一つの語はあらかじめ意味を荷っているものであるかのように意識されている。それが日常語であるとわたくしは思う。そしてその意識下にもぐらされてしまったものを意識に呼びおこさせる、それが文学としての言語のありようであると思う。（傍線筆者）

つまり、文学のことばは、ことばが生まれたときの生々しさを人々に気づかせるように働くというのです。「舌頭に千転せよ」という芭蕉の教えは、それだけ入念にことばを吟味しなさいということでしょう。前置きが長くなりましたが、句の鑑賞に移りましょう。

笹鳴や渾身に練る墨の玉　　吉村征子

よほど閑静な工房なのでしょう。ときおり、あの舌打ちのような鶯の声が聞こえてきます。その余韻に浸っていると、

場面は一転、職人の姿に移ります。聴覚から視覚へのこの転換は、気持ちがいいほど鮮やかです。

職人は、墨を練ることに集中しています。あの笹鳴は、この職人の耳に届いているのでしょうか……。「渾身に練る」が、職人のこころと体のありようを見事に描きだしています。

冬とはいえ、うっすらと汗が滲んでいるかも知れません。未だ冬の装いを残す野の色と墨の玉の対比。そして、奈良墨の歴史に思いを馳せるとき、眼前の職人の姿は古の職人の姿と二重写しになり、この句の時空は一気に広がりをみせるのです。

笹鳴きに始まるS音の響きが、この句に爽やかな読後感を与えています。

さて、祝賀会で同席した吉村さんは、「奈良という地名に助けてもらいました」と仰っていました。しかし、「渾身」を選び、「笹鳴き」を斡旋し、奈良を味方に付けたのは、まさに作者の力量といえるでしょう。ことばはもとより誰のものでもありません。そのことばを借りて秀句を残せたら、それは後世への良き賜物なのではないでしょうか。

○三六、定型と字余り

五・七・五の定型は、作者に対しては、五・七・五で俳句を作るように働きかけ、読者に対しては、五・七・五のリズムで読むように働きかけます。

作者は、ことばのもつあらゆる要素を五・七・五にのせて送り出します。読者は、それを同じリズムで味わうのです。

次の二つの句から、作者が意図したそれぞれの時間を味わってみましょう。

牡丹散ってうちかさなりぬ二三片　　与謝蕪村

初蝶来何色と問ふ黄と答ふ　　高浜虚子

蕪村の句は、私にはスローモーションのように感じられます。牡丹の花びらが時間を畳み込むように散っていきます。その理由を少し考えてみましょう。

この句は、六・七・五です。たった一音ですが、私たちの体の中に基調としてある五・七・五のリズムと比較して、長く感じられるのではないでしょうか。

もう一つは、「つ」、「ん」の働きです。この句には、「つ」が一つと、「ん」が三つあり、いずれもリズムに変化をもたらしているようです。

特に下五の「ん」には、散った花びらの微動のようなものまで感じ取ることができるでしょう。

このように定型があることで、逆に定型からはみだしたときの効果というものも生まれてきます。

一方虚子の句は、五・七・五のリズムに乗せて、初蝶に出会った一瞬を鮮やかに切り取っています。「問ふ」、「答ふ」の脚韻が、緊迫した臨場感を伝えています。


次に十七音という音数は、句作にどんな影響を及ぼしているのでしょうか。あれもこれもがいえない俳句は、作者に対し、感動の焦点は何かを、常に気付かせようとするのです。感動の焦点とは、別のことばでいえば、ものごとの本質といってもいいでしょう。十七音は、本質をつかむための訓練といってもいいかも知れません。

もう少し、例句を見てみましょう。


白梅に明くる夜ばかりとなりにけり　与謝蕪村

白牡丹といふといへども紅ほのか　高浜虚子

蕪村の句は、五・八・五です。「冬鶯むかし王維が垣根哉」「うぐいすやなにごそつかす藪の霜」とともに、蕪村の絶筆三句と言われています。

中七が一文字増えただけですが、その時を迎える蕪村の安らかな心情が吐露されているように思います。病床の蕪村は、弟子にこの句を書き取らせ、「初春」と題をおくようにと指示して眠るように往生したと『夜半翁終焉記』（高井几董編）が伝えています。

また、虚子の句は、「白牡丹と」と六音で詠みだし、泰然とした花王の佇まいを見事に表現しています。

〇三七、ものの不思議に触れる

今日は、次の原石鼎の句をもとに、ものの不思議ということを考えてみたいと思います。みなさんは、あるとき不意にものがよく見えたという経験はないでしょうか。

駅のホームで、舗装の隙に一列に伸びた草の青さ、ふと見上げた真紅の薔薇の花びらに畳み込まれた薄闇、青空と拮抗するように見えた露草の花の藍。

芭蕉さんが「物の見えたるひかり」と呼んだものは、これではないかと私は勝手に想像したりしています。

青天や白き五弁の梨の花　原石鼎

さて、この句は、読めば読むほど不思議な句です。最初は、あまりに真っ正直で肩透かしを食らったように感じられます。何故なら、まるで図鑑の説明のように、当たり前のことを言っているとしか思えないからです。

しかし、さらに読み込んでいくと、まさにそのことが作者の主張ではないかと思えてきます。つまり、作者自身がこの句に付け加えることは何もないと言っている、作者自身がこの句の世界に感動し充足しているのです。

せ・い・て・ん・や・し・ろ・き・ご・べ・ん・の・な・し・の・は・な

こんどは、一字一句をゆっくりと読んでみます。青空を背景に真っ白な花びらがくっきりと浮かんできます。まさに五弁の梨の花。青空はどこまでも青く、花びらはどこまでも白い。それが、美しく存在を主張し始めるのです。

考えてみれば、青天と名付け、白と名付け、五弁と名付け、梨の花と名付けて分かったつもりになっていますが、そのものの何が分かったというのでしょうか。この梨の花の存在だけでも十分に不思議ではないか。作者は、そう言っているかのようです。

ここでは、それぞれのことばが、生まれたときの生々しさに立ち返っています。この句から聞こえてくるのは、ことばそれ自体の響きなのです。しかし、何故そうなのでしょうか。この句のどこにその秘密があるのでしょうか。

一つには、作者は梨の花と青天以外、描写を止めてしまったようなのです。作者の視線は、まるで梨の花に焦点の合ったその瞬間に凍りついてしまったのでしょうか。

あるとき、ふと見慣れた文字が何故か不思議に感じられる瞬間があるように、作者の視線もまた、梨の花の不思議さに触れてしまったのではないかと思われます。作者はやがて、搾りだすようにことばを吐き出します。

青天や……白き……五弁の……梨の……花

作者には、芭蕉さんのいう、梨の花のひかりが見えていたのではないでしょうか。ひかりとはいのちそのもの。作者が充足のなかから、やっとの思いで搾りだしたことばが、掲句なのではないかと思うのです。

○三八、類句・類想について

いきなりクイズです。千、三千、二万さて何の数でしょうか。勿論これだけで分かりっこないのですが、『小林一茶』（金子兜太著、小沢書店）を読んでいたら、出くわした数字です。正解は、生涯で作った俳句の数が、芭蕉約一千、蕪村約三千、一茶約二万ということでした。

芭蕉さんは類句・類想を嫌って、最期まで自句の推敲をされたと聞いていますが、一茶は、類句類想には無頓着で、むしろ気に入ったことばがあるとそれを面白がっていろいろと試していたようです。

よく類句・類想は避けるように言われますが、それは何故なのでしょうか。また、私たちは、類句・類想に対してどのように対処すればいいのでしょうか。

類句・類想を避けよということと、個性的であれということとはどこか通底しているように思われますが、個性的ということについて、養老孟司さんが『バカの壁』（新潮新書）のなかで、面白いことを述べています。

人間の脳というのは、こういう順序、つまり出来るだけ多くの人に共通の了解事項を広げていく方向性をもって、いわゆる進歩を続けてきました。マスメディアの発達というのは、まさに「共通了解」の広がりそのものということになります。（中略）ところが、どういうわけか、そうした流れに異を唱える動きがあります。「個性」の尊重云々というのがその代表です。（後略）

短い俳句が伝わるのは、季語という了解事項があるからです。共感は、この了解事項のうえに成り立っています。百人の人が作れば、類句・類想の山なのです。初心のうちは、類句・類想に囚われずに、どんどん作ったほうがいいのではないでしょうか。

俳句大会などでは、類句・類想が発覚した場合は、入選を取り消すことがあると書かれています。しかし、間違いなく自分の句であれば、何も恐れることはないでしょう。

そして、もし類句・類想だといわれたら、先客がいたと素直に引き下がればいいだけです。むしろ、指摘を受けるような類句・類想句ができたということは、それだけ実力がついた証でもあります。

そのくらいのレベルになったら、例句にはない世界を詠むように心がけたいものです。そのための唯一の方法は、自分に正直になることではないでしょうか。

自分の思いに忠実に作ってさえいれば、いつか自分らしさというものが出てくるでしょう。生涯に二万句を作った一茶ですが、私には、俳句を心底楽しんでいたのではないかと思われます。

露の玉つまんで見たるわらべ哉　　小林一茶

○三九、作品が生まれるということ

最近のことですが、『ミヒャエル・エンデが教えてくれたこと』（新潮社、とんぼの本）という本のなかで、次のようなエンデのことばを知りました。

どこかでなにか作品がうまくできれば、音楽でも、絵でも、いや、小さな詩でもいいのですが、いい作品が生まれれば、その作品が存在するということだけで、世界は変革されるのです。『芸術と政治をめぐる対話』（岩波書店）

このことばから、真っ先に思い浮かんだのは、

古池や蛙飛びこむ水の音　　松尾芭蕉

でした。一つの作品が世界を変革する、芭蕉のこの句も、まさにそのような句として生まれたのだと思えるのです。

子規は、『俳諧大要』（岩波文庫）のなかで掲句にふれて、

古池に蛙が飛びこんでキャプンと音のしたのを聞きて芭蕉がしかく詠みしものなり。

とあっさりと述べていますが、子規は同書に収められた『古池の句の弁』という一文では次のように述べ、掲句の価値を、ことばを極めて賞賛しています。

翌々貞享三年、芭蕉は未曾有の一句を得たり。
古池や蛙飛び込む水の音

これなり。この際芭蕉は自ら俳諧の上に大悟せりと感じたるが如し。今まではいかめしき事をいひ、珍しき事を工夫して後に始めて佳句を得べし思ひたる者も、今は日常平凡の事が直に句となることを発明せり。（中略）芭蕉は終に自然の妙を悟りて工夫の卑しきを斥けたるなり。（傍線筆者）

そして、文末に連歌以来の蛙の句を連ねて読者の便に供していますので、いくつか抄出してみます。

手をついで歌申し上ぐる蛙かな　宗鑑

苗代をせむる蛙のいくさかな　未満

鶯と蛙の声や歌あはせ　親重

呪ひの歌か蛇見て鳴くかへる　氏利

赤蛙いくさにたのめ平家蟹　一雪

ここにでてくるのは、蛙の声であり、蛙合戦であり、蛇との絡みあいといったいわば固定観念ばかりです。それに引き換え、芭蕉の句は、蛙そのものを詠んでいます。

もちろん列挙した人達も蛙を見て、その声を聞いたことでしょう。それでは、この人達と芭蕉とでは、どこが違うのでしょうか。子規は、芭蕉が「工夫の卑しきを斥けた」と述べています。

裏を返せば、工夫する必要がないほど、自然はすばらしいということを認めたということでしょう。自然を尊敬する態度といってもいいかも知れません。

そのことに気づいた芭蕉は、それを「造化に帰れ」ということばに残し、子規は、「写生」を唱導することで、実践したといえるのではないでしょうか。

○四○、よこはま・たそがれ

俳の森にいきなり演歌のタイトルがでてきたので、びっくりされたかも知れませんが、俳句固有の方法である提示ということを、山口洋子さんの歌詞を参考にして、真面目に勉強してみたいと思います。

よこはま　たそがれ　ホテルの小部屋

この歌の出だしです。地名、時間の特定、そして、とあるホテルの一室へと聞き手を誘います。この手法は、聞き手を自然に歌詞の世界へ導く手法といえましょう。

もうお気づきかもしれませんが、この歌のタイトルも「横浜の黄昏」ではなく、『よこはま・たそがれ』です。

くちづけ　残り香　煙草のけむり

次の歌詞は、一転して室内の様子を描いています。ここで注目したいのは、触覚、嗅覚、視覚が動員されていることです。このことで、イメージの単調さを免れているように思われます。さらには、

ブルース　口笛　女の涙

と、物語風の心象風景が続きます。そして、それまで抑えに抑えていたものが、一気に噴き出すように、

あの人は　行って　行って　しまった
あの人は　行って　行って　しまった
もう帰らない

と激情の迸りとなって現れます。この歌詞で作者がもっともいいたかったことは、「もう帰らない」ではないかと思われます。

この歌詞は、俳句の提示の方法と極めてよく似た構成になっています。唯一異なるのは、最後の感情表出の仕方だけです。俳句では一般的には、このような直接的表現は用いず、すべて季語に託すことで、自己の心情を相手に伝えようとします。

試みに、この豊穣な歌詞の世界のほんの一部を、俳句で再現してみました。一番、二番、三番の歌詞をできるだけ使わせていただきました。

たそがれのホテルの小部屋鳥雲に

ゆきずりの気まぐれ男居待月

海鳴りや一羽のかもめ灯台に（無季）

いかがでしょうか。追加したことばは、季語の、〈鳥雲に〉と〈居待月〉だけです。三句目は、もし鷗が冬の季語であれば、このままで俳句として成立するでしょう。

この歌は、一九七一年に大ヒットしましたが、歌詞のすば

らしさ、歌手の歌唱力に加えて、その理由の一つとして、聞き手の参加ということがあるように思います。

　ぽつんぽつんと置石のように置かれたことばに、聞き手が自分の思いを重ねていくのです。つまり、そこには聞き手の数だけの『よこはま・たそがれ』が生まれていたのではないでしょうか。

○四一、ゴールイメージ

　まずは、散歩日記から。

　相馬南公民館横の早苗田に降りていた胸黒が一斉に飛び立ち、一巡りして降りてきた。その一糸乱れぬ群れの動きのすばらしさ。まるでバレエを見ているようである。そういえば、長い脚をつつとはこんで、胸をそらして立ち止まるのもどこかバレリーナを思わせる。胸黒が動くたびに、動いた分だけの水脈ができる。

　こんな光景を目の当たりにすると、鳥好きでなくても息を呑むのではないでしょうか。胸黒は、文字通り胸の辺りが黒い千鳥の仲間です。その俊敏な動き、すっきりとした立ち姿には惚れ惚れします。

　この胸黒（千鳥）の躍動感を句にしたい。早苗田（四音）あるいは、早苗、植田（三音）は外せません。季重なりを考慮すると旅の千鳥（六音）とするのが妥当でしょう。

　そうすると残りは、七音から八音。助詞を除くと五音程度で胸黒の動作の核心を言いとめなければなりません。それが共振語です。しかし、共振語は、感動の核心、ものごとの本質とでもいうべきもので、そう簡単に手に入るわけではありません。

　次の句は、いずれも習作で、ゴールイメージには、程遠いものです。ゴールは、自分自身が分かっています。感動の核心を探りあて、それに適切なことばを与えることができたとき、句は完成に近づくでしょう。しかし、それは遠い道程です。

早苗田に旅の千鳥の影速し　　金子つとむ
植田暮る旅の千鳥の声いれて　　同
植田はや旅の千鳥の影止む　　同

　中村草田男は、『俳句入門』（みすず書房）のなかで、

花影婆娑と踏むべくありぬ岨の月　原石鼎

を評して、次のように述べています。

月の光で、神々しくなった花影が「さあ遠慮なくお踏みください」といってでもいるように、あまりにも雑作なく踏めるところにあったので、うれしいと同時に、かえって、すぐには踏めなかったのです。（中略）

むずかしいことばを無理につかってはいけませんが、対象の姿とそれの伴っている感じを如実に表現するためには、よほど吟味して言葉をえらんでこなければならないことと、つかった言葉の相互間に調和がとれていなければならないことが、この句をよく味わってみると、よくわかると思います。（傍線筆者）

傍線部は、先に私が述べた千鳥の句のゴールイメージとおなじものです。このゴールイメージに近づける作業が推敲であり、確かな認識を得るためのプロセスでもあるのです。

○四二、シュールな瞬間

英語では俳句ができる瞬間を、ハイク・モメント（俳句的瞬間）と呼ぶそうですが（『海を越えた俳句』佐藤和夫著、丸善ライブラリー）、俳句では一瞬の感覚を切り取るとき、そこにはシュールな感覚が生まれることもあるようです。

例えば、松瀬青々の句に、

日盛りに蝶のふれ合ふ音すなり　松瀬青々

というのがありますが、蝶の触れ合う音とは、いったいどんな音でしょうか。

また、雲の峰の師系でもある風の細見綾子さんには、

蕗の薹食べる空気を汚さずに　細見綾子

があり、食べることで空気を汚すという感覚が、やはり常人離れしているように思います。

他にも、

行く春や鳥啼き魚の目は泪　松尾芭蕉

閑かさや岩にしみ入る蟬の声　　同

などがあります。

私も以前に、

とんぼうのじつと時間の外にゐる　　金子つとむ

と詠んだことがありますが、そのとき私は明らかに、通常の時間とは別の時間の流れを感じていました。蜻蛉が、私たちの時間の外にいるという感じです。

ですから、私は、これらの句は、誇張やレトリックではなく、まさに、俳句的瞬間を一句に閉じ込めたものと理解しているのです。

青々さんの蝶の触れ合う音とは、乱舞する蝶の羽の触れ合う音ではないかと思われます。それは日盛りを生き抜くたくましい羽音かも知れません。

また、綾子さんの句は、蕗の薹のいのちを頂くという思いがこのような表現となって結晶したのでしょう。

芭蕉さんの句は、理屈ぬきで思わず肯ってしまうほどの強さをもっています。

このように、いのちの営みに見入る眼が、見えるはずのないものを見、聞こえるはずのない音を聞いたとしても、少しも不思議ではありません。

俳句では、そんなあえかな一瞬の感覚を、捕捉することもできるのです。

冬の水一枝の影も欺かず　　中村草田男

この句について草田男は次のように自解しています。

冬の水は恐ろしいほどに澄み切って、罪こそ写しませんが、まさに「浄玻璃の鏡」となって、裸木の小枝の一本一本にいたるまで写し取っているのです。その明澄さと厳粛さとはどうしても「欺かず」という言葉でなければ表現できません。（『俳句入門』みすず書房）

○四三、自選の難しさを克服する方法

皆さんは、句会などで自信作が選ばれず、そうでない句が選ばれるという経験をお持ちではないでしょうか。自信作は思い入れが強い分だけ、句の欠点に気づかないことに加え、

選句されなかったことが記憶に残りやすいようです。

これを一言でいえば、自選の難しさといえましょう。その理由は、作者である自分は、句に書かれていないことまで全て知っているということに尽きるのではないでしょうか。また、そうである限り、いくら気をつけても、すこし油断すると同じような過ちを繰り返してしまうものなのです。これは、筆者の経験からそう断言できます。

さて、自選をできるだけ客観的に行う方法はないのでしょうか。実は、みなさんは既にいろいろと工夫されているはずです。人から聞いた話を総合すると、大きく二つに大別されるようです。

①他人の意見をきく（他者の介在）
②時間を置いて自句をみなおす（時間の介在）

そこで、今回は、私が実践している方法をご紹介したいと思います。ポイントは、次の三つです。

①句形の確認（句意の伝わる形になっているか）
②場所の確認（作者の居場所が明確か）
③共振語の確認（句全体が共振語の役目を果たす場合もあります）

それでは、具体例で説明してみましょう。

（原句）青空に散らばる雲や五月来る　金子つとむ

①情景提示、②不明、③散らばる

作者は、空を見渡せるような場所に立っているようですが、そこが何処かは判然としません。そこで、〈五月来る〉を〈田植かな〉に代えてみました。

（推敲句）青空に雲の散らばる田植かな　金子つとむ

田植は仲夏の季語ですが、当地では五月連休過ぎには、ほとんど終わっています。田植という季語によって、植田の上に浮かぶ雲が見えてきます。勿論、季語が変われば句意も大きく変わります。ただ、場所を示すことばがあることで、読者はいっそう景を想像しやすくなります。

（原句）骨董の露肆に散りこむ夏落葉　金子つとむ

①一句一章、②不明、③散りこむ

（推敲句）境内の露肆に散りこむ夏落葉　金子つとむ

推敲句では、「骨董」を「境内」に変えていますので、作者は、神社の境内にいることになります。しかし、句意はかなり変わってきますので、最終的な選択はやはり作者の判断に負うことになります。

ところで、〈をりとりてはらりとおもきすすきかな〉（飯田蛇笏）では、作者の居場所は芒のありそうな場所ということになります。しかし、掲句では芒そのものの有り様に重点が置かれているため、それだけで十分なのです。

○四四、季重なりの回避策

鳥見をしていると、季重なりの場面を詠みたくなることがしばしばあります。しかし、季語は主役ですから、できれば一つだけのほうがいい。

季語は景物そのものに、人々が感じてきた情趣の付加されたことばです。季重なりのいちばんの問題は、この情趣と情趣がぶつかってしまうことだといえましょう。

ですから、情趣のぶつかりさえ回避できれば、季重なりの問題を回避することができます。

具体的な方法を考えてみましょう。

枯蘆の髄を啄む柄長かな　　金子つとむ

冬の探鳥会での光景です。二十羽ほどの柄長の群れが、枯蘆の腹をつついて、中の幼虫を食べています。

枯蘆と柄長のどちらの情趣が優勢でしょうか。柄長は夏の季語ですが、「髄を啄む」が冬の柄長の生態を描いており、枯蘆の情趣が優勢だということにならないでしょうか。

早苗田に旅の千鳥の啼く夜かな　　金子つとむ

当地では、五月の連休時が田植えのピークですが、この時期の早苗田には、北方への渡り（春の渡り）の途中の鴫、千鳥の群れが入ります。胸黒、大膳、京女鴫、中杓鷸などです。歳時記では鴫は、秋季、千鳥は冬季に分類されています。千鳥は、情趣の強い季語だけに、早苗田と千鳥の組み合わせはどこかちぐはぐな印象を与えかねません。

そこでただの千鳥ではなく、旅の千鳥としてみました。これで、早苗田の情趣がゆるぎないものになれば、句としては問題ないということになりましょう。

蜜吸うて鵯の貌だす桜かな　　金子つとむ

地味な色合いの鴨ですが、花の蜜を吸う姿などはなかなか絵になるものです。強い桜の情趣をもってきたことに加えて、花の蜜を吸う鴨を描出することで、秋の季感を感じさせないようにしました。

読者は一句のなかに季語があれば、まず季語として鑑賞しようとするでしょう。そこで、もし季節の異なる季語があったり、同じ季節でも情趣がぶつかる季語があると、違和感を覚えるのだと思います。

この違和感を解消するためには、他方の季語の情趣を払拭するための工夫が必要になります。それが、髄を啄む（柄長）であり、旅の（千鳥）であり、蜜吸う鴨でした。

しかし、よく考えてみれば、これらはみな、眼前の景をただ描出しているに過ぎないのです。眼前の景には、なんら矛盾はないといってもいいでしょう。

ですから、私たちは、安心して眼前の景を詠み、季語の情趣がぶつかりそうなときだけ、表現上の工夫をすればいいのではないでしょうか。

〇四五、季重なりの句の鑑賞

季語の情趣のぶつかりあいがどのように解消されているかを中心に、季重なりの句を鑑賞してみたいと思います。

露の幹静に蟬の歩きをり　　高浜虚子

単に蟬といったときの情趣はその鳴き声にあるのではないでしょうか。しかし、この句では、静かに歩く蟬の姿を描出しています。びっしりと露をおく太い幹とはかなげな蟬との対比。この句の季感は、あきらかに露（秋）のものではないでしょうか。

しぐれつつ留守守る神の銀杏かな　　高浜虚子

時雨も神の留守もともに初冬の季語。しぐれはその情趣として、人生の無常を表徴するものとされています。

しかし、この句は、人生の無常を詠うというよりも、神の留守を銀杏の木が守っているというところに眼目があるように思います。銀杏に降るしぐれはなんの違和感もなく、句に溶け込んでいます。

夕顔を蛾のとびめぐる薄暮かな　杉田久女

夕顔は晩夏の季語、蛾は夏の季語です。夕顔の時季の方が限定的である分、夕顔の季感が優勢のように思われます。また、この句の眼目は、薄暮のなかに浮かぶ夕顔にあるのではないでしょうか。だからこそ、火取虫とも言われる蛾を欺いて、呼び寄せているのです。

啄木鳥や落葉をいそぐ牧の木々　水原秋櫻子

啄木鳥は秋で落葉は冬の季語ですが、落葉が不思議と気にならないのは、何故でしょうか。その秘密は、「落葉をいそぐ」という措辞にあるように思います。落葉を急ぐとすることで、冬の訪れの早い高原を描出し、違和感がないのです。つまり、この句の季の現在は、秋ということで、季語はもちろん啄木鳥ということになるのです。

大原や蝶の出て舞ふ朧月　内藤丈草

蝶も朧月もともに春の季語です。蝶の情趣は、春になって見られることで、春の到来を告げる趣があります。それに、蛾が夜によく見られるのに対し、蝶は昼のものです。

しかし、掲句の蝶は月夜に舞っています。蝶はあるいは、丈草の見た朧月夜の幻覚だったのではないでしょうか。

秋天の下に野菊の花弁欠く　高浜虚子

天と地、大と小、この句には大いなる対比があり、句柄を大きくしています。秋天は秋、野菊は仲秋の季語です。

季の限定性からいえば、野菊の情趣が勝っているといえましょう。秋天の下にあって、花弁を欠いても堂々たる野菊なのだといえないでしょうか。

○四六、季語と共振語との関係

私たちは、季節の景物にこころを動かされ俳句を作っています。そこには、現実の世界と寄り添うように、先人たちの思いを託した季語の世界があります。季語が一句の主役だとすれば、共振語は、その季語の世界を強く感じるに至った、作者の発見や気づきそのものといえましょう。

ところで、桜の花が満開のときには、幹からちょこんと突き出た小枝にも、一輪だけ花がついていたりします。その発見がもとになって、

小枝にも一輪の花盛りかな　　金子つとむ

という句を詠んだとします。

作者は、花の盛りを、小枝の一輪の花に強く感じたということができます。「小枝にも」が共振語です。桜の花盛りのようすが、小枝の一輪にも及んでいると作者はみたのです。

次に、二句一章の句をみてみましょう。

芋の露連山影を正しうす　　飯田蛇笏

句意は、「芋の葉が露を結ぶ季節になった。連山も影を正しているようだ」ということでしょう。「正しうす」が作者の発見で、共振語ということができるでしょう。ここで大切なのは、「芋の露」と「連山影を正しうす」の二つの句文が、因果関係で結ばれるのではなく、互いに響きあうことで一章をなすということではないでしょうか。

この響き合いこそが、作品のいのちであり、作品の鼓動ではないかと思います。つまり、共振語とは、季語と響き合うことばなのです。

それでは、表現する際に、共振語は、必ず必要なのでしょうか。私は、必要だと考えています。但し、それは文字通り一語であったり、句文であったりするのではないでしょうか。共振語は季語と出会った証なのです。

葉桜のベンチにひらく文庫本　　金子つとむ

葉桜の下のベンチで文庫本をひらく、葉桜が適当な木蔭を作っているのです。文庫本が読めるほどの陽気という意味で、傍線部が共振語になるのではないでしょうか。

共振語は、蛇笏の「正しうす」のようなよく練られた特別のことばでなくてもかまいません。揭句のようなさり気ないことばでも、それが季語と出会う契機となっているのであれば、りっぱに共振語となります。

季語はもともと季節の景物に情趣の付加されたものです。その情趣を発見した証が、作者にとっての共振語だといえましょう。

殆どの写生句は、このような共振語の発見によって支えられているのではないでしょうか。

○四七、初案——発話の完結性について

俳句を始めて数年もすると、情景をみるやいなや作句することが、普通にできるようになります。これは、韻文の調べがからだのなかに入ってしまったからです。

ふだんの会話を思い浮かべてみましょう。殆ど、反射的にあるいは無意識に話していないでしょうか。それと、同じことが作句でも起こるのです。会話が、五七五になるといってもいいでしょう。

俳句でも会話でも、その場に応じて適切なことばが選択されるのは、情動が瞬時にことばになる回路が誰にでも備わっているからだと思われます。

さて、初夏のある日、駅の階段を駆け上がる若者を見て、咄嗟に、

二段づつ上がる階段風薫る　　**金子つとむ**

という句ができました。その若者の動きが、初夏の風にふさわしいように思えたのです。しばらくして、

二段づつ登る階段風薫る　　**金子つとむ**

としたほうがいいのではないかと思いましたが、結局初案を採用することにしました。それは、初案のア音のひびきが、かろやかな感じを与えているように思えたからです。どうも発話の時点で、無意識にア音を選択したのではないかと思われるのです。

上がるの母音はアアウで、登るの母音は、オオウです。あるいは、単に上がるの方が言いやすかったのかも知れませんが、発話の時点で、無意識に上がるとした背景にはこのア音のひびきがかかわっているように思えてならないのです。ア音の数を比べると、前者は七つ、後者は五つです。ア音のもつおおらかで広がりのあるひびきは、掲句の句意にふさわしいように思うのですが如何でしょうか。

このように、初案のなかには、作者の感動の核心とでも言うべき要素が含まれている場合が多いように思われます。

二段づつということばも、結果的に適切な選択だったように思われます。二段づつは、単なる叙景のように感じられるかもしれませんが、例えば、「早足で」とか「軽やかに」などと比べてみると、より具体的で情景の勘どころを押さえているのではないでしょうか。

早足で上がる階段風薫る　推敲例

かろやかに上がる階段風薫る　推敲例

普段の会話でも、適切なことばを独りでに選んでいるように、俳句でも同じようなことが誰にでも起こるのです。

笑い話のようですが、推敲をなんども重ねているうちに初案に返ってしまうなどということも、しばしば経験することでしょう。特に何かに感動して咄嗟に句ができたような場合には、なぜ初案のことばが選ばれたのかを自問自答してみることも、無駄ではないように思われます。

○四八、ことばの石組み

名句を詠んだときに、一句が堅牢な建造物のように感じられることはないでしょうか。それは、一句の美しさにもつながっているようにも思われます。

山本健吉氏は、「挨拶と滑稽」(『俳句とは何か』角川ソフィア文庫所収）のなかで、俳句のことばについて、次のように述べています。

一つ一つの言葉は繋ぎ合わされて楽しい旋律を奏でるものではなく、一つ一つが安定した位置にいわば「置かれる」のだ。

俳句のことばが、最もふさわしいことばとして、選択・配置されるということは、まさにことばが石組みになるということではないでしょうか。

そして、ここには、もうひとつの重要な問題が隠されています。それは、ことばどうしの調和の問題です。城の石垣が美しいように、俳句が美しいのは、このことばどうしの調和があるからではないでしょうか。ここでいう調和は、必ずしも似たものどうしということではありません。むしろ、ことばどうしが互いに活かしあう関係といったらいいでしょう。

朝日待つふくら雀の影いくつ　金子つとむ

このなかで「ふくら雀」と「影」ということばに着目してみましょう。朝日をまつふくら雀を背後から見ている景ですが、影ということばを挿入することで、ふくら雀のあのふっくらとした形がより鮮明に感じられないでしょうか。掲句を

例えば、

朝日待つふくら雀の数いくつ　　推敲例

と比べてみましょう。数といくつが重複してしまいますが、原句の「影」の文字のもたらす効果がなくなってしまうように思われます。

庭土に雀降りたつ夕立あと　　金子つとむ

この句では、「土」と「降りたつ」の関係がそうです。雨上がりの土に降りたつ雀の感触を言外に漂わせています。ことばどうしが密接に関連しあうことで、一句の奥行きが生まれるのではないでしょうか。これを、仮に、

庭先に雀降りたつ夕立あと　　推敲例

としてみると、「土」と「降りたつ」との関係、「土」と「夕立あと」の関係も消え失せてしまいます。

もちろん、これまで述べたことは、作者の表現意図によって変わることですので、一概に句の優劣をつけられるものではありません。ただ、俳句のなかで一語をかえることは、ひとりでに、他のことばとの関係性を変えてしまうのです。このことに留意することで、表現の幅を広げることができるのではないでしょうか。

○四九、舌頭に千転――普遍性の獲得

「句調ハずんば舌頭に千転せよ云々」と、芭蕉のことばを『去来抄』（岩波文庫）が伝えています。句が調わないなら、声に出して何回も読んでみよという意味だと思います。

もともと、韻文である五七五は、聞いて分かりやすい形式ですが、さらに、ことばの関係を整理し、通りのいい表現、言いやすさなどを目指してのことと思われます。

ところで、舌頭に千転を分解してみると、音と回数（時間）ということになります。千転を文字通り捉える必要はないと思いますが、仮に、ほんとうに千転したらどんなことが起こるのでしょうか。自分の句を果たして千回も読み上げることができるのでしょうか……。

途中から自作であることさえ忘れて、その句が持っていた本来のひびきだけが、立ち上がってくるのではないでしょうか。それで、推敲がしやすくなるのではないかと思われま

す。

作者は、自分の句を他人の句のように読むことはできないものです。自作の創作過程に立ち入り過ぎているため、ちょっとした自作の欠点にもなかなか気づきにくい。これを補う方法としての「舌頭に千転」だと思うのです。

（初案）聖五月夕日の見ゆる町に住み　金子つとむ

（推敲）聖五月夕日円かな町に住み　金子つとむ

何度も読み上げているうちに、「見ゆる」が浮いているように感じられて、「円かな」としました。見ゆるに、作者の主観が強く打ち出されていることが、次第に耳障りになってきたからです。

また、いつのまにか句意そのものが色褪せてしまうこともあるでしょう。ですから、作者に句そのものの取捨選択を迫ることにもなるのです。

舌頭に千転せよというのは、比喩的にいえば、ことばを風雨に晒せということかも知れません。俳句はことばの芸術。舌頭に千転することに耐えたことばは、石組みのような堅牢さを獲得し、そのまま美しい調べを奏ではじめるでしょう。十全に働いていることばが美しいのは、俳句に限ったことではありません。詩のことばもまさにそうなのではないでしょうか。

そして、この千転の真意は、千回読んでも耐えられる句に仕上げた暁には、その句は普遍性を獲得するということなのではないかと思います。

普遍性というのは、その句を読んだときに、誰もがそう思い、いつでもそう思うというふうに、人と時間を超越してしまうことを意味します。つまり、作品が個人の手を離れて、万人の共有物になるのです。そこでは、あたかも語りつがれる諺のように、その価値だけが了承され、作者が誰かということすら、問題ではなくなるのです。

○五〇、ことばの重量化

たまたま、『古典文法読本』（板羽淳著、北溟社）を読んでいたところ、次のような記述に出会いました。

一分節の平均音節数（仮名の数）は約3・5であるとされています。これを十七音の俳句に当てはめると、

17÷3・5＝4・85

になります。ということは、一句は四～五の文節で構成されることが多いということになりそうです。

さみだれを／集めて／早し／最上川（四分節）
古池や／蛙／飛びこむ／水の／音（五分節）

ここで、文節というのは、日本語の意味が通る最小単位のことです。

俳句の文節数が、平均四～五というのは、別の言い方をすれば、たかだか四～五分節で俳句は何かを言わなければならないのだということです。そこで、四～五文節を最大限に生かす方法が編み出されたのです。

その一つが季語であるといえましょう。季語の使い方は、大別すると二通りしかありません。一句のなかで、季語の情趣を追認するように使うか、季語の情趣に新たな認識を付加するように使うかの二つです。二句一章の形でいえば、前者が情景提示、後者が二物衝撃ということになるでしょう。季語の世界は、例句によって常に広がっています。

そして、もうひとつは、ことばの重量化です。以前に、俳句で「見る」とか「聞く」ということばを使えば、それは「ことさらによく見る」、「ことさらによく聞く」という意味になるといいました。それと同じように、ことばが十全に働いている状態では、ことばが重くなるのです。

何故なら、ことばが十全に働くとは、そのことばがまるで石組みのようにその居場所を定め、他のことばと緊密に関係しあうということを意味するからです。

たかだか四～五文節ですから、俳句では、ことばどうしがえもいわれぬ関係のなかで関わりあうようすをつぶさにみることができます。そのことばの例えようもない美しさ、かけがえのなさこそが、ことばを重く感じさせるといってもいいでしょう。

うすめても花の匂ひの葛湯かな　渡辺水巴
遠山に日の当りたる枯野かな　高浜虚子
月天心貧しき町を通りけり　与謝蕪村

滝の上に水現れて落ちにけり　　**後藤夜半**

外にも出よ触るるばかりに春の月　　**中村汀女**

夢の世に葱を作りて寂しさよ　　**永田耕衣**

ここには、かけがえのないことばが、これ以上はありえないような美しさで並んでいるように感じられます。

○五一、季節がうごくと心もうごく

台風のあとに、ドラマチックな夕焼けを見ることがあります。その夕焼けも、ほんの少し誰かと立ち話している間に、灰色の雲に変わっていたりします。ちょっと落ち込んでいた自分が、友達からの一本の電話で気分が変わることもあります。そんなことは日常茶飯事、とりたてていうほどのことではないのかもしれません。

けれども、俳句は違います。季節の景物にこころが動いた瞬間を、五七五で言いとめようとします。何故、そんなことをするのでしょうか。こころが動くことは、生きている私たちの、いのちの粒立ちのようなものだからではないでしょうか。俳句は、その粒立ちを、いのちの実感として言いとめようとするのです。

大きなこころざしをもって、営々と努力することもいのちのありようなら、風や光にふと心を動かされるのも、今生きてあるいのちのありようといっていいでしょう。

俳句に表現されていることがそのようなものだからこそ、たった十七音でもひとのこころに共感をもたらすことができるのではないでしょうか。

俳句では、よく報告句はいけないといわれます。例えば、次のような句です。

立ち話夕焼け空をちらとみて

句意は、夕焼けの空をちらっとみやって、立ち話に戻ったということですが、夕焼け空をみて心が動いたようすが少しも感じられません。これを、

梅雨夕焼雲を焦がして終りけり　　**金子つとむ**

としてみたらどうでしょう。「雲を焦がして」ということ

ばに、夕焼けを惜しむような気持ちが表現されていないでしょうか。

つまり、報告句は、まるで義務で作ったかのように、こころが動いていない句のことなのです。作句は、ことばをこね回すのではなく、こころの動いた瞬間をのがさずに言いとめる工夫をするだけでいいのです。

熊谷守一という画家は、蟻を凝視して、「蟻は、左の二番目の足から歩き出すんです」ということばを残しています。また、川端茅舎という俳人は、次のような句を作りました。

露の玉蟻たぢたぢとなりにけり　　川端茅舎

高浜虚子は、茅舎の句集の序文で、「花鳥諷詠真骨頂漢」という賛辞を捧げているほどです。対象をよく見つめて作句する方法は、写生と呼ばれています。

窓から見える景色でも、散歩の道すがらでも、すこしでも気になるものがあったら、立ち止まってよく見てください。季節が、小さな発見をさせてくれるかも知れません。

○五二、客観写生句の鑑賞

第四十八回の蛇笏賞を受賞された深見けん二氏の『菫濃く』のなかから、次の二句を鑑賞してみたいと思います。

初蝶のしばらく水にうつりけり　　深見けん二

この句が意味するところを順次追ってみると、

初蝶：初の字が示すように、季語の初蝶は、その年に初めて蝶に出会った作者の喜び、驚きを表現しています。掲句の場合、初蝶が作句動機といっていいでしょう。

しばらく：しばらくということは、水に映っている間のみならず、それ以前から作者は、蝶を見続けていたことを示しています。

水に：この水は、小さな小川か、水溜りのようなものではないか。しばらくとの関連から、そういえるでしょう。

うつりけり：作者は初蝶の姿そのものだけではなく、水に映る姿に注意を向けている。むしろ、そのことを句にしたわけですから、水に映る姿にこそ作者の関心があるといってもいいのではないでしょうか。

でも、それは、何故なのでしょうか。この句を読むと、最後にこの謎が読者に手渡されるのです。

この句は、作者が見た通りの情景を句にしています。そして、読者に手渡されたこの謎が、読者をこの句に留め、引き寄せる働きをしています。読者もまた、蝶の影に見入ってしまうのです。作者が見つめている蝶の影は、いのちの象徴なのかも知れません。作者の関心は、蝶の意匠ではなく、明らかに、それらの意匠を剥奪された影に向かっているのです。

今年又師の籐椅子に腰深く　**深見けん二**

おそらく虚子忌での嘱目でしょう。前句と同様に解釈してみます。

今年又：今年又は、それが何年もあるいは何十年も前からの習慣であることを示しています。

師の籐椅子に：何のために師の籐椅子に座るのか、ここでは理由は示されません。一年を振り返り、虚子の教えに忠実であったか否かを自省するためではないかと思われます。

腰深く：そんな自省のときを過ごすのは、虚子に対する全幅の信頼があるからでしょう。「腰深く」が、そのことを雄弁に物語っているようです。

この句にも、前句同様、巧みに謎がはめ込まれています。読者は、「今年又」や「腰深く」の措辞から、作者が籐椅子に座る理由に迫ることができます。作者の師に対する尊敬と全幅の信頼を読み解くことができるのです。

このように、客観写生句とは、句そのものが、作者の存在やその関心のありどころをあぶり出す仕掛けになっています。読者には、謎とともに、それを解く手掛かりとなることばが提示されているのです。

○五三、俳句に求めているもの

作者は俳句に何を求めるのでしょうか。また、読者はその俳句を読むことで、何を得たいと思うのでしょうか。一言でいえば、俳句の魅力とは何かということです。辞世の歌や句があるように、俳句という文芸には、その個人と一体化した抜き差しならないものがあるように思われます。それは、いったい何なのでしょうか。

以前に、俳句は「感動瞬時定着装置」であると述べましたが、感動は普通「おう」とか「ああ」とかいう感嘆詞で表現されるか、「すごい」「はやい」などの一言で表現されることが多いように思います。流行のことばでいえば、「すごっ」「はやっ」となるかもしれません。私たちが、促音に込めたものが感動ということになるでしょう。

例えば、仲秋の名月を二人で眺めている場面を想像してみましょう。「わあ、きれい」とか、「おお」とかいうだけで、その感動は相手に伝わるでしょう。ところで、もし第三者にこの感動を伝えるには、どうしたらいいでしょうか。

第三者はその場にいるわけではありませんので、第三者に感動を伝えるためには、その場面を再現することから始めなくてはならないでしょう。

そこで俳句では、感動の現場の構成要素を提示することで、その場面を再現します。散文の叙述と俳句の提示とではどこが違うのでしょうか。それは、叙述が読者の論理性に訴えるのに対し、提示は想像力に訴えるということです。

俳句の表現位置はいまここです。感動は、いつも今ここにあります。その感動の現場を、現在進行形で再現するのが俳句なのです。私たちの今は、私たちの生の最前線といっていいでしょう。よく考えてみれば、私たちが生きているのは、常にいまここなのです。

私たちの五感が感じ取るものや気分の流れなど、捉えようとすれば、様々なドラマを内部に秘めて私たちは生きています。私たちが、俳句を作りつづけ、俳句に期待を寄せるのは、そのような生の実感を形あるものとして留めたいからではないでしょうか。

次の瞬間には消えてしまうような一瞬のよろこび、そんなあえかなものを、俳句はことばに定着させているのです。様々な季語は、いのちの輝きを示しています。他者と感動を共有できるのは、共に生きているからです。

感動が私たちの間に連体感を生み、私たちに勇気を与えてくれます。俳句は、私たちに一瞬一瞬の生の実感を与え続けてくれるのです。

それは、生の最後の瞬間まで続くでしょう。辞世の句とは、あくまでも生の側に立って生の実感を詠うことなのではないでしょうか。

○五四、自己発見としての俳句

花が咲いた。鳥が飛んだ。虫が鳴いた。
私たちは、自然の営みを逐一俳句にしているように思われます。二時間ほど、鳥見がてら散歩をしただけで、句ができたりできなかったりします。私たちは、単なる自然の目撃者であり、記録者なのでしょうか。それとも、作句には、ほかに何か意味があるのでしょうか。

私たちが俳句にするのは、私たちのこころに感じたものといえます。ですから感じるものがなければ、何時間散歩しても一句さえ覚束ないこともあるのです。

こころもち泡立草の穂先垂る　　金子つとむ

着地しておんぶばつたの荷が傾ぐ　　同

犬蓼の畦這ふ茎もくれなゐに　　同

これらの句の内容は、自然の営みのほんの些細な現象に過ぎません。それを、何故私は句にしたのでしょうか。そこにどんな価値があるのでしょうか。

私たちは、何かを感じたから句にします。それは、私たちのこころの反映だといえましょう。しかし、実際に句にしてみるまで、それが何であるか私たち自身にもわからないのです。

実際にできあがった俳句から、私たちはそこに自分が見ようとしていたものを見ることになります。犬蓼といえばその花穂にばかり気をとられていたのが、今回はその茎のくれなゐに目を向けている、自分自身が少しずつ変わっていく、その結果として句も変わっていくのです。

このように、俳句は、私たちの心の表徴としてそこにあるのではないでしょうか。ですから、一度その句材を詠んだからといって、それで終わりではないのです。私たちの見る目が変われば、見え方も変わってきます。

前掲の三句は、散歩をした同じ日にできたものです。その日に限って、泡立草の垂れた穂先が見え、おんぶばったに背負われたもう一つのばったが見え、犬蓼のくれなゐの茎が鮮やかに目に飛び込んできたのです。自分がこの句を詠んだということに、実は私自身も驚きました。特に、くれなゐの茎には、ある種の切実さを感じたからです。

このようにして、作句を通して、私たちは、私たちのこころを発見していくのではないでしょうか。句会などで他人の句を読んでいても、その人が淋しげな句ばかり詠んでいると、その気持ちを慮ってしまいます。

俳句を作ることは、自分発見の旅でもあります。その旅を導いてくれるのは、自分が感じたことをまっすぐに詠むというたったそれだけのことではないかと思います。

○五五、作者と読者の間の溝について

自信作が全く評価されなかったり、気軽に投句したものが思わぬ反響を呼んだりすることはままあることですが、大須賀乙字は、「季感象徴論」（『大須賀乙字俳論集』村山古郷編、講談社学術文庫）のなかで、その間の事情を次のように述べています。

それでも、読者が理解しないのは、表現上に欠点があるか、読者の経験範囲から全く遠ざかった境地であるか、しからざれば読者の価値批判の眼が曇っているからである。読者の価値批判の眼というものは、因襲的に固定したる季感をもっている人にあっては、甚だにぶらされているのである。

読者を想定しない日記のようなものであれば別ですが、俳句の場合、必ず読者がいます。むしろ、読者に共感してほしいという思いが、作者の側には強く存在します。そのときは、俳句はどこを目指したらいいのでしょうか。

作者には表現上の嗜好や、語感、ことばのイメージなどがあります。作者はそれらを駆使して俳句形式に適った表現を目指しますが、乙字のいうように、それが、「読者の経験範囲から全く遠ざかった境地であるか、しからざれば読者の価値批判の眼が曇っているか」を予め知ることは不可能でしょう。

そうすると、作者のすべきことはただ一つ、表現したい内容が伝わるように、表現上の欠点をなくすことだけになります。これを別のことばでいえば、作者が納得できて、読者にも理解できる表現を目指すということです。

しかし、読者にも理解できる表現というのは、いうは易しで至難のことです。大須賀乙字は、前掲の書の「一言俳談」のなかで、次のように述べています。

他人の句には難癖つけ易しというは当らず。わが句は落ち付くまでの道行き細々と知れれば、不足多し。（傍線筆者）

また、同書の別の箇所では、次のように述べています。

そこで作者の用意としては、冷静に結果を観察すべきである。作者は一句完成するまでの過程に、貴重なる種々の対象に触れている。その対象が目先を放れぬからして、句面より当然連想さるべくもない対象なるにかかわらず、作者はその対象が当然連想さるると思っている。自分の句がすぐれて見えるのは、そのためである。

ゆえに一度句作の過程を忘れて、結果に注意すれば、自作に対する正当の判断ができるのである。（傍線筆者）

この指摘はほんとうにその通りだと思います。肝に銘じておきたいことばではないでしょうか。

○五六、季語の発見

先にとりあげた「季感象徴論」のなかで、大須賀乙字は、芭蕉の「石山の石より白し秋の風」の考察を通して、季語は都度発見されるものだということを述べています。その部分を若干引用してみましょう。

すなわち読句から得る季感は、実は季の景物気象その物だけの感じ感情ではなくして、その句を含む一句の感じ、感情によって、具体化されているのである。（中略）しかるに、これまでの俳人のいい草によれば、牡丹に積極的な繁華な趣があり、藤に愁いをひくがごとき風情があるとようにきめてしまっている。（後略）

季節に感じて句を作るという本来のあり方からすれば、乙字の主張は当然のことのように思われます。しかし、季語を勝手に入れ替えて、どちらがいいかなどと思案してしまうのも事実ではないでしょうか。

このようなことの起こる背景には、季語の二面性があります。既に繰り返し指摘しているように、季語のもつ自然物としての側面と、季が特定され、例句の体系が出来上がることによる人為的な側面です。

自然的な側面を純粋に守ろうとすれば、乙字のようになりますし、人為的な面に即すると、本歌取りのような表現もできるわけです。これは、作者の表現上のスタンスですので、他者が立ち入ることはできませんが、私自身は、自然的な側面を大事にしていきたいと考えています。

その理由は、一句のもつ力ということを考えてみたときに、一句の生命をなすのは、そこに込められた感動のちからであると思うからです。


赤蜻蛉夕日を負ひて草の秀に　　金子つとむ

この光景は、晩秋の畦道で実際に私が見て、感じた光景です。いかにもありそうな句に思われるかも知れませんが、同時に次の句も詠みました。

草の秀の蜻蛉その儘夜に入る　　金子つとむ

草の秀の蜻蛉は、そのまま翌朝までそこで過ごすのではないでしょうか。以前、奥日光の戦場ヶ原で、穂咲下野《ほざきしもつけ》に縋るように、びっしりと朝露で覆われた蜻蛉を見たことがあります。昼と夜、暖と寒、自然の営みのなかで、蜻蛉もまた小さいいのちを紡いでいるのです。

俳句は、九割以上、自分のためのものという気がしてなりません。残り一割はもし共感してくれる人がいてくれたら有り難いといったところでしょうか。偽りなく自分を見つめ表現することができれば、それでいいのではないかと思います。一句一句のなかで季語を発見していく、これにまさる喜びはないのではないかと思うのです。

○五七、表現の不足を補う

大須賀乙字が指摘するように、自分の句がすぐれて見えるのは、その句の情景に対して作者は全てを知っているからといえるでしょう。作者がしてしまう最大の過ちは、その句の詩情が純粋に句そのものからくるものなのか、一句に自分だけが知っている情報を加えた結果としてくるものなのかを混同してしまうことにあります。

特に俳句が、情景を読者に提示することによって成り立つものだとすれば、読者が情景を描くための情報が十分に提供できないと、詩情そのものが伝わらないことになります。俳句にとって情報の不足は深刻な問題なのです。

そこで作者の心構えとしては、自作には何らかの情報不足があるはずだというふうに考えておくのがいいように思われます。特に作者の感動が大きいほど、直接的な感動表現が一句のなかに居座ります。例えば、

吾が肩に暫く止まる蜻蛉かな　　金子つとむ

作者の感動が大きければ大きいほど、主観の出過ぎたひとりよがりの句になりがちです。しかし、感動の大きい句は原石のようなもので、力の在る句になる可能性を秘めています。原句から分かるのは、作者の肩に蜻蛉が止まったということだけです。

冷静になって考えてみると必要なことばは、「肩に」と「蜻蛉」だけではないでしょうか。つまり、掲句は「肩に蜻蛉」といっているにすぎないのです。

とんぼうを肩に谷地田の空仰ぐ　　推敲例

そこで、不要になったことばの文字数分を、場所の提示や情景描写に置き換えたのが推敲例です。堀口大学は「わが詩法」のなかで、「言葉は浅く、意《こころ》は深く」と述べているそうです。ほんとうに感動していることはさりげなく言う、それが相手に伝えるコツのようです。

情景が見えるように描くことは、その場を立体的に空間として再現することにつながります。それは、そのまま、読者も俳句のもつ詩的空間に入ることを意味します。そして、直《じか》に共感を得ることができるのです。

自分は、いわば神の視点で作句している。だから、一句には表現上の不足があるはずだと思って眺めてみると、案外気付かなかった欠点が見えてくるかも知れません。特に場所や時間に関する情報はある程度季語が代弁してくれますが、先に挙げた例句のように、場所を描かないと句意が伝わりにくくなる場合もあるでしょう。また、慣用句や不要なことばが多用されると、たるみのある句として、句としての力強さ、美しさを欠く結果となります。

特に自信作ほど、注意が必要といえそうです。

○五八、叙述と提示

　これまでにも何度か散文と俳句の違いを、叙述と提示ということばで述べてきましたが、より具体的に見ていきたいと思います。まずは、散文の例です。

　谷地田の畦を歩いているときのことであった。とんぼのむれが、ちらちらと秋の光を受けて輝いている。すると、どうしたものか、そのなかの一つが私の右肩に止まった。私は、まるで子どものように誇らしい気がした。そして、とんぼを止まらせて歩くのも悪くないと思ったのである。その時、ふいにもう何十年も忘れていた記憶が甦ってきた。こどものころ、よく蜻蛉を止まらせて歩いたっけ……。

　私は、変わらぬとんぼの時間と、年老いてしまった自分の時間を思った。そして、とんぼを肩にしたまま、いつまでも谷地田の空を見上げていた。

　提示ということをぶっきらぼうに言えば、経緯を飛び越えて、結論だけをいうことだと言ってもいいでしょう。この散文を句にしたものが、前項でも取り上げた次の句です。

　　とんぼうを肩に谷地田の空仰ぐ　　金子つとむ

　肩にとんぼを止まらせたまま、作者はどんな気持ちで谷地田の空を見上げたのか。作者のこころのうちが、一句のなかで直接明かされることはありません。それは、いわば謎のようなものとして、読者に手渡されます。

　しかし、読者は、この景から作者の心情を推し量ることができます。読者もまた、とんぼに対して似たような季語体験をもっているからです。

　この謎を詩情あるいは余情とよんでもいいでしょう。そうです、提示とは、全てを語ることではなく、結論のみを提示することで、結果的に謎を残すことなのです。俳句という限られた文字数のなかで全てを語ることなど到底できない相談です。ですから、俳句は説明を放棄することで、逆説的に直観してもらう方法を採っているのです。

　もし傍線部の作者の気持ちを敢えて句にすると、

　　誇らしく蜻蛉を肩に谷地田ゆく　　作句例

などとなります。このように作者の心情が明かされてしまうと、読者はその景に参加しにくくなるのではないでしょうか。詩情を一語で表すことはできません。それを敢えて、「誇らしく」の一語に代表させてしまえば、共感の門を狭めてしまいます。つまり、「誇らしく」はそれに賛同できる読者とそうでない読者を選別してしまうのです。

これは、句から詩情が締め出された状態といってもいいでしょう。客観写生句では、心情を明かさないことで、一句に詩情という謎を残します。そして、その謎を解く鍵を、予め句のなかに用意しておくのです。詩情は読者の数だけあるのですから……。

○五九、擬音語・擬態語の成功例

わざわざ表記のタイトルとしたのには訳があります。それは、擬音語・擬態語の成功例は、極めて少ないからです。その理由は、擬音語・擬態語もまた作者の主観表現だからだと思われます。

例えば、「雨がざあざあ降る」や「雨がしとしと降る」の「ざあざあ」や「しとしと」は擬音語ですが、いくつもの言い方があるなかで、ざあざあもしくはしとしとと感じたのは作者の主観ということになります。つれない言い方をすれば、雨はただ降っているだけなのです。いいえ、俳句表現では、降るさえ省略して、雨というだけでいいのです。

特に「と」をつけると五音になる擬音語・擬態語は使い勝手がいいため安易に使いがちですが、それが読者に伝わるためには、その擬音語・擬態語でなくてはならないだけの必然性が求められるように思われます。擬音語・擬態語がいけないわけではありませんが、このような主観表現に五文字もとられることは、一句の情景描写に不足をきたすことになりかねません。

次の推敲例では、擬音語・擬態語を他のことばに置き換えることで、情景描写の不足を補っています。

もそもそと天道虫の速さかな　金子つとむ

腕を這ふ天道虫の速さかな　推敲例

くろぐろと相馬郡の春田かな　金子つとむ

梳かれたる黒土光る春田かな　推敲例

「もそもそと」の代わりに情景描写を追加し、「くろぐろと」

の代わりに、春田打のあとの黒土に焦点をあてて描写しました。「くろぐろと」は、黒土の黒で表現しています。

次に、擬音語・擬態語の成功例をご紹介します。

雉子の眸のかうかうとして売られけり 加藤楸邨

松茸の椀のつつつと動きけり 鈴木鷹夫

ひらひらと月光降りぬ貝割菜 川端茅舎

鳥わたるこきこきこきと罐切れば 秋元不死男

一句目は、撃たれて食用に供される雉の眸でしょうか。死んでなお、その眸は「かうかう」と輝いているというのです。作者はそこに、雉子の気高さのようなものを見ていたのかも知れません。

二句目、椀の底が濡れていて、滑るように少し動いたのでしょう。「つつつ」が言い得て妙です。

三句目、月光を「ひらひら」と表現しました。これは、作者の独自の視点といってもいいものです。まるで貝割菜に月光が降り積もっていくような幻想的な光景です。

四句目、缶切で缶詰を開けて、これから質素な食事を摂るのでしょうか。「こきこきこきと」に、蹲って缶をあける作者の後ろ姿が彷彿としてきます。「鳥わたる」が、作者の孤影をひきたたせています。

○六〇、俳句は誰のものか

この問いかけはナンセンスでしょうか。俳句は作者が作っているのだから、作者のものに決まっているじゃないか……と。実は私も長い間、俳句は自分のものであると思ってきました。ところがつい最近になって、かすかな疑念が生まれました。俳句はほんとうに作者のものなのか。ひょっとしたら読者のものではないのか。

極端な例を示しましょう。まず、俳句は自分のものだと仮定してみます。俳句は自分だけが分かればいいと。すると、俳句は自分だけが分かるこころのメモのようなものになります。それを見せられても、読者にはちんぷんかんぷんです。いや、その前に、他人に見せようなどと作者は思わないでしょう。

見霽かす刈田の果てに、とびっきり美しい入り日をみたなら、私なら、「刈田の果ての入り日、おりしも雲の切れ間から雫のように落ちてくる。玉のような完璧な美しさ」などと手放しの措辞を並べるかも知れません。メモならいっこうに差し支えないわけです。

そして、作句例としては、次のような句でもいいわけです。

とびきりの刈田の果ての入り日かな　金子つとむ

一方、こんどは逆に俳句は他人のものだと仮定してみます。とびっきり美しい入り日をそのまま表現しても、誰も分かってくれないのではないか。当然そんな疑念が浮かんできます。そこで、私たちは、どうしたら分かってもらえるか、智慧を絞るのです。そして俳句では、自分が感動した場面だけを構成して表現するのです。そこには、どんなことばが必要でしょうか。

相手に分かってもらうには、５Ｗ１Ｈのうち、ＷＨＹ（何故）以外は、何らかのかたちで提供する必要があります。ＷＨＹ（何故）はいわば作者のこころのうちで、詩情と密接に結びついており、余韻、余情のためには明かさないものだからです。そう考えると、

いつ↓夕（入り日）／どこで↓刈田道／だれが↓私（省略）／なにを↓入り日をずっとみていた／なぜ↓意識的に省略（とびっきり美しかったので）／どのように↓珠のようだと思って

などとなります。そしてこれを句にすると、

入り日いま玉の如しや刈田道　金子つとむ

ここで、改めて最初の問いに戻ってみましょう。自分のものだと思えば、自分の知っている情報は割愛され、自分の心情が表にでてきがちです。読者のものだと思えば、読者の理解がとどくように場面を設定することを心がけるようになります。作句の姿勢としては、読者のものと考えておくほうが、より多くの支持を得られるように思うのですが、いかがでしょうか。

〇六一、理屈を回避する

俳句に因果関係を示すことばが入ってしまうと、途端に理屈っぽくなり、散文的になります。拙作から、原句と推敲句

をご紹介します。傍線が理屈の箇所です。作句時にはなかなか気づかないので注意が必要です。

【原　句】よく晴れてけふの雲雀の高さかな
【推敲句】晴天のけふの雲雀の高さかな
【原　句】夕焼けて影の長さを子と競ふ
【推敲句】子と競ふ影の長さや大夕焼
【原　句】高きほど大きく開く花火かな
【推敲句】大輪の高きに開く花火かな
【原　句】丈のびて水面隠るる青田かな
【推敲句】いつのまに水面隠るる青田かな
【原　句】止まれば葉擦れ清けき青田かな
【推敲句】夕づきて葉擦れ清けき青田かな
【原　句】風の野に屈めば温し犬ふぐり
【推敲句】風の野に屈みて愛づる犬ふぐり

このように、「〜て」、「〜ほど」、「〜ば」などは、理屈を構成しやすいことばのように思います。逆にこれらのことばを使っても成功する例はあるのでしょうか。

人入って門のこりたる暮春かな　芝不器男

滝の上に水現れて落ちにけり　後藤夜半

雉子の眸のかうかうとして売られけり　加藤楸邨

夢の世に葱を作りて寂しさよ　永田耕衣

ここで使われている「て」は、因果関係というより、作者の発見に彩られています。大きく立ち現れた暮春の門、現れては落ちる滝の水、死して尚、眸をこうこうとして売られていく雉子のあわれ、葱を作りてにつながる寂しさのなかには、けだるさ、やるせなさ、哀しさなどが入り混じっているように思われます。これらの「て」に続くことばは、理屈によって導かれたわけではないのです。

佐渡ケ島ほどに布団を離しけり　櫂未知子

佐渡ケ島ほどに布団を離すのは、夫婦喧嘩のあとでしょうか。ユーモアに溢れています。

とどまればあたりにふゆる蜻蛉かな　中村汀女

愁ひつつ岡にのぼれば花いばら　与謝蕪村

鳥わたるこきこきこきと罐切れば　秋元不死男

ちるさくら海あをければ海へちる　高屋窓秋

これらの句にも、理屈ではない何ものかが表現されています。とどまれば蜻蛉がふえ、岡にのぼれば花いばらがあり、罐をきれば鳥がわたり、さくらは海があおければ海へちるのです。これらは、理屈ではなく作者の心情が捕まえた詩情といってもいいでしょう。

このように、「〜て」、「〜ほど」、「〜ば」が理屈を超えて使われるとき、句は成功するように思われます。

○六二、客観的アプローチと主観的アプローチ

いわくいいがたい詩情を感じたとき、それを表現する方法として二つの方法があるように思います。一つ目は、詩情を感じた情景を句のなかで再現することで、読者に共感してもらう方法です。例えば、

人入って門のこりたる暮春かな　芝不器男

掲句では残された門をクローズアップすることで、暮春の情を表現しているといえるでしょう。この門が大きな山門のように思えるのは私だけでしょうか。「門のこる」に作者のゆるぎない把握があるように思われます。しかし、表現のトーンとしてはあくまで静かで、暮春の情に寄り添っているように思われます。

二つ目は、作者が感じたことを直裁に表現するやりかたです。

冬の水一枝の影も欺かず　中村草田男

この句の「欺かず」は、実景のなかから作者が掴み取ってきたことばです。枯木の影を余さず映す冬の水に、作者は自分の影をも投影していたのではないでしょうか。「欺かず」は冬の水を擬人化した表現で、作者のこころのうちを色濃く反映しているように思われます。読者によっては、「欺かず」という強い言い方に抵抗を感ずる場合もあるかもしれません。

さて、前者を客観的アプローチとすれば、後者は主観的ア

プローチといえるでしょう。この二つの方法に優劣をつけることはできません。むしろ、作者が感じたものを的確に表現するために、いずれかの方法が採用されているに過ぎないのです。「門のこる」も「欺かず」も、ともに作者のゆるぎない認識からでたことばなのです。

このようなことばを、私は感動の核心を荷うことばという意味で共振語と呼んでいるわけです。ですから、すべての推敲は共振語を発見するためにあるのだと考えています。

とどまればあたりにふゆる蜻蛉かな　中村汀女

をりとりてはらりとおもきすすきかな　飯田蛇笏

掲句の「ふゆる」も、「はらりとおもき」も、情景をぴたりと言い当て、景をすっきりと想起させることばだといえましょう。それは、何かを説明するのではなく、いいたいことの核心を鷲づかみにしたようなことばです。

散文では、核心に向かって外側からことばを繰り出していくのに対し、俳句では、核心の内側から最適なことばを掴みとってくるのです。

これらのことばによって、作者は単刀直入に伝えたいことを伝えられるのです。いい俳句とは、すっとわかる、ぐっとくる俳句だといえるのではないでしょうか。

○六三、感情と表現の統一

宇野千代さんの金言集ともいうべき『幸福の法則　一日一言』（海竜社）を読んでいて、次のようなことばに出会いました。

言葉は言葉を引き出す。前の言葉があとの言葉も引き出す。その自分の言葉でもっと興奮したり、腹を立てたり、もっと深く傷ついたりする。言葉が先に立って感情を支配する。（傍線筆者）

最後のことばを読んだとき、ふと俳句でも同じようなことがいえるのでないかと思ったのです。「言葉が先に立って感情を支配する。」、もとより宇野さんのことばは、諍いの場面でのことですが、五七五の発話の時点でも、ことばと感情は相互に依存しあうのではないかと考えたのです。

つまり、ある感動を表現するのに、それに相応しいことばや配列があるように、あることばの配列が感動を呼び覚ますのではないか。俳句を推敲している最中に、意味はほぼ変わらないことをいっているのに、まだ何かしっくりこないということがあります。このしっくりの意味は、そのときの感情をのせるのに、まだ表現に違和感があるということではないでしょうか。

以前に芭蕉の「舌頭に千転せよ」ということばを取り上げましたが、あれはことばと感情の融合を図るための手立てだったのではないでしょうか。

「俳句は誰のものか」の項で紹介した次の句は、実は決定稿までに十五回の推敲をしています。言うべき内容、使うべきことばはほぼ決まっていても、そこには無数の表現がありうるからです。そのいくつかをご紹介します。

沈むまで入り日を拝す刈田道　金子つとむ

歩を止めて珠の入り日を刈田道　同

入り日いま玉の如しや刈田道　同

最後の句を決定稿としたのは、それが、刈田道をきて入り日に立ち止まった瞬間を言いとめたように思えたからです。それまでは、単に情景をなぞるだけだったのが、最後の句で、そのときの感情とことばが一致したように思えたのです。その最大の理由は、「入り日いま」という上五を得たことにあります。「入り日いま」に、感動の瞬間が凝縮されたように思えたのです。

もちろんこれは、作者の内的な話であって他者の評価とは一切関係ないことです。しかし、一句のちからということを考えたとき、感情と表現が統一されてこそ、はじめて共感を得られるものだと思うのです。そのための手掛かりは、句のしっくり感なのではないでしょうか。

○六四、共感するということ

俳句が分かるということには二段階あって、一つ目は句意が分かるということ、二つ目は詩情を受け止めるということだと思います。俳句が表現された作者の感動、つまり詩情を伝えるものだとすれば、句意が分かるだけでは不十分でしょう。

荒海や佐渡に横たふ天の川　　松尾芭蕉

この句の意味を理解しその景を想像できるだけでは、第一段階をクリアしたに過ぎません。第二段階の詩情を受け止め、作者に共感することができなければ、この句を知らぬも同然でしょう。この句に共感し芭蕉の心境に思いをいたすとき、私たちは時空を超えることができるのです。

以前、私は、『松尾芭蕉この一句』（柳川彰治編、平凡社）に、掲句について次の文章を寄せました。

天と地と人の壮大な句である。天は天の河、地は荒海、人は佐渡である。荒海が隔てる佐渡とは、遠流の島としての佐渡であり、日本の歴史、人の営みを濃密に背負っている。佐渡が人である所以である。

芭蕉が日本海を望む地で口をついで「荒海や」と詠嘆したとき、彼の胸中には佐渡に流された貴人・囚人たちへの思いが去来していたであろう。天の河が切なくも美しいのは、そのような人たちの頭上にもあった筈の天の河だからである。

また、次の白魚の句にも鑑賞文を寄せました。

曙や白魚白きこと一寸　　松尾芭蕉

上五は、闇から光へ、つまり死から生への転換を暗示して絶妙である。薄明の中に提示された一寸ほどの白魚。「しろきこと」と強調しているのは、白魚の命の充実を捉えているのである。何度も口誦すれば、「しろきこと」と「一寸」の僅かの間、「一寸」の促音と撥音の組み合わせが、白魚がぴくりと跳ねる様子を彷彿とさせる。舌頭に千転せよといったのは芭蕉である。白魚の命の躍動を捉えて、リズミカルに仕立てた一句である。

これらの句は、映像的で、かつ詩情に溢れています。吟行句が分かり易いのは、吟行というホットな共通体験があるからでしょう。しかし、通常読者は不特定多数ですので、だれでも知っている土地（地名）は僅かしかないことになります。そこで共通体験として浮かび上がってくるのは、季語体験ということになるのではないでしょうか。四季折々の季節体験、季語体験が共感の母胎となって、一句の世界を感受できるのです。

だれもが感じていて、だれも句にできなかったものを句にすることができれば、多くの共感を得られるのではないでしょうか。

○六五、和暦のこと

俳句を作るということと身の回りや自然をよく見るということは不可分につながっています。よく見るということが発見をうながし、いい句ができるとますますよく見るようになります。この体験を通して得られる感受性はすばらしい財産のように私には思われます。

レイチェル・カーソンは、『センス・オブ・ワンダー』（佑学社）のなかで、次のように述べています。

子どもたちの世界は、いつも生き生きとして新鮮で美しく、驚きと感激にみちあふれています。残念なことに、私たちの多くは大人になるまえに澄みきった洞察力や、美しいもの、畏敬すべきものへの直観力をにぶらせ、あるときはまったく失ってしまいます。（中略）

この感性は、やがて大人になるとやってくる倦怠と幻滅、私たちが自然という力の源泉から遠ざかること、つまらない人工的なものに夢中になることなどに対する、解毒剤になるのです。

俳句を作り続けるということは、「センス・オブ・ワンダー＝神秘さや不思議さに目を見はる感性」を持ち続けることに他なりません。だからこそ、私たちは、「大人になるとやってくる倦怠と幻滅」から無縁でいられるのです。

最近読んだ『和暦で暮らそう』（著・柳生博と和暦倶楽部、小学館）という本のなかに、次のような記述がありました。ここでいう和暦とは元号制のことではなく、中国から伝来した旧暦よりさらに古い固有の農事暦のことです。

和暦の中に流れている時は、基本的に自然によって奏でられます。自然現象に人間の感性が気づく形で体感するしかありません。ですから、大自然の生命体を流れるナチュラルな時間は、季節に応じて変幻やむことがありません。

春日遅々の日永、夏隣の遅日・永陽。仲夏の短夜。晩秋の夜長。厳冬の短日・暮早し。……そんな日照や気温の微細な変化に不思議なセンサーを働かせて、冬眠する蛙や熊、数千キロも旅する渡り鳥、花を咲かせたり葉を色づかせたりする草木。人間の暮らしも、それと何も変わらなかったのです。

自然風土への研ぎ澄まされた感性や知恵の集積は、まさに生き死にに関わる生存条件そのものだったのです。二千以上の風の名前と、それに勝る雨の名前を持つ民族が他にあるでしょうか。

やがて和暦は、形をかえて俳句歳時記へとつながっていきます。自然に対する感受性の所産である俳句は、大いなる文化遺産といえるものでしょう。先人たちが育んできた美しい自然。それを守ることも、私たち俳人のつとめなのではないでしょうか。

〇六六、場所の情報について

作者が表現する価値があると思う内容を、できるだけ相手に伝わるように表現するには、具体的にどうすればいいのでしょうか。実は、以前『俳句』（角川書店、二〇一四年六月号）の特集記事の中から、「や、かな、けり、その他」の名句百句の5W1Hを分析したことがあります。その結果は、出現数は次のようになりました。

ＷＨＥＮ（いつ）→一〇〇
ＷＨＥＲＥ（どこで）→二五（句意からの場所想定を含む）
ＷＨＯ（だれが）→一〇〇（省略された私を含む）
ＷＨＡＴ（何をした）→一〇〇（動詞の省略含む）
ＷＨＹ（なぜ）→一
ＨＯＷ（どのように）→九九

この結果から、注目すべき点は次のようになります。

①ＷＨＥＮは季語が受け持っていること
②ＷＨＥＲＥの出現数が少ないこと
③ＷＨＯは作者自身で、実際は殆ど省略されていること
④ＷＨＡＴに当たる、〜を見る、〜を聞くなどの動作が省略される場合が多いこと
⑤一例を除き、ＷＨＹが欠落していること
⑥ＨＯＷに作者独自の視点が示されていること

ＷＨＹは句の余韻・余情に関係することですので、明かす必要はないと思いますが、気になるのはＷＨＥＲＥの出現数の少なさです。

WHERE（どこ）も景を想像するには必要だと思われますが、なぜ名句のなかで、それは出現したり、しなかったりするのでしょうか。場所情報のある句とない句で、比較してみました。

山国の蝶を荒しと思はずや　高浜虚子

町空のつばくらめのみ新しや　中村草田男

葛城の山懐に寝釈迦かな　阿波野青畝

これらの句では、蝶は山国の蝶でなければならないし、つばめも見慣れた町空にやってきた燕でなくてはならないでしょう。それでは、次の句はどうでしょうか。

まさをなる空よりしだれざくらかな　富安風生

冬蜂の死にどころなく歩きけり　村上鬼城

滝の上に水現れて落ちにけり　後藤夜半

しだれざくらが何処のものかを知る必要がないように、滝がどこの滝かも、冬蜂がどこを歩いていたかも問題ではないのです。それは、しだれざくらというもの、滝というもの、冬蜂というものの本質に切り込んでいるため、場所の情報はむしろ邪魔だからです。

次の句は、初冬の土浦城跡で詠んだものですが、果して城を表す濠のようなことばは、必要でしょうか。

向き向きに鯉静かなり冬の水　金子つとむ

内濠の鯉静かなり冬の水　同

○六七、高得点句――すっとわかる・ぐっとくる

先に私は、読者が俳句を理解するプロセスを、すっとわかる・ぐっとくると表現しました。すっとわかるとは文字通り、句の意味が読んだ瞬間に分かるということです。そして、ぐっとくるとは、句の背後に隠された作者のいわんとすることに共感し、その余韻に浸ることです。

「すっとわかる」を、映像喚起力、「ぐっとくる」を余韻・余情ということもできます。映像喚起力を構成するのは、こ

とばそのものがもつイメージ喚起力やその配合といえましょう。余韻・余情を構成するのは、「ＷＨＹ（なぜ）」を言わない俳句的表現と切字のちから、そして、その前提として作者の感動の深さもあるでしょう。

ここで、雲の峰誌の誌上句会高得点句を例に、さらにこのこと考えてみたいと思います。

和服には和服の歩幅菊日和　住登美鶴（32点）

「和服には和服の歩幅」というのは、もとより理屈ではありません。和服を着たときのすこし窮屈な、すっと背筋が伸びるような感覚を言い当てているのだと思います。

この表現が優れているのは、作者の内面と外面（和装した作者の姿）を同時に彷彿とさせるからです。菊日和が、作者の姿を鮮やかに、艶やかに見せています。

八朔や宮に四股ふむ豆力士　高野清風（24点）

奉納相撲でしょうか。作者は目の前にあるものをそのまま淡々と詠いあげています。それは、作者がこの景に全幅の信頼をおいていることの証ではないかと思います。作者が信頼して描出した景に、読者も共感しているのです。豆力士ということばが、この句の起爆剤になっています。

傘寿にも青雲の空草矢打つ　若山実（20点）

青雲の空というのは、普通なら若者に対して使うことばでしょう。草矢打つも夏の季語です。しかし、作者は傘寿。その意外性が、多くの人の共感と喝采を博したのでしょう。注意すべきは、傘寿にもの「も」の働きです。

傘寿の作者は、青春のままの若々しい心で、青空のもとに立っているのです。青雲の空という表現が浮つかないのは、この心が一句を貫いているからといえましょう。

春疾風竹百幹の響き合ふ　平岩千恵（20点）

響き合う百幹の竹を肯《うべな》うことができるのは、まさに春疾風だからでしょう。この句にも、作者の感慨といったものは語られていません。何故なら、作者はこの景に心底感動しているからです。ここに付け加えるべき私情など一切ないと作者は思っているのです。そのことが、この景をいっそう力強いものにしています。

作者の感動と表現が、ゆるぎなく一句に結実したとき、多くの共感を得ることができるのではないでしょうか。

○六八、心をはらす

『白鳥・宣長・言葉』（小林秀雄著、文藝春秋社）の「物のあはれ」の説についてという項のなかに、次のような記述があります。

歌は、人が人と心を分って生きて行かねばならぬ深い理由から発してゐるので、この源流を見定めたら、歌の伝統の一貫した流れが感受出来るわけである。だが、これを感受するには、各人が、めいめいが、感ずるとはいかなる事かを内観する他はない。変る人情が、変らぬ「あはれを知る心」に浸ってゐることを感受しなければならぬ。これが、宣長の「此道ばかりは身一つにある事なり」の真意である。……詠歌の目的は、「心をはらす」にある。「歌の本分」に達するにある。或る時代の歌の意をむかへる事にはない。而もはらすのは、君自身の「今の心」ではないか。

これは和歌についての文章ですが、雲の峰が「自分詩、自分史」を標榜しているように、あらゆる表現の究極の目的は、自分を表現すること、つまり自身の「今の心」をはらすことにあるのではないでしょうか。絵画しかり、音楽しかり。俳句とて、その例外ではないでしょう。

優れた芸術作品は、私たちに、個人の偉大さとともに、ひとりひとりがかけがえのない存在であることを想起させてくれます。共感とは、ともに生きてあることを認め合い、喜びあうことなのではないでしょうか。

一見すると、俳句のさまざまな制約は「心をはらす」ことを阻害しているように思われるかもしれませんが、それこそが俳句の表現手法なのです。その表現手法を最大限活用し、自分の今の心をはらすために、私たちは俳句を選択したのだといえましょう。

自分の句でも他人の句でも、ほんとうに心をゆさぶる俳句に出会えたとき、これに勝る喜びはないでしょう。しかし、そのような句にはなかなか出会えないのも事実です。

しかし、私たちは、芭蕉や蕪村はいうに及ばず、過去から現在に至るさまざまの例句の世界にあそび、現在と過去を行き来することができます。

先頃、最も印象に残ったのは次の句です。

奥木曽の水元気なり夏来る　大沢敦子

西東三鬼に、「おそるべき君等の乳房夏来る」があって驚かされた覚えがありますが、「水元気なり」にも驚いてしまいました。山の水が健やかなのは勿論ですが、それ以上に、「水元気なり」と言い切った作者の心意気を感じます。

まさに、作者の生命力が生み出したことばではないでしょうか。清冽な水をいただき、逞しく生きる作者の姿が彷彿としてきます。（『雲の峰誌』二〇一四年九月号より転載）

飲料水を買うことが定着した昨今、元気な水に作者の祈りさえ感じてしまうのは、私だけでしょうか。

○六九、直接的表現と間接的表現

あるとき、冬夕焼に浮かぶ富士のシルエットに感動して、一句にしようとしました。しかし、相手が相手だけに、悪戦苦闘しました。そのとき、作った句は次のようなものです。

冬夕焼富士一つ見て足る如し　金子つとむ

冬夕焼遠富士の影まぎれなし　同

真中に富士を据えたる冬夕焼　同

これらの句は、富士山を対象として捉え、直接的に表現しようとしたものです。しかし、どんなにことばを並べても、富士の存在感には敵わないように思われました。結局のところ、富士、冬夕焼以外のことばはいらないと思えてしまうのです。

二十句も作ったあとでしょうか。にっちもさっちもいかず、別の表現を試みることにしました。それは、富士の姿を直接描こうとするのではなく、富士を見たときの自分の行動をそのまま描こうと思ったのです。そうしてできたのが次の句です。

富士の影追うて走らす冬夕焼　金子つとむ

車を走らせながら、車窓に見え隠れする富士を追いかけている情景です。直接的に富士がどうだとは言っていませんが、富士を追うという行為が、間接的に富士の美しさを引き出してくれたのではないかと思われます。

このように、感動が大きい時ほど、知らず知らずに主観の濃い表現をしがちです。直接的表現に行き詰まったら、間接的表現に切り替えてみると、案外道が開けるかも知れません。雲の峰誌をみても、直接的表現が大半で間接的表現はとても少ないのですが、主宰の作品からいくつか拾うことができました。

拳玉も終大師の袖土産　朝妻力

緑蔭に入りて大吉読み返す　同

一句目の終大師の露店では、拳玉に限らずお面や独楽などいろいろと商っていたものと思われます。しかし、そんな賑わいには一切ふれず、土産の拳玉だけを描出することで、間接的にその賑わいを表現しているといえましょう。

二句目は、緑蔭に御籤ですから、大きな神社の境内でしょう。よほど嬉しかったのでしょうか、大吉の御籤を読み返しているのです。どこまでも優しい緑蔭が広がります。

ところで、自己のありようを死の間際まで凝視した点で、子規の辞世句を忘れることはできません。子規庵の庭の句碑を思いだします。

糸瓜咲て痰のつまりし仏かな　正岡子規

痰一斗糸瓜の水も間に合はず　同

をと、いのへちまの水も取らざりき　同

○七〇、自然美と人間美

すっとわかる・ぐっとくるのがよい俳句だとすれば、ぐっとくるのはどんな場合でしょうか。高得点句があるということは、そこに何らかの共通点があるのではないかと思われます。ぐっとくるのは、私たちが無意識に理想としている心の琴線に触れるからではないでしょうか。

俳句をえらぶのは、多くの場合俳人ですから、私たちの理想とはすなわち俳人の理想ということになります。私たち俳人は、いうまでもなく、俳句の世界を良しとしています。俳句の世界をつきつめていえば、そこには、自然美、人間美

（生活の美）そして、その融合された美（融合美）があるように思われます。

私たちは、自然と人間が美しく溶け合って暮らすことを願っているのではないでしょうか。もし、そうだとするなら、そのような理想の美の発現された句こそが、ぐっとくる作品ということになるのではないでしょうか。

以前にとりあげた誌上句会の高得点句から、それらの作品が具体的にどのような美を発現しているのかを考えてみたいと思います。

和服には和服の歩幅菊日和　住登美鶴（32点）

和服と菊日和、ここにあるのは、間違いなく融合美といえるのではないでしょうか。さらに想像を働かすと、和服の絵柄には華やかな自然の文様があしらわれているのかもしれません。それにしても、菊日和という語感のなんと穏やかで、晴れがましいことでしょう。

八朔や宮に四股ふむ豆力士　高野清風（24点）

八朔と相撲。ここにも融合美が捉えられています。豆力士ということばに、作者の願いが込められているようです。

傘寿にも青雲の空草矢打つ　若山実（20点）

どちらかといえば、人間美が優位の作品です。傘寿になっても若々しい心を持ち続けることのできるすばらしさ。人間讃歌といってもいいのではないでしょうか。

春疾風竹百幹の響き合ふ　平岩千恵（20点）

これは、自然美を詠った句でしょう。「響き合ふ」に、作者が美を感じていることがありありと窺えます。しばし、竹の奏でる音に聞き入ってみましょう。太鼓の音などは、案外こういった音から発想されたものかもしれません。

さて、得点数でみるかぎり、自然と人間の融合美を詠んだものが、多くの支持を得ているようです。断定的なことはいえませんが、少なくとも雲の峰では、融合美を良しとする傾向があるのかもしれません。

○七一、俳句の映像性

俳句がすっと分かるのは、作者の心情が直に理解できたり、あきらかに音が聞こえたり、場面がつぶさに想像できたりするからでしょう。吟行などではどの句もよく理解できるのは、今みてきたばかりの場面だからということもあります。

そのなかでも、とりわけ、場面が想像できることは、すっと分かるための大きな要素ではないかと思います。つまり、俳句の映像性が選句の際の大きな要素になっているのではないでしょうか。

俳句の5W1Hのなかで、場所の情報は無意識に割愛されてしまうことが多いように思われます。なぜなら、作者にとって、その場所の情報ほど既知のものはないからです。ですから、作句のあとで、「この情報だけで、読者は場面を想像できるだろうか」と自問自答してみることは、決して無益なことではないでしょう。

作者の思いが強いときほど、主観的表現をしがちになりますので、特に注意が必要です。思い入れは直接対象に向かうため、対象の描写に注力しすぎると、場所の情報を読者に提供することが疎かになってしまうのです。

加えて、主観的表現に自分自身が酔っていたりすると、場所の情報の欠落が読者の理解を阻害していることに気付かないこともあります。私自身、思い入れが強く幾度も失敗しているので、そう断言することができます。

もちろん、場所の情報は必ず必要というわけではありませんので、先の質問をより具体的にいえば、「この句に場所の情報はあるか、この句に場所の情報は必要か」を問うことになりましょう。

炎天や影まざまざと人にあり　　金子つとむ

私は、長い間、掲句の場所情報の欠落に気付きませんでした。炎天という季語には場所の情報は、含まれません。ただ、夏の晴れた空の下というだけです。

しかし、読者の立場にたってみると、これだけの情報で映像を結ぶことは、困難ではないかと思い至ったのです。この句には、場所の情報が必要ではないかと……。そこで推敲したのが次の句です。

炎天やビルの底ひを影曳きて　　金子つとむ

推敲していて気付いたのですが、この「ビルの底ひ」は、作句の際に常に私の脳裏にあったイメージでした。なぜなら、それが作句現場だったからです。これは、俳句の表現上の陥穽《かんせい》といっていいものかもしれません。

表現が異なるため、二つの句意は微妙に異なりますが、どちらを選ぶかは、作者の判断ということになりましょう。映像性ということでいえば、後者に分があります。

○七二、ことばの彩り

一つの句が私たちに喜びや感銘を与えるのは、一句のなかに宇宙とでも呼べるような、時空の広がりを見出したときではないでしょうか。それらはすべて作者によって十七音に束ねられたことばがもたらしたものといえるでしょう。

私たちを取り巻くことばそのものには、イメージを喚起する力があり、さらにことばとことばの結びつきが、思わぬイメージを紡ぎ出すこともあります。

さまざまなことばは、ことばの彩りを持っているといえます。それが、一句のなかで充分に花開くとき、俳句の宇宙ともいうべきものが現出するのではないでしょうか。

語彙を豊富にすることとは、単に十七音に収めるためだけではなく、一句のなかでの最適な語の選択にも役立つでしょう。一つの句に盛り込める文節は四から五といわれていますので、ことばの選択、配列そのものが俳句といってもいいくらい、重要なものだからです。

さて、拙句に、

黄昏や金に懲りゆく月一つ　　金子つとむ

というのがあります。昼の月が夕方になって、次第に金色に輝くさまを詠んだものですが、一つが取ってつけたようでずっと気になっていました。一つは、月が一つであることを強調しているだけで、この句に新たなことばの彩りを添えるものではありません。

そこで、歳時記を繙いてみると、弓張月の傍題として月の弓や月の舟があることが分かりました。そこで、

黄昏や金に愁りゆく月の舟　　金子つとむ

としたのです。『角川俳句大歳時記』に月の舟を使った例句はありませんでしたが、古人が空を行く月に想いを込めて、そのかたちから弓とか舟とか呼んだ気持ちが分かるような気がします。

月の舟という言い方には、やはり月の動きを見ていないと言えないような趣があると思います。実際私も、刻々と月が輝いていくさまに見惚れていたので、月の舟を採用することにしたのです。しかし、ややメルヘン的に読まれてしまうかもしれません。

月の舟とすることで、句に舟のイメージが付加されます。子規の『筆まかせ抄』(岩波文庫)にも、「一天水の如く弦月舟の浮ぶに似たり」という記述があります。

一句の華やぎも、俳句を読む楽しみの一つでしょう。

荒海や佐渡に横たふ天の川　　松尾芭蕉

月を舟に見立て、星を川に見立てる。それは、素朴で、自然で、豊かな想像力の賜物なのではないでしょうか。

○七三、禅と俳句

『阿部敏郎の「いまここ塾」』(サンマーク文庫)を読んでいて、次のような記述に出会いました。

考えは過去の産物だけど、感じるのは「いま」。したがって花を見て、「ああ、きれいだな」って感じた瞬間は「いま」。「ああ、きれい」って思ったら、それは「いま」。感受性は「いま」です。

ところが、すぐ次の瞬間に、頭の中で「何科の植物かな、花屋で買ったらいくらかな」って。これは過去の自分の知識。それでまた、取り逃がしちゃう。

俳句では「いまここ」に集中します。それは、考えるためではなく感じるためです。

また、鈴木大拙は、『禅と日本文化』(岩波新書)のなかで、次のように述べています。

俳句は元来直観を反映する表象以外に、思想の表現ということをせぬのである。これらの表象は詩人が頭で作り上げた修辞的表現ではなくて、直接に元の直観の方向を指すものである。否、実際は直観そのものである。

ここで、感動をその場で詠むことの意義について考えてみましょう。その場で詠むということは、見たまま、感じたままを詠むということです。感じたところが、そのままことばになるわけですから、理屈が介在しようがないのです。いいえ、俳句という短詩形は、実をいえば理屈の介在を拒絶するための方法なのではないでしょうか。

先に挙げた『禅と日本文化』のなかで、大拙は次のようにも述べています。

感情が最高潮に達したとき、人は黙したままでいる。いかなることばも適当でないからだ。十七音でさえ、多過ぎるかも知れぬ。

俳句は叙述して説明する文芸ではありません。説明しないことで、相手にも自分と同じように直覚してもらおうとします。ですから、その場にあって、そのときの自分から生まれでたことばに、感動の伝播を託すのです。

「呼吸さえ覚えていれば、僕たちは『いまここ』にいる。坐禅は安定した姿勢で坐って、ただ呼吸を見つめている。でも呼吸だけを意識しているのは難しいですよ」と阿部氏はいいます。無心で俳句を作っているとき、感動を捉まえようとしているとき、私たちは、紛れもなく「いまここ」にいるのではないでしょうか。

「いまここ」にいる私たちが、自分の視点から見たもの、聞いたもの、感動したもの、美しいものを詠む。私たちがすべきことはたった一つ、正直に詠むことです。それだけで、俳句は、雲の峰の標榜する「自分詩あるいは自分史」になっていくのではないかと思います。

○七四、口語の表現領域

普段は口語で暮らしている私たちが、文語で俳句をつくるのには、どんな理由があるのでしょうか。思いつくままに、列挙してみましょう。

①十七音定型は、もともと文語のリズムだから。
②歴史的仮名づかいの季語（暑し、寒し、涼し、冬深

し、春浅し等）と相性がいい。
③切字（や、かな、けり等）は、口語と合わない。
④動詞が口語よりコンパクトなものが多く（数ふ、伸ぶ、受く、終ふ等）、俳句にとっては都合がいい。

文語は俳句と相性がいいこと、その利便さもよく分かりますが、自分の感動を表現するのに、口語でなくては表現できない領域はないのでしょうか。特に現代的なテーマを扱うときはどうなのでしょうか。

梅雨明のネイルはマリンブルーかな　都賀さくら

けやき句会で高得点を獲得された句ですが、「マリンブルー」に「かな」がつながることに個人的に違和感がありました。梅雨明に呼応するようなマリンブルーの爪。作者の感性の光る作品です。「かな」を使用せずに、梅雨明はマリンブルーの爪と決め／つゆの明マリンブルーの爪光る／などとすることも可能ではないでしょうか。

次の拙句の場合、同じことをいっていても、文語と口語ではニュアンスが異なるように思われます。

口々に皆富士褒むる冬夕焼　金子つとむ

冬夕焼みんなで富士を褒めている　同

文語では、ことばが緊密に関連して、引き締まった印象を与えるのに対し、口語はどこか茫洋として、のびやかな感じを与えるのではないでしょうか。極論すると、「皆」と「みんな」は全く違う。みんなには、気持ちの繋がっている温もりがあるように思えるのです。畏まった感じと自然体の感じ、それは、もともと書きことばとしての文語と話しことばとしての口語の違いなのかもしれません。

ところで、独自の口語俳句で知られる篠原梵は、次のように述べています（句集『年々去来の花』別冊、『径路』）。

俳壇人といふのも、文章を書くときはかなり普通のことばで書くのに、俳句作品となると時代ばなれ、あるひは日常ばなれをする。お互に変だとも気づかず、または思はず、さうしてあやしまない。（中略）日常普段のことばであらはすのでないと、把握することのできない、言ひあらはすことのできない何物かを逃がすことになるのではなからうか。新しい感覚や角度が見えて来ないのではないか。

私たちは、表現領域を拡大するために、ときには口語表現にチャレンジしてもいいのではないでしょうか。

水筒に清水しづかに入りのぼる　篠原梵

揚雲雀空のまん中ここよここよ　正木ゆう子

○七五、感覚への共鳴

俳句という短詩が成立する背景には、互いの感覚に対する共鳴ということがあるのではないでしょうか。俳句における感覚とは、季語とそれ以外の句文を取り合わせる感覚のことです。一句一章の句でも二句一章の句でも、一句を構成しているのは季語とそれ以外の句文であり、その中心をなすのはこの取合せの感覚といえましょう。

私たちが俳句を選ぶとき、一句は私たちを共鳴させるものとして存在し、私たちはあたかも共鳴器のようにそれに反応しているのだと思われます。私たちが、句の良否を瞬時に判断できるのは、この共鳴ということによるものと思われます。

私たちは、さまざまな体験のなかで、さまざまな感情を生起させながら生きています。そしてその多くはその場で消滅してしまうような儚いものです。

しかし、一句を通してあのときの感覚が甦るのです。それまで、ことばにすらできなかった感覚が……。

季語をAとし、それ以外の句文をBとすると、作者の独自性は、句文Bそのものと、他でもないAとの取合せのなかに表れています。一句は、私たちにいつもこう問いかけてきます。

「Bを感じたことはありますか。AとBとベストマッチじゃないですか」

句が選ばれるのはとても嬉しいことです。では何故嬉しいのでしょうか。作者は、自分の句の意味が伝わったから嬉しいのでしょうか。正しい日本語を使っている限り、意味だけなら誰にも伝わっているはずです。

作者にとって何より嬉しいのは、受け入れられるかどうか分からないAとBとの取合せが、分かってもらえたからではないでしょうか。

感覚の共鳴という視点でみると、俳句はある種のコミュニケーションではないかと思うことがあります。コミュニケーションとは、人と人とが互いに認め合うことだと思いますが、感覚の共鳴とは、今生きてある自分の感覚が承認されることだからです。

　俳句をつくるということは、「……の感じ」をことばにする技術を身につけ、コミュニケーションすることではないでしょうか。それは、好き、嫌い、かわいいなどの一言では片付けられない、もっと複雑な感覚です。他人の句を選び、自分の句が選ばれる。それは、ひととひととが繋がるプロセスの一つだと思うのです。

起立礼着席青葉風過ぎた　　**神野紗希**

○七六、俳句ライブという方法

『100年俳句計画』（夏井いつき著、そうえん社）を読んで、氏が小中学生を対象に、俳句ライブというものを実践されていることを知りました。夏井氏はいいます。

　私が教えるのは、たったひとつ。「取り合わせ」という俳句技法の中の最も基本的な型を一つだけ教える。

（中略）

　はるのそら・〇〇〇〇〇〇・〇〇〇〇〇

「ね、こうすると、今みんなはまだ自分の脳みそをまったく動かしていないのに、俳句の約三分の一が自動的にできちゃってるわけよ」

あとは十二音を勝手につくり、季語と取り合わせてみるだけ。ポイントは、十二音のことばと季語が取り合わされたとき、意味が変容していくありさまをまざまざと実感することにあるようです。

　実際の俳句ライブは、簡単なレクチャーのあと全員が五分以内に一句を作り、先生が選んだ十句の中から、全員の合議で順位を決めていくようです。

さよならというのはつらいさくら草　　なみこ（小一）

みなみかぜはだしでのぼるすべりだい
べんとう（小一）

しかられてゆらゆらにじむふじの花
吉田千与美（小四）

弟が髪をひっぱるソーダ水
塚本裕子（中一）

「楽しくなければ俳句じゃない」をモットーに、言葉遊びの要素をふんだんに取り入れた俳句ライブですが、この言葉遊びについて、夏井氏は次のように述べています。

『言葉遊び』もできない子どもが、どうやって自分の『真の感動』を表現することができますか。言葉をあやつる技術を身につけ、言葉をあやつる楽しさを知ってこそ、言葉は子どもたちの中で真の力を発揮するんです。

いざ何かの感動にぶち当たった時、言葉をどう使えばよいかを体で覚えている子どもだけが、それを生き生きと表現できるんです。

ところで、十二音ということで思い出すのは、芭蕉の古池の句です。『禅と日本文化』（鈴木大拙著、岩波新書）に次のような記述があります。

芭蕉がその師仏頂和尚のもとで参禅していた頃、ある日、和尚が彼を訪ねてきて問うた。「今日のこと作麼生（そもさん）」近頃、どうして暮らしていられるか。芭蕉答えて、「雨過ぎて青苔湿ふ」仏頂はさらに、「青苔いまだ生ぜざるときの仏法いかん」「蛙飛び込む水の音」と芭蕉は答えた。

伝説のようですので、勿論真偽は定かではありませんが、蛙飛び込む水の音は、禅問答のことばだった可能性もあるのです。実際に十二音が先にできる場合があるものです。十二音を先につくり、いろいろの季語を組み合わせてみることで、俳句の成り立ちや季語の働きを知る。それも、ひとつの勉強法といえそうです。

○七七、共振装置としての季語

季語をつらつらながめていると、季語の生い立ちが分かるような気がします。感動が凝縮されたような季語もあれば、空想の翼をひろげたような季語もあります。しかし、季語の根っこには、必ず現実の風物があるように思われます。私たちが、俳句に季語を入れることを、遵守し続けているのは、季語に対する絶大な共感があるからでしょう。これが、いちばん大きな理由だと思います。

たとえば、星月夜。『角川俳句大歳時記』では、「月のない夜空が、星明りでまるで月夜のように明るいこと」と説明されています。つまり、星月夜の月夜とは、まるで月夜のようなという意味なのです。星月夜ということばだけで、私たちは、さまざまな空想に浸ることができます。そして、実際にそんな夜空を経験したことのある人なら、たちまちそのときの記憶が甦ってくることでしょう。

星月夜という季語に私たちが共感できるということ、これが俳句の母胎になっています。もしこの共感がなかったら、星月夜という季語は、現在まで残ってこなかったのではないでしょうか。共感できるからこそ、自分も作ってみたくなる。多くの人が同じように星月夜で作句する。そうすることで、季語は私たちのなかに連綿と生き続けてきたのではないかと思われます。

選ばれしやうに人逝く星月夜　前田恭子

また、雀化して蛤となるという季語もあります。寒露の次候にあたり、およそ新暦の十月十三日から十七日に相当します。日本版ではこの候は、菊花開《きくのはなひらく》となっています。もともと晩秋になって雀がめっきり減ってしまったのを、蛤になったのだろうと想像したわけですが、雀と蛤の文様を比べてみた古人の観察眼に驚かされてしまいます。

季節によって国内を移動する鳥を漂鳥といいますが、実際鳥たちの移動は昔から謎だったようです。季語の音数が十二音もあるので確かに使いにくいのですが、古人にならって空想の翼を広げてみることも楽しいのではないでしょうか。蛤と砂浴びが面白いと思います。

蛤になるべく雀砂浴びす　上野一孝

こうして季語についてあれこれと考えていると、季語のありがたさを思わずにはいられません。季語ひとつを思い浮かべただけで感じられるこの豊かさは、とても貴重なものです。それは、季語を通して遙か先人たちにつながっていくような感覚です。

季語はまるで共振装置のようなもの。一句のなかで、句意を響かせる働きをするのも季語、俳句を通して人と人を結びつけているのも季語なのだといえないでしょうか。

○七八、自分史

実際に俳句をつくる場合、季語はどのように扱われるのでしょうか。嘱目吟と題詠の比較を通して考えてみたいと思います。ここでは一句一章はひとまず置いて、二句一章の取り合わせの句について考えてみたいと思います。

寒鴉雲を見てゐてゐずなりぬ　　皆川盤水

ここでAを季語、Bをそれ以外の句文としますと、嘱目吟は当季の季語を契機として、作者の感動によって生まれるものと考えられます。掲句では、A（寒鴉）に対する発見や感動がB（雲を見てゐてゐずなりぬ）を生んでいるのです。あるいは、逆にBによってAが発見されるといった場面もあるでしょう。

何れにせよ、作者にとって、AとBの繋がりは必然であり、作句動機となった現場が存在することになります。

一方、題詠には現場がありませんので、経験上から同様の現場を探しだすか、想像上の現場を設定することになるでしょう。特に、想像上の場合は、AとBは恣意的にならざるを得ないと思われます。

さらに、夏井いつき氏の主催する句会ライブでは、Bが楽しい内容なら楽しげな季語を、悲しい内容なら悲しげな季語を取り合わせることで、瞬時に一句が生まれる面白さを体感させているようです。意識的にことば遊びの要素を取り入れることで、ハードルを下げているものと思われます。

さて、私たちの誰もが経験しているように、俳句は現場でも机上でも作ることができます。季語はいわば共振装置。AとBを取り合わせたとき共振が起これば、俳句としては成立するからです。それは一見すると、ジグソーパズルのようでもあります。

しかし、俳句が私たちの表現行為であることを考えると、本来的には、共振するAとBを探すのではなく、AとBが生まれ、必然的に繋がる現場こそが必要なのではないでしょうか。

俳句が当季雑詠にこだわり続けているのは、現場を大事にしているからと思われます。机上の作句でも自分詩は作れますが、自分史にはならないのではないでしょうか。

俳句は季節に対する私たちの感受が生み出す詩だといえます。一句一句には、作者しか知らない現場があります。句を読み返す度にその現場が現れ、感動を新たにすることができます。この現場の存在こそが、私たちの自分史を形作っていくものといえるでしょう。

各人が各人の自分史を積み上げていくことで、私たちは、先人たちの培ってきた美の体系に連なることができるのではないでしょうか。

○七九、五感に訴える

一句に共感を覚えるとき、私たちの内部で何が起こっているのでしょうか。私たちは、一句のことばから触発された場面を、私たちの記憶から呼び出しているのではないでしょうか。

例えば一句のなかに佐渡という地名が入っていた場合、殆どの人にとって、その場面やそれに付随する細部までも想像することが可能でしょう。人々にとって馴染みの深い土地を読み込むことで、大きな映像喚起力を味方につけることができるのです。

荒海や佐渡に横たふ天の川　松尾芭蕉

このように、一句が読者の五感に働きかけ、それを刺激し、一句の場面をまざまざと想像させることができたとき、大きな共感を得ることができるのではないでしょうか。誌上句会の高得点句から、五感に対する働きかけを見てみましょう。

和服には和服の歩幅菊日和　住登美鶴

よく和服を着る人なら、和服の歩幅には触感を感じるのではないでしょうか。また、菊日和という季語は嗅覚・触覚・視覚に通じているように思われます。かすかに草履の音も聞こえてくるようです。掲句は、触覚、視覚、嗅覚、聴覚に働きかける句ということができるでしょう。とりわけ触覚を呼び覚ましたことで、高得点に繋がったのではないでしょうか。

八朔や宮に四股ふむ豆力士　高野清風

四股をふむ土俵の感覚、その音。ここにも触覚、視覚、聴覚が働いています。なかでも、触覚は、豆力士の裸ともあいまって、多くの人の触覚を呼び覚ましたのではないでしょうか。

傘寿にも青雲の空草矢打つ　若山実

草矢を放つ先には、青雲の空がひろがっています。視覚的な広がりが気持ちのいい句です。草矢をうつ触覚もまた独特なものです。視覚と、触覚、わけても視覚のすばらしさに惹かれる句といえるでしょう。

春疾風竹百幹の響き合ふ　平岩千恵

この句では視覚と聴覚と触覚が渾然一体となっています。荒れ狂うように動く竹とそこから湧き上がってくる音。音がなかなか鳴り止まないのです。やはり、聴覚の句といってもいいのではないでしょうか。

このように一句が五感に強く働きかけるとき、私たちの記憶が呼び覚まされるようです。俳句は「物に語らせよ」といいます。物は私たちの五感が働いて感じることのできるものであり、五感に訴えるには、物を働かすに如くは無いということなのではないでしょうか。

蕗の薹食べる空気を汚さずに　細見綾子

○八○、「冴ゆる夜の」考

けやき句会で高得点をとられた次の句について考えてみたいと思います。

冴ゆる夜の抜れの戻る音　伊藤たいら

この句をめぐって、原句通り「冴ゆる夜の」がいいのか、「冴ゆる夜や」がいいのかという議論になりました。論点は、「の」の使い方の正誤及び、句形の選択ということになろうかと思います。

先ずはじめに、格助詞「の」の使い方について考えてみましょう。「の」の使い方の代表例として、佐佐木信綱の短歌があります。俳句では、風生の句があります。

ゆく秋の大和の国の薬師寺の塔の上なる一ひらの雲　佐佐木信綱

みちのくの伊達の郡の春田かな　富安風生

これらの歌や句では、「の」は順繰りに次のことばへ繋がり、大景から最終的に焦点となることばに収斂していきます。一ひらの雲と、春田がそれです。

これに対し、「冴ゆる夜の」の「の」は、意味としては「音」に掛かるように思われます。作者が言いたいのは、「冴ゆる夜の反故」ではなく、「冴ゆる夜の……音」ではないでしょうか。もしそうなら、この「の」の使い方にやや無理があるといえるかもしれません。確かに、いっぽうには、この「の」を軽い切れとする考え方もあります。

次に、句形について考えてみましょう。この句のすばらしさは、「反故の捩れの戻る音」という作者ならではの独自の把握にあります。この句文を、独立性があると捉えるか、「冴ゆ」に依存すると捉えるかで、句形がきまります。前者なら、二句一章、後者なら一句一章です。しかし、その判断は非常に難しい。

この戻る音はおそらく幽かなもので、多くの人は、「冴ゆる夜」だからこそ聞こえた音、つまり「冴ゆ」に依存すると考えるのではないでしょうか。しかし、私は、この句文自体に詩情があり、反故にした当事者の熱情のようなものすら感じてしまうのです。

もし、この句文に詩情があるなら、二句一章として季語のもつ詩情と充分に響きあうだけのちからをもっていることになります。二句一章の添削例をあげてみましょう。

冴ゆる夜や反故の捩れの戻る音　添削例①

冴ゆる夜反故の捩れの戻る音　添削例②

①の「さゆるよ」に対し、②は、傍題通り「さゆるよる」と読みます。冴ゆる夜のあの凝縮していく感じを表現するには、個人的には、②のほうがよいと思います。

②では、期せずして、「r」の音を通底音として響かせています。一瞬音が聞こえて、また夜の静寂に戻っていくように感じられるのです。

○八一、寅さんのだんご

青葉集の鑑賞で、次の選評を書きました。今回は、この句をもとに選句ということを少し考えてみたいと思います。

寅さんのだんご頬張る秋日和　　**大橋克巳**

葛飾柴又の参道でしょうか。寅さんと団子は付き過ぎかも知れませんが、頬張るということばに惹かれました。頬張るということばには、一瞬にして映像を喚起させるちからがあるように思います。ふりそそぐ秋日のなかで、だんごを頬張る作者が微笑ましいと思います。（『雲の峰誌』二〇一五年二月号より転載）

私は勝手に葛飾柴又の帝釈天の参道を思い浮かべましたが、帝釈天に行かれたことのない方も多数いらっしゃるのではないでしょうか。そうすると、代わりにいつか見た映画の場面を思い浮かべるかも知れません。

寅さんのだんごは、私たちの経験や知識、記憶に応じたイメージを呼び起こすものといっていいでしょう。

本当のことをいえば、掲句の作句現場は参道ではないかもしれません。買ってきた草だんごを江戸川の土手で頬張っているのかもしれません。あるいはまた、だんごは誰かの手土産で、自宅の縁側で頬張っているのかもしれません。

作者の事情とは裏腹に、読者は勝手に句の場面を再現していきます。句を読むことは創作といわれる所以がここにあります。

寅さんは有名人ですから、イメージ喚起力に優れたことばということができるでしょう。しかしなんといっても、俳句のなかで最大のイメージ喚起力をもつことばは、季語なのではないでしょうか。

秋日和は、うらうらとした陽気に誘われて作者が帝釈天にきたのではないかと想像させます。そのとき、映画の寅さんと作者が二重写しに見えてくるかもしれません。

選評にも書きましたが、もう一つは「頬張る」という語の働きです。「頬張る」にはイメージ喚起力があり、さらにだんごの触覚や味覚をも感じさせてくれます。

このように五感に強く訴えることばがあると、句の世界にすっと引き入れられてしまいます。私たちの生の実感は五感によって支えられていますので、五感を刺激されると、景がぐっと身近に感じられるのです。

俳句というのは、読者の五感に訴えるものだという言い方もできるのではないかと思います。

鱧ちりをつつき論陣には入らず　朝妻力

葉桜やどこかに鉞力叩く音　同

鈴虫や手熨斗で畳むややの物　同

○八二、分かる句・分からない句

私の作る句の季語をA、それ以外の句文をBとすると、句形如何にかかわらず、一句は全てA＋Bという形になります。季語は自分では作れませんので、作者の表現領域は、季語Aの選択と、Bの創作ということになります。それ以外に、作者の独自性を表現しえるものはないのです。

ここで、A＋Bのなかのプラス記号の意味について考えてみましょう。このプラス記号は、いわば作者の感性そのものといえるものです。作者が他でもない季語Aを選び、他でもない句文Bを創作し、両者を繋ぎあわせたからです。

このプラス記号は、二句一章の句形では切れとなって現れますが、当然その記号の意味が説明されることはありません。

読者はAとBから、そのプラス記号の意味を、その作者にとっての必然性を探るしかないのです。プラスが作者の感性なら、その意味を探り当てるのは、読者の感性ということになりましょう。

ところで経験的にいえることですが、二十人程度の句会なら、最高得点句の得点率は三〇～五〇％といったところに落ち着くようです。

私の句を支持する人もいれば、そうでない人もいます。私の句をよく選んでくれる人もいれば、全く選んでくれない人もいます。

作者の感性が、読者の感性によって試される以上、俳句に限らず他の文芸でも似たりよったりなのではないでしょうか。

作者が自身の感性をかけてA＋Bと作句したとき、それを読者もやはり自身の感性をかけて読み解くわけです。作者の感性と読者の感性は、端から異なるわけですから、その得点率を作者の側でコントロールすることはできません。俳句が他選といわれるのはこの謂《いい》でしょう。

自身の感性に忠実になればなるほど、他者にとっては分かりにくい句が生まれてしまう可能性は大いにあります。また、逆に他者に分かりやすいということに照準を合わせてしまうと、自分の表現行為が疎かになりかねません。

以前私の作った句に次の句がありますが、きっと分かり難いだろうと思います。

とんぼうのじつと時間の外にゐる　　金子つとむ

次に、私もよく分からない草田男の句をいくつか挙げてみましょう。でも、分かる人もいるのです。

ほととぎす敵は必ず斬るべきもの　　中村草田男

世界病むを語りつつ林檎裸となる　　同

木葉髪文芸永く欺きぬ　　同

真直ぐ往けと白痴が指しぬ秋の道　　同

○八三、居合わせた喜び

奇麗なものを見たり、感動的なシーンに出会ったりすると、私たちは写真にとったり、俳句を作ったりします。

客観写生の句は、スナップショットに似ているかもしれません。しかし、単なる記録ならそれでいいのですが、俳句となるともっと自分の感動を表現したいと思うのではないでしょうか。

ところが、客観写生句では、季語Aとそれ以外の句文Bの取り合わせにも、句文Bの表現自体にも、作者の主観が色濃く表現されることはありません。まるで、見たまま、あるがままにそれらは表現されています。それだけで、ほんとうに作者の表現意欲は満足しているのでしょうか。

厳密にいうとスナップショットは、すべて唯一のものです。何故なら、同じ時刻、同じ場所（視点）で複数の人が写真を撮ることは不可能だからです。ましてや俳句ともなれば、万物のなかから拾い出してくることばの組み合わせは、人によって千差万別です。それは、吟行するとよく分かります。同じ場所を歩いて、同じものを見てきたはずなのに、俳句はみな異なるからです。ことばの選択・組合せのなかにすでに作者はいるといってもいいでしょう。

厳密には確かにそうですが、それだけでは似たような句が沢山できてしまいます。そこには、何かもっと作者独自のものが必要なのではないでしょうか。

しかし、純粋な客観写生句になればなるほど、ことばの選択・組合せ以外の要素は見当たりません。そこで、どうしてそれだけで、作者は満足できるのかを考えてみる必要がありそうです。

私たちは、ほんとうに感動した場面に出会うと、ことばを失うものです。感動が大きければ大きいほど、その場に居合わせた喜びが大きくなるからです。

その場の喜びの大きさに比べれば自己の感慨の表出など取るに足らないものだと作者が納得したとき、表現は自ずから変わってきます。作者はその場の再現だけに専念するようになるのです。

感動は表現された場面が全て担ってくれると、作者は充分に承知しています。ですから、A＋Bの表現に委ねきって泰然としていられるのです。それは、ある種の潔さ、爽やかさを読者に与えます。客観俳句とは、主観表現は不要と作者が得心した時に生まれる、究極の表現手法といえるのではないでしょうか。

春耕や御陵の空に鳶の声　廣瀬キミヨ

しぐるるや越の国より刃物売　根尾延子

春愁や鼻の削げたる兵馬俑　荒木有隣

補虫網朝のあいさつして通る　矢野あや

○八四、客観写生の利点

今回は、客観写生の利点について考えてみたいと思います。でもその前に主観表現が陥りやすい陥穽について考えてみましょう。それに陥らずに済むのが、客観写生だからです。私自身もそうなのですが、感激しやすいタイプの人は、表現が主観的になりがちです。

主観的表現の特徴は、大きく誇張と饒舌ということがいえるのではないでしょうか。

拙句の具体例を挙げてみます。

【原句】満開と呼びたきほどの照紅葉　金子つとむ

【原句】百人の声に浮きたる神輿かな　同

【原句】ちりちりと物乾く音石蕗の花　同

冷静になって考えてみると、紅葉に対する措辞として満開はいかにも誇張ですし、浮く神輿やちりちりも、誇張や饒舌という感じがします。しかし、気分が昂揚して作句していると、なかなか気付かないものなのです。

最も致命的なのは、わずか十七音のなかでこれらの主観的な表現に音数を割いてしまうと、場の情景を描出することが難しくなるということです。

主観表現をしたくなるほど、作者はその場に感動しているわけですから、逆にいえば、場の再現に専念するだけで、場そのものもつ感動が伝わってくるはずなのです。

【推敲句】日に透くる苑の紅葉を満面に　金子つとむ

【推敲句】一噸の神輿を上ぐる声揃ふ　同

【推敲句】石蕗咲くや日向に物の乾く音　同

因みに、原句と推敲句の情報を比較してみますと、次のようになります（傍線は新情報）。

満開・呼ぶ・照黄葉→日に透く・苑・紅葉・満面
百人・声・浮く・神輿→一噸・神輿・上ぐ・声・揃ふ
ちりちり・物乾く音・石蕗→石蕗・日向・物乾く音

よく初心者に対して客観写生を薦めるのは、ものをよく見て主観的表現を避けることで、場の再現に必要な情報をたくさん盛り込むことができるからといえましょう。

私は、客観写生を学ぶことは、絵画でいえばデッサンを学ぶことだと考えています。絵画とおなじように、客観写生は、俳句の基礎といえるのではないでしょうか。

ピカソは、初め父親のルイスから絵の手ほどきを受けていましたが、息子の進歩の速さに驚いた父親は、ピカソが十三歳の時に自ら描くことを諦めたといわれています。

ピカソはそのときすでに写実画をマスターしていたのです。ピカソのその後の展開は、写実の基礎の上に成り立っているのではないでしょうか。

客観写生をマスターすることで、私たちもさまざまな表現にチャレンジできることと思います。

○八五、固有名詞の難しさ

一句のなかに季語を一つ入れるだけで、多くの場合、季語のもつ場所の情報が読者に手渡されることになります。

例えば夏の季語に、ちんぐるまという高山植物がありますが、それが咲く「高山」という一般的な場所情報は、季語であるちんぐるまに初めから含まれているからです。

また、季語には、初筑波、初富士、初比叡などのように固有名詞を含むものもあります。

もともと一句のなかに場所情報が不要な場合や、季語の情報だけで充分な場合は、場所を示すことばを新たに挿入する必要はありません。

しかし、あえて土地にまつわる固有名詞を使用した場合は、どんな効果が生まれるのでしょうか、いくつかの例句で考えてみたいと思います。

荒海や佐渡に横たふ天の川　松尾芭蕉

芭蕉の句には、佐渡という地名のもつ力が存分に働いています。佐渡には、形勢はもとより、歴史、風俗、習慣などその土地のもつ全ての情報が含まれるからです。

このように、誰でも知っている固有名詞を味方につけると、大きな広がりのある句を作ることができます。

祖母山も傾山も夕立かな　山口青邨

阿蘇山の東に位置するこの山を知っている人なら、その景はたちどころに、脳裏に浮かんでくることでしょう。

しかし、それを知らない私にも、祖母や、傾ということばから穏やかな山容が想像され、助詞「も」の働きで、二つの山が一望できる山であることが分かります。

また、掲句の調べは、まるで山に対する親しみからでた古老の呟きかと思わせるほど、ほのぼのとしています。

きさらぎや雪の石鉄雨の久万　正岡子規

子規の故郷、松山を知る人なら、この景を鮮明に印象深く思い浮かべることでしょう。

しかし、それを知らずとも、高い石鉄（石鎚）山では雪、麓の久万では雨といった風情を感じとることができるのではないでしょうか。

このように、土地にまつわる固有名詞は、それを知る読者にとっては、絶大な映像喚起力を発揮し、そうでない読者にとっては、意味不明の烙印を押されかねない危険性をはらんでいます。しかし、既に見てきたように、これらの句は、この危険性を上手に回避しているのです。

作者が固有名詞を使うのは、それに対する思い入れからといえましょう。それだけに、その使用は、強い主観表現とも受け取られかねません。ここに、固有名詞を使用する際の難しさがあるのではないでしょうか。

○八六、接続助詞「て」の用法

接続助詞「て」は使い勝手がいいため、私もついつい多用してしまうのですが、「て」の用法には大きく分けて次の用法があります。

一、後から述べる内容に先行する内容を受ける（春が過ぎて夏がくる）

川下へ靡きて枯るる芒かな　金子つとむ

冬霧を朱に色ひて朝日出づ　同

二、後の事態のなりたつ条件を示す（叱られて泣く）

黄昏れて金に懲りゆく月の舟　金子つとむ

雀一つ止りて撓む穂草かな　同

三、語句を受けて、動詞・形容詞につなげる（泣いて訴

える）

富士の影追うて走らす冬夕焼　金子つとむ

括られし花に縋りて（ゐる）冬の蝶　同

四、対句的に語句を並べる（強くてやさしい）
五、反復・継続を表す（我慢して我慢して）

一般的には、一〜三の使い方が多いと思いますが、二の使い方は、要注意です。

俳句は理屈を嫌うということをこれまでも何度か指摘してきましたが、二の使い方は、理屈を引き寄せてしまうからです。理屈を引き寄せてしまうと、何故いけないのでしょうか。二つの句をもとに考えてみたいと思います。

【原句】黄昏れて金に懲りゆく月の舟　金子つとむ

この句は、日没時に南の空に浮かんでいた下弦の月が、日没とともに黄金色に染まる様子を呼んでいます。

読者が時系列に起こったことと読んでくれればいいのですが、掲句は、黄昏れた（ので）、金に凝りゆくと読まれる可能性を否定できません。そう読まれた途端に、この句は理屈の句になってしまうのです。

何故理屈がいけないかといえば、理屈が通った瞬間に、読者の心は理に傾いてしまい、黄昏を感じ、黄金色の月を愛でることがもはやできなくなってしまうからです。ここはやはり、「黄昏や」とすべきではないでしょうか。

【推敲句】黄昏や金に懲りゆく月の舟　金子つとむ

【原句】雀一つ止りて撓む穂草かな　金子つとむ

も同様です。止った（ので）撓むと読まれてしまう可能性があるのです。それを回避するためには、

【推敲句】草の絮雀ひとつに撓みけり　金子つとむ

となるでしょう。接続助詞として「て」を使ったときは、それが（ので）に変換可能な「て」か否かを充分確認したほうがいいのではないでしょうか。

○八七、大胆な省略

様々な思いが一句に結実するとき、僅か十七音の一語一語は、作者の思いを託されてそこにあるのだといえます。

俳句ではことばの質量が増すということを以前に述べましたが、一句のなかで使われることばの数が極端に少ない場合、それらのことばは、さらに質量を増してくるのではないかと思われます。

合格子鉄砲玉となつてをり　福田キサ子

この句は、「合格子」と「鉄砲玉」と「なる」からできています。たったそれだけのことばなのに、いや、たったそれだけだからこそ、これらのことばに込めた作者の思いは、充分に伝わってきます。

あとからあとから噴き出す想像を誰が止められるでしょうか。高校受験か、大学受験か、どんな子なのだろうか、随分とがんばってきたのだろう、歯をくいしばってきて、よっぽど嬉しかったのだろう……。

そしていつしか、自らの受験と重ね合わせている自分に気付くのです。

この句は、眼前にある結果だけを述べています。プロセスを語りだすと、どうしても理屈がついてきます。この句がもし、次の句だったらどうでしょうか。

合格子鉄砲玉となりにけり

「なつてをり」には、母親の安堵と、微妙な立場が表明されています。鉄砲玉を咎めたいけれど、息子の気持ちもよく分かるだけに、なかばお手上げといったような……。ここには、愛情あふれる親のまなざしがあります。

滝行者まなこ窪みてもどりけり　小野寿子

「まなこ窪みて」が、滝行の激しさを物語っています。戻ってきたのは夫でしょうか。「もどりけり」から、作者の安堵感があふれ出してくるようです。

合格したあとの吾が子の行動を鉄砲玉と捉えた母親、まなこの窪みにはっと虚を衝かれた作者、その実感がこれらの句の根っこにあるといえましょう。鉄砲玉にも、まなこの窪みにも、作者の言い尽くせぬ思いが、鉄心のように込められているのです。

寺田寅彦は、「俳諧の本質的概論」（『寺田寅彦随筆集第三巻』岩波文庫）のなかで、次のように述べています。

　饒舌よりはむしろ沈黙によって現わされうるものを十七字の幻術によってきわめていきいきと表現しようというのが俳諧の使命である。（中略）この幻術の秘訣はどこにあるかと言えば、それは象徴の暗示によって読者の連想の活動を刺激するという修辞学的の方法によるほかない。（中略）暗示の力は文句の長さに反比例する。俳句の詩形の短いことは当然である。（傍線筆者）

○八八、字足らず

　字足らずのことを書こうと思って、ネットで例句を調べてみたのですが、なかなか見当たりませんでした。字余りに比べると、字足らずの句は極めて少ないように思われます。そこで、逆に何故字足らずの句は少ないのかということから考えてみたいと思います。

　指を折って五七五と数えた頃を思い出してみると、十七音は、たくさんのことばのなかから削って、削って、いわば凝縮された形として生まれてきたように思います。

　その終着点が五七五のわけですから、苦労して五七五にしたものをさらに削ろうとは誰もしないでしょう。すると、字足らずの句は、どんな場合に生まれるのでしょうか。

　字足らずの有名な句に、芥川龍之介の句があります。

兎も片耳垂るる大暑かな　　**芥川龍之介**

　句意は、「兎さえも片耳をたれて大暑に耐えていることよ」ということです。暑さにぐったりしている作者が、兎にかこつけて自身の大暑への感慨を詠んだ句といえるでしょう。景はともかく、この句は、簡単に定型にすることができます。

野兎も片耳垂るる大暑かな

　しかし、作者はそうしませんでした。それは、字足らずの句には、字足らずの句のもつ魅力があるからだといえるでしょう。

　作者は、兎が片耳を垂れているという映像のほかは、一切不要と考えたのです。ことばを追加すればそのことばのもつイメージが付加されてしまうからです。

また、字足らずの句は、どこか欠落しているような、いわば負のイメージを伴います。作者は、この負のイメージを利用することで、大暑に耐える兎を通して自身を描出したともいえるでしょう。字足らずは、作者によって、積極的に選び取られた形式だといえるのです。

冬蝗終の飛行かもしれず　金子つとむ

拙句の中七は、「最後の飛行」とすれば、定型になります。しかし、敢えてそうしなかったのは、気持ちが負のイメージに傾いていたからかもしれません。五七五にすると堂々としすぎるように感じたのです。

思いの丈を定型に収めるという大↓小への作句プロセスを考えると、字足らずの句は、意識しないと作りにくいものかもしれません。五七五ではなく表現としての完結を目指していくと、自由律になるのかもしれません。それゆえ、一句ごとに形が違うのです。

咳をしても一人　尾崎放哉

まっすぐな道でさみしい　種田山頭火

〇八九、季語と響き合う句文

ここでは、季語を含む五音の句文Aに対し、十二音の句文Bを取り合わせる場合に、十二音の句文に求められる条件について考えてみたいと思います。

以前「初心者のための俳句講座　その三」の項目で、二句一章にすべきか一句一章にすべきかを論じたことがありました。そのときの論旨は、句文Bが主役になれるような内容なら、二句一章にすべきというものでした。また、句文Bが主役になれるかどうかの判断は、その句文Bが季節に依存するか、そうでないかを見分けるというものでした。

その結果、次の二つの句を一句一章に推敲しました。

【原句】数え日や駅のポストに小さき列　金子つとむ

【原句】寒暁や駅へ駆けゆくハイヒール　同

【推敲句】数え日の駅のポストに小さき列　同

【推敲句】寒暁の駅へ駆けゆくハイヒール　同

「駅のポストに小さき列」や「駅へ駆けゆくハイヒール」は、季節に依存するため主役になれない、つまり二句一章にはできないというものでした。

このことをさらに深掘りしてみると次のようになります。先ずAとBの関係です。一句の取り合わせが上手くいくためには、両者がともに一歩もひかない対等の関係であることが必要だと思います。AとBが句文として独立しているということです。

具体的には、まず第一に、文法的に独立しているという意味です。句文Aと句文Bの終わりには、句点が付かなくてはなりません。しかし、勿論それだけではありません。文法的にみれば、「駅のポストに小さき列」や「駅へ駆けゆくハイヒール」にも句点をつけることができるからです。

もう一つ大切なことは、季語という詩語と響きあうためには、句文Bにも詩情が必要だということです。

「駅のポストに小さき列」や「駅へ駆けゆくハイヒール」も事実には違いありませんが、詩情をもつまでに高められた句文とはいえないように思われます。

それでは、次の句文はどうでしょうか。季語以外の句文Bのみを表示しています。

西の遥かにぼるとがる

駅白波となりにけり

美しき緑走れり

これらの句文は、単独でも充分詩情のある表現になっていると思います。それだけに、季語の句文Aと二句一章を構成することができるのです。

菜の花や西の遥かにぼるとがる　有馬朗人

更衣駅白波となりにけり　綾部仁喜

美しき緑走れり夏料理　星野立子

○九〇、韻文のちから

俳句を読むには、ひとつひとつのことばを吟味することが必要ですが、さらっと眼を通したときに伝わってくるものがあるように思われます。それが、韻律ではないでしょうか。

韻律といっても、俳句の場合は、五音が繰り返すだけで、果たして韻律とよんでいいものかどうか……。藤井貞和は、『日本語と時間』（岩波新書）のなかで次のように述べています。

5－7
5

という形式は、非音数律詩だと言うほかない。5－7－5の、最初の5と終わりの5とのあいだに、かろうじて繰り返しがあると言えば言える。しかし〈5－7〉だけでは繰り返しになっていないし、〈7－5〉もそれきりだ。音数律詩になりたい気持ちの籠もる形式だと言える。音数律詩が成立する直前で投げ出された、その意味で、〝自由〟律として俳句形式はある。

このことは従来、注意されてこなかったことで、最重要事の一つだろう。短歌と俳句はけっして長い短いの差ではない。

それでも、定型があることで、意味が届くまえに、五音、七音、五音の塊が届くように感じられるのです。

こんなことを考えたのは、拙句を推敲していたときです。冬空の飛行機雲がやけに短いことに驚いて、推敲しているうちに偶然、次のような形になりました。

【原句】短き飛行機雲や冬青空　　金子つとむ

四・七・六の十七音の句です。五七五の生理的な心地よさはありません。それだけに、ことばが意味を要求してやまないように思います。それに対し、

【推敲句】冬空の飛行機雲の直に消ゆ　　金子つとむ

では、句意を辿るまえに、音の塊、調べがいちはやくこちらに届いてくるように感じられます。その調べに乗りながら、句意をひもとくような感じなのです。

つまり、五七五はフリーパスで受け付けるのに、それ以外は、シャットアウトする。そんな、生理的なものが働いているように思うのです。

俳句が受け入れられる要因の一つに、この生理的な心地よさがあるのではないでしょうか。すっとわかる・ぐっとくる要因には、この韻文のちからが大いに影響しているように思われるのです。

これに対し、自由律俳句は、韻文のちからを借りないで立っている詩ということができましょう。

まっすぐな道でさみしい　　種田山頭火

ここに「道をゆく」を追加すると、五七五になります。

まっすぐな道でさみしい道をゆく

○九一、詩を感じるとき

俳の森を訪ね歩いて、俳句は、詩であるということ、俳人は詩人であるということをいっそう強く感じるようになりました。雲の峰の標榜する「俳句は十七文字の自分詩、そして、一日一行の自分史」は、まさにその通りだと思うのです。

私たちは日々の生活のなかで、ある一瞬、なにかしらの詩情を感じて一句に仕立てます。詩情が表現されたかたちを詩と呼ぶのなら、俳句はまさに、季節を感受したこころが奏でる詩なのだといえましょう。

そんな極めて個人的な自分詩を他者と共感できるよろこび、それが俳句の魅力なのだろうと思います。

私の好きな篠原梵の作品を鑑賞しながら、詩の世界を覗いてみましょう。

水筒に清水しづかに入りのぼる　　篠原梵

■水筒に落ちていく水と底から競りあがる水。同じ水がぶつかり、せめぎ合い、音を立てています。

葉桜の中の無数の空さわぐ　　篠原梵

■葉桜の間から見える空の、定めないざわめき。

富士の弧の秋空ふかく円を蔵す　　篠原梵

■富士の弧は、大きな円の一部であると……。見えない円をまざまざと作者は見ています。

マスクして北風を目にうけてゆく　篠原梵

■「目にうけて」が痛々しい。

シャボン玉につつまれてわが息の浮く　篠原梵

■シャボン玉に包まれるのは、自分の息。昔、風は息の集まりだと言った詩人がいました。

蚊が一つまっすぐ耳へ来つつあり　篠原梵

■耳だけでとらえた蚊の姿。狙いすました針。

犬がその影より足を出してはゆく　篠原梵

■季語はありませんが、炎天下のような気がします。

蟻の列しづかに蝶をうかべたる　篠原梵

■もちろん蟻は蝶の死骸を食料として巣へ運ぶのでしょうが、見ようによっては蝶の葬列のようにも……。

閉ぢし翅しづかにひらき蝶死にき　篠原梵

■こんなことを見届けること自体が、非凡です。

これらの詩情は、作者がまさにそこにいて集中していなければ、見逃してしまうか、感じ取れないことばかりではないでしょうか。

俳句をつくることは、いまここに集中するための訓練なのではないかと思えるほどです。

筍が隠れてしまふ鍬が来て　鷹羽狩行

チューリップ喜びだけを持つてゐる　細見綾子

○九二、俳句は他選

俳句は詩であり、作者の見つけた詩情はとても感覚的なものですから、読者がそれを読み解き、最終的に共感できるか否かは、読者の感性に委ねられているといっていいでしょう。簡単にいってしまえば、ピンとくるか、こないかということです。

八木重吉に次のような詩があります。『八木重吉詩集』（思潮社）

素朴な琴

この明るさのなかへ
ひとつの素朴な琴をおけば
秋の美くしさに耐へかね
琴はしづかに鳴りいだすだろう

ここで、秋の明るさを作者の感性とすれば、しずかに鳴り出す素朴な琴は、読者の感性ということになるでしょう。俳句を享受する構造とは、まさにこのような感性コミュニケーションとでも呼べるようなものなのではないでしょうか。

そこで、私が危惧するのは、作者が独自の感覚世界を表現しようとすればするほど、共鳴者は減少してしまうのではないかということです。読者にとって全く未経験の場面が提示されたとき、果たして共感することができるのでしょうか。

鳥好きの私が、自分が感動した場面を詠んでしまうと、どうしてもマニアックになり、読者にとって未経験の場面になってしまいがちです。しかしだからといって読者に迎合したのでは、自己の表現にはなりません。

そこで、どこかで、俳句は他選なのだとひらき直ることになります。この開き直りは、入選の一喜一憂から私たちを解放します。

自分が感動の全過程を知っているという意味で全能者である以上、自分の句を他者の眼でみることは不可能です。

ましてや、他者の感性を自分のものとすることなどできるわけがないのです。そうすると、作者はどこまでも自分の表現に突き進むしかないということになります。

自分でも判断が可能なのは、自分の過去の作品と現在の作品の比較だけです。自分の句が他者からどう思われるかなど、初めから分かりようがないのです。

だからこそ、自分の句を分かってくれる感性に出会うと、私たちは喜びます。私たちの感性が大喜びしているのです。それはまるで、探し求めていた恋人に出会えたかのように……。

綿虫が着信音とすれちがふ　　**佳子**

○九三、大きな謎

俳句が作者の自己表現だとするなら、作者が自分自身を表現すればするほど、読者にとっては大きな謎となって現れるのではないでしょうか。

俳句の楽しさは、作者がしかけた謎を解く楽しさといってもいいでしょう。何故なら、俳句では、作者が詩情を感じた場面が散発的に提示されるだけで、その間を埋めるのは読者自身だからです。

例えば、次のような二物衝撃の句は、句文どうしの取り合わせに大いなる謎を秘めているといっていいでしょう。

冬ざれや道に電柱抜きし穴　　桑島啓司

冬ざれと電柱を抜いた穴は、何故一句をなしているのでしょうか。それを繋いだのは、作者の感性です。何故だかよくわからないという思いが、読者をこの句に立ち止まらせます。そうして、冬ざれの道に電柱の抜かれた穴をありありと想像してみるのです。

電柱を抜いた穴は、直径三十センチ、深さは三メートルほどでしょうか。何故埋め戻されずにあるのでしょうか。古くなって、新しい電柱に取り替える合間に見たのでしょうか。冬ざれの野を通ってやってくる電気。それを支えている電柱。あるはずのものがないその穴は、何かの欠落を意味しているのでしょうか。

しかし、別の見方をすれば、そこには、瑞々しい土の色が覗いているかもしれません。冬ざれの表面とは裏腹に、温もりのある大地の内部が、垣間見えていたともいえます。

ここでは電柱の穴は、冬ざれという風景に新たな視点を注入する契機のようなものだともいえるでしょう。これらの詩情は、もちろん一言で言い表すことはできないでしょう。ただ、電柱の穴から溢れ出た一切が、詩情ということになるのではないでしょうか。

この句の解釈に正解というものはありません。作者が提示したものを、読者は感じるだけでいいのではないかと思います。一句を読むことで、このような感慨にふけったということ、それこそが一句の力といえましょう。

作者がかけた謎を読者が読み解く。その証が、選句ということになります。選句されて作者が嬉しいように、選句できて読者も嬉しいのです。選句とは、感性によるコミュニケーションが成立した瞬間なのですから……。

俳句を読み解くには、ことばの意味を知っているだけでは不十分で、ことばのニュアンスを知り、「てにをは」の違いが及ぼす影響についても熟知していなければなりません。つまり、日本語のプロフェッショナルになるということです。

もう一つ謎多き句を。

鰯雲人に告ぐべきことならず　加藤楸邨

○九四、映像詩

俳句は映像詩ということがストンと腑に落ちると、描きたい場面が読者にとってイメージし易いかを考えて作句できるようになります。俳句の目的が詩情を相手につたえることだとするならば、そのためには、作者が感動した場面をそのまま相手に手渡すしかないからです。

しかし、そのとき、作者の感動はどこにあるのでしょうか。作句動機となった作者の感動すなわち詩情は、その場面である詩的空間のなかに充満しているといえましょう。優れた作家は、

- この場面は、自分がいいたいことの全てだろうか。
- この描写で、読者に場面がつたわるだろうか。

ということを、常に自分自身に問いかけているのではないでしょうか。

映像詩に徹していくと、場面の再現に必要なことばは何か、不要なことばは何かということが当然問われることになります。Aということばを追加したいなら、Bということばを削るしかありません。このような作句プロセスは、ほんとうに言いたいことの核心へと作者を誘い、結果としてことばどうしの関係を緊密にさせていくことでしょう。

私たちは、まず季語に内在することばを取り除くことができます。そうすることで、逆に季語が働きだします。

また、ことばの持つ意味を正確に理解し、正しく使うことで、意味の重複を避けることもできます。一つ一つのことばが他と重複することなく使用されるとき、そのことばは十全に働いているといえるでしょう。

その際、主観的なことばは、場面の構築には無関係のた

め、不採用になるでしょう。その分、情景描写により多くのことばを割くことができます。

しかし、そのように、場面の描写を試みたところで、たった十七音で充分な成果を得ることは難しいでしょう。そこで、最後に残るのは、読者に対する信頼とことばに対する信頼ということになります。

私たちの五感は、普遍性をもっています。「頬張る」といえば、多くの読者は同じような感覚をもつことができます。作者としてできるぎりぎりのところまで表現を工夫した上で、あとは、この読者のもつ感性と、ことばの伝達力に一切を委ねることになるのです。

俳句は、ことばの映像喚起力によって、詩情を伝達する映像詩なのだといえましょう。どこまで描けば、思い通り伝わるのか、その勘所を知ることはとても難しいことです。

句会には、選句という読者のフィードバックがあります。思いの外得点できなかった句の情景描写を確認することで、少しずつ会得していくしかないもののようです。

○九五、外的アプローチと内的アプローチ

感動の現場を詩的空間として再現する方法として、二つの方法が考えられます。一つは外的アプローチ、いまひとつは内的アプローチです。

外的アプローチとは、文字通りその場面を、外側からの視点で切り取る方法です。写生句はこの方法によるといっていいでしょう。外的アプローチには、特別なことばは必要ありません。

むしろ、読者にとって分かりやすい、受け入れ可能な表現を目指します。ここでは、極端な主観の表出は避けなければいけません。なぜなら、読者にとって、作者のあからさまな主観の表出ほど受け入れ難いものはないからです。

千体の仏に灯り地蔵盆　瀧本和子

指されゐて見えぬ高さを鷹渡る　淺川正

蠟梅や堆肥蹴散らす放ち鶏　三澤福泉
夏めくやはち切れさうな妊婦服　井村啓子
さみだれや鋤簾引きゐる舟の影　木村てる代
しやぼん玉雷門をくぐりけり　山田弘子
敬老の席より埋まる運動会　中野智子
初秋や和紙で束ねる巫女の髪　酒井多加子

これらの句では、読者は作者が提示した景のなかに静かに入っていき、作者と同じ時間を共有するような趣があります。作者とともに、その景を眼前にするのです。以心伝心、両者は詩情を共有しているといえましょう。

もう一つの内的アプローチは、描きたいことの本質を鷲づかみにしたようなことばによって、一句を統べる方法です。外的アプローチに比べ、ややストレートで荒々しい方法ともいえましょう。しかし、作者の表現欲を満たし、読者を虜にする方法です。

花束のやうに白菜抱へ来る　上市良子
翡翠の一閃水をみだしたる　三代川次郎
空蟬やあの世へ鳴らす鐘の音　宮永順子
鳥帰る空の一角伸びてゆく　山田弘子
月ヶ瀬の風の硬さや梅見酒　高野清風
はてしなき空を味方に稲雀　高野美佐子
そのうちに何かにはなる毛糸編む　岡田万壽美
柔らかき津軽なまりや鳳仙花　久田青籐

これらの句を受け入れた瞬間に、読者は作者の主観を肯うことになります。作者の的確な監察力、そのゆるぎない認識力に共感せざるを得ないからです。

作者が、作句現場から詩情を受けとった場合は前者に、その場で新たな認識を得た場合は、後者の方法に拠るものと思われます。どちらのアプローチを選択するにせよ、詩情の表現手段ということでは変わりはないのです。

○九六、作者のテンション、読者のテンション

作者は作句現場について全てを知っているということに加えて、作句時の作者は、精神的な昂揚状態にあるといえます。このハイテンションが、自分の句をこの上もなくすばらしいと錯覚させてしまうのです。

こんなふうに述べると身も蓋もないように思われるかもしれませんが、このロジックに気づくと、自分の句を客観的に見つめる余裕がでてきます。作句時のハイテンションは、恋する気分とよく似ています。あばたも笑窪で、欠点すらよく見えてしまうのです。

それに対して、読者はいつも冷静な第三者、つまりローテンションの状態にあるといえるでしょう。ひとつの句が読者を共感させるということは、この状態をして、ハイテンションもしくは少なくともミドルテンションあたりまで昂揚させることを意味しています。それも、ことばのちからだけで……。

比喩的にいえば、ことばの海のなかから一句に振り向かせ、その世界に没入させ、精神的な昂揚までもっていく、それが句のもつ力といえるでしょう。

ことばの海に漂う十七音の一塊が、他とは違うと思わせなければ何ごとも始まりません。

五七五であること、切れていること、ことばどうしが緊密に関係しあって美しいこと、「おやこれはちょっと違うぞ」と思わせることが必要なのです。

五七五であるというただそれだけで、読者は俳句として読み解いてくれます。そこでは、普段聞き流していたことばに、読者の方から立ち止まってくれるのです。

そして、読みすすめていくうちに、湧き上がってくる詩情が、読者をハイテンションへと導いていくのです。すっとわかる・ぐっとくるというのは、そういうことなのです。

自分の好きな句を思い浮かべてみると、これまで述べてきたことに合点がいくのではないでしょうか。

時間をおいて自分の句を見直したとき、さほどの句でもないなと感じてしまうのは、テンションが通常に戻っているからだといえましょう。

このように、たった十七音が読者にもたらすものは、作者と同じハイテンションといえましょう。それが共感ということの中身です。たった、十七音のことばに、それだけのちからがあるのです。まさに、「たかが俳句、されど俳句」なのではないでしょうか。

芋の露連山影を正しうす　飯田蛇笏

○九七、漢字とひらがな

漢字は象形文字ですので、映像喚起力に優れているといえます。それに対し、ひらがなは表音文字ですから、文字自体には映像喚起力はありませんが、一句全体を眺めたとき、漢字とひらがなのバランスから、窮屈な感じをやわらげる働きがあるように思われます。

さて、俳句は映像詩ということでいえば、漢字の映像喚起力を利用しない手はありませんが、俳句のなかには、ひらがなのみで表記されたものもあります。

これらの句の表現意図を探ることで、ひらがなと漢字の使い分けについて考えてみたいと思います。

ひらがな表記で思い出すのは、飯田蛇笏の句です。

をりとりてはらりとおもきすすきかな　飯田蛇笏

試みに、漢字表記にしたものと比較してみると、

①折り取りてはらりと重き芒かな
②をりとりてはらりとおもきすすきかな

①では折る、取る、重き、芒などの漢字が視覚的に意味を固定化し、句意をいちはやく特定するように働いています。それに引き換え、②では視覚からくる印象は薄れて、読者は一字一字を追っていくうちに、後から意味が立ち上がってくるような印象を受けるのではないでしょうか。

作者の狙いは、まさに意味の特定を遅らすことにあったのではないでしょうか。掲句は、作者が体験した通り、時系列になっています。

そうすることで、読者は、作者と同じようにこの句を追体験できるのです。そして、読者もまた「はらりとおもき」をその手に実感するのです。このことばは、それが意図せぬ出来事であったことを如実に伝えています。

一方、漢字ばかりの句もあります。

山又山山桜又山桜　阿波野青畝

山桜の山を含めると、山が四文字、又が二文字、桜が二文字の計八文字で構成されています。ひらがながないため、これらの山は視覚的にたたなづく山々を想起させます。そこに数の上でも僅か二文字の桜が点景のように散りばめられています。

景のなかから他の一切を排除することで、山桜がみごとに浮かびあがってくる仕掛けです。掲句には、文字で書かれた絵画のような趣さえ感じることができるでしょう。象形文字としての漢字の力を存分に引き出した作品といえるのではないでしょうか。

俳句はまず視覚から入ってきます。これらの句はそのことを熟知したうえで、作られているといっていいでしょう。映像詩としての俳句には、映像喚起力に富む漢字の力を活用するという選択と、ひらがなによって、映像化をあえて遅らすという選択の二つがあるのです。

○九八、子規の疑問——筆まかせ抄より

子規は、『筆まかせ抄』（岩波文庫）の古池の吟のなかで、芭蕉と心敬僧都の句を比較して、次のように述べています。

古池や蛙飛びこむ水の音　松尾芭蕉

散る花の音聞く程の深山かな　心敬

同じ意味なれどもどちらが、優れりや劣れりや知らず、さりながら心敬の句には、「程の」という字ありて芭蕉には此の如き字なし、これあるいは芭蕉の方まさりたる処ならんか、しかし趣向は心敬のもなかなか凡ならず。決して芭蕉のに劣るべくも思われず、いで生意気にも理論的に改め見んと色々に工夫したる末……（後略）

こうして、子規は添削を繰り返し、

散る花の音を聞きたる深山かな

としてみますが、芭蕉の句には聞くという文字のないことに気づき、さらに芭蕉に倣って、

奥山やはらはらと散る花の音

と添削しています。しかし、これも気に食わなかったようで、さらに次のように述べています。

「奥山やはらはらと散る花の音」として見たれども、どうも古池ほどの風致なし、さりながら、どこが悪いという理屈も見出だし得ず、謹んで大方の教えを俟つ。

＊[上欄自注]散ル花ニハ音ナク蛙ニハ音アリ、是レ両句ノ差違アル処ナリ　即チ古池ノ句ノ方自然ナリ

さて、子規の疑念について、私なりに考えてみたところを述べてみたいと思います。

まず掲句を比較すると、芭蕉の方に分があるものと思われます。その理由は、子規も指摘しているように「程の」という措辞です。「程の」は作者の理屈に聞こえてしまうからです。そこで「程の」を取り除いてみると、こんどは「聞く」ということばが気になってきます。

終に子規は、句形を二句一章にして、「花の音」としたわけですが、ここでさすがの子規も行き詰まってしまいました。「花の音」は、やはり不自然だからです。

これを打開するには、どうしたらいいのでしょうか。私案では、疑問形にすることで断定をのがれてみました。

奥山にはらはらと花散る音か

疑問形にすることで、音はそのままにその不自然さを和らげることができるのではないでしょうか。ことばとして、花散る音は残りますので、読者は疑問形ながらも、かすかにその音に耳を澄ますのです。拙句にも悩んだ挙句に、疑問形にした句があります。

初蝶の天の道より零れしか　　金子つとむ

○九九、子規の句あれこれ

子規は生涯に二万四千句を作ったといわれています。これは一茶の二万句をしのぐ数で、三十六年という短い生涯を思

うとその驚きは倍増します。子規記念博物館のホームページには、子規俳句のデータベースがあり子規の句を検索することができます。子規はどうして、そんなにたくさんの句をつくることができたのでしょうか。

一つには、子規を中心にした句座があるのでしょう。「一題十句」の題詠の修行を行ったり、月一回の郵便句会を発案したりと、子規はなかなかのアイデアマンだったようです。俳句をつくることが、楽しくてしょうがなかったという感じがします。

さて、『子規３６５日』（夏井いつき著、朝日新書）のなかから、子規の句をいくつか取り上げ、感想を述べてみたいと思います。子規のやわらかな感性の光る作品ばかりです。

ねころんで書よむ人や春の草　正岡子規

ねころんでという措辞が、春の暖かさ、光、草の匂いなどを彷彿とさせます。季節に抱かれているような感じでしょうか。

夕風や牡丹崩るる石の上　正岡子規

花びらが大きいせいでしょうか、牡丹はまっすぐに散るように思います。いましがたまで、花としてあった牡丹が花びらとなって散り敷く。「崩るる」という措辞にドラマがあります。

あふがれて蚊柱ゆがむ夕哉　正岡子規

自分で煽いでいるのでしょうか、夕涼みの一景と思われます。写生を唱導した子規の目の確かさが感じられます。

田から田へうれしさうなる水の音　正岡子規

「うれしさうなる」に手放しの喜びが感じられます。子規の童心を見るようです。

絶えず人いこふ夏野の石一つ　正岡子規

遠くからでも目印となるような、大きな石なのでしょう。芭蕉の『幻住庵記』には、「先づ頼む椎の木もあり夏木立」があります。

鶏頭のまだいとけなき野分かな　正岡子規

子規のこころが、鶏頭にすっと寄り添っていくようです。この他にも、次のような句があります。

只一つ高きところに烏瓜　正岡子規

すてつきに押し分けて行薄哉　同

凩や燃えてころがる鉋屑　同

仏壇の菓子うつくしき冬至かな　同

子規が写生を唱導したのは、自然やそのなかで育まれているいのちが、愛しくて仕方なかったからではないでしょうか。

一〇〇、祝祭としての風景――「海の日の……」考

海の日（七月の第三月曜日）は、昭和十六年に「海の記念日」として制定されたものが、平成八年になって、国民の祝日として定められたといいます（『角川俳句大歳時記』より）。比較的新しい季語ですが、平たくいえば、海の恵みに感謝する日といってもいいのではないでしょうか。

さて、今回は、中川晴美さんの次の句を取り上げ、鑑賞してみたいと思います。ご承知の通り、第九期蕪村顕彰全国俳句大会で大阪府知事賞に輝いた作品です。

海の日の与謝にはためく大漁旗　中川晴美

掲句は、「海」という大きなイメージから、与謝という土地へ、さらに大漁旗へと次第に焦点を狭めていく構成になっています。これは、意図したわけではなく、作者の天稟のなせるわざだと思いますが、海の日というやや抽象的なことばから、実景としての与謝へ、そして鮮やかな大漁旗へとイメージが鮮明化していくのです。

与謝という土地を知っていれば尚のこと、知らない人でも大漁旗を知らない人はいないでしょう。この句の手柄は、まさに、イメージ喚起力の豊かな「大漁旗」にあるのではないでしょうか。

おそらく、作者は写生に徹したのではないかと思いますが、一句にまとめあげる段階では、もちろん作者の取捨選択が働いています。

大漁旗は、まさに喜びと感謝の象徴といえましょう。漁師たちの喜びもさることながら、それを立てることで、喜びを分かち合うという意味合いもあるでしょう。

こういう句に出会うと、俳句は、「自然と人との交歓の詩」という気がします。掲句はまさに、祝祭としての風景を詠んでいるのではないでしょうか。与謝にも、大漁旗にも人々の思いがいっぱい詰まっていることを、この句は気づかせてくれるのです。

更にいえば、この大漁旗は海風にはためいています。「はためく」から、風の音が聞こえてきます。その風を肌に感じ、その音を聞いている作者がそこにいます。この句は、少しも静止していない。いのちの鼓動のように、いつまでも躍動しているのです。

このような場に居合わせたことは、作者にとっても幸運といえましょう。しかし、ただ居合わせただけでは、句は生まれません。ことばと感性の修練を積んで、その場に居合わせたからこそ、このような句が生まれたのだと思います。先達である芭蕉さんも、自分を信じてこの道を歩まれました。

この道や行く人なしに秋の暮　松尾芭蕉

一〇一、感性の握手

既に百回ほど俳論めいたことを書き連ねてきて、こんなことをいうのは少し変に聞こえるかもしれませんが、俳句は論でつくるものではないということです。

論は理屈です。そして、俳句がもっとも嫌うのも理屈なのです。どんなにすばらしいと思える論でも、それが論である限り、理屈といえるのではないでしょうか。

一つの理論に凝り固まってしまうと、その論の外にあるものを、論外として排除することになります。もっとも大切なことは、その都度、生き物としてのことばに触れるということではないでしょうか。

俳句はことばです。ことばは生きて動いています。ことばの言い回しも、使われ方も、ニュアンスも日々変化しているのです。

五七五で、季語一つ。

これを理論で説明できないか、悪戦苦闘してきましたが、もともと理論ではないのです。

自分の句ができたときのことを思い浮かべてみましょう。それは、自分でも不確かな、未知の場所からやってくるという感覚ではないでしょうか。不意にぴったりのことばがでてくる、それは、どこからでてきたのでしょうか。

一輪の草の花を、私たちが美しいと感じるのは何故なのでしょうか。俳句のことを突き詰めて考えていくと、結局のところ、理屈では追えないところに行ってしまうのです。理論は、ことばで組み立てます。けれども、俳句や詩はことばでありながら、ことば以前のものを指し示しているように思えてならないのです。

前に感覚への共鳴ということを書きましたが、今では、俳句は、感性の握手ではないかと考えています。自分が感じたことを感じたように俳句にする。その感じに共感してくれる人は、自分の感性に握手してくれた人です。

その握手の温もりだけで、人は繋がっていけるのではないかと私自身、手放しで信じています。

こころをひらいて、いろいろな感性と握手する。それが、自分の感性を広げることにもなるでしょう。自分の感性を信じて、あとは、伝わるように書くだけです。

日本語のルールを守っていれば、百年後の人も、読んで意味を理解してくれるでしょう。平成二十九年は、子規の生誕百五十周年とのことです。私たちは、時空を超えて先人たちの俳句を手にとることができるのです。

故郷やどちらを見ても山笑ふ　　正岡子規

六月を奇麗な風の吹くことよ　　同

若鮎の二手になりて上りけり　　同

一〇二、場面の映像化

これまでにも何度かことばのイメージ喚起力について述べてきましたが、今回は、その強弱を意識して、実際に句を推敲してみたいと思います。

【原句】空澄むやひそかに通ふ鶯一つ　　金子つとむ

【推敲句】空澄むや高きを通ふ鷺一つ　同

空澄むという季語には、特定の映像がありません。やや茫洋とした季語といえましょう。それだけに、原句では、読者は明確な像を結びにくいのではないでしょうか。

そこで、「ひそかに」を「高きを」と変えて、高空をゆく鷺に焦点を定めました。

【原句】鶺鴒の番連れとぶ光かな　金子つとむ

【推敲句】鶺鴒の番連れとぶ水辺かな　同

最初その光景を見たときに咄嗟にできたのが、原句でした。鳥に馴染みのある人なら、分かってもらえるかもしれませんが、原句には場所の情報がありません。

鶺鴒の居そうな場所を読者は想像するだけです。推敲句では水辺を入れることで、より具体的に読者のイメージを固定化しています。水辺を飛ぶ白い翼を思い浮かべてもらえれば成功だといえるでしょう。

【原句】鶺鴒の駆けて水路の水乱す　金子つとむ

【推敲句】鶺鴒の駆けて水路の水光る　同

「乱す」と「光る」のどちらが映像的かということです。五感で直接捉えることができるようなことばには、よりイメージ喚起力があるように思われます。

また、「乱す」は、作者の判断が含まれる分だけ主観的といえましょう。「光る」は、感覚的なことばだけにより客観的表現といえるのではないでしょうか。

【原句】夕風や後ろで木槿の落つる音　金子つとむ

【推敲句】夕風や庭に木槿の落つる音　同

原句には、季語に内在する木槿の咲きそうな場所というだけの場所情報しかありません。推敲句では、庭を補うことで、夕風にたつ作者を想像することができます。

一日花である木槿の落ちる場面に居合わせたことが、この句の眼目といえるでしょう。

【原句】びつしりと蜻蛉の翅に朝露が　金子つとむ

【推敲句】標本の形に露の蜻蛉かな　同

こういう光景をみることはあまり無いかもしれませんが、私が見たのは、奥日光の戦場ヶ原でした。穂咲下野《ほざきしもつけ》という潅木に止まった蜻蛉がまさに掲句のような状態でした。

原句が主観的表現なのに対し、標本ということばで、とんぼの有り様を捉えています。「標本」ということばに出会ったことは、とてもスリリングな体験でした。

一〇三、「根岸の里の侘び住ひ」考

随分昔に、季語をつけると俳句になる魔法のことばとして、「根岸の里の侘び住ひ」なる句文があることを、朝妻主宰（雲の峰）から教示されたことがあります。今回気になって調べてみたところ、

梅が香や根岸の里の侘び住ひ　入船亭扇橋

という原句があるらしいことは分かりましたが、正確な考証までには至りませんでした。それは、ともかく、この句文が、何故、俳句になるのかということを考えてみたいと思います。

試みに、他の季語を配して、句を作ってみると、

麗かや根岸の里の侘び住ひ
蟬時雨根岸の里の侘び住ひ
身に入むや根岸の里の侘び住ひ

などとなり、どれもいけそうな気がしてしまいます。

さらにこの句文の秘密を探るために、これを分解してみると、

根岸の里↓地名・場所情報
侘び↓わび・さび、日本人の美意識
住い↓住まうには、どんな季節とも結合可能な融通性あり

などとなり、この句文は、確かにある種の情感をもっているといえそうです。

さて、取合せが成立するためには、句文が独立した詩情をもつことが必要です。「根岸の里の侘び住ひ」を突き詰めていくと、この句文の弱点が露わになってきます。「根岸の里」には、具体性があるものの、「侘び住ひ」となるとやや抽象的になってきます。この抽象性が、明確な詩情の生成を阻害しているのではないでしょうか。

どんな季語もそれなりに接合できるが、逆にこの季語でなければならないということがないというのは、明らかにこの句文のもつ欠陥だと思うのです。つまり、この句文には、詩情が希薄なのです。濃厚な詩情をもつ句文であるならば、それに響きあう季語がきっとあるはずだからです。

根岸には子規庵がありますので、たとえば、この句文を「根岸の里の辞世句碑」としてみると、少なくとも上記の「麗かや」は除外されるのではないでしょうか。

×麗かや根岸の里の辞世句碑

さらに、「辞世句碑なる仏の字」というふうに、詩情を明確に打ち出していくと、前掲の季語ではこの句文を受け止め切れなくなるものと思われます。そこで、季語としては、「身に入む」あたりが妥当になるかと思います。

身に入むや辞世句碑なる仏の字

一〇四、一物仕立てと取合せ

朝妻主宰（雲の峰）の句形論は、主として日本語の文法、あるいはその機能面から切れの構造を詳述されていますが、いわゆる意味の一句一章、二句一章は、古くから言われている、一物仕立て、あるいは取合せに相当するものと思われます。

一物仕立てや取合せは、内在する感動の大きさによって、その表現形式が選択されるのではないかと考えられます。一物仕立てでは、作者の感動はその感動の核心とでもいうべきことば（共振語）に集約されています（二重線は季語、傍線は共振語）。

とどまればあたりにふゆる蜻蛉かな　中村汀女

をりとりてはらりとおもきすすきかな　飯田蛇笏
滝の上に水現れて落ちにけり　後藤夜半
合格子鉄砲玉となつてをり　福田キサ子
滝行者まなこ窪みてもどりけり　小野寿子
葛晒す桶に宇陀野の雲動く　渡辺政子
鶏頭を三尺離れもの思ふ　細見綾子
冬の水一枝の影も欺かず　中村草田男

共振語は、季語と響きあい、詩情を紡ぎ出す中心的役割を果たしているといえましょう。

このように一物仕立てでは、一句が内容的に自立・独立するために、たぐい稀な認識の一語が要求されるのではないでしょうか。

一方、取合せの句はどうでしょうか。取合せの句には、季語と響き合う共振語に加えて、句文と句文の間に切れがあります。この断絶が、ことばのイメージ喚起力を最大限に引き出します。作者の感動は、この切れによって増幅されるといっていいでしょう。大きな切れは、大きな感動を内包しているのです。

啄木鳥や／落葉をいそぐ牧の木々　水原秋櫻子
芋の露／連山影を正しうす　飯田蛇笏
古池や／蛙飛びこむ水の音　松尾芭蕉
荒海や／佐渡に横たふ天の川　同
閑かさや／岩にしみ入る蟬の声　同
夏草や／兵どもが夢の跡　同
蟾蜍／長子家去る由もなし　中村草田男
鰯雲／人に告ぐべきことならず　加藤楸邨

草田男と楸邨の句は、句文Aと句文Bの間に大きな違和感があるため、直には共振語と認められないかもしれません。しかし、いつかこの違和感を乗り越えたとき、これらの句は、読者にとって忘れ難い一句となるのではないでしょうか。

一〇五、平常心ということ

突然ですが、俳句は平常心の詩という気がします。平常心は、ふだんと変わらないこころ、揺れ動くことのない心理状態と解されています。あるいは、また、表現というのはすべからくそういうものかも知れないと思うのです。

以前に、堀口大学の「言葉は浅く、意は深く」ということばを紹介したことがありますが、「言葉は浅く」というのも、普通のことばでという意味でしょう。ふつうのことばを話せる状態が平常心だということができるでしょう。

逆に普通のことばが話せない状態というのは、興奮状態ということができます。興奮状態では、人は冷静ではなくなりますし、客観的な判断がしにくくなります。

さて、何故こんなことを言い出したかというと、普通、何かを主張したいときには、自然と声が大きくなるものだからです。俳句という短いことばで感動の場面を描こうとすれば、必然的に声が大きくなる、俳句の短さは、気をつけていないと、声を大きくする方向に働いてしまうのではないかと考えたからです。

俳句でいえば、主観語の多用や、強調、誇張、新奇なことばの使用などが「声を大きく」にあたるでしょう。

しかし、いくら声を大きくしたからといって、相手に伝わるというものでもありません。感情的な物言いでは、その感情（喜怒哀楽）しか伝達できないように、俳句で声を大きくしても、作者の感情しか伝わらないのではないでしょうか。つまり、読者には理由が分からないけれど、どうやら作者は喜んでいるらしいとか、哀しんでいるらしいということだけが伝わるだけなのです。

俳句は、感動の現場で詠むことが多いため、どうしてもそのときの感情が表にでがちです。ですから、しばらく経ってからその句を読み返すと、容易に欠点を見つけることができます。

しかし、感動の現場では、その場でしか生まれ得ないことばが、たくさんあるのも事実です。思いついたことばは、その場でメモしておくと、後で作句や推敲するときに役立つでしょう。

いままで述べたことは、ひとによって大いに異なるでしょう。私自身の経験からいえば、私の原句は、主観まるだしになることが多いようです。

しかし、それはそれでいいと考えています。主観語のなかには、句のキーワードとなるようなことばが含まれていることが多いからです。

俳句を平常心で作るのは難しくても、しばらくして平常心に戻った状態で、推敲することは可能でしょう。

ふだん着でふだんの心桃の花　　細見綾子

一〇六、作者のいる空間

読者が一瞬にしてその良し悪しを判断できるのは、何故なのでしょうか。実際、句会などで私たちが一句の選にかける時間は、わずか数秒程度ではないでしょうか。

この問題をこれまであまり考えたことはありませんが、今回は、このことを少し深掘りしてみたいと思います。選句基準を厳密に運用しているわけではありませんが、私の選句の仕方をご紹介しますと、およそ次のようです。

一、自分の感性にひっかかってくる句を選ぶ（すっとわかる・ぐっとくる）

二、表現上の難点をチェックする（句形、季重なりなど）

こうしてみると、何が感性にひっかかってくるのかということが問題のように思われます。

このことを自分の句に置き換えてみると、推敲を終えてこれでいいと思えるのは、どの地点なのでしょうか。

以前、「ゴールイメージ」の項で、草田男の「対象の姿とそれの伴っている感じを如実に表現する」ということばを紹介しましたが、仮にそのように表現できたとき、句はどういう姿になるのでしょうか。完成された俳句というものが共通してもっている特長はあるのでしょうか。

私は、次の推敲過程を通して、あることに気づきました。

一、寒茜富士の孤影となりてより　金子つとむ

二、正面に富士の孤影や寒茜　同

三、寒茜富士の孤影を望みけり　同

一と二の句では、作者と富士の距離感がよく分かりません。しかし、三の句では、「望む」ということばの挿入により、作者は富士を遠くからみていることが分かります。作者と対象の位置関係が分かるということは、作者のいる空間が描けているということです。

作者のいる空間が描けると、読者はなんとなく安心して、その句に入りやすくなるのではないでしょうか。それが、共感の始まりだと思うのです。

とどまればあたりにふゆる蜻蛉かな　中村汀女

をりとりてはらりとをもきすすきかな　飯田蛇笏

ふだん着でふだんの心桃の花　細見綾子

「とどまれば〜ふゆる」という措辞は、すでに作者が蜻蛉の見えるところを歩いてきて、止まるということを示しています。「をりとりて」も同様で、作者は薄原の目についた一本を手折るわけでしょう。最後の句は、「ふだん着」がキーワードです。庭か近所の桃畑でしょうか。ふだん着でいけるところに、桃の花はあったのです。

一〇七、季語と出会う

俳句をしていると、季節の変化が私たちに様々な出会いを提供してくれます。私たちの句作は、その季語との出会いによってもたらされるのではないでしょうか。

例えば、冬の間であれば、私たちは何度でも冬晴の空を見上げることができます。しかし、その度に俳句ができるということはありません。こちらのこころの状態が、ふっと何かに触れたとき、俳句が生まれてくるのではないでしょうか。

その時私たちは、個人的に季語と出会ったのだといえないでしょうか。季語との出会いは、大きくものとの出会いのなかの一つといってもいいでしょう。

ところで、俳句では、季語が動くということが問題にされます。それはどんな時かというと、作者が季語と出会っていないのに、ただ季語をあてがった場合ではないかと思われるのです。

以前、早朝の駅のホームで、

冬晴や地上はいのち濃きところ　　金子つとむ

と詠んだことがありました。どこまでも青く無機質な感じの冬空と地上の喧騒との対比に打たれたからです。

今にして思えば、あのとき私は、冬晴と出会っていたのではないかと思うのです。

題詠で作る場合も事情は同じではないかと思われます。つまり、過去の体験のなかから、その季語に相応しい場面、いってみればその季語と出会った場面をひっぱりだしてくるのだと考えられます。記憶に残るのは、多くは初めての出会いの場面だからです。

選句の際、私たちは無意識に、置かれた季語が適切かどうかを判断しているように思います。そのとき、作者がほんとうに季語と出会ったかどうかを吟味しているのではないでしょうか。

もし、その出会い方が先人たちと似たようなものであれば、類句・類想となり、そうでなければ、その出会いは秀句という賛辞をもって迎えられるでしょう。

ものと出会う、季語と出会うということは、それがまざまざとそこにあることを意味します。ことばが質量を獲得するのです。季語の存在感は、一句の存在感でもあり価値でもあります。この出会いによって、たった十七音がずしりと重みを増してくるのではないでしょうか。

向日葵の一本立ちて影太し　　淺川正

日の濃さに海月ゆるりと裏返る　　渡辺政子

抜きたての葱のしめりを包みけり　　高野清風

色鳥の入りこぼれつぐ一樹かな　　朝妻力

一〇八、忠実な詩情の再現

作句の契機となった感動を詩情と呼ぶなら、俳句は詩情を伝えるためにあるといっても過言ではないでしょう。わずか十七音でそれを伝えるには、感動をどう表現するかということが、大きなポイントになります。

俳句が他の詩と異なるのは、作者の感動が必ず季節を契機として呼び起こされるという点です。俳句は、季節のなかで作者が季語と出会った感動を詠んでいるのです。

すぐれた句ほど、作者は季語と深く出会っています。それだけに、季語を充分に働かせることができるのです。秀句かどうかは、この季語の働きをみれば分かります。

さて、作者の感動を表現する方法として、大きく二つの方法が考えられます。

一つは、感動の核心を、それに相応しい特別なことばに置き換える方法です。例えば、

をりとりてはらりとおもきすすきかな　飯田蛇笏

冬の水一枝の影も欺かず　中村草田男

閑かさや岩にしみ入る蟬の声　松尾芭蕉

の傍線部のことばです。これらは、詩情を表現するために、作者が自身の感動に深く分け入り、その核心を掘り当てたことばといえるでしょう。

もう一つの方法は、作者が感動した景（場面）を忠実に再現する方法です。作者は、詩情を表現するために、作者に感動をもたらした景（場面）をそのまま読者に提示し、その景のなかに読者を引き入れるのです。

優れた写生句は、このような方法で作られています。

葛晒す桶に宇陀野の雲動く　渡辺政子

鶏頭を三尺離れもの思ふ　細見綾子

青天や白き五弁の梨の花　原石鼎

これらの句には、とりたてて傍線を引くような特別なことばは見当たりません。作者は、見たまま、体験したままをそのまま打ち出しているのです。

一見すると二つの方法は大きく異なるように見えますが、その目的はたった一つ、忠実な詩情の再現ということです。そのために、感動の核心をなすような特別なことばが必要になる場合もあるし、そうでない場合もあるのです。

写生句では特別なことばを使用しなくとも、景自体が詩情を表現してくれるのだともいえるでしょう。

一句を推敲するのは、詩情が表現しえたと確信できる地点に近づくためです。その到達点で一句は完成します。

そのとき読者は、作者が感じた詩情をともに味わうことができるのです。俳句は、作者が把握した詩情を表現する究極の形として眼前にあるのです。

一〇九、何を詠むかどう詠むか

俳句はつまるところ、何を詠むか、どう詠むかに尽きるように思われます。こういうと、達観しているように思われるかもしれませんが、そんなことはありません。俳の森を通して考えてきたことは、ほとんどこの後半の部分に過ぎないからです。

いろいろと理屈をつけられるのは、俳句の表現論、いわば技術論の領域だけです。何を詠むかということは、個人の裁量の領域ですから、他人がとやかくいえないのです。逆にそれだけに、その人なりのものの見方ができてきて、面白いのではないでしょうか。

私たちは季節の変化に触発されて俳句を詠むわけですから、何を詠むかということは、私たちの季節センサーの感度そのものに関わる問題です。そちろん、仮にそんなセンサーがあると仮定しての話ですが、その感度を上げるには、五感をフルに働かすにこしたことはないように思われます。

文明の利器で自然から離れる一方の私たちは、意識的に自然のなかに身を置くようにしないと、その息吹きを感じとることができないのではないでしょうか。

『センス・オブ・ワンダー』（佑学社）のなかで、レイチェル・カーソンは次のように述べています。

> もしも私が、すべての子どもの成長を見守る善良な妖精に話しかける力をもっているとしたら、世界中の子どもに、生涯消えることのない「センス・オブ・ワンダー

=神秘さや不思議さに目を見はる感性」を授けてほしいとたのむでしょう。（傍線筆者）

これほど短い俳句に価値があるとすれば、それは、作者の感性が明らかに季語と出会ったことにあるのではないでしょうか。すぐれた俳句には、その証が明らかに認められます。一句は、季語とそれ以外の句文の奏でるハーモニーともいえるでしょう。その音楽こそが詩情なのです。

しかし、この詩情の発見の仕方については、だれも教えてくれないのです。自分のなかで、新たな詩情を発見できなければ、似たような句を量産することになり、表現者としてのときめきも次第に薄れていくでしょう。俳句を学ぶということは、技術論を学ぶと同時に、だれも教えてくれない詩情を発見する力を自らの手で磨いていくことなのではないでしょうか。

この道や行く人なしに秋の暮　　松尾芭蕉

一一〇、作者の立ち位置

一句を読んだときに、作者のいる場所やその立ち位置がすっきりと分かると、句に対する理解がすすむように思います。自然に写生をすれば、対象との距離感に応じて適切なことばが選択され、自ずから作者の立ち位置が分かる仕掛けになっています。

しかし、メモなどを元に机上で作句したり、推敲したりするときは、自分が何処にいるかを明確に意識していないと、立ち位置の曖昧な句ができてしまいます。

立ち位置を明確にするには、句の現場を常に意識することが必要なのです。例句を見てみましょう。

枯蘆や水面か黒き小貝川　　金子つとむ

私は何処でこの句を詠んだのでしょうか。句意から分かるのは、枯蘆が見えて、川面が黒っぽく見える場所ということになります。青空が川面に反射しているのです。

実際には、川堤の上から小貝川を見下ろして作句したのですが、果たして、私の立ち位置は明確に表現できているでしょうか。

想像で作らない限り、適切なことばが選択され、作者の立ち位置はひとりでに、あぶりだされてきます。

さて、次は想像句です。私は何処にいるでしょうか。

観音に千の慈眼や花の雨　　金子つとむ

千の慈眼といっているので、観音を室内でそれも間近で拝しているように思われます。それに対して、花の雨は屋外のことですので、やや違和感を覚えます。つまり、この句は写生句ではないのです。

前句の良し悪しはともかく、写生句では、作者の立ち位置が明確になり、読者が作者と同じ視座を占めることで感情移入がし易くなるように思われます。

立ち位置に留意して花の雨の句を推敲すると、

開帳の千の慈眼に見られけり　　金子つとむ

などとなるでしょう。こうすれば、作者の立ち位置は、明確になるのではないでしょうか。初めから写生をしていれば、ひとりでにこういう表現になるはずなのです。

このように、写生には立ち位置の明確化を含む様々なメリットがあります。自戒を込めて〇一一話で述べた写生の効用を再掲します。写生はやはり、俳句の王道なのではないでしょうか。

- 今ここの視点で詠むため、ひとりでに作者の立ち位置が明確になります。
- ものを写生することで、ひとりでに理屈から離れられます。
- 写生を通して、存在に対する深い認識を得ることができます。

一一一、俳句が成るということ

最近体験したことですが、二十句ほどの連作を仕上げたあとに、とても充足した気持ちになりました。今までは、いい作品ができると気持ちが昂揚していました。いわば興奮状態にあったわけです。しかし暫くしてみると、色あせたりしたものです。

しかし、今回は違いました。その作品ができてから、もう一週間も経つのです。そして読み返してみると、またあの感じ、充足した感じがやってくるのです。この感じをあえてことばにすると、次のようになります。

■表現したかったこととことばが、ぴったりと寄り添っている。
■表現に無理・無駄のない感じがする。
■これでいい、付け加えるものも、取り除くものも何もないという気がする。

俳句が成るというのは、どういうことなのでしょうか。自分でも思いもよらなかったような表現に出会って、「やったあ！」と喝采するのとは少し違うように思われます。

鍵穴にするりと鍵が納まるような、もっと当たり前のありふれた感じといったらいいでしょうか。

何度も読み返し、推敲しているうちに、じんわりと近づいてくる「あのときの感じ」、その後に表現しえた喜びが湧き上がってくるのです。

ひとは感動したときの「あの感じ」をいつまでも忘れないものです。俳句ができたことで、「あの感じ」は、今度は記憶ではなく、できたばかりの俳句によって、いつでも再生できるようになります。

ことばは不思議なもので、喜怒哀楽どれをとっても、その作者にとっての軽重はなかなか伝えにくいものです。寧ろことば以外のものがそれを補うといっていいでしょう。声音や表情、沈黙、間合いなどです。

しかし、俳句はたった十七音のことばです。私たちが優れた俳句に出会う喜びは、「有り難く、得難いものがまさにそこにある」という喜びなのではないでしょうか。

「あの感じ」とは、私たちの生の実感といっていいでしょう。「うれしい」や「かなしい」など、平均化されたことばの意味ではなく、私たち自身に固有のもっと生な感じなのではないでしょうか。

俳句は、ことばにならないものを短いことばで掬い取ろうとしています。それは、「うれしい」や「かなしい」といったことばでは決して伝わらないものです。

私たちが、あの感じといい、感動といい、詩情と呼んでいるものは、本来ことばにできないものなのです。

一一二、場のイメージしやすさについて

一つの俳句は、読者にとってどのような読まれ方をするのでしょうか。ここでは、情景のイメージしやすさという観点から、いくつかの場合を考えてみたいと思います。場がイメージできると、句に親近感を覚え共感が得られやすいと思われるからです。

ことばのなかには、イメージを喚起しやすいことばとそうでないことばがあるように思われます。吟行句の場合から、イメージしやすさの違いを考えてみたいと思います。

①吟行句

吟行句が理解しやすいのは、一句の力のほかに、今しがたまでそこにいた読者の新鮮な記憶に預かっているからだといえます。吟行句に散りばめられたことばの数々は、皆ありありと像を結びます。このようなケースは、場所的にも時間的にも、読者はもっとも句に描かれた場の近くにいるということになります。

②固有名詞を使った句

次は、句のなかに固有名詞の入るケースです。例えば、京都や奈良といった地名、有名な神社仏閣、有名な山岳名など容易にその姿や場所を想像しうるものであれば、読者は、自分の記憶を直ちに呼び起こすことができます。

逆にその場所を読者が知らなければ、それは、一般名詞と同じような働きにしかならないでしょう。

③一般名詞を使った句

次に一般名詞について考えてみます。川や海、湖などが読者に想起させるのは、特定のそれではなく、読者のイメージとしての川や海、湖となります。ここでは、作者が描いた情景と読者がイメージした情景は、まったく別のものになるでしょう。しかし、体験としての川や海が、共感の母胎となってくれるでしょう。

④動作・五感を表すことばを取り入れた句

私が見た、聞いた、感じた、考えたことなどが、一句の世界を構成します。しかし、それは俳句の大前提ですから、実際には省略されることが多いのです。

逆に敢えて使用した場合は、強烈なインパクトを生む場合があります。

また、季語は、そこが現実の場所である証といってもいいでしょう。雪女などの空想季語であっても、その空想の元となった自然現象は存在するからです。

現実の場所に作者がいて感じたことが俳句ならば、その場所のイメージしやすさは、読者にとっての共感のしやすさに直結するように思われます。読者は安心して作者のいる場所へ入っていけるからです。

一一三、舌頭に千転の効用

○四九話で、舌頭に千転する効用は、表現を練り、普遍性を獲得することではないかと述べました。実際は、普遍的な句が簡単にできるわけではありませんが、ここでは、もう一つの効用について述べてみたいと思います。

それは、何度も読み返すことで変わるのは、作者のこころの状態ではないかということです。特に自信作が出来た場合などは、有頂天になっているはずです。それはいわば興奮状態。そこから、平常心に戻るための手段が、読み返すことなのではないでしょうか。

作者は平常心でつくり、読者は平常心で読むのです。作者の興奮状態は、感情の籠りすぎた主観的な表現となってあらわれ、読者にはなかなか伝わらないものです。繰り返し読むことで、昂っていたこころが鎮まると、句の欠点も見えてくるのではないでしょうか。

しかし、そのようにしても、自作の欠点は見えにくいものです。自分の句集を編むときなど、主宰や先輩の助言を仰ぐのは、そのような事情からです。

篠原梵は、彼の全句集『年々去来の花』のあとがきで、次のように述べています。

未発表の句ばかりだから、やはり誰かに見てもらふ手順を経たい。自分の句については、手くらがりのやうな、目くらみのところがあるにきまってゐるので、そこのところを指摘してもらはねば、安心ができない。(傍線筆者)

ここで、手くらがりは、手によって光線が遮られて手元が暗くなること、目くらやみも目がくらんでみえない、つまり

自分の句についてはよく分からないということでしょう。例えば、拙句に、

雲雀つと羽搏きとめて風槃す　　　金子つとむ

これは、ホバリングしている雲雀が、急に羽ばたきを中断する動作を詠んだものですが、勿論肉眼で確認するのは無理でしょう。私自身、双眼鏡で見ていて気付いたくらいですから。

その時は、大発見と思いましたが、それをそのまま句にしても、大半の人には意味不明でしょう。何故なら、俳句は肉眼で作るということが大前提だからです。

このようなことにさえ、自分自身ではなかなか気付かないものなのです。

自作を何の色眼鏡もかけずに、平常心で見ることが可能なのかどうか、私にもよく分かりません。折に触れて自作を何度も何度も読み返すしかないのではないでしょうか。何年も経ってから自作の欠点に気付くことも、稀ではないのですから。

一一四、詩的空間

冬の朝、私は二階の小窓から日の出前の東雲の空を見ています。濃い薔薇色がみるみる薄れ、やがて朝日がのぼってきます。いつもなら見過ごしてしまう日々のドラマを、その日は何故か食い入るように見ています。ふと、私の脳裏に、ひとつの句が浮かんできます。

寒暁の紅薄れゆく日の出かな　　　金子つとむ

一切の予備知識を排して、初めてこの句と出会った読者は、何を感じるでしょうか。そのプロセスを逆に想像してみたいと思います。

まず、寒暁という季語です。読者の脳裏にはその読者固有の寒暁のイメージが広がってくるでしょう。暁の空に薔薇色を思い浮かべた人なら、次の「紅薄れゆく」をすぐに肯ってくれるでしょう。寒暁の薔薇色はほんとうに美しいもので、それが薄れてしまうのはとても残念だからです。

ここで季語はどんな働きをしているのでしょうか。季語

は、作者の「いまここ」を大まかに規定します。ここはあまり定かではありませんが……。そして、「紅薄れゆく」では、作者がどこか空を見渡すような立ち位置から、惜しむようにそれを見ていることが分かります。作者と空との間には、距離感があるのが分かるでしょう。作者と空との距離感が、一句の空間を構成しています。

この空間は、特別意識して作るものではありません。写生をすること、つまりそのときの感じに出来るだけ近いことばで表現することで、ひとりでに生まれるのです。

季語が現実のものであるように、この空間も読者にとって体験可能な空間です。この空間が、読者が作者とおなじ立ち位置に立つことを容易にしています。

厳密にいえば、作者の見たものと、読者が想像したものは違います。いわば、句によって触発された、読者固有の空間といってもいいでしょう。しかし、空間があることで読者はそこに身を置く事ができるのです。そして、最後に作者がもっとも言いたかったことばを受け取るのです。それは、「紅」です。

「寒暁」の「紅」、作者はそれだけが言いたかったのです。「紅」は、一句の作句動機であり、季語の寒暁はこの紅と響き合う関係にあるといえましょう。この「紅」のようなことばを、私は共振語と呼んでいるのです。

どんな句にも共振語があります。それは、作者と季語との出会いの証のようなことばだからです。作者と季節（季語）との日々の出会いによって俳句は生まれているのです。

季語と共振語の響き合いの強さが、秀句かどうかの判定基準になるのではないでしょうか。

一一五、名句にみる詩的空間

名句と呼ばれる句のなかから、一句一章と二句一章の句を取り上げ、その空間がどうなっているのかを見てみたいと思います。取り上げるのは次の二句です。

とどまればあたりにふゆる蜻蛉かな　　中村汀女

芋の露連山影を正しうす　　飯田蛇笏

先ず、汀女の句から見てみましょう。

汀女は、すでに蜻蛉に気付いて歩いています。汀女の周りには、蜻蛉の飛ぶ空間が広がっているのです。そして、しばらくして彼女が立ち止まったのは、まさに蜻蛉の群れのなかだったのです。

それを汀女は、「あたりにふゆる」と表現しました。なんという直裁な表現でしょう。童心に返ったかのような彼女の喜びが伝わってきます。秋の日が蜻蛉に、そして汀女にひとしくふり注いでいます。蜻蛉の透明な羽が、ときおり秋日に光るのさえ、髣髴としてきます。


種を明かせば、そこは、横浜三溪園と言われています。しかし、そのことは特に重要ではありません。この句のなかから、蜻蛉に気付いて歩いてきた作者が、たくさんの蜻蛉に囲まれた光景を想像できればいいのです。

それは、なんと心安らぐ光景でしょう。読者は、「ふゆる」ということばを素直に肯うことができるのです。


次は蛇笏の句です。

作者は、その視界に芋の露と連山を捉えています。眼前に芋の露、遠くに連山という構図です。芋の露から連山までは、かなりの距離があるとみていいでしょう。「正しうす」には、その空気感まで見事に表現されています。

芋の葉が露を結ぶ秋の景です。空気も澄んで山容がくっきりと望まれるようになったのでしょう。普段から見慣れている山なればこそ、この「正しうす」に実感が籠っているのではないかと思われます。


このように、空間がはっきりと示されていると、私たちは安心してその世界に身を委ねることができます。そうして、作者とおなじ立ち位置に立って、まさに作者とおなじ感動を得ることができるのです。これが、共感の実態ではないかと思われます。


いうまでもなく、その空間は詩的な空間ですから、何処と場所を特定する必要はありません。その空間は、作者が感じた詩情を再現するために構成されたものだからです。

その空間に招き入れられた読者は、作者とおなじように詩情を受け取ることでしょう。

俳句は、詩的空間を通して、詩情を伝えるものと言ってもいいのではないでしょうか。

一一六、感動が大きいほど

感動が大きいほど、こころを込めて、熱く語るのは人情というものでしょう。俳句でも同じです。自分の感動が大きいほど、主観的な表現が表に出やすくなります。しかし、ここでよく考えてみましょう。感動をもたらした当のものは何かと……。

自分が今しがた見聞したことが、感動をもたらしたのです。読者にも同じ感動を得てもらおうと思ったら、逆に写生に徹するだけでいいのではないでしょうか。

このことは、頭で分かっていてもいざその場に立つとなかなか実行できませんので、俳句はいつまでも難しいのではないかと思われます。

さて、拙句の実例を挙げてみます。ある時、こんなことがありました。

車で出かけようとしたとき、庭の樫の梢で、小さな声がするのです。それも一つや二つではありません。目を凝らしてみると、やや黄味がかった樫の葉によく似た眼白の群れでした。ちちっ、ちちっと啼きながら、すばやく枝移りしています。何かを食べているらしいのですが、小さくてよく分かりません。

もう八年もこの地に住んでいますが、初めての経験でした。眼白や鵯が山茶花の蜜を吸いにくるのはよく見かけますが、樫の木に幼虫でもいたのでしょうか。しばらくすると、彼らは飛び去ってしまいましたが、その声は、いつまでも耳底に残りました。

こんな情景を句にするとき、私は決まって、

樫の木に寒禽の声頻りなり　　金子つとむ

などと、強い調子でやってしまうのです。この句の情報は、樫の木で寒禽が頻りに啼いているということだけです。群れの採餌の情報は、残念ながら欠落しています。

自分の見た景そのものに既に感動がある訳ですから、このような場合は、写生をするだけでよかったのではないでしょうか。寒禽の群れが樫の木で何かを啄んでいる情景が示せればいいと思うのです。

寒禽の小群れ庭木に声零す　　金子つとむ

これが、推敲句です。群れの情報を入れて、採餌は読者の想像に任せることにしました。

自分が毎日見聞する様々な景のなかから、この景を句にしたということのなかに既に作者はいます。その景を一章として句点を打ったということは、そこに作者の感動があるという証拠です。

切れとは句点の謂いであり、句点は感動であるというのはそういうことです。その確信があるからこそ、作者は写生句で満足できるのではないでしょうか。

一一七、いひおほせて何かある――去来抄より

初心のうちは目に見えるものなら何でもいおうと思って、一句に沢山詰め込みがちですが、それは、自分を感動させたものの正体がまだよく分かっていないからと思われます。写生とは、もとより、眼前にあるものをただ写すということではありません。

先ずは、自分を感動させたものは何かを知ることが大切です。それは、対象をよく見ることであり、同時にそれによって心を動かされた自分自身の内面へと深く分け入ることでもあります。何故なら、感動とは、対象によってもたらされた自分自身のこころの変化だからです。

さて、『去来抄』の一文を引用してみましょう。

下臥《したぶし》につかみ分けばやいとざくら

先師路上にて語り曰く「此頃、其角が集に此句有り。

いかに思ひてか入集しけん」。
去來曰く「いと櫻の十分に咲きたる形容、能謂《よくいひ》おほせたるに侍らずや」。
先師曰く「謂應《いひおほ》せて何か有る」。
此におゐて胆に銘ずる事有り。初めてほ句に成べき事と、成まじき事をしれり。

ここで問題となっているのは、詩情ということではないかと思います。俳句でいえば、詩情とは作句動機となった感動です。其角は、「糸桜の下に臥せっていると、枝が下まで伸びているので手でつかんで分けないと閉じ込められてしまう」といっているのですが、確かに去来のいうように糸桜を彷彿とさせる上手い言い方です。

しかし、芭蕉は、それに対して「ノー」といっているのです。芭蕉は、この句に詩情を認めていないのではないでしょうか。詩情とは、作者の感動です。表現には感心させられますが、それは感動ではないといっているのです。

冬の冷たい雨の降る日、妻が階下で絵を描き出したのを見て、次のように詠みました。

冬の雨絵を描く妻と読む吾と　金子つとむ

この句はやや機知的に構成されています。描くと読む、妻と吾の対比です。しかし、詩情の表現という点で物足りなさを感じました。そこで、

階下にて絵を描く妻や冬の雨　金子つとむ

と推敲しました。自分のことは伏せたのです。しかし、言外に自分は二階にいて、絵ではない他のことをしていると読み解くことができます。詩情は、二人が別々のことをしていることにあるのではなく、家事を終えた妻が絵を描く、その静謐な時間にあると思い直したからです。

其角の句は、

幼子の触れてほほえむ糸桜

とでもすれば、詩情の表現になるのではないでしょうか。

一八、吟行と写生

本来俳句はどこにいてもできるものだと思いますが、季節に対する感受性が鈍っていると、なかなか思うようにはできないものです。特に都会で暮らしていると、自然の息吹きを感じ難いという側面もあるでしょう。

そんなときに吟行をすると、新しい景物に出会ったり、さまざまな季語に出会ったりして、感受性を取り戻すことができます。ありとあらゆるものが俳句の対象となり得ますが、自己の内面を探ったり、物事の本質に迫るようなことは、とても難しいことです。

初心のうちは、目に見えるものを写し取る、吟行と写生は、ベストマッチのように思われます。

例えば、花どきのお寺を訪ねたとしましょう。石段を登ると山門があり、それを潜るとお堂が見えてくる。一句のなかに、石段や、山門、堂などのことばが入ってくると、読者は

容易にその景を想像することができるでしょう。

　作者もまた、写生を駆使して、こころに適うものをたくさん見つけることができるでしょう。


　眼前にある様々なものが、一句を埋めてくれます。そこでは、空想に浸る必要などないのです。考えてことばを捻りだす必要もないのです。

　俳句の材料は、自然が用意してくれています。実際に見たものから、これだと思うものを一句のなかに置くだけでいいのです。

　作者は、まるで鋭敏な一個の季節センサーのようです。石段を登ることも、山門に佇むことも、堂を見上げることも、全てが俳句になります。何故なら、季節を今、まるごと感受しているからです。

　子規は、仲間たちと「一題十句」という写生の修行をしていたそうです。よく観察をして、一つの題で十句をつくるということです。

　俳句は、感動の証として生まれてきます。幾つになっても感動できるということ、季節が私たちを感動させてくれるということ、これにまさる喜びはないのではないでしょうか。

　そのお寺には、やはり先人たちの足跡がありました。一茶の句碑です。こんなところまで一茶は来ていたのか、そこでまた句ができます。

　写生はまさに魔法の杖、いつのまにか俳句が面白いようにできるようになるのです。

飛花落花山門へ磴登りゆく　金子つとむ

幔幕のゆれて花散る御堂かな　同

木の芽雨一茶の句碑の肩濡らす　同

一一九、作品のいのち

　俳人同士で俳句の話をしていると、芭蕉がどうの、一茶がどうの、子規がどうのと、数百年単位の時間を自由に行き来しています。勿論、本人たちにその意識があるわけではありませんが、すぐれた俳句は、既に数百年のいのちを永らえているわけです。

ところで、俳句のどこにそんな力が潜んでいるのでしょうか。芭蕉の俳句が今なお私たちを魅了してやまないのは、何故なのでしょうか。

それは、詩情ではないかと思うのです。詩情とは作句動機となった作者の感動であり、読者にとっては俳句を介して伝わる作者の感動です。それは、ことばで説明し切れるものではなく、味わうべきものだと思います。

私たちは、読むたびに一句の詩情に出会うことができます。その味わいが深ければ深いほど、その句は、生涯私たちを魅了し続けることでしょう。

俳句は、いってみれば、詩情の泉。読むたびに滾々と詩情が湧き出てくるのです。それは、季語と詩句のハーモニーによって生まれていますので、枯れるということがありません。

既に長い俳句の歴史があり、先人たちの名句に触れることができることは、かけがえのない喜びといえるでしょう。

どんなにことばを紡いでも、詩情を言い尽くすことはできませんが、芭蕉の句についての私の鑑賞文をご紹介します（『松尾芭蕉この一句』平凡社刊より）。

曙や白魚白きこと一寸　　　　松尾芭蕉

上五は、闇から光へ、つまり死から生への転換を暗示して絶妙である。薄明の中に提示された一寸ほどの白魚。「しろきこと」と強調しているのは、白魚の命の充実を捉えているのである。何度も口誦すれば、「しろきこと」と「一寸」の僅かの間、「一寸」の促音と撥音の組み合わせが、白魚がぴくりと跳ねる様子を彷彿とさせる。

舌頭に千転せよといったのは芭蕉である。白魚の命の躍動を捉えて、リズミカルに仕立てた一句である。

山路来て何やらゆかしすみれ草　　　　松尾芭蕉

この童心ぶりはどうだろう。山路きてには、山を越えてきた安堵感が漂い、その心の余裕が菫を見つけさせたともいえる。こんな山奥にも人知れず咲いている花、なにやらゆかしとは、そんな花への愛惜がふと口を継いででてきたものだろう。

人に見られることなどお構いなく、ひっそりと命を紡ぐ花。ゆかしとは、そのような花たちへの賛辞でもある。人は皆、そのようなものに出会い、慰め、勇気づけられて生きていくものなのである。

一二〇、自選と他選

俳句の大会に句を応募するとき、どの句にすればいいか迷うことはないでしょうか。

それは自選と他選の乖離の問題ともいえます。自分がいいと思った句と、他人（選者）がいいと思う句が違うということです。

この理由は、大きく二つあるように思います。

①自分が良いと思って出した句に、表現上の欠陥がある場合。
②作者と選者の間で、評価の基準が大きく異なる場合。

表現上の欠陥は、自信作ほど多く見られるように思います。何故なら、自信作では、作者は大きな感動に包まれており、その感動の余韻からなかなか抜け出せないでいることが多いからです。この状態が、作者の自作を客観視する目を鈍らせてしまいます。

自作については、作者はいわば神と同じで、全ての情況を熟知しているわけですから、俳句に表現されていないことまで、ひとりでに補って読んでしまう傾向があります。それで、表現上の欠陥に気付きにくいのです。

しかし、逆にいえば、自信作ほど注意深く、あるいは機械的に表現をチェックすることで、ある程度は防止できるのではないかと思われます。

むしろ、問題なのは二つ目です。

私たちは、有季定型で写生を基本に俳句を作っていますので、違う作り方の句は、理解できないことの方が多いのではないでしょうか。

それほど極端ではないにしても、似たようなことが、同じ句会の内部でも起こっているものと思われます。

簡単にいえば、ピンとくるかこないか。この問題は、いわば感性の領域、好みの領域の問題といえます。

選句の一切は他者の手に委ねられています。自分が感動したことを読者も感動してくれるか否かは、結果がでるまで作者には分からないということなのです。

大会に応募する句は、恐らく作者にとって最高の自信作でしょう。その句は、自分にとって新しい発見があったり、今までの句とは一味違うものではないでしょうか。

しかし、それは同時に、読者にとっても新しすぎて、理解できない句かも知れないのです。また逆に本人にとっての新しさが、他者にとっては既知の場合もあります。


俳句は他選と割り切って、それでも自信作で勝負するしかないのが実情ではないでしょうか。

俳句は、自分詩であり、自分史なのですから……。

一二、俳句と川柳

『俳句の学校』（実業之日本社編）によれば、川柳の生い立ちは次のようなものです。

俳句は俳諧の発句が独立した文芸ですが、川柳は雑俳の付句が独立したものです。連想形式でつながる本格的な俳諧に対して、その練習として二句間だけで付け合うことが江戸時代の初期に行われていました。七・七の前句に対して、五・七・五を付ける。またはその逆を行うのです。

これをクイズ仕立てにして、前句に対する付句を募集して、優秀作品には懸賞をだすことにしたところ、江戸の庶民にウケて、投句する者が続出して大流行となりました。この懸賞文芸が雑俳です。

（前句）障子に穴を明くるいたづら

（付句）這えば立て立てば走れと親ごころ

このように、俳句と川柳は、ともに俳諧という同じ親から生まれています。その生き方は異なるにしろ、読者に感銘を与える方法には、共通点があるのではないかと思うのです。

国境を知らぬ草の実こぼれ合い　井上信子

この句には、機知と批判があるように思われます。国境などというものは人間が勝手に引いたもので、草の実はどちらからも仲良く零れあっているではないか……と。

国境と草の実を、人為と自然に対比させることもできるでしょう。何れにせよ、この句は、国境と草の実の響き合いのなかで、意味の多層化を図っているといえましょう。

国境と草の実の関係は、生活の様々な場面で見られる現象だからです。

このように、二つのキーワードが、互いに響き合うことで、豊かな広がりを見せています。これは、この川柳の味わいということになるのではないでしょうか。

俳句でも、事情は同じではないかと思われます。ただ、二つのキーワードは、季語と共振語となるだけです。

もう一つ、川柳を見てみましょう。

三十歳満つるいのちが湯をはじく　　**時実新子**

「満つる」と「はじく」が対になって、女体の充実を表現しています。

この句から、すぐに思い浮かぶのは、次の俳句です。

窓の雪女体にて湯をあふれしむ　　**桂信子**

この句では、「雪」と「湯」あるいは、「女体」と「あふれしむ」が、響き合っているように思います。

この響き合いは、別のことばでいえば、共振であり、それは運動であるともいえるでしょう。一句のなかに、運動することばがあること、それが句の鼓動ともいえるのではないでしょうか。

一二二、場のちから・物のちから

私たちが、遠い記憶を夢のように感じてしまうのは何故でしょうか。過ぎ去ってしまえば、あれほど泣き笑いしたことも、まるで夢のような気がします。逆に、一つの俳句がありありと存在感をもつのは何故でしょうか。

これは、何れも、場のちから、物のちからによるものと考えられます。遠い記憶は細部を不確かなものにし、現実感を希薄にしてしまうのではないでしょうか。

俳句にとっての場のちからとは、一句の構成が、作者のいる場所をありありと描出しているということです。読者が作者のいる場所や場面を具体的にイメージすることができれば、作者の感動を分かちあう前提条件が整ったといえましょう。

ここであえて前提条件と述べたのは、自作も含め前提条件の整わないままに投句してしまうケースが多々あるからです。

つぎは、物のちからについてです。物の色、手触り、重

さ、味覚など、物は私たちの五感に直接訴える力を持っています。例えば、次の句、

滝の上に水現れて落ちにけり　後藤夜半

は、滝というものの本質をよく捉えていて、眼前に滝を見上げているような趣があります。

作者の認識力が、ものの本質に食い込んでいくとき、物はまさにそこにあるかのような存在感を示すのではないでしょうか。

蕗の薹食べる空気を汚さずに　細見綾子

逆に頭で考えた句、理屈だけの句には、この実感がありません。例えば、

稲刈るや石斧もつ手がハンドルに　金子つとむ

古代人は石斧で稲を刈ったという知識だけの働いている句です。この石斧に、果たしてどれほどの存在感があるでしょうか。一句は短いだけに、場の現実感、物の存在感を基盤として成り立っているように思えてならないのです。

場のちから・物のちからとは、現場、現物のちからです。

それは、私たちの生きている実感、手ごたえのようなものです。俳句は、生きている最先端の「今」をいつも詠んでいます。

句会で私たちは、互いに生きている実感を披露しあっているのです。それは、和楽の精神ともいえるでしょう。私たちは、俳句でコミュニケーションし、互いに実感に交歓し、知らずしらず励まし合っているのではないでしょうか。

稲刈って鳥入れかはる甲斐の空　福田甲子雄

二三、俳句が詩になるとき

私たちが折にふれて愛唱する俳句の数々。それらは、みな詩になった俳句といえましょう。優れた俳句になるためには、どうしても詩であることが必要ではないかと思うのです。それでは、詩であるというのは、どういうことなのでしょうか。

それを考える手立てとして、私たちの愛唱句について考え

てみたいと思います。私たちが句を愛唱するのは、その句の持っている世界をまたしても味わいたくなるからではないでしょうか。

味わいを言い尽くすことはできませんが、その句の世界に浸ることで、私たちのこころは、静かになったり、温かくなったり、楽しくなったりするでしょう。それらはみな、詩情が私たちに働きかけた結果です。

また、一句の世界以外にも、句自体のもつことばの美しさ、流れるような調べ、毅然とした佇まいなど、惹かれる要素はたくさんあるのではないでしょうか。

私たちが、また読んでみたくなるような何かを、俳句は提供し続けてくれるのです。私たちの愛唱句には、私たちのこころの糧があると言ってもいいでしょう。

俳句は、私たちが普段使うことばで作られています。特別のことばがあるわけではありません。しかし、私たちの愛唱句は、どれもかけがえのないものという感じがします。それは、何故なのでしょうか。

ことばは、ここである転移を遂げていると見ることができます。優れた俳句のなかでは、使われている全てのことばが詩語となっているのではないでしょうか。ここでいう詩語とは、一句のなかで生き生きと働いていることばという意味です。

作者が選択した唯一無二のことばが、無駄なく無理なく配置されることで、俳句は成り立っています。一語一語、一文字一文字は、その互いの関係性のなかで、詩語になっていくのです。一句の堅牢さはそこに由来しています。

このことばを使えば、必ず詩になるというようなものではありません。

作者は、詩情を表現するために、ことばを選びぬき、配置を試し、韻律を考慮し、調べを確かめ、すっきりと意味が通る一章を作り出すのです。この作句プロセスを通してふだんのことばが、詩語になっていくのです。

それは、季語とて同じでしょう。作者が季語を発見し、それを一句のなかに置くことで季語が働きます。

ふだんのことばが詩語になるのと同じように、季語として置かれたことばが、一句のなかで大いに働くとき、季語は初めて季語になるのではないでしょうか。

一二四、季語が働くということ

一句のなかで季語が働くとはどういうことでしょうか。前項で私は、一句のなかで季語が季語として働くとき、季語も詩語となると述べました。

優れた俳句では、季語を含めて全てのことばが十全に働き、詩語となっています。季語の働きが充分でない季語は、その句にあってはもはや季語ではないのです。その状態を「季語が動く」と呼んでいます。

この「季語が動く」ということばは、とても象徴的です。そこに置かれた筈なのに、動いてしまうからです。

反対に季語が充分に働いている状態は、「季語が動かない」と呼んでいます。充分に働いている季語は、もはや動かすことができないのです。

それほどに、すぐれた俳句のもつことばの関係性は、堅牢なものと言えるでしょう。俳句は、ことばの建造物だとも言えるのです。

私たちが、季語を一つ使って俳句を作るとき、季語の使い方には、大きく三つのパターンがあるように思います。

一つ目は、季語のもつ情趣を追認するということです。これは、既に先人たちが発見した季語の情趣を個人的に追認していくプロセスです。ここでは、私たちが本当に季語を発見したかどうかが問われることになります。

二つ目は、既存の情趣にはない新たな季語の情趣を発見するということです。

季語は自然の景物ですので、実際の景物をよく観察することで、新たな情趣を見つけだすことができるかもしれません。もちろん、それは容易なことではありませんが、例えば、草田男の、

蟾蜍長子家去る由もなし　　**中村草田男**

などは、その好例と言えるでしょう。

三つ目は、新しい季語の創造です。生活の変化とともに新しい景物が生まれ、季節感を持ってくると、季語を創造する機会も生まれてくるかもしれません。ナイターなどは、その好例と言えましょう。

ナイターの歓声届く宮の森　三原清暁

二つ目、三つ目は、凡人にはなかなか適わぬことですが、私たちはたくさん俳句を作ることで、季語のもつ情趣を発見することができます。それは、先人たちの美の遺産を無償で受け継ぐことになるでしょう。

季語や例句の世界は、私たちの暮しに彩りをあたえ、豊かさをもたらしてくれるのではないでしょうか。

一二五、ひらがな表記

俳句のなかには稀に、ひらがなだけ、あるいは漢字の極めて少ない俳句があります。漢字のもつ映像性をみすみす放棄してしまうのには、どんな理由があるのでしょうか。

たまたま、皆川盤水師の特集で朝妻主宰が抄出した句のなかに、ひらがな俳句を見つけましたので、考えてみることにしました。


さかなやのかひふうりんのよきねかな　皆川盤水

考えるにあたって、この句を一度漢字に直して比較してみたいと思います。

魚屋の貝風鈴の良き音かな

さあ、どうでしょうか。音よりもむしろ魚屋の佇まいや、吊るされた貝風鈴の姿などが視覚的に飛びこんでくるのではないでしょうか。私たちは、どちらかといえば視覚優先の生活をしています。そのことを考え合わせると、作者の狙いは、どちらかといえば地味な貝風鈴の音色そのものに読者を誘うことにあったのではないでしょうか。

そう思って、もう一度盤水師の句を読んでみると、柔らかな風に乗って、あの貝風鈴の音が響いてくるように感じられます。すべてひらがな書きというのも、貝風鈴の素朴さとよく合っているように思われます。

次に、有名な蛇笏の句を取り上げます。


をりとりてはらりとおもきすすきかな　飯田蛇笏

掲句を漢字にすると、

折り取りてはらりと重き芒かな

となりましょうか。こうすると、読者はすぐに句意を理解することができるでしょう。一方、原句の方は、一字一字を追っていくうちに、後から意味が立ち上がってくるような印象を受けるのではないでしょうか。

つまり、作者は、読者にもこの句の記述通りに、手折って、その茎を手に持って、重さを感じ取って欲しかったに違いありません。

「はらりとおもき」を、読者がその手にまざまざと感じ取ることができたとき、この句は読者にとって忘れられない一句となるのではないでしょうか。

次に一語だけ、漢字の入った句を取り上げます。

とどまればあたりにふゆる蜻蛉かな　中村汀女

蜻蛉だけを漢字にした作者は、蜻蛉の姿をまざまざと見たからではないでしょうか。あるいは、蜻蛉の姿を読者にも見せたかったのだと思います。

汀女は、遠くから蜻蛉のいるあたりへ歩いてきます。初めは、秋の日を返す光に過ぎなかった蜻蛉が、とどまることで、間近にその姿を見ることになったのです。その驚きの込められた漢字が、蜻蛉なのではないでしょうか。

一二六、ことばの凝固感

俳句を推敲していてこれでよしと思うときには、ことばが凝固する感じがあります。試行錯誤を繰り返しながら、ことばを変えたり、順番を入れ替えたりするうちに、ある形に落ち着いていく。ことばの凝固感というのは、ことばが、収まるべくして収まるという感じです。

季語が動くとか、動かないとかよくいいますが、同じように全てのことばが本来あるべき位置を占めたと感じられるときが、作者にとって一句が完成するときなのではないでしょうか。

読者が凝固感のある句に接すると、意味がよく分かり、詩情があって、一句が立っているという印象を受けます。

そこには一輪の花の完璧さをみるような趣があります。表現には、一切の無駄がなく、批評や提案すべき余地がないのです。

もう手放しで受け入れる、喜んで受け入れるしかないような状態。日本語は、こんなにも美しいことばなのかと、あらためて実感するのです。

俳句が詩になるときには、このようなことばの凝固感を伴うように思います。長年俳句をやっていると、この状態をすぐに見破ることができるようになります。私たちが、ほんの一瞬で句の良否を判別できるのは、この凝固感を手掛かりにしているからではないでしょうか。

凝固感のない句はどこかしまりがなく、短い散文のように感じられます。凝固感のなかに、ひとつの動きを与えているのが、五七五のリズムではないかと思われます。

作句の段階では、作者はいろいろと悩むものです。この悩みは、ことばの選択のゆらぎ、配列のゆらぎ、調べのゆらぎなどとなって表れるでしょう。

しかし、表現が核心に近づいてくると、そういうものが次第に沈静化して、ことばが凝固してくる、それが俳句が成るということではないかと思うのです。

ことばが動かないというのは、他のことばには置き換えられないということを意味します。

一例を挙げてみましょう。

たなうらに包みて愛づる蕗の薹　久田青籐

たなうらの他には、てのひら、たなごころなどという言い方もあります。たなごころは、五音ですのでひとまず措くとしても、てのひらとたなうらはどのように使い分けたらいいのでしょうか。

てのひらに包みて愛づる蕗の薹

てのひらには広げたような語感があるため、包むということばと反発しあうようです。掲句ではやはり、たなうらに分があるように思われます。

一二七、共振語について——ことばの実体化

これまでにも、共振語について何度も述べてきましたが、共振語とは何か纏めてみたいと思います。そもそも俳句は、作者が季節に感動して生まれるものだと私は考えています。ある季節（季語）に、作者が出会うことがその引き金になります。

例えば、啓蟄という季語があります。二十四節気のなかでもニュースなどでよく取り上げられることばです。陽暦では三月五日頃ですが、立春からひと月ほど経って、次第に陽気も落ち着いてくる頃です。子どもが幼稚園児の頃のことですが、早くも庭で団子虫を見つけて、見せに来たことがありました。そこで、

啓蟄や子のてのひらに団子虫　金子つとむ

と詠んでみました。

久しぶりに見た団子虫がどこか愛しいように思えたからです。道理で今日は啓蟄と納得した次第です。

作者が言いたいことは、「啓蟄の団子虫」ということに尽きるでしょう。草花にとっては食害をもたらす団子虫ですが、くるりと丸まった姿にはどこか愛嬌があります。

この「団子虫」のようなことばが、共振語です。季語と共振語は、作者が発見して一句のなかに置いたことばです。この二つのことばの発見こそが作者の感動の源であり、その響き合いこそが一句の命なのではないでしょうか。

どんなことばも、はじめは平均的な意味に受け止められます。団子虫といえば、どこにでもいる子どもが好きな虫ぐらいのイメージです。

しかし、団子虫が、啓蟄という季語と出会う事により、実体をもつに至るのです。啓蟄には、春になって地中の生き物たちが動き出す、いのちの躍動が捉えられています。

その感動が子にもあって、わざわざ私のところまで見せに来たのでしょう。このように団子虫は、季語と出会うことでいのちの質量を獲得していくのです。

共振語は何も特別なことばではありません。ありふれたことばが、季語と出会うことにより、共振語となるのです。ただのことばが、ただならぬことばとなって躍動し、季語と共振し出すのです。

一句のなかに置かれた共振語は、作者の感動（詩情）を伝える働きを担っています。何故なら、詩情とは、まさに季語と共振語のハーモニーだからです。

作者の感動の結果として一句は作られ、作者が季語を発見した証として、共振語が置かれているのではないでしょうか。作者がおやっと思って見つけたものが共振語だといえるでしょう。

一二八、子規の季重なりを考える

『広辞苑』で季重なりを引くと、「俳諧で、一句のうちに季語が二つ以上含まれること。好ましくないこととされる。」とあります。この説明では、季語をどう解釈するかで、意味が変わってくるように思います。

季語を単に歳時記のことばとすると、次の子規の句は、全て季重なりの句です。すると、何故子規は、好ましくない季重なりを犯しているのかという疑問が残ります。

今一つの解釈は、季語の意味を、季語として働いていることばの意味に解釈する場合です。ことばとして季語が二つ以上あっても、季語として働くことばが一つならば問題ないことになります。

それでは、季語として働いているかどうかを簡単に見分ける方法はあるのでしょうか。俳句は、「いまここの感動を詠む」という写生の前提に立って考えてみましょう。尚、季語の特定は、作者の自解に拠っています。

先ずは、現在と前の季の景物が同居する場合で、自然界にはよくあることです。現在の景物が季語になります。

あたたかな雨がふるなり枯葎　正岡子規

季語：暖か（春）。枯葎（冬）は、前の季節の景物です。少し嵩の減った草叢にあたたかな雨がふっています。

問題は、二つとも同じ季節の場合です。その場合は、作句現場「ここ」がどこであるかがヒントになります。

おお寒い寒いといへば鳴く千鳥　正岡子規

季語：千鳥。作句現場は千鳥の鳴く浜辺でしょう。千鳥を見にきて、寒い寒いといっているのです。

枯菊にどんどの灰のかかりけり　正岡子規

季語：左義長。現場ではどんど（左義長）が燃えている。偶々そこにあった枯菊に灰がかかっているのです。

蜜柑剝いて皮を投げ込む冬田かな　正岡子規

季語：冬田。現場は冬田。投げ込んだ蜜柑の皮と冬田の対比が一句の眼目でしょう。

しかし、次の例句では、作者の感動の所在を考慮する必要があります。

一籠の蜆にまじる根芹哉　正岡子規

季語：芹。蜆（春）も根芹（春）も眼前にあります。蜆の黒ずんだ色合いのなかに、鮮やかな根芹を発見したことが句の眼目ではないでしょうか。

かたばみの花をめぐるや蟻の道　正岡子規

季語：酢漿草の花。ともに眼前にありますが、蟻の道さえも酢漿草の花を迂回しているところに、しぶといこの花の情趣があるように思います。

こうしてみると、子規は眼前の景物から受けた感動をそのまま詠んでいる（写生）だけだともいえるのです。

一二九、作者の立ち位置、ふたたび

一一〇話で、写生をすることで立ち位置の明確な句ができるという話をしました。

これをもう少し厳密にいうと、写生によって得られた表現が的確であれば、その表現によって作者と対象との位置関係が焙り出されてくるということです。

滝の上に水現れて落ちにけり　後藤夜半

掲句で作者は何処にいるのでしょうか。

手掛かりとなるのは、「水現れて」という措辞です。「水現れて」ということは、それまで見えない水が初めて見えるようになることを意味しています。そのように見える場所といえば、滝の下の滝つぼからやや離れた場所になるのではないでしょうか。そんな場所には、通常滝見台が設置されているものです。

もう一つは、掲句には不思議と音がないことです。掲句は視覚の句といってもいいでしょう。「水現れて」は、作者と滝との遠さをも示しているのではないでしょうか。

このように、作者は意識的にせよ、無意識的にせよ、対象と自分との位置関係を句の中に描出しています。このことは、読者に作者が現実の空間にいることを印象づけます。

読者は、作者と同じ空間に身を置き、作者の感動をともに味わうことができるのです。

寒茜富士の孤影を望みけり　　金子つとむ

拙句は、はじめ「寒茜富士は孤影となりにけり」としましたが、「なりにけり」では、作者と富士の距離感がつかめないため、「望みけり」と推敲しました。

望むには遠望の意味がありますので、作者と富士との関係は、より明確になるものと思われます。このことで、句のなかには、作者から遠い富士の孤影に至る大きな空間が含まれることになります。

その空間で作者は呼吸し、読者も呼吸することになるのです。共感の構造とは、句の持つ空間、作者のいる空間に読者を招き入れることではないでしょうか。

赤蜻蛉筑波に雲もなかりけり　　正岡子規

赤蜻蛉は、眼前の景。赤蜻蛉をそれと認識できるほどの距離感です。それに対し、筑波山は、おそらく遠景でしょう。それは、「雲もなかりけり」という言い方がそう思わせるのです。

筑波の山容に対して、雲を云々するのは、遠景でしかないからです。間違っても、筑波に登っていたらこのような表現にはならないでしょう。この句からは、筑波を遠方にした、秋野の景色が広がっているのです。

その空間、爽やかな空気感のなかに身を置くことは、読者にとっても大いなる喜びといえましょう。

一三〇、写生と季重なり

前々回、子規の季重なりの句を見て思ったことは、子規は単に写生をしただけではないかということです。写生をしていれば、そのなかに同じ季節の季語が含まれる可能性は高まります。そのとき、季重なりだといってそれを回避すれば、現実の景色よりも約束を重視することになります。

季重なりは、一句のなかに二つ以上の季語のことばが存在することではなく、二つ以上のことばを季語として働かせてしまう状態をいうのではないでしょうか。

季語は、眼前の景物のなかで作者が最もこころを動かされた景物で、一句の作句動機となったことばです。ですから、季語は主役といえましょう。その主役の情趣のなかに一句を統べることが、句意を明確にさせ、詩情を伝えることになるのです。

子規の季重なりの句を、すこし念入りに見ていきましょう。季語のことばが二つあるとき、主役の季語をどのように明確にしているのでしょうか。

蜜柑剝いて皮を投げ込む冬田かな　正岡子規

作句現場は、冬田です。この句の大半は蜜柑についての記述ですが、それを受け止める「冬田かな」の詠嘆が、季語が冬田であることを示しています。蜜柑の皮が、冬田をより一層寒々と見せているのです。

あたたかな雨がふるなり枯葎　正岡子規

作句現場には、あたたかな雨がふっています。「ふるなり」の力強い断定が、枯葎に覆い被さるようです。あたたかな雨が、枯葎の蘇生を約束しています。

毎年よ彼岸の入りに寒いのは　正岡子規

この句の面白さは、問答形式をとっていることです。作者の問いは隠れていますが、彼岸の入りの寒さに驚いた作者に対し、相手は毎年のことだといっています。「毎年よ」で、寒さは彼岸の入りの属性となっているのです。

花椿こぼれて虻のはなれけり　正岡子規

椿の花を見上げていた作者は、それが落ちる瞬間まで見届けています。ああ、虻がいたのかという軽い驚き。しかし、作者の視線は、虻を追いかけているわけではありません。もし仮に、作者にとって虻が主役だったならば、

花虻の立つや椿のこぼれ落ち

などとなるでしょう。作者の視線は、徹頭徹尾椿の花の方にあるのです。

子規は、やはり写生をしただけだと思います。作者の関心のありどころは、そのまま表現に表れるからです。

一三一、続・写生と季重なり

前回に続いて、季語と季重なりの問題を考えてみたいと思います。季重なりについて、少し整理してみますと、

一、形の上での季重なり（句として問題なし）
二、働きの上での季重なり（句として問題あり）

の二つがあり、問題となるのは、働きの上での季重なりではないかということです。そして、子規の写生句は、形の上での季重なりで、問題ないのではないかということでした。

では、ほんとうに写生をするだけで、季重なりは気にしなくていいのでしょうか。また、働きの上での季重なりはどんなときに起るのでしょうか。

そのことを、やはり子規の例句で考えてみたいと思います。次の句では、子規は何に関心をもち、何にこころを動かされて写生したのでしょうか。

花椿こぼれて虻のはなれけり　　**正岡子規**

掲句は、『子規３６５日』（夏井いつき著、朝日新書）では、次のように説明されています。

「落椿」と分類された一句。一輪の「花椿」が枝からこぼれたとたん、深い花の内から「虻」が離れていった、そういう短い時間の映像が過不足なくことばで表現されている。

子規は、椿の花に関心があったからこそ、その落ちる瞬間を見逃さず、虻が離れたことまで見届けることができたのではないでしょうか。

掲句の表現そのものが、作者の関心が椿の花だと告げているように思えるのです。写生は、自ずと作者の関心を焙りだすといってもいいかも知れません。

もし仮に、初めから虻が見えており、子規の関心が虻にあったとしたら、表現はどのように変わるでしょうか。

私がその場にいたとしたら、表現のうえで虻をもっと前面に押し出すように思います。

①花虻の潜むに深き花心かな
②花虻のうしろ姿や花の蕊
③花虻の椿に潜みゐたるかな
④花虻の立つや椿のこぼれ落ち
⑤花虻に椿の花の深さかな

①と②では、椿ということばを使いませんでした。③は花虻が優勢ですが、④と⑤では、やや拮抗しているといえるで

しょう。

椿の現場（椿の花に偶然虻が来ていたとはいえますが、虻がいる所に、偶然椿があったとはいえないでしょう）にいながら、虻を詠むのはやや不自然な気もします。

虻を前面に押し出そうとすれば、椿は消えてゆくのが、表現として自然なのではないでしょうか。

一三二、大きな景を詠む

俳句では、たった十七音のなかに大きな空間を取り込むことができます。例えば、宇宙といっただけでは、実感のある具体的な広がりを取り込むことはできません。

しかし、俳句にすることで、宇宙の広がりや、悠久の時間の流れをも取り込むことができます。まず、例句を見てみましょう。

荒海や佐渡に横たふ天の川　松尾芭蕉

私たちは、句の景を鮮やかにイメージすることができます。視線は遠く天の川に及び、時間は佐渡の歴史を遡っていきます。しかし、この句の構図はいたってシンプルです。

荒海や（近景）＋**佐渡に横たふ天の川**（遠景）

切れを間にして、近景と遠景を対比させているだけです。

荒海は、作者にとっての近景です。作者の立ち位置からこの空間は広がっています。この空間の中心に作者がいるといってもいいでしょう。

そこに作者がいるということが、実は大きな意味をもっています。それは、読者は容易に作者に成り代わり、この景を実感することができるからです。いわば、ひとの身体感覚が、この景を実感させてくれるのです。

その空間は、荒海、佐渡、天の川ということばを単独に並べても表現できるわけではないでしょう。俳句という形式によって、初めてこの空間を一句のなかに取り込むことに成功したといえるのではないでしょうか。

他の句も見てみましょう。

赤蜻蛉筑波に雲もなかりけり　正岡子規

芋の露連山影を正しうす　　飯田蛇笏

掲句はいずれも、近景＋遠景の構図になっています。作者の立ち位置を中心として、大きな空間が広がっています。
この空間は、私たちの読後感に少なからず影響しているように思われます。子規の句は、玲瓏な秋の空気に身をおくような清々しさに満ちています。蛇笏の句は、ピンと張り詰めたような冷気に、こちらも思わず背筋を伸ばしてしまいそうです。

芭蕉のように上手くはいきませんが、私たちも少し意識するだけで、大きな空間や時間を句のなかに取り込むことができます。会員の例句から、その広がりを味わってみましょう。

牡丹鱧一つ二つと比叡の灯　　小宮山勇
焼岳に笠雲秋の麒麟草　　三代川次郎
空蟬やあの世へ鳴らす鐘の音　　宮永順子
巡礼の鈴鳴らし過ぐ大夕焼　　廣瀬キミヨ

一三三、主観語について

俳句が個人的な感情や感動を表現するものだからといって、喜怒哀楽をそのままのことばで述べても相手には伝わらないでしょう。それは、まるで、スピーカーでがなりたてるようなもので、いいたいことがあるのは分かるけれど、肝心の内容が伝わってこないのです。

普段使いのことばで、平静に表現するのがいちばんだとは思うのですが、俳句をつくるときのテンションは、日常の次元から少し高いところにありますので、言うは易し、行うは難しです。
そこで、実際の例句にあたって、注意点と成功事例を確認することで、表現する際に気をつけたい点を整理してみたいと思います。

【生の表現】
美しい、悲しい、寂しいなどのことばを使用せずに、それを表現するのが俳句だといえましょう。しかし、例外的に成功している句もあります。

美しき緑走れり夏料理　星野立子

羅や人かなしますす恋をして　鈴木真砂女

夢の世に葱を作りて寂しさよ　永田耕衣

これらの句が成功しているのは、そうとしかいいようのないぎりぎりのところで、ことばが発せられているからだと思います。

【飾る表現】

雨音の奏で初めたる枯葎　金子つとむ

照り雨に音立ち初むる枯葎　同

「奏でる」は、音楽を奏することですので、ことば本来の意味から逸脱しています。作者は、感動して雨音を音楽のようだと表現したのですが、作者にとって自然な表現も、読者には飾っているようにしか聞こえません。その結果、現実感が損なわれてしまうのです。

【比較表現】

美しいや悲しいといった程度が、人によって異なるように、大小、高低、深浅といったものさしも、人によって異なるでしょう。大の字を付けたからといって、作者が感じた大きさを読者も同じように感じるわけではないのです。

句として成功するためには、実際の大きさを想像させるだけの表現の工夫が必要なのではないでしょうか。

大盛の秀衡椀の菜飯かな　皆川盤水

菫ほど小さき人に生まれたし　夏目漱石

あるときは船より高き卯浪かな　鈴木真砂女

秀衡椀を知っている読者なら大盛を想像できます。また、漱石、真砂女の句では、菫や船が比較対象となって、より具体的な表現になっているといえましょう。

一三四、感動と表現

一口に感動といっても、人によって何に感動するかは、様々でしょう。同じ場所に吟行しても、詠むものが違ってくるというのがそのことを如実に表しています。それに加えて、自分自身でさえ、詠んでみるまでは何に感動していたのか、正確には分からないということも多いのではないでしょうか。

それを感動の核心というならば、私たちは、俳句を通じて感動の核心をつかむ訓練をしているともいえましょう。自分が何に感動していたかを知ることは、俳句を構成する際にも必要ですし、なによりも自分自身を知ることにつながります。

ところで、私たちが、俳書や句会、助言などを通して学ぶことができるのは、殆ど表現技術が中心です。感動自体は、個々人のものですので、教えることはできないといってもいいでしょう。

つまり、感動を捉まえる訓練は、自分自身で行うしかないことになります。

最初に抱いたあの感じに近づくために推敲を繰り返し、それが出来上がったと思えたとき、あの感じの正体が何だったか本人にも分かるという次第です。

それは、見方によっては、とても刺戟的なプロセスといえましょう。岡田万壽美さんの句にこんな句があります。

そのうちに何かにはなる毛糸編む　岡田万壽美

俳句もおなじで、編み棒を動かすように句を推敲していくうちに、形を整えてくるものではないかと思われます。

作者のなかに強い感動があればあるほど、そこに向かって、ことばを選んでいくことができるでしょう。それが希薄だと、作句作業は、迷いの坩堝にはまり込んでしまいます。もともと感動がなかったなら、潔く捨てるというのも一つの方法かもしれません。

さて、句を推敲する過程では、いろいろと寄り道や廻り道をしがちですが、次の句でも大いに廻り道をしてしまいました。もともと恋猫と眼があって、その眼がいつまでも脳裏に焼きついてしまったことが発端だったのですが、それに気付くまで恋猫の声に纏わる句を延々と作りつづけたのです。

それでこの句は一度放棄したのでした。暫くして、自分が感動していたのは、あの眼だったと気付いたのです。

なんのことはない、出会った瞬間に焦点をあてただけです。まさに、恋猫の声に撹乱されてしまった反省の一句です。

恋猫とふと眼が合うてしまひけり　金子つとむ

一三五、季語の空気感

季語のなかには、例えば「暖か」や「爽やか」などのように自然現象としての意味と、心理的な意味の双方をもつものがあります。いくつか例句を挙げてみましょう。

暖かにかへしくれたる言葉かな　星野立子
あたたかや万年筆の太き字も　片山由美子
オリオンも三人家族あたたかし　鈴木渥志
夕方の顔が爽やか吉野の子　波多野爽波
爽やかに祈りの十指解かれたり　松浦敬親

これらの句はいずれも、自然現象としてより心理的な意味のほうにウエイトがあるように思われます。

これらの句は、季語というものを考えるうえで、とても参考になります。何故なら、「暖か」と「爽やか」を季語として読む場合とそうでない場合とでは、句の背景が変わってくるからです。

仮に季語とは知らないで読んだとすれば、掲句の季節はいつでもよいことになります。しかし、そのように季節を特定せずに読むと、どの季節を想定してもよい代わりに、どことなく居心地の悪さを感じないでしょうか。

その理由は、作者を取り巻く空気感が定まらないせいではないかと思われます。

逆に、季節が特定されると、暖かなことばを返してもらった作者は、暖かな春の陽気に包まれていることが明白になります。

同様に、今しがた終わった祈りは、爽やかな秋の陽気のなかで行われていたことがはっきりしてくるのです。

そうすると読者は安心して、作者のいる詩の世界へ入っていくことができるのではないでしょうか。

季語を働かせることで、読者は初めて作者のいる場所の空気感を共有することができるのではないでしょうか。それが、句の現実感、作者の存在感へと繋がっていくのではないかと思われます。

句の詩空間のなかで、作者は呼吸をしているのです。そこへ、読者も生身のまま入っていくことで、共感をともにするのではないでしょうか。

季語は作者と読者を繋ぐキーワードです。

暖かというだけで、読者は暖かな空気感に包まれてしまいます。同じように爽やかというだけで、爽やかさを感じてしまうのです。季語は、読者にとっても実感に繋がっているからです。

そこで作者が何かをいえば、「うんそうだ、その通りだ」と賛同することになるのです。

一三六、共感の母胎

誰しもいい句に巡り合ったとき、自分もこんなふうに言いたかったと思ったことがあるのではないでしょうか。様々な景物を眼にして、私たちのこころは少し動いたり、ときには激しく感動したりします。それらは、自分で表現しない限り、自分のなかでは「あの感じ」のままで止まっています。

私たちは経験を通して、無数の「あの感じ」を抱き、貯えているといってもいいでしょう。

一つの俳句に出会うということは、自分が抱いていた「あの感じ」を自分の代わりに表現してくれた句に出会うことだともいえるのです。

山崎正和氏は、『藝術・変身・遊戯』（中央公論社）のなかで、芸術的な表現について次のように述べています。

> コリングウッドによれば、感情とは刻々の感覚的刺戟にともなう一種の倍音のようなものである。だとすれば、刺戟そのものについてできることが感情についてできないはずはないのであって、私たちは感情それ自体をひとつのかたちにまとめることができるはずである。
> （中略）
> すなわち、人間が自分を満たしている感情に能動的に立ち向い、それがどのような感情であるかを、かたちにして把握する方法を考えたのである。そして、その方法こそ芸術的な「表現」と呼ばれるものであることは、も

はや念を押すまでもないであろう。（傍線筆者）

つまり、芸術的な表現としての俳句は、「あの感じ」に明確な輪郭を与え、十七音のことばとして定着させたものだといえるでしょう。

「あの感じ」とは、私たちのいのちが季節と出会ったこころのときめきです。それを表現するために俳句はあるといっても過言ではないでしょう。

書道では、短時間の間に一気呵成に文字を仕上げていきます。俳句も、こころのときめきを捉まえるために、一気呵成にことばを紡ぎだすのです。

どんなに感動しても、表現してみなければ、その正体を掴むことはできません。俳句は、作者の感情にかたちを与え、いまだ発見されていなかったものを発見することなのではないでしょうか。

そして一旦俳句として表現されるとこんどは作者の手を離れて、共感の母胎をもつ読者を、同じ発見に導いていくのです。共感とは、「あの感じ」を共有する作者と読者が、俳句を介してその正体をともに発見し、確かめ合う営みだったのです。

あたかかや衆生へ傾ぐ観世音　　金子つとむ

堂鳩の胸虹いろに春日さす　　同

一三七、詩的空間の構成要素

私が俳句は詩的空間だという最大の理由は、そこに作者がいるからです。一一五話で、詩的空間についてお話ししましたが、詩的空間の構成要素という観点から、さらに細かく例句にあたって考えてみたいと思います。

まず、詩的空間の構成要素として、私は次の四つを考えています。

①作者の存在（立ち位置）
②対象の存在（作者との距離感）
③季語のもつ空気感
④作者の感動（心理的色彩）

とどまればあたりにふゆる蜻蛉かな　中村汀女

作者は当事者としてこの句のなかにいます。ゆっくりと歩きながら、蜻蛉の群れに近づいてきます。作者がずっとみているのは蜻蛉であり、同時に、蜻蛉が掲句の秋の空気感を決定づけているといっていいでしょう。作者の歩みが、空間の大きさを形作っていくようです。

そして、「とどまれば～ふゆる」と捉えた作者の一語によって、この空間は、作者の心理的色彩に彩られることになります。読者もまたこの空間に入り、汀女と感動を分かち合うことができるのです。

芋の露連山影を正しうす　飯田蛇笏

作者は、芋の露を間近に見ています。そして、遠くへ眼をやると、連山を望むことができるのです。作者にとっての対象は、芋の露と連山ということになりましょう。

芋の露が、山国の秋の空気感を決定づけています。「正しうす」に作者の感動がこもり、いっそう張り詰めた空気に、身が引き締まるようです。

荒海や佐渡に横たふ天の川　松尾芭蕉

作者は本州の海辺にいるのではないでしょうか。眼前の荒海を隔てて、遠く佐渡島の島影を望むことができます。そして、その上には天の川。対象は、荒海であり、佐渡であり、天の川です。

まるで、眩暈を覚えるほどの壮大なスケール、宇宙的な広がりです。芭蕉の存在さえも、相対的に矮小化されてしまいそうです。佐渡は、そこに繰り広げられた人間の営みの歴史をも想像させてくれます。

夏草や兵どもが夢の跡　松尾芭蕉

『奥の細道』の高館での句ですが、前述の句と異なり、芭蕉の眼前にあるのは、夏草ばかりです。中七下五は、夏草を前にした芭蕉の感慨に過ぎません。

しかし、兵どもが夢の跡という措辞は、この地を過去へと遡らせます。芭蕉は夏草のなかに兵たちの幻影を見ているのです。夏草のある空間は現実空間でありながら、幻想空間へと変貌を遂げてしまったかのようです。

一三八、季語に代わりうるもの

私は、詩情を伝えるために、俳句では作者の感動の契機となった場所（場面）を詩的空間として構築し、読者に提示することが必要だと考えています。その空間では、作者がいて対象物と向き合い、自然の空気感のなかで、作者の感動が心理的な色彩を放っています。

この空間での季語の働きは、その空間の空気感を決めることです。作者がどんなところにいるのか、作者の包まれている空気感を読者が共有することができれば、詩情の伝達は、より容易になるのではないでしょうか。

季語の有無にかかわらず、一句のなかに作者が現実に存在するような空気感を表現できれば、句として通用するのではないかと思うのです。

これまでも無季俳句の試みがなされ、優れた句を生み出してきました。それらの句を手掛かりに、どんなことばが、実際に空気感を生み出しているのかを見てみましょう。

しんしんと肺碧きまで海の旅　篠原鳳作

船の甲板で、こころゆくまで海の気を吸っているのでしょうか。「肺碧きまで」の措辞が、明るい陽光を感じさせ、夏の海の空気感を存分に表現しているようです。

見えぬ眼の方の眼鏡の玉も拭く　日野草城

両眼の玉を拭くのはいつものこと、あるとき不意にそのことに気付いたのではないでしょうか。眼鏡を拭くということに意識が集中しているのは、やはり寛いだ時間のように思われます。

見えぬ眼の方という表現が加齢を思わせ、それがまた、冬の縁側といった相応しい場面を紡ぎだしてきます。何れにせよ、寛いだ時間のなかの一光景とだけはいえるのではないでしょうか。

鉛筆の遺書ならば忘れ易からむ　林田紀音夫

遺書を書くという場面は、ある種のこころの緊張を、読者にも強いるのではないでしょうか。

遺書を書く、それも鉛筆で書くという場面そのものに、ただならぬ空気が漂っています。

投函のたびにポストに光入る　　**山口優夢**

作者は、ポストの傍らでポストの内部を想像しているのでしょうか。私には、心理的に作者はポストに住んでいるように思えてなりません。そして、そんな光景は現実の世界のなかにもあるのではないかと思うのです。
作者は何故か光の側より、闇の世界により関心があるように見受けられます。その場所が、作者のこころの居場所なのかもしれません。

一三九、詩的空間の構成要素にみる主観俳句・客観俳句

詩的空間の構成要素を次の四要素と考えると、主観俳句と客観俳句の違いは、④の作者の感動の表出の仕方の違いということになります。

①作者の存在（立ち位置）
②対象の存在（作者との距離感）
③季語のもつ空気感
④作者の感動（心理的色彩）

まず、主観俳句の作品を見てみましょう。

冬の水一枝の影も欺かず　　**中村草田男**

奥木曽の水元気なり夏来る　　**大沢敦子**

花束のやうに白菜抱へ来る　　**上市良子**

草田男の句では、中七下五の強い調子が一句を貫いており、作者の感動は「欺かず」という擬人化表現となって表出しています。また、大沢さんの「水元気なり」もやはり擬人化です。白菜を一つ抱えたところを花束とみたてた上市さんの作品も、とても初々しい感じがします。感動の強さが擬人化や見立てを生むといってもいいかもしれません。

一方、客観俳句を見てみますと、

葛晒す桶に宇陀野の雲動く　　**渡辺政子**

笹鳴や渾身に練る墨の玉　吉村征子

海の日の与謝にはためく大漁旗　中川晴美

何れの句にも作者の感動を直接打ち出したような強い調子のことばも、擬人化や見立ても見当たりません。しかし、そのことがかえって、読者を句の世界へと引き込んでゆくように思います。

主観俳句の句では、読者は作者の主観に同調できない限り、その句の世界に入ることはできませんが、客観句では、作者が提示した句の世界に、読者はすんなりと身を委ねることができます。

そして、作者とおなじように、宇陀野の雲に悠久の時を感じ、墨の玉に遠く工人たちの歴史を思い、大漁旗に海に生きる人々の暮しを思うのです。

主観句が半ば強引に私たちの認識を揺さぶるのに対し、客観句は、私たちを静かな感動へと誘うのです。

もとより、その優劣を論じているわけではありませんが、主観俳句では読者を納得させるだけの認識の一語が要求されるため、より難しい表現ということがいえるかもしれません。

このように比較してみると、客観俳句は、そこに構築された詩的空間そのものが、すでに感動空間なのだということもできるでしょう。作者の感動は、それを句にしたということのなかに、作品そのものの成立過程のなかにいきわたっているのです。

一四〇、意識と無意識

俳句は、どこからやってくるのでしょうか。私には、無意識の領域からのように思われてなりません。

例えば、私たちは散歩すると様々なものに出会いますが、その時に限って路傍の草花や鳥や虫たちに眼を止めることがあるのは、何故なのでしょうか。

何か目的を持って探す場合と違って、普段は、見えているもののなかから心にかなうものを無意識に選別しているのではないでしょうか。そして、その驚きや感動は、長く私たちの心に留まることになります。

あのときの「あの感じ」を求めて、私たちは作句に入ります。荒削りながらもその瞬間にことばが生まれることもあるでしょう。そうでない場合は、あのときの「あの感じ」からことばを探ることになります。

何れにせよ、表現したい衝動が先にあって、「あの感じ」を表現しえたとき、作者にとって初めてその正体が分かるのです。表現された「あの感じ」は、詩情と呼ばれます。

一句を詠み終えたとき、詩情が豊かに広がってくるようであれば、その作品は成功したことになりますが、そこには大きな落とし穴があります。

それは、詩情が純粋に作品そのものから立ち上がってくるのか、それとも作品を含む作者の記憶全体から湧き上がってくるのか、作者自身には残念ながら、到底見分けがつかないからです。

雀来て大きく撓む穂草かな　　金子つとむ

この句は、何を意味するのでしょうか。これまで述べてきたことと照らし合わせると、およそ次のようなストーリーになります。

私は、ある時こんな光景に目を止めたのでした。そこから、何故だか分からないけれど、それを句にしたいと思いました。何か感じるものがあったからでしょう。そして、いつもの試行錯誤を経てこの句が出来上がったとき、私は初めて気付いたのです。私がいいたかったのは、自然の巧まざる美しさだったのだと……。

雀の重さは、わずか二十三グラム程といわれています。草の穂に雀が乗ったからといって、折れることはありません。大きく弧を描いて撓むだけです。私は、その弧をとても美しいと感じたのでした。

さて、読者はこの句に何を感じるのでしょうか。

もし、私自身が感じたように受け止めてくれる人がいれば、それは大きな喜びとなるでしょう。被講されたときの喜びは、まさにこの喜びなのです。

俳句を通して私たちは、感性どうしが認めあう喜びを日々実感しているのではないでしょうか。

一四一、信頼ということ

俳句という短詩文学が成立する背景には、ことばに対する信頼、さらにいえば人に対する信頼が横たわっているように思います。その信頼の上にたって、提示という方法によって感動の場面を描くのが、写生の方法ではないかと思うのです。

遠山に日の当りたる枯野かな　高浜虚子

この句は何を言っているのでしょうか。自分が感動した場面を提示しているだけで、何故感動したのかは言っていないように思われます。いや、言えないと言ったほうがいいのかもしれません。もし、それを言おうとすれば、俳句の文字数では到底足りないからです。

写生では、「いまここ」の作句現場から受け取った感動自体を描写するのではなく、感動をもたらした当のもの、つまり作句現場のなかから、感動に直結するものだけを取捨選択し描写するという方法をとります。

それが可能なのは、読者に対する暗黙の信頼があるからではないでしょうか。

一句は、読者にとって謎となって残ります。作者は、何故この句を詠んだのだろう。何が作者を感動させたのだろう。この句の背後にある、作者の言わんとしていることは何だろう……。この謎が、読者を立ち止まらせ、この句に引き入れるといっていいでしょう。

さて、掲句を読んだ読者は、何を思うのでしょうか。

遠山に当たる日差しは、どこかしら人をほっとさせ、希望の象徴のようにも見えます。それとは裏腹に作者の立っている場所には日差しがなく、冷たい風が吹いているかもしれません。さらに、遠山は、人の目標のようにも見えます。はっきりと人を惹きつける目標です。

また、もっと即物的にいえば、同じ枯野といっても、日が当たれば暖かく感じられるということもあるでしょう。枯色は、どちらかといえば暖色に近いからです。

しかし、作者は、本当は何を言いたかったのでしょうか。私には、どんな解釈を聞かされても、作者の虚子は、その全てに対して、「その通りだよ」と答えるような気がしてなりません。

俳句によって、擬似的に作句現場に立った読者は、その現場から様々のものを受け取るでしょう。いわば読者の数だけ、受け止め方は違うといっていいのかもしれません。そのような多様な受け止め方ができることが、俳句の持つ力、価値なのではないでしょうか。

それが詩情の正体です。全て説明がつくようなら、それはもはや俳句ではないといってもいいのです。

一四二、現場証明——俳句の臨場感

俳句をつくるケースとしては、実際に現場で写生して作句する場合もあれば、兼題などで半ば強制的に作る場合もあるでしょう。

兼題の場合は、過去の記憶を繙くことになりますが、全く未経験の場合には、例句などを見て空想でつくることになります。

空想で俳句をつくることはあまりお勧めできませんが、兼題には、見知らぬ季語を知って季語の世界を広げる働きがあります。自分だけで句作りをしていると、どうしても使用する季語が偏ってしまうからです。

たまたま兼題で、自分にとって未知の季語に出くわしたら、実際にその季語に出会ったときのための予習のようなものだと考えれば、気が楽になります。

俳句では、それほどまでに実感ということが大事になってきます。それは何故かといえば、実感のないところに、感動は生まれようがないからです。

実感を臨場感といってもいいかもしれませんが、それは、その場にいなければ分からないことであり、空想や理屈で導きだしたものとは、明らかに異なるからです。

さて、以前に句会で雪女という兼題が出たことがありました。雪女は空想季語ですので、勿論誰も見たことは無い筈なのですが、雪女を育んだ自然の厳しさというものはあるはずです。

そのような雪に対する実感があるか否かで、句作りは変わってくるのではないでしょうか。

雪女闇に近づく笛の音　　金子つとむ

私の空想句には勿論点は入りませんでしたが、この時の雪女の最高得点句は、次の句でした。

曲がり屋の梁のきしみや雪女　　三代川次郎

私の句と、三代川さんの句はどこが違うのでしょうか。ポイントは、「梁のきしみ」ではないかと思われます。

曲がり屋は知識でもでてきますが、梁のきしみには、実感が籠っているように思います。梁のきしみが、雪に対する恐れを具体的に示し、雪女を現出させる舞台を作っているといっていいのではないでしょうか。

実感の無い句は、どこか奇麗事で、つくりものに見えてしまいます。作句現場のなかで、あるいは記憶を辿るなかで、「きしみ」のようなキーワードを見つけることが、とても重要になってくるのです。

実感はその場にいなければ知り得ない作者の小さな発見といっていいかもしれません。

やはり、作者の実感から発せられたことばが、読者のこころを打つのではないでしょうか。

一四三、場所情報の不要なケース

季語には季節の情報とともに、大まかな場所情報が含まれます。例えば、冬菊といえば冬に咲く菊の花ですので、開く場所もおおよそ見当がつきます。

従って、季語とは別に場所や時間の情報を挿入しなくても、句としては特に問題がないことになります。

さらに進んで、次のようなケースでは、場所の情報は寧ろ不要とさえいえるのではないでしょうか。

それは、句意が、あるものの真実に迫るような場合です。

思いつくままに、例句を挙げてみましょう。

冬菊のまとふはおのがひかりのみ　水原秋櫻子

白菊の目に立てて見る塵もなし　松尾芭蕉

冬の水一枝の影も欺かず　中村草田男

流れ行く大根の葉の早さかな　高浜虚子

滝の上に水現れて落ちにけり　後藤夜半

俳句の5W1Hを考えてみると、いつ（W）、どこで（W）を季語が受け持ち、だれ（W）は通常私自身で、何をした（見る、聞くなど）が省略可能ということになれば、俳句は、

季語＋HOW（季語がどうだった）

を述べるだけで、成立することになるでしょう。

前述の例句は、全てこの形です。句意が本質に迫るとき、冬菊がどこにあったとか、冬の水の場所がどこだったかとか、滝の名前などは、むしろ不要な情報といえましょう。

季語がどうだったという文章は、別のことばでいえば作者にとっての季語の発見です。俳句は約めていえば、季語の発見の詩ということになります。

そこで、今度はそれぞれのＨＯＷの部分に着目してみると、そこには、作者ごとの類稀な発見（認識）を見てとることができるでしょう。季語の発見こそが、一句をなすための作句動機だったのです。

さて、対象を見つめることとは、対象を見つめる自分自身を見つめることでもありましょう。そのように対象が見えたということのなかに、作者の心境が焙りだされてくるのではないでしょうか。

秋桜子の句からは、どこかしら孤高の姿が感じられます。草田男の句からは、やや病的ともいえる程、極度に張り詰めた感覚が感じられます。

また、夜半の句からは、力強いいのちの躍動を感じることができるでしょう。

自分を偽らずに対象と向き合い、それをそのまま表現することで、俳句は作者のいのちの実相を自ずから映し出すものといえるでしょう。

一四四、すばらしき合評

倉田紘文氏の『高野素十「初鴉」全評釈』（文學の森）のなかに、素十の次の句に対する合評の場面がありますので、まずご紹介したいと思います。

摘草の人また立ちて歩きけり　　**高野素十**

〔評考〕この句は発表当時から話題の多い句である。いくつかの批評をあげてみよう。

○水原秋桜子　この句はある日われわれの句会の席上で出来たのであるが、私は見落して採らなかつた。この句は誰も見逃し易いやうな極く平凡な叙法が用ゐられている。或はあまり叙法が平凡な為に内容さえも平凡だとも思われ得る句である。実を言えば今でも少し平凡だと思つているのである。

○池内たけし　句意は今更申すまでもない。先に虚子先生が平明にして余韻ある句と云ふことを唱道せられたやうに記憶してゐるが、此素十君の句の如きは平明にして余韻あると云ふ点に於ても、更に又技巧も働いてゐる点でも優れた句であるやうに思はれる。同時にこの句の作者素十君にも敬服するが、かういふ俳句を選ばれる虚子先生によつて今日ある俳壇に安住して居られる気持ちが特にする。
○鈴木花蓑　私も此句をはじめてよんだ時に秋桜子さんの言はれた如く、平凡な句だと思つた。一体どこがいいのだろうと思つて繰り返し繰り返し味わつてゐるうちに、やうやくわかつたやうな気がした。
○高浜虚子　すつきりとした感じのする句である。此句のみならず素十君の句はさういふ感じのする句が多い。それといふのも写生の手腕がたしかだからである。要領を得てゐる写生であるからである。私がよく言ふ、抹殺しまた抹殺し、最後に只一つを残してこれを描くといふのは此間の消息である。（傍線筆者）

これを読んでいると、句の評価のみならず、各人の俳句に対する考えや態度といったものがよく分かって、とても面白いと思いました。

そして、この句の作者である素十を羨ましく感じたのです。それというのも、このように真摯に真正面から句を取り上げ、自身の信ずるところを正直に表明してもらえるというのは、作者にとってどれほどの喜びであろうかと想像するからです。

翻って、自分の俳句をこれほど批評してもらったことが、果たしてあっただろうかと思うのです。

この句評からは、俳句というものを通して、人々のたましいが純粋に触れ合っている感じがします。俳句という文芸は、それほどに人々を魅了するものだということを、あらためて感じたのでした。

一四五、季重なり？

今回は、高野素十の次の句を取り上げてみたいと思います。蝶といえば春なのに、春の蝶と何故いったかということです。このことは、季重なりを考えるうえでのヒントになるのではないかと考えたからです。

方丈の大庇より春の蝶　　高野素十

まず、倉田紘文氏の『高野素十「初鴉」全評釈』(文學の森)から、掲句の〔評考〕の部分を引用します。

一木一草もない相阿弥作といわれる石庭に臨んでの作。この句はぶきみなまでの静と、軽やかなる蝶の動、大庇の厚い暗さと蝶の明るさとの色彩の鮮やかさとが、極めて印象的である。

〝蝶〟はそれだけに春季であるのに殊更に「春の蝶」としたことについて、大野林火氏は「〈ハル〉の張った音からくる大庇の上の空の青さを引き出すためである。〈春〉はこの場合、虚辞であるが必然性がある」といい、楠本憲吉氏は「わざわざ〈春の蝶〉ということによって、〈春〉のおとずれを感じさせている」という。(中略)

「方丈の大庇より春の蝶　の句も、はじめは蝶一つであったのでありますが、夫では据わりが悪くどうしても満足出来ずに、遂に春の蝶として出来上がったと聞いてをります」(「素十さん」斉藤庫太郎＝『ホトトギス』昭和二十四年十月号)

それでは、掲句と初案では、どこが違うのでしょうか。なるほど、上五中七の重厚なフレーズに対し、「蝶一つ」ではどこか釣り合わない感じがします。

「春の蝶」とすれば、春の生命感を体現している蝶ということになり、見事に一句は釣り合うように思われます。この「春の」という措辞は、蝶といえば春に決まっているけれど、「そのまぎれもない春の」「蝶」というふうに、蝶を強調するために使われているのではないでしょうか。

季重なりは、『広辞苑』では、「俳諧で、一句のうちに季語が二つ以上含まれること。好ましくないこととされる。」とあります。季語二つ以上が季重なりというのは、とても分かりやすい定義です。問題は、季重なりといえば常につきまとう否定的な見解です。

「春の蝶」は、季重なりは好ましいとか好ましくないとか予断すべきものではなく、一句のなかで都度吟味されるべきことを示しているのではないでしょうか。写生の末に生まれた俳句を味わう過程で、季重なりの良し悪しが判断できればいいのではないかと思います。

大根を蒔いて蛙のとんでくる　　高野素十

畦塗りに雪一二片通り過ぐ　同

もの種を買ひぬ燕ひるがえり　同

一四六、季重なり？ 再び

前回、素十の次の句を取り上げ、一つの季語が他の季語を補強する様子を見てきました。

方丈の大庇より春の蝶　高野素十

季重なりは、一般的には季語のコントロールが難しいため、回避すべきものと受け止められていますが、素十の句のように季重なりが句を磐石のものにしている例も多数見受けられます。そこで今回は、季語同士の関係に着眼して、季重なりの句を考えてみたいと思います。

目には青葉山郭公初鰹　山口素堂

ここで巧みだと思うのは、目には青葉という六音の詠み出しです。これから初鰹を食そうとする場面でしょう。その席について、おもむろに目には青葉と詠い出したのです。当然、山にはほととぎすというのは、その声のことでしょう。さて、そのようにして食する初鰹の味は……。

ここでは、青葉も時鳥も初鰹を食するための最高のお膳立てを演じているように思われます。

句意は、どこを見ても目には青葉（視覚）、山には時鳥が啼くようになって（聴覚）、やっと初鰹の季節が到来した（味覚）ということでしょう。作者は、初鰹を食せる喜びを全身で表現しているのではないでしょうか。

秋天の下に野菊の花弁欠く　高浜虚子

この秋天の広がり、空気感はいかばかりでしょう。野菊は花弁欠くといいながら、それは少しも欠点ではなく、むしろ野菊としていのちを謳歌する精一杯の姿のように見受けられます。

秋天とその元にひっそりと咲く野菊は、堂々と渡り合っています。このような季語の関係は、むしろ肯定的に承認されるべきではないでしょうか。

畦塗りに雪一二片通り過ぐ　高野素十

畦塗りは春の季語ですので、この雪は春の雪です。頬かむりして、鍬で畦塗りをしているのでしょう。季重なりですが、この句には、少しも違和感はありません。むしろ、普通に見られる光景を射止めた句といっていいでしょう。

畦塗りは、まぎれもなく春のものですが、雪は、冬も春にも降ります。それゆえ、これは畦塗りの句なのです。塗畦と雪の対比が殊更美しく感じられます。

もし端から季重なりを回避しようとすれば、これらの句は決して生まれなかったのではないでしょうか。機械的に季重なりを回避しようとするのは、少し勿体無いような気がします。

むしろ、季重なりなど一切かまわずに作句して、作品が出来上がったときにその有効性を検証するだけでいいのではないでしょうか。季語の世界では矛盾しても、写生した自然の世界に、一切矛盾はないのですから。

一四七、季重なりの句の分類

季重なりが敬遠される理由の一つにその良し悪しが判断しにくいということがあるようです。しかし、いくつかの視点を導入することで、季重なりの句は、ほぼ三つの種類に大別することができます。

①同じ季節の季語が二つ以上ある場合でも、作者の眼前にあり感動の中心にあるものが季語となるでしょう。作者の発見したものや、「他でもない」「紛れもなく」等のことばを付けてしっくりくるものが季語といえましょう。

永き日も囀りたらぬひばり哉　松尾芭蕉

棒鱈の荷も片づきぬ初燕　石井露月

秋風や案山子の骨の十文字　鈴木牧之

「永き日も囀りたらないのは、他でもないひばりだよ」「棒鱈の荷が片付いたころ、初燕に気付いたよ」「骨が十文字の破れ案山子に吹いているのは、紛れもなく秋風だよ」などとなるでしょう。

②同じ季節の二つ以上の季語が、えもいわれぬ緊張感を醸し出す場合があります。次の句では、季語が二つながらに季語として働いています。季語を他のことばに置き換えてみると、それがよく分かります。

雪空に堪へて女も鱈を裂く　細見綾子

学僧に梅の月あり猫の恋　高浜虚子

春暁や音もたてずに牡丹雪　川端茅舎

綾子の句は、雪空はまるで女の心象風景のように思われます。仮に雪空を青空としたらどうでしょう。堪えての措辞は、雪空でこそいきるのではないでしょうか。

虚子の句は、学僧にとっての梅と猫にとっての恋との対比のように思います。梅の月という季語はありませんので、この月は、歳月の意味でしょう。この花も梅でなくてはならないように思われます。

茅舎の春暁に降る牡丹雪は、その白さが薄明かりのなかで幻想的に際立ってくるように思われます。

③季節が異なる場合は、作者がどの季節にいるのかを問うだけで、問題は解決します。季語は、便宜上季節が特定されていても、次の季節まで残る昆虫や、一年中見られる鳥や月などもあるからです。

小春日や石をかみ居る赤とんぼ　村上鬼城

春の月ありしところに梅雨の月　高野素十

夕月や納屋も厩も梅の影　内藤鳴雪

秋風や吹き戻さるる水馬　高橋淡路女

四五人に月落ちかかるをどりかな　与謝蕪村

俳句がいまここの地点から、作者の感動を詠むものだとすれば、一句の今が何時なのか、作者の感動は何かが分かれば、季重なりの問題は解消するのではないでしょうか。

一四八、説明しない句できない句

俳句が生まれる瞬間にどのようにことばは選択されるのでしょうか。そのプロセスはよく分かりませんが、恐らく自分のなかで感じた何かが、それに相応しいことばを瞬時に獲得するものと思われます。

推敲の場合でも、ことばに行き詰まった挙句に、突然思いもかけぬことばが閃くことがあります。どうしてそのことばが生まれたのか、本当のところはよく分かりません。

そんなふうに生まれて、理由は分からないがいい句のように思える場合があります。他人の句であっても、理由は分からないがどこかこころ惹かれる……。

そのような句は、無意識の深層から、いきなり意識の壁を突き破って生まれてきたような気がします。生まれたときの謎を含んでいる句というのは、何時までたっても面白い句のように思います。説明しようとしても、説明できない。短い俳句にはそういう側面があるように思うのです。

さて、雑誌で次の句に出会ったとき、とても不思議な気がしました。俳句らしくないなと思ったのです。しかし、一旦気になりだすと、益々その句に惹かれてしまいます。

筍が隠れてしまふ鍬が来て　　鷹羽狩行

掲句は、お伽噺の世界でしょうか。もしこの通りだとしたら、道理で筍が見つからないはずです。竹林は、笹に覆われて隠れる場所には事欠かない訳ですから……。

それにしても、作者は何故、掲句を作ったのでしょうか、恐らく作者自身にも判然としないのではないでしょうか。この句は、その刹那の作者の意識と無意識の「あわい」から生まれてきたのではないでしょうか。

吹きおこる秋風鶴を歩ましむ　　石田波郷

この句は、因果関係の句ではないように思われます。秋風と鶴の歩みが別々に起こったのに、作者には、秋風がそうしたのだと思われたのではないでしょうか。そういうふうに作者が感じたことのなかに、波郷の心境が映されているように思うのです。

筍は鍬を見ている（あるいは知っている）、秋風が鶴を歩かせる（あるいはそうしたいと思う）といっているようにも思われます。そんなばかなというのは簡単ですが、私たちの無意識は、それを完全に否定し切ることはできないのではないでしょうか。

そんな「あわい」から生まれた句は、いつまでも謎として残ります。その謎は、何度も何度でもその句に私たちを向かわせるのではないでしょうか。ある時、私にもこんな句が生まれました。

とんぼうのじつと時間の外にゐる　　金子つとむ

蜻蛉には、ひとの時間はないとその時確信したのです。

一四九、俳句の虚と実

俳句が作者の立ち位置から眼に映るものを写生するとき、それは、突き詰めていえば、作者のまなざしを写し取るのだといえましょう。

同じところを吟行しても、異なる句が生まれる背景には、当たり前のことですが、このまなざしの違いがあります。厳密にいえば、ある瞬間に同じ視点をもつものは、自分以外にはいないのです。

私たちが何を注視するかは、私たちのこころが決めることです。ですから、私たちのまなざしが選びとったものを並べるだけでも、私たちの内面を表現することができます。目に映るものを実とするなら、客観表現は実のみを表現するものといえます。

一方、私たちの思いをことばにすれば、主観表現になります。私たちの思いは自分にとっては実であっても、他人からは必ずしも推し量ることはできませんので、いわば虚といえましょう。

俳句の形式を虚と実の配分で考えますと、実だけで構成されたものと、虚実入り混じるものがあるといえます。

季語は、一部に空想季語があるものの全くの空想ではなく自然現象から発想されているため、実ということができるでしょう。従って季語を一つ入れるだけで、虚だけの句はできないことになるのです。

赤とんぼ筑波に雲もなかりけり　**正岡子規**

掲句は、赤とんぼ（実）、筑波に雲もなかりけり（実）となり、実＋実の句といえましょう。

夏草や兵どもが夢の跡　**松尾芭蕉**

この句は、夏草（実）＋兵どもが夢の跡（虚）となるでしょう。「兵どもが夢の跡」が芭蕉にとってどれほど実感があろうと、他人からみれば個人的な感慨であって、虚ということになるのではないでしょうか。しかし、芭蕉の虚がすばらしいのは、多くの人の賛同が得られるからでしょう。いわば普遍性のある虚といえるのです。

冬の水一枝の影も欺かず　**中村草田男**

この句の「欺かず」も、まさに普遍性をもつ虚といえましょう。人々が気付いているのにいえなかったことを作者が代弁してくれたのです。

初心の頃に写生句を薦められるのは、人々を納得させる虚の感慨を述べることが難しいからといえましょう。しかし、だからといって、実の句が易しいという訳ではありません。数多の事物のなかから自分のまなざしで、一つの事物を探ださなくてはならないからです。

個人的な感慨から、深い認識に裏打ちされた普遍性をもつ感慨となるに至って、俳句の虚は、人々のこころに響く虚となるのではないでしょうか。

一五〇、作者のまなざし

高浜虚子に、

川を見るバナナの皮は手より落ち　　高浜虚子

という句があります。青木亮人氏は、『その眼、俳人につき』（邑書林）という評論集のなかで、中村草田男が掲句を激賞したことを記しています（バナナと「偶然」）。

草田男の句評を引用すると、

洋々と流れてをる隅田川の陰気な川面へ作者は目を投げて居る。そして食べるともなく一本のバナナを食べて居る。やがてバナナは知らない間に力の弛められた放心状態の作者の指の間を潜って足元の地の上にぱたり落ちた、――ただ、それだけの偶然な事実。（傍線筆者）

バナナは夏の季語ですが、その情趣となると心もとない気がします。更にいえば、掲句はバナナそのものについてというより、バナナの皮を扱っているため、さらにその情趣は薄くなるのではないでしょうか。

そのため、掲句は逆に、既存の情趣に縛られることを逃れているともいえましょう。作者自身のことを詠んだのか、あるいは観察者として誰かを見ているのか定かではありませんが、仮に前者とすると、「川を見る」と「バナナの皮は手より落ち」との間には、時間的経過があります。

草田男が指摘しているように、作者は放心状態にあるのでしょう。何に捉われてしまったのか、読者にとっては大いなる謎です。バナナの皮が手より落ちたのに気付いたあとも、作者はまだ川を見続けています。川を見るという断定の句文は、作者が永遠に川を見ているのかと錯覚させるほど強いように思われます。

　バナナの情趣が薄いだけに、掲句をその情趣に統べることは難しいように思います。主眼はむしろ「川を見る」方にあるのではないでしょうか。

　『方丈記』の「行く川の流れは絶えずして、しかし元の水にあらず」のように、私たちが川を見るともなく見ているときの心境には、どこか無常ということが背後にあるように思われます。

　水も雲も風も、私たちは変転するものに包まれて生きています。そのなかで、偶然のようにバナナの皮が滑り落ちたのです。あの湿り気のある皮の重さが、落ちたときの鈍い音を暗示させます。

　そんなことにお構いなく川を見続けているのは、やはり川を見る作者を捉え続けている何かがあるからではないでしょうか。


松過のなんとはなしに橋の上　黛まどか

　橋の上に佇み、川をながめやる心境には、どこか共通点があるように思われます。

　虚子の句のどこかしら場違いのようなバナナも、却って近代的だといえるのかもしれません。

一五一、感動の焦点

　すでに何度か指摘してきたことですが、一句を成すということは、自分が何に感動していたのか、再確認する作業だといえましょう。

　推敲をしている段階で、一句があらぬ方向に進んでしまうことがありますが、それは、ことばに引きずられて、感動の焦点を見失ってしまった結果だといえるでしょう。かくいう私も、いつもそんなことの繰り返しです。

　さて、今回は、実際に私の句の推敲過程を通して、感動の焦点を見極めることの大切さを述べてみたいと思います。

　子どもが園児の頃は、花の季節になると車で二十分ほどの森林公園でよく花見をしたものです。子どもたちに人気の長い滑り台や、アスレチックなどもあって、子にせがまれてよく出掛けました。

　あるとき、花吹雪のなかで、子どもが懸命に落ちてくる花びらを掴もうとしていました。黙って見ていると、背伸びするだけでは足りないらしく、飛び跳ねたりしています。やがて、他の子どもたちも加わって、宛ら子どもたちの遊びと化したのです。

けれど、花びらは予想外の動きをするらしく、簡単には捕まえることができません。そんな光景が瞼に焼きついて、暫くたってから句にしようと思い立ったのです。

はじめは、花びらを掴もうとする子の動作を描出しようと心掛けました。

散る花をつかまむと子が手を伸ばす

つかまんと花に跳ねゐる子どもかな

伸ばしたる子の手を抜ける桜かな

けれども、思った通りの景になりません。次に一つ掴んだところに焦点をあててみました。

漸くに掴みし飛花を見せに来る

飛花一つ掴みて見せにくる子かな

飛花一つ掴みて戻りくる子かな

けれども、どうやってもしっくりこないのです。

そこで、もう一度、自分が何に感動したのか自問自答してみました。その結果、花吹雪のなかで懸命に花びらを掴もうとする子の姿だったと気付いたのです。

花吹雪一片を子が捕らんとす　　**金子つとむ**

決定稿からは、手を伸ばす動作も、跳ねる動作も割愛しました。みな「捕らんとす」ということばに代表させてしまったのです。

それが可能なのは、掲句は読者にとっても未知の景ではなく、足りないところは、読者が勝手に補ってくれると予想がつくからです。俳句が成立するのは、読者の体験や感性に対する暗黙の信頼があるからといえましょう。

一五二、例句をひもとく――春の入り日の美しさ

人はほんとうに感動したとき、それを表現するのは非常に難しいと感じてしまうのは何故なのでしょうか。どんなことばも自分が体験したことに比べれば、みな空々しいように感じてしまうものです。

ある時、田圃のなかで、春の入り日を落ちてしまうまで眺めていました。それを句にしようとしたのですが、なかなかうまくいきません。そこで、例句ではどのように表現されているか、先人たちの表現に当たってみることにしました。

春の日の傍題として、春の入り日が載っています。そこで、春の入り日に纏わる句を拾ってみました。

熟れて落つ春日や稼ぐ原稿紙　秋元不死男

とけさうな春の夕日を掌に　水野あき子

篁を染めて春の日しづみけり　日野草城

最初はまぶしくて見つめることの適わない夕日が、次第にきらめきを鎮め、やがて真紅の色をくっきりと浮かばせるまでの経過を、秋元不死男は、さらりと「熟れて」の一言で表現しています。

水野あき子の「とけさうな」とは、まさに春の夕日ならではのやさしさではないでしょうか。掌に受け止める夕日に、作者のやさしさが感じられます。

また、「篁を染めて」には、草城の春日を惜しむこころが、切々とひびいているように思われます。

今回のように、テーマをもって例句に臨んでみると、先人たちのそれぞれの捉え方をはっきりと見届けることができるように思います。

蒲公英の閉ぢて日の色極まりぬ　金子つとむ

私は、はじめ掲句を得ましたが、「極まりぬ」がいかにもこなれない表現のように感じていました。もう少し、さりげなく言えないものかとずっと思案していたのです。

そして、春の入り日の例句にあたっていくうちに、私が言いたいのは、沈みゆく春の日と蒲公英との交感ではないかと気付いたのです。

そこで、次のように推敲しました。

春日落つ畦のたんぽぽ眠らせて　金子つとむ

眠らせては擬人化であり、句を甘くしていますが、現時点ではこれで良しとしました。

これは、ほんの一例ですが、例句は先人たちの美に対する感性の宝庫といっていいものです。自分の表現に行き詰まったとき、先人たちが何を感じ、どう表現しているのか、例句に当たることは、とても有益なことだと思います。

また、漫然と例句に向かうよりも、何か一つテーマをもって臨むことで、新たな発見をする可能性が生まれてきます。ぜひ試されてみてはいかがでしょうか。

一五三、詩であるということ

けやき句会で、次の句が投句され、私も入選句として選びました。この句を選句していて少し気付いたことを述べてみたいと思います。

晩春の玻璃に夕日の来て沈む　今村雅史

掲句は束の間のできごとを切り取っていて、叙情的な句に仕上がっていると思います。この景を見届けるように、作者が景のなかに佇んでいるといえましょう。作者はどこか物思いに沈んでいるようにも見受けられます。

それでは、早速この景を読み解いてみましょう。実はこの句は夕日をどう受けとめるかによって、意味合いが違ってくるのです。

当初私は、夕日を光の意味に解釈しました。夕日の光が、窓ガラスを一瞬照らしたように鑑賞したのです。そうすると「沈む」が気になりだしました。

夕日が光の謂いなら、「沈む」ではなく、むしろ「消える」と言った方が適切ではないかと考えたのです。無論、理屈のうえでのことですが……。

晩春の玻璃に夕日の来ては消ゆ

こうすると、夕日の光が一瞬玻璃に宿って、ふっと消えたようなあえかな感じが生まれるのではないかと思ったのです。しかし、印象は鮮明になるものの、即物的な感じが際立ちすぎるように思えました。

今度は、夕日を文字通り太陽の意味に解釈してみました。すると、今度は「玻璃」が気になりだしました。玻璃はガラスの別称ですから、もし太陽の意味であるなら、寧ろ「窓」と言った方が分かりやすいのではないかと思ったのです。

晩春の窓に夕日の来て沈む

しかし、窓とするとそれは西向きの窓かなどといった邪念が湧いてきて、やはり理が勝ちすぎてしまうようなのです。玻璃といったときのあのまばゆさのようなものがでてこないように思えました。

そこで、文字通りこの夕日は、太陽でもあり光でもあるというふうに考えてみたのです。

すると掲句は、掲句のままで太陽でもあり光でもあるような情景をみごとに描き出していることに気付いたのです。

掲句は、俳句は詩であることを改めて認識させてくれました。詩であるということは、理屈ではないのです。背後に理屈が覗いてしまうと、句は途端に色あせてしまうように思います。

掲句の微妙なバランスは、「玻璃」の一語にあったのだと、試行錯誤の末に納得したのでした。

一五四、ことばの緊密さと美しさ

俳句では、花といっただけで眼前に花が咲き、荒海やといっただけで、眼前に荒海が現出します。これは、ことばの基本的な機能で、イメージ喚起力と呼ぶことができます。ここでいうイメージには、映像的な意味と心象的な意味の双方が含まれています。

そこで、俳句で花が「咲く」といえば、蛇足にきこえるか、さもなければ、作者は敢えて「咲く」といったことになり、強意の意味になりましょう。

一句のなかに蛇足のことばがあると、一句の美しさは削がれてしまうのではないでしょうか。俳句の美しさは、ことばの緊密さと密接に関わっているように思われます。

一句のなかに無駄なことばがないということで、作者の力量を量ることができます。例えば、

路地の子に花海棠の咲きそろふ　　金子つとむ

という句から、読者は、どんな光景を想像できるでしょうか。路地で子どもが遊んでいます。しかし、人数は明示されていません。

また、「路地の子に」は、路地の子のためにという意味となり、海棠が擬人化された表現となっています。擬人化は作者の思い入れの強さを表しています。

しかし、いちばんの問題は、「咲きそろふ」が蛇足か、強意かということでしょう。

「咲きそろふ」が強意となるためには、例年よりも大分遅れて咲いたというような情況設定が必須ではないでしょうか。掲句からそのような情況を読み取ることはできませんので、「咲きそろふ」は蛇足ということになります。

掲句の構成要素は、路地と子と海棠です。ここに、母と、人数の情報を加えたものが次の句です。

花海棠路地に母子の五六人　　金子つとむ

「咲きそろふ」を割愛することで、情景がより具体的になったのではないでしょうか。

ことばの無駄使いということでいえば、例えば接頭語の「お」はそれが無くとも意味が通じる場合は、やはり不要なことばといえましょう。

また、リフレインもその効果が顕著でない場合は、やはり蛇足になってしまうのではないでしょうか。その意味で使用に際しては注意が必要です。

最後に、接頭語の「お」が雰囲気を醸し出しているケースと、効果的なリフレインが、奥行きのある景を生み出しているケースをご紹介しましょう。

まま事の飯もおさいも土筆かな　　星野立子

山又山山桜又山桜　　阿波野青畝

一五五、独善句になっていないか

自分だけにしか分からない句を独善句と呼ぶことにします。もちろん俳句は他人に読んでもらうことを前提に作るわけですから、はじめから独善句を作ろうなどという人はいないはずです。

けれども、結果的に独善句ができてしまうのは、何故なのでしょうか。その理由は簡単にいえば作者の勘違いということになりましょう。ここでは、例句をもとに、独善句について考えてみたいと思います。

電柱を丸呑みにして葛咲けり　金子つとむ

心根のやさしき人や月今宵　同

前者は、一句一章の句です。詳細は省きますが、極論すれば季語とそれがどのようであったかというだけで俳句を作ることができます。掲句もそのような形になっています。季語の葛の花（葛咲く）が、電柱を丸呑みにして咲いているといっているわけです。

このとき、作者にはまさにそのように見えたのでしょうが、問題はこの丸呑みということばでしょう。

丸呑みは、全体を乗っ取るという意味で使われていますが、葛の花が乗っ取るというのはもちろん擬人化です。

擬人化が全ていけないわけではありませんが、作者としては、まずそれに気付くことが大切でしょう。その上で、その擬人化が読者も認めるものであるかどうかを検討する必要があります。

掲句は葛の生命力に焦点が当たりすぎて、肝心の葛の花の美しさが疎かになっているのが、最大の欠点ではないでしょうか。そこで、次のように推敲しました。

電柱に絡みて高き葛の花　金子つとむ

オーソドックスですが、高嶺の花の美しさに焦点を当て直したのです。

さて、後者は二句一章の句です。この句形では、それぞれの句文が独立していること、すなわち、句意が完結していることが大切です。

問題は、「心根のやさしき人や」だけでは、作者とその人の関係が読者には伝わらないということではないでしょうか。そこで場面が分かるように推敲しました。

心根にふれて語らふ月今宵　金子つとむ

こうすることで、心根のやさしき人は、自分と語り合う相手ということになり、やさしさといわずとも、ふれてということで、その意味を伝えることができるでしょう。

独善句は、相手も自分と同じように感じるはずだとか、自分だけが知っている情報を相手も知っているはずと勘違いすることで起こります。ですから、勘違いに気付くことができれば、簡単に修正することができます。独善句になっていないか、お互いに気をつけたいものです。

一五六、俳句以前ということ

まったく迂闊な話ですが、当地に引越して約九年、この地がかの高野素十の生誕の地であることを先頃初めて知りました。素十の句集『初鴉』を藤代図書館で探しあてたことがきっかけでした。

高野素十は、年譜によれば、明治二十六年三月三日に、茨城県北相馬郡山王村（現取手市）大字神住百六十番地に生まれています。素十の句は、それまで、

ばらばらに飛んで向うへ初鴉　　高野素十

方丈の大庇より春の蝶　　同

くもの糸一すぢよぎる百合の前　　同

づかづかと来て踊子にささやける　　同

また一人遠くの芦を刈りはじむ　　同

など幾つか諳んじておりましたが、弟子である小川背泳子の著書『高野素十とふるさと茨城』（新潟雪書房）を読んで、その人となりを知ることができました。

そのなかで、素十のことばとして伝えられている、『俳句以前』ということについて、お話ししてみたいと思います。

俳句とは、自分の生涯、生活の断面をみせるものであります。そんなことから私は俳句を作る場合で『俳句以前』というものがあり、その『俳句以前』を大切にしなければならないと思います。（中略）

そうすれば、自然の姿・美しさが諸君の前に出て来ます。あるしみじみとした感じが心の中に加わると思います。（大会筆記・背泳子）

また、ある箇所では、

私の句は「草の芽俳句」だとか「一木一草俳句」だとか馬鹿にされよったんですが、私はそう云われながら自分で充分満足しておる。
　世の中の或は自然の中の小さい一木とか一草とかそういうものを愛する、大事にする、という気持ちがなくて国を愛することも社会を愛することも出来ないのじゃないかと思うんです。(中略)
　一木一草を馬鹿にしている人間、そういうものは向うが私を馬鹿にしていると同じように私は軽蔑している。「一木一草」というものを私は死ぬまで大切にして機会あれば俳句に詠んでいきたい、そう思っている。(長須賀包容記)

　私なりの解釈をいえば、作者のものの見方・考え方がいわば『俳句以前』であって、そういうものがしっかり据わってくると、自分の目で心底から自然の姿・美しさを捉えられるということではないかと思います。
　一木一草を愛するこころが、素十俳句の根本にあるのだと、感じ入った次第でした。『俳句以前』、大切にしたいことばです。

一五七、句意と作意――俳句から受け取る二つのもの

私たちが他人の句を読むとき、作者から何を受け取っているのでしょうか。ここでは、高野素十の句をもとに考えてみたいと思います。

ひっぱれる糸まっすぐや甲虫　　　高野素十

この句について素十は、次のように自句自解しています。

　この句は、見たままです。甲蟲に糸をくっつけて、柱か何かへしばって置くとこの句の通り、いつまでも居ます。
　それが甲蟲らしいところかと思ひ作った句です。描写といふだけの句です。(『しほさゐ』昭和二十八年二月号)『高野素十とふるさと茨城』(小川背泳子著、新潟雪書房)

私たちがまず受け取るのは、文字通りこの句に描かれた情

景、つまり句意だといえましょう。しかし、この句の背後にある作者の創作意図、つまり作意といったものは、直接明かされることはありません。それは、作者が何をどう詠んだかということのなかに、全て含まれているといっていいでしょう。

句意が表の姿だとすると、裏には作意がひっそりと寄り添っているのです。句意には疑問の余地はないでしょう。素十が自解している通り、見たままを描写したのです。それでは何故素十はこの景を一句に仕立てたのでしょうか。素十の作意はどのあたりにあるのでしょうか。

先の自解では、素十は「それが甲蟲らしいところかと思い……」と述べています。

私見によれば、甲虫の甲虫らしさとは、甲虫が精一杯生きている姿、命の有様のことではないかと思われます。

作者は、その有様に共鳴し、そこに命の輝きを見たのではないでしょうか。

「ひっぱれる」は甲虫の自由な意思を、「まっすぐや」は、甲虫のありったけの力を表しています。

そして、甲虫のいのちは、本来自由で何ものにも束縛されないものでありましょう。

その一途さ、必死さが、私たちに、大げさにいえば生きる力を感じさせてくれるのではないかと思います。

同時に私たちは、素十という人間がそれを見届け、書き留めてくれたことに、人としての共感と信頼を覚えるのではないでしょうか。

この共感と信頼は、私たちの生きる力、精神的な糧となるものです。

作者が感動したことを正直に伝えようとするだけで、その姿勢が私たちの共感を呼ぶのです。

俳句は、自分を励まし、共に生きようというメッセージなのではないでしょうか。

一五八、対象との一体感

『その眼、俳人につき』(青木亮人著、邑書林)によれば、高浜虚子は、「写生俳句雑話」で「写生」を次のようにも説明しているようです。

例えば桜の花を見る場合には、その花に非常に同情を持つ。あたかも自分が桜の花になったごとき心持で作る。すなわち大自然と自分と一様になった時に写生句ができるのです。

虚子のいわんとしていることは、対象との距離感を失くせということではないでしょうか。実際に虚子の桜の句を見てみましょう。

咲き満ちてこぼるる花もなかりけり　高浜虚子

ここには、満開直後の充実した花の姿が描かれています。ほんの束の間、満開のひとときを楽しむかのような花の姿は、虚子が桜と一体と成り得たことで初めて感得した境地を示しているのではないでしょうか。

ところで、私たちが俳句によって伝えようとするのは、単なる事実の報告ではなく、その情景から感じた感動といっていいでしょう。そのために、事実をできるだけ正確に、上手く伝えようとことばを重ねていきます。しかし、正確に描写しても、逆によそよそしさを感じてしまうのは何故でしょうか。

それは、観察者の視点だけですと、冷たい傍観者の視点に見えてしまうからではないかと思われます。

花にこころを通わせず、傍観者の視線で詠めば、

咲き満ちて花片未だ零れざる

とでもなりましょうか。しかし、これでは、原句のもつ豊かさは表現できないでしょう。原句では、「こぼるる花がない」ということで、逆に咲き満ちたまさにそのひと時の充足を詠っているからです。

もう一度、原句に戻ってみましょう。原句には、虚子が満開の桜を見上げて、ふと洩らしたような自然なひびきがあります。しかし、桜と一体となるといっても、桜を擬人化して表現しているわけではありません。

心は対象と一体に、表現はあくまでも客観的にといったところでしょうか。

写生とは、事実の報告ではなく、作者独自の捉え方ということもできましょう。その捉え方は、対象と一体となることで生まれると虚子はいっているのです。

巣の中に蜂のかぶとの動く見ゆ　高浜虚子

流れ行く大根の葉の早さかな　同

夕立や森を出て来る馬車一つ　　同
躑躅あり一枚岩の真中に　　同
鴨の嘴よりたらたらと春の泥　　同

一五九、対象との距離感と共感の関係

私は春の畦道を歩いています。まっすぐな畦道には、どこまでも蒲公英が咲いています（①）。まるで、春の日差しをいっぱいうけた子どもたちが、ひとみを輝かせているようです（④）。

そのなかの一つにかがんでみると、花の蕊のあたりは、濃い黄色で、外側にいくと少し薄く見えます。それに、外側の一番大きなはなびらは少し反り返っているようにも見えます（②）。花びらがぐっと背伸びしているようです（③）。

さて、こんな状況のなかで、蒲公英を主役にしていくつかの句を作ってみることで、作者と対象との距離感が読者の共感に及ぼす影響を考えてみたいと思います。

①どこまでも蒲公英の黄の畦をゆく
②反りがちに蒲公英ひらく畦をゆく
③日の色に蒲公英ひらく畦をゆく
④蒲公英の眸みひらく畦をゆく

いかがでしょうか。文章の①から④の箇所に対応して、作句してみました。①から④になるに従って、作者と蒲公英との心理的な距離は近くなり、④では比喩と擬人化によって、蒲公英に没入しているといえましょう。

この何れの句にも、それぞれ支持者はいるかもしれませんが、例えば句会などに掲句を出したとき、最も多くの支持を得られるのは、②もしくは③のように思われます。

その理由を作者と蒲公英の距離感から考えてみたいと思います。

①蒲公英の黄の畦という表現は、作者の注目を表していますが、それ以上ではありません。蒲公英が黄という情報だけでは、殊更に注目している感じはでないでしょう。作者と対象との間に距離があると、感動が伝

わってきません。

②「反りがち」という表現が目に付きます。それは、作者が立ち止まり、ひとつの花を観察していることを意味します。「反りがち」を発見し、そう言い止めたことのなかに、作者の独自の視点が見えてきます。

③「日の色に〜ひらく」という措辞に、初め読者は違和感を抱くかもしれません。しかし、作者には、蒲公英は太陽の花のように見えたのです。「日の色に〜ひらく」は、主観と客観表現のあわいにあるように思われます。それほどに、作者は対象と一体となっているのです。

④最後は、擬人化です。花を眸になぞらえ、「眸みひらく」と詠んでいます。作者の感動が大きければ大きいほど、表現はたやすく擬人化に傾くでしょう。しかし、それがそのまま読者に伝わるかというとやや疑問です。

一六〇、いい句とは何か

読者がいい句に求める条件とは何でしょうか。俳句では類句・類想が嫌われるということのなかにそのヒントがあるように思われます。

たった十七音なのに、俳句では作品の独自性が求められているのです。それは、非常に難易度の高い要求のように思われます。何故なら、私たちにできるのは、たった十七音のことばの選択と配列だけなのですから……。

自分らしさもよく分からないのに、独自性を示すことなど本当にできるのでしょうか。しかし、答えは簡単です。本来ひとそれぞれが独自なのですから、自分が感じたことをできるだけ正直に表現することに努めればいいのです。

それが、「言うは易し、行うは難し」であることもまた事実でしょう。私たちは、もはや無心で絵を描くことも、無心で文字を連ねることもできないからです。知らず知らずのうちに、表現に無用な衣装を着せ始めてしまうからです。

『高野素十とふるさと茨城』（小川背泳子著、新潟雪書房）

のなかに、こんなエピソードが綴られています。

私（背泳子：筆者注）も花の句を作り投句しましたが、その中の一句「花の棒隣の花の毬に伸び」が先生の選に入りました。先生は「『花の棒』『花の毬』とはどんなことをいっているのか」と質問があり、「私は誰やらの句々に花の咲いていることを『花の毬』といっているのを思い出して作ってみました」と答えると「『花の枝』『花の中』でいいではないか。無理な言葉を使うな」と添削されました。

正直に表現することのなかには、普段使いのことばを使用するということも含まれているようです。作者の心情にことばがぴったりと寄り添うとき、佳句が生まれるのではないでしょうか。借り物のことばでは、自分の句にならないということではないかと思います。

作者の眼が、こころが捉えたものを正直に表現する、そのとき作品は自ずから作者を体現するといってもいいでしょう。俳句を長年続けていけば、いつしか作者が句であり、句が作者であるような幸福な関係が出来上がるのではないかと思います。

自分らしさを知るうえで、課題句はとても参考になります。他人の課題句と自句とを比較することで、物の見方の傾向を自覚できるからです。そして、ほんとうに独自性を獲得した句は、後々まで光を放つことになるのです。

ふだん着でふだんの心桃の花　細見綾子

蕗の薹食べる空気をよごさずに　同

チューリップ喜びだけを持ってゐる　同

仏見て失はぬ間に桃食めり　同

一六一、感動の現場

俳句が感動を表現するものなら、その感動の生まれた場所が、感動の現場です。

よく多作多捨ということがいわれますが、写生句では、感動の現場を叙景することで間接的に感動を表現しますので、作句力をつけるために、多作ということが推奨されているものと思われます。多捨とは何かといえば、私は、感動のないものは捨てるというふうに考えています。

たとえば、小さな野の花を見つけたとします。あっ、こんなところに花が咲いている……。ここまではただの発見です。感動とは、その花を見つけたことで、自分にもたらされたこころの変化です。芭蕉さんなら、さしずめ、次のような句になるのではないでしょうか。

山路来て何やらゆかしすみれ草　松尾芭蕉

よく見れば薺花咲く垣根かな　同

芭蕉さんの感動は、「なにやらゆかし」や、「よく見れば」の措辞に込められています。

私たちは、見つけたものを何でも句にしてしまいます。それは悪いことではありません。しかしその中から、感動のあるものだけを残し、他は捨てるのです。それが捨てることの本当の意味だと私は考えています。

発見は感動をもたらしますが、発見だけでは感動ではないことをよくわきまえておきたいものです。

ところで、推敲しているうちに、句が勝手にあらぬ方向へ行ってしまった経験はないでしょうか。そんな時、私は感動の現場に立ち帰るようにしています。何故なら、感動の現場には、自分が見落としていたものも含めて、初めから感動の引き金となった全てが揃っているからです。

ある時、こんなことがありました。一旦良しとした句を更に推敲してしまったのです。

花吹雪一片を子が捕らんとす　金子つとむ

花吹雪一片を子がまた追へり　同

感動の現場は、一句目通りだったのですが、推敲しているうちに、少し捻りたくなってしまったのです。二句目には、時間的経過が織り込まれ、少し物語性がでていますが、子のストレートな心情は薄れてしまいました。

感動の現場で表現するということは、一句目で完結するということです。短い場面ですから、いくらでも創作することは可能ですが、そこには、見えない作為が胚胎してしまうように思われます。

煮詰まったら、感動の現場に帰ってくることです。感動の現場で詠まれた句こそが、雲の峰の標榜する自分詩であり自分史となるのではないでしょうか。

一六二、作者の視点

今回は、山口誓子の句を手掛かりに、作者の視点と句の迫力について考えてみたいと思います。

夏草に汽罐車の車輪来て止る　**山口誓子**

掲句の迫力はどこからくるのでしょうか。それを考える手立てとして、原句の「汽罐車の車輪」を「蒸気汽罐車」に変えるとどうなるか、考えてみたいと思います。

夏草に蒸気汽罐車来て止る

如何でしょうか。多少の迫力は感じられるものの、原句のもつ、いままさに汽罐車の車輪が近づいてきて、眼前に止まったかのような迫力は消え失せてしまうでしょう。

両句の違いは、車輪の一語にあるのではないかと思われます。この一語が入ることで、文脈上、来て止まるものは汽罐車ではなく、車輪そのものとなります。車輪だけが、一気にクローズアップされるのです。

このとき、作者の視点は夏草とほぼ同じ位置に瞬時に移動します。そして、迫って来る車輪に向き合うことになるのです。

単に蒸気汽罐車が来て止まるのであれば、遠くで見ていてもいうことができますが、車輪が止まるとは、眼前で見ていなければなかなかいえないのではないでしょうか。

また、来て止まるという措辞は時間経過を表し、宛ら映画のワンシーンのようでもあります。

ついにその時が来て、蒸気汽罐車の鉄の塊と、夏草が間近で対峙することになります。片やエネルギッシュな鉄の塊、対するのは、夏草の旺盛な生命力といっていいかもしれません。

掲句は大阪駅構内での連作の内の一句と言われていますが、夏草だからこそ、汽罐車とみごとに対峙しているといっていいのではないでしょうか。

このように、掲句の迫力は夏草とほぼ同位置を占める作者の視点から生まれたといっても過言ではないでしょう。

誓子は、この視点を意図的に獲得したものではないかと思われます。何故なら駅の構内で実際にその立ち位置にたつことは不可能に近いと思われるからです。

この視点の獲得により、読者は、さながら夏草になったかのように、汽罐車からの風も熱気も感じることになるのです。このような臨場感のある句が可能なのは、ひとえに視点の位置によるものと思われます。

極端な視点の操作は、写生句を逸脱する危険を孕んでいますが、次の句では明らかに意図的な視点操作が行われています。

渡り鳥みるみるわれの小さくなり　上田五千石

一六三、擬人化の成功例

擬人化は主観表現の最たるもので、できるだけ避けるように指導されますが、擬人化で成功した事例はないのでしょうか。また、擬人化を成功させるポイントはどのあたりにあるのでしょうか。いくつかの例句をもとに考えてみたいと思います。

次は人口に膾炙された句ばかりですので、成功事例ということができます。

啄木鳥や落葉をいそぐ牧の木々　水原秋櫻子

芋の露連山影を正しうす　飯田蛇笏

冬の水一枝の影も欺かず　中村草田男

それぞれの句でどこが擬人化なのかを確認し、何故その擬人化が受け入れられるのか、考えてみたいと思います。

秋桜子の句は、赤城山での作といわれています。「落葉をいそぐ」が擬人化です。啄木鳥は秋、落葉は冬の季語ですが、「落葉をいそぐ」とすることで、季節が秋であることがわかります。これから冬に向かう切迫した感じが「落葉をいそぐ」にあります。

高原の実景を「落葉をいそぐ」ということばが余すところなく捉えており、啄木鳥の急かすようなドラミングとみごとなハーモニーを奏でています。

蛇笏の句は、芋の露が示すように、身近な見慣れた風景のように思われます。見慣れた山が、今朝は居住まいを正すように端整な姿になったというのです。

普段から見慣れている山だからこそ、作者はその変化にいち早く気づいたともいえましょう。

「正しうす」は擬人化ですが、逆にそのことにより、作者の山に寄せる愛着も、秋爽の山の佇まいも、より強く読者に迫ってくるのではないでしょうか。


最後は、草田男の句です。この句も蛇笏句と同様、「欺かず」の一語が冬の水の有り様をいっそう際立たせているように思われます。

「欺かず」はもちろん擬人化表現ですが、それが違和感なく受け止められるほど、読者はその景を容易に思い浮かべることができるでしょう。


「落葉をいそぐ」、「正しうす」、「欺かず」と見てきましたが、これらの擬人化表現に共通するのは、それが作者にとっては情景を表すための切実な表現だったということではないでしょうか。

そしてこれらの措辞により、実際の景がより鮮明に映像化されたということに、その成功の秘訣があるように思われます。

奥木曽の水元気なり夏来る　　大沢敦子

一六四、視点の明確化

前々回で、作者の視点は句の迫力に関係することを述べましたが、句を作っていると視点が不明確な句ができてしまうことがあります。現場で写生していても、表現が追いついていないのです。

例えば、私は長い間、次の句の問題がどこにあるのか気付きませんでした。

寒鯉を褒美に上がる川漁師　　金子つとむ

どうも句が平板で躍動感がないように感じられるのですが、その理由が何か、分からなかったのです。

しかし、あるとき、川はなくてもいいと考えて推敲を重ねるうちに、次の句ができあがりました。

寒鯉を褒美に漁師上がり来る　　金子つとむ

この句ができたとき、私は初めて原句の欠点は、作者の立ち位置の不明確さにあることに気付いたのです。立ち位置の不明確さは、そのまま作者の視点の不明確さにつながります。

川を上がる漁師の姿を作者はいったいどこから見ているのでしょうか。作者はどこかにいるはずなのに、それが分かるような表現になっていなかったのです。

原句では勿論句意は分かりますが、作者と漁師との位置関係が見えてこないのではないでしょうか。

寒鯉を褒美に漁師上がり来る　　金子つとむ

推敲句は、「上がり来る」とすることで、川を上がってくる漁師と向き合うように、作者の立ち位置を定めることができました。

推敲句は、誓子の「夏草に汽罐車の車輪来て止る」と同じ構造です。ただ、汽罐車の代わりに、漁師がこちらに向かってくるのです。

漁師がこちらに近づいてくることで、漁師の顔も寒鯉の大きさも次第に明瞭になってくる仕掛けです。ただ、やや散文的というのが難点です。

作者の視点を明確に打ち出すことで、句の現場、場面に臨場感が生まれます。それは、結果的に作者の視点に立つことで、読者もまた句を鑑賞しているからです。

句の現場に立つことができれば、読者も作者と同じように、漁師の誇らしい顔を覗き、寒鯉の艶やかな銀鱗を目撃することもできましょう。

場面を描く名手として、虚子を挙げることができますが、虚子の次の句からは、その空気感まで伝わってくるのではないでしょうか。

彼一語我一語秋深みかも　　高浜虚子

初蝶来何色と問ふ黄と答ふ　　同

一六五、物が見えるということ

私たちが何かの目的に向かって行動しているとき、その目的に私たち自身が捉われていればいる程、私たちの眼はその目的達成に適ったものだけを認め、それ以外のものは素通りしてしまう傾向にあるようです。

卑近な例でいうと、空腹でどうしようもないとき、私たちは食欲を満たすことに急なあまり、その味についてはあまり頓着しないのではないでしょうか。

人生に目的をもつことは大切ですが、目標にばかり捉われてしまうと、いまここに、どんなに美しい花が咲いていても、恐らく見過ごしてしまうのではないでしょうか。

俳句は「いまここ」の文学です。「いまここ」に意識を集中しないと見えてこないものを詠います。一旦俳句を始めてみると、野辺の草花に心惹かれたり、美しい夕日に見惚れたり、雀のしぐさに愛らしさを感じたりします。

物が見える瞬間というのは、私たちの心が、その物に寄り添った瞬間といってもいいでしょう。

虚子は、客観写生について次のように述べています。『その眼、俳人につき』（青木亮人著、邑書林）より。

例えば桜の花を見る場合には、その花に非常に同情を持つ。あたかも自分が桜の花になったごとき心持で作る。すなわち大自然と自分と一様になった時に写生句ができるのです。

客観写生ということばに惑わされてしまうと、事物をただ客観的に描写するというふうに受け止められがちですが、虚子は、そのまえに大前提があるのだといっています。

その大前提が、対象と一体となるということなのです。細部まで見つめるには、その物に同情する心がないとできないということでしょう。

しかし、対象と一体となった心持をそのまま表現したのでは、こんどは読者には伝わらないでしょう。

そこで、表現に際しては、一歩退いて客観的に表現するというのが、読者を想定した俳句の表現方法といえるのではないでしょうか。

対象と一体となるというのは、私たちの命が、花や虫や鳥の命を感じ、交歓するということではないかと思われます。

虚子をして、客観写生真骨頂漢といわしめた高野素十は、写生について、こんなことばを残しています。『高野素十研究』（倉田紘文著、永田書房）より。

俳句と云っても写生と云っても要するところ、その根本はその人の心によるものである。心の至らない句、又はその心持の出ておらぬ句は良い俳句とは申し難いのである。

流れ行く大根の葉の早さかな　高浜虚子

甘草の芽のとびとびのひとならび　高野素十

一六六、げんげ田――擬人化考

けやき句会で、次の句が話題になりました。

げんげ田に取り残さるる夕日かな　都賀さくら

私は採りきれませんでしたが、I氏が、特選に選ばれました。I氏の特選評をきいているうちに、私自身も初めてこの句のもつ詩情に気付きました。

I氏の特選評は要約すると次のようになります。

掲句は、子どもたちが去って、夕日だけが取り残された景を詠んでいる。子どもたちは、それまでお日様と一緒にげんげ田に遊んでいた。やがて夕方になって、子どもたちが帰ったあとに、夕日だけが寂しげに残っている……。

一方で採らない読者がいて、他方で特選に押す読者がいる。この極端な受け止め方の違いはどこからくるのでしょうか。簡単にいえば、読者によって句の読まれ方、あるいは読み解き方が違うということでしょう。

文法的にいえば、げんげ田に取り残されるのは夕日であり、通常は取り残されるものは人ですから、作者は夕日を人のように扱っている、つまり擬人化していることになります。すると、問題はこの擬人化が果たして成功しているかどうかということになりましょう。

Ｉ氏は、げんげ田に纏わる思い出がたくさんおありだったのでしょう。そして、「取り残さるる夕日」ということばがキーワードとなって、Ｉ氏の記憶を一気に呼び覚ましたものと思われます。

ここで、「取り残さるる」ということばの働きを見てみましょう。このことばは、それまでげんげ田に人がいたことを暗示しています。

それまで人（子どもたち）がいたのにいまはいなくなってしまった状況を「取り残さるる」といったのです。問題は、お日様も子どもたちと一緒に遊んでいたという思いをどこまで共有できるかということになりましょう。

情報を追加して、掲句の擬人化を避けることも可能です。例えば、

子ら去りてげんげ田に日の耀へり

作者にとっては「取り残さるる」が最もいいたいことだったと思いますので、この案は受け入れ難いかもしれません。ただ、伝えたいこととその表現にどう折り合いをつけるかは、実は一句ごとに悩ましい問題なのです。

げんげ田に遊んだ記憶が、掲句にとっての共感の母胎だとするならば、その他人の記憶をどう呼び覚ますのか。

名句と言われる句には、そうした記憶を一気に解き放つような優れたイメージ喚起力があるように思われます。

一六七、季語と表現領域　その一

あらゆる感動を俳句で表現したいと思うのは、貪欲すぎることでしょうか。また、それを実践してみるのは、無謀なことなのでしょうか。

ここでは、表現したいことがまずあって、それを俳句で表現しようとするとき、季語をどのように働かせることができるのか考えてみたいと思います。

最初に、感動が季節と無関係な場合と、季節に起因する場合に分けて、それぞれについてどのような季語の利用が可能なのかを見てみたいと思います。

①季節と無関係な感動を表現する

㈠　無季で表現する

㈡　川柳で表現する

(ウ) 季節にかこつけて表現する（季語を引き当てる）

②季節に起因する感動を表現する

〈既存の季語の情趣が肯える場合〉

(ア) 季語の情趣を味方につけて表現する

〈既存の季語の情趣が肯えない場合〉

(イ) 季語の情趣に新たな情趣を加えて表現する

(ウ) 新季語を創造する

(エ) 無季で表現する

このように見ると、季語はほぼあらゆる表現領域をカバーできることばといっていいのではないでしょうか。

①の季節と無関係な感動とは、恋愛や災害、事故、生死などの場合を想定しています。芭蕉の時代、いわゆる季語のない雑の句といわれたもののなかには、次のようなものがありました。

〔神祇・釈教・無常・恋・旅・述懐・懐旧・名所〕

季節に関係なくいつでも起こりうることですので、季語を付加するには及ばないと考えられたのでしょう。無季の例句を挙げてみましょう。

しんしんと肺碧きまで海の旅　篠原鳳作

戦争が廊下の奥に立ってゐた　渡辺白泉

また、季節とは直接関係のない感動であっても、私たちは季節のどこかの時点にいるわけですから、季語にかこつけて詠むことは可能でしょう。（①—ウ）四季の変化を人の一生になぞらえてしまう傾向があるように、私たちには、季語との特別な親和性があるように思われます。

②の季節に起因する感動を表現する場合は、たとえ既存の季語のなかで肯へるものが無かったとしても、既存の季語の情趣を変革したり（②—イ）、新たな季語を創造する（②—ウ）という選択枝が残されています。

時代の変遷のなかで既存の季語に新たな情趣が付加され、新しい情趣が発見されて新しい季語が生まれる。これらは皆、俳句作品を通してなされていくことなのです。

一六八、季語と表現領域　その二

前回無季俳句の例句として、篠原鳳作の、

しんしんと肺碧きまで海の旅　　篠原鳳作

をとりあげましたが、今回は、この句について、少し掘り下げてみたいと思います。

私には、掲句には夏の季感があるように感じられます。「しんしんと」は、通常、「しんしんと雪が降る」などのように使われ、ひっそりと静まりかえっているさまをいいますが、一つの事柄が延々と続くような印象を与えます。

掲句では、穏やかな大海原をゆく船上にあって、どこまでも紺碧の海をみつめ、海の気を吸っていると、肺の中までその紺碧に染まるようだといっています。

夏の季感を感じさせるのは、「碧」の効果でしょうか。それは、私の夏の船旅の経験がそう感じさせるだけかもしれません。しかし、作者にとっては、それは海の旅そのもの、いわば季節を超越した海の旅そのものだったにちがいありません。それ故、無季を選択したのではないでしょうか。

若山牧水の歌に、

白鳥は哀しからずや空の青海のあをにも染まずただよふ

がありますが、ここにも、ひたすらな青の世界がありますす。それだけに、白鳥が切なくも美しいのでありましょう。

海の旅の句は、やはり夏の海というような括弧つきの海の句ではなく、海そのものの句なのだと思います。このように、俳句で読みたいことのなかには、季節を超越していて、季語というものがそぐわないものがあるのも事実です。

表現行為として純粋に俳句をとらえると、初めに季語ありきなのではなく、結果的に季語の有無が決まるというのがほんとうではないかと思われます。つまり、

- 感動したことを五七五にまとめる
- 感動の引き金として季語の情趣があれば、季語を置く
- 感動に季語が関わらなければ、置かない
- 結果、有季又は無季の句ができあがる

問題は、季語の有無ではなく、掲句のように何かを表現しえているか否かということなのではないでしょうか。

自分が感動したことを表現するということを考え方の最上位におくと、季重なりの問題も、表現として伝わる表現になっていればいいということになるのではないかと思われます。

予め、有季だ無季だと決めつけるのは、表現行為ということから見た場合、かなり不自由な考え方といえないでしょうか。何かを表現したいときに、季語の要不要などほんとうはどうでもいい。問題の中心は、むしろ感動をどう表現するかに尽きるように思われます。

一六九、俳句のことば

俳句も詩であるなら、俳句のことばも詩のことばといっていいでしょう。ところで、初めから詩のことばとそうでないことばがあるのでしょうか。それを使えば何でも詩になるような魔法のようなことばがあるのでしょうか。

私は、詩のことばという特別なことばがあるのではなく、その詩が優れていればいるほど、ことばは詩のことばになっているのだと考えています。絵本画家の茂田井茂は、こんなことばを残しています（傍線筆者）。

雨の降る日は、
襖や壁間の絵や字を眺めたり、
向いの山を眺めたりしていると、
鳥がさも遠くへいくような飛びかたでとんでいく。

また、八木重吉にこんな詩があります。『八木重吉詩集』（思潮社）

素朴な琴

この明るさのなかへ
ひとつの素朴な琴をおけば
秋の美くしさに耐へかね
琴はしづかに鳴りいだすだろう

また、小島寅雄さんの歌集（『良寛と七十年』考古堂）の中に、次の歌を見つけました。

ひだまりにころがっているいしころに春がきているよう
なきがする

これらの作品に共通しているのは、作者が普段使っていることばで自分の心情を吐露しているということです。余所行きでない普段使いのことばだからこそ、作者の心情がことばに乗り移っているのではないかと思われます。

これらのことばは、みな詩のことばになっていると私は思います。何故なら、傍線を引いた箇所まで読み進むと、ぐっと胸に迫るものを覚えるからです。

そして、はるかな想いに誘われるのです。それは、一言でいえば、人というものの哀しさのようなものかもしれません。普段は見えない、ひとの心の奥底にあるものに触れた感じといったらいいでしょうか。


随分昔に、私もこんな詩を書いていました。

耳元を過ぎる風に
忘れていたはずのあの人の声を聞きました
きっと　思い出のなかから
秋風は吹いてきたのでしょう

だれにでも分かる平易なことばが詩のことばになる、いやむしろ平易なことばだからこそ詩のことばになるのではないでしょうか。

チューリップ喜びだけを持つてゐる　細見綾子

一七〇、再び、いい句とは何か

俳句は十七音ですから、少し慣れてくれば、ゲーム感覚でつくることも可能でしょう。そうして、ことばの面白さに目覚めていくことはそれなりに意味のあることではないかと思います。

また、句会で出される題詠では、経験が少なければ想像で詠んだりもします。一方では、自分詩、あるいは自分史として、自己に忠実に自分の感動のみを詠みあげていくこともできます。

どんな詠まれ方であれ、私自身は、作者の感動の見える句がいい句なのではないかと考えています。銘々が自分の好きな句を二つ三つ挙げてみれば、そのことはたちどころに納得されるのではないでしょうか。

一句をあげつらえば切りがないほど、いろいろと批評することはできます。例えば、季語がない、季語が動く、季重なり、句跨り、破調、文法的間違い云々。

しかし、いちばん大切なのは、感動が伝わってくるか否かということではないかと思うのです。

感動が見えるというのは、人として、一読者として、作者の感動に共感できるということです。それは生きていることの喜怒哀楽を共に味わうことでもあります。

そして、自戒を込めて思うのです。

■簡単にできるからといって、感動のない句を作ってはいないだろうか。
■逆にあまりの感動のために、ひとりよがりの独善的な句を作ってはいないだろうか。

「感動が見える」を分解すると、「感動」と「見える」となります。感動は、自分の感動ですし、見えるは、読者に分かるような表現の工夫ということになりましょう。

客観的表現をするのは、相手に伝わるようにとの思いからでしょう。主観的表現をするのは、それが自分の感動の止むに止まれぬ正直な表現だからでしょう。

■客観的に描写しながら、しっかりと感動を盛り込む。
■主観的に表現しながら、相手に伝わるように工夫する。

俳句表現は、この両者の間でいつも揺れているように思われます。

ことばを通して、見ず知らずの人の思いに共感できるということが、文芸の持つ最大の喜びではないでしょうか。

俳句の器に盛るべきものは、突き詰めていえば感動だけなのではないかと思われます。それを他人にも見えるように盛ることが、俳句の難しさなのだといえましょう。

たった十七音だけに、ことばの鍛錬なしには一歩も先へ進むことができません。それが俳句の難しさであり、面白さでもあるのではないでしょうか。

鶏頭を三尺離れもの思ふ　細見綾子

一七一、「いまここ」で見つけた喜びの歌

一日のうちでどれくらい「いまここ」に意識を集中してい

るかと問われれば、心もとない気がします。何かを考え出すと、私たちの心は自在に飛びまわってしまうからです。ですから、何か目的をもって「いまここ」に意識を集中させる必要があるといえましょう。

この原稿はパソコンで書いていますが、こうしてパソコンに向かっている間、少なくとは私の意識は、次々に現れてくる文字を追い、次の文章を考えることに費やされているといえます。

私たちが吟行にいって、手帳を片手に俳句をものしようと花の名前を尋ねあったり、神社の由緒書を眺めたり、鳥声に耳を傾けたりするとき、私たちは「いまここ」にいるといっていいのではないでしょうか。そう考えると、「いまここ」にいることは、むしろ特別なことのように思えてしまうのです。

一句を捻ろうと思って、眼前の景物に意識を集中しだすと、万物のいのちのいとなみの気配を感じ取ることができます。それはやがて、万物といっしょに自分が生きているという実感となって表れてくるでしょう。

「いまここ」は常に流動しています。

雲は流れゆき、光は移ろい、鳥影が空をゆくのはほんのひとときのことです。

そのなかから何かしら感興を覚えて一句をなせば、出来上がった句は作者と万物との交感の結果といえましょう。

万象のなかからその景が選ばれ、交感の証として句意が定着したのです。その一句には、既に作者がいるといっていいのではないでしょうか。

物はこちらが見ようとしたとき、初めて見えてきます。俳句を作ろうとするだけで、目がみひらき、物が飛びこんでくるのです。良い俳句ができたかどうかよりも、そうやって「いまここ」を生きる感じを味わうことの方が大切なことかもしれません。そこには、何かしら歓びの種が落ちているものだからです。

春から夏にかけて、草木は驚異的なスピードで開花し、成長し、太陽の恵みを存分に吸収します。鶫や尉鶲が北へ帰ると、代わりに南から燕や葭切がやってきます。早苗田には、遠くフィジー島の辺りから日本を経由して、アラスカ方面へ向かう胸黒（千鳥の一種）の群れが、一週間ほど滞在します。まるで、全てが走っているようです。

俳句をしていると大げさでなく、毎日が新しいと実感することができます。それは、昨日ではない今日、今日ではない明日、いつも「いまここ」に私たちがいるからです。俳句は

「いまここ」で見つけた喜びの歌なのではないでしょうか。

一七二、自分を写しとる写生

俳句の初心者に対して、俳句は五七五で季語一つ入れてつくると教えますが、これは正しいのでしょうか。これではただ俳句の形を言っているにすぎません。

もし仮に、「俳句で何を表現したいのですか」「何故俳句を選ばれたのですか」と問うたとしたら、どういうことになるでしょうか。

五七五で、季語一つというのは、知的なゲームのルールのようにも聞こえます。実際、十二音のフレーズに、よく合う季語を当てはめてみるといったゲームもできるわけです。また、江戸時代には、クイズ仕立てで付句を競い合う、雑俳と呼ばれる懸賞文芸が行われていました。

（前句）障子に穴を明くるいたづら

（付句）這えば立て立てば走れと親ごころ

俳句とは異なりますが、このようなことば遊びもまた楽しいことには違いないのです。

ところで、もし後者のように問われたら、俳句って何だか難しそうと大半が帰ってしまうかもしれません。それでも、そこには、大事なメッセージが含まれています。「俳句は自分の思いを伝える表現である」ということです。

私は長い間、写生とは自分を感動させた対象を写し取ることだと考えていました。けれども、最近になってそれは少し違うのではないかと気づいたのです。自然から感動を受け取るということは、それを受け止めた自分がいたということです。写生をすることは、それを受け止めた自分を写しとることだと気づいたのです。

自然が変化するように、私たちも変わっていきます。私たちが作り続けている俳句には、その時々の私たちがいるのではないでしょうか。それ故、自分詩は、自分史にもなりうるのだと思います。

高野素十は、俳句を鑑賞する際に、次の二つのことを大切にしたといいます（『素十の研究』亀井新一著、新樹社）。

素十が雑詠句評会において他の句について意見をいう

場合、はっきりとした視点を持っている。「外界から纏まった景色、感じというものが出て来るのを待っている。」ことがまず第一なのである。次にそのことがその人固有のことばとして、つまり「使うだけの心の要求がある」ことばとして表現されているかということが第二である。つまり、句を作る者の態度を相手の句にも要求している。（後略）

素十が「待っている」のは、感動といってもいいでしょう。それを表現するに相応しいことばが、「こころの要求のあることば」ではないかと思われます。

そのように詠むことで初めて、写生句は自分を写し取ったことになるのではないでしょうか。

一七三、自然の真と文芸上の真

水原秋桜子に〈「自然の真」と「文芸上の真」〉という有名な論文があります。秋桜子が虚子の膝下を離れ、昭和六年『馬酔木』十月号に発表したものです。『日本の名随筆　俳句』金子兜太編、作品社所収の当論文より、秋桜子の主張を引用してみます。

自然の真というものは、厳格に言えば科学に属することである。しかも文芸の題材となるべき自然の真を追求するには決して天才を俟たない。必要とするところは少量の根気のみである。（中略）

僕は「自然の真」というものは、文芸の上では、まだ掘り出されたままの鉱《あらがね》であると思う。鉱が絶対に尊いなら、つまりそれは自然の模倣が尊いということになるのだ。芸術とはそんなものではない。（中略）

「文芸上の真」は、言うまでもなく文学において絶対に必要なものである。これは決して自然そのものではない。「自然の真」が心の据え方の確かな芸術家の頭脳によって調理されさらに技巧によって練《ね》られたところのものである。しかして、頭脳の調理ということばの中には、もちろん想像力及び創作力の働きが十分に認められているのである。従って「文芸上の真」には、作者の個性が光り輝いておらねばならぬ。（傍線筆者）

端的にいえば、「自然の真」は鉱に過ぎず、そこに芸術家の加工が加わって「文芸上の真」になるのだということでしょう。傍線部は、まるで人間讃歌のようにも受け取れ、一種のアジテーションのように響きます。

これに対し素十は、次のように述べています。『高野素十とふるさと茨城』（小川背泳子著、新潟雪書房）より。

私の句は「草の芽俳句」だとか「一木一草俳句」だとか馬鹿にされよったんですが、私はそう云われながら自分で充分満足しておる。（中略）

一木一草を馬鹿にしている人間、そういうものは向うが私を馬鹿にしていると同じように私は軽蔑している。「一木一草」というものを私は死ぬまで大切にして機会あれば俳句に詠んでいきたい、そう思っている。（後略）

ここにあるのは、自然観の違いであり、俳句という短詩を詠むための共感の母胎の違いであると考えられます。私は素十の句は、秋桜子のいうような鉱ではなく、一木一草のなかに自然の実相、理を見据えた句ばかりだと思って感銘を受けるのですが、そう受け止められない人がいるのも、厳然たる事実なのです。

それ故、次の句はいまでも賛否両論のうちにあるといっていいのではないでしょうか。

甘草の芽のとびとびのひとならび　　高野素十

おほばこの芽や大小の葉三つ　　同

風吹いて蝶々はやくとびにけり　　同

一七四、共感の母胎の変化

『その眼、俳人につき』（青木亮人著、邑書林）に、中村草田男の万緑の句（昭和十四年作。『火の鳥』所収）について論じた件があります。

たとえば、俳句に深く関わった――というより厄介な世界に気付いてしまったというか――人であれば、次の句を山本健吉（有名な俳句評論家）のように「生命讃歌」とおよそ読めないことに気付くだろう。

万緑の中や吾子の歯生え初むる　　中村草田男

この句からはむしろ居心地の悪い、人間の意思と無関係に運行する自然＝生命の恐るべき力を、かすかな畏怖とともに見つめる草田男のまなざしの方が気にかかるはずである。

ここで、山本健吉の「生命讃歌」とあるのは、次の記述を指しているものと思われます。（『新版現代俳句　下』山本健吉著、角川選書）

『万緑の中や』――粗々しい力強いデッサンである。そして、単刀直入に『吾子の歯生えそむる』と叙述して、事物の核心に飛び込む。万緑の皓歯との対照――いずれも萌え出ずるもの、熾んなるもの、創り主の祝福のもとにあるもの、しかも鮮やかな色彩の対比。翠したたる万象の中に、これは仄かにも微かな嬰児の口中の一現象がマッチする。生命力の讃歌であり、勝利と歓喜の歌である。

私が驚いたのは、青木氏のような受け止め方もあるという事実です。正反対とまではいかないものの、讃歌と畏怖との間には大きな隔たりがあるように思われます。

青木氏の「居心地の悪い、人間の意思と無関係に運行する自然」という言い方には、自然との距離感を感じてしまいます。それは、現代人の自然との関わり方に起因しているのでしょうか。

レイチェル・カーソンは、『センス・オブ・ワンダー』（佑学社）のなかで、次のように述べています。

子どもたちの世界は、いつも生き生きとして新鮮で美しく、驚きと感激にみちあふれています。残念なことに、私たちの多くは大人になるまえに澄みきった洞察力や、美しいもの、畏敬すべきものへの直観力をにぶらせ、あるときはまったく失ってしまいます。

もしも私が、すべての子どもの成長を見守る善良な妖精に話しかける力をもっているとしたら、世界中の子どもに、生涯消えることのない「センス・オブ・ワンダー＝神秘さや不思議さに目を見はる感性」を授けてほしいとたのむでしょう。（傍線筆者）

私たちは、自然との交感のなかから季語を育ててきました。いま、既にこの交感が希薄になっているとしたら、私たちの俳句はどこへ行くのでしょうか。

一七五、選句の役割

一句は作者と読者に共通する自然観やことばのもつ共通のイメージなどを介して、読者の共感を呼ぶものと思われます。俳句で作者が手渡すことができるのは、たった十七音のことばの配列に過ぎません。

作者は、自分が感動した場面やキーワードを提示するだけで、自分が何に感動したのか、直接明かすことはないのです。それはそのまま謎として作者に手渡されます。

極端にいえば、俳句は一つの問いということもできましょう。それは、

「私の感動を受け止めてもらえますか」

という問いです。これに対して、選句は何かといえば、

「あなたの感動を私は受け止めました」

という答えなのではないでしょうか。

問いを発した作者が、心配と不安のなかにいるとすれば、選句はそれに対して安心を与えるものといえましょう。句会での名乗りの昂揚感は、晴れがましさというより、この不安から解かれることの開放感なのかもしれません。

さて、虚子のことばに、「選は創作なり」という有名なことばがあります。それに関して、秋尾敏氏は、平成十二年三月～四月に『読売新聞』日曜版に連載された『生き残る俳句』という文章のなかで、次のように述べています。

　だが選句という行為は、個人の言葉を外部の言葉につなぐ通路となって、人の内面を形成する力となってきた。『汀女句集』の序に、虚子の「選は創作なり」という言葉がある。それは、虚子が汀女の句の創造に荷担したという意味ではない。虚子は選句という行為を通して、中村汀女という俳人を作り上げたと言っているのである。

　選句には、異なるふたつの価値観が同居している。ひとつはその句が俳句と呼ぶにふさわしい姿をしているかということであり、もうひとつはその表現が独自の輝きを持っているかということである。一方で一般性を問いながら、他方で特殊性を問うというプロセスの中に、個人の言葉と社会の言葉との間合いを計り合う選句の本質がある。（傍線筆者）

選句にある二つの価値観とは、伝えるための形と、表現の独自性ということでしょう。形については、主宰の句形論を

参考に自分自身でも充分判断できるでしょう。
しかし、表現の独自性は、自分ではなかなか気付かないものです。正直に自分を表現していくことで、次第に姿を現してくるものと思われます。
運良く自分の表現というものを探りあてることができれば、これに勝る喜びはないのではないでしょうか。私たちの記憶に残る名句の数々は、何れもその人らしい独自の輝きを放っているように思われます。

一七六、写生の鍛錬

『評伝高野素十』（村松友次著、永田書房）のなかに次のような記述を見つけました。

さて、素十対花蓑はどうであったか。例によって秋桜子の『高浜虚子』から引く。大正十二年ごろのことであろう。素十、手古奈、たけし、花蓑らが互にホトトギスへ投句するための句を持ち寄り、主として花蓑とたけしが点検する会がはじまった。
その第一回に素十は、「団栗の葎に落ちてかさと音」といふ句を出した。すると花蓑の句も同じ団栗を題材としたものであったが、それは「団栗の葎に落ちてくぐる音」といふので、比較にならなかった。「いやな親仁だな、こっちは苦労してか、さ、と音と言ったのに、く、ぐ、る音なんて言いやがる。俺は今度あの親仁にくっついて行って教わるんだ。」素十は帰途の道端を歩きながら嘆息した。

吟行などでは似たような句ができることはままありますが、ここで紹介されている句は下五の三文字だけが異なるだけです。素十が、水原秋桜子に触発されて俳句を始めて間もない頃のことです。

団栗の葎に落ちてかさと音　高野素十

団栗の葎に落ちてくぐる音　鈴木花蓑

素十のことばにあるように、「かさと音」は、本人にとっても自信作だったのです。「かさと音」と聞き止めるのも写生ですが、さらに「くぐる音」と聞いたところにより深い写生があるように思われます。「かさと」は単なる擬音にすぎませんが、「くぐる」となるとまさに葎のありようが眼前に一気に広がってきます。

「かさと」と「くぐる」の間には、容易でない写生の鍛錬があるように思われます。花蓑もすごいと思いますが、それに脱帽した素十もすごいのではないでしょうか。何故なら、「くぐる」のすごさが分かるということは、それが目標となって、鍛錬次第では、いつかそこに到達できるということを意味するからです。

さらに、同書から素十の臨終の時の様子をご紹介します。

　この号（筆者注：『ホトトギス』大正十四年十二月号）に鈴木花蓑の四句が入選している。その第一句は、

　頂上や淋しき天と秋燕と　　東京　鈴木花蓑

である。素十は昭和五十一年十月四日永眠したが、その最後の病床で富士子夫人に向かってこの句をつぶやき、「うまい句だ」と言ったという。（略）この間に五十一年の歳月が流れているのであるが、素十はこの世の最後の瞬間に畏敬する花蓑の句をつぶやいたのである。

素十は、この花蓑の句を目標に俳句の道を歩んだのではないでしょうか。

一七七、実感と発話

『評伝高野素十』（村松友次著、永田書房）に、素十の次の句をめぐっての池内《いけのうち》たけし、高浜虚子のやりとりがありますので、引用してみます。

　この号（筆者注：『ホトトギス』昭和二年四月号）の雑詠句評会で素十の句がとりあげられている。

　麦踏の出てゐる島の畑かな　　高野素十

たけし　一見平凡なる景色である。ただ単にこの句を見れば何等の奇もない句である。然るにこの句のどこかに云ひ知れぬ興味と味はひを覚えるのはどういふ訳であろうか。

　次に素風郎の発言があるが略す。それにつづいて虚子の評がある。

　虚子の評の的確さ、深い洞察に感嘆する。

虚子　この句は陸地から海をへだてて島の畑を見たときの句であろうと思ふ。「出てゐる」といふ言葉から左の二つのことを連想することができる。

毎日見てゐる島の畑に、百姓の出てゐない日が多い。たまたま今日は麦踏に出てゐるのである――といふこと。それが一つ。

尚一つは、それが生きた人間で物を言ったり活動したりするといふことを感ずるよりもただぽつんと畑の中に出てゐる感じ、大空に月が出てゐるいふのと同じやうな感じ、――そういふ感じが出てゐる。それが、第二である。(略)

まさに名伯楽《ばくろう》によって名馬が生れてくる。その瞬間であるように思われる。

ここでは、虚子が名解説をした「出てゐる」ということばがどのように生まれたのか、少し考えてみたいと思います。

もし作句の状況が虚子の見立て通りだったとすれば、「出てゐる」は、虚子のいう状況下では普通に出てくることばではないかと思われます。

「おっ、今日は島の畑に人が出てゐるぞ、暫くぶりだな」

「ありゃきっと、麦踏だな」

私たちは、その場の状況に応じて、最も相応しいことばを選んで発話しているのではないでしょうか。もしこれが、遠望でなければ、出てゐるという措辞にはならないと思うのです。そういう意味では、素十はただ写生をしただけなのかもしれません。そして、その時の情景にもっとも相応しいことばを選び取ったのだといえましょう。

もし仮に作者がもっと近くで、人の顔も識別できるような近さで麦踏を見ているのであれば、素十の別の句のように、

歩み来し人麦踏をはじめけり　　高野素十

などとなったことでしょう。

「出てゐる」は、そこに作者がいたことを図らずも証明しているのではないでしょうか。その作者の実感のことばが、たけしの感動につながり、虚子の名解説につながったものではないかと思われるのです。

一七八、ことばの花

茨城笠間市の陶芸美術館で、没後二十年ルーシー・リー展を見ました。頂に薄皿を載せたような独特のフォルムの花器。そのキャプションには、次のようなことばが添えられていました。

リーは、さまざまな古典様式などを吸収しながら、純粋に存在そのものが美しい器を追求し、独自のスタイルを生み出していった。（傍線筆者）

「純粋に存在そのものが美しい器」、そのことばに触れたとき、ふとそれは花のようなものではないかと思いました。花はまさに神の創造物、言い尽くせないほどの美しさで私たちを虜にします。

翻って、俳句もまた一つの花、ことばの花でありたいと思うのです。私たちが、一字一句まで気を配り、推敲に推敲を重ねて一句を作り出すのは、ことばの花を作りたいからではないでしょうか。

――純粋に存在そのものが美しい俳句――

しかし、そのためには、ことばの美しさとともに存在感を手に入れなければならないでしょう。

『評伝高野素十』（村松友次著、永田書房）によれば、高浜虚子は、「秋桜子と素十」と題した講演のなかで、素十の以下の句を挙げて、次のように評しています。

蟻地獄松風を聞くばかりなり　高野　素十
水すまし流るる黄楊の花を追ふ　同
塵とりに凌霄の花と塵すこし　同
草の戸を立ちいづるより道教へ　同
門前の萩刈る媼も佛さび　同
花冷の闇にあらはれ篝守　同
道ばたに早蕨売るや御室道　同
傘さして花の御堂の軒やどり　同
菊の香や灯もるる観世音　同
くらがりに供養の菊を売りにけり　同

厳密なる意味に於ける写生と云ふ言葉はこの素十君の句の如きに当て嵌まるべきものと思ふ。素十君は心を空しくして自然に対する。自然は何等特別の装ひをしないで素十君の目の前に現はれる。

自然は雑駁であるが、素十君の透明な頭はその雑駁な自然の中から或る景色を引き抽き来ってそこに一片の詩の天地を構成する。それが非常に敏感であってかくて出来上がった句は空想画、理想画といふやうな趣はなく、何れも現実の世界に存在してゐる景色であるといふ事を強く認めしむる力がある。即ち真実性が強い。（傍線筆者）

虚子は写生の真実性ということに言及しています。真実性とは、一句の存在感そのものではないでしょうか。

夏野来てルーシー・リーの花に立つ　金子つとむ

一七九、自分を写生する

前項でご紹介したルーシー・リーの花器が花のようだとの思いは、私のなかで強く印象づけられました。そこで、はじめそれは、次のような句となりました。

爽やかや花のやうなる花器を見て　金子つとむ

しかし、これは私だけが分かるいわば独善句です。「花のやうなる花器」が、果たしてどんなものであるのか、作者にとっては当然のことが、この句の表面には語られていないからです。

そこで、読者は「誰のものか分からないけれど、花のような花器をどこかで見たんだな」という程度で、この句を通り過ぎてしまうのです。「花のやうなる」を「花の如し」とか、「花と覚ゆる」とかどんなにことばを変えてみても、作者の主観から一歩もでることはできないでしょう。それでも、花のようだという思いが強ければ強いほど、一度獲得したことばは手放し難いものなのです。

しかし、冷静になって考えてみましょう。「花のやうなる」という思いは、作者の主観に過ぎません。その花器をだれもがそう思うとは限らないからです。でもそんな感じのことを作者はどうしてもいいたいのです。それをいわなければ自分の作品ではないと思い詰めてしまうのです。

そんなとき、素十の次のことばに出会いました。『評伝高野素十』（村松友次著、永田書房）より、『ホトトギス』昭和三年五月号に掲載された「俳句の技巧と見方」と題した素十の講演記録を引用します。

月の友三人を追ふ一人かな　高浜虚子

この月の友の句で一寸思い出した事を申しますがこの月の友の中には虚子先生自身も居らるるのであります。客観写生と云ふ事のなかには自分以外の物のみを描く事元より客観写生でありますが、又かくの如く自分の心を遠くに置いて自分を眺める。自分の動作を凝視すると云ふやうな事もよくあるのであります。之も俳句としての

一つの手段であって、自分の立場、自分の行動を人に力強く印象する効果のある場合があります。（傍線筆者）

このことばを読み、自分の思いを述べるのではなく、自分の姿を客観的に眺めてできたのが次の句です。

爽やかにルーシー・リーの花器を愛づ　金子つとむ

素十はまた、同講演の別の箇所で、次のように述べています。

俳句に於ては殊に意識して省略を行はなければならない。省略と云ふ意味は単純なるものを単純に叙すると云ふのではない。複雑なるものを単純に叙するのが省略であります。（略）一片鱗を描いてしかもよく全体が感ぜられなければならない。（傍線筆者）

一八〇、感動再現力

俳句で、できるだけ正確に詳しく叙述するとどういうことになるでしょうか。私は紫陽花が好きで、なかでも萌黄の毬に色が少し見えはじめた頃の瑞々しい感じが特に好きです。紫陽花は、小花の密集した毬の、その花の先端辺りに最初に色が現れてきます。それが次第に広がって毬全体を染め上げていくのです。

その始まりを何とか句にしたいと考えました。そこで、

紫陽花の小花の先に藍浮かぶ　金子つとむ

としましたが、どうもしっくりきません。確かに、正確に詳しく叙すことで作者は何かいい得たような気分になってしまうものですが、たとえそれが事実で、しっかり写生できたように思えても、それだけでは足りないのです。

そこで、いろいろと考えてみると、作者の感動は、まさに色が見え始めたそのことにあるので、色が何色かというのはむしろ余計なことではないかと気付いたのです。余計なことなら言わないほうがいい。そこで、次のように推敲しました。

紫陽花や小花の先に色点して　金子つとむ

改めて、原句と推敲句とを比べてみると、原句にあるのは、どちらかといえば観察者の視点といえます。

一句がどんなことを言っているのか、どんなふうに言っているのかを検討すれば、作者の立ち位置、対象との距離は自ずから分かるものです。「小花の先」という表現から、作者は花を覗き込んで、その先に浮かんだ色が藍色であるところまでしっかり見届けています。

推敲句の立ち位置は原句と同じですが、むしろ、その花の色が見えた瞬間に焦点を当てています。萌黄色だった毬に初めて色が点した瞬間です。

ただ色が現れたという喜びが、『色』の一字になったのです。同じ色なら原句の方が正確に現場を表現できるのではないか疑問に思われるかもしれません。しかし、大切なのは、正しく伝えることよりも、感動を伝えることではないでしょうか。

一句の真実性、力強さといったものは、感動再現力からくるもののように思われます。作句の際には、自分に感動を与えたものが何であったのか、改めて自分に問うてみる必要があります。その感動が再現できるように作句することが、ほんとうの写生なのではないでしょうか。

感動再現力に優れた句が、はじめて読者を作者と同じ感動の現場に立たせるのです。推敲とは、感動再現力を高めるためのものです。それが唯一、自分の受けた感動を自分自身が知る手立てでもあるのです。

一八一、瑣末主義

高野素十は、主宰誌の『芹』昭和三十八年二月号で「瑣末主義」と題する本質論を展開しています。長文ですが、『評伝高野素十』（村松友次著、永田書房）より引用します。

「……裏は海」などと大景を詠んだ句が骨太なのではなく「……芽のとびとびのひとならび」がむしろ骨太だと感じ得ない人は不幸である。素十の全文を示す。

瑣末主義　素十

近頃寄贈を受けた日本女子大学教授中島賦雄著の現代俳句全講という本に次のような事が記されている。

（前略）素十俳句が一種の力感を供えるのは、このためであろう。

一堂のあれば一塔百千鳥
三日月の沈む弥彦の裏は海
東塔と西塔冬日その間

この力感が失われたとき、素十俳句は一種の瑣末主義におちいる。「草の芽俳句」とは、そのライバルであった秋桜子の素十俳句のこの傾向への批判を込めた呼称である。

甘草の芽のとびとびのひとならび

おほばこの芽や大小の葉三つ

朝顔の双葉のどこか濡れゐたる（後略）

早春の地上にはやばやと現れた甘草（正しくは萱草）の明るい淡い緑の芽の姿は、地下にある長い宿根の故であろうかこのような姿であった。一つのいとけなきものの宿命の姿が、「とびとびのひとならび」であったのである。それを私はかなしきものと感じ美しきものと感じたのであった。（傍線筆者）

甘草の芽のとびとびにひとならび　ではないのである。そして、逆に次のように質問しています。

「流れ行く大根の葉の早さかな」と「大根の葉の流れ行く早さかな」との両句の興趣の径庭を評者はよく、識別評釈し得るものなりや。

以下、私見を述べさせていただきます。

「流れ行く大根の葉の早さかな」は、虚子が九品仏へ吟行したおりの嘱目吟と言われていますが、小川を流れていく大根の葉に目が止まったのでしょう。上五の流れ行くには、大いなるものの上に乗って流れて行くといった趣があります。それは時間であり自然の運行そのものといってもいいでしょう。もちろん、眼前にあるのは大根の葉の端くれに過ぎないのですが、虚子はその背後に、大いなる流れを見ていたと言えるのではないでしょうか。

一方、「大根の葉の流れ行く早さかな」とすれば、流れてゆくのは、単に大根の葉だけになってしまうように思われます。上五に「流れ行く」と置いたことで、句全体に流れ行くものといったトーンがひびきわたるのです。これは、韻文の力といってもいいように思われます。

一八二、韻文のちから

前項でふれた韻文のちからについて、さらに詳しく検討したいと思います。『その眼、俳人につき』（青木亮人著、邑書林）のなかに、素十の句の上五の連体形に着目した次のような記述があります。

ゆれ合へる／甘茶の杓をとりにけり

ひつぱれる／糸まつすぐや甲虫
食べてゐる／牛の口より蓼の花
漂へる／手袋のある運河かな

これらの上五の連体形は、永遠に現在のまま動作を続けるかのようであり、ただそのようにあり続けるものとして句全体に響いている。

青木氏はまた、同書の別の箇所で素十の手袋の句を次のように評しています。

運河にあてどなく「手袋」が漂う……一読して情景は彷彿とされるが、この句がもつ雰囲気はそれのみではあるまい。人間の手から離れ、運河の水面に漂う「手袋」を目撃した時、私たちは誰かの落とし物と感じるのみでなく、遺品に近い不気味さを感じることはないだろうか。

この感覚を後押しするのが、上五「漂へる」である。それは「運河に手袋が漂っている」という内容をもたらす以上に、

漂へる／手袋のある運河かな

と「漂へる」が作品内容と少しずれたところで宙に浮いたように感じられる。

氏が指摘されていることを素十風に述べれば、「手袋の漂っている運河かな」と「漂へる手袋のある運河かな」では、俳句としては、明らかに意味が異なるのです。それは、俳句が韻文であることから来ているというわけです。

これは、前項で鑑賞した高浜虚子の、

流れ行く／大根の葉の早さかな　高浜虚子

にも当て嵌まるように思われます。少なくともこれらの句の形では、上五が句全体に響くようなちからをもっていることになります。

私たちが、掲句を俳句（韻文）として読むということは、上五、中七の間に僅かながらも休止を置くことを意味します。そうすることで私たちは、直接的には大根にかかる「流れゆく」を、一句全体に掛かることばとして、同時に手に入れているのです。

これをもっと意識的に行えば、そこに切字を入れるということになりましょう。切字で切られた上五もやはり、句全体に響いているのではないでしょうか。

閑かさや／岩にしみ入る蟬の声　松尾芭蕉

菜の花や／西の遥かにぽるとがる　有馬朗人

降る雪や／明治は遠くなりにけり　中村草田男

一八三、共感の母胎について

つらつら考えてみますと、たった十七音の俳句がその言わんとするところを多くの人に伝えることができるというのは、読者の側にそれを受け止めるいわば母胎のようなものがあるからだといえましょう。しかし、その母胎というのは、具体的にどういうものを指すのでしょうか。

日本語には日本人の精神、心性といったものが息づいていますが、単に日本語が分かるというだけでは俳句が理解できるということにはならないでしょう。やはり、先人たちの培った季語の情趣を肯うことができるかどうかに、それはかかっているのではないでしょうか。

日本人は農耕民族として、自然に対する感性を研ぎ澄ましてきました。それは、生き抜くための必須の条件だったからです。雲を見、風を読むことができなければ、折角育てた稲を台無しにしてしまうこともあったでしょう。何しろ、稲は年に一回しか収穫できないのですから……。

そこから、数千に及ぶ雨や風の名前が生まれたと言われています。風や雨を名付けた無数の人々は、俳句こそ作らなかったものの、季語の現場、その渦中にいたのではないでしょうか。一つの風の名前には、おそらくその風に対する濃密な実感がベースになっていたものと思われます。それ故、多くの人の共感を得ることができ、その名前が語り継がれる基となったのではないでしょうか。

誰かの俳句を私たちが理解できるのは、偏にことばに対する実感、とりわけ季語に対する実感があるからのように思われます。季語が継承されてきたのも、季語の情趣を肯うだけの実感が繰り返し人々の間で再生されたからだといえるでしょう。

何の説明もなしに手渡された十七音の世界が、私たちの五感やこれらの実感を通して追体験されるのです。実感のない季語や馴染みのないことばが使われていると、その句は殆ど理解不能ではないかとさえ思われてきます。

便利な生活が、私たちを自然から遠ざけています。日の出や日の入りの景色は、既に私たちの生活から遠くなりました。二重サッシの窓は、快適な生活を約束してくれる反面、風の音も雨の音も締め出してしまいます。

このようななかで季節を感じるには、私たちの方から自然に近づくことが必要ではないでしょうか。何も大げさなことではないのです。日差しを感じ、風を感じ、雨を感じるためには、できるだけ外にでて歩くことなのです。

歩くスピードは、私たちに自然の細々した営みを垣間見せてくれます。季節の景物に対する実感が、俳句の共感の母胎といえましょう。それが損なわれない限り、俳句は継承されていくのではないでしょうか。

一八四、五七五再考

俳句の詩形として五七五が定着した歴史的背景はさておき、実作者の立場から改めて五七五の句形を考えてみたいと思います。

以前に俳句は『感動瞬時定着装置』だと述べたことがありますが、それは主として俳句の短さのメリットをいったものです。今回は逆に、俳句の長さについて考えてみたいと思います。つまり、俳句は何ごとかを言うのに充分な長さかということです。

結論からいえば、答えは『イエス』です。それは、先人たちの名句の数々が既に証明しているのではないでしょうか。また、私たちが俳句を続けていられるのも、何かを表現しえたという満足感があってのことでしょう。

これが不十分ということになれば、俳句はどこまでいっても片言に過ぎないということになってしまいます。

ところで俳句ではよく省略ということが言われますが、省略ということばには、「本当はもっと言いたいけれど、字数が足りないので言えない」というニュアンスが含まれるように思われます。しかし、果たしてそうなのでしょうか。

私自身は、事情はむしろ逆ではないかと思うのです。「言いたいけれど言えないのではなく、言う必要がないから言わない」のではないかと……。

こんなことを言えば奇異に聞こえるかもしれませんが、実際俳句を作っていると、不要なことばを削っていくことが多いのです。それが何故可能かといえば、俳句ではリフレインの効果を狙う場合を除き、意味の重複を極端に嫌うからです。

その結果、一つ一つのことばは、それぞれが無くてはならないものとなって立ち現れるのです。一つ一つのことばが十全に働く美しさを、私は『ことばの石組み』と呼んでいるのです。


ところで、高野素十が省略ということに言及した次のような文章があります。『評伝高野素十』（村松友次著、永田書房）より引用します。


「省略」

俳句に於ては殊に意識して省略を行はなければならない。省略と云ふ意味は単純なるものを単純に叙すると云ふのではない。複雑なるものを単純に叙するのが省略であります。

それだから省略と云ふ言葉の意味は「単純なるものの中に複雑が蔵されて居る」ことである。一片鱗を描いてしかもよく全体が感ぜられなければならない。（傍線筆者）

くらがりに供養の菊を売りにけり　高野素十

一八五、初心ということ

私が初めて一眼レフカメラを手にしたのはだいぶ遅くて三十歳を過ぎてからでした。機種はミノルタのX700というものでしたが、初めて撮った写真のことを今でもよく覚えています。

それは、江戸川の土手で写した蒲公英です。何故か真上から撮ったので、構図は日の丸そっくり。後から、初心者が必ずやってしまう構図だと知りました。

それでもその写真のことを鮮明に覚えているのは、よほど嬉しかったからでしょう。それは、シャッターを押せば撮れる写真ではなく、絞りを決めて、露出を合わせて自分で撮ったと実感できる写真だったからだと思います。

人から見れば、何の変哲もない写真ですが、その写真を見るたびに、あの日のことをまざまざと思い出すことができるのです。

機械の操作に手一杯で、ただ写ってくれることを願って撮った写真。それが、きちんと写ったということに、ただ感動していたのでした。その写真は、私の初心をも写しているように思うのです。

初めて作句した頃を思い出してみましょう。初心の頃は誰でも、一生懸命物を見て、無我夢中で俳句を作っていたのではないでしょうか。

写真もアングルとか構図とか技術的なことが気になりだして、写真が撮れるという感動を忘れてしまいがちですが、俳句も同じではないかと思うのです。

水原秋桜子は、『俳句のつくり方』(実業之日本社) のなかで、その心得を次のように述べています。

(イ) 詩因を大切にすべきこと

作句にあたって、まず第一に大切なものは詩因であります。詩因というのは詩を成すもと、俳句でいえば、これを詠んでみたいと思った題材のことです。この詩因の大切さというのは、絶体的でありまして、俳句のよしあしは、ほとんど詩因によって決ってしまうといってもよいほどです。(略)

それならば、よい詩因をさがし当てるにはどうしたらよいでしょうか？　これがまたなかなかむずかしいことで、一朝一夕にそこまでゆくことは出来ないのですが、早く、そこまで達する心がけとして本当に美しいと見たものを詠む、或は、本当に心を打たれたものを詠む――この態度をくずさぬことです。(傍線筆者)

シャッターを押すだけで写真が撮れてしまうように、感動なしでも俳句は作れます。しかし、「本当に心を打たれ」ていないもので、相手を感動させることなどできるはずがありません。秋桜子は、その根本を突いているのではないでしょうか。

一八六、子規の季語論（その一）

正岡子規の『俳諧大要』(岩波文庫) の第四章に、俳句と四季と題した季語論があります。子規の季語に対する考えをひもときながら、現在との違いに着眼して考えてみたいと思います (以下、傍線筆者)。

一、俳諧には多く四季の題目を詠ず。四季の題目なきを雑といふ。

これは、連句以来の考え方です。子規は雑の句を否定しているわけではありません。四季の題目は、現在でいえば季語と考えていいでしょう。

一、俳句における四季の題目は和歌より出でて更にその意味を深くしたり。例えば「涼し」と言へる語は和歌には夏にも用ゐまた秋涼にも用ゐたるを、俳句には全く夏に限りたる語とし、（略）即ち一題の区域は縮小したると共にその意味は深長となしたるなり。

俳句は和歌より十四音短い分、真意を伝えるためには、四季の題目（季語）の意味をより限定的に扱う必要があったと思われます。それにつけて思うのは、副題のある季語の多さです。

因みに『角川俳句大歳時記』をみると、雪月花などの古くからある季語には、数十の副題が設けられています。副題を設けることで、季語の情趣をより限定的にし、作者の真意を伝えようとしたのではないかと思われます。

これに対し春潮、春泥、薄暑、万緑などの比較的新しい季語には、副題がないかあっても一つくらいです。茨木和生氏によれば（第四十九回子規顕彰全国俳句大会入選句集、記念講演「西の季語」）、春潮は高浜虚子、春泥、薄暑は松瀬青々が生みの親とのことです。万緑はご承知の通り、中村草田男が生み出しました。

新しい季語が生まれると、その季語のもつ情趣に賛同する俳人たちによって、多くの俳句が作られていきます。毎年毎年季語の情趣が確認され、うべなわれ、そこから派生する新しい情趣が発見されていきます。

新しい情趣から副題が生まれることもあるでしょう。季語のもつこのダイナミズムはまさに俳句の生命といってもいいのではないでしょうか。

一、四季の題目にて花木、花草、木実、草実等はその花実の最も多き時を以て季と為すべし。藤花、牡丹は晩春夏初を以て開く故に晩春夏初を以て季と為すべし。必ずしも藤を春とし牡丹を夏とするの要なし。梨、西瓜等また必ずしも秋季に属せずして可なり。

子規は、自然を主体に考えていたようですが、現在の歳時記では二季に跨る季語はないようです。春夏秋冬自体が人為的な区切りですので、それとの整合を考えると二季に跨ることは意図的に回避されたものと思われます。

一八七、子規の季語論（その二）

前回に引き続き、子規の季語論です。『俳諧大要』から引用します（以下、傍線筆者）。

一、四季の題目中虚（抽象的）なる者は人為的にその区別を制限するを要す。これを大にしては四季の区別の如きこれなり。春は立春立夏の間を限り、夏は立夏立秋の間を限り、秋は立秋立冬の間を限り、冬は立冬立春の間を限る。即ち立冬一日後敢て秋風と詠ずべからず、立夏一日後敢て春月と詠ずべからず。

ここで、季語の人為的な側面が入ってきます。ことばの人為的側面と言った方が適切かもしれませんが、秋風も春の月も厳密に運用せよといっているのです。実際の季節は、漸次移り行くものですが、季語の世界ではそうではない。

ここに自然と約束との乖離が見られますが、約束を厳密に運用するのは、季語を介した意思疎通をスムーズに行うためと思われます。

一、その外霞、陽炎、東風の春における、薫風、雲峰の夏における、露、霧、天河、月、野分、星月夜の秋のおける、雪、霰、氷の冬におけるが如きも皆一定するところなれば一定し置くを可とす。しかれども夏季に配合して夏の霧を詠じ、秋季に配合して秋の雲峰を詠ずるの類は固より妨ぐる所あらず。

子規には季語一つという考えはなく、自然の景物を優先しているように思われます。何故なら夏に霧があり、秋に雲の峰があっても、自然の景物として何ら不自然ではないからです。

一、四季の題目を見れば即ちその時候の連想を起こすべし。例えば蝶といへば翩々たる小羽虫の飛び去り飛び来る一個の小景を現はすのみならず、春暖漸く催し草木僅かに萌芽を放ち菜黄麦緑の間に三々五々子女の嬉遊するが如き光景をも連想せしむるなり。この連想ありて始めて十七字の天地に無限の趣味を生ず。（略）

子規は実作者として、季語の働きを熟知していたのでしょう。俳句は季語の理解なくしては、作句も選句も一歩も先へ進めないのです。

一、雑の句は四季の連想なきを以て、その意味浅薄にして吟誦に堪へざる者多し。（略）

子規は雑の句を否定している訳ではありません。ただ、その多くがつまらないといっているだけです。それは、季語の有用性の裏返しでもあります。

こうしてみると、子規は、季語の人為性をよくわきまえたうえで、自然の景物（真実性）との調和を図ろうとしたのではないでしょうか。季語一つという呪縛から抜け出せば、私たちの眼前には自然の景物という真実の世界が無限に広がっているように思えるのです。

一八八、俳句のリズム

まず、次のふたつの文を十七音の文章として読む場合と、俳句として読む場合の印象を比較してみたいと思います。

①朝風に紫陽花の毬ゆれ戻る　金子つとむ

②紫陽花の毬朝風にゆれ戻る　金子つとむ

単なる文章として読もうとすると少し抵抗があるかもしれません。文章ならば、

①朝風に紫陽花の毬（が）ゆれ戻る

②紫陽花の毬（が）朝風にゆれ戻る

とすべきだからです。しかし、意味の上からいえば、この文章はどちらも同じ意味を伝えることができ、どちらでもいいということになるのではないでしょうか。

一方、俳句はどうでしょうか。俳句として読むと両者は明らかに違います。②の句には、いわゆる句またがりという現象が起きているからです。五七五の韻文として読もうとするから、句またがりになるのです。両者を文節で分けてみると、

①朝風に／紫陽花の毬／ゆれ戻る（五／七／五）

②紫陽花の毬／朝風に／ゆれ戻る（七／五／五）

私たちは五・七・五の韻律をからだのなかに持っていますので、それとの比較で両者の印象を違ったふうに捉えるのです。

①の句は、文節が五七五にきっちりと収まることで、安定した印象を与えます。そして、この印象は意味のうえにも反映され、大きく立派な紫陽花を想像することになるのです。また、上五に置かれた「朝風に」の残音効果で、この風が一句のなかに吹き渡っているように感じられるのではないでしょうか。

それに引き換え②の句では、同じことばを使っていても、なんとなくぎこちない感じがします。それは、七五五というリズムのせいではないかと思われます。

俳句は五七五の韻文です。作者がこの韻律に載せたものを、読者もまた同じ韻律で味わってくれます。それは、ほんとうに短い音楽といってもいいかもしれません。しかしそこから、作者の気息を感じ取ることもできるのです。

また、文章では助詞の「が」が必要でしたが、俳句では必要ないというのも、この韻律のおかげといえるでしょう。五七五のリズムは、互いにやわらかく繋がっているからです。このリズムを確認するには、声に出して読むのが一番です。俳句は殆ど黙読されますが、本当は声に出して吟誦するのがいちばんではないかと思います。

その意味で、披講を行う句会は、優れたシステムといえるのではないでしょうか。

一八九、一句の真実感

一つの句を読んで、私たちが感動を覚えるのは何故でしょうか。まるで、雷にでも打たれたかのように、その句が私たちを捉え、覚えようとしなくとも深くこころに刻まれてしまうのは何故なのでしょうか。誰でもそんな句を二つ三つ持っているのではないでしょうか。

今回は、その理由を考えてみたいと思います。私の好きな句に飯田蛇笏の句があります。

芋の露連山影を正しうす　飯田蛇笏

私は山国の育ちではありませんが、趣味で高山植物を撮り歩いていた頃、何度もこのような景色に出会いました。何か心に残るものがあって、記憶に留めていたのでしょうが、その時風景は私たちに何かを語りかけていたように思うのです。

それがことばにならずに年月をへて、句を読んだ瞬間に突然まざまざと甦ってくる。それは、風景が私たちに語りかけたものに、初めてことばが与えられた瞬間といってもいいでしょう。

一句によって、私たちの記憶や実感が強く甦ってくるとき、私たちは、その句にどうしようもなく惹かれてしまうのではないでしょうか。

とどまればあたりにふゆる蜻蛉かな　　中村汀女

汀女のこの句も、私を遠い少年時代へと誘ってくれます。このような光景を私自身何度も体験しているため、この句も忘れられない句となっています。

これらの句に共通しているのは、ただ単にそういう光景を見たことがあるということだけでなく、その時に感じたことばにならない感じを再現してくれることです。

具体的には、「正しうす」や「ふゆる」といったことばが、私を記憶の現場へと連れ去ってしまうのです。このことばの力だけでも、俳句はすごいものだと私は思います。

ところで、水原秋桜子は、『俳句のつくり方』（実業之日本社）のなかで、相馬遷子の句を次のように評釈しています。

月高く稀なる星のうつくしき　　相馬遷子

（略）こういう句も、やはり空をよく観察しているから詠めるので、空想で詠もうとしても、決して詠めるものではないのです。（傍線筆者）

稀なる星とは、月明かりのなかでも見えるとりわけ明るい星のことです。一句の真実感は、作者の発見からきているのではないでしょうか。

作者の写生に裏打ちされたものだからこそ、私たちはそこに真実を見、共感を覚えることができるのです。写生は共感の仲立ちといえるのではないでしょうか。

一九〇、明治の改暦

明治五年の十二月に、庶民にとっては青天の霹靂ともいうべき出来事が起こりました。それまでの太陰太陽暦から、太陽暦への改暦です。俳句界への影響を三つの観点から考えてみたいと思います。

①何が起こったのか

「明治五年（1872）十二月三日を以って、明治六年（1873）一月一日とする」

明治政府は明治五年十一月九日（西暦1872年12月9日）に改暦詔書を出し、時刻法も従来の一日十二辰刻制から一日二十四時間の定刻制に替えることを布達したのでした。

布告から施行までわずか二十三日というスピード実施は現在では考えられない暴挙ですが、その背景には政府の台所事情が絡んでいたようです。

②何が変わったのか

旧暦（太陰太陽暦）では、冬至を含む月の朔日（月齢ゼロの日）を十一月一日と定め、一年の始まりはその二カ月後の朔日でした。本来ならば太陽暦の一八七三年二月一日が新年だったわけです。旧暦では、新年は春から始まっていました。そこで、初春（はつはる）という新年の季語は、文字通り春の初めでもあったのです。

しかしこの日を境に、初春（はつはる）という新年の季語に季節としての春の趣は無くなりました。立春以降の初春は「しょしゅん」と読んで区別します。

③俳句界がどう対応し、乗り越えたのか

それまで文字通り春の初めであった新年は、これ以降は晩冬になってしまったのです。そこで、それ以来歳時記では、新たに新年の項目をたてることになりました。

春夏秋冬は文字通り季節を表すことばなのに、新年という項目だけ場違いな感じがするのはそういう事情です。

ところで、純粋の太陰暦では、一年は354日（29・5×12）で、太陽暦に比べると十一日少なくなります。これをそのまま使い続けると暦と実際の季節が大幅にずれてしまうため、十九年に七回、約一カ月分のずれを解消するため閏月を設け、一年を十三カ月としたのが、太陰太陽暦です。

その補正のため、二十四節気の中気が本来割り当てられた月のうちに含まれなくなったとき、その月を閏月としたようです。閏月の月名は、その前月の月名の前に「閏」を置いて呼んでいます。最近では二〇一四年に閏九月が挿入されました。

このような事情があるため、新年の句の季節背景は、明治以前と以後で異なることになりますので、注意が必要です。

但し、二十四節気を基本とする春夏秋冬の季節感には変更はありません。

一九一、季語に対する考え方――子規と虚子

まず、正岡子規の四季の題目に対する考え方を『俳諧大要』（岩波文庫）から拾ってみます。文末をみると執筆日は、明治二十八年十月二十二日〜十二月三十一日とあり、子規二十八歳の折の論考です（以下、傍線筆者）。

一、四季の題目をみれば即ちその時候の連想を起こすべし。

一、四季の題目は一句中に一つづつある者と心得て詠みこむを可とす。但しあながちなくてはならぬとには非ず。

一、俳句をものするには空想に倚ると写実に倚るとの二種あり。初学の人概ね空想に倚るを常とす。空想尽くる時は写実に倚らざるべからず。写実には人事と天然とあり、偶然と故為とあり。人事の写実は難く天然の写実や易し。偶然の写実は材料少く、故為の写実は材料多し。故に写実の目的を以て天然の風光を探ること最も俳句に敵せり。

子規は、俳句に適しているのは天然の風光を探ることであり、四季の題目（季語）は、その時候の連想を呼び起こすので、利用するに越したことはないと言っているように思われます。非常に明快な論法です。

次に、高浜虚子の考えをみてみましょう。虚子編『新歳時記』（昭和九年、三省堂）の序文から引用します。

本書は季題（筆者注：『ホトトギス』では季語ではなく季題と呼ぶ）の取捨に最も重きを置いたが其方針としては、

俳句の季題として詩あるものを採り、然らざるものは捨てる。

現在行なわれているゐないに不拘、詩として諷詠するに足る季題は入れる。

世間では重きをなさぬ行事の題でも詩趣あるものは取る。

語調の悪いものや感じの悪いもの、冗長で作句に不

便なものは改め或は捨てる。

選集に入選して居る類の題でも季題として重要でないものは削り、新題も詩題とするに足るものは採択する。


虚子の考えのキーワードは「詩」ということばにあります。虚子はこの序文の別の箇所で、「季題は俳句の根本要素であるが、既刊の歳時記を見るに唯集むることが目的で選択ということに意が注いでなく」と述べており、既存の歳時記に対する不満からの編纂であることを宣言しています。

子規と比較して、虚子が季題（季語）をより重要視していたことが窺えます。


子規と虚子の間には、有名な夕顔論争があり、二人の季語に対する考え方の相違が生んだ事件といわれています。

季語には、眼前にあって体感できる自然物としての側面と、長い歳月をかけて練り上げた詩語としての側面があります。この季語に対する考え方の相違が、俳句そのものに対する考え方を二分しているように思われます。

一九二、古くからの切れの考え方

「切れ」は昔からどのように考えられていたのでしょうか。朝妻力氏（雲の峰主宰）の切字論と比較して考えてみたいと思います。

そのために、『増補俳諧歳時記栞草（下）』（曲亭馬琴編、藍亭青藍補、堀切実校注、岩波文庫）の雑之部から引用します。これは、嘉永四年（一八五一年）に刊行されたもので、近世期の歳時記の決定版とされているものです（句中の句点が、朝妻氏のいう切れの箇所です）。

切字（以下、例句一部割愛、傍線及び句点筆者）
［貞享式］（前略）そもそも切字の用といふは、物に対して差別の義なり。それは是ぞと埒をわけて、物を二ツにする故に、始あり終ありて、二句一章の発句とはなれり。（中略）
○青藍云、切字は心を切て、句意を首尾せんがためなれば、たとへ定たる切字なくとも、心切、首尾とゝのひたるは発句なり。但し、心をきらず、下句に及ぼすを、平句の格とす。例に、何故にて、その埒をしるときは、句

作に自在の働き有べし。

中の切

やすやすと出ていざよふ月の雲。　芭蕉

心の切

やがて死ぬけしきはみえず。蟬の声。　〃

挨拶切

人に家を買せて我は年忘。　〃

二字切

君火たけ。よき物みせん。雪丸げ。　〃

三字切

子供らよ。昼顔咲きぬ。瓜むかん。　〃

二段切

空鮭も空也の痩も寒の内。　〃

三段切

梅。若菜。まり子の宿のとろろ汁。　〃

中の切も、挨拶も、二段切も三段切も、をまはしも、にまわしも、無名の切も、すべて心切なれど、名目をわくるは、初学のたよりとしるべし。（後略）

朝妻氏の「切れ」が文法上の明確な句点であるのに対し、古くからの「切れ」は作者の心を切るものと考えられていたようです。

別のことばでいえば、文意あるいはイメージが切り替わる断点といってもいいでしょう。そのように「切れ」を考えることは、作者の心情に没入するための鑑賞態度といえるかもしれません。

また、「心切」（切字を傍点で示す）が二つ以下の場合は、一句は季語の情趣のなかに統べられ、三字切又は三段切の場合は、三つの句文は対等に併置されて、場面によって一章に束ねられているように思われます。

一九三、古くからの切れによる一句鑑賞

前回とりあげた、『増補俳諧歳時記栞草（下）』（曲亭馬琴編、藍亭青藍補、堀切実校注、岩波文庫）の雑之部の切字の説明のなかに、例句として次の句が収録されています。

桐の木に鶉鳴くなる塀の内　**松尾芭蕉**

これは、にまわしと称される切字で、補注欄には、次のように記されています。

にまはし　句末の余情が、句首にかかってくるのを、上

五の末の「に」で押える働きをするもの。

余計に分からなくなりそうですが、復本一郎氏は、『俳句実践講義』（岩波現代文庫）のなかで、掲句を次のように解釈されています（傍線筆者）。

まず芭蕉の目に飛び込んできたのは、塀を越しての高い桐の木だったのでしょう。そして、その桐の木に注目していると塀の中から聞き覚えのある鶉の声が聞こえたきた――そんな状況下で「塀の内」の住人を思いやっているのでしょう。

「桐の木」という一つの世界と「鶉鳴なる塀の内」という一つの世界が「桐の木に」の「に」によって、一つの世界に融合し、「其じゃによって、是じゃと埒」が明いたのです。このように「切字」や「切れ」は、一句に意味性をもたらす働きをもしているということでありま す。

復本氏のご指摘通り、一句の意味は傍線部の通りかと思います。確かに、「に」を境に場面が大きく転換しており、その作者の心情を考慮した鑑賞といえましょう。

しかし、一句は、切字「に」の働きによって、意味性がもたらされるのではなく、あくまでも日本語の助詞「に」の働きが意味をもたらしているのではないでしょうか。つまり、掲句を単に日本語としてみたとき、

桐の木に鶉鳴くなる塀の内。　松尾芭蕉

は、句点一つの一句一章の句ということになります。句意は、「桐の木の（あたり）に鶉が鳴いている塀の内であることよ。」となりましょう。鶉ですからまさか桐の木に止まっている訳ではないでしょう。

この場合の助詞「に」は、格助詞として空間的な場所を示しています。鶉だけに芭蕉は「桐の木の辺りに」とか「桐の木の根元に」とか言わずともよいと考えたのではないでしょうか。しかし、鶉の声は、紛れもなく桐の木の方向から聞こえてきたのです。姿が見えないだけに、その声にいっそう神経が集中したのではないでしょうか。

「心切」としてそこに断点をもとめ、「に」を場面転換点として鑑賞するのには賛成ですが、日本語として一句の文意を測るには、「に」はあくまで格助詞として、その働きを見るべきではないかと思うのです。俳句は、俳句である前にまず日本語なのではないでしょうか。

一九四、写生の奥行き――雲雀の句の変遷

鳥好きの私は、いきおい鳥の句をたくさん詠んでいますが、とりわけこの藤代の地に引越してきてからは、雲雀を多く詠むようになりました。

当地は雲雀の多いところで、茨城県の県の鳥にもなっています。雲雀は春の季語ですが、初夏の頃も元気に鳴いていますし、冬の間もときどきその声を聞くことができます。

今回は、私の雲雀の句を通して、写生ということを少し考えてみたいと思います。皆さんも、好きなものは自然と多く詠まれているのではないでしょうか。

時々その句を辿ってみることで、ご自身の見方の変化に気付かれることも多いのではないでしょうか。

雲雀の句を二句ずつ挙げてみます。

二〇一一年

揚雲雀雨脚白くなりにけり　金子つとむ

投網打つ方便の舟や冬雲雀　同

二〇一二年

雲雀の巣見てより雨の二三日　同

覗かれて雲雀の雛が口ひらく　同

二〇一三年

夕空にオンの雲雀がまだ一つ　同

朝刊を取りて翳すや初雲雀　同

二〇一四年

彩雲のかがよふ空へ初雲雀　同

料峭や雲雀の声のととのはず　同

二〇一五年

落雲雀落ちて未だ啼く川堤　同

声闌けて雲雀の空の定まれり　同

この頃、写生ということには際限がないとつくづく思います。初めは、雲雀をただ好きな対象物として詠んでいました。それが、次第に雲雀の心情（仮にそんなものがあるとすれば）に寄り添っていったように思うのです。

土手に降り立った雲雀が啼き続けるのを見届けたり、縄張りが定まってくると雲雀の声が次第に練れて、声が闌けたように聞こえたりしたのは、本当につい最近のことです。

私は、私と雲雀の間の距離感がほんの少し縮まったと、勝手に解釈しています。

写生では、「自然をありのままに見よ」といわれますが、本当にそんなことが可能かどうか疑わしいほど、それは難しいことのように思われます。私たちは、見たいものだけを無意識に選択して見ているだけなのではないでしょうか。

それだけに、写生を続けることで、この「無意識の選択」を取り払えたらいったい何が見えてくるのか、いまから楽しみで仕方がないのです。

一九五、何を詠むか、どう詠むか

俳句はつまるところ何を詠むか、どう詠むかに尽きてしまうような気がします。例えば吟行句会を思い浮かべてみましょう。それぞれが同じような景物を見ていますので、句会では同じような季語が並ぶことになるかとおもいきや、実際にはそうでもないのです。

同じ寺院や花の前に佇んでいたとしても、その視点は作者によって異なるのです。このように、同じ場所にいたとしても、作者が何を詠むかとなると一様ではありません。

それに加えて、どう詠むかとなると、まさに作者の独壇場です。題詠などを見ても、実にさまざまな場面や切り口に溢れています。何を詠むか、どう詠むかの組合せのなかに、作者はまぎれもなく存在するといっても過言ではないでしょう。

それが、初心のうちは他人の作品と似てしまうのは、発想が個人のレベルではなく、いわば常識的なレベルにあるからではないでしょうか。

本当に自分自身が感動したものを、自身のことばで語るときには、その組み合わせは次第に作者そのものになっていくのではないでしょうか。ある時、けやき句会に主宰が次の句を投句されました。

あたまかたひざぽんなどと梅雨ひとり　朝妻力

その後の飲み会で、「あんな簡単でいいなら自分でも詠める」という人がいて、本当にそうだろうかと暫し議論になりました。

私は、意味が分かりかねて採り切れませんでしたが、後から聞くと、「あたまかたひざぽん」というのは、幼児がジェスチャー入りで歌う歌なのだそうです。

お孫さんの誕生日に一緒に遊ぶために、今から練習しているとのことでした。けれど、「梅雨ひとり」が示すように、むろんそれだけではないのです。

さて、初心者がこういう句を詠めるかといえば、それは無理だと私は思います。何故なら、掲句には、明らかに自身を客観視するもう一つの眼が働いているからです。

写生を推し進めると、自分自身をも対象化してしまう眼を持つことになります。初心の内からこの眼をもっている人は、きわめて稀だと思うのです。写生を通して作者の眼力はどんどん進化していきます。ですから、俳句にはその時点の作者の眼力がおのずと刻印されてしまうのです。

雲の峰が標榜する自分詩・自分史には、そのような意味合いも含まれています。子規の辞世の句には、写生が行き着くところまで行ってしまった感があります。

糸瓜咲て痰のつまりし仏かな　正岡子規

痰一斗糸瓜の水も間に合はず　同

をと、ひのへちまの水も取らざりき　同

一九六、秋桜子が目指したもの　その一

水原秋桜子は、昭和六年に有名な論文〈「自然の真」と「文芸上の真」〉を書いて、『ホトトギス』を去り、その後は『馬酔木』によって活躍することになります。この論文で秋桜子は、自分が理想とする「文芸上の真」について、次のように述べています。

「文芸上の真」は、言うまでもなく文学において絶対に必要なものである。これは決して自然そのものではない。「自然の真」が心の据え方の確かな芸術家の頭脳によって調理されさらに技巧によって練られたところのものである。(『日本の名随筆　俳句』金子兜太編、作品社)

しかし、具体的には今ひとつピンときません。そこで、秋桜子の俳句入門書である『俳句のつくり方』(実業之日本社)の添削例とそのコメントを通して、彼が理想とした俳句の一端を探ってみたいと思います。添削例は添削者の俳句観を知る絶好の材料だからです(以下、傍線、原句、添削の区別を筆者追加)。

【原　句】蜩の鳴きいづ雷後夕焼けて

(略)この句の「夕焼」は、季語と見ない方が妥当でありましょう。そこで、秋の季語の併立のことになりますが、この場合は「蜩」が主役になり「雷」は副で、全体が「蜩」で統一されていますから、差し支えはありません。雷はつまり初秋の雷になるわけです。

(略)蜩の声はすずしい感じですから、こうくどく言ってはいけません。ここは単に「蜩や」でよいと思います。また、「雷後夕焼けて」も、言葉がつまって、涼しさがないようです。

【添　削】蜩や雷後の雲の夕焼けて

【原　句】花南瓜井水流して足洗ふ

南瓜の花というべきところを、「花南瓜」と表現することがあります。同じように、「花茄子」、「花芒」などと用いられますが、あまり品がよいものではなく、注意せぬと句全体の気品をそこねるので、濫用することはできません。

(略)もう一つの欠点は、「井水流して」で、「井水」という言葉がいかにも耳障りです。(略)

【添　削】南瓜咲く下に井を汲み足洗ふ

(略)棚などをよぢて高く咲いている方が、見た眼にすずしく、「井を汲む」とよく照応するわけです。

【原　句】帰りくるいつもの近道青田原

「青田原」というのは聞きなれぬ言葉でいけません。それから、「いつもの」という俗語も、この際低級ですし、「近道」「青田原」と、名詞が直接二つ続くのも、調子のわるいことです。(略)

【添　削】近道の青田の畦を戻りくる

次回「秋桜子が目指したもの　その二」へ続く。

一九七、秋桜子が目指したもの　その二

前回、秋桜子の添削例を見てきましたが、そのコメントの中からいくつかのキーワードを拾ってみましょう。

- 蜩の声はすずしい感じですから、こうくどく言ってはいけません。
- 全体の気品をそこねる。
- 「井水」という言葉がいかにも耳障り。
- 棚などをよぢて咲いている方が……、「井を汲む」と照応……。
- 「いつもの」という俗語も、この際低級ですし、……名詞が直接二つ続くのも、調子のわるい……。

もちろんこれだけで、秋桜子の俳句観を云々するのは危険ですが、ここには、その一端が表れているように思われます。予め季語に即した理想とするイメージがあって、そのイメージに添って、『ことばの使い方がいかにも洗練され、吟誦にたえ、気品があって、それでいてくどくない……』そんな表現を目指したのではないでしょうか。

それは、現実の景物を契機として、その理想化された姿を詠むということではないかと思われます。現実そのものではなく、作者の個性によって理想化された姿に変貌させるのです。そして、それこそが「文芸上の真」であると、秋桜子は主張しているのではないでしょうか。

ところで、秋桜子はこの本（『俳句のつくり方』）の別の箇所で、俳句のつくり方の注意事項を次のように述べています。そのタイトルだけを羅列してみます。

注意六条
（イ）詩因を大切にすべきこと
（ロ）一句に詠み得べき分量をきめること
（ハ）省略を巧みにすること
（ニ）配合に注意すること
（ホ）用語は現代語（注：文語）
（ヘ）叮嚀に詠むこと
避けるべきこと八条
（イ）無季の句を詠まぬこと
（ロ）無意味の季語重複をせぬこと

（ハ）空想句を詠まぬこと
（ニ）や、かなを併用せぬこと
（ホ）字あまりにせぬこと
（ヘ）感動を露骨に現わさぬこと
（ト）感動を誇張せぬこと
（チ）模倣をせぬこと

特に、季重なりについては、無意味の季語重複と断っているように、また、添削例にもあったように必要な重複は良しとしていたようです。理想を求めるといっても、根本には写生を於いていたからでしょう。空想句を詠まぬことというのがそのことを物語っています。

一九八、秋桜子と素十

高浜虚子は、「秋桜子と素十」と題する論考のなかで、両者を次のように評しています（以下『評伝高野素十』村松友次著、永田書房より）。

高浜虚子「秋桜子と素十」

虚子の論旨は次の通りである。
○文芸には理想を描き出そうとするものと、現実の世界から自分の天地を見出すものとある。そのどちらも「写生」を必要とする。
　秋桜子君は前者に属する。筑波山縁起五句や、天燈鬼・龍燈鬼の句がその例である。素十君は後者に属する。蟻地獄・水馬・塵取・草の戸を・門前の・花冷の・道ばたに・傘さして・菊の香や・くらがりに、等の句がその例である。

ここで、虚子が挙げた句を抽出してみましょう。

筑波山縁起
わだなかや鵜の鳥群るる島二つ　水原秋櫻子
天霧らひ男峰は立てり望の夜を　同
泉湧く女峰の萱の小春かな　同
国原や野火の走り火よもすがら　同
蚕《こ》の宮居瑞山霞に立てり見ゆ　同
蟻地獄松風を聞くばかりなり　高野　素十
水すまし流るる黄楊の花を追ふ　同
塵とりに凌霄の花と塵すこし　同
草の戸を立ちいづるより道教へ　同

門前の萩刈る媼も佛さび　同
花冷の闇にあらはれ篝守　同
道ばたに早蕨売るや御室道　同
傘さして花の御堂の軒やどり　同
菊の香や灯もるる観世音　同
くらがりに供養の菊を売りにけり　同

秋桜子は人間中心であり、素十は自然中心のように思われます。そこには、自然に対する怖れの有無が関わっているようです。虚子は最終的に素十俳句に写生の本道をみるようになります。それは、修行しだいでは誰にでも可能な方法であり、場合によっては、思わぬ僥倖にめぐり合う可能性もあるからです。

秋桜子の筑波山縁起は、筑波山の男峰と女峰とが太古海中に屹立した二つの島であったという伝説から想を得て作られたといわれています。

秋桜子の作句方法は、一部の天才にして初めて可能なのではないでしょうか。しかし、逆に秋桜子の俳句は人間秋桜子を超えることはできないのではないかと思われます。

それに引き換え、素十の俳句は、時に一人の人間を超える力を秘めているように思うのです。虚子はそこに、写生の可能性を見たのではないでしょうか。

一九九、つかずはなれず

以前にどんな季語とも相性がよい句文として、「根岸の里の侘び住ひ」というのをとりあげたことがあります。先頃、朝妻主宰より新たに「初めてのキスゆるしさう」という句文のあることを知りました。作家の胡桃沢耕史氏の作品ということです。

そこで、今回、自分でも似たような句文を作ってみることにしました。そのような句文をつくることで、二句一章の二句の関係についてのヒントが得られるのではないかと考えたのです。

前回の考察のなかで、「根岸の里の侘び住ひ」には、淡い詩情があるというのが結論でした。それがあるために、独立した句文である季語と結合することが可能なのですが、逆にある特定の季語でなければならないという必然性に欠けるというものでした。

胡桃沢氏の「初めてのキスゆるしさう」はどうでしょうか。この句文は、「根岸の里の侘び住ひ」よりも、やや強い詩情を湛えているように思われますが、内容的に時間や場所の依存性はなく、やはり、どんな季語でもついてしまうような気がします。試みに、いくつかの季語と組み合わせてみましょう。

春の雪初めてのキスゆるしさう

踊の夜初めてのキスゆるしさう

秋風や初めてのキスゆるしさう

さて、いざ自分でもこのような句文を作ろうと思うとなかなか難しいものです。ポイントは二つ。

①淡い詩情があること
②時間や場所に依存しないこと

そのためには、「初めてのキスゆるしさう」のように自分の思いを語るのが、いちばんいいと考えました。そこで作ったのが、「ふるさとをふと思い出す」です。試みに、先ほどの季語と組み合わせてみましょう。

春の雪ふるさとをふと思い出す

踊の夜ふるさとをふと思い出す

秋風やふるさとをふと思い出す

いかがでしょうか。

ところで、俳句では季語との関係をつかずはなれずということばで表現します。私は、「つかず」は句文の独立を、「離れず」は、両者の響き合い（関係性）を意味すると解釈しています。先ほどの二つのポイントを裏返すと、

①確乎とした詩情があること
②季語と響きあうこと

となりましょう。歳時記の例句を二つの句文の関係から見ていくと、その独立性と関係性の見事な調和を見ることができるのではないでしょうか。

二〇〇、季語の独立性

以前に季語は情趣を持ったことばで、一句のなかで主役となりうることばだという話をしました。そこから、季重なりの問題を整理してみたわけです。

今回は、句形から見た季語の重要な働きについて考えてみましょう。二句一章の例句をもとに、二つの句文の関係を探っていきたいと思います。また、どんなことばが、一語で句文となりえるのかを考えることで、二句一章が成り立つ条件を探ってみたいと思うのです。

まず、二句一章の例句から二物衝撃と情景提示の句をそれぞれ五句ずつ挙げてみましょう（傍線筆者）。

【二物衝撃】

降る雪や明治は遠くなりにけり　中村草田男

霜柱俳句は切字響きけり　石田波郷

貧乏に匂ひありけり立葵　小澤實

蟾蜍長子家去る由もなし　中村草田男

夏草や兵どもが夢の跡　松尾芭蕉

【情景提示】

元日は大吹雪とや潔し　高野素十

月天心貧しき町を通りけり　与謝蕪村

更衣駅白波となりにけり　綾部仁喜

美しき緑走れり夏料理　星野立子

荒海や佐渡に横たふ天の川　松尾芭蕉

こうしてみると、二句一章を構成する句文A、句文Bのうち、一語で句文を構成しているのは、殆どが季語だということが分かります。季語以外で単独で句文となっているのは、

「潔し」と「荒海や」だけですが、切字の助けを借りていないのは、わずかに、「潔し」だけです。

私の作句経験からいっても、「潔し」のようなことばは、むしろ珍しいような気がします。

二句一章の句文には、文字通り独立性が求められます。独立性とは、その句文だけで何ごとかをいうということです。さらにいえば、俳句は詩ですから、その句文が詩情を湛えているということが重要なのです。

詩情を湛えている句文どうしが併置され、響き合うことで詩の世界が一気にひろがる、それが二句一章のちからではないでしょうか。

ところで、季語や「潔し」が、単独で句文となれる理由は何なのでしょうか。それは、作者の感動をそこに乗せたことばだからではないかと思われます。

「潔し」には、素十の全体重が乗っているように思われます。また、先人たちが練り上げた季語には、詩語としての重さがあるのだといえましょう。一つで句文となれるほど、季語は独立性の高いことばといえましょう。

二〇一、俳句で表現したいこと

俳の森はやはり底知れぬ森で、またこんなタイトルを付けてしまいました。原点に還るような話ですが、私たちは、俳句で何を表現したいのでしょうか。それを表現するのに、俳句でなければならない理由があるのでしょうか。

詩、小説、絵画、音楽、表現にはさまざまなジャンルがあります。そのなかから俳句を選び、またそれを手放すことなく選び続けている理由は何なのでしょうか。

別の問いかけをするなら、わざわざ十七音の制約を課してまで、私たちは何を掴み、何を表現しようとしているかということです。

季節に出会った喜び、生きている感動、どれも正しいように思えるのですが、そうはっきりといってしまうと、どれも違っているようにも思えてしまうのです。

どうもそれは、感動などという大それたものではないのかもしれません。生きている喜びといっても、もっと些細で単純なものかもしれません。それは、例えば、

ちょっと嬉しい感じ
ことばにならないけれど、確かに今あったといえるもの
ちょっと垣間見た、不思議な感じ
纏まらないけれど、何か大事そうなこと
今言い止めなければ泡のように消えてしまうもの
一瞬のこころのときめき

そう、そうそれは、ときめきに一番近いのかもしれません。生きている感じを味わう瞬間といってもいいでしょう。それを俳句ということばにするのは、そのときめきを残したいという気持ちと、他人と分かち合いたいという気持ちがあるからではないでしょうか。

感動などという大げさなものでなくても、作者のときめきの伝わってくる句に、私たちは共感を覚えるのではないでしょうか。

それは、そこに生身の人間の鼓動を感じるからではないでしょうか。共感とは、同じ人間としての鼓動をそこに聞きとめることではないかと思うのです。それを、コミュニケーションということもできるでしょう。

さて、次のような句に私たちは、何故共感するのでしょうか。このような景は誰でも目撃しているかもしれませんが、それを言い止めた人はあまりいないでしょう。

それをあえて表現した作者のときめきが、私たちにも伝染するのではないでしょうか。作者の目を通して、そのように提示されてみると、それは、たしかにどこか不思議で、深遠なことのように思えてしまうのです。

霜掃きし箒しばらくして倒る　能村登四郎

苗代に落ち一塊の畦の土　高野素十

二〇二、〈ときめき〉と調子

これまでにも何回かいい句とは何かについて、考えてきました。その結論は、次のようなものでした。

- 正直な表現で作者自身を体現しているような、独自性のある句がいい句なのではないか。
- 独り善がりでなく、作者の感動の見える句がいい句なのではないか。

そして、前回は、私たちは感動というより、もっと些細な〈ときめき〉を句にしているのではないかというのが結論でした。実は、この〈ときめき〉ということばを手にしたとき、俳句が韻文であるということに、はたと思い至ったのです。

水原秋桜子は、『俳句のつくり方』（実業之日本社）のなかで、こんなことを述べています。

旅衣ぬいで加はる門涼み　　富安風生

（略）この句を二、三度くり返して音誦して御覧なさい。いかにも調子が軽くなだらかで、心をしずかに撫でてくれるような感じがしますが、それは作者がこのような喜びを持ちつつ詠んだためであります。

また、別の箇所では、

出来上がった句を音誦してみて、気持ちがよかったならばそれでよし、もし気持ちがよくなかったならば、どこかに調子の欠点があって、そこで句と作者の心との流通が妨げられている――ということなのであります。
（傍線筆者）

秋桜子は、作者のこころの状態をそのまま調子に反映させた句がいい句だと述べています。私たちは、この調子にのせて、〈ときめき〉を伝えているのではないでしょうか。私は、作句経験上、その場面を詠んだ発話のなかに、この〈ときめき〉の調子が最もよく表れるのではないかと考えています。

そこで、原句の表現を推敲するにしても、原句のもつ調子はできるだけ残したいと考えているのです。実際、さんざん推敲した挙句、結局は原句が一番よかったという経験が幾度もあります。

さて、作者の〈ときめき〉が、その句の調子にぴったりと合っているということは、佳句の一つの条件といえそうです。呼びかけや、リフレインには、作者の昂揚が如実に表れているといえるのではないでしょうか。

外にも出よ触るるばかりに春の月　　中村汀女

鞦韆は漕ぐべし愛は奪ふべし　　三橋鷹女

貝の名に鳥やさくらや光悦忌　　上田五千石

筑波嶺の大谷小谷初霞　　皆川盤水

揚雲雀空のまん中ここよここよ　　正木ゆう子

二〇三、野に咲く花のように

以前に放浪の天才画家といわれた山下清画伯を描いた、『裸の大将放浪記』というテレビドラマがありました。ランニングシャツに半ズボン姿の芦屋雁之助の名演技を覚えている方も多いでしょう。その主題歌をふと思い出したのですが、後半がわからずネットで調べてみました。

歌手：ダ・カーポ、作詞：杉山政美、作曲：小林亜星のこの曲の歌詞には、次のようなフレーズがあります。

野に咲く花のように　風に吹かれて
野に咲く花のように　人を爽やかにして
……
野に咲く花のように　雨にうたれて
野に咲く花のように　人を和やかにして

こんなことを書き出したのは、私たちの俳句もこの野に咲く花のようでありたいと願うからです。

ところで、高浜虚子のもとで、写生を学んだ高野素十は、こんなことばを残しています。昭和二十四年十月号の『ホトトギス』誌上で、斎藤庫太郎氏が回想されています。

斎藤庫太郎

素十さん（承前）

（略）素十さんは、「表現は只一つにして一つに限る。」といはれておりますが、真の絶対の表現といふことになるらふかと思ひます。ものの真を的確に表現する為め、取捨選択によって不純物を捨ててゆく夫が省略でありまして、虚子先生は心の燃焼作用といはれましたが、素十さんも之に就て、「俳句の技巧と見方」といふ講演で（昭和三年五月）、「俳句を観察する場合、外面的に観察すれば技巧といふことになり、内面的に観察すれば作者の心といふことになる。技巧即ち心であって、技巧を養ふといふことは、結局心を養ふことになる。」といはれてをります。（傍線筆者）

「表現は只一つにして一つに限る。」、なんという気迫に満ちたことばでしょう。「俳句の道はただこれ写生。これただ写生」といった素十の真面目をみるようです。

もちろん、これは誰もが実践できるようなことではないでしょう。しかし、心構えとしては、こうでありたいと思うのです。

野の花はみなそれぞれに、完成された姿をしています。俳句に喩えるなら、素十のいう〈只一つにして一つに限る〉表現といってもいいでしょう。

しかし、そんな美しい野の花であっても、誰も立ち止まらないこともあるのです。〈野に咲く花のような俳句〉、それが俳句の理想の姿なのではないでしょうか。

ばらばらに飛んで向うへ初鴉　　高野素十

あをあをと春七草の売れのこり　　同

鞦韆や灯台守の垣のうち　　同

二〇四、自然からのメッセージ

写真家の星野道夫のエッセーを読んでいて、こんなことばに出会いました。少し長くなりますが、引用します（『オーロラの彼方へ』星野道夫著、PHP文庫）。

ある夜、友人とこんな話をした。私たちはアラスカの氷河の上で野営をしていて、空は降るような星空だった。（略）「これだけの星が毎晩東京で見られたらすごいだろうなあ……夜遅く、仕事に疲れた会社帰り、ふと見上げると、手が届きそうなところに宇宙がある。一日の終わりに、どんな奴だって、何かを考えるだろうな」

「いつか、ある人にこんなことを聞かれたことがあるんだ。たとえば、こんな星空や泣けてくるような夕陽を一人で見ていたとするだろ。もし愛する人がいたら、その美しさやその時の気持ちをどんなふうに伝えるかって？」

「写真を撮るか、もし絵がうまかったらキャンバスに描いて見せるか、いややっぱり言葉で伝えたらいいのかな」

「その人は、こう言ったんだ。自分が変わってゆくことだって……その夕陽を見て、感動して、自分が変わってゆくことだと思うって」

人の一生の中で、それぞれの時代に、自然はさまざまなメッセージを送っている。この世へやって来たばかり

の子どもへも、去ってゆこうとする老人にも、同じ自然がそれぞれの物語を語りかけてくる。（傍線筆者）

また、金子みすゞの『星とたんぽぽ』という詩には、次のようなフレーズがあります。みなさんも一度は聞かれたことがあるのではないかと思います（『金子みすゞ名詩集』彩図社）。

昼のお星は目に見えぬ。見えぬけれどもあるんだよ、見えぬものでもあるんだよ。

このことばをご紹介したのは、私たちは、私たちの五感が感じとった自然からのメッセージを、日々俳句にしているのではないかとふと考えたからです。

俳句の題材はさまざまですが、その契機となるのは、季節との出会いのように思います。季節との出会いは、自然からのメッセージを受け取る回路が開かれた瞬間ともいえましょう。

現役のころ、仕事に没頭していると俳句モードにならなくて、投句を断念したことがたびたびありました。常にリラックスして、自然からのメッセージを受け取る準備ができていれば、私たちは、自然が語る物語をいつでも聞くことができるのではないでしょうか。

東京のビルの空の上にも、間違いなく、無数の星が隠れているのです。見えぬけれどもあるんだよ、見えぬものでもあるんだよ。

二〇五、季語とはなにか

あることばが、季語として特定されることの意味を改めて考えてみたいと思います。

【季語の情趣について】

たとえば、赤蜻蛉という季語について……。

赤蜻蛉ということばだけでも、私たちは過去に見た赤蜻蛉のイメージを思い起こすことができるでしょう。『角川俳句大歳時記』によれば、赤蜻蛉は三秋の季語に分類されています。赤蜻蛉といえば、誰でも秋を思うのに、それを殊更秋の季語だと限定する意味はいったいどこにあるのでしょうか。

しかし、ことばとしてなら、標本の赤蜻蛉でも赤蜻蛉ということができます。赤蜻蛉を季語として特定するということは、それが自然物として、いのちを輝かす状態を想定することになるのではないでしょうか。当たり前のことをいうようですが、赤蜻蛉という季語は、死んだ赤蜻蛉ではないのです。

季節のなかで生きる赤蜻蛉は、その季節のほかにも様々な情報を身に纏うことになるでしょう。例えば、それが見られる場所や、時間帯などです。

こうして季語となった赤蜻蛉は、生きている赤蜻蛉として、私たちが五感で感じ取ることのできる一切の情報を身に纏うことになるのです。

これを私は、季語の情趣と呼んでいます。赤蜻蛉という季語には、私たちが、赤蜻蛉に出会った喜びや感動も当然含まれるのではないでしょうか。一年中見られる雀なのに、ある時は初雀といい、ある時は恋雀といい、ある時はふくら雀などといいます。これらの情趣はまさに感動そのものだと思うのです。

【句意を定かにする季語の働き】

季語が私たちの五感にさまざまな情報を提供し、その情趣が感動そのものなら、一句のなかに季語を置くということは、とても重いことのように思われます。

作者の側からいえば、その季語のもつ情趣を引き受けて一句をなすことであり、読者の側からいえば、その季語の情趣に一句は統べられていると見るべきでしょう。つまり、季語は、作者の感動を明らかにし、一句の句意を定かにするように働くのです。

赤蜻蛉筑波に雲もなかりけり　正岡子規

近くに赤蜻蛉が群れ、遠くに筑波の二峰がくっきりと浮かんでいます。雲一つない穏やかな秋の夕暮れ。時折、夕日に赤とんぼの翅がきらりと光ります。「雲もなかりけり」という措辞から、作者の満ち足りた様子がありありと浮かんできます。赤蜻蛉の情趣は何といってもこの安堵感にあるのではないでしょうか。

二〇六、写生の映像性

正岡子規が写生句として絶賛した河東碧梧桐の句について、青木亮人氏が、その著『その眼、俳人につき』(邑書林)で面白い見解を披露されていますので、ご紹介しましょう。

赤い椿白い椿と落ちにけり　　河東碧梧桐
（明治二十九（1986）年）

子規はこの句を「眼前に実物実景を観るが如く感ぜられる」と評し、新時代を体現する「印象明瞭」と絶賛した。（「明治二十九年の俳句界」、新聞「日本」明治三十年一月四日）。このように子規が激賞したのは、碧梧桐句が江戸後期以来の月並句と全く異なるためだった。

①散りそめてから盛りなり赤椿　　圃木
（「俳諧友雅新報」三十六号、明治十四年）
②落ちてから花の数知る椿かな　　梅人
（「俳諧黄鳥集」十三集、明治二十五年）

（中略）碧梧桐句は、なんらひねることなく、椿が落花したことのみを詠んだのである。そのため、「赤い椿」句を素人の「ただごと」と非難する宗匠も現れたが、子規は「ただごと」ゆえに賞賛したのであり、それは、碧梧桐句が句を読む速度と内容を想起する速度が合致する作品だったことが大きい。（傍線筆者）

たった十七音の俳句が、明瞭な映像を結ぶということは、伝達する際の大きな力になるものと思われます。私たちの普段の生活のなかでも、とりわけ視覚は優位に働いており、場面のよく見える句には、心が動かされるのではないでしょうか。

青木氏が指摘されるように、碧梧桐の句は、読むそばから映像が立ち上がってくるようです。

ここで、映像性に優れた句を挙げてみましょう。

花衣ぬぐやまつはる紐いろいろ　　杉田久女
まま事の飯もおさいも土筆かな　　星野立子
滝の上に水現れて落ちにけり　　後藤夜半
乳母車夏の怒涛によこむきに　　橋本多佳子
更衣駅白波となりにけり　　綾部仁喜
夏の河赤き鉄鎖のはし浸る　　山口誓子
若鮎の二手になりて上りけり　　正岡子規

季語の殆どは季節の景物であり、映像を伴うものといえましょう。しかし、なかには、春愁、秋思、冷やか、暖かなどのように直接的には映像を伴わないものもあります。このような季語で作句する場合は、季語以外の句文に映像性を持たせることで、読者の共感を得られやすくなるでしょう。読者に理解してもらうための技巧の一つが、この映像性ではないかと思うのです。

二〇七、ときめきの対象について

今回は、私たちが作句する対象、ときめきを覚える対象について考えてみたいと思います。

実をいうと、このときめきの対象というのは、ときめいてみないと、自分でもよく分からないのではないでしょうか。ただ、長年俳句をしていると、自分なりの傾向のようなものが見えてきます。

高浜虚子が花鳥諷詠を唱えたのは、彼にとってのときめきの対象が多く「自然界の現象とそれに伴う人事界の現象」にあったからではないかと思われます。

これに対し、いわゆる人間探求派と呼ばれる人たちは、暮しや人生といった人間の内実に迫るものを詠むようになりました。それはときめきというより、それを詠みたいという衝動だったともいえましょう。

結局のところ、私たちは、自分が詠みたいものを詠んでいるのだといえましょう。詠みたいものは、私たちにときめきを与え、私たちを作句へと突き動かすものだからです。

私たちは、出来上がった俳句を見て、後から自分が詠みたかったものに気付くのかもしれません。

苗代に落ち一塊の畦の土　高野素十

苗代のへりをつたうて目高かな　正岡子規

さて、もしこれを俳句には全く興味がない人にみせたら、「それで、どうしたの」といわれるのが落ちでしょう。苗代に土塊が落ちたって、そのへりを目高が泳いでいたって、彼には全く関係のないことだからです。

おそらく、素十も子規も、自分のこころの命ずるままに、これを句にして残したのでしょう。何かのときめきがあったのです。そして、今この句を読む私たちは、この句から何を受け取るのでしょうか。

私たちは、これらの句を読んで、苗代の緑を、黒々とした土塊を、そして目高の姿を生き生きと眼前に描くことができます。それは、「いかにもさもありなん」という形で、これらの句が私たちの記憶、五感へと訴えてくるからです。

ここでは、ことばが現物となって立ち現れる魔法が成就されています。目高は目高を示す記号ではなく、目高そのものなのです。同様に、苗代も土塊も、まさに苗代そのもの、土塊そのもののようにそこにあるのです。

作者にとっては、苗代に出会い、目高に出会ったこと自体が、こころをときめかせる喜びだったのではないでしょうか。そして同じこころの傾向をもつ読者は、その喜びに共感できるというわけなのです。

滝の上に水現れて落ちにけり　　後藤夜半

二〇八、断定ということ

けやき句会に、次の句が投句されました。選句をしているときに、似たような句が星野立子にもあるのを思い出しました。今回は、表現の違い、とりわけ断定ということについて考えてみたいと思います。

まず、二つの例句をご紹介しましょう。

一筋のみどり早走る夏料理　　姫野富翁

美しき緑走れり夏料理　　星野立子

両者の着眼点はほぼ同じで、素晴らしい着眼といっていいでしょう。異なるのは、表現の違いだけです。この違いは、どこから生まれるのでしょうか。個人差といってしまえばそれまでですが、ここには、自分をときめかせたものに対する、突き詰め方の違いがあるように思うのです。

ところで、夏料理で緑が走るという措辞から想像できるのは、笹の葉のような細長いものでしょう。涼しげな大皿に盛られた料理のように思われます。

それを見た印象を前者は、「一筋のみどり早走る」と表現し、後者は「美しき緑走れり」と表現したわけです。両句とも優れた句ですが、夏料理が眼前に迫ってくるのがどちらかといえば、後者のように思われます。

写生句では、主観的な表現を極力避けるようにいわれます。二人の目に飛び込んできたのは、共に「鮮やかな緑」だったのではないでしょうか。それを、一方は「一筋のみどり」といい、もう一方は「美しき緑」と断じたのです。
立子は、その大皿を見た瞬間に「まあ、美しい」と声を上げたのではないでしょうか。そして、他ならぬ自分自身が発したことばに驚き、偽らざる印象として、一句のなかで生かしきったものと思われます。立子にとって、その緑は、「美しき緑」以外の何ものでもなかったということではないかと思います。

立子句はまた、前者と比べて濁音の少ないことが、すっきりとした印象を与えています。このように、主観語が全ていけないというわけではないのです。自分がほんとうに美しいと感じたものを、美しいと表現することに何の躊躇が要りましょう。

個人がほんとうに美しいと感じたものを、他人も美しいと感じてくれる……、それが人間自身がもっている共感の母胎ではないでしょうか。

端居して濁世なかなかおもしろや　阿波野青畝

この世よりおもしろきかな箱眼鏡　藤本安騎生

健啖のせつなき子規の忌なりけり　岸本尚毅

二〇九、情景提示と二物衝撃

今回は、朝妻力主宰（雲の峰）の句形論から、情景提示と二物衝撃の違いについて、句文Aと句文Bの関係から考えてみたいと思います。

【情景提示】

まず、二つの例句を挙げてみましょう（傍線季語）。

七夕や。髪ぬれしまま人に逢ふ。　橋本多佳子

討入りの日や。下町に小火騒ぎ。　鷹羽狩行

前半部分を句文A、後半部分を句文Bとすると、両句とも句文Aと句文Bは、互いによく響き合う関係にあるように思われます。

ここで、切字の「や」を「に」に置き換えると一句一章になり、句意は一句一章に近いことが分かります。

七夕に髪ぬれしまま人に逢ふ

討入りの日に下町に小火騒ぎ

しかし、意味は通じるのですが、理屈めいてしまって、七夕の句のもつどこかゆったりとした感じや、小火の句のもつ茫洋とした感じが損なわれてしまいます。

意味は一句一章に近い情景提示の句は、あえて二句一章にすることで時間や空間の広がりを取り込んでいるといえそうです。

【二物衝撃】

蟾蜍。長子家去る由もなし。　中村草田男

算術の少年しのび泣けり。夏。　西東三鬼

一見すると、句文Aと句文Bは無関係で、独自に主張しているように思われます。「長子家去る由もなし」には、蟾蜍という季語に匹敵するだけの、強い調子があります。同様に「算術の少年しのび泣けり」も豊かな詩情を湛えています。

これらの句文が季語と対峙し、一歩も譲らないように見えるのがこの句形の特徴です。しかし、作者は何故、二つの句文を同居させ、一句としたのでしょうか。

作者には、この二つの句文を並べるだけの必然性があったと考えられます。蟾蜍を実見した印象から、草田男のなかに句文Bが生まれ、忍び泣く少年の姿が、三鬼に夏を強く印象づけたのではないでしょうか。

蟾蜍のどこかユーモラスで、鈍重で多産などのイメージと、家を守る長子のイメージが読者のなかでスパークしたとき、この二つの句文の間に確かな響き合いが生まれるのではないでしょうか。

算術の少年は、問題が解けなくて、悔し泣きをしています。それと開放的な夏のイメージとは一見不釣合な感じがします。夏が、開放的であるだけに、少年の夏は、いっそう閉鎖的で惨めな夏といえるかもしれません。しかし、夏のもつこの試練のようなイメージもまた、夏の姿の一つだと作者はいっているのです。

二一〇、情景提示と一句一章

情景提示の句は、句意としては一句一章に近いため、一句一章にすることとも可能です。その際、どちらにすべきか迷うことも多いのではないでしょうか。

前回は、情景提示では時間や空間の広がりが取り込めるという話をしましたが、ここではもう少し突っ込んで、情景提示と一句一章の相違点から、その選択基準を考えてみたいと思います。

夏の河。赤き鉄鎖のはし浸る。　山口誓子

夏河に赤き鉄鎖のはし浸る。

赤き鉄鎖のはし浸りゐる夏の河。

掲句の季語は、『角川俳句大歳時記』では夏の川とあり、副題として、夏川、夏河原があります。河の字を当てたのは、作者が大河をイメージしたからかもしれません。

一句一章に変更した後ろの二句では、夏の河の広がりが出にくいように思われます。特に、「夏河に」とすると、助詞「に」が「浸る」に直接繋がるため、いきなり「鉄鎖のはし」に焦点が合ってしまいます。

いっぽう原句は、夏の河で一旦切ることで読者にイメージ形成の時間を与え、その一景として「赤き鉄鎖のはし浸る」という情景を描出しているのです。

赤き鉄鎖という表現から、読者が最初に描いた夏の河のイメージは修正され、大きな埠頭のようなイメージが広がるのではないでしょうか。この結果、大きな景の広がりを具体的に獲得することになります。

それでは、次の句はどうでしょうか。

ゆるやかに着てひとと逢ふ蛍の夜。　桂信子

「逢ふ」は四段活用ですので、終止形と連体形が同じ形です。掲句は、「逢ふ」で一旦切れるとも考えられますが、もし本当にしっかりと切るのなら、

蛍の夜。ゆるやかに着てひとと逢ふ。

という表現もできたはずです。そしてこの両句を比較してみると、後者がどこか散漫な感じであるのに対し、原句には、逢瀬のひとときに向かって、作者の思いが次第に昂って

いくような、秘められた恋情を垣間見ることができるように思われます。

　原句はやはり、蛍の夜まで一気に収斂する一句一章の句ではないでしょうか。「蛍の夜」は作者の思いを代弁する絶唱といえましょう。恋の一途さの染み透るような名句だと思います。

　さて、二句一章を拡大型とすれば、一句一章は反対に凝縮型といえるかもしれません。

　句意としては一句一章の内容であっても、作者の表現意図によって、適切な句形を選択すればいいということになるのではないでしょうか。

二一一、草の芽俳句

『高野素十研究』（倉田紘文著、永田書房）に、草の芽俳句に対する当時の論調を示す次のような記述があります。

　昭和の初期、ホトトギス誌上で、

甘草の芽のとびとびのひとならび

おほばこの芽や大小の葉三つ

　等の純客観写生の作品で、素十は一躍名をなした。が、それらの写生俳句に対して批判もあった。例えば井上白文地氏は、

「兎に角かかる句は一種の末梢俳句であると思う。俳句を作らんとして、殊更に一木一草を凝視するやうな態度を以て、最上のものとして高調し、奨励するのは、明らかに偏執であり、やがては俳句そのものの墓穴を掘ることになりはしないだろうか」（傍線筆者）

　私は、感動と写生という観点から、これらの句には感動が宿っていることを明らかにしたいと思います。

　ところで、私たちの見るという行為は、ただ見ている、見えているという受動的状態と、殊更に見る、感動をしつつ見るといった能動的状態に分かれるように思われます。

　さらに、この能動的な凝視が一句に結実するためには、そこに感動が必要だと思うのです。そしてこの感動は、ことばの選択やリズムとして、一句のなかに必ず残されるものだと思うのです。

　次の句の傍線部に着目してみましょう。

A　甘草の芽のとびとびのひとならび　高野素十

B　甘草の芽のとびとびにひとならび

A　おほばこの芽や大小の葉三つ　高野素十

B　おほばこの芽に大小の葉三つ

Bが何れも単なる事実の描写に過ぎないのに対し、Aの原句には、傍線部に感動の痕跡があります。

甘草のいくつかの芽は、とびとびながらも地下で繋がっている一繋がりの命であることに、作者ははたと気付いたのです。それ故、「とびとびの」なのです。

おほばこの句はどうでしょうか。この句は無季の句です。車前（おほばこ）は秋の季語、車前の花は夏の季語ですが、おほばこの芽は季語ではありません。しかし作者は、おほばこの芽に触発されて、思わず「おほばこの芽や」と謳いあげたのではないでしょうか。

それまで、おほばこの芽など気にしたことがなかったのでしょう。あの雑草のおほばこにこんな芽があった。その当たり前のことに作者はふと驚いたのではないでしょうか。大小の葉三つには、それを見届けた素十の喜びが語られているように思うのです。

俳句を詠む対象に大も小もないのです。俳句になるかどうかは、感動の有無に拠るのではないでしょうか。

二三、思い込みを覆す写生

高野素十は、初句集である『初鴉』（菁柿堂刊）の序文で、虚子の讃辞に応える形で次のように述べています。

私はただ虚子先生の教ふるところのみに従つて句を作つてきた。（中略）従つて私の句はすべて大なり小なり虚子先生の模倣であると思つてゐる。「甘草の芽のとびとびの一ならび」といふやうな句も、「一つ根に離れ浮く葉や春の水」といふ虚子先生の句がなかつたなれば、決して生れて来なかつたらうと思つてゐる。（後略）

今回は、素十の次の句を取り上げます。

風吹いて蝶々はやくとびにけり　高野素十

掲句を天下の愚作といった人があります。以下、『高野素十研究』（倉田紘文著、永田書房）からの引用です。

日野草城氏も

「すべて特長あるもの、山あるものは否定されて、平々凡々たるものが何かしら含蓄のふかい味ひのあるもののやうに見過ごされる。かつてホトトギスに発表された高野素十君の

風吹いて蝶々はやくとびにけり

の如きはこの弊害をもっともよく表したもので、けだし天下の愚作と断定して憚りません」（傍線筆者）

さて、愚作かどうかは暫く措くとして、どこが平々凡々なのでしょうか。蝶々は風に身を任せているのでしょうか。もしそうであるなら、

風吹いて蝶々はやく飛ばさるる

でもよかったはずです。しかし、作者は、風のなかを行く蝶に、必死に飛ぶ姿を見たのではないでしょうか。風に身を委ねているのではない、自らの意思で飛んで行く蝶の姿を見届けたのではないでしょうか。

風が吹けば、風に飛ばされるものだとばかり思い込んでいた蝶々が、実はそうではなかった。作者の感動は、自動詞となって表現され、蝶の意思を強く詠嘆するように、「とびにけり」と結んだのです。

かくいう私も、素十の句に出会うまで、蝶は風に流されるものと思い込んでいたのです。風のなかを飛ぶ蝶を見届ける機会は未だ訪れていませんが、チャンスがあれば、それをはっきり確かめたいと思います。

それはさておき、この句を正確に解釈すれば、蝶は風の力を借りたにせよ、自分の意思で力いっぱい飛んだのではないでしょうか。そのような力が蝶にあることに、素十は打たれたのではないかと思うのです。蝶は見かけほど、弱々しい生き物ではなかったのです。

春

てふてふが一匹韃靼海峡を渡っていった　安西冬衛

山国の蝶を荒しを思はずや　高浜虚子

日盛りに蝶のふれ合ふ音すなり　松瀬青々

二一三、題詠と嘱目吟

眼前にあるものを一句に仕立てる表現技術を写生技術と呼ぶならば、感動が無くても写生技術によって、それらしい句を作ることは可能でしょう。例えば、馴染みの薄い季語の題詠では、しばしばそのようなケースに遭遇します。

しかし出来上がった句はどこかピリッとしないことが多いのではないでしょうか。それは何故かといえばそこに感動がないか、もしくは希薄だからではないでしょうか。嘱目吟では、私たちは、まだ感動のうちにあって作句することができますが、題詠となると過去の体験を思い出すか、最悪の場合は体験そのものがなかったりするからです。

一句の成立条件を感動＋写生技術と考えると、両者が満たされるのは、やはり嘱目吟のように思われます。しかし、句会などではよく題詠が行われます。題詠のメリットは何なのでしょうか。

題詠では、句会の参加者分だけ同じ季語の句が揃うことになります。題詠の最大のメリットは、自句と他者の句の比較ができるということではないでしょうか。自分が苦吟した場面をあっさり表現した句があったり、自分には思いもよらぬ視点があったりと、作者の数だけのバリエーションがあるからです。また、初心のうちは、同じような視点をもつ仲間を見つけることもできます。同じ季語で作句することで、比較が容易になるのです。これは、作者にたくさんの気付きをもたらすでしょう。

しかし、俳句という短詩形のメリットを生かし、一句のなかに感動を盛るのに、嘱目吟に勝るものはないでしょう。ところで、嘱目吟のメリットである感動は、作句にどのような影響を及ぼすのでしょうか。

感動するとは、写真のピントを合わせるように、読みたいところに焦点が定まるということではないかと私は思います。漠然と見ていた景色のなかに心惹かれるものを見つける。じっとそれを見る。そこに、何か特別な美しさを発見する。そこから表現意欲が生まれる。「この感じ」を表現したい。その「この感じ」がつまり、感動の中身です。

感動の中身がはっきりしていれば、私たちは、そこに向かって推敲することが可能です。「この感じ」はそのまま、ゴールイメージとなります。

そのプロセスを経て、ことばは、詩句にまで高められていくのです。名句のもつ詩情の正体は、作者の感動ではないかと私は思います。

作者の感動が写生技術によって余すところなく表現された状態を、名句というのではないかと思うのです。

二一四、表情とこころ

以前に、句意がすっとわかり、そのあとでぐっとくる句が共感を呼ぶのではないかというお話をしました。また、「すっとわかる」を、映像喚起力、「ぐっとくる」を余韻・余情ということもできると……。

これを別のことばでいえば、表情からこころを読むといってもいいでしょう。句の表情とは、まさに私たちに見えている、句の文字そのもののことで、これを字面といったりもします。

芭蕉の、

古池や蛙飛びこむ水の音　松尾芭蕉

の字面の意味は、小学生でも分かるのではないでしょうか。しかし、これを俳句の表情とすると、そのこころを読むのは、容易ではありません。また、このこころが分からなければ、俳句は、ちっとも面白くないわけです。

画家は自画像というものをよく描きますが、その表情から、私たちは、複雑な胸の内を想像することができます。私たちが俳句で描けるのも、この表情だけといえないでしょうか。

ところで、先ほど挙げた古池の句から、そのこころを読むにはどうしたらいいのでしょうか。私は、その謎を解く鍵は、季語にあると考えています。


掲句に初めて接した当時の俳人たちは、とてもびっくりしたのではないでしょうか。『俳句大要』（岩波文庫）に収められた『古池の句の弁』で、子規は、この句以前の蛙の句をたくさん採録しています。

それらは皆、蛙の声であり、蛙合戦であり、蛇との絡みあいといったいわば固定観念の句ばかりで、だれも、実物の蛙をそのまま詠んだ人はいなかったのです。

これに対し、ただ一人芭蕉だけが、この束縛を離れ、水の音で蛙の跳躍する肉体そのものを描いたといえましょう。声を愛でるというそれまでの季語の情趣に、自然物としての蛙が加えられたのです。季語の蛙から見えてくるのは、そのようなこの句のこころです。

こころを知る手立ては、季語をよく理解する、できれば季語を体験するということに尽きるのではないでしょうか。俳句は、作者が即読者である不思議な文芸といわれています。私たちが、季語をよく理解し、選句力をつけることは、そのまま作句力を伸ばすことに繫がっていきます。

俳句は、表情からこころを汲み取ってもらう文芸だといえるかもしれません。

石山の石より白し秋の風　松尾芭蕉

海暮れて鴨の声ほのかに白し　同

二一五、季語の重層性

季語の殆どは自然の景物か、ひとびとの織り成す年中行事といえましょう。

『季語の誕生』（宮坂静生著、岩波新書）によれば、花・郭公・月・紅葉・雪の五箇の景物は、すでに平安後期（ほぼ西暦一〇〇〇年頃）に決められていたそうです。考えてみれば、これらの季語は、既に千年以上の歴史を紡いできたのです。

連歌の時代になると、「季語が一座を最も有効に統括するには、季語の『本意』を定めることである。」（『季語の誕生』）というふうに、連歌に於ける必要性から季語の本意が定められたといわれています。同書によると、

本意とは、『至宝抄』（里村紹巴著、一五八六年成立）によれば、以下のようなものです。たとひ春も大風吹、大雨降共、雨も風も物静なるやうに仕候事（本意にて御座）候、春の日も事によりて短き事も御入候へども如何にも永々しきやうに申習候、（後略）

端的にいえば、本意とは固定化された美意識ということができましょう。季語によってその詠まれ方が規定されているわけですから、そこで競われるのは主に知識と技巧ということになるかもしれません。

これに対し、芭蕉は、有名な古池の句で、それまでの蛙の本意を覆すことに成功しました。また、明治になって子規は、写生を唱導することによって、自分の眼で自然の美を発見することを奨励したのです。

このようにして、自然の景物としての季語は増加の一途を辿ることになります。季語といえば、現在では自然の景物をイメージすることが多いようですが、それでも、古くからの季語である五箇の景物などは、本意・本情を含めた形でイメージされるのではないでしょうか。

このように、季語は、一方では具体的な自然の景物であり、他方ではそれまでの文学作品を通して育まれてきた生い立ちの歴史を背負っているといえましょう。

この自然性と歴史性は、季語の重層性と呼ぶことができます。あるいは、季語の虚と実ということもできましょう。これは、季語のもつ最大の特徴といえます。つまり季語は、虚実双方から読み解かれるのです。

具体的にいえば、花という季語は、現実の花であると同時に、歳時記にある解説、考証、例句などを総て総合したことばとして重層的に鑑賞されるのです。文学者、俳人の忌日などは、生前の人物を知らない殆どの読者にとっては、その作品世界を通じて鑑賞されるのではないでしょうか。

花あれば西行の日と思ふべし　角川源義

澄雄なき淡海に秋の霞かな　伊藤伊那男

銭湯へ子と手をつなぐ傘雨の忌　橋本榮治

二六、助詞の省略と韻律

朝妻主宰（雲の峰）の切字論の補講「助詞の省略」を抜粋すると、次のようになります。今回は、この論考を手掛かりに助詞の省略と韻律との関係を考えてみたいと思います。

俳句は省略の文学とも言われる。主語や動詞を省略する、場面や背景を省略するなどなど、省略するということは俳句表現の重要な技法であると言っていい。

【助詞の省略まとめ】

表現する内容により、

①名詞＋活用語にて、助詞「は・を・が」が省略される

②名詞＋名詞にて、助詞「の・と・や」が省略される。

これを大ざっぱに言えば、語と語の間には互いに結びついて一つの意味をなそうとする性質があるということ

である。言い換えるならば、ある一定の条件のもとでは単語と単語は互いに結びあって一つの意味を持とうとする、ということが言える。つまり、一定の条件下では単語と単語の間に補完関係が生じるということである。

一定の条件とは前にみてきたごとく、

①ある助詞を挿入することで意味のあるフレーズとなる

②それ以外の助詞を挿入しても意味は成立しないということが言える。（後略、傍線筆者）

以下、例句を見てみましょう。

①曙や白魚白きこと一寸　松尾　芭蕉

②女身仏に春剝落のつづきをり　細見　綾子

③目には青葉山郭公初鰹　山口　素堂

④芋の露連山影を正しうす　飯田　蛇笏

これらの句に、省略されていると思われる助詞を補ってみましょう（傍線部）。

①曙や白魚が白きことの一寸　（五・十一・四）

②女身仏に春の剝落のつづきをり　（五・八・五）

③目には青葉山の郭公初鰹　（六・八・五）

④芋の露連山が影を正しうす　（五・八・五）

こうすると、特に中七の字余りがひどくなり、句の韻律が大きく損なわれることになります。引き締まった印象がなくなり、美しさも消失してしまいます。助詞が省略されるのは、背後に五・七・五の韻律に載せようとする力が働いているからではないでしょうか。

もちろん、省略しても、意味が通じることが大前提ですが、例えば、蛇笏の「連山が影を正しうす」は、上述の何れのケースにも相当しませんので、普通であれば「が」は省略できないものと思われます。

しかし、この文は、「神田川。祭の中をながれけり。」と同じ構造をしています。「連山。影を正しうす。」は、韻律を保つために、独立した句文のなかでも補完関係が成立することの証左といえるのではないでしょうか。

二一七、唯一無二の表現を目指して

以前にもご紹介しましたが、『ホトトギス』昭和二十四年十月号の「素十さん（承前）」のなかで、斎藤庫太郎氏は、高野素十の次のことばを紹介しています。

素十さんは、「表現は只一つにして一つに限る。」といはれておりますが、真の絶対の表現といふことにならふかと思ひます。（傍線筆者）

また、『素十の研究』（亀井新一著、新樹社）の中で同氏は、ホトトギス雑詠句評会をまとめた『現代俳句評釈』（春秋社刊）から、秋桜子と素十の次のようなやりとりを紹介しています。

（秋桜子）「穏やかな見方とか穏やかな叙し方とか云うものはただ態度がいいと云うに過ぎない。そういう句を素十君あたりが特に推薦しては、技巧を学ぶ若い連中は全然進路を失ってしまうようになりはせぬかと思う。」

（素十）「ある言葉を使うのは使うだけの心の要求がある。その点で技巧とその人の主観とがぴったりと一致して居って、我々が之等の人々の句を鑑賞する場合に、心に寸分の隙を与えない。之も長い修練の結果と思う。（後略）」（傍線筆者）

素十は、一句を成すのに唯一無二の表現を目指して、ここころが使いたいと思うことばを使うといっているのです。

唯一無二であるかどうかは心許無いのですが、私たちも、感動が表現できたと思える地点を目指して、推敲を重ねているのではないでしょうか。優れた俳句のあの堅牢感は、ことばが詩句にまで高められた結果といえましょう。

勿論、詩句という特別のことばがある訳ではありません。感動を表現するために、もっとも適切なことばが選択され、配置されるに過ぎないのです。しかし、そうすることで、ことばは十全に働き、美しく輝き出すのです。この状態を、ことばが詩句に高められた状態と呼んでいるのです。

それでは、具体的にどうしたらことばを詩句にすることができるのでしょうか。例えば、切字の「や」「かな」「けり」は、詠嘆の助詞あるいは助動詞と呼ばれ、作者の感動を付加する働きをもっています。

芭蕉さんが、「古池や」と詠嘆すると、そこには古色蒼然とした古池が現れ、水面の鈍い光まで見えてくるようです。蛙は、季語ですから既に感動の情趣をもっています。蛙の声ではないその水の音には、芭蕉さんのいいたいことの全てが込められています。

古池や蛙飛びこむ水の音　　**松尾芭蕉**

ここには、不要なことばは一切無く、さりとて、足りないことばも一切ないのです。ことばを詩句にまで高めることができるのは、感動のちからをおいて他にないのではないでしょうか。

二一八、子規の目指した写生句

子規が写生を唱導してから百年以上が経過し、日々様々な作品が作られ続けています。ところで、もともと子規が目指した究極の写生句とはどんなものだったのでしょうか。そこで、今回は次の句をもとに考えてみたいと思います。

赤い椿白い椿と落ちにけり　　**河東碧梧桐**

普通一句のなかに二つの色を持ち込めば、作者には色の対比を印象づけたい意図があるのだと思われがちです。けれども、掲句からは、不思議とそういう意図が感じられないのです。それは、何故なのでしょうか。

一つには、青木亮人氏が、『その眼、俳人につき』(邑書林)のなかで指摘しているように、掲句は、「句を読む速度と内容を想起する速度が合致する作品」だからではないでしょうか。掲句をもし、

赤い椿白い椿の上に落つ

とでもすれば、句意の僅かな屈折のなかに、作者の意図が仄見えてしまうでしょう。

しかし、碧梧桐句は、少なくとも、眼前の景を見たまま、そのまま、何ら技巧を交えずに詠んだように思われます。赤い椿、白い椿と順に落ちたといわれれば、あまりの技巧の無さ、単純さにそれはその通りに違いないと肯うしかないのです。

青木氏は、同書で次のようにも述べています。

子規はこの句を「眼前に実物実景を観るが如く感ぜられる」と評し、新時代を体現する「印象明瞭」と絶賛した。(傍線筆者)

子規は何故これほど絶賛したのでしょうか。掲句は無邪気といえばあまりに無邪気な詠みぶりですが、それだけに、椿が直線的に落ちる様を見事に表現しえているのではないでしょうか。椿の有り様がそのまま句形に乗り移ってしまったかのようです。

先に技巧の無さを指摘しましたが、これこそが技巧といえなくもないのです。子規は、掲句のなかに自然の息遣いを感じ取ったのではないでしょうか。

そのことが、子規をして、「実物実景を観るが如く」といわしめた当のものではないかと思うのです。子規は、『古池の句の弁』（『俳諧大要』岩波文庫）のなかで、「芭蕉は終に自然の妙を悟りて工夫の卑しきを斥けたるなり。」と述べています。子規が目指していたのは、このように自然の気息をそのまま写し取った句だったのではないでしょうか。

苗代のへりをつたうて目高かな　正岡子規

苗代に落ち一塊の畦の土　高野素十

滝の上に水現れて落ちにけり　後藤夜半

二一九、コミュニケーションとしての俳句

俳句のコミュニケーション性については、これまでも折に触れて言及してきましたが、秋山巳之流氏は、『魂に季語をまとった日本人』（北溟社）のなかで、俳句の師の角川源義氏のことばを、次のように紹介しています。

先師は呟いた。
《ところで、俳句というものは、実に孤独な文学だと思います。つまり自分というものの表現にしか過ぎないのです》（傍線筆者）

また、俳句評論家の山本健吉氏は、挨拶と滑稽という論文（『俳句とは何か』角川ソフィア文庫）のなかで、「一、俳句は滑稽なり、二、俳句は挨拶なり、三、俳句は即興なり。」と述べています。氏のいう挨拶と即興は、そのままコミュニケーションの特性といってもいいのではないでしょうか。

たとえば、句会の場面を想像してみましょう。

一般的な句会は、当季雑詠もしくは、当季の兼題を投句することで成り立っています。当季に限定するのは、俳句が季節の詩であることも勿論ですが、現在のホットな思いを作品にすることで、俳句によるコミュニケーションを図っているという見方もできます。俳句は身近な出来事を、作者の視点で詠うため、それを受け取るほうも作者をより身近に感じることができるのではないでしょうか。

また、月間の結社誌を通して、私たちは、今生きてある私たちの心情を相互に披露しあっているのだともいえましょう。結社の結束力は、その偽らざる相互披露にあるのではないでしょうか。

俳句は、いまここを生きる私たちの息遣いそのものなのです。結社誌の作品欄からは、今を生きる仲間たちの声が聞こえる仕組みになっているのです。

さらに、先人たちの俳句を読むことで、時代を超えたコミュニケーションも可能です。

山路来て何やらゆかしすみれ草　　松尾芭蕉

を読むときは、私たちは、芭蕉さんの傍らにいます。何故なら、俳句の共感のプロセスとは、読者が作者と同じ視点をもつことだからです。

牡丹散ってうちかさなりぬ二三片　　与謝蕪村

蕪村さんの傍らにも、私たちは容易に飛んでいけます。この句に共感するだけで、それが叶うのです。

誰しも、好きな作家、好きな作品があるでしょう。その作品を通して、私たちは、見知らぬ作者に出会っているのではないでしょうか。芭蕉が西行を敬愛したように、一茶が芭蕉を敬愛したように、文芸上の繋がりは、容易に時を超えてしまうのではないでしょうか。

二二〇、ブラックボックス

私たちのなかには、ことばにならない思いが常に渦巻いています。社会生活を営むということと個人の内面との間には、軋轢や葛藤があるものです。

いいたいけれどいえないもの、いってはならないと抑制されているもの、雲のようなことばにならない思い、私たちの内面には、ことばにならないことばが、蠢いているのではないでしょうか。

優れた俳句が、優れた認識力に裏打ちされているように感じるのはなぜなのでしょうか。俳句はとても短い詩ですから、ちょっとした心のときめきを捉えようとしています。その結果、写生の眼は否応なく、自分自身に向けられることになるでしょう。

俳句を通して私たちは、外部を見る眼、内部を見る眼を訓練しているのではないでしょうか。

俳句の訓練のおかげで、私たちは、ことばにならないものが、ことばになる瞬間を捕まえることができるようになります。なぜほかのことばではなく、そのことばなのかは、本当のところよくわかりません。しかし、そのことばの方が、より適切だと分かるのです。

例えば、反戦デモをしていて、

夏夕べ風が吹き去る反戦歌　　金子つとむ

という俳句が生まれました。強い風の吹き荒れる日で、実際、事実はそのとおりだったのですが、「吹き去る」では元気がないなと思ったとき、「湧き継ぐ」ということばがふっと浮かんできました。

どうしてそのことばが浮かんだのか、それはブラックボックスで知るよしもありません。しかし、吹き去るより湧き継ぐの方がいいと咄嗟に思ったのです。そこで、次のように推敲しました。

夏夕べ風に湧き継ぐ反戦歌　　金子つとむ

私たちが、たくさんの季語を知り、たくさんの語彙を覚え、たくさんの俳句を作ることで鍛えているのは、ことばを生み出すブラックボックスの回路なのかもしれません。それだけに、俳句のことを説明するのは、とても難しいことなのではないでしょうか。

ブラックボックスの中身を明らかにすることはできませんが、そこには、私たちが生きて、見て、感じたことのすべてが詰まっているように思われます。人それぞれに違うブラックボックスがあるのです。

このように考えてみると、俳句は、自身のことばに耳を傾け、それを正直に捕まえることで成り立っているのではないかと思えるのです。

蓮散ってすなわち黄泉の舟となる　　角川照子

二二一、算術の少年―「の」の使い方―

朝妻主宰（雲の峰）がよく二句一章の二物衝撃の例句として取り上げる句に、

算術の少年しのび泣けり夏　西東三鬼

があります。今回は、二物衝撃ではなく掲句の「算術の少年」という言い方に着目してみたいと思います。

試みに現代俳句協会のデータベースから、例句を拾ってみると、次の句が見つかりました。

九月の少年の一途に話かけてくる　堀保子

入学の少年母を掴む癖　右城暮石

マフラーの少年が来る夜の埠頭　野木桃花

凧揚げの少年風ときて帰る　大堀祐吉

「の」には、格助詞、並立助詞、終助詞などの用法がありますが、例句の「の」は、いずれも格助詞です。「の」には、さまざまな意味がありますが、その代表的な使い方は、次の例のように、対象を限定し、大から小へと収斂していくやり方です。

ゆく秋の大和の国の薬師寺の
塔の上なる一ひらの雲　佐佐木信綱

みちのくの伊達の郡の春田かな　富安風生

ところで、先に挙げた例句の「の」の意味を補ってみると、次のようになりましょう。

算術の少年………算術をしている少年
九月の少年………九月という季節にいる少年
入学の少年………入学する少年
マフラーの少年……マフラーをしている少年
凧揚げの少年………凧揚げをしている少年

ここでもやはり、「の」は限定する働きをしていることが分かります。それは、頭にほかでもないを補ってみるとよく分かります。（ほかでもない）算術をしている少年、（ほかでもない）マフラーをしている少年というふうに……。

このように捉えると、この少年たちの心の内を、算術や、九月や、入学やマフラー、凧揚げが占有している状態とみることができるのではないでしょうか。

算術の少年は、単に算術をしている少年ではなく、算術のことで、こころが一杯になっている少年といえましょう。それだけに、問題が解けなくて忍び泣きするのではないでしょうか。

同様に、マフラーの少年は、マフラーを着けたことで、心が満たされているのです。そして少し無頼を気取って、わざわざ夜の埠頭まで出かけていくのです。

例句はどれも、この「の」の働きを巧みに利用している句といえましょう。

懸垂の少年ひとり炎天下　　金子つとむ

二二二、詩語をつかむ

俳句は詩であるというとき、俳句のことばはどのような状態になっているのでしょうか。私は、一句のなかに詩語として働くことばがあるはずだと考えています。

ここでいう詩語とは、単に詩歌で使用されることばという意味ではなく、ことばが実体化する状態ということができます。このことを、後藤夜半の句で、見ていきたいと思います。

滝の上に水現れて落ちにけり　　後藤夜半

掲句を読んで釘付けになってしまうことばは、「現れて」です。滝の上に次から次へとやってくる水を作者は、「現れて」と言い止めたのです。『広辞苑』によれば、現れるとは、隠れていたものごとや今までなかったものが、はっきり表面にでるという意味です。

作者は、滝の上に現れた水が、滝壷に落ちることが滝そのものであると看破しました。作者が書きとめたのは、その中のある一塊の水の有り様です。比喩的にいえば、実際には、この句が何千、何万と集まって、あるいは、永劫に繰り返されることで滝の姿となるのです。
この「現れて」のようなことばを私は詩語と呼びたいと思うのです。
「現れる」という普通のことばが、ここでは、滝の本質を言い当てたことばとして、働いているのです。詩語があることで一句は生動し、私たちは、まさに次から次へと絶え間なく現れる滝の水を眼前にすることができるのではないでしょうか。
そして、この「現れる」を詩語にまで押し上げたのは、作者の感動の力ではないかと思うのです。「現れて」は、作者の感動が掴み取ったことばといえるでしょう。

詩であっても、事情は同じではないかと思います。ここでは、木下夕爾氏の作品から、詩語として働くことばを探してみましょう（空白行を省略）。

晩夏

停車場のプラットホームに
南瓜の蔓が匍いのぼる
閉ざされた花の扉のすきまから
てんとう虫が外を見ている
軽便車が来た
誰も乗らない
誰も降りない
柵のそばの黍の葉つぱに
若い切符きりがちょっと鋏を入れる

（詩集『晩夏』より）

最後まで読んだとき、若い駅員の心情まで見えてくるのは、「鋏を入れる」ということばが、まさに実体化しているからではないでしょうか。そして、このことばがあることで、詩全体が生動しだすのです。

二三、片言でも通じるけれど

句会に参加していると、表現に問題があっても、初心者の選に入ったり、特選を得たりする場合があります。
優れた俳句は、決して片言ではありませんが、片言であっても通じてしまうのは何故なのでしょうか。

このあたりの事情を、鍵を失くした少女という設定で考えてみたいと思います。

夕方、鍵を失くした少女が、道端で泣いています。通りがかりの人が声をかけると、その少女は、夕焼け空を指差して、次のように答えました。

「夕焼け。鍵。ない。」

Aさんは、少女の傍らに子ども用の自転車があったので、少女は、自転車の鍵を失くしてしまって、家に帰れないのだと思いました。しかし、そう考えたのは、もちろんその場に居合わせたからです。

Bさんは、自転車には気づかず、この子は、鍵っ子なのだと考えました。失くしてしまったのは、家の鍵です。家の鍵を失くして、家に帰れないと解釈したのです。

二人とも、少女が泣いているのは、家に帰れないからだと考えました。夕闇が迫っていたからです。

少女のことばは片言ですが、そこから私たちは、少女の言いたいことを推し量り、理解しようとつとめます。俳句もまた、相手を分かろうとする読者の気持ちによって支えられているのではないでしょうか。

夕焼や失くした鍵の見つからず

もし、このような俳句を作ったとしても、優しいAさんやBさんには、通じてしまうのです。

また、さらに、

夕焼や家の鍵未だ見つからず

夕焼や自転車の鍵見つからず

などとすれば、鍵がどんな鍵が、読者は想像することができるでしょう。そして、夕焼けは、少女の帰りたいという気持ちを代弁してくれています。

さらに、

夕焼や広場でさがす家の鍵

などとすると、いっそう情景がはっきりしてきます。何を伝え、何を省略するかは、作者が決めることです。それは表現意図によって異なってくるでしょう。

朝妻主宰（雲の峰）の句形論は、片言ではなく正しく伝えるための方法を明示しています。

俳句で甘えようと思えばいくらでも甘えられます。しかし、大事なことは、自分の思いを正しく伝えることなのではないでしょうか。正しい日本語は、百年後でも二百年後でも必ず伝わると信じて……。

二二四、季重なりの情趣

八月初めの句会で次のような句が投句されました。

切り通しの紫陽花ひそと枯れゆけり　原田みる

当期雑詠ですので、作者は今の季節の紫陽花を詠んでいるのは確かです。しかし、句会を離れて掲句をみたとき、枯れということばはやはり気になるでしょう。枯るは、荒涼とした冬の季語ですが、掲句は初冬辺りの景物ととれないこともないからです。

掲句には朝妻主宰（雲の峰）の添削が入りました。

切り通しの紫陽花ひそと褪せゆけり　原田みる

こうすることで、季語の紫陽花が主役として立ってきて、私たちは、紫陽花の咲き終わる頃の季節に誘われます。季重なりを回避することで、季の混乱は避けられたわけです。

しかし、ここで再度考えてみたいのは、仮に「枯る」が季語だということを作者が失念していたとしても、作者は何故「枯れる」ということばを使ってこの情景を詠んだのかということです。

作者は緑一色の世界のなかで、はやくも役目を終えたかのように枯れていく紫陽花の姿に眼を奪われたのではないでしょうか。「ひそと」には、そんな紫陽花に寄せる、作者の心情を見ることができるでしょう。

紫陽花の枯れ色は、周りとの対比効果もあいまって、どきっとするほど眼を射るものです。それは作者が発見した情趣であり、これを何とか表現できないかと思うのです。特に未だ花色の残るなかに、一つ二つの萼片だけが枯れている様には、どきりとさせられます。

実は、筆者も以前に作者と同じような思いに駆られて、作句したことがありました。

紫陽花の毬に枯色ささりけり　金子つとむ

私の句も、季重なりの弊をとどめており、完成作とはいえませんが、大事なことは自分が感じたこと、いいたかったことにこだわり、よりそれに近い表現を目指していくことではないかと思われます。

新しい情趣はむしろ季重なりの句の方にあるのではないでしょうか。何故なら、多くの人が意識的あるいは無意識的に回避した世界を詠んでいるからです。「枯る」を季語だと知らずに、花が枯れたとか、草が枯れたとか表現してしまったとしても、そのことばを選択したのは、それなりの感動があったからだと思うのです。

ですから、推敲の際は、感動ごとごっそりと抜き取ってしまうのではなく、感動を残して表現だけを推敲することが大切なのではないでしょうか。

紫陽花の色の抜けたる一二片　金子つとむ

紫陽花の末一色となりにけり　小林一茶

二二五、俳句の韻律と省略

あらためていうまでもないことですが、俳句は五・七・五の韻文です。今回は、この韻律が省略とどう関連してくるのかということを考えてみたいと思います。

朝妻主宰（雲の峰）が切字論で取り上げている句の内、省略を含むものを探してみましょう。

【一句一章（句意）】

鶏頭を三尺離れもの（を）思ふ　細見綾子

盆梅が満開となり酒（を）買ひに（出かける。）　皆川盤水

見る者も見らるる猿も寒さうに（している。）　稲畑汀子

うぐひすのなくや。ちひさき口明いて　与謝蕪村

山茶花や。いくさに敗れたる国の　日野草城

（補完関係）

石山の石より白し。秋の風。　松尾芭蕉

神田川。祭の中をながれけり。　久保田万太郎

【二句一章（句意）】

（二物衝撃）

蟾蜍。長子（が）家（を）去る由もなし。　中村草田男

算術の少年（が）しのび泣けり。夏。　西東三鬼

（情景提示）

夜桜や。うらわかき月（が）本郷に（出た。）　石田波郷

ひぐらしや。どこからとなく星（が）にじみ（出た。）　鷹羽狩行

七夕や。髪（の）ぬれしまま人に逢ふ。　橋本多佳子

【三段切れ（三句一章）】

目には青葉。山（の）郭公。初鰹。　山口　素堂

初蝶来。何色と問ふ。黄と答ふ。　高浜　虚子

明日（は）ありや。あり。外套のボロ（を）ちぎる。　秋元不死男

緑なす松や。金（が）欲し。命（が）欲し。　石橋　秀野

こうしてみると、俳句では常に五・七・五にしようとするちからが働き、省略可能な助詞あるいは動詞を省略する傾向にあるようです。

そのことが、ことばのリズム感と緊密感を生み、散文にはない味わいを醸し出しているといえるのではないでしょうか。そして、ことばを省略できるのは、読者がそれを一義的に補うことができ、省略されても意味を取り違えることがない場合に限られるといえそうです。

逆にいうと、一義的に助詞をあてがうことができなかったり、意味が通じない場合は、省略不能ということになるでしょう。

滝の上に｜水現れて落ちにけり　後藤夜半

白牡丹と｜いふといへども紅ほのか　高浜虚子

ねむりても旅の花火の胸に｜ひらく　大野林火

二十六、二つ以上の句文を統べるもの

ここでは、朝妻主宰（雲の峰）の句形論をもとに、二句一章、三段切れ（三句一章）の句文が、一章として統べられる理由を考えて見たいと思います。

句意の二句一章、三段切れを取り上げますので、補完関係については言及しないことにします。

二句一章の二つの句文を例によって句文A、句文Bとします。情景提示も、二物衝撃もこれらの句文同士は、独立した関係にあります。それなのに、この二つの句文が一章をなすことができるのは何故なのでしょうか。

そこには、これらの句文を統べる何らかの力が働いているのではないでしょうか。その力を私は、場の力と呼んでみたいと思うのです。場の力とは、そこに作者がいて、作者の視点から選びとられた景物が一章を構成しているということです。

古池や蛙飛びこむ水の音　松尾芭蕉

一句を構成する景物は、作者の視野のなかに存在していると考えることができます。

夏草や兵どもが夢の跡　松尾芭蕉

作者は夏草を眼前にして立っていて、作者の感慨として「兵どもが夢の跡」という句文が立ち上がっていると考えられます。つまり、どちらのケースでも作者の立ち位置が確保されているということです。

一句のなかに作者の立ち位置があることが、俳句に空間が内在することの理由ではないかと思われます。何故なら、古池と作者との距離は、少なくとも水音が聞こえるほどの距離であり、その距離があることで空間が生まれるからです。さらに、夏草の句では、眼前の夏草のある空間に、時間的な広がりも加味されています。

何れの場合でも、その空間に作者はいて、その立ち位置から見た視点によって、一句は統べられているといえるのではないでしょうか。極論すれば俳句は詩空間そのものだと思うのです。

写生という手法を身につけた私たちが、眼前の景物のなかから取捨選択して一句をなすとき、そこに生まれる詩空間は、ひとりでに作者の視点によって統べられています。それ故、ことさら意識しなくても、句文A、句文Bが散逸してしまうことはないのです。

三段切れであっても事情は同じです。

初蝶来何色と問ふ黄と答ふ　高浜虚子

彼一語我一語秋深みかも　高浜虚子

目には青葉山郭公初鰹　山口素堂

句文A、句文B、句文Cを統べているのは、やはり場の力といっていいのではないでしょうか。

二二七、詩空間を感動で満たす切れの力

前回、俳句は極論すると作者のいる詩空間そのものであるというお話をしました。今回は、切れ（切字）の働きで、詩空間が感動で満たされる様子を見てみましょう。Aが原句、

Bは切字を変更して一句一章にした場合です。

A　古池や蛙飛びこむ水の音　**松尾芭蕉**

B　古池に蛙飛びこむ水の音

Aでは、古池というものを読者がしっかりと受け止め、自分のなかに古池のイメージを定着できるのに対し、Bでは、古池に思いがとどまるまえに、次へ流れてしまうような感じがします。それは、助詞の「に」が、飛び込むという動詞を呼び込んでしまうからかもしれません。

いずれにせよ、切字「や」によって、古池のイメージが強く打ち出され、作者の感動が詩空間を満たしていくように思われます。古色蒼然とした趣、その静けさのなかに蛙の水音が聞こえてくるのです。

A　夏草や兵どもが夢の跡　**松尾芭蕉**

B　夏草は兵どもが夢の跡

Bのように一句一章にしてしまうと、夏草に対する思い入れは、かなり希薄になってしまうのではないでしょうか。やはり「夏草や」と打ち出してこそ、「兵どもが夢の跡」という重厚な句文と釣り合うように思えるのです。

次に、一句一章で使われる「かな」「けり」を見てみましょう。

とどまればあたりにふゆる蜻蛉かな　**中村汀女**

くろがねの秋の風鈴鳴りにけり　**飯田蛇笏**

「蜻蛉かな」の詠嘆によって、作者のこころが蜻蛉に寄り添っているのが分かります。また、「鳴りにけり」は、作者が風鈴の音色に驚いて、耳をそばだてている様子を彷彿とさせるでしょう。詩空間に作者の感動が行き渡っている証拠ではないでしょうか。

次に、いわゆる「や」「かな」「けり」などの切字のない場合を考えてみましょう。朝妻主宰説では、切字は、句点を含む語となります。

蟾蜍長子家去る由もなし　**中村草田男**

掲句では、句文Aと句文Bが一瞬戸惑うくらいに離れているため、切字「や」がなくても、句文間の断絶（切れ）を強く意識することになるでしょう。この句の構造は、芭蕉の「夏草や」と同じです。
そして、句文Aと句文Bの併置は、大いなる謎となって、私たちに迫ってきます。やがて、二つの句文が、スパークするように繋がったとき、二つを併置した作者の意図にはたと気づくのです。そして、この断絶を作者の感動が満たしていることを知るのです。

二二八、ポエム・季語って何？

今回は、趣向を変えてポエム風に始めてみましょう。

日本に四季があるということ
それがすべての始まりだった
自然は驚くほどの美しさで人々を魅了した
しかし時には
圧倒的な残忍さでその脅威をみせつけた
やがて
ひとびとは自然を見極め
類まれなことばに結晶させた
風を読めなければ漁師ではない
空を読めなければ農民ではない
それに秀でたものが
長と呼ばれ敬われた

漁師は命がけで漁をして
絶えることなく命を繋いできた
農民もまた
幾世代もかけて一つの田畑を耕し
大地の恵みを
手に入れてきた
そうしてときは流れ
無数の季節のことばが私たちに残された
季語――それは
五感に刻まれた季節の刻印
季語――それは
先人たちのいのちの証し
季語を唱えるだけで私たちは
その世界に飛んでいける
五感が勝手に反応してしまうのだ
何という不思議なことば！
さくらといえばさくらが咲き

もみじといえば山々が色づく
何ということばの魔法！
日本に四季があるということ
それがすべての始まりだった

季語は、一句のなかで作者のいる場所の空気感を決定づけているように思われます。夏井いつき氏は、『絶滅危急季語辞典』（ちくま文庫）のなかで、芭蕉の次の句に、湿り気を感じると指摘されています。

辛崎の松は花より朧にて　松尾　芭蕉

この芭蕉の一句には、肌に感じとることができるぼんやりとした湿気が存在する。鼻腔の奥のかすかな湿りを思い出させるような皮膚感がある。（後略）

季語とは私たちにとって、すでに肉体化し皮膚感覚となったことばなのではないでしょうか。あらゆる五感情報がそこにはぎっしりと詰まっているのです。

二二九、二句一章のかたち

二句一章（句意）の形は、なぜ情景提示と二物衝撃だけなのでしょうか、句文Aと句文Bは、それぞれ独立した意味をもっていますが、これを二つの円として、数学の集合図として表記すると、次の三つの関係を想定することができるでしょう。

①片方の句文が、もう片方の句文のなかに含まれる場合。
②句文Aと句文Bが接するか重なりあっている場合。
③句文Aと句文Bが無関係の場合。

このうち、③はそもそも、俳句として成立しようがありません。残る①と②が、それぞれ①情景提示と②二物衝撃ということになります。それでは、例句を挙げて確認してみましょう。

【情景提示】

七夕や髪ぬれしまま人に逢ふ　橋本多佳子

芋の露連山影を正しうす　飯田蛇笏

夏の河赤き鉄鎖のはし浸る　山口誓子

例句では、季語である句文Aの情趣のなかに、句文Bが置かれているように思われます。つまり、季語の情趣が一句を統べているといっていいでしょう。次に、二物衝撃を見てみましょう。

【二物衝撃】

霜柱俳句は切字響きけり　石田波郷

蟾蜍長子家去る由もなし　中村草田男

鞦韆は漕ぐべし愛は奪ふべし　三橋鷹女

当初、句文Aと句文Bは、無関係のような印象を与えるかもしれません。しかし、読者が、二つの句文の関係に気づいたとき、これらは結合を果たすのです。

もし仮に、読者にとって二つの句文の関係が不明のままであれば、掲句はその読者にとっては、俳句ですらないともいえるでしょう。

次に二句一章（句意）になりえないケースを見てみましょう。まずは、句文として意味が独立していない場合です。初心者の犯しやすい過ちといえましょう。

【句文の意味が独立していない場合】

射的屋の女将のうなじ。汗光る。

射的屋の女将の頸に汗光る。

五七五にするために、省略不可能な助詞を省略した結果生じたもので、一句一章が崩れた形といえます。

【句文A＝句文B、種明かし】

これは、朝妻主宰が種明かしと称しているもので、例えば、草田男の句を故意に変形すると次のようになります。原句のように、本来は一句一章で表現すべき内容です。端的にA＝Bなら、二句にする必要すらないのです。

町空に新しきもの。つばくらめ。

町空のつばくらめのみ新しや　　中村草田男

二三〇、補完関係が意味するもの

ここでは、補完関係が意味するものを例句の鑑賞を通して探ってみたいと思います、ここで取り上げるのは、主語を補完する場合です。二つの例句をもとに、補完関係が、助詞「が」や「は」の省略では決してないことを確認していきたいと思います。

①　神田川祭の中をながれけり　　久保田万太郎

②　神田川が祭の中をながれている

①と、②の散文は同じ意味でしょうか。もし、①を助詞「が」が省略された意味に解釈すると、②とそれほど違わないことになります。しかし、原句の意味は全く異なります。

以下は、その鑑賞文です。

いつも見慣れた神田川が、今日は、祭の中をながれている。祭りの風物を川面に映して、静かに流れている。普段は気にも留めなかったが、川はいつもそうやって人の営みを映して流れていくものなのだ。これまでもこれからも……。

このような鑑賞を可能にするのは、上五の切れと下五の「けり」の働きでしょう。作者は、祭のなかで神田川を、いや川というものを再発見したのではないでしょうか。そこには、絶えることのない営々とした流れがあったのです。単に、「が」が省略されている訳ではないというのはそういう意味なのです。

①　一月の川一月の谷の中　　飯田龍太

②　一月の川が一月の谷の中にある

もし、②のように言われたら、それは理屈にしか聞こえないでしょう。しかし、原句は全く違います。ですから、次のような鑑賞文を引き出すことも可能なのです。

この素っ気無いくらいの無機質な感じはどうだろう。

私はこの句から、葉の落ち尽くした雪深い広葉樹の谷を思い、そこに暗く深い色を見せて流れる一条の川を想像する。一月の川も一月の谷も、発語された瞬間に、まるで別々の存在として立ち現れるのだ。一月という季語の力が、ものをものとして、分離・独立させてしまうのである。

だからこの句は、三月でも六月でもいけない。季語が動かないというのはまさにこういうことだと思う。この句は、単なるレトリックの句ではない。一月とはまさに物そのものを剝き出しにする月なのだ。そのような一月の谷川の有り様を、一月の川といい、一月の谷といったのである。そしてこの二つを「の中」という措辞でまるで嵌め絵のように結びつけてみせたのである。

この句はあまりにも鮮やかで、一瞬何が起こったのかわからないくらいだが、川といい谷というありふれた概念を、一月の一字が限定し、特定し、まさに実在する川そのものとして提示したのである。俳句でこんな芸当ができてしまう。それは驚きであり、読者の喜びでもある。

二三二、省略できる「の」、できない「の」?

「俳句の韻律と省略」の項でも述べましたが、俳句の音数律は、五音、七音、五音のなかでは、それぞれ助詞や語を省略して、音数を整えるように働きます。その結果、例えば上五の名詞に格助詞の「の」がついて五音以上になるような場合、この「の」の要不要について、迷う場合があります。今回は、格助詞の「の」が省略できるケースとできないケースについて見ていきます。

すでに、朝妻主宰は「切字という名の呪縛」の冒頭で、「の」が省略できるケースについて言及していますので、要約してみます。

語と語の間には互いに結びつきあって一つの意味をなそうとする性質があるとしたうえで、主宰は、省略された助詞が一義的に特定できるのであれば、省略可能だと述べています。名詞+名詞では、助詞「の・と・や」が省略可能で、「の」が省略されるのは、次のようなケースです。

大根の花紫野大徳寺　高浜虚子

バス来るや虹の立ちたる湖畔村　同

冬河に新聞全紙浸り浮く　山口誓子

それぞれ、紫野の大徳寺、湖畔の村、新聞の全紙の省略されたものです。蛇足を加えるならば、「の」の省略された箇所に句点があると仮定した場合、句として成立しないため、助詞の省略だと分かるのです。

大根の花。紫野。大徳寺。（成立しない）

バス来るや。虹の立ちたる湖畔。村。（成立しない）

冬河に新聞。全紙浸り浮く。（成立しない）

以上のことを踏まえると、上五に続く「の」の要不要も自ずから明らかでしょう。つまり、次の場合だけ「の」が省略できるのです。

A　一義的に「の」の省略だと分かる。

B　句点を打つと、句として成立しない。

ですから、次の句のように、「江戸神輿の鳳凰」の「の」は省略できます。

江戸神輿鳳凰まさに飛ばんとす

江戸神輿。鳳凰まさに飛ばんとす。（成立しない）

逆に省略できないのは、次のような場合です。原句①は、②のように言い換えても文章が成り立ちます。

①　ポンポン船の冬浪。犬と残りたり。　細見綾子

②　ポンポン船と冬浪。犬と残りたり。

このように、助詞が一義的に決まらない場合、「の」は省略できないことになります。もしこの句を、

ポンポン船。冬浪。犬と残りたり。

と敢えて破調の三段切れにすると、句としては成立しますが、冬浪は船が齎したものではなくなり、詩情が失せてしまうように思われます。

二三二、ときめきの痕跡

題詠をしていると俳句は創作であると勘違いしそうですが、私自身は、俳句はむしろ体験に近いものだと考えています。自分史であり自分詩である俳句には、作者自身のときめきが必須なのではないでしょうか。

例えば、一輪の花を見てあっと思ったときめきが一句の始まりです。そのときめきを句にすることで、ときめいた事実が、自分自身を知るよすがともなるのです。一句のなかには、そのときめきの痕跡が自ずから表れるものだと私は考えています。

私たちの発話は、身体が、五感が、何かを感じ取って生まれてきます。そのすべてを意識することはできないでしょう。普段の会話を思い浮かべてみればいいのです。目には見えないその場の雰囲気まで掴み取ったうえで、私たちは自然に会話をこなしています。

俳句とて同じではないでしょうか。作者が五感で感じたすべてのことが一体となって、ことばを生み出してくるのです。そうして生まれた一句のリズムには、作者のときめきが宿るのではないでしょうか。作者自身のことばであればあるほど、一句は独自性を帯びてきます。

俳句が類句・類想を嫌うのは、作者のときめきを詠えということなのではないかと思います。頭で考えて作ったものには、どこか類想が付き纏うものです。空想の匂いがしてしまうのです。作者が現場にいてときめいている感じがしないのです。それを具体的に指摘するのは難しいのですが、会話でも話ができすぎていると、どこか嘘っぽく感じてしまうのと少し似ているかもしれません。

俳句は、創作ではなく体験なのではないでしょうか。だからこそ、自分にとっていっそう意味があるのではないかと思うのです。細見綾子さんの句には、作者のときめきが素直に表現されています。これらの句に私は、少女のような純真を感じてしまうのです。

チューリップ喜びだけを持つてゐる　細見綾子

つばめつばめ泥が好きなる燕かな　同

山茶花は咲く花よりも散つてゐる　同

『言葉で世界を変えよう』（黛まどか、茂木健一郎共著、東京書籍）のなかで、黛氏は次のように発言しています。

「桜」や「朧月夜」と詠んだ瞬間に、何とも言えない情趣がおとなう。それは、季語という言葉の力が発揮された瞬間だと思いますが、同時にその季語を依り代として、何か別の命が詠み手の中に宿った瞬間だとも思うんです。

大げさにいえば、一句を得る毎に作者は、新しい自分と向き合うことになるのではないでしょうか。

二三三、省略不能な『に』と補完の関係

俳句を推敲する過程で、語順を入れ替えていたりすると、次のような句ができてしまうことがあります。初めは原句に引きずられて、推敲句でもよさそうにも思うのですが、果たして、二句一章の補完関係は成立するのでしょうか。その理由も含めて考えてみたいと思います。

【原句】朝顔に夕べの水の行き渡る。　金子つとむ
【推敲】行き渡る夕べの水や。牽牛花。　同

結論からいえば、このようなケースでは、補完関係は成立しないように思います。原句から、助詞の「に」をとることはできないのです。何故なら、原句の意味を保つには、「に」は必須の助詞だからです。

しかし、推敲句では、助詞「に」が外されています。このことで、牽牛花の意味合いに変化が生じてしまうのではないかと思われます。

原句では、牽牛花は水が行き渡る対象であるのに対し、推敲句では、牽牛花そのものというより、牽牛花のもつ情趣が前面に押し出されてきます。単に牽牛花といわれれば、読者はそれが咲いている情景を思い浮かべるのではないでしょうか。

ここに推敲句を読んだときに生じる違和感の原因があるように思われます。

仮に、原句を知らずに推敲句だけを読んだとしましょう。どんな光景が見えてくるでしょうか。牽牛花から想像される

のは、それが咲いている朝の時間、その静けさや一日の始まる活気のようなものではないかと思います。

それに対し、夕べの水が齟齬をきたしているのです。助詞「に」の欠落により、「行き渡る夕べの水や」という句文の行き場がなくなり、意味がとりにくくなってしまったといえましょう。

しかし、何故このような推敲をしてしまうのでしょうか。それは、助詞「に」が理屈っぽくて嫌われるからではないかと思われます。回避策の一つとして、朝顔（牽牛花）が主語になるように、述語を変える方法があります。例えば、次のようになります。

【原句】朝顔が夕べの水によみがえる。　金子つとむ

【推敲】牽牛花。夕べの水によみがえる。　同

ところで、「朝顔の実」は漢方薬として使われ、中国の故事では、「王の大病をこの薬で治し、その褒美に当時としては財産であった牛を貰って帰ったことから、牽牛子《けんごし》と呼ばれるようになった」ということです。

朝顔の強さを目の当たりにすると、その牽牛子の謂れにもどこか納得してしまいます。

朝顔や濁り初めたる市の空　杉田久女

二三四、ものの実在化について

突然ですが、俳句を読んで私たちは何故感動するのでしょうか。

滝の上に水現れて落ちにけり　後藤夜半

この滝の本質をずばりと言い当てたような句を読むたびに、私は、眼前に滝が現れ、水が落ちつづけるのを感じます。翻って、俳句の価値は、ことばがものをものとして存在させることにあるのではないでしょうか。まさに、そのものがそこに紛れもなく存在する感じ、それが、私たちを感動させるのではないかと思うのです。

いうまでもないことですが、ことばは、ものそのものでは

ありません。ことそのものでもないのです。ただ、何かを指し示すだけのことば。それなのに、掲句からは、紛れもなく滝が現れ、水が……現れたのです。

それをそこに現存せしめるのが、ことばの力、文芸の力ではないでしょうか。掲句には、水の実在感があり、まさに水が躍動しているのです。

このように考えると、優れた句というものは、ものの実在感を際だたせた句ということもいえるのではないでしょうか。それが、そこに厳然としてあること、そのことが私たちに信頼と安心を与えるのではないかと思うのです。端的にいえば、私たちは俳句を通してものに触れる。その手触り感を味わっているのです。

例句をあげて、ものとして実在化しているようすを見てみましょう。

かたまつて薄き光の菫かな　渡辺水巴

赤とんぼ馬具はづされし馬憩ふ　皆川盤水

町空のつばくらめのみ新しや　中村草田男

花衣ぬぐやまつはる紐いろいろ　杉田久女

人入つて門のこりたる暮春かな　芝不器男

まま事の飯もおさいも土筆かな　星野立子

とどまればあたりにふゆる蜻蛉かな　中村汀女

冬蜂の死にどころなく歩きけり　村上鬼城

鳥わたるこきこきこきと罐切れば　秋元不死男

乳母車夏の怒涛によこむきに　橋本多佳子

一句を読んだ瞬間に私たちを引き付けるのは、この実在化したことばのように思われます。それは、理屈ではなく、咄嗟に感じとることのできるものです。私たちが選句するときには、無意識にこのようなことばを探しているのではないでしょうか。

古代、人々は、ことばに宿る不思議な霊威を感じて、それを言霊と呼びました。ことばの不思議が私たちを俳句の虜にしてやまないのです。

二三五、ものを実在化させる方法

前項で、ものの実在化について述べましたが、具体的にどうすればものを実在化させることができるのでしょうか。今回は、前項でも例句としてあげた二つの句をもとに考えてみたいと思います。

滝の上に水現れて落ちにけり　後藤夜半

掲句のキーワードは、やはり「水現れて」でしょう。このことばが、滝の本質をみごとに言い当てているからです。それだけに、多くの読者がこの句から、自分が見た実際の滝を思い浮かべることができるのではないでしょうか。

作者は、滝と対峙することで、このことばを掴みとったのでしょう。それが、どのようにやってきたのか他者には知る由もありませんが、このことばに出会ったことは、作者にとっても驚きであり、発見だったのではないかと思われます。端的にいえば、作者は、「これだ！」と小躍りしたに違いありません。作者の記憶のなかの様々な滝も、この一語によって浮かび上がってきたのではないでしょうか。

このような認識の一語を得ること、それが、ものを実在化させる一つの方法といえましょう。

次に、橋本多佳子の句を見てみましょう。

乳母車夏の怒涛によこむきに　橋本多佳子

一読し、すっと景が立ち上がってきます。乳母車と怒涛の組み合わせに、はっと息をのむようです。

こちらには、前句でみた本質をつくような一語は見当たりません。まさに、乳母車と怒涛の組み合わせのなかに、作者の感動が込められているといえましょう。

この句からは、乳母車を押す人は見えてきません。眠る幼子を乗せた乳母車と怒涛との対比が、私たちを釘付けにするのです。この映像が刺激的なのは、私たちが怒涛を前にしたときの不安や怖さが、乳母車によって増幅されているからではないでしょうか。

短い俳句が、詩情を伝えるために拠り所としているのは、読者の五感やその体験です。私たちの五感がどこかで感じとっていたのにことばにできずにいたもの、私たちが記憶の彼方にしまい忘れていた映像、一句はそれらに働きかけ、一気に呼び覚ますのです。

厳密にいえば、私たちは一人として同じ体験をすることはできません。私の視点は、私しか辿ることができないからです。

滝のイメージは人によって、千差万別でしょう。乳母車、夏の怒涛も同様です。しかし、ことばの力が、読者の滝を、読者の乳母車を、読者の怒涛を強烈に呼び覚ますのです。

そして、ことばにそのような力を与えたものは、作者の感動ではないかと思うのです。

二三六、句形の大切さ

朝妻主宰が句形論の冒頭で、助詞の省略について述べていますが、これには、二つの重要な意味があります。
①句形を知るには句点を打つことが必要ですが、その際、助詞の省略かそうでないかを峻別するためです。
②句形を整える際に、誤って省略不能な助詞を省略してしまうことがないようにするためです。特に、初心のうちは要注意です。
しかし、読者はなんと優しいのでしょう。助詞の省略が不適切であっても、ちゃんと解釈してくれるのです。母親が幼児のことばを聞き分けるように、読者は、作者のいいたいことを推量して、たとえ表現が未熟であっても、好意をもって解釈します。

しかし、だからといって、いつまでも読者の好意に甘えるわけにはいきません。俳句を自分の意図どおりに理解してもらうためには、句形を疎かにしてはいけないのです。

具体例で見てみましょう。


夏神楽。見入る遊客。顔光る。　（三句一章）

片言のような掲句では、詩情を十分に伝えることはできないでしょう。作者は単に、「夏神楽に見入る遊客の顔が光る」といいたかったのではないでしょうか。けれども、このままでは、六八六の字余りとなってしまいます。そこで、手っ取り早く助詞を省略してしまったのでしょう。

しかし、「に」を省略して「夏神楽見入る」とすることはできません。また、「遊客の顔が光る」を、「遊客顔光る」と

することは、無理とはいえないまでも、自然な表現とはいえないでしょう。そこで、

夏神楽（を）見る遊客の顔（が）光る。（一句一章）

とすれば、一句一章として句形が整います。

「見る」としたのは、自動詞の「見入る」から他動詞にするためです。もし、「見入る」にこだわるのであれば、「見つむ」を使うこともできましょう。どちらも「を」と「が」が省略された形になります。

夏神楽（を）見つむる人の顔（が）光る。（一句一章）

ここで大切なのは、五七五にする過程で、作者はことばの吟味を迫られるということです。掲句では、「見入る」と「遊客《ゆうかく》」ということばを吟味しています。

これが、五七五にすることの本当の意味だと私は考えています。この吟味を通して、作者は自身の感動の核心を見極め、一句のなかに置くべき最適なことばを探し当てることになるのです。

正しい句形を使用することは、表現したいことを自分自身でしっかりと把握し、それを正しく伝えるために守るべき必須の条件だといえましょう。

二三七、俳句の定義

「五七五で季語一つ」は俳句の定義なのでしょうか。初心のうちはまだしも、これを俳句の定義だと勘違いすると、それから起こることが理解できなくなるでしょう。

俳句の世界には、五七五ではないものも含まれます。それは、字余りとか字足らずと呼ばれています。しかし、それらは、俳句ではないとは誰もいいません。

季重なりも同様です。あれほど、季語は一つと言われ続けてきたのに、この季重なりは問題ないなどといわれます。それでは、季語一つは、何だったのかということになりましょう。

「五七五で季語一つ」は、俳句を始めたばかりの初心者に対する方便に過ぎないと私は考えています。しかし、問題は、その後がないことなのです。それが方便だとしたら、俳句の定義は、どうなるのでしょうか。

俳句の団体あるいは、結社ごとに主張はあろうかと思いますが、もし、有季定型を標榜するなら、どこかで、「俳句は、五七五の音数律を生かし、季語を働かせて作る、一個の独立した詩である。」と正しく、教えるべきなのではないでしょうか。

五七五の基本の調べが中心に座ることで、字余り、字足らずの味わいもでてきます。また、季語を働かすということは、季語が一つということと同義ではありません。一句のなかに少なくとも一つ、一句の句意を確定するように働く季語を置くということです。

そして、一句は切れによって独自の内容を持ち、詩情を湛えたものでなくてはならないのです。ここで、俳句のハードルは一気に上がることになります。しかし、それ故、一生続けていくやり甲斐や気概が生まれてくるのではないでしょうか。

「五七五で季語一つ」から卒業することは、私たちに、改めてその意味するものを問い掛けることになりましょう。各人がその答えをみつけたとき、俳句は、私たちにとってかけがえのない表現手段となるのです。

西東三鬼は、俳愚伝（『神戸・続神戸・俳愚伝』講談社文芸文庫）のなかで、初心の頃の俳句修行を次のように回想しています。

「馬酔木」句会に出席した私は、そこに渦巻く新鮮な興奮を感じた。それは未知へ向かって踏み出した、青年達の体から発散していた。（略）

私は三十才を過ぎてからとび込んだ俳句の世界が、大きく動きかけている事を感知して、心が躍った。（略）

私は遅れた出発を取り戻すために、文字通り寝食を忘れて俳句の勉強をした。勉強とは秋桜子、誓子を始め、年少の俳人であっても、私が期待する人々の作品を、片っぱしからノートし、それを暗誦する事であった。

二三八、生まれることば

私たちが俳句を作る時、ことばはどこからくるのでしょうか。山本健吉氏は、一、俳句は滑稽なり、二、俳句は挨拶なり、三、俳句は即興なりといいましたが（『俳句とは何か』角川ソフィア文庫）、即興といってもことばが生まれるためには、機が熟すことが必要だと思うのです。

当地では、八月の末にはもう稲刈りが始まりますが、いつものように鳥見をしていて、田の面を飛ぶ燕を見ていた時のことです。ふと、この燕も飛びながら田圃の移り変わりを見てきたのだなと思ったのです。

三月の末にやってきた燕たちは、田植えから稲刈りまでを見届けて帰っていくのだという思いが湧いてきたのです。その時、ふとこんなことばが浮かびました。

田の面を知りつくした燕

そんなことを考えたのは、その時が初めてでした。そしてこのことばが浮かんだ時、幾度となく見てきた燕の姿が、一気に蘇ってきたのです。まさに、これまで見続けてきた燕の断片的な映像が集積して、ことばになった瞬間でした。そして、推敲ののち、次の句となりました。

燕帰る一つの路地を知り尽くし　　金子つとむ

私たちが俳句を作るのは、ほんの僅かな時間でしかありません。大半は、何かを感じながらただ見ているだけです。しかし、それらは記憶としてすべて蓄積されて、何かの拍子にことばとなって姿を現すのではないでしょうか。何かの拍子とは、私たちの感動です。

いま述べたのは自作が生まれる経緯ですが、他者の句を受容する場合でも、同じようなことが起こっているのではないかと思われます。私たちは、他者の俳句のなかに、いつも「田の面を知りつくした燕」のようなことばを探しているのではないでしょうか。

知っているのにうまく表現できなかったもの、それを他者が自分の代わりに表現してくれるのです。「わが意を得たり」というのは、まさにそのことでしょう。そんな時、私たちは、文句なしにその句に一票を投じるのではないでしょうか。そうして、私たちは、互いの感動を通して繋がっていくのです。

突き詰めていえば、私たちが俳句を作るのは、他者に見てもらうためでしょう。私たちの誰もが生きた証を残したいのです。表現とは、すなわち、生きた証を残したいという欲求のことではないでしょうか。

文芸の仲間というのは、かけがえのないものです。俳句を通して、私たちは、そんな感動を互いに共有しあっているのですから……。

二三九、等身大の詩

俳句を読んだとき、こちらに何の用意もないのに、すっと実感が湧き、その句の世界に釘付けになるということがあります。私たちが、俳句の表現に、誇張や虚偽を見抜いてしまうのは、私たちの感覚がそうさせているのではないでしょうか。つまり、私たちの何気ない普段の感覚が、その句の実感の度合いを判断しているように思えるのです。

一方作者の側からいいますと、感動が大きいほど、とかく誇張した表現になりがちです。しかし、自分自身がその感動の最中あるいは余韻のなかにあるときは、ほとぼりの冷めるまで、表現の誇張にはなかなか気づかないものではないでしょうか。

前項でも取り上げましたが、稲田を飛ぶ燕を見ているとき、ふとこんな感慨が頭をよぎりました。

毎日毎日こうやって飛び続けて、彼らももうこの界隈のことは知り尽くしているんだろうなあ。もうそろそろ、彼らも南方へ帰っていくんだなあ。

村一つ知り尽くしたる帰燕かな　金子つとむ

その時にできた句です。ところが、それから一週間もたたないうちに、「村一つを知り尽くす」というのは、いかにも誇張ではないかと思えてきたのです。別のことばでいえば、少しかっこ良過ぎるのではないか。村一つは果たして自分の実感だろうか。

燕帰る一つの路地を知り尽くし　金子つとむ

そうして、掲句が生まれました。泥臭いけれど、自分の実感に即しているように思えたのです。

雲の峰は、自分詩あるいは、自分史としての俳句を標榜していますが、自分詩ということのなかには、当然自分らしい詩ということも含まれているはずです。ところで、自分らしい詩とはどういうことでしょうか。

それは、一言でいえば、愛着の持てる詩ということではないかと思います。自分の思いを自分のことばで正直に表現し得たとき、その句は、自分にとって愛着のあるかけがえのない句になるのではないでしょうか。

このように、俳句は等身大の詩ではないかと思うのです。

等身大の詩だからこそ、悲喜こもごも、読者の共感を呼ぶことができるのです。等身大の詩だからこそ、その句の向こうに、作者の姿が立ち上がってくるのです。等身大の詩だからこそ、その人の魂にふれることさえ可能になるのではないでしょうか。

ふだん着でふだんの心桃の花　細見綾子

気取らない作者の姿が、句の向こうに透けて見えるようではありませんか。

二四〇、切れの意味

掌に香を移しけり。新松子。

今回は、掲句をもとに、切れの意味を考えてみたいと思います。まず、掲句の意味を考えてみましょう。

【解釈①】情景提示

句文A「掌に香を移しけり」から、連想されるのは、香水をつけているような場面でしょうか。香りを移したのは、作者自身です。こう考えると、句文B「新松子」は、そこから見える景色ということになりましょう。作者は、庭の新松子を見ながら、季節の移ろいを感じているのでしょうか。しかし、この香りが本当は何の香りなのか疑問が残るでしょう。

【解釈②】補完関係

次に掲句を補完関係の句として解釈してみますと、

「新松子が掌に（新松子の）香を移した」

という意味になり、この擬人化にはちょっと無理があるように思われます。

【解釈③】恣意的

いやいや、補完関係でなくとも、この香は新松子の香りではないかという人もあるでしょう。何故なら、香り（匂い）のあるものは、新松子以外に見当たらないからです。作者のいいたかったことは、きっとこういうことではないかと読者は考えます。ちょっと乱暴な解釈ですが、

「低い枝の手の届くところにある新松子に触れて、その香りを掌に移してみた」

のではないか。そして、それをそのまま句にすれば、

掌に新松子の香を移しけり（五八五）

となり、この句の順番を入れ替えると、

掌に香を移しけり。新松子（の）。

となるではないか。そして、ここから、「の」をとってしまうと、原句の形になると……。

しかし、朝妻主宰が切字論で明確に打ち出したのは、この最後の解釈はありえないということなのです。最後の解釈は切字の働きを無視した恣意的なものに過ぎません。ここで、改めて切れとは何か考えてみましょう。主宰は、

- 切れは文の断点をさし、活用語の終止形で切れる。
- 芭蕉のいう切字とは、句点を含んだ語のことである。

と述べています。二句一章の二句は、それぞれ独立した文であるということです。独立した文のなかに、他の文が入りこむことはないのです。唯一、片方の文の主語が欠落しており、もう片方に主語となりうる文がある場合にのみ、両者は合体し、補完関係が成り立つのです。

最後に、それぞれの解釈①と③に即した添削例を挙げてみましょう。

掌に落とす香水新松子（但し、季重なり）

青松笠の香を掌に移しけり

二四一、永遠のハーモニー

名句と呼ばれるものが、いつまでたっても色褪せない理由はどこにあるのでしょうか。まるで、汲めども尽きぬ泉のように、読むたびに新たな感動を呼び起こす秘密はいったい何なのでしょうか。

今回は、一句一章、二句一章それぞれの名句を三句ずつ取り上げ、ことばどうしがもたらす響き合いという観点から、それを探ってみたいと思います。

まず、一句一章の名句を挙げてみましょう。

をりとりてはらりとおもきすすきかな　飯田蛇笏

とどまればあたりにふゆる蜻蛉かな　中村汀女

滝の上に水現れて落ちにけり　　後藤夜半

「いまここ」の視点で詠まれたこれらの句から、はらりとおもきすすきの重さを感じ、とどまれば増えるような蜻蛉の姿を目の当たりにし、滝の上にとめどなく現れ、盛り上がる水を間近にすることができます。

ここでは、まるでことばが不思議な運動をしているようです。「いまここ」の時制が、永遠の「いまここ」を作り出しているといったら言い過ぎでしょうか。

その秘密は、季語とそれに纏わる述語間の、不思議なハーモニーにあるといえましょう。はらりとおもき・すすき、とどまれば・ふゆる蜻蛉、滝の上に水現れて・落ちる、それらが永遠に繰り返されているかのようです。

ところで、『くろさうし』のなかで、芭蕉は発句について次のように述べています。

発句の事は行て帰るの心の味なり。山里は万歳おそし梅の花、という類なり。山里は万歳おそしといひはなして、むめは咲るといふ心のごとくに、行て帰るの心、発句也。

行きて帰るとは、まさに句文間の響き合い、ハーモニーのことではないでしょうか。山里は万歳おそしという句文も、梅の花という句文も、ただそれだけを取り出してみれば、取り立てて変哲のないものです。それが、一句のなかに収まった途端に激しく響き合うのです。

次に、二句一章の句を見てみましょう。

月天心貧しき町を通りけり　　与謝蕪村

蟾蜍長子家去る由もなし　　中村草田男

芋の露連山影を正しうす　　飯田蛇笏

これらの句でも、一句一章と同様に、それぞれの句文間で、ハーモニーが奏でられています。

人の世の真実、自然の真実に対する作者の偽らざる実感が、両者を取り合わせたのではないかと思われます。

行きて帰る永遠のハーモニーこそが、ことばの不思議な運動の正体であり、名句の名句たる所以なのではないでしょうか。

葱白く洗ひたてたるさむさ哉　　松尾芭蕉

二四二、俳句は掛け算

初心者がはじめから一句一章の句に取り組むのは、ややハードルが高すぎるように思われます。何故なら、一句一章で何事かを述べるには、作者の発見や独自の認識といった、一句の核となるものが必要だからです。

いっぽう二句一章は、句文AとBの取り合わせです。句文AとBを、作者の感性で様々に作ることができます。ただ、句文AとBとの間には、付かず離れずの関係があればいいのです。

しかし、そんなに難しく考える必要はありません。はじめは、どちらの内容もなんとなく楽しそうだとか、明るい感じだとかで取り合わせてもいっこうに差し支えないのです。そのうち、両者が互いに響き合うことが、俳句の醍醐味だと分かってくると、相応しい組み合わせを見つけることができるでしょう。

この関係を掛け算（A×B）の関係と呼ぶこともできます。句文AとBの響き合いが、まさに掛け算のように、句意を広げる相乗効果を生んでいるからです。

さて、いくら二句一章が作りやすいといっても、問題なのは、全く無関係な句文同士を取り合わせてしまうことではないでしょうか。空想で作った句文では、おそらく読者には分かってもらえないでしょう。そこで、写生が推奨されるのです。写生の最も大事な点は、それが空想ではなく事実だということです。そのため、読者は、作者の経験を追体験できるのです。

写生で作る限り、句文AとBが大きくかけ離れてしまうことはありません。眼前の景である両者は、自然によって統べられているからです。しかし、ここで、AとBを手当たり次第組み合わせたら、どういうことになるでしょうか。おそらく、どれもみな報告調（A&B）で終わってしまうのではないでしょうか。

そこで、前項でも紹介した次の句で、A×Bの記号の意味を考えてみたいと思います。

山里は万歳遅し×梅の花　　松尾芭蕉

この万歳《まんざい》は、いまでは新年の季語になっている門付けのことでしょう。それが、梅の花の咲く頃になってようやく廻ってきたというのです。山里では、万歳も梅の花も平地よりずっと遅れるのでしょう。

山里は万歳遅しまで読んだときの、読者の暗い、どちらかといえばマイナスのイメージは、梅の花の一語で見事に覆されます。

一句は、今そのときが来た、喜びの詩だったと分かるのです。そしてこの掛け算を可能にしたのは、作者の感動に他ならないと思うのです。

二四三、強すぎることば

けやき句会（雲の峰東京句会）に次の句が投句されました。

湿原の霧間にうかぶ白骨樹　園原昌義

私も掲句のような光景を北海道の野付半島で見た覚えがあります。気になってネットで調べてみると、そこは、トドワラといって、トドマツが枯死したものと分かりました。他にもネット上では、たくさんの白骨樹の画像を見ることができます。


さて、気になるのはやはり白骨樹ということばでしょう。掲句では、白骨樹の鮮烈なイメージだけが先行し、後に何も残らないような印象を受けるのです。作者もおそらく、この白骨樹ということばに頼り切ってしまったのではないでしょうか。その証拠に、中七は白骨樹の説明に過ぎないように思われます。

いっぽう読者は、白骨樹ということばに惹かれて掲句に立ち止まるものの、この句に感情移入できずに立ち去ってしまうのではないでしょうか。白骨樹ということばが、立ち入り禁止の看板のように見えてしまうのです。

そこで、代替案として、白骨樹を使わずに、

湿原の霧に立ちたる朽木かな

湿原の霧より白き朽木かな

などとしてみたらどうでしょう。朽木は、読者の想像の対象となり、読者は各自の経験の中から、その景に相応しい朽木を探りあてるのではないでしょうか。この時点で、読者は既に句の世界に没入しているのです。

読者を句の世界に引き入れるのに、強すぎることばは要らないというのが私の考えです。そのようなことばは、一句の中で浮いてしまうといったらいいでしょうか。

もう一つ例を挙げてみましょう。

気骨なき風には鳴らず鉄風鈴　姫野富翁

気骨なき風が、やはり言い過ぎのように思われます。風の気骨というものを、果たして読者は具体的に想像することができるでしょうか。

掲句は、自然の情趣を詠むというより、それにかこつけて別のことをいう、言わば寓意詩のように思われます。これでは、折角の風鈴の音色もそれを楽しむ心も台無しになってしまうのではないでしょうか。

できるだけさりげないことばで、作者独自の切り口を見せる、それが俳句独特の行き方ではないでしょうか。

次に挙げた句は、おなじチューリップでも、作者によってみな異なる視点をもっています。それが俳句の面白さといえましょう。

チューリップ喜びだけを持つてゐる　細見綾子

チューリップ花びら外れかけてをり　波多野爽波

軋みつつ花束となるチューリップ　津川絵理子

二四四、命をつなぐ

私たちが自然から受け取るメッセージは、命をつなぐということに尽きるのではないかと思います。生あるものには必ず死があります。その死に対抗しうるのは、命をつなぐということではないかと思うのです。命をつなぐことで私たちの生は無駄になることはないのです。

歳時記の動植物に先人たちがこころを寄せてきたのは、生きとし生けるものとして命をつなぐそのあり方に、共感を覚えたからではないでしょうか。季語は、人々の思いをのせつづけて、今に伝えられてきたのだと思います。

万葉の時代には、ことばを発するとそれが実現すると信じられていたようです。いわゆることばの霊力、それを言霊というのでしょう。季語に込められた思いの総量を考えると、季語とは先人たちの思いの詰まった言霊ではないかとふと考えたりします。

さて、俳句を通して、私たちは、多くのメッセージを自然から受け取ることができます。切り戻された草花は、また種を作ろうと必死に花を咲かせます。暑さが一段落すると、木々はまた秋の芽を吹きます。いのちをつなぐための営みは、いつまでも止む事がないのです。

悩み多き私たちを、自然が勇気づけてくれている、ときどきそんな気さえしてきます。

春先に訪れる燕をまるで隣人のように歓迎し、見守り、慈しみ、帰る姿を見送る、それはそのまま、季語となって結実しています。

初燕、燕来る、里燕、夕燕、燕の巣、燕の子、親燕、夏燕、燕帰る、秋燕

田植えから稲刈りまでの季節を燕は里の人々と過ごすのです。そうして、ひとつがいの燕がたくさんの家族となって、南方へ帰っていく。その姿は人々の目に、けなげで、愛しいものに映ったことでしょう。

季語を働かせて俳句をつくるというのは、先人たちが季語に込めた思いに、私たちが共感するということではないかと思います。先人たちが込めた思いの一つ一つが季語の情趣を形作ってきたのではないでしょうか。

俳人の夏井いつき氏は、その著書（『絶滅危急季語辞典』ちくま文庫）のなかで、七十二候について、次のように述べています。先人たちは五日ごとに季節の移ろいを感じ取っていたのです。

この七十二候を改めて念入りに読んでみると、昔の暦とは地上の万物との呼吸をはかりながら暮らしてきた人々の営みそのものであるよと、実感する。（傍線筆者）

さつきまでそこにをりしが蛍売　夏井いつき

すこやかに帰る燕の一家族　金子つとむ

二四五、切れとは何か

ここでは朝妻主宰の切字論をベースに、切れが意味するものを、作者側と読者側の視点に立って考えてみたいと思います。まず、作者の側から考えてみましょう。

作者の俳句表現に、切れはどんな意味をもっているので

しょうか。

作者にとって予め言うべきことが明快で、「私はこう思う」「私はこう感じた」といいたいのであれば、それには、一句一章が相応しいでしょう。

をりとりてはらりとおもきすすきかな。　飯田蛇笏

作者は、「折り取ってみた薄がはらりと重かった」ことに感動してそれを表現してみたかったのでしょう。そして、そこで句点を打ったのは、作者が言いたいことはそれだけであり、金輪際何も足さない、何も引かない覚悟をも示しているといっていいでしょう。

それでは、二句一章の場合はどうでしょうか。

芋の露。連山影を正しうす。　飯田蛇笏

同じく蛇笏の句ですが、作者は、この二つの句文だけをいって、あとは黙してしまいます。作者は、眼前の芋の露と、居住まいを正した連山の姿に心を打たれ、それをそのまま二つの句文にして、併置してみせたのです。

それは、作者が感動したその場を再現し、読者を招き入れることでもあります。つまり、作者の感動はこの二つの句文が作り出す空間のなかに満ちているといってもいいのではないでしょうか。

一方これを読者の側からみると、作者が感動の結果として行った表現に対し、読者である私たちの反応は様々でしょう。私たちは、自身の判断基準で、期待をもってその句を読んでいきます。そして、句を読み終えた時、その結果は次の何れかになるのではないでしょうか。

- 期待以下
- 期待通り
- 期待以上（いい意味で期待が裏切られる事も含む）

特に二句一章では、句文Aまで読んだ段階で、期待はより具体的な形に変貌するものと思われます。「芋の露」の後の切れのなかで、私たちはその連想を膨らませ、次にくる句文を受け止める準備をしているのです。句文Bに対する期待感は一気に高まっていきます。そのような状態のなかで、句文Bは読まれることになるのです。

読者にとって、句文A・B間の切れとは、期待感を高める働きをするもの、極端にいえば、期待そのものといってもいいでしょう。そして、末尾の切れは、一句が期待に適うべき独立した内容を持っていることを示しています。
読者が抱く期待とはとりもなおさず作者と感動を共にしたいという期待なのです。

二四六、二つの俳句

茨木和生氏の『季語の現場』（富士見書房）を読んでいて、次のような記述に出くわしました。

狐火や髑髏に雨のたまる夜に　　蕪村

髑髏に雨の降りたまった場面など、蕪村は実際に見ていないと思うが、あれが狐火よといわれてほのかに見た記憶が残っていたのだろう。この髑髏、あるいは兵のひとかしらかもしれない。古戦場のさまを思い描き、狐火という幻想的な季の言葉にひかれて蕪村は句に詠んだのである。

狐火や村に一人の青々派　　高野素十

「この狐火の斡旋はなかなかのものですよ」と聞いたのは師の右城暮石からだったが、「ホトトギスの俳人からすれば、青々派の俳人って、狐火みたいな存在でしたでしょうねぇ」とも聞いた。

今回は、この二つの句を題材に、二種類の俳句について考えてみたいと思います。蕪村句については、句文Bの「髑髏に雨のたまる夜に」は、茨木氏の指摘通り、おそらく空想ではないかと思われます。

もともと、狐火という季語が幽明境にあるような季語だけに、このような空想が働いたのではないでしょうか。現実的なむごさというよりも、どこかこの世のものとは思われない、妖しさが漂います。

一方素十句のほうは、あくまでも現実の世界で作句しています。事実かどうかは定かではありませんが、句文Bの「村に一人の青々派」は、現実の世界では大いに有り得ることでしょう。

このように、有季定型では、季語から何を発想するかで、四種類の句が生まれるといっていいでしょう。

A—①体験のない季語のイメージから、空想世界を詠む
A—②体験した季語の実感から、空想世界を詠む
B—①体験のない季語のイメージから、現実世界を詠む
B—②体験した季語の実感から、現実世界を詠む

しかし、読者から見た場合、作者の季語体験の有無は判別できませんので、次の二分類に集約されます。

Ａ　季語を契機として詠まれた空想句
Ｂ　季語を契機として詠まれた現実句

現在は写生論の影響で、多くの作者は現実句を作るケースが殆どでしょう。さらにいえば、Ｂ―①を題詠、Ｂ―②を嘱目吟といってもいいかもしれません。

狐火は自然現象に由来しますので、読者は現実の狐火を手がかりに、蕪村の空想に付き合うことになりましょう。蕪村と一緒にこの詩空間に遊ぶのです。また、素十句では、作者への共感を通して作者と交流し、それ故、作者の人となりを知ることもできそうです。

鳥羽殿へ五六騎いそぐ野分かな　与謝蕪村

大いなるものが過ぎ行く野分かな　高浜虚子

二四七、見出しと俳句

たまたま子どもと一緒に受講した夏期講座で、元茨城新聞記者の冨山章一氏の講義をきくことができました。そのテーマは、「新聞はご飯と同じ。あなたの栄養源」というものでした。

そのなかで特に印象に残ったのは、組版といわれる人たちの仕事です。彼らは、限られた時間のなかで、紙面のレイアウトを決め、見出しを作ります。そして、見出しには、おおむね次のようなルールがあるということでした。

- 文字数は、七〜九文字、多くても十二文字くらいまで
- 拾い読みしただけで、内容が大体分かるように作る
- ５Ｗ１Ｈでかく
- 全て漢字にはせず、最低一文字ひらがなを入れる
- 一番伝えたいことを初めにいう

この時、氏がとりあげた紙面は、鬼怒川決壊の記事で、次のような見出しが使われていました。文字の大きさ順に並べてみます。

・常総で鬼怒川決壊（八文字、内一文字はひらがな）
・大規模浸水9人不明（九文字）
・本県・栃木に記録的豪雨（十一文字）
・県内25万人避難指示・勧告（十三文字）

これを5W1Hに当てはめてみましょう。5W1Hは、人の行為を想定していますので、自然災害にはそぐわないため、誰がの部分は、『何が』としてみました。

・何時　省略（日刊紙のため、前日の事だと分かる）
・何処で　常総で
・誰が（何が）　鬼怒川が
・何を（した）　決壊した
・何故　記録的豪雨によって
・どのように　不明

ここまで話を聞いたとき、私は、私たちの俳句との共通性を考えていました。たった十七音で何かを伝えることは、見出しよりもさらに難しいのではないか。そこで、次の句でこの5W1Hがどうなっているのか検証してみたのです。

古池や蛙飛びこむ水の音　　松尾芭蕉

・何時　省略（日時は不明だが、蛙が時季を伝える）
・何処で　古池に
・誰が（何が）　蛙が
・何を（した）　飛びこんだ
・何故　不明だが、詩情と直結している
・どのように　音をたてて

緩やかですが、多くの季語には『何時』『何処で』が予め含まれています。俳句にとっても、5W1Hは、有効に働いているのではないでしょうか。特に『どのように』は、作者独自の視点であり、俳句のポイントといえましょう。

二四八、現実句と空想句

前々回で現実句と空想句について述べましたが、今回はその違いについてさらに詳しく検討してみたいと思います。

現実句についてはこれまで取り上げてきた作品の大半が現実句ですので、およそ次のような特徴をみることができるのではないでしょうか。

【生活美としての現実句】

現実句では、作者が生活のなかで発見した美が、詩情として表現されています。読者が作品に共感するということは、とりもなおさず、読者がその美の価値を認めるということになりましょう。ですから、その美はいわば生活美といえるのではないでしょうか。

一方空想句は、どうでしょうか。読者は空想句のどこに価値を認めるのでしょうか。今回は蕪村の空想句を鑑賞することで、その魅力を探ってみたいと思います。

鳥羽殿へ五六騎いそぐ野分かな　与謝蕪村

一読して掲句から受け取る印象は、ただならぬ緊迫感といえましょう。野分のなかを、五、六騎の武者が鳥羽殿へ急ぐというのです。上五の鳥羽殿へという言い方には、虚を突かれたような驚きがあります。

鳥羽殿というのは、京都伏見区にあった白河・鳥羽上皇の離宮のことだそうです。そこで、何か一大事が勃発したということを暗示させているのです。鳥羽殿から保元・平治の乱の史実を思い浮かべることも可能でしょうが、蕪村の目的はもとより史実の再現ではなかったといえましょう。

実作者としての私見ですが、掲句は野分の情趣に触発された蕪村が、事件、騎馬武者、離宮と連想を膨らませ、あたかも「いまここ」の景であるかのように、遊んでみせた句と思えてならないのです。

掲句はまさに、野分と題された一幅の絵を見るようです。蕪村の句から、空想の句の魅力を次のように要約することができるでしょう。

【理想美としての空想句】

作者は季語の実感をベースに、真に迫る虚の世界を作り出しています。読者は、それが嘘だと分かっていても、言語によって構築された美的世界の魅力の虜になるのです。それを理想美といってもいいかもしれません。

さて、一口に空想といっても、民間伝承や宗教の教義などのようになかば公共的な空想から、全くの個人の性癖に由来する荒唐無稽のものまで様々でしょう。その空想が読者に受け入れられるか否かは、ひとえに、季語に対する実感の有無にかかっているのではないでしょうか。

一句が季語の実感を強く反映したものであるなら、読者はその実感を手がかりに、作者と一緒にその空想に遊ぶことができるのではないかと思われます。

二四九、擬人化表現について

散歩をしていた時に見た光景が、そのまま句になりました。道端の一基の墓の周りには、彼岸の一週間ほど前でしたが、すでに彼岸花がいくつか咲きだしており、たくさんの蕾が開花を待っています。

墓一つ守りて揺るるや彼岸花　　**金子つとむ**

二句一章の補完関係の句です。そして、推敲している時に、擬人化表現になっていることに気づきました。私は、何故擬人化表現を取ってしまったのでしょうか。

この句は、初めからこの句の形で生まれたもので、その時の私の心情をある程度正確に反映しているのではないかと思われます。そしておそらく、一つの墓を囲むように咲き始めた彼岸花が、墓を守っているようだと咄嗟に感じたものでしょう。またそこには、不思議なことに彼岸花以外の花が見当たらなかったことも、そう思わせた一因かもしれません。

しかし、しばらく経ってみると、やはり擬人化が気になり出しました。その墓は近くの民家のものと思われますが、私にとっては縁もゆかりもない家です。墓を守るというのは、すこし言い過ぎのような気がしてきたのです。それに、守るという表現は、彼岸花が咲いている状況を正確に言い止めていないようにも思われたのです。

こちらの感覚が敏感になっている場合や、もともと感受性が豊かで感動しやすいタイプの人は、感動を強く受け取るため、無意識に擬人化表現をしてしまうことが多いのではないでしょうか。

そんな時は、しばらく時間をおいて振り返ってみると、その時の感動が沈静化して、やや客観的に状況を見つめることができるようになります。

掲句は、最終的に次のように推敲しました。

墓一つ囲みて出づる彼岸花　　**金子つとむ**

「守る」が「囲む」に変わることで、情景が一層はっきりしたのではないかと思います。普段目にする様々な物のなかから、何に着目し、それをどう詠むかは、全て私たちの心のセンサーが決めていることでしょう。それも常に一様ではなく、私たちの心の状態に応じて、センサーの感度も常時変化しているのではないでしょうか。

それでも、私たちが、見て、聞いて、感じて、句にした一切のものは、私たちの心のフィルターを一度通過したものといえましょう。ですから、敢えて擬人化表現によって感動を強く打ち出さなくても、端から全て私たち自身の俳句になっているのではないでしょうか。

要は、心が詠めといったものを素直に詠むだけでいいのです。そのように句を詠み続けることが、そのまま自分自身を発見する旅になってゆくのです。

二五〇、丁寧な暮し――来る、帰る、残る

『和暦で暮らそう』（柳生博と和暦倶楽部著、小学館）によれば、中国から伝わった七十二候は、貞享の改暦（一六八五年）で、渋川春海によって日本的に改められたということです。

それにしても、一年を四等分して四季となし、それを六等分して二十四節気（十五日単位）とし、更にそれを三等分し七十二候（五日単位）とした先人たちの知恵には、ただただ感嘆するばかりです。先人たちは、五日毎の季節変化を敏感に受け止め、それに合わせて暮しを組み立ててきたといえるでしょう。

この七十二候に見られるような季節変化に対する敏感さは、そのまま季語の世界に受け継がれているように思います。たとえば、七十二候の玄鳥至（清明、初候）から、玄鳥去（白露、三候）までの間には玄鳥（燕）に関する様々な季語が網羅されています。

人々は、燕が来たことを喜び、その子育てを見守り、その帰る姿に惜別の情をもって接してきたのではないでしょうか。自然とともにあった心豊かな暮しぶりが偲ばれます。燕に限らず、季語の世界では来るもの、帰るもの、残るものをいくつも列挙することができます。

例えば、『来る』では、

小鳥来る、燕来る、鴨来る、鶴来る、海猫渡る、白鳥来る

『帰る』では、

鳥帰る、燕帰る、鴨帰る、鶴帰る、海猫帰る、白鳥帰る

『残る』では、

残る虫、残る雁、残る鴨、残る海猫

などが挙げられます。

これらの季語から分かるのは、先人たちが、燕に限らずこれらの動物たちをいかに大事に見守ってきたかということではないでしょうか。自然保護とかそういうことではなく、ただかれらを隣人のように見ていたのではないかと思われるのです。残る雁や、残る鴨といったことばには、既に仲間が帰ったあとも傷ついて残っている鳥たちへのいたわりの心が揺曳しています。ことばを変えていえば、それは、毎日を自然の移ろいとともに丁寧に暮らすことなのかもしれません。

俳句は、毎日を丁寧に生きた人々の証として、詠み継がれ、語り継がれてきたのではないでしょうか。たまたまインターネットで見つけた岩手の超結社誌『草笛』の俳句をご紹介しましょう。

桜咲ク地震ニモ津波ニモマケズ　太田土男

帰りたし子猫のやうに啞へられ　照井翠

これらの句からは、震災後を生きる人々の息遣いが聞こえてくるようです。災害をもたらす自然は、私たちを勇気付けてくれる存在でもあるのです。

二五一、子規の句に見る切れの働き

今回は、子規の赤蜻蛉の句を題材に、切れの働きを具体的に検証してみたいと思います。病に倒れる前の子規は、ここ藤代（茨城県取手市）にも足跡を残しています。子規の『水戸紀行』によれば、明治二十二年（一八八九年）四月三日、常磐会寄宿舎から友人と二人で学友菊池謙二郎を訪ねて水戸へ徒歩旅行をしたようです。藤代に宿泊したときの、子規の次のような文章が残っています（傍線筆者）。

まだ日は高ければ牛久までは行かんと思ひしに我も八里の道にくたびれて藤代の中程なる銚子屋へ一宿す。此驛には旅店二軒あるのみなりといへば其淋しさも思ひ見るべし。湯にはいり足をのばしたる心持よかりしが夜に

入りては伸ばしたる足寒くて自らちゞまりぬ。むさくろしき膳のさまながら晝飯にくらべてはうまかりき。食終るや床をしかせてこれで寒さを忘れたれど枕の堅きには閉口せり。

さて、『水戸紀行』とは時季は異なりますが、子規の作品を見てみましょう。

赤蜻蛉。筑波に雲もなかりけり。　正岡子規

一八九四年（明治二十七年）の作です。近景に赤蜻蛉、遠景に筑波山を置いて、雄大な景色を詠み込んでいます。

ところで、赤蜻蛉の後の句点（切れ）には、どんな意味があるのでしょうか。子規は眼前の赤蜻蛉を見て、「赤蜻蛉」と呟き、そのまま口を噤んでしまいます。

赤蜻蛉は、群れて飛び、風に流され、空中で停止し、また、ついと動き、時折、夕日に翅を光らせます。これら一切の情報が、赤蜻蛉には含まれています。子規が口を噤んだのは、赤蜻蛉の美しさにただただ見惚れていたからではないでしょうか。

やがて子規の視線は、遠くの筑波の峰へと移ります。そしておもむろに、「筑波に雲もなかりけり」と発話するのです。このとき初めて、読者は子規の立ち位置を知り、すっきりと晴れ渡った秋空のもとに、穏やかな山容を見せる筑波嶺を見はるかすことになるのです。

掲句には、歩き疲れた一日の安堵感と、麗らかな秋の日を惜しむ心が揺曳しているように思われます。子規とともに私たちも、穏やかで満ち足りた気持ちに浸るのではないでしょうか。掲句を仮に、

赤蜻蛉群れて筑波に雲もなし。

としても、意味は通じるでしょう。しかし、これでは原句の味わいは半減してしまうでしょう。句文間の切れがなくなることで、景の広がりが失せてしまうからです。

切れには、季語に限らずそのことばのもつ情趣の一切を、そこに引き寄せる力があるように思われます。赤蜻蛉と唱えるだけで、情趣の一切を含んだ赤蜻蛉が現れる、それが切れの力といえましょう。

赤とんぼ馬具はづされし馬憩ふ　皆川盤水

二五二、季語との出会いから

例えばここに、五音の季語があって、そこに十二音の句文を繋げれば、果たして俳句はできるのでしょうか。そして、首を挿げ替えるように、季語を取り替えてみて、良さそうなものを選ぶ。

初心者に一句を作る楽しさを味わってもらうには、これでもいいでしょうが、そのようにしても、季語は主役でいられるのでしょうか。何故、切れがあるのでしょうか。

私の些細な体験をお話ししましょう。

例えば、秋風という季語があります。ここに秋風だと感じながら、それに吹かれている私がいます。しかし、そこに秋風が吹いていただけでは不十分なのです。

秋風に吹かれていると、何故か過去の思い出が湧き上がってきました。とめどもなく、いろいろな思いが、胸に去来してきたのです。そのとき、もう何十年も忘れていた人の名前がふと浮かんだのです。

なんということでしょう。それは、秋風の仕業かもしれない。私はそう感じたのです。このとき、私は、秋風に出会ったのではないでしょうか。

そして、

秋風や……

と発話したのです。私に秋風を感じさせたのは、思いもよらない遠い記憶のなかの人の名前でした。それは、若い頃によく通った小劇団の女優さんの名前でした。

そこから、数々の舞台の場面が思い浮かんできました。数十年の時を経て、私はあの客席に帰っていたのです。そんなことは、つい今しがたまで、私にとって、思いもよらなかったことなのです。

それゆえ、秋風やといって、口を噤まざるを得なかったのです。それは、私が、感動の余韻に浸る時間といってもいいかもしれません。感動があるからこそ、安易にことばを継げないのです。これが、切れの正体ではないでしょうか。そして、おもむろに、

思ひがけなき人思ふ……

と呟きました。

秋風や思ひがけなき人思ふ　　**金子つとむ**

このようにして一句が成立したのでした。

このように、一句は、人それぞれの感動が生み出すものではないでしょうか。そして、季語を発見したその感動が、その証としてその季語を置くのです。それは、他の季語に置き換えようがないのです。何故なら、他でもないその季語に感動したことが、一句の始まりなのですから……。

それゆえ、季語は主役なのです。もし一句のなかに置かれた季語が、簡単に挿げ替え可能であるならば、もともとその季語を選ぶに相応しい感動が希薄だっただけなのではないでしょうか。

二五三、スローライフと俳句

私は長い間私たちを自然から遠ざけてしまったものは、便利な生活空間なのだと感じていました。窓を閉めてしまえば、余計な物音は聞こえなくなるし、真夏でもエアコンをつけていれば、快適に過ごすことができます。

騒音と共に私たちがシャットアウトしてしまった自然の音があるのではないでしょうか。このことは、キャンプなどでテントに泊まったことのある人なら、すぐに分かることです。

それと同じように、暑さや寒さからもできるだけ逃れようとして、私たちは暮らしています。そのことが、私たちを自然から遠ざけた原因だと、ずっと考えていたのです。

しかし、ある時から、少し見方が変わりました。自然から私たちを遠ざけている真の原因は、忙しさではないかと思ったのです。きっかけは、十年ほど前に読んだ、『スローライフでいこう』（エクナット・イーシュワラン著、スタイナー紀美子訳、ハヤカワ文庫）という一冊の本でした。作者は、この本の執筆目的を次のように記しています（傍線筆者）。


私が提唱する「ゆっくりとした豊かな生活」というのは、肉体的にも、精神的にも、知的な面でも、そしてもちろん霊的にも、もっとも理想的な生活のことです。

（中略）

エイト・ポイント・プログラムは次の八つのステップから成り立っています。

スローダウンする・一点集中する・感覚を抑制する・人を優先させる・精神的な仲間をもつ・啓発的な本を読む・マントラを唱える・瞑想をする（中略）

本書は、日々の忙しさやあわただしさから開放され、充実した人生を送りたいと思っている人のためのものです。

仏陀はこのような理想的な生き方を、「自覚をもった生き方」と呼びました。それは、本当は生きているとは言いがたい「条件反射的な生き方」とは正反対のものなのです。


この本を読んだ直後から、私は早起きになりました。丁度その頃、松戸から藤代に引っ越して、一時間半ほどかけて東京まで通勤せざるを得なくなったからです。けれどもそのおかげで、冬の美しい夜明けを堪能することができました。定年後はもっと早起きしています。

そして、スローダウンを勧めているのは、俳句も同じではないかと気づいたのです。足元にどんなに可憐な花が咲いていても、忙しくしていたら見過ごしてしまうでしょう。俳句は「いまここ」の文学です。「いまここ」に集中し、「いまここ」を存分に味わうことを教えてくれます。俳句は日々を大切に、丁寧に暮らすことをずっと教えてくれていたのではないでしょうか。


山路来て何やらゆかしすみれ草　　**松尾芭蕉**

二五四、美しい景物から

私たちの周りは、美しいもので溢れています。自然物のみならず、先人たちは美しい文化を育んできました。私たちは吟行すると、心に触れるものを次々に句帳に書き留めていきます。それはいつも、喜びに満ちた行為といえるでしょう。

美しい自然の景物はもちろんのこと、神社仏閣や、祭・行事などの諸事一般が、先人たちの美意識に支えられています。ですから、吟行して季語と幾つかのことばを組み合わせれば、詩情を湛えた俳句がたちどころにできてしまうというわけです。


季語は、先人たちがそこに美を発見し、長い歳月をかけて育んできたかけがえのないことばといえるでしょう。季語を一つ入れることで、俳句は一歩詩に近づきます。さらに神社の鳥居や、手水鉢や、千木などにも風情を感じることができるでしょう。

日本文化の美の世界に、私たちは当たり前のように暮らしているのです。そういう意味で、私たちは、先人たちの美意識の力を借りて、作句しているといえるかもしれません。季語（の景物）が、どこにどんなふうにあったというだけでも、立派な俳句になってくれるのです。

ところで、私たちの眼前には実に様々のものがあります。当然のことですが、目に入る全てのものを私たちは見ているわけではありません。見るということが意識して見るということならば、見えているものの中から、必要に応じて見ているのだといえるでしょう。

見えている様々のものの中から、心に適うものを探し出してくるだけでも、一句を作ることができます。その選択に作者の目が働いているのです。さらに、そこに作者の感慨を少し付け加えることも可能でしょう。詠嘆の切字の使用や、動詞、ちょっとした言い回しのなかに作者は、さりげなく感動をしのばせているものです。

いくつかのことばを選択している当のものは、作者の感動といえましょう。作者の感動が大きければ大きいほど、意外な組み合わせが可能となります。作者の感動が、やがて、読者を納得させる力になるからです。

俳句は、眼前の景の中から、作者が詩情を感じて抽出したことばによって再構成された詩的空間ということもできましょう。その空間が作者の感動で満たされていればいるほど、その感動が大きければ大きいほど、読者を共感させることができるのではないでしょうか。

産土神に千草山と積んであり　皆川盤水

大瑠璃や那智権現の鰹木に　三好かほる

福神詣をんなはいつも袋持ち　鍵和田秞子

祓はれて巫女早乙女となりにけり　阿久津渓音子

神体は剣に在す露しぐれ　松本たかし

二五五、実感とらしさ

私たちの五感は、「いまここ」でしか働かないのに、どうしてその働きを疎かにしてしまうのでしょう。私たちは子どもの頃、眼前の全てのものに、「いまここ」に集中していました。子どもたちの真っ直ぐな、射抜くような目を想像してください。私たち自身も、間違いなくあのような目をしていたのです。

ところが大人になって、過去が堆積してくると、こころは過去の出来事に縛られるようになります。いつまでも、過去のことで、くよくよしたり、腹を立てたりしているのです。こころが過去にとらわれているとき、目は何も見ず、耳は何も聞いていないのと同じです。

有難いことに、俳句は、「いまここ」に意識を集中させるように教えてくれます。写生とは現場に立つことなのです。現場には、五感を刺激する全てのものが揃っています。たとえことばとして一句のなかに結実しなくても、現場では全ての五感が働いているのです。五感の働きがその場で生まれることばを決定づけているのではないでしょうか。

久しぶりに、秋の彼岸に里帰りしたときのことです。墓参の後、近くを散策しながら戻ることにしました。暫くすると、見覚えのある大きな銀杏の木が目に飛び込んできました。その傍らには、小さな社があって、折しも彼岸花が参道を埋め尽くしていました。

その小社の直径十五センチほどの鈴を鳴らすと、思いのほか鈍い音で「がらん」と鳴りました。その音がどうにも耳から離れなくて、

小社の鈴ががらんと鳴りて秋　　金子つとむ

と詠みました。しかし、その後で、「がらん」では何となく、秋の爽やかな感じに相応しくないように思えたのです。

小社の鈴がからんと鳴りて秋　　金子つとむ

推敲句は、「がらんと」を「からんと」に変えただけです。しかし、ここで、はたと迷ってしまったのです。初案通り「がらんと」でいくべきなのか、らしさを強調して「からんと」にすべきなのか……。

その時、ふいに高野素十を俳句の道に誘った水原秋桜子の添削を思い出したのです。因みに、秋桜子は、素十と同じ東大医学部の研究室の先輩でした。素十の次の句は、大正十二年の成田山参詣の際に詠まれたものです。

秋風やがらんと鳴りし幡の鈴　　高野素十

に対し、秋桜子の添削は、

秋風やくわらんと鳴りし幡の鈴

でした（『高野素十研究』倉田紘文著、永田書房）。

写生（実感）と理想（らしさ）のどちらを採るのかは、作句の別れ道でもあります。私は、「からんと」ではどこか作り物めいた気がして採用しませんでした。それは、自分自身

の五感を信じることだったように思います。

二五六、あっ、虹！

夕立のあとの空に虹を見つけたとき、私たちは、このように叫ぶのではないでしょうか。ひょっとしたら、虹ともいわないで、ただ、「あっ」とか、「おう」とかいうだけかもしれません。

そして、当然のことですが、誰かに知らせようとします。虹ははかないものであることを知っているからです。その時も、階下に向かって、ただ「虹！」と叫ぶだけなのではないでしょうか。

私たちが感動の最中にあって、その美しさに見惚れている時、次々とことばがやってくる訳ではありません。ことばが、やってくるのはずっと後のことです。虹ではありませんが、春の月を詠んだ次のような句があります。

外にも出よ触るるばかりに春の月　　**中村汀女**

彼女は、家人に対しては、「月！」というだけで、済んだのではないでしょうか。一緒にその春の月を見られるのであれば、月と叫んでその場に呼ぶだけでいいのです。

しかし、俳句ではそうはいきません。その時の作者の感動を伝えるには、感動の余韻が消えないように短く、それでいて他者にも分かるように長く、一句を成さなければならないでしょう。そのために追加されたことばが、「外にも出よ触るるばかりに春の」だと考えることもできるのではないでしょうか。

作者は、揺蕩《たゆた》うような春の月の大きさに心底感動したのでしょう。だから、自然の感情として誰かに伝えたくてしょうがなかったのです。それをみんなに伝えるために、掲句ができたのではないでしょうか。

端的にいえば、俳句は作者の感動を伝えるものです。誰かに「月！」といわれれば、傍にいる人は思わず空を見上げてしまうでしょう。同じように、たった十七音で、

外にも出よ触るるばかりに春の月

といわれれば、ともかく外に出てあの春の月を一緒に見ることになるのです。

そこに作者の感動があると分かっているからこそ、私たち

は、作者の世界に入りこみ、一緒に春の月を見ようとするのです。逆にいえば、感動を伝えるために、長いことばは要らないともいえるのではないでしょうか。

路傍の花をみつけて、「おっ」といって駆け寄るだけで、作者の感動は伝わるでしょう。そして、その場にいない読者のために、それが、菫の花で、山路を来て見つけた花だとつけ加えるだけでいいのです。そのように、俳句は生まれてくるのではないでしょうか。

山路来て何やらゆかしすみれ草　　松尾芭蕉

紺絣春月重く出でしかな　　飯田龍太

二五七、正しく伝えるために

インターネットの句会を覗いてみると、俳句の裾野の広がりを感じることができます。人々は、おもいおもいに感じたことを五七五に乗せて楽しんでいますが、ちょっと工夫すれば五七五になるのにそうしないものや、季重なり、三段切れなどの句も頻繁に目にします。

私の所属するフェイスブックの句会でも、それらを指摘する人はあまりいません。もともとネット上の仲間ということで、互いに気兼ねがあるのも事実ですが、それ以上に、俳句を独立した作品とする考え方が希薄なためのように思われます。

例えば、分かりにくい句には、作者が予め説明文をつけて投句します。ですから、読者は、説明文の助けをかりて句意を読み解くことになります。私自身は当初句だけを発表していましたが、今では、句に添えて季語とその時季を付するようにしています。それは、季語を読者に意識して欲しいのと、季語一つで作句しているということをアピールするためです。

季重なりについても、同様のことがいえます。一句のなかで、季語が主役として働いていないばかりか、何が季語であるか知らない場合も見受けられます。ましてや、季語が先人たちの美意識によって培われた特別のことばであることを意識している方は少ないのです。

特に作品という考えが希薄ですと、表現の工夫が疎かになりがちです。俳句は、それだけで何らかの意味をなすものでなければなりません。〇句一章というときの一章とは、それが何かを伝えるための独立した文章であるということを意味します。俳句は、始めから説明を付するべきものではないのです。

このことは、句形にも影響してきます。どんな句形であっても、読者が勝手に解釈してくれると、作者は自作が相手に伝わっていると錯覚してしまうでしょう。朝妻主宰（雲の峰）の説かれる一句一章、二句一章などの句のかたちは、切れの意味も含め、句意を正しく伝えるためのものなのです。ネット句会の体験を通じて、俳句が一句として独立すべきものであること、正しい句形で表現することがいかに大切であるかを再認識することができました。

季重なりでも、三段切れでも、そこにことばが並んでいれば、読者はことばをつなげて勝手に解釈してしまうでしょう。それを防ぐには、私たちが正しく表現する以外にないのです。また、どんなに正しく表現しても、短い俳句では、作者の意図に反して、読者が恣意的に解釈してしまうことも大いにあり得ます。

五七五の韻律も、季語一つも句のかたちも、全て正しく伝えるための方策なのではないでしょうか。

二五八、見てきたような嘘

ことばを弄ぶことはよくないことだと思いますが、その中でも最たるものは嘘をつくことではないかと思います。ところが、「俳人は見てきたような嘘をつく」と言われることが時々あります。このことばは、だから嘘はいけないといった単純なものではなく、むしろ、相手に敬意を表するような文脈で使われることが多いように思います。

俳人は、たとえ嘘であっても、まるで本当のことであるかのように表現するのが上手いと言われているようでもあります。嘘であっても、見てきたような嘘ならかまわないということなのでしょうか。今回は、この「見てきたような嘘」ということばを手がかりに俳句について考えてみたいと思います。

まず、「見てきたような」とは、いったいどういう意味でしょうか。以前に空想句のところで取り上げましたが、蕪村に、

鳥羽殿へ五六騎いそぐ野分かな　　与謝蕪村

があります。「見てきたような」は、まるでそこに作者が「居合わせたような」あるいは、そこで作者が「体験したような」というふうに言い換えることもできましょう。それほどまでに一句に実在感、現実感があるということではないかと思われます。ここでは、俳句の価値が実在感、現実感にあるということが、期せずして明かされているのではないでしょうか。

次に、筑波山神社にもその句碑がある、水原秋桜子の筑波山縁起を見てみましょう。

わだなかや鵜の鳥群るる島二つ　水原秋櫻子

天霧らひ男峰は立てり望の夜を　同

泉湧く女峰の萱の小春かな　同

国原や野火の走り火よもすがら　同

蚕の宮居端山霞に立てり見ゆ　同

これは神話を題材に作られたもので、嘘といえばこれ以上の嘘はありません。

蕪村の句は、蕪村が吹きすさぶ野分のなかにいて発想したかのような臨場感があります。掲句は、現実の野分のなかで蕪村の見た幻というふうに見ることもできましょう。

しかし、秋桜子の句は、あきらかに筑波山縁起という物語に重点があり、はじめに季語との出会いがあったようにはどうしても思えないのです。

蕪村句にある季語に対する感動が、秋桜子の句では希薄なのではないでしょうか。それぞれ季語を取り出してみると、鵜（三夏）、望の夜（中秋）、小春（初冬）、野火（初春）、霞（三春）となりますが、物語に即して置かれたという印象が拭えません。季語に対する感動が希薄な分だけ、句に弱さがあるのではないかと思われます。

二五九、ことばのいのち

一字一句、一語一語に作者の思いが込められて俳句は成り立っています。たった十七音だからこそ、私たちは、一語一語に思いを託すのではないでしょうか。

このことばの使い方は正しいか、他にもっと相応しいことばはないか、このことばはどんなイメージを喚起させるか、作者の知識や体験が総動員され、ことばは吟味されていきます。その際、ことばどうしの意味の重複は調整され、ことばは、一句の中であるべき場所を獲得するのです。

山本健吉氏は、この状態をことばが置かれると表現されました。『挨拶と滑稽』から、引用してみます（『俳句とは何か』山本健吉著、角川ソフィア文庫）。

> 詠嘆を基調としない俳句は必然的に用言より体現に愛着する。俳句は時間の法則に反抗し、様式の時間性をみずから拒否する。言わば時間を質量感のなかに圧縮してしまう。一つ一つの言葉は繋ぎ合わされて楽しい韻律を奏でるものではなく、一つ一つが安定した位置に言わば「置かれる」のだ。

このように、安定した位置に置かれたことばは、一句のなかで十全に働き始めます。ことばは、ことばのもつ原初のエネルギーを持って、甦ってくるのです。ことばにはそれぞれ長い歴史があり、意味そのものやイメージの変遷を経てきています。一語には、それら一切の重量がかかっているといえましょう。いや、そのように一句のなかでことばを働かすことが、俳句なのではないでしょうか。

俳句は決してことばを弄ぶことではありません。ひとりひとりが、それぞれのやり方で、ことばのいのちに向き合うことではないかと思うのです。古くからあることばは、まるで数千年を経た大木のようでもあります。

分けても先人たちの思いを繋いできた季語は、言霊を宿しているといってもいいのではないでしょうか。例えば、花という季語を入れて一句を詠むということは、そうした思いに繋がることではないかと思うのです。

私の敬愛する高野素十氏は、「俳句以前」ということを述べています。『高野素十選評句集「俳句以前」』村上三良編から、氏のことばを引用します。

> この長い間の十和田集に寄せられた俳句によって、私は青森、みちのくの風物、みちのくの人の心の持ち方等いろいろの事を学ぶことができたこと、全く一生の幸福と思うのであります。俳句には、「俳句以前」というものがあります。一句を成すに到るまでの心の持ち方、心の動きといったようなものまでを含めて、「俳句以前」というものが大切であると考えております。

ことばを弄ばないということも、俳句以前の一つではないかと私は考えています。

二六〇、伝えたいこと・伝わること

思いがたくさんあって、あれもいいたい、これもいいたい人にとっては、俳句は限りない制約と映るかもしれません。何しろ、何かをいおうとすると、それ以上いってはいけないと直に断られてしまうのですから……。

散文のように字数を気にせずに思いのたけを述べられたらと思うこともあるでしょう。表現は本来自由であるべきで、そう思って俳句から離れていく人もいるでしょう。

何れにせよ、私たちが表現するのは、伝えたいことがあるからです。そして、それが百パーセント伝わって欲しいと誰しも願っているのではないでしょうか。しかし、俳句で伝えたいことと伝わることとの間には、少なからずギャップがあります。それどころか、全く伝わらないといった事態も起こりうるのです。

このギャップを埋めるのが、俳句の表現技術です。短い俳句で正しく伝えるためには、次のことが必要です。

- ▪伝えたいことを一つに絞ること
- ▪季語を最大限活用すること

俳句の句形で〇句一章というのは、伝えたいことを一つに絞った結果に他なりません。句形に則り、文法に則ることは、すべて正確に伝えるためなのです。

また、季語は作者と読者と仲立ちするいわば共通語だといえましょう。俳句の良し悪しは、ひとえに季語が働いているかどうかにかかっています。季語がよく働くとき、季語の情趣が、豊かな味わいを提供してくれるのです。このように、俳句のルールの多くは、正しく伝わるようにするためのものだといえるのではないでしょうか。

さて、表現技術を磨くには、表現したものがどのように伝わるのか確認する必要があります。その最良の方法は、句会に参加することです。句会は、自分の表現が伝わるかどうかを実際に試す場なのですから……。

俳句で伝える価値があるものは、感動と認識ではないかと私は考えています。感動の場面を誰かと分かち合いたいと思い、自分が発見した独自の認識を人に伝えたいと思うのは人情だからです。感動も認識も不可分のものですが、便宜的に分けると次のようになりましょう。

【感動の勝った句】

外にも出よ触るるばかりに春の月　中村汀女

ねむりても旅の花火の胸にひらく　大野林火

揚雲雀空のまん中ここよここよ　正木ゆう子

雪とけて村一ぱいの子どもかな　小林一茶

【認識の勝った句】

芋の露連山影を正しうす　飯田蛇笏

冬の水一枝の影も欺かず　中村草田男

滝の上に水現れて落ちにけり　後藤夜半

山茶花は咲く花よりも散つてゐる　細見綾子

二六一、一夜賢者の偈

最近振り出しに戻った感じで、写生について考えています。写生とは自然の姿をありのままに写すことといわれていますが、そのことにいったいどんな意味があるのでしょうか。小学校の教科書にも載っている子規の句に、

赤蜻蛉筑波に雲もなかりけり　**正岡子規**

があります。近景の赤蜻蛉と遠景の筑波とが壮大な空間を作り出しています。掲句には特に難しいことばもなく、どちらかといえば誰でも見たことのあるようなありふれた光景です。

しかし掲句を読むと、私は、どこか有難いような気持ちになってくるのです。それは子規がたまたま見かけた景色でしょうが、穏やかな秋の夕べの理想のように思えてしまうのです。

子規もまた、自然の美しさに打たれ満ち足りていたのではないでしょうか。掲句には子規の主観らしきものは一切見当たりません。敢えていえば、雲もの「も」くらいでしょう

か。

この景色に出会った充足感が、作者の主観の表出を不要にしてしまったともいえましょう。作者自身が、この句に付け足すことは何もないと確信しているのです。

実際に子規が見ていたのは、それほど長い時間ではないでしょう。夕景は刻々と移りかわってしまうからです。しかし、その歓びは子規のなかに、しっかりと刻印されたのではないでしょうか。

俳句は、いまここにある歓びを、自然を通して詠う文芸といってもいいでしょう。子規は運良くこの光景に出会いました。しかし、いつも忙しい現代人は車で通り過ぎてしまうかもしれません。

私たちが見慣れたと思って、注意して見ることを止めてしまった景色も、実際には刻々と変化しています。俳句は、そのことに気づかせてくれます。写生とは、先入観を排して+ありのままに見ることなのではないでしょうか。

ところで、ひろさちや氏の『ひろさちやの「道元」を読む』（佼成出版社）のなかに、お釈迦様の「一夜賢者の偈」と呼ばれている教えが紹介されています。

過去を思うな。
未来を願うな。
過去はすでに捨てられた。
そして、未来はまだやって来ない。
だから現在のことがらを、
それがあるところにおいて観察し、
揺らぐことなく動ずることなく、
よく見きわめて実践せよ。

（『中部経典』一三一経）

俳句もまた、この偈にあるような実践であり、それは生きることそのものであると思うのです。

二六二、写生の契機

『高野素十研究』（倉田紘文著、永田書房）のなかで、倉田氏が、昭和四十二年『芹』七月号から高野素十の文章を紹介しています。少し長くなりますが、引用します（傍線筆者）。

筆に紅つけて雛の口を描く　十字
筆に墨つけて雛の目を描く　同

「雛作りそのままの所作であり、そのままの所作をそのままに写生した句である。筆に紅をつけて雛の口を描く、筆に墨をつけて雛の目を描く。之は雛作りの誰でもがすることであり、誰でもが見るところであり、これをそのまま、何の附加するところなく句にしたまでのことである。而もこの様にこの一句ずつを二つ並べて見ると如何にも美しい。雛の口も、雛の目も、生き生きとみずみずしいのに驚くのである。

どうしてこの様なそのままが十七字となってこのように美しくなるものか私には判らない。ただ美しいと感ずるだけなのである。ここらあたりに写生俳句の契機があるかもしれないのである。作者は富山の一隅にあってただ黙々と写生俳句を作っている。人を驚かそうとか、名前を上げようとか云う考えは毛頭なく、ただ教えられるままに俳句を作っているのである。その当り前の人が当り前の句を作ってこのように美しいということ、その美しさの因って来たるところのものは、俳句以前のものの由来かもしれぬのである。」

また、同書のなかで、倉田氏は、俳句について次のように力説されています。

自然の真の姿だけでいい。その自然の姿が心にひびいたものそれが詩になり、又俳句になると思うのである。

掲句を読者が美しいと感ずるのは、作者自身がこの雛の美しさに心底感動しているからではないでしょうか。作者の十字氏がいいたかったことは、まさに「雛」の一語にほかなりません。

それ以上のことをいえば、すべて蛇足となると知りつつも、そこに、邪魔にならないように、残る十四音をおいたのではないでしょうか。口を描くのも、目を描くのもまさに、それによって、雛にいのちの宿る瞬間といってもいいでしょう。その雛のなんという美しさ！

ここでは、ありふれたことばが、雛と一緒に躍動し、輝いているように思われます。掲句には、雛が生まれる瞬間の作者の感動が満ちています。その感動を雛という一語に託し、作者は淡々と美の生まれる瞬間を描き切ったのだといえましょう。

作者はその感動が伝われば、それだけでよかったのではないでしょうか。いまここにある美の前では、自分の小主観などうでもよかったのです。そのような心境から生まれるものが写生句ではないかと思うのです。

二六三、対機説法

結論からいえば、俳句のルールとして喧伝されていることの多くは、対機説法の類ではないかと思われます。曰く、俳句の季語は一つでなければならない。／俳句は五七五でなければならない。／俳句には切れがなくてはならない。／主観表現をしてはならない。／擬人化表現を極力さける。等々。

これらが、初心者向けのいわば対機説法的なルールと思われる理由は、次の通りです。

①初心者はどれが季語か見分けがつかないため、安易に季重なりをしがちです。そこで、季語に注意を向けてもらうため、季語一つと教える。

②俳句には字余りも字足らずもあるが、その味わいを知るには、五七五の音数律を体で覚えることが必須。そこで、五七五と教える。

③俳句は一句で独立した表現をめざす。言い切る訓練は、句意を完結させることにつながる。

④安易な主観表現は、共感の妨げになり易い。主観を排除することで、写生に導く。

⑤感動・感激していると、擬人化表現になり易い。主観表現同様、安易な擬人化は独りよがりとなり、共感を得にくいため、擬人化を避けるよう教える。

しかし、これらのルールを守っていない名句も数多く存在することもまた事実です。このことは、表現というものが本来どうあるべきかということを考えてみれば、自ずから明らかなのではないでしょうか。

仮に作者が、俳句表現として、有季定型を選択しているのであれば、「俳句は、五七五の音数律を生かし、季語を働かせて作る、一個の独立した詩である」ということに尽きるのではないでしょうか。

一句一句が、独立した作品ならば、一人の作者が、文語表現、口語表現を試みることも可能でしょう。本来表現とは、何ら拘束されるべきものではないからです。一句のなかに文語・口語が混在するのでなければ、違和感はないのではないでしょうか。

夏井いつき氏は、『絶滅危急季語辞典』（ちくま文庫）のあとがきで、次のように自説を開陳されています。

私自身の句にも歴史的仮名遣いもあれば現代的仮名遣いもある。何故なら、一句の表記・文体・韻律等は、一句の内容（＝心）によって決定されるべきだと考えるからだ。

口語で書きたい句もあれば、文語がしっくりはまる句もある。現代仮名遣いに軽やかに表現したい心もあれば、歴史的仮名遣いで趣深く伝えたい心もある。

俳句が一句独立の文学である以上、それらの表記・文体・韻律は一句ごとに意図的に選び採られてしかるべきだという考えからの試みでもある。

二六四、季語の発見状況を詠む

私たちが俳句を作るのは、季語を発見したからではないでしょうか。季語の意味が分かることと、自分なりに季語の実感をもつことでは、大きな違いがあります。私はこれまで感動ということを繰り返し述べてきましたが、この感動とは詰まるところ季語を発見した感動ではないかと思うのです。

十五夜のことです。月を見ようとしてベランダに出てみると、鈴虫が鳴いていました。暫く聴いていると、ふと月鈴子ということばが浮かびました。

今聴いている虫の声と、月鈴子ということばがしっくりと出会ったのです。それから部屋に戻り、明かりを消してしばらく一人で虫聴きをしていました。その時の句です。

やはらかき光の小窓月鈴子　　金子つとむ

一口に季語を発見するといっても、幾つかのパターンがあるように思います。掲句の場合は、月鈴子という季語の情趣を自分なりに発見し、追認した場合といえましょう。他には季語の情趣にそれまでにはない新たな情趣を付加する場合もあるでしょう。さらには、季語そのものを新たに発見する場合です。これらを纏めると、

①情趣の追認（既存の季語）
②新情趣の付加（既存の季語）
③新季語の発見

ということになりましょう。しかし、実際の作句割合は、①→②→③の順に小さくなり、③は余程でない限り、無いといってもいいでしょう。新季語の発見時は、厳密にいえばその句は無季俳句です。しかし、そこには、作者によって発見

された情趣をもつことばが見つかるはずです。
次に、①と②を句形に当てはめてみると、
①一句一章、二句一章（補完関係、情景提示）
②二句一章（二物衝撃）
ということになるのではないでしょうか。

作句の拠り所となる感動が、季語の発見にあるのなら、全ての俳句は、季語の発見状況を語っているともいえましょう。その語り方は、次のようになります。

ア、どんな場所でそれを発見したか。
イ、それは、どんな状態だったか。
ウ、それを発見した自分はどんなふうに感じたか。
エ、それを知覚した瞬間、何が閃いたか。

それぞれ芭蕉の句で検証してみましょう。

荒海や佐渡に横たふ天の川 （アとイ）

生きながら一つに氷る海鼠かな （イ）

山路来て何やらゆかしすみれ草 （アとウ）

夏草や兵どもが夢の跡 （エ）

季語の発見のない句は、感動のない句ということになり、ただの報告句ということになりましょう。

二六五、主観表現と客観表現

うららかな秋の日に、洗濯物が静かに揺れている様を見ていて、こんな句ができました。

干し物のゆれて静かや秋日和 金子つとむ

しかし、しばらくすると、やはり「静かや」はありふれていて物足りない感じがしたので、推敲することにしたのでした。

ところで、自分の感動を表現する方法は、二通りあると考えられます。一つは、自身の感動をそのまま直裁に表現する方法（主観表現）、もう一つは自分を感動させた原因を表現する方法（客観表現）です。

「静かだ」という感想は、作者自身のものですから、掲句は主観表現です。主観表現は、物事を契機として作者自身に起こった変化を表現する方法で、いわば結果の表現といえましょう。ですから、掲句は、

干し物がゆれて静かだと私が感じた秋日和

ということになりましょう。作者の感じたことですから、普段の会話に近く、表現としては馴染みやすく、たやすいのではないかと思われます。

しかし、それは作者の個人的な感慨であるため、共感が得られるかどうかは、やや心もとない気がします。

それに対し、もう一つの客観表現は、客観写生ともいわれているものです。自分を感動させた事実だけを相手に伝えて、相手にも同じ感動を惹起させようとするもので、いわば原因の表現といえましょう。

客観写生は見たままを写せばいいのだから簡単だと思うかもしれませんが、とんでもない誤解です。作者はまず、自分を感動させたものが何であるかを、突き止めなければならないからです。

その正体を十七音の中心に据えることができなければ、相手に感動を届けることはできないでしょう。この作業は、その場面を客観的に見つめ直すことにつながり、漫然と見ていたのでは、決してできない作業なのです。

そこで、私は、その場面を思い起こしてみることにしました。やわらかな日差しが、干したばかりの洗濯物に降り注いでいました。少し風があるのでしょう、部屋のなかから見ていると、洗濯物がすこし横に傾いで、またゆっくりと戻ります。そんな様子が、「静かでまさに秋日和にぴったりだ」という感想を抱かせたのでした。そこには、一仕事を終えた寛ぎもあったでしょう。

「私を感動させたものは、何だったのか」という問いに対しては、自分で答えを探すしかありません。そして、ようやく気づいたのです。あの時、私は、紛れもなく風を見ていたのだと……。

干し物のゆれて戻るや秋日和　　金子つとむ

掲句は私の自分詩であり、自分史でもあります。

二六六、感想・判断・事実

前回の「主観表現と客観表現」の項で、自作の推敲課程をご紹介しましたが、実はその間にもう一句ありました。順番に示すと次のようになります。

①　干し物のゆれて静かや秋日和　　金子つとむ

②　干し物のゆれて風過ぐ秋日和　　同

③　干し物のゆれて戻るや秋日和　　同

それぞれの表現の異なる箇所に着眼して、それがどういう表現かを再度確認してみたいと思います。

まず、①の「静かや」ですが、その場にいた作者の感想のようなもので、主観の表出ということができましょう。

②の「風過ぐ」には、干し物が揺れたのを見たときの作者の判断が働いています。いま、風が過ぎたと作者は判断したわけです。

③は、厳密な意味での客観写生といえるのではないでしょうか。作者の感想も、判断もここでは述べられていません。作者は単にその事実だけを述べているのです。

ところで、もう百年も昔のことですが、水原秋桜子氏は、〈「自然の真」と「文芸上の真」〉という論文のなかで、次のように述べています（『日本の名随筆　俳句』金子兜太編、作品社所収）。

自然の真というものは、厳格に言えば科学に属することである。しかも文芸の題材となるべき自然の真を追求するには決して天才を俟たない。必要とするところは少量の根気のみである。それゆえに、天才なき人でも、一木一草をありのままに述べることは、さして困難ではないのである。（後略）（傍線筆者）

しかし、はたして本当にそうなのでしょうか。散文の描写という意味でなら、秋桜子氏の指摘はその通りかもしれません。しかし、こと俳句となると事情は異なります。

俳句では、表現に対しもっと自覚的にならざるを得ないからです。たとえ対象が一木一草であれ、作者がそれを句に止めようとしたのは、何か心打たれるものがあったからでしょう。その感動を読者にも分かってもらうには、自分が何に感動していたのか、その正体を探ることがどうしても必要になるのです。

その上で、その正体を中心に据えた表現を模索することになるのです。一木一草をただ詳細に描いたからといって、そこから感動が立ち上がるわけではないと思うのです。

一木一草ではありませんが、掲句のように単純な私の句でも、決定稿に至るまで二十六回の推敲を要しました。その道程はそのまま、感動の正体を探る道程なのです。真は真で一つ、「自然の」とか「文芸上の」とかいう、いわば括弧つきの真があるわけではないと思うのですが、いかがでしょうか。

二六七、酔いと覚醒——二種類の俳句

『角川俳句大歳時記』の滝の項には、次の句が並んで掲載されています。

滝落ちて群青世界とどろけり　水原秋櫻子

滝の上に水現れて落ちにけり　後藤夜半

今回は、この二つの句を比較検討することで、俳句の有り様を探ってみたいと思います。

秋桜子氏の句、一読して群青世界ということばが眼を引きます。この句は、一九五四年、氏が六十二歳のときの作品で、那智の滝を詠んだものといわれています。群青世界というのは、群青色の世界ということになりましょう。

具体的には、滝以外の岩や木々や空をひっくるめて群青世界と称したのでしょうか。それとも、氏の脳裏には群青色の山並みが広がっていたのでしょうか。何れにせよ、このことばによって、読者は様々な想像を掻き立てられることになりましょう。

この句は、一つの滝と、その音をとどろかす群青色の世界という構図になっています。色彩と音響とが鮮やかに融け合っているのです。そして、「群青世界」ということばが、具体的な事物から遊離して、読者を想像の世界に引き込んでしまうのではないでしょうか。

一方、夜半氏の句は、一九二九年に箕面の滝を詠んだものといわれています。ここには秋桜子氏の句に見られるような華やかなことばは一切見当たりません。

一読しただけでは、素っ気ない感じですが、「滝の上に水現れる」という捉え方は、やはり非凡だと思います。いわれ

てみると、誰もがその通りだと納得するのですが、そう観照することは難しいのではないでしょうか。

視覚による認識力が勝っているためでしょうか、掲句からは不思議と滝音が聞こえてこないのです。むしろ、滝音はこの句にとっては邪魔なくらい、滝というものの本質を見事に捉えた句といえるのではないでしょうか。

今まさに現れたある部分の滝の水に着目すれば、掲句は、そのまま、その水の宿命を捉えており、それが集まり、永劫に続くことで滝そのものが存在するかのようです。

掲句では、滝はまさに私たちの目の前にあるのです。これを手触り感といってもいいでしょう。手を伸ばせばそこに滝があり、水があるのです。


仮に、秋桜子氏の句を、華やかなイメージの打上げ花火だとすれば、夜半氏の句は、認識の錘重ではないかと思われます。滝は、滝というものを指し示すのではなく、滝そのものとなっている、あるいは、水は水というものを指し示すのではなく、水そのものとなって、私たちに迫ってくるのです。

私たちは、秋桜子氏の句に酔い、夜半氏の句によって、覚醒されているのではないでしょうか。

二六八、手触り感のある俳句

俳句のなかには、物の手触りをまざまざと想起させてくれる作品があります。それはおそらく、ことばが私たちの五感に働きかけることで、私たちの記憶を一気に呼び覚ますからではないかと思われます。

例えば、皆川盤水氏に、次の句があります。


赤とんぼ馬具はづされし馬憩ふ　　皆川盤水

この馬は、一日の労働から解放されて、憩うているのでしょう。赤とんぼが、安らかな夕景を作りだしています。この馬の一日を象徴するかのように、近くに馬具が置かれています。一日馬の背にあった馬具です。そう思うと、この馬具の質感、重量まで伝わってくるようです。

「憩う」ということばは、本来なら人に使う措辞ですが、馬具を外された馬だからこそ、それを肯うことができるのではないでしょうか。


もう一つ、馬具にまつわる句をみてみましょう。

秋高し鞍まだ置かぬ当歳馬　　千葉年子

眼前に鞍こそありませんが、こちらも鞍を象徴的に扱っています。鞍置かぬという措辞が、逆に当歳馬のしなやかな体つきを髣髴とさせているのです。しかし、鞍を置かないのは僅かの期間であることを、「まだ」の措辞が暗示しています。高い秋空のもと、馬は今この時を謳歌するように、のびのびと駆け巡っているのでしょう。

この二つの句では、馬具や鞍ということばが効果的に働いています。俳句ではよく物に語らせるといいますが、それは、物のもつ手触り感によって、私たちの五感に直接働きかけるという意味ではないかと思われます。

盤水氏の馬具が過去の時間を象徴しているとすれば、年子氏の鞍は未来の時間を取り込んでいるともいえましょう。何れにしても、その手触り感・存在感がこれらの句の重心をなしているように思われるのです。

もう一つ、例句を挙げてみましょう。

滝行者まなこ窪みてもどりけり　　小野寿子

前述の鞍とおなじように、このまなこも象徴的です。ただのまなこではありません。行の果てに窪んだまなこ、滝行の激しさを象徴するまなこなのです。

私たちを一句に立ち止まらせるのは、このような手触り感・存在感のあることばではないでしょうか。それらのことばは、作者の感動とともにあるため、存在感を獲得できているのだともいえましょう。

「馬具はづされし馬」、や「鞍まだ置かぬ当歳馬」には、作者の優しい眼差しがあり、「まなこ窪みて」には、作者のねぎらいがあるのではないでしょうか。

二六九、美しい世界

私たちがその渦中にあって、何ものかに突き動かされているようなときには、その正体をつかむことは難しいように思います。三十代半ばから十五年ほど、花や鳥の写真に夢中になっていた時期がありました。

そうはいっても会社勤めをしながらのことですから、土日や夏休みなどに限られてしまいます。それでも、その間に十三万キロくらいは走ったと思います。

今から思えば何が私を突き動かしていたのか不思議なくらいですが、一ついえるのは、花（主に高山植物ですが）も鳥も私にとって、とても美しいものだったということです。その美しさの虜になっていたともいえましょう。

現在は、俳句の虜ですが、そこにも、自然の美しさということが背景にあるように思われます。どうやら、根本はちっとも変わっていないようなのです。

ところで、鈴木真砂女氏の『真砂女歳時記』（ＰＨＰ研究所）で、次のような記述をみつけました。

ゆるやかに着てひとと逢ふ蛍の夜　　桂信子

ゆるやかに着付けた姿は、中年の女性が想像されます。青く光る蛍に女性の艶を重ねた恋の句です。蛍には恋が似合います。

この季節に入りますと、ほつほつと蛍が話題にのぼります。郷里の田圃で蛍狩をしたことが思い出されます。蛍の光るところには、必ず水の流れがあるものです。蛍にも種類があって、源氏蛍は大きく、平家蛍は光も小さく何か哀れを覚えます。闇を縦横に飛ぶ蛍を見ていると、この世のものとは思えません。（傍線筆者）

実は、この最後の一文に釘付けになったのです。私も子どもの頃に見た蛍の乱舞が、いまでも目に焼きついています。まさに、この世のものとは思えないような光景……。そういう美しい世界に住んでいるということは、なにものにも代えがたい幸せではないでしょうか。

私が、花や鳥の虜になったのは、美しいものに出会うことによって、普段の生活の厭わしさから逃れたい一心だったのかも知れません。そう思って改めて今の状況を振り返ってみると、私たちは、俳句を通して、美しいものを探しているのだともいえましょう。

自然だけではなく、人と人との出会いから生まれる感動も、美しいものの一つでしょう。私たち一人一人が、美しいものを探し、俳句作品として分かちあっているのではないでしょうか。

あをあをと春七草の売れのこり　　高野素十

歩み来し人麦踏をはじめけり　　同

ひっぱれる糸まっすぐや甲虫　　同

甘草の芽のとびとびのひとならび　同

凩の糸二すじよぎる伽藍かな　同

二七〇、季語の在り処

木下夕爾氏に、小学校の教科書にも載っている次の有名な句があります。今回は、この句から季語の在り処ということを考えてみたいと思います。

家々や菜の花色の燈をともし　木下夕爾

厳密にいえば、この菜の花は菜の花そのものではなく、色の説明にすぎませんので、季語とはいえないかもしれません。たとえば、

菜の花や月は東に日は西に　与謝蕪村

菜の花や西の遥かにぽるとがる　有馬朗人

などは、何れも眼前に菜の花の実物があるといえましょう。しかし、夕爾氏の句の眼前には、燈をともした家々があるばかりで菜の花は見当たりません。

それでは、この句は、菜の花の句ではないのでしょうか。もともと黄色を表すことばとして、菜の花色ということばはありません。その意味では菜の花色は、作者の独創ということになりましょう。それでは、何故、作者は菜の花色といったのでしょうか。

私は、作者は紛れもなく菜の花の季節にいて、家々の燈に、日ごろ見慣れた菜の花を咄嗟に感じたのではないかと思うのです。作者にとって明かりの洩れる家々は、まさに、夜の菜の花だったのではないでしょうか。

そう考えると、作者が「家々や」と詠嘆し、思わず「菜の花色」と表記した意図が分かるような気がするのです。菜の花の実物がある以上に、掲句には菜の花の情趣が横溢しているのではないでしょうか。

そこで、思い出したのが、高野素十の次の句です。

朝顔の双葉のどこか濡れゐたる　高野素十

『素十の研究』（亀井新一著、新樹社）の序文のなかで、村

松紅花氏が掲句を取り上げて、次のように評しています。

この句は夏の朝のすがすがしい気分を詠んだものではない。時刻も背景もこの句には必要ではない。そこにはただ一つの可憐な朝顔のすがすがしさがある。「そこには」というのは、つまり回想の中にである。小さな小さな一つの朝顔の双葉は、その時、全宇宙に匹敵する大きさとやさしさとで、作者の心を占める。「そうだ、どこか濡れていたんだ。どこであったろう。とにかくどこか一点がたしかに濡れていた。」

これはそういう句なのだ。これ以上に「夏の朝」だとか「すがすがしい」だとかつけ加えるのは、やぼというものだ。

夕爾氏の菜の花が眼前の景ではなかったように、素十氏の朝顔も眼前の景ではなかったのです。しかし、眼前の景ではないものの、ずっと作者の心を占め続けており、作者にとっては、眼前の景と同等のもの、あるいはそれ以上であったと思われるのです。

二七一、共感の構造

自分の俳句が他人に受容されるというのは、どういうことでしょうか。例えば、鳥好きの私は、鳥を見るだけで愛らしく感じてしまうので、雀が穭田に遊んでいるのを見かけただけで、次のような句を作ってしまいます。

穭田に浮きつ沈みつ雀どち　　**金子つとむ**

しかし、雀を特別愛らしいとも思わない多くの読者にとっては、あまりインパクトのある句とはいえないでしょう。

作者は、雀を主役にして作ってしまっており、読者は、何故穭田なのか、穭田でなければならない理由はどこにあるのか、いぶかしく思うのではないでしょうか。確かにそのように問われれば、作者は反論できないのではないでしょうか。

以前、俳句は、季語発見のプロセスを語るものだということを述べました。果たして、作者にとって季語である穭田は発見されているといえるのでしょうか。

多少雀に関心があり、雀が穭田に来ているのはその稲穂を啄ばむためだということがすぐに分かってくれる読者であれば、掲句は掲句のままでもいいかもしれません。しかし、明らかに掲句の穭田は場所の説明であり、主役といえるのは、むしろ雀の方ではないかと思われます。

掲句を、次のように推敲してみるとどうでしょうか。

ぱらぱらと穭穂に来る雀かな　金子つとむ

穭田から穭穂と対象を限定することで、穭穂は雀の餌なのだということが、よりはっきりとするものと思われます。穭田は晩秋の景です。やがて冬を迎える雀にとって、穭穂は、重要な栄養源ということになりましょう。

ここでは、もはや何故穭穂なのかという問いは発せられないでしょう。季語が穭穂であることの必然性はやや高まったといえるのではないでしょうか。

このように自分の好きなものが季語でないとき、注意が必要です。どうしても好きなものを主役にして、季語を添え物として扱いがちになるからです。

季語の発見という作者の感動がなければ、読者の共感を呼ぶことは難しいでしょう。あくまでも季語を主役にして、季語発見のプロセスを詠むということが大切ではないでしょうか。

俳句は季語発見のプロセスだというふうに考えると、名句というものは、すべからくそのような様相を呈するように思われます。

滝の上に水現れて落ちにけり　後藤夜半

遠山に日の当りたる枯野かな　高浜虚子

斧入れて香におどろくや冬木立　与謝蕪村

冬の水一枝の影も欺かず　中村草田男

二七二、意識された視点

『文体の発見』（粟津則雄著、青土社）の中に、子規の写生に関する次のような考察がありましたので、少し長くなりますが、ご紹介します。

（仰臥漫録）九月九日の項に、「人問ハバマダ生キテ居ル秋ノ風」とか「病床ノウメキニ和シテ秋ノ蝉」とかいった句が見える。瀕死の病人という読者のイメージにぴったりの句だが、作者を、死との叙情的合体へ引き入れかねぬこのような句を作る一方で、子規が、同じ日に、「秋ノ灯ノ絲瓜ノ尻ニ映リケリ」とか「臥シテ見ル秋海棠ノ木末カナ」というような句を作っていることに着目すべきだろう。

これらの句は、「臥シテ見ル」ことを強いられている子規の視点をぬきにしては考えられないのであり、そのようにおのれの視点に向かって眼をすましていることが、前二句を、それがはらむ危うさから救っているのだ。子規における「写生」は、だから、対象をあるがままに叙するということに尽きるものではない。それは、おのれの視点に対するこの鋭い意識なしには考えられない。そういうことが忘れ去られたとき、「写生」俳句のさまざまな堕落が生じたのである。（傍線筆者）

粟津氏は、子規の写生とは単に対象を写しとることではなく、その対象を見つめる作者自身をも見つめることだといっているように思われます。

秋ノ灯ノ絲瓜ノ尻ニ映リケリ　正岡子規

臥シテ見ル秋海棠ノ木末カナ　同

の二句は、子規が、自分の視点を意識しながら、対象と向き合っているというのです。「糸瓜ノ尻」や「臥シテ見ル」といった措辞には、明らかに子規の視点に対する醒めた意識が窺えるように思います。

この子規の固有の視点と同じように、私たちも、それぞれ固有の視点を持っています。それは、私たちの性向、あるいは個性ともいえるもので、そのことが共感を助長する場合もあれば、反対に阻む場合もあるのではないでしょうか。何れにせよ、俳句を続けることは、自らの固有の視点に気づき、自分自身を知るプロセスなのだといえましょう。

写生とは、それを見つけた自分の視点を意識することで、その対象と自分との関わり全体を表現することなのではないでしょうか。対象が独立してあるのではなく、対象との関係を含めて、俳句作品は成り立っているのです。

雲の峰の標榜する自分詩・自分史とは、まさに、意識された視点と対象との関わりを秘めた作品郡ということがいえるのではないでしょうか。

薪をわるいもうと一人冬籠　正岡子規

仏壇の菓子うつくしき冬至かな　同

只一つ高きところに烏瓜　同

二七三、季語に対する親密度

一つの俳句は、自ずから作者と対象との心理的な距離感を表しているように思われます。この距離感を、対象に対する親密度といってもいいかもしれません。例えば、前項で取り上げた子規の句、

只一つ高きところに烏瓜　正岡子規

は、子規の関心が烏瓜にあって、「只一つ、高きところに」とその生態を描写しつつ、実はその美しさに打たれているのだといえましょう。

読者にも烏瓜に対する親密感があれば、この句は容易に受容されるのではないでしょうか。自然を師と仰ぎ、孤高の画家といわれた高島野十郎は、精密な烏瓜の絵を残していいます。私の大好きな絵の一つです。烏瓜が好きな私にとって、掲句の烏瓜は、何か神聖なもののように思われてなりません。

ところが、烏瓜を知らなかったり、あまり親近感を抱いていない場合には、読者にこのような共感を期待することは難しいのではないでしょうか。一句が共感を得るには、作者と読者の間に共通する共感のベースが必要だと思うからです。

俳句は作者にとって季語発見のストーリーですから、この共感のベースとは、作者・読者双方の季語に対する親密度ということになりましょう。

端的に言えば、自然そのものに興味のない人にとっては、俳句を理解することは非常に困難だと思われます。また、季語を知っていることと、それに対して親密度をもっているということは別ですので、読者にとって疎遠な季語の場合も、共感を得にくいのではないでしょうか。

季語に対する親密度は、その実物や生態を知っているということを前提として生まれるものと思われます。子規の句には、烏瓜のあった場所や、その色や形などの情報は一切含まれません。ですから、もし烏瓜を知らなければ、掲句の美しさも、作者の無念も、読者にはとうてい想像できないのではないでしょうか。

もし、自然の生態系のなかから、季語の景物が消失してしまったとしたら、やがて実物を知るものはいなくなり、共感のベースは損なわれていくのかもしれません。

先日、アキアカネが激減しているというニュースを耳にしました。また、昨今の住宅事情からか、雀の数も減少しているようです。稲雀の大群もとんと見かけなくなりました。福島の原発事故の影響で、各地で動植物の異変が報告されています。季語は、私たちの暮しとともに変わっていくものですが、自然の景物だけはできる限り守っていきたいものです。

とどまればあたりにふゆる蜻蛉かな　**中村汀女**

二七四、俳句は他選

俳句は他選といわれるのは、作者自身は表現上の過不足に気づきにくく、良否の判断が極めて難しいということではないかと思います。

表現不足については、作者が作句の現場を熟知しているために、表現上の欠落に気付かないことが主な原因かと思われます。また、表現の過分については、作者が誇張されたことばを選択することに、原因があるようです。

拙句の具体例を示しましょう。

作者は、幾万という銀杏の葉が時を移さず一斉に色づくことの不思議さに感動しています。それを表現するのに、作者が感動の渦中にあってその感動を語ろうとすると、事実以上に誇張されたことばを選択しがちです。

次に挙げた例句の内、前三句の傍線部は、事実よりもやや誇張されたことばといえましょう。主観が強いといわれるのは、そのことばの選択が、あまりにも事実から乖離しているという意味ではないかと思われます。

黄葉して万の銀杏の色揃ふ　**金子つとむ**

悉く銀杏黄葉となりにけり　**同**

一色の銀杏黄葉となりにけり　**同**

小社の銀杏黄葉の華やかに　**同**

ここで問題なのは、主観表出の程度です。作者が感動を述べるのに、そこに若干の誇張が入るのは当然でしょう。しかし、その程度が甚だしいと、独りよがりの表現ということになってしまうのではないでしょうか。最後の句では、銀杏黄葉に対する感動は、華やかにという一語によって示されています。

前の三句の「色揃ふ」も「悉く」も「一色」もすべて、その時点で作者にはそう見えた、そう感じられたということで、事実には違いありません。しかし、それがその場を知らない読者にとって誇張と感じられるならば、受け入れ難いのもまた道理ではないでしょうか。

端的にいえば、読者に伝わるためには、使用されたことばが読者に受け入れられ、映像を結ぶことが必要なのではないでしょうか。その点、最後の句は、前者よりやや映像を結びやすいのではないかと思われます。

このことを読者の側からいいますと、一句から三句目に共感するには、読者が作者と似た体験をして、「色揃ふ」や「悉く」や「一色」といった措辞に、そのまま反応できる必要があるでしょう。吟行句会では、しばしばこのような状態を見かけます。

作者が感動の渦中にあって、しかもその感動から離れることは容易ではありません。それ故、俳句は他選と言われるのではないでしょうか。自己を省察し、自己のなかに他者の視点を取り込めたものだけが、自分の句の良否を判断できるものと思われます。

二七五、臨場感

俳句が季語の発見プロセスを詠むものなら、季語を発見したときの作者の感動はどのような形で一句に反映されるのでしょうか。私たちは、無意識の内に、その場の感動に相応しいことばや律動を選びとっているのではないかと思われます。

いっぽう読者は、一読してその場面の映像、ことばの勢いといったものを感受します。そこに広がる何か切迫した感じを受け取るのです。これを俳句の臨場感と呼ぶならば、これこそが、読者を句に立ち止まらせ、句の世界に引き込んでしまう最大の要因のように思われます。そして、その臨場感を生み出しているその当のものが、他ならぬ作者の感動ではないかと思うのです。

外にも出よ触るるばかりに春の月　　中村汀女

掲句には、作者の感動がストレートに表れています。「外にも出よ」という命令形が、作者の感動の大きさを如実に表しているといえましょう。上五が命令形で始まる句も珍しいのではないでしょうか。

さらに「触るるばかりに」が、揺蕩いながら上り来る春月の大きさを余すことなく伝えています。私たちは、いつしか句の現場に引き込まれているのです。

ところで、私の小庭の片隅には、一メートル程の若い柊の木があります。香りが好きで植えたものですが、十一月ともなると、清楚な純白の小花をびっしりと咲かせます。その凛とした気配は、とても気持ちがいいものです。庭に出て、鼻を近づけて匂いを嗅いだりして、一句に仕立てようとしました。

雨晴に柊の花匂ひけり　　金子つとむ

柊の花の香りの小庭かな　　同

しかし、いくら作ってもピンときません。数日後、妻が小花を一つ摘んできて、目の前で拳をひらきました。柊の花が一つ、しっかりと蕊をつけて目の前にありました。

ひろげたる手に柊の花一つ　　金子つとむ

見た通りの情景をそのまま詠んだだけですが、私には、それが一番感動を言い当てていると思えたのでした。俳句が即興性を大切にするのは、感動によって生まれ出ることばを大切にするからではないかと思われます。

季語の景物が眼前にあって、好意を抱いて眺めていたとしても、それだけでは句にならないでしょう。やはり、季語を発見するプロセスが必要ではないかと思います。

つい待ちきれなくて、先に句を作ってしまいがちですが、感動がなければ、そこには臨場感も生まれてこないでしょう。そこに佇み、何かが満ちてくるのを待つ、それが作句への近道なのかも知れません。

毎年よ彼岸の入に寒いのは　　正岡子規

二七六、否定形と緊張感

今回は否定形の措辞を含む作品に見られる緊張感について

考えてみたいと思います。例句をいくつか挙げて考えてみましょう。まず子規の句から。

ある僧の月を待たずに帰りけり　正岡子規

薔薇の香の紛々として眠られず　同

痰一斗絲瓜の水も間に合はず　同

傍線部が否定形となっている箇所ですが、これらの措辞に共通しているのは、作者の願いとは裏腹に、あるいは作者の意に反して事態が進行しているという事実です。

これらの措辞に、作者の思いを補えば次のようになりましょう。

待てばいいものを月を待たずに
眠りたいのに眠られず
どうしても間に合って欲しかったのに間に合わず

このように、否定的表現から窺えるのは、作者の強い感情といえましょう。それが、作品に緊張感をもたらしているのではないでしょうか。

次に虚子の句を見てみましょう。

何事も知らずと答へ老の春　高浜虚子

山国の蝶を荒しと思はずや　同

白雲と冬木と終にかかはらず　同

同じく、否定形の箇所に傍線を施しました。虚子もまた、何事も知っているのに知らずと答え、蝶を荒しと思うからこそ思はずやと反語し、白雲と冬木は厳然とした事実として、終に関わることはないといっているのです。

山国の句から反語表現を外してみますと、

山国の蝶を荒しと思ひけり

となり、意味はほぼ同じですが、どこか物足りなさを否めません。やはり反語とすることで、作者にとっての意外性が強く打ち出されているのではないでしょうか。

このように否定形の措辞は、作者の心理的な屈折を内包しているといえましょう。それが作品に深みと奥行を与えているのではないでしょうか。それだけに作品には、作者の主観が色濃く反映されることになります。

最後に草田男の句を見てみましょう。

そら豆の花の黒き目数しれず　中村草田男

妻二夕夜あらず二夕夜の天の川　同

冬の水一枝の影も欺かず　同

殊に最後の作品は、欺かずという措辞を得ることで、偽りのないありのままの自然の厳しさを表現しています。掲句は草田男の絶唱といってもいいのではないでしょうか。

かくいう筆者も、冬の鵙の猛禽としての側面を打ち出すために、否定形を使用してみました。

冬の鵙秀にゐて狩の眼を解かず　金子つとむ

二七七、俳句の臍の緒

季語は、季節の景物や自然現象であり、私たちは、そのほとんどを五感で感じることができます。五感によって、季語と私たちの体は直接つながっているともいえましょう。

それでは、いわゆる空想季語と呼ばれているものはどうでしょうか。例えば、亀鳴く（三春）、雪女（晩冬）、狐火（三冬）などは、誰でも見聞できるわけではないでしょう。また、中国伝来の七十二候に起因するものでは、獺魚を祭る（初春）、鷹化して鳩となる（仲春）、腐草蛍となる（晩夏）、雀化して蛤となる（晩秋）などもあります。

しかしこれらも、まったくの空想というわけではなく、自然現象と深く関わりをもっているのです。その意味では、どんな季語も自然を母体として生まれてきたといえるのではないでしょうか。ですから、季語は、自然という母体とつながる臍の緒という言い方もできると思うのです。

ところで、初めは何かを具体的に指示するものとして生まれたことばは、やがてそれに類似するものやイメージを取り込んで、多義的になっていくものと考えられます。季語も同じように、長い歳月を経て本意・本情と呼ばれる季語の世界を作り上げてきました。現物とイメージの混合された世界です。

俳句を作る際に、季語の指示性を重視して現実と不即不離の世界を構築するのか、それとも季語のイメージに重きをおいて、自然から解き放たれた空想の世界を構築するのか、その主張はさまざまです。しかし、季語という臍の緒は、自然とつながっています。はっきりしているのは、季語に対する考え方次第で、作句のポジショニングが決まるということではないでしょうか。

私見では、俳句は現在、イメージ性により傾いているように思われます。その理由は、利便性の高い私たちの生活が、身の回りから、自然を遠ざけてしまったからです。密閉され空調の利いた室内は、音や気温を遮断してしまっているのです。

現代人は、季語を濃密に体験することが少なくなっているのではないでしょうか。食べ物の旬も曖昧ですし、何よりも既にことばだけの季語もたくさんあります。

例えば、夏の蚊帳を経験した世代は、どんどん少なくなっていることでしょう。もし蚊帳というものを未体験のまま作句すれば、イメージだけで作ることになるのは、やむを得ないことです。季語体験の希薄化が、俳句のイメージ化を加速していると思うのです。

さて、有季定型を標榜する私たちは、現実の季語に触発されたいと願っています。そのために、時には意識して利便性を遠ざけてみるのもいいかもしれません。俳句は私的な季語発見プロセスなのですから。

二七八、ことばの映像喚起力

作句をしていて、ほとんど描けているのにどことなくしっくりこないということはないでしょうか。情景がちょっと分かりにくいようでしたら、ことばの映像喚起力を疑ってみたらいいかもしれません。

実際に、例句で説明しましょう。

燕帰る一つの路地を知り尽くし　金子つとむ

この句のポイントは〈知り尽くし〉ですが、今一つピンときませんでした。句意はこれでいいと思うのですが、〈知り尽くし〉では、少し違うようにずっと感じていたのでした。しかし、その理由が明確には分かりませんでした。

ところが、ある時、知るということばが、映像を伴わないことに思い至ったのです。それで、句に訴求力が生まれないのではないかと……。

そこで、もっと映像性のあることばはないかと探して、飛ぶという変哲もないことばに行き着いたのでした。

燕帰る一つの路地を飛び尽くし　金子つとむ

〈知る〉と〈飛ぶ〉を比較すると、〈飛ぶ〉には明らかに映像を喚起させる力があります。そして〈飛ぶ〉は、写生をしていれば難なく得られた筈のことばだったのです。

掲句の失敗の原因は、写生ではなく、感慨の方から作句作業を進めたことにあるようです。そして、もう一つの陥穽は、自分の頭のなかには、映像がしっかりと出来上がっているため、表現の不備に自分で気づくことは、容易なことではないということなのです。映像喚起力、推敲の際には、時々思い出してみるといいかもしれません。

もう一つ例句を挙げてみましょう。

抓みたる草の穂綿風にながれけり　金子つとむ

戯れに抓んだ草の穂綿があえなく風に流れる様子を詠んだものですが、〈流れる〉が、いま一つしっくりとこなかったのです。それは、穂綿をごっそりと風が持ち去るような映像です。横に流れながら落ちていく、それにぴったりのことばはないかと探してみたのでした。私は、句を推敲するときは、ほとんどパソコン上で行いますが、エクセル表を使って、推敲課程を全て記録しています。

その理由は、決定稿に至るプロセスを明確にすることで、より早く決定稿に至るための要領が分かるのではないかと考えたからです。

今回の映像性ということも、その中から浮かび上がってきました。また、たまたまインターネットで夏井いつき先生と一緒に句会をすることで、先生の持論に接する機会を得たことも影響しています。

そんな折、傾れるということばが見つかったのでした。

抓みたる草の穂綿風になだれけり　金子つとむ

〈ながれけり〉から、〈なだれけり〉へ、たった一字の違いですが、より実景に近づけたのではないかと思います。

二七九、ことばの選択と主観

以前、「ことばの質量変化」の項で、省略可能なことばをあえて使用するときは強意になるというお話をしました。そして、その例として、見る、聞くなどの通常は省略可能な動詞を挙げました。ここでは、さらに進んで、ことばの選択のなかに、既に作者の主観が色濃く滲むものだということを見ていきたいと思います。

小春日和に誘われて田舎道を散歩していたときのことです。百羽ほどの雀が、民家の納屋の棟に一列に止まっていました。納屋とはいっても、瓦葺きの立派なもので、豪農の家でした。瓦葺きには、雀口などといって、雀が営巣しやすい隙間がたくさんあります。私の印象としては、雀は瓦葺きが好きなようです。

その雀たちが、棟瓦のうえでいかにも安心しているような風情でしたので、何とかそれを句にしたいと考えました。それに、近頃、これほどの雀の群れを見ることは珍しくなっていたからです。そこで、

冬うらら雀並みたる棟瓦　　金子つとむ

としてみました。並みたるがゆったりとした感じで、冬うららと響きあうように思えますが、雀の数の多さが出ているかどうか心配でした。そこで、

冬うらら雀の占むる棟瓦　　金子つとむ

に落ち着きました。この時、私自身は、占むるはやや大げさすぎるとも感じましたが、実景に一番近いものとして採用しました。

さて、両句は、並む、占むるという動詞が違うだけです。それだけに、作者の感動がどこにあるのか、不鮮明のようなえましょう。もちろん、作者は、散歩の際に見た沢山の景色のなかから、この景を選んで作句したわけですから、この景が詠まれたことに、すでに作者の主観が刻まれているといえましょう。

しかし、並みたるということばは、あまりに平凡で読み過ごされてしまうのではないでしょうか。一方の占むるはどうでしょうか。占むるには、ほんの少し、過剰感があります。読者に「本当？」という疑いも持たせてしまうのです。

私がこころを動かされたのは、まるで棟瓦を占めるように止まっている雀の群れの壮観さでした。厳密にいえば、棟瓦に多少の隙間はあったかもしれません。しかし、占むるといえば、棟瓦をほぼ満たしている雀の数の多さを表現することができましょう。実際、棟瓦に止まれずに零れ落ちたいくつかが、瓦の遠近に散らばっていました。

占むるというような多少違和感のあることばに読者が立ち止まり、そして受け入れたとき、その句は、共感を得られたことになるのではないでしょうか。

二八〇、ことばの発見、場面の発見

秀句といわれる句には、何かしら発見があるように思われます。発見とは作者に感動を引き起こした当のものであり、作者に何かを気づかせた場面であったり、作者の心持を表すことばそのものであったりします。また、この作者の発見によって、読者の感動も惹起されるのではないでしょうか。

試みにいくつか例句を拾ってみましょう。まずは、場面の発見です。

外にも出よ触るるばかりに春の月　中村汀女

毎年よ彼岸の入に寒いのは　正岡子規

初蝶来何色と問ふ黄と答ふ　高浜虚子

汀女の句では、上り始めた春の月が眼前に迫るようです。子規の句は、それまで幾度となく繰り返されたであろう母のことばが、そのまま句として採録されています。子規が発見したからこそ、このことばは句になったのです。

また、虚子の句のこの躍動感はどうでしょう。初蝶に出会った一座の興奮が彷彿としてきます。おそらく、俳句仲間ではないでしょうか。

これらの句は、場面から得た感動を余すところなく伝えているといえましょう。

次にことばの発見についてみてみましょう。

滝の上に水現れて落ちにけり　後藤夜半

冬の水一枝の影も欺かず　中村草田男

をりとりてはらりとおもきすすきかな　飯田蛇笏

ことばの発見とは、作者が感動を表現するのに最適のことばを見つけたということです。傍線部のようなことばが得られたことで、作者の感動の正体が明かされ定着されるのです。そして、だれもが一度は経験していたのに、捕まえきれていなかった感動が、まざまざと甦ってくるのではないでしょうか。

これらの句は、既に何十年も前に作られたものですが、少しも色あせることがないのは、感動を表現するのに最も相応しいことばが発見されているからではないでしょうか。

さて、課題俳句を担当していて、次の句に出会いました。

深秋の藪に光れる忘れ水　　渡辺政子

辞書をひきますと、忘れ水とは、野中などに絶え絶えに流れて人に知られない水とあります。美しいことばです。藪の嵩がしだいに減って、その水が現れたのでしょう。

この作品には、実際の景に出会った作者の感動と、それをすでに忘れ水という名で残していた先人への思いが重なっています。忘れ水ということばの発見は、単に作者の感動の表現にとどまらず、ことばの歴史、人間の歴史へと思いを馳せる契機ともなっているのです。

一語たりとも自分の作ったことばはないという事実に今更のように驚いたのでした。

二八一、感動のステージ

どれほど感動、感激したことでも、時を経るに従ってその感動は少しずつ色あせていくものです。俳句も同じように、できた時点では素晴らしいと自画自賛した句が、しばらく経つと急に色あせてしまうことがよくあります。この原因はどこにあるのでしょうか。

私は、それを、俳句としての完成度が低いからだと考えています。秀句ならば色あせない。自作が色あせてしまうのは、感動の見極めが足らず、それを表現するに足ることばが選択されていないからだと思うのです。

その最大の原因は、当然のことですが、作句時点では、私はまだ感動の過中にあるということです。この状態を分かりやすくいえば、私自身、普段の心持とはいく分違う、やや興奮した感動のステージに上がっているといえましょう。そのような状態で作句すると、感動が充分に表現されていると錯覚してしまいがちなのです。

もう一つの例を挙げると、私たち全員が感動のステージに乗っている場合があります。それは、吟行です。吟行句会で選句するとき、どの句も素晴らしく思えて、選句に迷った経験はないでしょうか。あるいは、どの句も情景が浮かび上がってとてもよく分かるのです。

それもその筈です。私たちは、ちょっと前まで、同じ場所を歩き、同じ物を見、同じ風のなかを歩いていたのですから。

そのようなホットな場面を詠まれると、景が眼前に現れて、親近感や共感を覚えるのは、むしろ当然ではないでしょうか。しかし、吟行句もしばらくたってみると、やや色あせて見えるのも否めない事実ではないでしょうか。

さて、このように私たちが感動のステージ上で詠んだ句をステージから降りて見てみると、いま一つピンとこないということが起こります。これを色あせると呼んでいるのです。その理由は、ステージから降りると、感動している自分ではない、普段の自分になってしまうからです。しかし、この状態こそ、普通に俳句が読まれる地点、つまり、一般の読者の地点なのではないでしょうか。

つまり、ステージに上がってステージから見える景色を詠むのと、ステージを降りて詠むのとでは、ことばの選択が自ずから異なるということです。優れた俳句は、私たちをいつでも感動のステージへ押し上げてくれます。一句のなかで特に印象に残ることばが、そのような働きをしているといえましょう。

そこで、推敲では、色あせた自作のなかに息を吹き込むような、感動のステージに引き上げてくれるようなことばを探すことになるのです。

翅わつててんたう虫の飛びいづる　　高野素十

二八二、俳句とアニミズム

俳句とアニミズムの関係を探るために、試みに三つほど例句を挙げてみます。

翅わつててんたう虫の飛びいづる　　高野素十

チューリップ喜びだけを持つてゐる　　細見綾子

冬の水一枝の影も欺かず　　中村草田男

これらの句を私たちは何故面白いと感じるのでしょうか。また、どこが面白いのでしょうか。

私たちは、ことばによってまるでそれがそこにあるかのように、眼前に現れることに面白さを感じているといえましょう。もう少し厳密にいえば、これらの句を契機として、私たちは、自分の体験をまざまざと思い起こしているのだといえるのではないでしょうか。

ところが、俳句などてんで興味のない人から見れば、どうやら、みんな取るに足らないことのように映っているようなのです。

かつて、俳句に誘おうとして、声をかけた会社の仲間から、句を提示した後に、「それがどうしたの」と言われたことがありました。確かに、句に表れた事実だけをみれば、てんとう虫が飛び去ろうが、チューリップがどんなふうに咲こうが、さして問題ではないのかもしれません。

しかし、私たちにとっては、決してそうではないのです。例えば素十の俳句に出会うことによって、私たちは、まるでてんとう虫に初めて出会ったかのように、その不思議さ、そのいのちに触れるのです。そして、何故だか分からないけれども、ふつふつと何ともいえぬ喜びが湧き上がってくるのを覚えます。

綾子の句は、どうでしょうか。幼稚園や小学校の花壇を思い出すかもしれません。それと一緒に元気な園児たちの声も甦ってくるかもしれません。元気いっぱいの子どもたちの姿が、いつ見ても微笑ましいのは、何故なのでしょうか。そこにいのちの輝きを見ているからではないでしょうか。このいのちへの共感は、一種のアニミズムのようなものかもしれません。

単純で、純粋で、力強く、理屈ではないアニミズム。一寸の虫にも五分の魂という諺があります。とても不思議なことですが、私たちは、一寸の虫にもこころを寄せられるようにできているのです。

そして、てんとう虫やチューリップや冬の水がまざまざとそこにあること、そのように動物たちや昆虫や、草花や自然の山河に囲まれて生きているということが、そのまま私たちを喜びへと誘ってくれるのです。

季節というスクリーンに、それらは繰り返しやってきます。この反復性ということも、私たちが親近感を抱く大きな理由といえましょう。

二八三、俳句と記憶

写生というと眼前の景をありのままに詠むことのように思われがちですが、小川軽舟氏がとても面白い指摘をされていますので、ご紹介したいと思います。第五十回子規顕彰全国俳句大会入賞句集、記念講演「写生と現代」からの引用です(傍線筆者)。

結論からいうと、写生というのは作者が見たものを読者に説明し伝えるのではなくて、読者が見たことがあるものを思い出してもらう、ということが写生なんだということに、ある時思い至りました。（中略）

結局、写生とは作者と読者の共同作業なのですね。作者はあるものを見て、「これのここを詠おう」と考えて、言葉に置き換える。そして、その言葉を介して読者は自分の頭の中にあるイメージを色鮮やかに思い出す、ということによって写生は成功するのではないかと思います。

軽舟氏の指摘されていることを少しかみ砕いてみますと、写生のポイントは詳細な説明にあるのではなく、読者のイメージを引き出すような言葉をいかに見つけるかにあるといえそうです。

ところで、あることばから、読者が呼び覚ますイメージとは、どんなものでしょうか。厳密にいえば、言葉に対する感受性は、千差万別でしょう。それは、読者個々人がそのことばから呼び出す記憶や知識、ことばに対するニュアンスの総体といえるかもしれません。

私たちは、毎日多くの経験を記憶しています。五感が感受したものや、自分が考えたこと、感じたことなど実に様々です。そして、その記憶を引き出すときは、映像によることがほとんどではないでしょうか。まずそのシーンを映像として思い浮かべる。すると、それを契機として音や匂いや味覚などの記憶が甦ってくるのです。この視覚の優位性は何を意味するのでしょうか。

私たちは、句を読んだ時にも、真っ先に映像を組み立てようとするのではないでしょうか。写生が作者と読者の共同作業であるなら、もし映像化できなければ、読者として参加することも難しくなると思われます。

ところで、実際写生をするときはものをよく見るようにいわれますが、ものをよく見るということにはどんな意味があるのでしょうか。一つには、ものをよく見ることで、私たちのなかにその物に対する気づきや発見が生まれます。それは、私たちを感動へと誘うもので、そこから作句したい事柄が見つかるといえましょう。

さらには、ものをよく見ることで、表現の可能性を広げることも可能でしょう。たくさんの事実が見えていれば、様々な表現を試みることができます。そして、ものをよく見ることで、表現したい事柄に最も相応しいことばがどれであるかを判断することができるのです。

二八四、直喩と隠喩

如しあるいはごとくは直喩法と呼ばれる修辞法の一つで、他にもさながら、似たりなどの語を用いて、例えるものと例えられるものを直接比較して示します。これらの語は、ただ単に似ている両者を比較するための記号のようなものですので、そのために三音ないし四音を要することから、人によっては敬遠する向きもあるようです。

しかし、逆にごとしを効果的に使った作品もあります。すぐに思い浮かぶのは、虚子の次の句です。

去年今年貫く棒の如きもの　高浜虚子

川端茅舎には、次の句があります。

一枚の餅のごとくに雪残る　川端茅舎

また、盤水先生の次の句も有名です。

河骨は星のごとしや鏡池　皆川盤水

一方、修辞法のなかには、隠喩法と呼ばれるものもあります。白髪が生じたことを頭に塩を置くなどといって、如しなどを使わずに表現する方法です。

其中に金鈴をふる虫一つ　高浜虚子

金剛の露ひとつぶや石の上　川端茅舎

摩天楼より新緑がパセリほど　鷹羽狩行

ところで、直喩法と隠喩法はどのように使い分けたらいいのでしょうか。如し俳句を見てみますと、いずれも、比較する対象と形質が部分的に似ている場合を言っているように思われます。

虚子の句の棒の如きものは、棒そのものではありません。棒のように確かな一筋が貫いていると言っているのではないでしょうか。これを仮に、

一本の棒の貫く去年今年

といってしまっては、読者は受け入れ難くなりましょう。茅舎の句も同様です。その白さ、質感の部分を取り出して、雪が餅のようだと言っているわけです。

河骨の場合も、離れ咲くその咲き方と鮮烈な黄をさして星

のごとしと言ったのではないでしょうか。

これに対し、隠喩法は、作者のなかで両者が等号で結ばれてしまった場合といえるでしょう。作者にとっては、まぎれもなく、虫の声＝金鈴・露＝金剛・新緑＝パセリだったのではないでしょうか。

このように、隠喩は非常に強い作者の断定といえましょう。それだけに、この断定には、読者を納得させるだけの説得力がなければなりません。その説得力の源は、作者の感動ではないかと思われます。

おそらく何れの作者も、心底のこの等号を肯うような体験をしたのでしょう。金鈴も金剛もパセリもその体験のなかから掴み取られたことばだと思うのです。だからこそ、作品として成立し得たのではないでしょうか。

二八五、虚実の間

俳句を読んでいると、時折不思議な句に出会うことがあります。例えば、

筍が隠れてしまふ鍬が来て　鷹羽狩行

筍が自らの意志で隠れてしまうということは、真面目に考えればあり得ないことですので、言ってみれば空想句ということになりましょう。しかし、この空想のなんと楽しいことでしょう。

出掛かった筍が、人の持つ鍬の気配に、そっと身を隠す。隠す材料は、竹林に積もった枯笹でしょうか。風がふけば笹が動き、そんなふうに見えることもひょっとしたらあるかもしれない。そう考えると、筍が隠れたと思えた瞬間が、作者にあったのではないか。あながち、空想ともいいきれないのではないか、そんなふうにも思えてくるのです。

元朝や三猿少し手をずらす　小宮山勇

秋深し星の乾ける音のして　同

六道の辻の鬼灯明りかな　同

けやき句会の小宮山さんも、時々虚実の間に遊ぶような句を発表されています。このような句を肯うことができるのは、どうしてなのでしょうか。

みなさんにもこんな経験はありませんか。てっきりコーヒーだと思って飲んだ飲み物が緑茶だったとき、それは、コーヒーでもお茶でもないとても不思議な味になります。このように、少なくとも味覚は単独で働いている訳ではなさそうなのです。

味覚に限らず、私たちの五感は脳の処理と密接に関係しているようです。ですから、見えているのに見ていないもの、聞こえているのに聞いていないものはたくさんあります。厳密にいえば、脳がそれと意識しなければ、見えないも同然、聞こえないも同然なのです。

逆に幻視や幻聴というのは脳の仕業かもしれません。ですから、私たちは、五感を一応は信じているけれど、信じ切っているわけではなさそうなのです。私たちは、自分が見たいように物を見、聞きたいように音を聞いているだけなのかもしれません。

さて、これを少し推し進めてみると、小宮山さんの作品になるのではないでしょうか。三猿は、元朝の特別な気配に、思わず塞いでいた目と耳と口を開こうとしたのかもしれません。作者にそう見えたのは、作者がそう見たかったからではないかと思うのです。何故そう見たかったかといえば、元朝だからとでもいえましょうか。

深秋の空に星の乾く音をきき、六道の辻に鬼灯明かりを思うのも、作者の願いがそうさせるのかもしれません。その願いが共感を呼ぶのは、それが季語の本意・本情だと感じられるからでしょう。それは、季語が人々の共感を支えとして語り継がれてきたからではないでしょうか。

二八六、大局的と局所的

俳句のなかには、大別すると大景を的確に捉えた句と反対に局所的な景の本質に迫る句の二つがあるようです。

今回は、実際に例句を紹介しながら、大局を詠む場合、局所を詠む場合のそれぞれについて、表現上のポイントを考えてみたいと思います。

先ずは、大局的な句からです。いくつか例を挙げてみましょう。

荒海や佐渡に横たふ天の川　　松尾芭蕉

海の日の与謝にはためく大漁旗　　中川晴美

浮鳥を分けてタンカー入港す　　小澤巖

傍線で示したように、これらの句には、大景を統べるようなことばが用意されているように思われます。そのことばが、景を引き締めているのです。あるいは、一句の焦点となることばといえるかもしれません。

芭蕉さんの句では、〈横たふ〉がそのことばです。〈横たふ〉が天の川の有り様をくっきりと見せているのではないでしょうか。

同様に、巖さんの句では〈分けて〉がそれに当たりましょう。タンカーのゆっくりとした進行につれて左右に分かれていく水鳥の様子が手に取るように分かります。

また、晴美さんの句では、大漁旗がそれに当たります。海の日の、与謝に、と絞り込んで、一句は大漁旗に収斂していきます。そして、この大漁旗の一語で、色彩がどっと溢れ出すのです。このように、大景を統べるには、それに相応しい的確なことば、あるいはインパクトのあることばが必要なのではないでしょうか。

次に、局所的な句を見てみましょう。

滝の上に水現れて落ちにけり　　後藤夜半

葛晒す桶に宇陀野の雲動く　　渡辺政子

笹鳴や渾身に練る墨の玉　　吉村征子

ここでは、写生の目がものごとの本質に迫っているように思われます。夜半さんは、滝の本質を〈水現れて〉と捉え、政子さんは桶の水に映る雲に、悠久のときを見つめています。また、征子さんの〈渾身に練る〉は、墨職人の全体重を乗せたようなことばではないでしょうか。

このように局所的な句では、その場面を彷彿とさせる鮮やかなことばが必要になります。その本質への肉薄度合が私たちを感動させるのです。

大景をとらえるには、その景の焦点を見据えたことばが必要でしょう。また、局所的な句では、大景以上に、その場面の本質、ものごとの本質に迫る表現が求められます。

作者がそれらのことばを得たことは、おそらく大きな喜びだったと思われます。だからこそ、読者もその喜びを分かち合うことができるのではないでしょうか。

二八七、ことばの回路

俳句のことばはどこから生まれてくるのでしょうか。私たちは普段何気なく会話していますが、次のことばが無意識にでてくることもあれば、ある程度意識してことばをつなぐ場合もあります。今回は、不思議なことばの回路について考えてみたいと思います。

私は、推敲の際にはパソコンを使用していますが、それは、エクセルを使って推敲の全過程を記録するためです。私の推敲は、多いときですと数十回に及びます。何故そのようなことをしているかといえば、推敲過程が見えることで、ことばが生まれる回路を知るための手がかりになると考えたからです。

断定的なことはいえませんが、ことばの回路には、大別して説明の回路と感応の回路があるように思われます。何かを見てたちまち一句をものにするような場合は、感応の回路が働いているように思われます。

これに対して、推敲を繰り返していくと、どちらかといえば説明の回路が働き、理に溺れがちになります。ことばがことばを引き出してくるのです。この背景にあるのは、その人のもつことばの体系ではないかと思われます。俳句が理に落ちるとたんにつまらなくなります。

行き詰まったら、しばらく時間を置くことが大切です。ある時、次の句で行き詰まってしまいました。

見紛うて枯葉を覗く鳥見かな　　金子つとむ

冬の探鳥では、枯葉と鳥影と見紛うことがよくあります。双眼鏡をのぞいて初めて分かるのです。掲句はそんな失敗を詠んだものですが、〈見紛う〉ということばが、説明のように思われました。しかし、この場面にぴったりのことばに出会うには時間が必要な場合もあります。一月ほど放置したある日、いきなり次の句が生まれました。

探鳥やまたも枯葉に欺かる　　金子つとむ

〈欺かる〉の方が自然で、探鳥の雰囲気が出たのではないかと思います。また、〈見紛う〉ということばも使わずに済みました。

次の句も、雀たちの楽しそうな感じが表現されていないことが不満でした。

枯葦に百の雀の声止まず　金子つとむ

雀のお宿というのでしょうか、枯葦原などでよく多くの雀が群がっているのを見かけます。何を話しているのやら、ぺちゃくちゃと賑やかで、いかにも楽しそうです。

ちょっと冒険ですが、お喋りということばを何とか入れられないか。そんな折、ふとでてきたのが次の句です。

枯葦に百のお喋り雀かな　金子つとむ

ことばはどこから生まれてくるのでしょうか。ことばの回路はとても不思議な回路です。それがまた、俳句を作る楽しさでもあるのでしょう。

二八八、補完の三パターン

朝妻主宰（雲の峰）によれば、補完関係型の俳句には、三つのパターンがあるようです。例句をそれぞれ検討することで、補完関係型の俳句がどのような意図で作られるのかを見ていきたいと思います。

補完関係型の俳句では、一つの句文に表現上の不足があって、完結できていません。これを補うのがもう一つの句文ということになります。つまり何が不足しているかによって、三つのパターンが考えられるでしょう。

【主語を補完する場合】

寂しさにまた銅鑼打つや鹿火屋守　原石鼎

神田川祭の中をながれけり　久保田万太郎

冬の水一枝の影も欺かず　中村草田男

限りなく降る雪何をもたらすや　西東三鬼

【題目を補完する場合】

花園のごときそよぎや石ぼたん　片山由美子

【目的語を補完する場合】

箱を出る貌わすれめや雛二対　与謝蕪村

各々の場合について、より詳しく見ていきましょう。主語を補完する場合は、不足のある句文の動詞の主体が明示され

ていません。ですから、

誰が打つのか↓鹿火屋守が／何が流れるのか↓神田川が／何が欺かないのか↓冬の水が／何が何をもたらすのか↓降る雪が

という関係になりましょう。これは、普通の会話でも、例えば待っている人がやっと現れたとき、「○○さん、やっと来たよ」などというのと同じではないかと思います。

作者は、述部に当たる部分を強調したかったのではないでしょうか。つまり、作者の最も伝えたいことは、この述部にあるということです。

次に、題目を補完する場合を見てみましょう。主語を補完する場合と異なるのは、動詞がないことです。そこで、掲句の句意は助詞『は』を補って、

石ぼたん（は）花園のごときそよぎ（だなあ）

となります。この石ぼたんとは、イソギンチャクのことです。作者は、イソギンチャクの動作を述べているのではなく、イソギンチャクの群れている様子を描写しているといえましょう。この場合も、『花園のごときそよぎや』が、作者がもっとも言いたかったことになりましょう。

最後に、目的語を補完する場合を見てみましょう。この句は、雛を取り出す時のときめきの句と言われていますが、そのときめきが先に立っているため、雛二対が後に置かれてしまったようです。『や』は反語で、忘れただろうか、いや忘れちゃいやしないのだなあとなります。

何を忘れやしないのか↓雛二対を（その貌を）

二八九、思いと事実

私たちが俳句を作るのは、俳句を通して訴えたい何か、読者と共有したい何かがあるからでしょう。それは、私たちが感動と呼ぶものであったり、私たちの意志（思い）であったりします。しかし、それらは皆、目には見えないものです。

私たちは、感動を表現するための客観写生という方法を既に身に付けています。感動を惹起させた情景だけを描くことで、読者をその場面に居合わせる方法です。目に見える事実や行動を示すことで、目に見えないものを想起させる方法と

もいえましょう。

一方、俳句表現には主観表現という方法もあります。作者の思いを直接打ち出すことで、読者の共感を得ようとするものです。読者の側に共感のベースが醸成されている場合には、うまくいくことが多いように思われます。

それでは、まず客観写生（客観表現）から見てみましょう。雲の峰諸作家の作品を取り上げます。

葛晒す桶に宇陀野の雲動く　渡辺政子
海の日の与謝にはためく大漁旗　中川晴美
笹鳴きや渾身に練る墨の玉　吉村征子

これらの句では、作者は感動を受け取った場面を丁寧に描くことに徹しているように思われます。自分が感動を受け止めた場面に読者を引き入れ、自分と同じような感動を覚えてもらおうとしているように見受けられるのです。

そして、それを達成するために最大の働きをしているのが、季語ではないかと思います。作者の思いは全て季語の情趣に代弁させているといっても過言ではないでしょう。それゆえ、ことさら思いを述べ立てる必要がないともいえるのではないでしょうか。

次に、主観表現の例を見てみましょう。

夏草や兵どもが夢の跡　松尾芭蕉

目に見える夏草に対し、〈兵どもが夢の跡〉は、作者の感慨といえましょう。芭蕉さんが表現しようとしたのは、あるいは無常観といったものかもしれません。

〈兵どもが夢の跡〉といった個人の感慨が支持されるのは、それが普遍性を獲得しているからだと思われます。このように、共感の母体が既にある場合、主観表現であっても広く支持されるのではないかと思われます。

私たちに馴染みの深い一茶の晩年の作品群も、その共感の母体をもっています。

やれ打つな蝿が手をすり足をする　小林一茶
是がまあ終の栖か雪五尺　同

一茶の口吻そのままのようでもありますが、背景には、庶民感覚というべきものが厳然と横たわっており、それが共感の母体となっていると思われます。

二九〇、いい句ということ

以前に俳句は、作者にとっての季語体験を詠むものだと述べました。もしそうだとするなら、一句のなかの季語は、作者によって体験され発見された季語ということになります。私見ですが、私は、いい句というのは『季語のもつ情趣のなかに、読者が引き込まれていくような句』だと考えています。この体験が読者に、季語が動かないという確信を抱かせるのではないかと思うのです。

さて、私は、フェイスブックでも俳句を楽しんでいますが、初心者から寄せられた添削希望の句のなかに次の句がありました。一句のなかにどんな季語を置くべきなのかということについて触れたコメントをご紹介したいと思います（以下、フェイスブックより再掲）。

ファミレスは卒業式の親子連れ　アキヒロ（添削希望）

掲句は、五七五の俳句の形になっていますし、季語は卒業式で、句として整っていると思います。意味は、ファミレスは卒業式（帰り）の親子連れでいっぱいだ（賑わっている）。ということかと思います。

このままでもいいのですが、この句の問題点は、やはり季語の卒業式ではないかと思います。掲句を拝見して気づいたのですが、この句は果たして卒業式のことを詠んでいるのかという疑問です。

この句を読んだ後に、読者は卒業式というものに思いを馳せるでしょうか。むしろ卒業式後の安堵感、あるいは卒業そのものを思うのではないでしょうか。

掲句から、卒業生の晴れやかな笑顔、親たちの祝福の姿が見えてきます。ファミリーは家族ですから、ファミレスでお祝いをしているのでしょう。ファミリーの意味ではファミレスは、私たちの等身大の喜怒哀楽を表現するのに、とても相応しい場所のように思います。

ところで、季語の卒業には、副季語として卒業生（卒業子）、卒業式、卒業証書などがあります。そこで、添削ですが、原句を活かすなら、

卒業式帰りの親子ファミレスに（添削①）

卒業そのもの、あるいは、卒業子に焦点を当てると、

ファミレスに卒業祝ふ親子連れ（添削②）

ファミレスに声の大きな卒業子（添削③）

などとなりましょう。ご参考になれば幸いです。

このように、句を読んだ読者が、自分の体験に合わせて、知らずに季語の情趣に入り込んでしまうような句がいい句ではないかと思うのです。添削②は、子どもの卒業を祝う家族の情愛がテーマといえましょう。添削③は、文字通り卒業した子の、晴れ晴れとした心の内に焦点を当ててみました。

二九一、ことばにするということ

養老孟司さんのベストセラー『バカの壁』（新潮新書）にこんな一節があります。

一般に、情報は日々変化しつづけ、それを受け止める人間の方は変化しない、と思われがちです。情報は日替わりだが、自分は変わらない。自分にはいつも「個性」がある、という考え方です。しかし、これもまた、実はあべこべなのです。

すこし考えてみればわかりますが、私たちは日々変化していきます。ヘラクレイトスは「万物は流転する」といいました。人間は寝ている間も含めて成長なり老化なりをしているのですから、変化しつづけています。（中略）

では逆に流転しないものは何か。実はそれが「情報」なのです。ヘラクレイトスはとっくに亡くなっていますが、彼の遺した言葉「万物は流転する」はギリシャ語で一言一句変わらぬまま、現代にまで残っている。

初めてこの文に接したとき、なかなか腑に落ちないままかなりの時間が経ってしまいました。ところが、芭蕉さんの作品を読んでいる時、成程と納得したのでした。私が、芭蕉さんの作品が読めるのは、芭蕉さんの遺した情報、つまり作品があるからだと……。

人は死んで名を残すということばがありますが、まさに歴史上の人物名は不変の情報といえましょう。こんなことを、あえて言い出したのは何故かというと、私たちは、無意識のうちに、ことばが残ることを願って、俳句を作っているのではないかとふと考えたからです。

現役時代のように予定で動いていると、今はいつもそのための準備時間ということになり、百%今に集中することができません。それが、定年後は予定がすっかりなくなったために、意識がいつも今ここに集中できるようになりました。すると、ヘラクレイトスのいう、万物は流転するという意味がよく分かるようになったのです。

以前私は、『感動瞬時定着装置』という詩のなかで、

季節のみなもとは／地球のスピード／地球は／秒速
　460mで自転し／秒速30㎞で／公転する

と記しました。

流転する万物のひとときのきらめきを、やはり流転する私たちが捉えてことばとして刻印したもの、それが俳句なのではないでしょうか。そこには、いつも、無意識のうちに不変なものを求めるこころが働いているのではないかと思われます。

私たちが、いい句だなあと思うのは、流転する万物のきらめきに出会ったからではないでしょうか。

耕運機より黒土の迸る　　三代川次郎

遥かより人に文字ある古書かな　　金子つとむ

二九二、感動の撞木で季語の鐘を撞く

私は以前、いい句というのは「季語のもつ情趣のなかに、読者が引き込まれていくような句のこと」だと述べました。これを比喩的に言うと、いい句というのは、感動という撞木で季語という鐘を撞くようなものだともいえましょう。

うまく撞くことができれば、鐘の音もその余韻も長く読者のもとにとどまることでありましょう。それでは、季語という鐘をつく撞木とは、どんなものなのでしょうか。それは、ことばによって的確に表現された、作者の感動そのものではないかと思われます。

それは、季語に出会った、あるいは季語を発見した作者の喜びです。それが、適切なことばを獲得することによって、撞木となりそれを動かす力ともなるのです。

これまでも何度も取り上げた名句と呼ばれる句には、この

撞木に相当することばが埋め込まれています。かつて私が、共振語（季語と共振することば）と呼んだものがそれにあたります。

具体例を挙げてみましょう（傍線部が共振語）。

赤とんぼ馬具はづされし馬憩ふ　皆川盤水

葛晒す桶に宇陀野の雲動く　渡辺政子

生垣に乾く子の靴小鳥来る　高野清風

理科室に滾るフラスコ春隣　酒井多加子

笹鳴や渾身に練る墨の玉　吉村征子

海の日の与謝にはためく大漁旗　中川晴美

赤とんぼと馬憩ふ、葛晒と雲動く、小鳥来ると子の靴、春隣とフラスコ、笹鳴と墨の玉、海の日と大漁旗は、それぞれ鐘と撞木の関係にあるのではないでしょうか。

作者は撞木に相当する情景から季語を強く意識した、作者にとっての季語を体感したのだといえましょう。その刻印として、これらのことばが、一句のなかに定着されたのではないでしょうか。

まるで、いつでも同じ音色を奏でる鐘のように、名句は、いつ読んでも私たちに感動を呼び起こしてくれます。それは、共振語という撞木が、読むたびに季語という鐘を打ち鳴らすからだといえるのではないでしょうか。

芋の露連山影を正しうす　飯田蛇笏

冬の水一枝の影も欺かず　中村草田男

滝の上に水現れて落ちにけり　後藤夜半

翅わつててんたう虫の飛びいづる　高野素十

鶏頭の十四五本もありぬべし　正岡子規

鴨の嘴よりたらたらと春の泥　高浜虚子

七夕や髪ぬれしまま人に逢ふ　橋本多佳子

摩天楼より新緑がパセリほど　鷹羽狩行

二九三、書いてある以上のこと

統計をとったわけではありませんが、句会での選句を見ていると、誰も採っていないのに自分だけが特選にするということが、度々あります。俳句の情報量は季語の情報量に依存するものだというのが筆者の私見ですが、更にいえば、その情報量は誰のものかといえば、読者のものということになりましょう。読者の季語に対する知見の総量が、選句の鍵を握るといってもいいのではないでしょうか。

このように、選句には一句に表現されたことばに纏わる読者の知見、体験、実感の一切が関わってきます。読者の感性の全てが、一句を読み解くのだといえるでしょう。

あえて言えば、俳句というのは、作者によってスイッチを押されて展開する、読者の側の季語にまつわる感慨（あるいは物語）といった趣があるのではないでしょうか。俳句が面白いのは、書いてある以上のことを読者が勝手に読み解いてしまうからではないかと思われます。

勿論、そう読まれることを想定して作者は詠んでいるわけですが、どんなふうに読まれるのか、作者はある程度の予測はできても、全てを予測することはできません。つまり、俳句であれ、詩であれ、小説であれ、それが読まれるときは、全て読者本位なのです。『俳句は他選』というのもそういう状況を指しているものと思われます。

誰しも体験することですが、一句に強く惹かれる背景には、あることばに対する読者の思い入れや、読者のなかに作者と類似の体験があることなどが挙げられるでしょう。これを少し普遍化すると、俳句は、日本という国に生まれて経験する季節体験を母体にしているのだといえるのではないでしょうか。この共通体験の象徴として、季語があるのではないかと思われます。

特選句を選ぶというのは、結果的に読者が作者に対してシンパシーを抱くことのように思われます。つまり、読者は作者のなかに自分自身を読み取っているのではないでしょうか。いつか筆者が、選句を『感性の握手』と称したのは、そのような意味からでした。

俳句に絶対的な評価尺度はあるのでしょうか。そのようなものは、初めからなかったのではないでしょうか。そのため、私たちは、信頼できる先生の選を参考にし、自らの選句眼を養っているのではないかと思われます。

選者によって選が異なるのも、句会などで互選形式をとるのも、俳句に絶対的な評価尺度が存在しないことの証左ではないかと思われます。

しかし、時間が経っても埋もれることのなかった、すばらしい作品は存在します。それを決めているのは、厳密にいえば、長い歳月だけなのかもしれません。

二九四、俳句と予定調和

このようなタイトルにしたのは、主宰の直接指導の句会で、私が特選に選んだ次の句を主宰が予定調和的と評されたからでした。

永き日や定時退社で映画見に　**三澤福泉**

予定調和というのは聴きなれないことばですが、その意味は、当然そうなるとか、予めそうなると予想されるものがそうなったということで、簡単にいえば、新鮮味に欠けるというようなことかと思います。掲句は、私以外は誰も取らなかったので、多くの人にとっては、当たり前のことのように感じられたのだろうと思います。

普段に定時退社して映画を見に行くということをされている方であれば、これを殊更新鮮には感じないだろうと思います。しかし、私は違ったのです。私は、定時退社をして映画を見にいった経験がないのです。ですから、掲句をとても新鮮に受け止めたのでした。多くの人が受け止めた句意は、おそらく次のようなものであったと思われます。

①日が永くなったので、定時退社して映画にでもいくか。

それに反して、私は、次のように読んだのでした。

②日が永くなったなあ。仕事も一段落したから、今日は思い切って定時退社して、映画にでもいくか。

私にとって映画を見に行くということは、永き日が誘発した思いもよらない出来事に思えたのでした。

ところで、俳句が季語発見のプロセスを描写するものだとすれば、季語発見は、作者にとっての感動体験そのものといえましょう。感動とは、本来予測できないものですから、それを描く俳句とは、予測可能なことがらとは無縁のはずです。

　理屈の勝った句が疎まれるのも、同じ理由によるものと思われます。予定調和というのもいわば理屈に近いもので、誰でもそうするということであれば、嫌われるのも致し方ないことでしょう。

　もし、掲句が次のような句であったら、私も取らなかったでしょう。

永き日に定時退社で映画見に

　何故なら、永き日にというのは理屈であって、作者の季語体験の感動を認めることができないからです。しかし、掲句は〈永き日や〉だったのです。普段は定時退社などめったにしない人が感じた〈永き日や〉なのです。

　俳句を読むということは、十七音を契機として、読者のなかにその世界を再構築することだと思います。そこでは、作者の体験ではなく、読者の体験が優先されます。〈定時退社で映画見に〉というフレーズの鮮度を決めているのは、個々の読者の体験ということになるのです。

二九五、孤独の窓をひらく

　唐突な言い方かもしれませんが、俳句というのは季語の世界を再体験するための装置のように思えてなりません。私たちは一句を通して、何時でも何度でも季語の世界に没入することができます。ですから、いい句というのは、今がどんな季節であろうと、どんな場所にいようと、それを読むだけで、眼前にその季語のもつ世界を現出させてくれるようなものではないかと思うのです。

　これは、私の個人的な体験かもしれませんが、いい句に出会うと私は何故か嬉しくなります。大げさに言えば、その句によって私のこれまで体験したある場面、その雰囲気、いわば五感の記憶が呼び覚まされるように感じるのです。例えば、

滝の上に水現れて落ちにけり　後藤夜半

の句から、私はこれまで見たいくつもの滝を思い出すこと

ができます。そして、何よりも大切なことは、その場にいたときの臨場感までまざまざと思い出すことができるのです。

私たちが、たかだか十七音の詩によって残そうとしているものは、何なのでしょうか。それは、季節と出会う喜び、外界から触発されて動く私たちの心の躍動、そのあえかな一瞬をいのちの輝きとして、生きた証として止めようとしているのではないでしょうか。雲の峰が標榜するように、そのようにして残された自分詩は、そのままその人の生きた証、自分史となっていくものと思われます。

それゆえ、共感できる句に出会うと私たちは嬉しいのではないでしょうか。ここにも、私のように感じて生きている人がいる。それは、大きく捉えると同時代を生きるものとしての共感だといえましょう。さらに、自分の句に共感してくれる人がいれば、なおさらです。

基本的には、ひとりひとりは皆孤独のなかで生きています。それをいのちの孤独といってもいいでしょう。俳句によって、そのどうしようもない孤独の窓が開かれるのではないでしょうか。

俳句で表現されるのは、皆個人的なささいな事柄です。俳句を知らない人に、「それでどうしたの」と聞かれたら二の句が継げないような内容ばかりです。そんな個人的な他者の感慨を私たちは、どうして肯うことができるのでしょうか。

個人的な事柄を突き詰めていくと、どうやら一気に普遍的なものへと繋がってしまうようなのです。後世に残る絵画が、みな個性的で独創的なように、後世に残る俳句もまた、みな個性的です。私たちは、安心して自分の思うところを表現すればいいのではないかと思います。

二九六、五七五で語りかける

俳句は、何を語り掛けるかによって、大きく二つの流れがあるように思います。

- 私はこんな体験をして、感動しました。あなたも、そう感じませんか。
- 私にはこんな考えが浮かびました。あなたも、素晴らしいと思いませんか。

何か感動することがあったとき、人は誰かに伝えたくなるものです。また、素晴らしい考えが閃いたときも、やはり誰かに伝えたくなるのではないでしょうか。両者の違いは、感動がどこからやってきたかということだけです。

前者の場合は、感動の源には多くの場合、実体験としての季語体験があります。季語は、自分の外の世界にあり、具体的に体験できるものだからです。例えば、桜を見たり、紅葉をみたり、雪に触れたりというように……。

これに対し、後者の場合は、感動は自分自身のなかからやってきます。自分のなかに生まれたアイデアに自分自身で感動しているのです。そのアイデアが季語体験を契機としている場合は、前者に属するものといえましょう。

しかし、実体験を伴わなくても、ことばのイメージなどからアイデアが生まれることはあるでしょう。いわばモンタージュのように、ある言葉どうしが自分のなかで出会うわけです。これは純粋に創作と呼べるものかもしれません。

このように、俳句には、実体験としての感動と創作としてのアイデアに根差すものがあるように思われます。私たちが、通常写生句として詠んでいるのは、もちろん前者ですが、課題詠などでは、やむを得ずアイデアで詠む場合もあるでしょう。

牛久大仏とにらめつくらの揚雲雀　　竹内政光

句会でこの句に出会った時、私は咄嗟に面白いなと思いました。牛久大仏は、ギネス世界一の百二十メートルを誇る立像だからです。その下にはお花畑も広がっており、観光地となっています。果たして雲雀があんなところで巣作りをするか少し疑問でしたが、兎も角、作者がご覧になったのだろうと、実景として信じたわけです。

ところが、よくよく本人に聞いてみると、それは実景ではなかったのでした。作者は、別のところで見た雲雀と牛久大仏を頭のなかで合体させていたのでした。

雲の峰は、俳句は自分詩であり、自分史であると標榜しています。砕いていえば、自分が間違い無く感じたこと、体験したことを詠むということです。題詠は表現の訓練ですから暫く措くとしても、私自身、俳句は、感動の裏付けがあってこそ、長く支持されるのではないかと考えています。

揚雲雀太平洋が見えますか　　住登美鶴

二九七、現物を現出させる切れの力

雲の峰の朝妻主宰は、切れは句点であり、切字とは句点を含む文字というふうに捉えています。俳句では、作者はたかだか十七音のなかで何事かを言うわけですが、この言う、言い切る、さらに言えば主張するということが、切るということの本義ではないかと思います。

二句一章、あるいは三句一章（三段切れ）では、言いたいことは、二つの句文、もしくは三つの句文によって構成されることになります。二つ以上の句文であっても、その句文がばらばらにならずに一つの意味をなすのは、そこに場の力が働いているからです。

俳句を一人称の文学というとき、そこには作者の居場所が、必ず想定されているといっていいのではないかと思います。場所を想定することで、私たちは、俳句の現場を見ることができます。例えば、芭蕉さんの次の句、

古池や蛙飛びこむ水の音　　**松尾芭蕉**

〈古池や〉と〈蛙飛び込む水の音〉は本来別の文であり、両者は無関係でいいわけです。そこに作者としての芭蕉の立ち位置を想定すると、両者はともに作者の視界の内に入ってきます。つまり、蛙は、古池に飛び込むということになるのではないかと思うのです。

三句一章の場合はどうでしょうか。

初蝶来何色と問ふ黄と答ふ　　**高浜虚子**

これも、作者の居場所を想定することで解決できます。この場面には作者以外にも登場人物がいます。何色と問うた者と、黄と答えた者は当然異なるからです。

何人か人が屯しているなかを初蝶が通りすぎていった。それに触発された緊張感あふれる場面を作者は描いているのではないでしょうか。

私は、切れにはある物を眼前に現出させる力があると考えています。〈古池や〉といわれると私たちは、勝手にめいめいの古池を連想するのではないでしょうか。そこには、古池のもつあの淀んだ感じや、色や水面の照り、静けさといった一切のものが含まれるでしょう。

それを別のことばでいえば、読者をして作者と同じ立ち位置に連れていく力ともいえましょう。芭蕉さんが〈古池や〉と詠じると、私たちもまた芭蕉さんの傍らで、めいめいの古

池の前に立つことになるのです。

これが〈古池に〉であったなら、その効果はなくなってしまうでしょう。何故なら、私たちの関心は、古池そのものではなく、その先に起こることに自ずから誘導されてしまうからです。たった一字の違いですが、切ることと切らないことの間には、それほど大きな違いがあるのです。同様に初蝶来といわれれば、どこからともなく現れた初蝶を、眼前に現出させることになるのです。

二九八、修飾語の使用について

二〇一四年の『角川俳句』六月号に取り上げられた名句のなかで、副詞や形容詞などを探してみると、一〇七句中二二句で、二〇%に過ぎませんでした。以前から、俳句ではこれらの修飾語の使用例が少ないように感じていたのですが、その理由を考えてみたいと思います。

まず、代表的な句を取り上げて、検討していきたいと思います。

山国の蝶を荒しと思はずや　高浜虚子

町空のつばくらめのみ新しや　中村草田男

元日は大吹雪とや潔し　高野素十

〈荒し〉、〈新し〉、〈潔し〉の何れのことばにも、作者の感動が籠っているように思われます。

緑なす松や金欲し命欲し　石橋秀野

美しき緑走れり夏料理　星野立子

健啖のせつなき子規の忌なりけり　岸本尚毅

心情の直截な表現である〈欲し〉や〈美し〉は、使用するのが難しいといわれていますが、ここでは効果的に使われています。それは、本当にそれ以外に言いようのないぎりぎりのところで、ことばが発せられているからではないでしょうか。だからこそ、読者も肯うことができるのです。〈せつなき〉ということばは、病臥の子規の思うに任せない心の内を垣間見せてくれるようです。

雉子の眸のかうかうとして売られけり　加藤楸邨

ひらひらと月光降りぬ貝割菜　川端茅舎

鳥わたるこきこきこきと罐切れば　秋元不死男

これらの擬音・擬態語からは、作者の独特の感性を窺い知ることができます。ひらひらと蝶が舞う、あるいは、しとしとと雨が降るなどといえば平凡の極みですが、ここに挙げたことばには、作者の独自の把握が光っているのではないでしょうか。

修飾語は文字通り、ある物あるいはある状態を規定し、一つの見方を提示します。それだけに作者独自の見方が要求されるのだといえるかもしれません。

蝶を荒しといわれれば、私たちははっとします。ひらひらと降る月光のなんと幻想的なことでしょう。こきこきこきという表現からは、都会生活者の孤独のようなものまで滲みでているような気がします。

手垢のつかない修飾語をどう発見し、どのように使用するのか。それが極めて難しいだけに、実際の使用例が少ないのだともいえましょう。逆にいえば、もしそのようなことばを探しだすことができれば、作者独自の句になるのだろうと思います。

をりとりてはらりとおもきすすきかな　飯田蛇笏

二九九、平易なことば

とりたてて難しいことばを使わなくても、難しい内容をいうことは可能ではないかと思います。ただ意味だけを伝えるのであれば、意味内容に相応しいことば遣いをすればいいのですが、俳句で伝えたいのは、もちろんそれだけではありません。

むしろ、詩情というのは、一句が言外に醸し出しているものともいえます。一句が醸し出すそれらのものは、厳密にいえばことばが醸し出すのですが、それはひとことでいえば、ことばのハーモニーと呼べるものではないかと思います。作者は、ことばを選び、配列し、十七音に収めていきます。その際、どんなことばが選ばれるかといえば、作者の身についた自然体のことばでしょう。それ以外に、作者の感動を等身大で映すことばは、見当たらないからです。

ところで、子どもが無理に大人びたことばを使うとどこか不自然なように、私たちも、それぞれ自分にとってのこなれた語彙をもっています。例えば、私は長いことバードウォッチングを続けていますので、散歩をしていても鳥声がすれば、だいだいその鳥の名を当てることができます。ですから句に詠むときも、鳥ということは少なく、椋鳥だとか鶫だとか、河原鶸だとかいった名前がよくでてきます。

これに対し、鳥の見分けが付かない場合は、やはり鳥というだろうと思うのです。私は、それでいいと思っています。それが、現時点での鳥に対する関わり方なのですから、あてずっぽうで、鳥の名をいう必要もないのです。

雲の峰を読んでいると、時々聞きなれないことばがでてきて、まてよと思うことがあります。勉強して語彙を増やすのはとてもいいことなのですが、実際に使うときには、自分にとって身についたことばかどうかを今一度考えてほしいと思うのです。

鳥の名前にもたくさんの異称があります。例えば、明告鳥は鶏の異称ですが、何となく分かります。しかし、これを使うとなると、普段からそう呼んでいるのならいいのですが、そうでない場合は、一句のなかで浮いてしまう危険性があります。鶏でも明告鳥でも同じ意味ならいいと思うかもしれませんが、一句のなかで、一つのことばを入れ替えると必ず他のことばとの関わりに影響を与えてしまうものなのです。

次に挙げた作品は、どれも平易にご自身のことばで等身大の心境を吐露されているように思います。

稚の手に指つかまれて日向ぼこ　斎藤摂子

夏めくやはち切れさうな妊婦服　井村啓子

縁側は母の仕事場実千両　住登美鶴

春愁や紅茶にひたすマドレーヌ　冨安トシ子

叱られて手付かぬままの桜餅　深川隆正

三〇〇、自分詩――いまここの詩

雲の峰の標榜する自分詩とは何でしょうか。ただ、ひたすらに自分のことを詠んでいれば自分詩になるのでしょうか。私は、つねにいまここにいる私が、私だと思っています。ですから、過去の自分に未練をもったり、まだ見ぬ自分に憧憬をもったりしません。いまここにいる自分といっしょにずっと生きていたいと思うのです。

ですから、自分詩というのは、いまここにいる自分が表現したいことを正直にのべることで、等身大の自分を表現することではないかと考えています。

たった十七音ですが、逆にそれだからこそ、私たちは、意匠をこらしたり、身につかないことばを使ったり、大向こうをはったような表現をしがちです。しかし、自分のなかから普通にでてくることばこそ、自分を表現してくれることばなのではないでしょうか。

私たちがことばを発するときには、無意識に五感の全てが働いていると私は考えています。ですから、思わず吐いたことばにこそ、その時々の真実があるように思えてならないのです。

俳句仲間に誘われて、樹齢四〇〇年の枝垂れ桜を見にいったときのことです。見るも痛々しいほど樹木医の治療の痕をとどめて、その江戸彼岸という桜は、やや小ぶりながら見事な花を咲かせていました。六十二歳の私が、四百歳の桜と初めて会ったのです。それを般若院二〇句にまとめました。私はやっと等身大の自分を表現できたのではないかと考えています。

般若院　　　　　　金子つとむ

堂裏に一木を守る花の寺
爛漫の花に隠るる御堂かな
青山に人影絶えぬ花のころ
枝垂れ枝に紅の濃き花一つ
本堂の暗き玻璃戸に花影満つ
枝垂れくる花の一枝も写しけり
青天やしだれ桜のしだれ落つ
芳しや四百年の江戸彼岸
木の下に伸び放題の春の草

青空に輝き出づる桜かな
木の支柱鉄の支柱や糸桜
花房を雲と見紛ふ木末かな
糸桜ゆれて一花も零さざる
姥桜咲いて善男善女かな
江戸彼岸誉むる言葉を口々に
老桜夢のごとくに咲きほこる
有り難き一期一会の花ならむ
あえかなる色に出でたる花ごころ
花人となりて碑などよみて
花守に礼を言ひつつ寺を辞す

三〇一、物に語らせるということ

俳句ではよく、物に語らせるということがいわれますが、これを形容詞、副詞などの修飾語との関係から考えてみたいと思います。

鈍色の甍の波や柿若葉　金子つとむ

形容詞は一般的に、あるものを規定するために使われます。この鈍色は文字通り甍を規定する働きをします。つまり、〈他の色ではない鈍色の〉という意味になりましょう。もう一つの働きは、〈鈍色の〉というと、甍のもつ様々な属性のなかから色のみに焦点を当てることになります。

このような形容詞の使い方は、読者の側からいうと、想像の余地を制限されることにつながります。このやり方で物に語らせるのは、かなり難しいのではないかと思います。何故ならこの方法は、意図的にある物の属性に焦点を当てるやり方だからです。

次に、形容詞を効果的に使った句を取り上げてみます。

美しき緑走れり夏料理　星野立子

掲句では、形容詞が想像力を掻き立てる働きをしています。私には、掲句はまさに膳が運ばれてきて、作者がそれを一瞥した瞬間に成った句のように思われるのです。それが何であるかよりも前に、緑が美しいと作者は感じたのです。美しき緑は作者の発見であり、この句の核となることばといえましょう。美しき緑は、物そのものではなくその印象を明確に規定しているのです。

それだけに、読者はこの美しき緑の一語から、具体的な緑を様々に想像することができるのです。

最後に修飾語を使わないで、物の状態を提示する方法を検討してみましょう。

赤とんぼ馬具はづされし馬憩ふ　皆川盤水

ひらがなのとんぼの後に出てくる馬具の文字は、視覚的にも何かどっしりとした印象を与えます。そして、この馬具は、少し前に馬から外された馬具であり、馬が憩ふという表現から、一日中馬とともにあった馬具だと分かるのです。

この句には、直接馬具を修飾することばは見当たりませんが、どんな状態であるかは明確に提示されています。それが、読者の想像力を掻き立てて止まないのです。

滝行者まなこ窪みてもどりけり　小野寿子

このまなこにも、先程の馬具と同じような雄弁さを感じます。滝行を終えた行者の窪んだまなこは、まさに滝行の象徴のようにそこに置かれています。まなこが窪むほどの修行とはいかなるものか、読者は想像せずにはいられないのです。この句にも形容詞は使われていません。

つまり物に語らせるというのは、物を規定・限定するのではなく、読者の想像力を刺激するように、特定の状態に在る物を提示するということではないかと思うのです。

三〇二、景に出会う、物に出会う

俳句の見方には、いろいろありますが、作者の関心が、季語が置かれた場所や状況にあるのか、それとも季語そのものにあるのかという視点でみるのも一つの方法ではないかと思います。

まず、季語が置かれた場所や状況を描いている句を挙げてみましょう。

赤蜻蛉筑波に雲もなかりけり　正岡子規

遠山に日の当りたる枯野かな　高浜虚子

芋の露連山影を正しうす　飯田蛇笏

これらの句には、空間的な広がりがあります。作者はその空間のどこかにいて、これらの句をなしたのだろうと想像できます。作者はこの景のなかで、季語をまざまざと感じ取っているのではないでしょうか。

それぞれの景があったればこそ、子規は蜻蛉と出会い、虚子は枯野と出会い、蛇笏は芋の露と出会ったといえるでしょう。その感動が作句動機だと思うのです。

次に、季語そのものにフォーカスした句を見てみましょう。

白菊の目に立てて見る塵もなし　松尾芭蕉

冬菊のまとふはおのがひかりのみ　水原秋櫻子

滝の上に水現れて落ちにけり　後藤夜半

私たちは、ある物を見つけるとそれ以外の景物は見えなくなります。一つのものにフォーカスするということは、背景を失くしてしまうことでもあります。ですから、芭蕉の白菊は、暗に園女を称した句といわれていますが、別に園女邸でなくてもいっこうに差し支えないのです。

秋桜子の冬菊も同様です。作者は、咲いている場所ではなく、その花の有り様にこそ、最大の関心を払っているからです。夜半の滝は、箕面の滝とのことですが、それとて同じでしょう。作者の関心は、箕面の滝にあるのではなく、滝そのものにあるからです。

このように見てくると、俳句の一番シンプルな形は、季語＋作者の感慨ということになりましょう。つまり、季語に対して、作者がどう感じたか、何に感動したかということが述べられていれば俳句になるということです。

しかし、このような句をものにするのは容易ではありません。何故なら、句のいのちは、作者が何に感動したか、その発見にあるからです。芭蕉は、塵一つないことを発見し、秋桜子はまとう光を見つめ、夜半は水の現れる不思議を思っています。

それが、ほんとうに発見と呼べるものでなければ、多くの人を引き付けることはできないでしょう。別のことばでいえば、私たちは、景もしくは物との出会いを句にしているといえるのではないでしょうか。

甘草の芽のとびとびのひとならび　高野素十

三〇三、季語に巡り合うということ

二〇一六年四月二〇日の『毎日新聞』朝刊に、宇多喜代子氏の次の句が紹介されていました。

並びでて毒かもしれず蕨の芽　宇多喜代子

この「季語刻々」というコーナーを担当しているのは坪内稔典氏で、氏の句評を次に引用します。

蕨といえば、「石走る垂水の上のさわらびの萌え出づる春になりにけるかも」という歌を連想する。「万葉集」の志貴皇子の歌だが、蕨が実に生き生きしている。その蕨に対して、今日の句は「毒かもしれぬ」と思っている。この思い、先年の東日本大震災による原発事故がもたらした。蕨の芽がせつないほどきれいに見えるではないか。

作者は、おそらく毎年蕨採りにでかけるのでしょう。もちろんそれを食べるつもりだからこそ、「毒かもしれぬ」という思いが脳裏にうかび、その一瞬の逡巡がこの句を成さしめたのではないでしょうか。そこで、思ったのは、もし蕨が毒ということになって、誰も食べない年月が続けば、いつしか蕨は忘れ去られてしまうのではないかということです。

私たちが、巡り来る季節の度に季語を入れて俳句を詠むことの背後には、自然に対する大きな信頼が横たわっているのではないでしょうか。

何も変わらず、同じように季節が繰り返されるということ、それは大きな安心であり、喜びでもあったでしょう。何故なら、稲作を中心に発達してきた日本では、自然が変わらずにあるということこそが、稲の実りを約束してくれるからです。

そう考えると、私たちが季語を入れて俳句を詠むことの奥底には、今年もまた変わらずに季語と巡り会えたことへの安堵の喜びがあるように思うのです。

しかし、宇多氏は、眼前の蕨に、「毒かもしれぬ」という疑念を挟まずにはいられなかったのです。その疑念の矛先は、人間の作った原発に向けられているように思われます。そうでなければ、「毒」ということばを持ち出したりしないでしょう。

思えば、私たちの季語の世界は、近年の科学技術の進歩や、人間の営為によって大きく変質してきました。季語のなかには、今ではめったに見られなくなったものがたくさんあります。

例えば、蛍や赤蜻蛉の大群を見ることは、保護されている場所にでも行かなければ叶わぬことでしょう。私たちが得たものと失くしたものの接点で、掲句は発せられているのです。これ以上、自然が損なわれないことをただただ祈るばかりです。

ゆるやかに着てひとと逢ふ蛍の夜　　桂信子

とどまればあたりにふゆる蜻蛉かな　　中村汀女

三〇四、動詞の働きについて

私が初めて俳句の教えを乞うた皆川盤水氏は、俳句はできるだけ動詞が少ない方がいいとおっしゃっていました。次の句には動詞がありませんが、句として成立しています。あえていえば、見るという動詞が省略されているのだともいえましょう。

山又山山桜又山桜　　阿波野青畝

このように、動詞がなくても見るや聞くという動詞は省略可能なため、作者の見聞したものが提示されていると、読者は理解することができます。それでは、そこに他の動詞が加わることで何が起こるのでしょうか。皆川盤水氏の作品を通して考えてみたいと思います。

寒鴉雲を見てゐてゐずなりぬ　　皆川盤水

暗く立ち込めた一面の雲。そこに更に黒い塊としての寒鴉が一羽。何をするというふうでもなく、作者には雲を見ているように見えたのでしょう。「見てゐて」と「ゐずなりぬ」

の間には、五七五の調べがもたらすほんの僅かな間がありま す。この間は、とても重大な意味を含んでいるように思われます。それは、この小さな間を境に、有と無が反転するからです。

私たちは、日常生活の様々な場面で、有が無になる瞬間を目撃しています。皿の上の料理は食べてしまえば無くなりますし、CDが止めば音楽は聞こえなくなります。しかし、普段は気にも留めないことに、この句は私たちを立ち止まらせるのです。

有が無になるということは、生が死となることを容易に連想させます。いつのまにか見えなくなった鴉にはたと気づいたとき、作者は茫洋とした思いにとらわれたのではないでしょうか。私には、

道のべの木槿は馬に食はれけり　松尾芭蕉

を初めて読んだときの驚きと相通ずるものがあるように思えてならないのです。

優れた芸術が日常の視点から非日常の視点へとわれわれを誘うように、揭句もまたごくありふれた光景を詠みながら、生から死へのあっけないほどの移行そのものに焦点を当てているのではないでしょうか。作者は生を見、同時にその裏側に貼りつくようにしてある死を見ているのだといえましょう。

ところで、鴉は本当に雲を見ていたのでしょうか。それは誰にも分からないことです。けれども、作者には、そのように見えたのです。それは、作者もそのように雲を見ていたからであり、鴉がそうしたように、作者自身も雲を見て、やがてそこから立ち去ったのではないでしょうか。

つまり、揭句の寒鴉は、作者自身でもあるのです。ここでは、動詞は、作者の思いを雄弁に語るものとして機能しているのではないでしょうか。

三〇五、胸中山水画と眼鏡絵

私たちが普段目にする山水画の殆どは、作者が実際の景を写生したものではありません。それは、作者が思い描く美のエッセンスであり、作者にとっての美の原型のようなものといえましょう。それゆえ、胸中山水などと呼ばれています。山水画が提示しているのは、作者にとっての理想郷だといえましょう。

高嶺星蚕飼の村は寝しづまり　水原秋櫻子

掲句はまさに、山水画のような俳句といえましょう。高嶺星は作者の造語と思われますが、読者は、その理想郷に酔いしれてしまうのです。秋桜子の「葛飾」は、発表当時一世を風靡したといわれていますが、その実像について、石田波郷のことばが残されています。

私は、昭和七年、上京するとすぐ、或日、一人で春の葛飾の野を歩き廻つた。膨張する住宅地、痩せた水漬き田、煤煙によごれたような町、汚水を流す川、それらを春らしく青草が蔽つてゐるにすぎなかった。そして、今更に先生の「葛飾俳句」の美しさに感嘆したのであった。（『水原秋櫻子句集』角川文庫版、後記より）

いっぽう、江戸時代後期に丸山応挙（1733〜95）が写生画を描きます。当時は実証主義的精神が高揚し、実際的・実証的学問、実学が隆盛するなどして、絵画でも実証的表現が求められていたことがその背後にあったようです。応挙は与謝蕪村（1716〜84）と同時代の人で、蕪村とも親交があったようです。

この応挙が二十七歳の頃、眼鏡絵を描いています。これは、見世物の一つで、レンズの付いた覗き眼鏡を通してみると立体的に見えることからそう呼ばれています。図録などを見ますと、西洋の遠近法を駆使したもので、現代の絵画に通じる斬新さが感じられます。

この眼鏡絵は、まるで本物そっくりだということで人々を驚かせたことでしょう。祇園祭山鉾図、葵祭図、三十三間堂通し矢図などがよく知られています。私たちの写生句には、この眼鏡絵と同様に、それを読んだときに、読者の記憶の場面をまざまざと呼び起こす効果があるように思われます。もちろん、俳句では絵画のような精密な描写はできませんが、それでもことばの力をフルに活用することで、秀句はそれを可能としているのです。

滝の上に水現れて落ちにけり　後藤夜半

冬の水一枝の影も欺かず　中村草田男

これらの句から読者が呼び起こすのは、読者それぞれの記憶であり、そのときの心持ではないでしょうか。応挙が優れた描写力で眼鏡絵のなかに人々を引き込んだように、優れた俳句は、読者の記憶を介して、読者をその句の世界に誘うのではないでしょうか。

三〇六、精神的な自然

詠みたいものを詠み、描きたいものを描けばいいのだと私は考えています。表現とは本来、その人の内部から湧き上がってくるものだからです。他者をいたずらに傷つけないように、表現上の配慮は必要ですが、表現内容そのものにタブーは必要ないと思うのです。

さて、ある時私は、近所の田んぼで一匹の赤蜻蛉を見ていました。半ば枯れた蘆の穂先を発って、暫くすると戻ってきます。そして、前と同じ向きで止まるのです。私がそこにいて見ているということが、蜻蛉の動きに影響しているのでしょうか。何故だかよく分からないけれど、私はそれをとても面白いと思いました。

そこで、その光景を一つの句にしてみたのです。

赤とんぼ一巡りして同じ秀に　　金子つとむ

単に現象として蜻蛉の動きを捉えるなら、果たして私はそれを面白いと感じるでしょうか。むしろその軽やかな飛行技術や翅の仕組み、鮮やかな赤色などに関心がいくのではないかと思われます。

しかし、私たちは、そうなっている。少なくとも私には、面白いと見えてしまう。そのことが、私たちが俳句を詠み、共感し合うことのできる共通の母胎ではないかと思うのです。

私たちは、赤蜻蛉を取るに足らないものというふうには決して見ていません。むしろ美しいもの、味わい深いもの、哀れなるものとして、ともに生きたいと願っているのではないでしょうか。

滝の上に水現れて落ちにけり　　後藤夜半

掲句は単なる現象の説明でしょうか。滝というものがまさしくそのようにしてそこにある、あり続けるということのなかに、変わらぬものへの憧憬、その力強さ、美しさを感じ取っているように思われます。

水彩画家の小堀進は、画友の森田茂氏に次のように述べたと、森田氏が書き残しています（傍線筆者）。

自分は風景を愛する、東洋も西洋も共に自然をよく見、自然から学んだことは同じだが、自然を至上の精神となかめた東洋、現象として受取った西洋。（中略）自然をばかにして画面で遊んでいてはいけない、自然に頭さげて真剣にやる。（小堀進遺作展カタログ、茨城県立美術博物館編）

俳句は一匹の蠅にすら心を寄せる文芸です。とても平和的だといえましょう。

やれ打つな蠅が手をすり足をする　小林一茶

うつくしや障子の穴の天の川　同

私たちは、こんな一茶の世界から、はるかに遠いところに来てしまったようです。

三〇七、百万本のバラ

『百万本のバラ』という歌をご存知ですか。そのなかにこんな歌詞があります。歌手の加藤登紀子さんの訳によるものです。

百万本のバラの花を
あなたにあなたにあなたにあげる
窓から窓から見える広場を
真っ赤なバラでうめつくして

また、同じ加藤さんの歌う『愛の讃歌』には、次のような歌詞があります。

もしも空が裂けて　大地が崩れ落ちても
私はかまわない　あなたといるなら

私たちが、これらの歌詞に特に違和感を覚えないのは、何故なのでしょうか。逆にこれらの歌詞の世界に強く惹かれてしまうのは……。

俳句では、どちらかといえば主観を抑制し、ややストイックな表現を目指すことが多いのですが、前述の歌詞では、そのような自制は全く働いていないように思われます。いや、むしろ赤裸々なことばこそが、より真実に近いと思われているのではないでしょうか。

私は、主観の直截な表現が共感の妨げになる場合に限って、表現を抑制すべきだと考えています。簡単にいえば、私たちは主観、客観を超えて、共感される表現を目指せばいいのではないかと思うのです。

実際、俳句の世界でも強い主観表現や、愛の表現がなされる場合があります。私たちは、人としての似たような体験から、それを素直に肯うことができるのです。

少し、例を挙げてみましょう。

外にも出よ触るるばかりに春の月　中村汀女

鞦韆は漕ぐべし愛は奪ふべし　三橋鷹女

短夜や乳ぜり泣く児を須可捨焉乎　竹下しづの女

たまたま女性の句が並びましたが、ここに描かれた世界は、必ずしも個人的な世界ではなく、むしろ普遍性をもつものであり、このような表現は共感の妨げになるどころか、共感を助長しているとさえ思われるのです。

次の句も、人間にとっての普遍的な題材を扱っているといえましょう。

緑なす松や金欲し命欲し　石橋秀野

また、次の鈴木しづ子氏の句は、壮絶な愛の世界を描いて鬼気迫るものがあります。

もくろみし異つ国行きや野は枯れぬ　鈴木しづ子

密封せる薬を持ちいつでも死ねる　同

白露や人を追ひ死すこともよく　同

雪はげし共に死すべく誓ひしこと　同

月涼したんたんとして死を待てば　同

ニッキ苦し生きることは最大愚　同

三〇八、主観表現の良し悪し（添削例）

愛や恋、生死に纏わることなど、人間にとって普遍的な内容を扱うとき、主観表現はかなり許容される場合が多いように思います。これに対し、個人的な趣味や嗜好の世界で、主観的な表現をされると、読者は立ち止まってしまうのではないでしょうか。それでは、主観表現のどこがいけないのでしょうか。具体例で検討したいと思います。

初心者の集まる句会で、次のような投句がありました。

【原句】いとほしや小花鏤ばめ海老根咲く

【添削】明るしや小花鏤ばめ海老根咲く

作者はおそらく、手塩にかけてその海老根を咲かせたのでしょう。それが、小花を鏤《ちりば》めるようにたくさんの花を付けたので、思わず〈いとほしや〉と表現されたのだと思います。しかし、気持ちは分かりますが、相手が海老根となると同好の士でもない限り、共感を得るのは難しいのではないでしょうか。〈いとほしや〉を使っても、句意が我が子のことなどであれば、許容範囲は格段に広がるものと思われます。

添削では、〈いとほしや〉を〈明るしや〉に変えています。こうすると、何が変わるのでしょうか。海老根の花には、白や黄色、薄紫などの明るい色が多いように思われます。〈いとほしや〉は映像性のないことばですが、〈明るしや〉とすれば、読者は海老根の色やその場の雰囲気を思い浮かべるのではないでしょうか。〈明るしや〉とすることで、作者の喜びが伝わり、そのなかには〈いとほしさ〉も含まれるように思うのです。

次の句の場合はどうでしょうか。

【原句】艶めける海棠散るや名残惜し

【添削】塵取りの海棠のなほ艶めきぬ

海棠は、晩春にひときわ鮮やかに開きます。桜などを見慣れた目には、このピンク色は、少し強すぎると感じられるほどです。その海棠が散っていくのを、作者は名残惜し気に眺めています。しかし、〈名残惜し〉とまでいってしまうと、読者に対してやや押しつけがましくなってしまうのではないでしょうか。〈名残惜し〉といわずに、名残り惜しさが描けるとぐっと情感が深くなります。

添削では、作者の思いは、〈なほ〉の文字に凝縮されています。また、〈名残惜し〉の五文字を〈塵取りの〉に変えることで、塵取りに収まった花屑を映像化しています。

このように、主観表現は作者の思いを一心に述べるあまり、句のもつ映像性を損なっている場合が多いように思われます。読者に映像が見えるかどうかは、共感のための大きなポイントです。主観をぐっとこらえて、映像性のあることばに置き換えてみると、場面が生き生きと立ち上がってくるのではないでしょうか。

三〇九、感動の一語を探る

感動の一語とは、一句のなかでとりわけ強力に働き、読者が俳句を読んだときに、その句に立ち止まらせ、引き付けるようなことばのことです。作者にとっては感動を表現するための一語であり、読者にとっては魅力ある一語ということになりましょう。

さて、この感動の一語を、自ら創作してしまう俳人がいます（傍線部が、感動の一語）。

高嶺星蚕飼の村は寝しづまり　　水原秋櫻子

また、それを豊富な語彙のなかから、探し出す名人もいます。

深秋の藪に光れる忘れ水　　渡辺政子

忘れ水とは、野中などに絶え絶えに流れて人に知られない水のこと、なんと美しいことばでしょう。

はらからと酌む可惜夜の春炬燵　　中川晴美

可惜夜《あたらよ》には、惜しむべき夜、いつまでも眺めのいい夜などの意味があり、「春宵一刻値千金」という詩句を直ぐに思い浮かべます。

さらには、普段使いの一語を、感動の一語に格上げしてしまう俳人もいるのです。

とどまればあたりにふゆる蜻蛉かな　　中村汀女

冬の水一枝の影も欺かず　　中村草田男

滝の上に水現れて落ちにけり　　後藤夜半

芋の露連山影を正しうす　　飯田蛇笏

傍線を引いたことばは、ありふれたことばでありながら、読者の共感を引きだす感動の一語として機能しているように思われます。作者の主観を多分に含みながら、景と混然一体となっている、そのような感じがします。

まず、汀女の〈ふゆる〉から見ていきましょう。蜻蛉というもののもたらす安らかな景色、童心に帰った作者から思わずこぼれたことばが、〈ふゆる〉ではないでしょうか。

草田男の〈欺かず〉はどうでしょうか。冬の自然の厳しさを巧みに言い止めているように思われます。

また、夜半の〈現れて〉は、水を物質としてではなく、まるで生き物のように捉えているような感じがします。滝の上に見える水の盛り上がりを〈現れて〉と作者は表現したのですが、作者はそこに単なる水以上の何物かを見ているように思うのです。

蛇笏の〈正しうす〉にいたっては、山の姿に作者は憧憬すら抱いているように思われます。作者もまたそうでありたいと願っているのではないでしょうか。

この感動の一語を見つけることは、作者が感動の正体を見極めるということでもあります。それは、それに感動した自分自身を見つける旅でもあり、自然をより深く理解するための道でもあるように思われます。

三一〇、句形が崩れる理由

句会などで、時々意味の通じない句を見かけることがありますが、その理由はおよそ二つではないかと思います。

一つ目は、五七五にするために、本来なら削ることのできない助詞などを削ってしまって、意味不明に陥るケースです。これをひとまず分断型と呼んでおきます。

二つ目は、あまりにもたくさんの内容を詰め込もうとして、俳句の器を溢れさせてしまうケースです。こちらは、詰込み型です。実際の句会での添削例をもとに、説明したいと思います。

○分断型

【原句】秋出水。出し抜け。静寂破りけり。　（三段切れ）

【添削】出し抜けに静寂を破る秋出水。　（一句一章）

三段切れになっています。出し抜けは、出し抜けにという意味でしょうが、この〈に〉は省略できないのです。添削では語順を変え、一句一章にしました。

【原句】墓参り。買わず。我家の百日草。（三段切れ）

【添削】庭のもの幾つか摘みて墓参。（一句一章）

とてもいい情景を詠まれています。自分で育てた草花を供えることは、ご先祖様への供養となるでしょう。季語が、二つ、墓参（初秋）と百日草（晩夏）です。初心のうちは、季語一つを心掛けてください。原句のままですと意味が通りにくいので、添削では、自分の庭のものを摘んで供花としたというふうにしました。

○詰込み型

【原句】利根の土手。帰燕身支度。宙を舞ふ。（三段切れ）

【添削】利根川の河原に集ふ秋燕。（一句一章）

燕は、河原などに集まってから集団で帰るようです。原句は言いたいことが多すぎて、何がポイントかよく分かりません。一番いいたいことを見つけることが先決です。一句にたくさんのことを詰め込むと句にならないのです。

【原句】ぬく飯に茶碗二杯。寒卵。（二句一章）

【添削】寒卵落して食らふ飯二杯。（一句一章）

俳句は、俳句である前に日本語です。虚子の句に、〈ぬく飯に落として円か寒卵〉という句がありますが、飯だけでも十分通用すると思います。虚子は、〈寒〉に対して、〈ぬく〉を強調したかったのだと思いますが、普通は冷たいご飯に卵はかけないからです。また、飯を食うのは茶碗ですので、茶碗も不要でしょう。

原句で必要なのは、飯と二杯と寒卵ということばだけになります。全部で十音ですから、七音も残ります。その七音を、〈落して食らふ〉としたわけです。〈食らふ〉を止めて、〈落してぬくき〉とすることもできましょう。

俳句はよく省略の文芸などと言われますが、どの文字が要らないかが分かるようになると、俳句にもっとたくさんの情報を入れることができるようになります。

三一一、感動の一語に至る

感動の一語を得る方法は、創るか、見つけるか、成すかのいずれかといえましょう。

高嶺星蚕飼の村は寝しづまり　水原秋櫻子

の高嶺星のような造語は、ごく少数の天才のみがなし得ることだろう思います。私たちにできるのは、見つけることか、成すことではないかと思います。

感動の一語を探すというのは、自分の感じた「あの感じ」に一番近いものを探すことだといえましょう。私は、ちょっと違うと思うと、よく類語辞典を利用しています。似たようなことばを候補としていくつか挙げて、文字の意味や、響きや堅さ、それがもたらすイメージなどを総合的に判断して選ぶようにしています。

一番ラッキーなのは、ある場面からそのことばが、僥倖のようにふっと浮かぶ場合でしょう。でもそのためには、私たち自身がことばをたくさん知っている必要があります。辞書で見つけたからといって、すぐ使える訳ではないからです。

はらからと酌む可惜夜の春炬燵　中川晴美

深秋の藪に光れる忘れ水　渡辺政子

可惜夜や忘れ水を見つけた作者は、きっと普段から語彙を増やすために、知らない言葉、気になることばは必ず辞書を引いておられるのだろうと思います。

語彙を増やすということでいえば、私の場合、青葉集（雲の峰）の鑑賞がとても役に立っています。平均すると毎回二十回くらいは辞書を引くからです。ほんとうに皆さんよく文字をご存知で、感心してしまいます。

日本語の文字は、五十万～六十万語あるそうですから、覚えきれるものではありませんが、これはという言葉を覚えておくと、いつか使える機会があるかもしれません。

しかし、〈見つける〉という地点にとどまっている限り、句意は既存の感慨の範疇ということになりましょう。殆どの俳句は、季語の情趣を追認するような形で詠まれています。作者は季語の情趣に共感して詠んでいるわけです。

これに対し、〈成す〉が狙うのは、季語の情趣を広げたり、まれに全く新しい情趣を付加することです。

冬の水一枝の影も欺かず　中村草田男

滝の上に水現れて落ちにけり　後藤夜半

透徹した自然の摂理、あるいは非情さのようなものを感じさせる〈欺かず〉ということば、また、〈現れて〉には、滝を龍に見立てる場合に似たある種の怖れのようなものが投影されているように思われます。

作者によって感動の一語に格上げされた普段使いのことばは、季語の情趣を踏まえつつ、それに新しい側面を付加させる働きをしていると思うのです。

三一二、感動のほとぼり

ひばり句会のIさんはとても感受性が豊かで、ものごとに感動しやすいタイプです。よく擬人化の句を作られるのですが、本人はなかなかそれに気づかないといいます。

擬人化だけでなく、私たちは、感動の渦中にあるとどんなに大仰な表現をしても、気づかないものなのです。感動のほとぼりが、私たちをある種の興奮状態におき、冷静な判断を妨げているものと思われます。

汀女の句に、

外にも出よ触るるばかりに春の月　中村汀女

がありますが、どんな場面かちょっと想像してみましょう。汀女は外にいて、月の出を見ているのでしょう。そしてそのあまりの美しさに家のなかにいる家人を呼んでいるのです。しかし、これが普段の会話であれば、

「来て、来て、月！」

くらいになるのではないでしょうか。決して、掲句のようには言わないと思うのです。掲句は、感動を直截に表現していますが、実は非常に冷静な措辞によって、場面を構成しているのです。

それでは、Iさんの擬人化の句とその添削例をいくつかご紹介しましょう。

【原句】ねじ花に見返り阿弥陀振り返り

【添削】捩花や見返り阿弥陀様をふと

原句ではねじ花に阿弥陀様が振り向いていることになって

しまいます。捩花やと切ることで、中七以下は、作者の感慨だということが分かります。

京都の永観堂の「みかえり阿弥陀」でしょうか。この付き具合はなかなかいいのではないでしょうか。

【原句】山を見ず吾を看つめる蛙かな

【添削】向き合へる蛙の顔を写しけり

看という字は、看護の看ですので、普通は〈看取る〉の意味になります。「吾を看つめる」がやはり擬人化でしょう。添削のように向き合うとすれば、擬人化ではなくなります。すかさず携帯で写真を撮られたとのことでしたので、このようにまとめてみました。

【原句】鳩四五羽雪を惜しみて雪を食む

【添削】鳩四五羽雪に降りきて雪を食む

水の代わりに雪を食んでいるのでしょうか。面白い光景です。ただ、雪を惜しみては、やはり鳩を擬人化していることになります。降りきてとすることで、雪に降り立つ鳩の映像が浮かび、作者との位置関係もはっきりします。

Iさんのように感動することは、とてもいいことです。それが、表現の始まりだからです。感動のほとぼりが冷めてから、見直してみると、擬人化などは、案外すぐに気がつくのではないでしょうか。

三一三、自信作の落し穴

三十年ほどの私の作句経験からいいますと、こころ秘かに自信作と思っている作品ほど、表現に落し穴があるものです。ここでいう落し穴とはほかでもありません、自分ではなかなか気づかない表現上の瑕疵のことです。他人ならすぐに疑問に思うようなことが、本人は分からないものなのです。

つい先だってもこんなことがありました。当地ではゴールデンウィークの期間が田植の最盛期で、その頃から蛙の声が夜を賑わします。天にも轟くような蛙の声をこれまでも何度も詠んできましたが、今回ふと次のような句が生まれました。

天地を言祝ぐごとく蛙鳴く　　金子つとむ

天地を言祝ぐという感想はこれまで持ったことがなく、私自身にとっても新たな感慨でした。そのせいもあって、この句は、出来たときからひと月余り、一度も推敲することなくやり過ごしていたのです。

ところがある時、この句の蛙は何匹に見えるだろうとふと気になりだしたのです。夜の蛙の合唱を眼前にして作ったのですが、気が付くと夜という情報も数多の蛙という情報もこの句には一切含まれていません。現場を知っている私自身はそのつもりなのに、句には全く反映されていなかったのです。

もし、数多ということを強調するなら、〈数多の〉ということばを入れることもできます。

天地を祝ぎて数多の蛙かな　　金子つとむ

また、さらに夜という情報を入れるなら、

天地を祝ぎて数多の夜の蛙　　金子つとむ

などとすることもできましょう。しかし、いろいろ考えた挙句、最終的には原句に戻ったのでした。

私のなかから〈祝ぐ〉ということばが生まれてきた背景を考えてみますと、人間の活動がもたらした環境汚染、分けても放射能汚染に対する、やり場のない憤りが作用していたように思えるのです。

そして、この句のポイントは、やはり〈祝ぐ〉にあるのだと考え直したのです。そう考えると、数多も夜も必須ではなく、〈祝ぐ〉と〈蛙の声〉があればいいと合点したのです。また、〈言祝ぐごとく〉を〈祝ぎて〉としてしまうと、相対的に〈祝ぐ〉が弱くなります。

結果的には原句に戻りましたが、蛙の数と夜景であることを検討したことは無駄ではなかったように思います。作者の感動を伝えるために、その作句現場からどんなことばを拾って表現に活かすのか、それは、作者自身が感動の正体を見極めることでもあるのです。

並びでて毒かもしれず蕨の芽　　宇多喜代子

三一四、感動を詠むということ

私は、俳句とは自分の感動を詠むものだと考えていますが、これにはいくつかの理由があります。私たちは、どんな些細なことでも、それがかけがえのない瞬間だと思うから、作句するのではないでしょうか。
　季語と出会った喜び、季語を発見した喜びといってもいいかもしれません。個人的にそれを残しておきたい、さらにはだれかと共有したいという思いが、作句動機となるのではないかと思うのです。

　それでは、感動とはいったい何なのでしょうか。すこし抽象的な言い方ですが、私は生きているということは、常に最先端の自分と出会うことなのだろうと考えています。移りゆく季節のなかで、移りゆく私自身が季節の景物と出会うのです。その景物との出会いの一瞬が、感動の源泉ではないかと考えています。このことを理解していただくために、自作の詩をご紹介したいと思います。

〈いまここ〉
いまここにいます／そんなことをいうと／当たり前じゃないかと／言われそうですが
心配性で／気まぐれで／物思いに耽り易い／私のこころは／すぐにどこかへ／行ってしまいます
俳句はいまここの／文学です／いまここにいる／私がいまここにある自然と／対峙するのです
いまここは／いつだって新しい／私も／自然も過ぎ行くときを／過ぎ去らせ／いのちの小舟の舳先に／乗って／私はいつも／いまここにいます
いまここにいると／目の前の相手のことが／ほんとうに／よく分かります
ちょっとした目くばせも／表情の翳りも／吹き過ぎる風のいろも／そのやさしさも
私は／いまここにいます／いまここにいて／いまここを／楽しんでいるのです／いのちを／いとおしむように
……

感動とは常に未知の領域にあるものです。私たちは、感動を予測することはできません。極論すれば、感動することで、私たちは、自分自身を再発見することができるのではないでしょうか。
　自分の美意識のなかで、俳句を創作するのも一つの方法ですが、私は、感動を源泉として作句するほうが、よりスリリングで面白いのではないかと考えています。
　私たちは、明日どんなものに出会い、どんな句を作るのか、予想することはできません。俳句の種となるような一瞬の閃きを、ハイク・モメント（俳句的瞬間）と呼ぶそうですが、日ごろから身に付けておきたいのは、そのハイク・モメントを瞬時に言葉にする表現力ではないかと思うのです。

三二五、奇跡のようなこの世を詠う

俳句が感動の詩だとするなら、私たちは、何故に季節の景物に感動し、時には涙を流したりするのでしょうか。版画家の棟方志功は、『わだばゴッホになる』（日本経済新聞社）という自伝的な著書の見開きに、次のようなことばを残しています。

アイシテモ、あいしきれない
オドロイテモ、おどろききれない
ヨロコンデモ、よろこびきれない
カナシンデモ、かなしみきれない
それが板画です

棟方志功

志功は、版画のことを彼独自の言い回しで板画と呼んでいますが、右のことばから、志功が全身全霊をかけて板画に取り組んでいる、その気迫のようなものが伝わってくるようです。これが一つの道を究めるということなのかもしれません。志功にはまた、『板極道』という本もあるくらい、板画というものを楽しみ、とことん突き詰めていたのだろうと思います。

私たちの俳句の道も、志功のことばを俳句と置き換えても通用するくらい、とめどない世界のように思われます。俳の森に分け入るたびに、さらなる奥深さを痛感してしまうのです。

学生時代に文芸部に所属していたのですが、北海道ヒッチハイクの紀行文で、サロマ湖で見た夕日を「悲しくなるほど美しい」と表現したところ、仲間から「悲しくなるほど美しい」という意味が分からないと言われ、ショックを受けたことがありました。

それは、長らく私のなかで疑問として残っていましたが、今になって思うのは、私たちが自然から受け取るものには、かなりの個人差があるということです。

しかし、こんなにも短い俳句で共感し合える私たちは、自然から多くのものを感動として受け取ることができる人たちなのではないでしょうか。仕事をリタイアして、こころが自在になってくる時期は、老いということを意識し始める時期でもあります。

かけがえのない命を思うとき、この世のことは、奇跡ではないかと思うような瞬間が訪れることがあります。老いてこそ私たちは、いのちの実像に迫ることができるのではないでしょうか。私たちが、感動を見極め、自分自身を見つめることを怠らない限り、俳句が私たちを導いてくれるように思うのです。ネットで知り合った十河さんは、既に自在の境地に達しておられるようです。

歩行車を押して春野に消えゆかむ　十河たかし
花散りて虚空に去りしもののあり　同
ひとひらの花の散りゆく早さかな　同

三二六、一五秒プラス六〇年

人間国宝の陶芸家、濱田庄司氏に、「一五秒プラス六〇年」という有名なエピソードがあります。濱田氏の得意だった技法に「流し掛け」というものがありますが、釉薬を柄杓で一気に流し掛けするものです。これによって、器に勢いのある一回限りの文様を描くのです。私もテレビでその様子を見たことがありますが、所要時間は、まさに一五秒程でしょう。あるとき、その流し掛けについて、「あまりにあっけないのでは？」と質問された濱田氏は、次のように答えたと言われています。

「一五秒プラス六〇年と見たらどうか」

つまり、釉薬をかける時間は一五秒だけれども、その背後には、六〇年に及ぶ修行がある、ということなのです。


私は、この逸話は、俳句にも当てはまるのではないかと考えています。私たちの俳句も平素の俳句修行によって成り立っているのではないでしょうか。一句を成すのに俳句では一五秒もかからないのですが、その数秒とてもただの数秒ではなく、それぞれの俳句修行の時間をプラスした数秒だと思うのです。

ネットで一緒に俳句をしている仲間が、次のような句を作られたので、感想のやり取りをしました。ご参考までにご紹介しましょう。

一束の冷し素麺余しけり　十河たかし

（私のコメント）

一束という言い方は、ご自身で作られたか、予め一束でいいよといって、作ってもらったのではないかと思います。何れにしても、この一束は、実際に食べるまでは、たわいもなく平らげられる筈の一束だったのではないでしょうか。

それを余してしまった。恐らくご高齢で、食が進まなかったのでしょう。「余しけり」がよく働いています。淡々とした叙述はとても自然で、説得力があります。自然体で作句されているように見受けられます。

（作者コメント）

徳島県にオカベ半田手延麺というとても美味しい素麺があります。夏はときどき、一人前一束の冷やし素麺を作ってもらうのですが、余すことがあります。あまり苦労せずに日々の俳句は生まれますが、身辺雑事ばかりになるという状況から抜けられないのが残念です。

私は、この一束ということばに、重みを感じてしまうのです。これまでも作者は、幾度となくその一束を食べてきたことでしょう。その全量がこの一束にあるような気がするのです。偽りのない身辺雑事だからこそ、逆に作者の思いが強く伝わるのではないでしょうか。これまで生きてこられた歳月が生み出した一句だと思います。

三一七、俳句が生まれるとき

ごくたまにですが、俳句がひとりでに生まれてくるような経験をすることがあります。それは、夏の明け方のことでした。午前四時過ぎに起き出して、まだ暗い窓を少し開けてみると、こんな時間だというのに、既に鳴きだしている鳥がいます。

しばらく耳を澄ましていると、次第に鳥の数が増えてきます。雲雀、雀、鵯、燕……。それはまるで闇の中から、鳥たちの声が生まれてくるようでした。鳥たちが眠りから覚めて、今日初めての声を発するとき、それはどんな気持ちなのでしょうか。そんなとりとめのないことを考えているとき、その句は生まれたのです。

夏の暁鳥どちの声生まれ出づ　　金子つとむ

それは私がその自然のなかに没入してしまって、そこから自然が奏でたことばを掬い上げたという感じでした。それに、上五を夏暁やとすると、壊れてしまいそうな感じさえしたのです。こんなことを書くと、どこかの宗教家の啓示のように聞こえるかもしれませんが、確かにそれは少し不思議な体験だったのです。

そのとき不意に、俳句は、自然のこころを汲み取って詠うものではないかと思えたのです。五七五はそれをするのに、最適な大きさであると……。

高浜虚子をして、客観写生真骨頂漢といわしめた高野素十は、自身の作句態度を次のように述べています。それは、そのまま他者の俳句を選評する際の基準にもなっているのです。『素十の研究』(亀井新一著、新樹社)より引用。

素十が雑詠句評会において他の句について意見をいう場合、はっきりとした視点を持っている。「外界から纏まった景色、感じというものが出て来るのを待っている。」ことがまず第一なのである。次にそのことがその人固有のことばとして、つまり「使うだけの心の要求がある」ことばとして表現されているかということが第二である。つまり、句を作る者の態度を相手の句にも要求している。

また、『評伝高野素十』(村松友次著、永田書房)では、

ややもすると俳句が詩の一つである事を忘却する。実におそるべき事である。(中略)出来るにまかせてやたらに句をつくる。感激のない句を製造する。自分の句に対して持たねばならぬ責任を軽んずるのである。自分で現に経験してる事が何でも句になり相な気がする。季題に追ひまわされてるのだ。(後略)

とも述べています。自然が語り掛ける幸福な瞬間は、日ごろの写生の果てに訪れるのではないでしょうか。

塵とりに凌霄の花と塵すこし　高野素十

菊の香や灯もるる観世音　同

水すまし流るる黄楊の花を追ふ　同

三一八、客観写生

もともと客観的態度である写生ということばに、敢えて客観を加え客観写生とした高浜虚子の真意は何なのか、今回はそのことを少し考えてみたいと思います。

客観写生について虚子は、俳句修行をおよそ三段階に分け次のように論じています（『俳句への道』岩波文庫）。

客観写生という事を志して俳句を作って行くという事は、俳句修行の第一歩として是非とも履まねばならぬ順序である。客観写生という事は花なり鳥なりを向うに置いてそれを写し取ることである。自分の心とはあまり関係がないのであって、その花の咲いている時のもようとか形とか色とか、そういうものから来るところのものを捉えてそれを詠うことである。（中略）
そういう事を繰り返しやっておるうちに、その花や鳥と自分の心とが親しくなってきて、（中略）心の感ずるままにその花や鳥も感ずるというようになる。（中略）そうなって来るとその色や形を写すのではあるけれども、同時に作者の心持を写すことになる。
それが更に一歩進めばまた客観描写に戻る。花や鳥を描くのだけれども、それは花や鳥を描くのではなくて作者自身を描くのである。俳句は客観写生に始まり、中頃は主観との交錯が色々あって、それからまた客観描写に戻るという順序を履むのである。（傍線筆者）

つまり、客観写生の最終形では、表面的には対象を描きながら、作者の心を描くというのである。それは作者の側からいうと、作者の姿が一句のなかに見えてしまう感じなのか、一句のなかに混然一体となって溶け込んでいるかの違いのように思われます。

朝な夕な駅の子燕見てしまふ　　金子つとむ

朝な夕な駅の子燕見て通る　　同

前者が未だ主観的な交錯を表に止めているのに対し、後者の句からは、よりはっきりと景が立ち上がってくるように思われます。虚子はまた、作句について次のように述べています。『その眼、俳人につき』（青木亮人著、邑書林）からの孫引きになりますが、例えば桜の花を見る場合には、その花に非常に同情を持つ。あたかも自分が桜の花になったごとき心持で作る。すなわち大自然と自分と一様になった時に写生句ができるのです。

虚子は、大いなる感動の内にあって、その表現手段としての客観描写を奨めているのです。修行中期のような主観に彩られた表現を極力さけよといっているのです。

主観は大前提としてもちろんあるのです。あえて客観を冠したのは、どうしたって飛び出してくる主観を封じるための要石のようなものだったのではないでしょうか。

三二九、何を詠むか、どう詠むか—手紙風—

Oさん、早速ご依頼の添削の件ですが、あなたの原句は次のようなものでした。

蟇宇宙の使者の威厳あり

この句は、二句一章、補完関係の句です。句意は、蟇には、宇宙の使者の威厳があるということです。しかし、意味が分かっても、何故そう思われるのか、ちっともよく分かりません。それは謎を解く手がかりがないからです。けれど、この句にはとても興味があります。あなたが何故、蟇を宇宙の使者と思ったのか、それを知りたいと思いました。それが、あなたの伝えたいことなのですから。

掲句の構造は、

蟇（眼前の景物）**宇宙の使者の威厳あり**（作者の思い）

ということになります。似たような構造の句に、

夏草や（眼前の景物）**兵どもが夢の跡**（作者の思い）

ご存知、芭蕉さんの句です。芭蕉さんの句を辿っていくと、兵どもの夢とは覇権争いであり、具体的には戦そのものでありましょう。かつて戦のあった場所に、今は夏草が生い茂っている。しかし、その夏草とてもやがて、枯れ果てていく、その無常の思いが作者を捉えているのではないかと想像できるのです。

それでは、何故〈蟇宇宙の使者の威厳あり〉では分かりにくいと言われてしまうのでしょうか。芭蕉さんの句では、兵どもが夢の跡は、跡ということばが戦場跡であることを示唆

し、そこが今は夏草に覆われていると読者が読み解けるようになっています。つまり、跡ということばが謎をとく鍵となっているのです。

ところが、〈宇宙の使者の威厳あり〉は、徹頭徹尾作者の思いであるため、それを読み解く鍵が読者に与えられていないのです。だから、面白いなと思っても、そこから先へ進めないのです。つまり、厳しい言い方をすれば、〈宇宙の使者の威厳あり〉は、独りよがりの主観表現ということになります。

ここから抜け出す方法は、今一度、自分が何故蟇を宇宙の使者と思ったのか、何故威厳を感じたのか、その理由を振り返ってみることです。蟇の何をみて、どんな動作を見て、何を聞いてそう思ったのか、それを思い出してみるのです。そして、何を言いに来た使者なのかと……。

そして、自分にそう思わせた具体的な事物を、謎を解く鍵として一句のなかに提示するのです。

例えば次のように、あなたが一番感じ入った蟇の貌やまぶたを閉じる仕草を一句のなかで明示するのです。

蟇宇宙の使者の貌ならん

まぶた閉ぢ宇宙の使者か蟇

このように、具体的なものが提示されることで、読者はそれを想像し、共感の手がかりを得ることができるのです。

三二〇、俳句の風姿

空といえばそこに本物の空がある。鳥といえば、そこに鳥が飛んでいる。作者が感動を受け取った景をそのまま読者の眼前に現出させることができたなら、どんなに素晴らしいことでしょう。

その景が、初めからそこに在ったかのような自然な姿で現れてくるなら、読者はすっとその世界に入ることができます。そんな作品が俳句の理想なのかもしれません。

私たちが、作品によって感動を受けとるには、その作品ができるだけ純粋な詩空間であることが求められるのではないでしょうか。一句の視点は作者のものですが、その視点が私たちの過去の経験と近似であるとき、私たちは容易にその視点へ移ることができます。

つまり、一句に共感するということは、作者の視点が何の違和感もなく読者の視点になりかわることなのではないかと思うのです。そうすることで、私たちは、まさに作者の感動を追体験できるのです。

次の句で、このことを考えてみましょう。

青天や白き五弁の梨の花　原石鼎

一読しただけでは、梨の花の観察記録のようです。唯一作者の感動が見えるのは、切字〈や〉の詠嘆くらいでしょう。しかしそれとても、いい天気だなあというくらいのもので、何ら特殊なものではありません。

しかし何度も読んでいくと、この視点が不動のものであり、梨の花にピタリと焦点が定まっていることが分かります。一旦この視点を獲得してしまうと、読者はこの視点から作品世界を覗くことになります。そこに違和感が生じないのは、梨の花を見るときに誰でも持ちうる視点だからです。微動もしないその視点から、青天のなかに、真っ白な五弁の花が浮き上がり、輝きだしてくるのです。

作者は、この情景さえ伝えられれば、それでよかったのではないでしょうか。それは、作者がその情景に、十分に感動していたからです。

この句は、冒頭で述べた俳句の理想を具現化しているように思われます。私たちの眼前には、作者が意図した通りの梨の花が、生き生きと立ち現れてくるからです。

スナップショットのように描き出された梨の花。作者の視点は、梨の花そのものと向き合ったまま、凍りついています。それほどに深く、作者は感動しているのです。ここでは、青天も白も五弁ということばも、それが生まれたときの生々しさに立ち返っているように思われます。

この句の響きは、作者の肉声というより、ことばそのもののもつ響きなのではないでしょうか。作者は、梨の花との出会いを、凍りついた感動の視点からの映像として、再構築してみせたのです。

三二一、季語感

俳句では季語の持つ情趣によって、作者の真意をつかむことができます。幾様にもとれる句の真意を定めているのは、全て季語の働きといえましょう。

初心者や俳句の門外漢の方が、その良さが分からないと言われるのは、この季語に対する理解不足が原因ではないかと思われます。例えば、次の二つの句は、季語以外は同じ句文ですが、意味が正反対といってもいいほどに異なっています。

少年の長き潜水夏始まる　比較用例句

少年の長き潜水夏終る　川瀬さとゑ

私たちは、季語が醸し出す雰囲気、その情趣のなかで作品を理解しようとつとめます。読者が季語に対して抱く一連の感覚あるいは知識の総体を仮に季語感と呼ぶならば、読者が確かな季語感を持っていればいるほど、作品は厳密に吟味されることになるでしょう。

逆に読者の季語感が乏しければ、先に挙げた例句の良否の判定さえも覚束なくなるのではないでしょうか。

それでは、この季語感とはどのようにしたら養うことができるのでしょうか。

見知らぬ季語に出会うたびに、私たちは歳時記をひもときます。そこには、解説に加えていくつもの例句が掲載されています。古い季語では、江戸時代からの例句を見ることができます。さながら季語の歴史絵巻といった感じです。私たちは、この解説や例句にあたることで、季語のもつ本意・本情といわれるものをつかむことができるでしょう。

しかし、頭で理解しただけでは、作品を作る際にもあやふやな季語のイメージで作ることになるでしょう。季語の多くは、私たちが見聞きできるものですので、何度も見聞きし、感じることで、季語は作者のものになっていくのではないかと思われます。

私は、俳句は、季語の発見プロセスを詠むものだと考えていますが、一つ一つの季語に対して、様々な体験を繰り返し、それを実際に作句してみることで、作者の季語感は深まっていくのではないでしょうか。

つまり、俳句を作ることそれ自体が作者の季語感を養っているといえるのです。私たちの季語感は固定的ではありません。俳句を作るたびに、また優れた俳句に出会うたびに変化していきます。類句類想でない優れた俳句は、つねに季語感の更新を私たちに迫るものだからです。

このように、季語感という観点から俳句を捉えてみると、私たちは、常に季語というものに向かって、永遠の旅をしているともいえるのではないでしょうか。

三二、主観と独りよがり

俳句が自分詩であり自分史である以上、〈私の感動したこと〉という意味においては、作品は全て作者の主観ということができましょう。全ての芸術表現は、結果的に自分を表現するわけですから、主観を表現しない芸術などはありえないわけです。

俳句が面白いのは、銘々がそれぞれの主観を表現するからです。ですから、作家の数だけ俳句があるということになりましょう。ところが、主観はよくないとか、主観が出過ぎているなどといわれると、主観はいけないと思いこんで、当たり障りのないことを詠むようになってしまいます。私は、ここに、主観に纏わる大きな誤解が潜んでいるように思えてならないのです。

俳句を突き詰めていくと、何を詠むか、どう詠むかという問題に行き当たります。〈何を〉は作者が詠みたいもの、〈どう〉は相手にも分かるように詠むということです。そして、指導者が教えられるのは、この〈どう〉の部分、つまり表現技術だけなのです。

ですから、指導者が主観というときには、全て表現技術を問題にしているのです。独りよがりで相手に伝わらない表現のことを主観と呼んでいるに過ぎないのです。

別のことばでいえば、読者に理解のためのヒントを一切与えない表現ともいえましょう。例えば、美しい花を見て、「まあ、きれい」というだけで、その場に居合わせない読者に、作者の感動をそのまま伝えられるものでしょうか。相手に伝わるかどうかをよく吟味することが、独りよがりの表現を回避する手立てといえましょう。

さて、作者独自の主観を、他人にもよく分かるように表現している作家に、細見綾子氏がいます。代表句をいくつか挙げてみましょう。

くれなゐの色を見てゐる寒さかな　細見綾子

そら豆はまことに青き味したり　同

み仏に美しきかな冬の塵　同

チューリップ喜びだけを持つてゐる　同

山茶花は咲く花よりも散つてゐる　同

一見すると無造作に作者の感慨を述べているようですが、言われてみると成程と納得できる作品ばかりです。綾子氏の俳句には、写生に裏付けられた独自の表現が光っています。喜びだけをもつチューリップも、咲くよりも散っているという山茶花も、一面の真理を含んでいます。それだけに、多くの人が諾うことができるのでしょう。

綾子氏の句では、季語そのものが理解のためのヒントを与えているといえないでしょうか。うすうす気づいていたのに、だれも表現し得なかったことを、ズバリと表現されているのです。

鶏頭を三尺離れもの思ふ　細見綾子

三二三、詩空間『いまここ』

私たちのいまここは、常に過ぎ去っていくいまここであり、新たにやってくるいまここです。どんなに美しい夕焼けも、いつしか色を失くしていきます。私たちの心に深く刻まれるそのような美しい時間を永遠に止めようとする試み、それが俳句なのかもしれません。

それは、万物の輝きを慈しむようにして作られ、私たちの感動の粒立ちを、それがたったいま起こったできごとのように伝えてくれます。

感動体験、作句、読者の鑑賞の時点は、それぞれ異なりますが、詩空間『いまここ』は、常にいまここであり続けます。ですから私たちは、過去の俳人たちの句を、まるでたったいまの出来事のように追体験できるのです。それは、詩空間のなかで、作者の傍らにそっと寄り添うことであり、共感者として作者の思いを追体験することでもありましょう。

前回、細見綾子氏の作品を取り上げ、季語が作品を理解するためのヒントになっているということを述べました。

チューリップ喜びだけを持つてゐる　細見綾子

この句を知った後では、多くの人がチューリップといえば喜びを連想するようになるかもしれません。様々な色のチューリップが眼前に踊り出たかのような臨場感……。この臨場感によってもたらされた場こそ、まさに詩空間『いまここ』なのではないでしょうか。

掲句によって、私たちの記憶のなかのチューリップが呼び覚まされ、綾子氏の感動を追体験しているのです。これが、感動のない次のような文章であったら、臨場感は生まれてこないのではないでしょうか。

チューリップ新潟県の県花です

このように考えると、作者の感動は、その詩空間を介して、読者に伝播していくものだといえるでしょう。作者が見たものが仮に赤いチューリップだったとしても、読者は黄色いチューリップを思い浮かべるかもしれません。それでも、作者が言い当てた〈喜びだけを持つてゐる〉というメッセージは、変わることはないのです。

綾子氏の方法が、そのものの本質にズバリと迫ることで臨場感を醸成するやり方だとすると、場面を客観的に描写することで、読者の眼前に詩空間を描いてみせるやり方もあります。それが、客観写生と呼ばれている方法です。

加舎白雄は、蕪村とほぼ同時代の作家ですが、次のような句を残しています。当時はもちろん客観写生ということばはなかったでしょうが……。

二またになりて霞める野川哉　加舎白雄

はるかぜに吹かるる鵯の照羽かな　同

杉苗に杉菜生そふあら野かな　同

三二四、補完関係

チューリップ喜びだけを持つてゐる　細見綾子

前回掲句を取り上げた際に、感動のない文章例として、

チューリップ新潟県の県花です

を取り上げました。そのとき、この文章で補完関係が成立するのかどうかが、とても気になりました。

綾子氏の句に句点を打つと、

チューリップ。喜びだけを持つてゐる。

となりますが、特に違和感を覚えることはありません。

チューリップ。新潟県の県花です。

はどうでしょう。どことなく、居心地が悪くはありませんか。ですから、この文章は、

チューリップは新潟県の県花です。

とまで、しっかり言わないと落ちつかないのです。この理由は何なのでしょうか。今回は、この違いを考察することで、切れとは何か、補完とは何かについて考えてみたいと思います。

両者は、中七、下五の文言が違うだけです。〈喜びだけを持つてゐる〉と〈新潟県の県花です〉に根本的な相違があるとすれば、それは何なのでしょうか。

前者がチューリップそのものについての作者の発見（感動）であるのに対し、後者にあるのは、感動ではなくチューリップの一属性の説明ということになりましょう。やはり感動の有無が、違和感のもとではないでしょうか。

句点の箇所に感動のことばを添えてみますと、

チューリップ（だなあ。）喜びだけを持つてゐる（なあ。）

などとなりましょう。つまり、句点には、作者の感動が籠っているのです。句点を感動と考えると、次の句に、

チューリップ（だなあ。）新潟県の県花です（ねえ。）

と〈ねえ。〉を補ってみても、もともとチューリップに感動しているわけではないので、〈ねえ。〉は浮いてしまいます。これが、違和感の原因といえましょう。

逆に、〈新潟県の県花です〉を感動の句文にできれば、違和感は軽減されるのではないでしょうか。試みに、〈です〉を〈なり〉に変えてみると、違和感は幾分和らぐように思うのですが、如何でしょうか。

切字を使っただけで、俳句らしくなるのは、切字によって見かけ上感動の句文が作られるためと思われます。

チューリップ新潟県の県花なり

このように、句点は感動の謂いであり、補完関係にある二つの句文は、何れも作者の感動の表現といえましょう。決して、動詞〈は〉が省略されている訳ではないのです。

石山の石より白し秋の風　**松尾芭蕉**

神田川祭の中をながれけり　久保田万太郎

三二五、詩空間『いまここ』を満たすもの

作者の提示する詩空間を読者が自分なりにイメージすることで、作者の感動が読者に伝わっていきます。ですから、詩空間を満たしているのは、作者の感動そのものといえましょう。もっと具体的にいえば、作者は季語のもつ情趣を発見し、その発見に至ったプロセスを詳らかに提示しているのです。

正岡子規に赤蜻蛉の句があります。

赤蜻蛉筑波に雲もなかりけり　正岡子規

近景の赤蜻蛉と遠景の筑波山、その広大な秋の景色の中に、私たちはすっと入っていくことができるでしょう。子規の眼には、おそらく他のものもたくさん見えていたことでしょう。晩秋であれば、みはるかす刈田の広がり、悠然と流れる川面、おそらく爽やかに風も吹いていたことでしょう。しかし、それらは一切、句の面に出ることはありません。作者の選択が働いているからです。

子規を感動させたもの、子規が句にして伝えたかったものは、安堵感といったものだったのかもしれません。子規はそれを、赤蜻蛉と筑波と雲のない空とで描きだしてみせたのです。

作者は眼前の景を淡々と述べているように思われますが、作者はこの景のなかで、赤蜻蛉のもつ情趣を堪能し、それを描き出すのに必要な景物だけを選びとっているのです。〈雲もなかりけり〉という措辞には、子規がこの景を肯い、心底満足している様子がよく表れています。これらの景物と作者とがまさに等身大の詩空間を生み出しているのだといえましょう。

いっぽう、次の句はどうでしょうか。

冬菊のまとふはおのがひかりのみ　水原秋櫻子

ここには、赤蜻蛉の句のような広大な空間はありません。ただ、冬菊とそれを見ている作者がいるだけです。作者はなぜ冬菊だけを詠んだのでしょう。

その理由は一切語られてはいませんが、このような景であっても、私たちは、作者と冬菊、おそらく一本の冬菊とによって構成される、濃密な詩空間を想像することができます。

冬菊はおのれの花の色を光のようにまとっています。それを食い入るように見つめる作者。作者と冬菊との対峙が、緊張感を生んでいます。少なくとも作者は、冬菊をどこか崇高なるものとして見ています。

冬菊だからこそ、読者もまたそれに共感することができるのでしょう。冬菊だけを詠んだ、あるいはそれだけしか詠めなかった作者の心情を、私たちは汲み取ることができるのです。そして、冬菊はひょっとしたら作者自身かもしれない、そんな空想に捕らわれてしまうのです。

三二六、俳句の鑑賞

詩空間が作者の季語発見の感動で満たされているならば、それを読み解く私たちも、季語のもつ情趣に精通する必要があるでしょう。選句が読者によって大きくばらつくのは、主に季語の精通度合によるものと思われます。

鶏頭を三尺離れもの思ふ　細見綾子

という句は、どのように読まれているのでしょうか。その主なものを引用してみたいと思います。

●この一句の核心「三尺離れ」とはどういうことなのであろうか。（中略）白壁の土蔵を背に屹立する燃えるような鶏冠の赤、秋色に包まれて、鶏頭と自分はいま共にあるという明らかさ、その空間の均衡が、距離が、絶対的なものとして三尺だったのである。（後略）（『俳句の謎』學燈社刊、中山純子氏による鑑賞より）

●三尺は九十センチ強。近いような遠いような距離だ。すみずみまでよく見えるが、手を伸ばしても届かない。触れる気はないのだ。鶏頭の燃えるような色と独特の量感を意識しながら、もの思いにふける。（後略）季語＝鶏頭（秋）（『綾子の一句』岩田由美著、ふらんす堂刊）

ところで、私たちはどのようにして、季語に精通していくのでしょうか。題詠で知らない季語がでると、まず歳時記でその意味を調べます。例句にあたることで、季語のもつある種の感じ、つまり情趣をつかむことができます。しかし、その知識だけで作句したものは、やはり見様見真似で終わってしまうでしょう。

また、この課題から記憶を呼び起こしたりもします。季語を知らなかったために名づけようのなかった過去の体験を、見つけ出してくるのです。その記憶を追体験することで、一句を手にすることもできます。

このように、作句することは、季語を知ることにつながっているといえましょう。俳句を詠むことは、それまで無自覚であった季語体験を自覚的なものに置き換えてくれます。季語に代表される季節の情趣が、自分の句や自分が好ましいと思う他人の句によって、まるで衣装をまとうように彩られていくのです。

季語という側面から見てみると、私たちの季語感を育てているものが、作句だともいえましょう。私たちの選句も年を経ることによって、変わっていくのではないでしょうか。私たちは、その時点でもっている自分の季語感によって、俳句を鑑賞するしかないからです。

私たちがどのような自然環境で育ち、何を見、何に触れてきたかは、この季語感に大きく影響するでしょう。俳句は、無自覚だった季語体験を意識化する行為といえます。季語に代表される美しい自然の景物は、私たちのこころを豊かに彩ってくれるものなのです。

三二七、親しき桔梗、さびしき木槿

片山由美子氏の『俳句を読むということ』（角川書店）という評論集のなかに、次のような一節があります。

もう一つ、〈晶子より登美子親しき／桔梗かな〉。この切れによる飛躍も俳句ならではのものです。「親しき」は、体言を求めているかたちでありながら切れる、というこの絶妙な「切れ」の構造。これを理解すると、俳句は俄然面白くなります。

片山氏は、親しきと桔梗の間には切れがあると考えているわけですが、雲の峰ではそのようには捉えません。

晶子より登美子親しき桔梗かな。　片山由美子

句点をうつと一カ所ですから、一句一章の句ということになります。しかし、氏の指摘している通り、親しきと桔梗の間には、明らかに意味上の飛躍があるように見受けられま

す。それが切れなのか、今回は、もう少し検討したいと思います。

江戸時代の俳人、加舎白雄に、次の句があります。

めくら子の端居さびしき木槿哉　　加舎白雄

この句も前句と似たような構造です。さびしきと木槿の間に大きな飛躍があるのも同じです。私たちが、これらの句をともに一句として肯うことができるのは、何故なのでしょうか。私は、そんな飛躍的接続が許される理由は、むしろ季語そのものにあると考えています。

もしこれらの句を、俳句を知らない人に見せたら、怪訝な顔をされるのでしょう。何故なら、彼らは、桔梗は桔梗の花として、木槿は木槿の花として認識するため、桔梗や木槿への接続がどうしても理解できないからです。

しかし、俳人は、桔梗も木槿も季語として認識します。そして、季語とは、自然の景物であると同時に、先人たちが培ってきた文学上の情趣を含んだことばなのです。

季語の桔梗は、桔梗であると同時に桔梗という花のもつ、清廉で凛とした情趣まで含むことになります。作者は与謝野晶子よりも桔梗の花のような山川登美子に親しさを感じているのです。桔梗の花から、登美子を思い浮かべたといってもいいでしょう。

いっぽう、木槿は一日花。『白雄の秀句』（矢島渚男著、講談社学術文庫）より、氏の解釈を引用すれば、

この句の中では「さびしき」という主情語が全体をまとめる大きな働きをしている。「さびしき」は、「めくら子の端居」にかかっているが、木槿の花のさびしさでもあり、同時に対象に深く滲み入っている作者のさびしさでもある。

季語の情趣が飛躍的接続を可能にし、その飛躍のなかにこそ作者の思いが詰まっているといえるでしょう。

三一八、季語との距離感

出来上がったときに自信作だと思えた作品が、時間が経つにつれて色あせてしまうことはないでしょうか。あるいは、何度も読み返していくうちに、急に平凡に思えたりすること

も。このような選句のばらつきは何故生じるのでしょうか。今回は、その理由を考えてみたいと思います。

まず自作についていえば、時間が経つことで何が変わるのかを考えてみる必要がありそうです。例えば、次のような句を作ったとします。

新緑や森の空気も生れ立て　金子つとむ

実際、新緑の森にいて、その空気に包まれているときには、「生れ立て」はまさに実感そのものでした。私は現実に季語のなかにいたのです。しかし、時間が経つにつれて、その感触がしだいに色あせ、季語の実感が少しずつ自分から離れていきます。

やがてひと月もすると、「生れ立て」ということばが、少し大仰で理屈のように思えてきます。この句はできた時から変わりませんので、その評価が変わるということは私自身が変わったということに他なりません。そして、どう変わったのかといえば、作句時の季語の感触が薄れ、テンションが変わってしまったということではないかと思うのです。

ひと月たってから自作を読み直すということは、読者の視点（又はテンション）で読み直すことでもあります。何故なら、作句時点を忘れている（知らない）のは読者も同じだからです。俳句で共感を得るには、読者の視点（テンション）を予め想定して詠むことが必要でしょう。

一句には、ことばの力によって読者のテンションを上げ、新緑の森に連れ出すことが求められているのです。優れた俳句はみな、その句のなかで詠まれた景物を読者の眼前にまざまざと想起させる力をもっています。

摩天楼より新緑がパセリほど　鷹羽狩行

私は、選句のぶれは、季語と自分との距離感によって生じるのではないかと考えています。作句時とひと月後とでその距離感が異なれば、選句にぶれが生じます。ですから、選句のぶれをなくすには、常に季語と一定の距離感を保つ必要があると思うのです。

例えば、摩天楼の句を読むときは、自分が今どんな季節にいても、まず季語を思い浮かべ、季語の情趣のなかに身を置くようにつとめます。新緑という季語は、視覚的に鮮烈な印象をもっています。掲句では、たとえパセリほどの大きさであっても、摩天楼の上から遠く望むものであっても、その緑の鮮やかさが際立っているため、新緑という季語が生きてくるのです。

翻って自作を点検してみると、生まれ立てという感覚は、若葉の森で深呼吸したときのものだと気づきました。

深々と吸うて若葉の小径ゆく　　金子つとむ

三二九、三つの美

長く俳句をしていると、自分の選句に好みがあることに気づいてきます。例えば、句の内容でいうと、自然を詠ったものが好きとか、人を詠ったものが好きだとか、素朴がいいとか、華やかなのがいいといった具合です。

しかし、これらは俳句に限ったことではなく、単なる個人的な好みということなのかもしれません。句の内容如何で、個人の好みが選句に反映されるとすると、それとは別に、人々の選句の基準となるような、いわば俳句に求められる句の姿といったものはあるのでしょうか。

俳句では、よく句柄ということをいいますが、それは句の品格のことです。品格というとやや抽象的ですが、端的にいえば俳句としてのことばの使われ方ではないかと思われます。

句会の合評では、次のようなことばをよく耳にします。

- 上五以外の字余りはどうも……
- AもBも季語ですね
- 動詞が多すぎるんじゃないですか
- ちょっとくどいように思います

当然批評する方の背後には、その方の俳句観が横たわっている訳ですが、私たちが無意識に俳句に求めているものとは、いったい何なのでしょうか。

先程の合評のことばを裏返しにしてみると、私は、次の三つに集約されるのではないかと思います。

- 作者の言いたいことが、はっきりと表現されているか
- 形や調べが美しいか
- ことば遣いに無駄や過剰がなく、洗練されているか

これらは、それぞれ、断定美、形式美、機能美というふうに言い換えることができましょう。俳句評論家の山本健吉氏は、『純粋俳句』（創元社）の中で、「切字に余韻、余情の用を見るよりも、そこに断定する精神の美しさを見るべきで

しょう。」と述べています。

これらの三つの美は優れた俳句に具備されているもので、私たちは意識するしないにかかわらず、この三つの美を求めて作句しているのではないでしょうか。

作句や推敲の時にこの三つの美を意識することは、意識しないよりもとても有益だと私は考えています。特に、機能美は推敲を通して得られることが多いように思うからです。先ごろ作った句に、

暁の巣をはなれゆく親燕　金子つとむ

があります。早朝四時過ぎには、我が家の玄関で営巣中の燕を詠んだものです。ただ、推敲過程で、巣と親との関係が気になりました。最終的には次のように推敲したのですが、如何でしょうか。

暁の巣をはなれゆく夏燕　金子つとむ

三三〇、切れと切字

「補完関係」の項で、二つの句を引き合いにして、切れは感動そのものであるというお話をしました。

チューリップ。喜びだけを持つてゐる。　細見綾子

チューリップ。新潟県の県花です。


前者には感動があるため、二つの句文は感動でつながることができますが、後者には感動がないため、間が持たず〈チューリップは新潟県の県花です〉と助詞を補うことで、初めて落ち着くというものでした。

ところで、俳句の推敲をしているといつの間にか作句時の感動が薄れて、ややもするとパズルのようにことばを並べ変えていたりする場合があります。特に上五を「や」で切ると句形として整ってくるので、何となく句が出来上がったように錯覚しがちです。

上五が季語＋「や」のときは恰好がつくのですが、それ以外のときは居心地の悪さを感じることがないでしょうか。そ

れは何故なのか、この辺りのことを、例句を用いて検討したいと思います。

まず上五が季語でない「や」切れの句を検討しましょう。

木洩れ日や森の若葉も生れ立て　　金子つとむ

上五は何となくとってつけたような感じがします。もちろん実景として木洩れ日はあったのですが、問題は木洩れ日やと詠嘆するだけの根拠というか、それだけの感動が自分にあって木洩れ日やと置いたかどうかとなると、少々心もとないのです。

端的にいえば、形と意味のミスマッチです。ことばに実感が籠もらなければ、すべて見掛け倒しの句になってしまうでしょう。安易に切字を使ってはいけないという戒めがここにあるように思います。掲句は結局「や」切れを止めて次のようにしました。

深々と吸うて若葉の小径ゆく　　金子つとむ

次に上五が季語のときの「や」切れの句を検討します。

梅雨晴や鯱をのせたる棟瓦　　金子つとむ

梅雨晴の空へ向かう視線の流れのなかに、無理なく鯱が捉えられています。ところが、これが五月雨だったらどうでしょうか。

五月雨や鯱をのせたる棟瓦　　金子つとむ

あまりピンとこないでしょう。それに、雨に鯱が泳ぎ出していくような作為も感じられてしまいます。このように感動のないままに季語が置かれると、季語が動くということになってしまいます。

結局のところ、切るに相応しい感動があるか、その季語を置くに相応しい感動があるかということが問われているのではないかと思います。

三三、句文が動くということ

『去来抄』にある有名なエピソードです。

下京や雪つむ上のよるの雨　　凡兆

掲句には、はじめ上五が無かったといわれています。そこで、芭蕉を含めていろいろと検討した結果、ついに芭蕉の肝入りで上五が決したといわれています。

このことを子規は『俳諧大要』のなかで取り上げ、次のように述べています。

一、趣向の上に動く動かぬと言ふことあり、即ち配合する事物の調和適応すると否とを言ふなり。（中略）芭蕉は終に「下京や」の五文字動かすべからずと言ひしとぞ。

子規が指摘しているように、動く動かないというのは、二つの事物が調和適応しているかどうかを問うているのであり、それが季語であれば季語が動くということになりましょう。これを、感動という観点から少しく検討してみたいと思います。でもその前に、芭蕉さんの推した下京について、別の句で確認しておきたいと思います。

下京やかやりにくれし藍の茎　加舎白雄

これは、江戸中期の俳人加舎白雄の句です。『白雄の秀句』（講談社学術文庫）のなかで、矢島渚男氏が掲句を鑑賞されていますので、引用します。

（前略）貴族的な上京に対して、庶民の町であった。仮滞留の白雄たちにも隣近所の人達はなにくれとなく面倒をみてくれ、気をおかない付合いが始まったのであろう。折から蚊の季節、隣人のひとりが蚊遣にするようにと云って藍の茎を持ってきてくれた。ふつう蚊遣には松や杉の青葉をくゆらすのだが、藍の茎であるところがいかにも下京らしいと興じているのだ。下京には染物屋などもあり、（後略）

雪の上に雨が降れば、雪はだらしなく溶けていきますが、そこには庶民の暮しがあり、家々の明かりがとけた雪や雨脚を仄々と照らしていることでしょう。ある種のしだらない感じと下京が照応すると芭蕉は感じ取ったのではないでしょうか。芭蕉がこれよりもっといい上五があるなら、私は俳諧を辞めるとまで言い切ったその判断の基準はどこにあったのでしょうか。

私は、感動の有無ではないかと考えています。AとBの二つの句文があって、両者を結びつけているものは見えない作者の感動です。眼前の景でなくとも、芭蕉はどこかで似たような景を見ていたのではないでしょうか。

芭蕉が「下京や」と詠嘆するとき、文字通り作者は下京に感動しているのです。下京というもののもつ情趣に思いを寄せているといってもいいでしょう。それが、あとにつづく句文、〈雪つむ上のよるの雨〉と響きあうことで、読者もまた作者の感動のなかに知らずに取り込まれていくのではないでしょうか。

三二、ときめきの旋律

優れた俳句は、読むたびに新鮮な感動をもたらしてくれます。何度も読んでいるのに、作者の感動が甦ってくるのは何故なのでしょうか。

私は、客観写生に徹したような句であっても、人のこころを打つのは、句に内在する作者の感動の旋律、作者のときめきがそのまま乗り移ったような旋律があるためではないかと思うのです。

例えば、次の句はいかがでしょう。

外にも出よ触るるばかりに春の月　　**中村汀女**

この句が読むたびに新鮮なのは、まさに作者の感動が『ときめきの旋律』として、私たちに響いてくるからではないでしょうか。

とどまればあたりにふゆる蜻蛉かな　　**中村汀女**

このどこかゆったりとした旋律は、作者が和服を着ているのではないかとさえ想像させてくれます。また、

山路来て何やらゆかしすみれ草　　**松尾芭蕉**

には、芭蕉さんがすみれを見つけてぐっと近づいていくような動きさえ感じられるのではないでしょうか。

盆梅が満開となり酒買ひに　　**皆川盤水**

盤水氏のこの句にも、中七と下五の間の僅かな間合いのなかに、ぽんと膝を打って立ち上がるような、そんな動きが感じられます。私には、この旋律は俳句の生命力といってもいいもので、単に正確な描写をしただけでは得られないように思われるのです。

中村草田男氏は『俳句入門』(みすず書房)のなかで、「対象の姿とそれの伴っている感じを如実に表現するためには、よほど吟味して適当なことばを選んでこなければならない」と述べています(傍線筆者)。

推敲を重ねていくうちにいつの間にか当初の〈感じ〉が薄れ、挙句の果てに原句に落ち着くなどということもままあります。原句は、原木のように、『ときめきの旋律』をとどめていることが多いように思われます。

あるとき、駅の通路で営巣中の燕が、駅ビルの壁に影を走らせる姿を目撃して、次の句を得ました。

駅ビルに影走らせて夏燕　　**金子つとむ**

そして、推敲ののち次の句に落ち着いたのです。

駅ビルに影のさ走る夏燕　　**金子つとむ**

ところがどうやっても、燕のあののびやかな飛翔の感じが出てこないのです。十日ほどして、「さ走る」に含まれる濁音が、音のイメージを含んでしまうのではないかと気づきました。そこで、「さ走る」は使わないことにしたのです。

駅ビルに影を走らす夏燕　　**金子つとむ**

結局、走らすは、原句の使い方に戻りました。走らすには、無音のまま影だけが走る感じがしないでしょうか。

三三三、詩情の確かさ

多くの人が認める俳句の価値とは何でしょうか。優れた俳句は、何故人口に膾炙するのでしょうか。私が、たちどころに思い浮かべる十ないし二十の作品には、何か共通点があるのでしょうか。

私は、その作品にある確かな詩情が、私たちを引き付けて止まないのだと考えています。そして、詩情とは何かといえば、これまで生きてきたなかで、あるいはこれから生きていくうえで大切にしたいと願う、ある種の思いなのではないかと思うのです。

『広辞苑』で詩情を引いてみると、詩に詠まれた感情、あるいは詩的な趣きとあります。別のことばでいえば、人間として感じる、生きることへの遥かな思いといってもいいでしょう。喜怒哀楽、私たちは人生のどんなステージにいようとも、互いに共感し合うことができます。その共感は、容易く時代を超えることもできるのです。

一句のなかに息づいている人々の真実に触れることで、私たちは勇気づけられ、生きるエネルギーを貰っているのかもしれません。作者のことばが真実であればあるほど、それは私たちの心に直に響いてくるのではないでしょうか。作者の誠実さ、詩情の確かさに私たちは打たれるのではないでしょうか。

それは、着飾ったことばや饒舌なことばの対極にあるもののように思われます。長い沈黙のあとに、ようやく搾り出した雫のような一語こそそれにふさわしいように思われるのです。ことばの背後に潜むどこか切実な感じが、私たちを句の世界に引き込んでしまうのです。

八月や草色のもの草を跳び　菅美緒

草色のものが草を跳ぶ、なんと大らかな詠みぶりでしょう。それが、何であるかなど、詮索する必要もないのです。むしろ、草色のものが草を跳ぶ、その不思議を作者は楽しんでいるのではないでしょうか。

ましてや、それを保護色などといってしまえば、この微妙な味わいは台無しでしょう。なぜなら、保護色というのは、知識でしかないからです。作者が注目しているのは、八月の地の底にあって、草色をして跳ぶもの、小さいけれども確かないのちの躍動なのではないでしょうか。その躍動は、ただ草色のものということによって、いっそう際立っているといえましょう。

しかし、掲句は八月を敗戦の月として読むと、跳びゆくものがまた違った映像として見えてくるかもしれません。それは、特攻機だったり、庶民の姿だったりするかもしれないのです。それもあながち深読みといい切れないのは、八月という季語のもつ、敗戦の月へと怒涛のように遡及するちからのせいかもしれないのです。

三三四、季語を説明しない

句会などの講評を聞いていると、季語の説明をしているといわれることがあります。私は自作の推敲過程をエクセルで管理していますが、七十回以上も推敲を重ねたのにどうにもならなかった句がこれまで二つほどあります。

ある時ふと、季語の説明ということに思い至りました。また、季語ではなくても、自明のことを繰り返してしまうとどこかにくどさが残ってしまうようです。二つの例句により、そのことを説明してみたいと思います。

何の木の若葉といはず生れ立て　　金子つとむ

若葉の森の瑞々しさに感動して生まれた句ですが、生れ立てはその時の実感だったのです。しかし、推敲していても、どことなくいい過ぎているように感じていました。

おそらく、あまりに感動していたため、少し冷静さを失っていたのでしょう。それが何故なのかしばらく分かりませんでした。

ある時、『広辞苑』で若葉を引いてみると、生え出てまだ間のない葉、芽だしの葉とあり、生れ立ては若葉の説明になっていることにはたと気づきました。他の人なら容易に気づけることでも、当人が感動の最中にあったりするとなかなか気づかないものなのです。

掲句からは、生れ立てを削除し、次のようにしました。

何の木といはず若葉の小径かな　　金子つとむ

さて、季語以外でもあることばが別のことばの説明になっている場合があります。次の句も長い間くどさの原因が分からなかったものです。

見晴るかす富士の孤影や寒茜　　金子つとむ

牛久沼の遥か彼方、夕闇に沈む富士を詠んだものですが、孤影ということばが気に入って、長らく〈富士〉と〈孤〉の関係に気づきませんでした。富士を詠って一つということを強調すると、やはりくどくなってしまうようです。孤影が気に入っていただけにとても残念でしたが、孤影は手放すことにしました。

寒茜沼の向かうに富士の影　　金子つとむ

俳句では、季語の説明をしたり、ことばの説明をしたりすると、句に広がりを欠いてしまうようです。分かっているつもりでもついついやってしまうのが俳句の難しさでしょうか。とりわけ、季語を説明しているなどと指摘されないようにするには、やはり季語の情趣をしっかりと把握することが必要だと思います。

季語の情趣とは、簡単にいえば季語の持つ情報です。季語が既に持っている情報は、全て季語に委ねるくらいの覚悟が必要なのではないでしょうか。そうすれば、季語以外のことだけをいえばいいことになり、逆に表現の自由度がぐっと広がるものと思われます。

三三五、描写と写生

私は、描写と写生は異なるものだと考えています。どんなに描写が優れていても、読者がそこに描かれた世界に行ってみたいと思わなければ、誰も一句に立ち止まりはしないでしょう。

描写と写生の一番異なる点は、臨場感ではないでしょうか。そして、臨場感のもとになっているのは、作者の感動ではないかと思うのです。

夏のバードウォッチングで、燕が川にタッチするのを何度も見たことがありますが、ものの本であれは水を飲んでいるのだと知りました。燕は足が弱いので、止まっているより、飛んでいる方が楽なのだそうです。餌を捕るのも、水を飲むのも飛びながら行います。そこで、

飛びながら川の水飲む夏燕　　金子つとむ

という句をつくりました。確かに情景を想像させるのに必要なことばは入っているのですが、ずっと何かが足りないように感じていました。

そして、ある時、この句は単なる描写の句に過ぎないのだと思い至りました。臨場感がないのです。夏燕の動作を説明しているものの、夏燕がどうにも生きていないように感じるのです。私は、飛びながらあんなふうに水を飲むそのことに、感動していたのでした。しかし、これを初めて読んだ読者に、その景は伝わるでしょうか。肝心のどうやって水を飲むのかが伝わってこないのです。

掲句のポイントは、飛びながら水を飲むことであって、沼と川とかいったことばは不要なのかもしれません。そこで、もう一度、その場面を思い起こして推敲したのが、次の句です。

すれすれに飛んで水飲む夏燕　　金子つとむ

川ということばは抜けてしまいましたが、すれすれに飛ぶという措辞から、広い水面であることは想像できるでしょう。少し臨場感が出てきたように思うのですが、いかがでしょうか。

写生は普通、客観的描写だと説明されますが、俳句の写生の『生』とは『生命』、いのちそのものではないかと思うのです。例えば、燕を詠んだのなら、燕は生きて躍動していな

ければいけない。例えば風景を詠んだのなら、それが眼前に迫り来るような臨場感をもって詠まれなければいけないと思うのです。

その臨場感こそが、読者を立ち止まらせ、句の世界に引き入れ、共感を得させるのではないでしょうか。

しぐるゝや鹿にものいふ油つぎ　加舎白雄

埋火やうちこぼしたる風薬　同

春の雪しきりに降て止にけり　同

三三六、感動の場面にフォーカス

前回、臨場感のある句が読者を呼び込むという話をしましたが、そのような句をつくるにはどうしたらいいのでしょうか。感動の場面にフォーカスするということをポイントに、推敲例を通して、その効用を説明したいと思います。

前回、私は、

【原句】**飛びながら川の水飲む夏燕**　金子つとむ

という句を、次のように推敲しました。

【推敲】**すれすれに飛んで水飲む夏燕**　金子つとむ

水を飲むという感動の場面（時点）にフォーカスして、その場面を描き出したわけです。この方法でいくつかの例句を推敲してみましょう。

【原句】**美しき白茶となりて花の塵**　金子つとむ

あるお寺の石段に吹き溜まる花屑が、一様に白茶《しらちゃ》色となっていましたが、その色がそれはそれで美しいと感じたのです。ですから、「美しき白茶」になったのではなく、白茶となっても美しいと詠むべきだと考えて、直してみました。

【推敲】**花の塵白茶となるも美しき**　金子つとむ

このほうが、感動時の体験により近いように思います。

【原句】**メーデーや女の声のよく通り**　金子つとむ

新宿で句会をしているときのことでした。折しもメーデー。デモ隊の列が通りを過ぎていくのが分かります。くぐもって聞き取れない声の中に、はっきりと聞こえてくる女性の声がありました。
感動の時点は、まさに女ごえが聞こえてきた時点でした。そこにフォーカスすることで、原句は次のように変わりました。

【推敲】メーデーや句座まで届く女ごゑ　金子つとむ

【原句】短夜の目覚め促す鳥の声　金子つとむ

夏場はすぐに気温が上がってきますので、朝の涼しいうちに散歩するように心がけています。自然界では人間よりも鳥の方がずっと早起きのようです。それが「目覚め促す」という措辞ですが、やや理屈っぽくなってしまいました。
理屈は感動からもっとも遠いものです。やはり、何故そう感じたのか、その感じを受け取った場面をこそ描くべきだと考えました。

【推敲】鳥声に覚めゆく村や明易し　金子つとむ

如何でしょうか。このように、感動の場面（時点）を意識することで、自分が何を言いたかったのか、はっきりと自覚することができましょう。
その上で、そこにフォーカスした表現を心がけるようにすると、臨場感のある明快な表現ができるのではないでしょうか。ぜひお試しいただければと思います。

三三七、軽い切れ？

以前、片山由美子氏の次の句を取り上げ、氏が中七と下五の間に切れがあると指摘されていることを紹介しました。その上で、氏のいわれる切れは、単なる飛躍的接続ではないかという私見を述べました。

晶子より登美子親しき桔梗かな　片山由美子

後になって気づいたのですが、下五と同様に上五でも軽い切れがあるなどと指摘される場合があります。例えば、次の句はどうでしょうか。

白魚のさかなたること略しけり　中原道夫

〈白魚の〉の助詞〈の〉は、文法的には主格を表しており、この句は、〈白魚の〉という主部と〈さかなたること略しけり〉という述部とで構成されます。〈白魚の〉がさかなに接続しているといったら、おかしなことになります。

朝妻主宰説では、切れは句点ですので、掲句の切れは末尾の一カ所ということになります。それでは、この上五と中七の間には軽い切れがあるといわれるのは何故なのでしょうか。

私は、その理由は二つあると考えています。

一つ目は、俳句の読まれ方からくるもので、上五で間をとって、中七下五を一気に読み下すのが普通でしょう。その間を切れと捉えているのではないでしょうか。

二つ目は、上五が季語であるということです。季語は俳人にとって特別なことばです。〈白魚の〉といえば、私たちの脳裏には、白魚にまつわる様々な情景がたちどころに浮かんできます。いわば、〈白魚の〉といわれた途端に、その情趣に浸ってしまうともいえるでしょう。その時間が、次に続く中七下五の句文との間に、ある種の断絶（人によっては、軽い切れと称している感覚）を呼び起こすのではないでしょうか。

つまり、掲句は白魚という情趣のなかで、さかなたること略しけりという句文を味わう構造になっているのです。

これは丁度、片山氏の桔梗が、季語であることによって飛躍的接続を可能にしているのと、同じ構造のように思われます。白魚という季語の情趣が、中七下五の句文全体にかかっているとみることもできるからです。

因みに上五が季語でない場合は、次に続く語に接続することになります。次の例句では、それぞれ、（大仏の）冬日、（くろがねの）秋の風鈴、（町空の）つばくらめに接続しているといえるでしょう。

大仏の冬日は山に移りけり　**星野立子**

くろがねの秋の風鈴鳴りにけり　**飯田蛇笏**

町空のつばくらめのみ新しや　**中村草田男**

結論をいえば、軽い切れというのは、季語の情趣が許容する飛躍的接続なのではないでしょうか。

三三八、俳句以前

三十年程俳句をやってきて未だに思うのは、俳句には尽きせぬ魅力があるということです。何事も続けるには相応のエネルギーが必要ですが、俳句を継続する力の源は、やはり俳句の面白さなのではないでしょうか。たった十七音に制限された文章の一体どこが面白いのでしょうか。一度突き放して考えてみるのもいいかもしれません。

俳句が自然からの刺激によって生まれるものだとするならば、俳句ができる時は、私たちが自然からの刺激を受け止めることのできる状態といっていいでしょう。私たちの自然感知センサーが、十分に働いている時は、間髪を容れずことばが降りてくるものなのです。

実際、どうにも仕事が立て込んでいるときや、忙しくて心に余裕がないときは、決して俳句モードになれないのです。それは長年の経験からいえることです。

さて、雲の峰では、「俳句は十七文字の自分詩、そして一日一行の自分史」を標榜しています。一日に一句とまではいかなくても、折に触れて作句することで作品が積み上がっていきます。私は雲の峰が標榜するように、自分が自然から受け止めたことを、素直に表現することが全てだと考えています。それが、後から述べるような俳句の面白さにつながっていくからです。

ところが、俳句をあまりに限定的に捉えてしまうと、折角の自分詩・自分史を台無しにしかねません。ある作家が、俳句は表現のうまさを競うものだと書いているのを見て、びっくりしたことがあります。俳句は、何を詠むか、どう詠むかに尽きますが、どう詠むかということに重きを置くと、奇抜な表現を求めたりしがちです。

俳句の特性を生かして、伝えるための表現技術はもちろん必要です。しかし、私は表現のうまさというのは二次的な要素で、それを狙った俳句は、個人から離れた根無し草のように思えて仕方がないのです。その個人に相応しい内容、表現こそが求められていると思うのです。

高野素十さんは、俳句以前ということをよくいわれたそうです。俳句以前に自分という俳句を生むための母胎があり、そこから自分の俳句が生まれてくるというのです。つまり、俳句を作る人の有り様、普段の暮し、自然との付き合い方などをいっているのではないかと思われます。

その母胎から生まれた俳句は、自然に私たちの有り様を反映することになりましょう。それを正しく伝えさえすればいいのです。

俳句の面白さとは結局、自分が何をどんなふうに感じたのか、自然のなかに生きる自分の有り様を知ることであり、自己発見の面白さだといえるのではないでしょうか。

三三九、詩情ということ

私たちが俳句で本当に伝えたいのは、目の前にある事実ではなく、その背後にある詩情ということになりましょう。眼前の景からまるで合せ鏡に映るかのように、背後の詩情が立ち上がってくる、そんな句がいい句なのではないでしょうか。

例えば、次の二つの句を比べてみましょう。

鳥たちのどこかに潜むゆだちかな　金子つとむ

夕立の雀向かひの窓枠に　同

前者は、作者の思いが中心になっているため、読者には景が立ち上がってこないのではないでしょうか。ゆだち（夕立）もどこか茫洋としており、眼前の景としての迫力に乏しいように思われます。

後者は、写生に徹することで、眼前の景をリアルに描きだしています。前者の〈どこかに潜む〉の具体例が、向かい家の窓枠というふうに、実際の景に置き換わっています。

さて、掲句をもとに、詩情ということに立ち入ってみましょう。詩情が詩に表したい作者の感情だとすれば、前者の句はむしろ詩情そのものといえましょう。

後者の句では、句の面には詩情は表れていませんが、読者が、窓枠の雀から他の鳥たちへ、そして夕立に逃げ惑う鳥たちへと思いを馳せることで、どこかの軒下で、あるいは木立のなかで、思い思いに突然の激しい雨をやり過ごす鳥たちの姿が見えてくるはずです。

つまり、詩情とは作者にとっては俳句によって最も伝えたい感情であり、読者にとっては想像力によって探しだす作者の感情だということになりましょう。すると、俳句のあるべき姿は自ずから明確になってくるのではないでしょうか。

俳句の役目は、読者の想像力を刺激し、読者を作者が最も伝えたい詩情へと導くことなのではないでしょうか。

例えば次の二つの句などは、美しいなどとは一言もいわずに、水の美しさを十分に表現し得ているのではないかと思われます。

天領を分かつ一水月涼し　小宮山勇

深秋の藪に光れる忘れ水　渡辺政子

さて、風天さんの句に

ゆうべの台風どこに居たちょうちょ　風天

がありますが、眼前の蝶に向かってひとり呼びかけていま す。この呼びかけによって、読者は台風のなかで、必死に何かに縋っていたに違いない一匹の蝶の健気な姿を想像するのではないでしょうか。同時に思いのほかの逞しさも……。

風天さんは、ご存知風天の寅さんこと、渥美清さんです。寅さんのやさしさの滲みでているような句だと思います。

三四〇、擬人化と創作

今回は擬人化と創作ということについて考えてみたいと思います。まず、高野素十の次の句から始めましょう。

ひっぱれる糸まっすぐや甲虫　高野素十

素十はなかなか自分の句集を出版しようとしなかったのですが、やっと出した『初鴉』の序文で、師の高浜虚子が、

磁石が鐵を吸ふ如く自然は素十君の胸に飛び込んで来る。素十君は画然としてそれを描く。文字の無駄がなく、筆を使うことが少なく、それでゐて筆意は確かである。句に光がある。これは人としての光であろう。

と、絶大な賛辞を贈っています。素十は虚子の教えを守り、客観写生に徹した人でした。

さて、掲句を仮に次のようにしてみると、どうでしょう。

甲虫糸をひっぱり逃げんとす

〈逃げんとす〉に作者の主観が入り、甲虫は擬人化されたことになります。擬人化は、自然のできごとを人間界のできごとに置き換えてしまうともいえるでしょう。その結果、自然界のできごとを矮小化してしまう危険性があるように思います。

素十の句からは、家の柱か何かに繋がれた甲虫の景がすっきりと立ってきますが、擬人化してみると、逃げるに力点が置かれることで、〈糸をひっぱり〉がやや霞んでしまうように思われます。しかし、私たちが自分でも気づかずに擬人化してしまうのは、何故なのでしょうか。

一つには、共感する力が人並み優れているからだともいえましょう。甲虫が途端に自分に置き換わってしまうのではないでしょうか。

しかし、この共感し擬人化する力は、自然への畏敬と表裏一体の関係にあるように思われます。何故なら、冷静に考えてみれば、甲虫が糸を引っ張るのは、私たちの逃げるという感覚と少し違うかもしれないからです。

だれも甲虫と話はできないわけですから、確認しようがないともいえるでしょう。そうすると、自然を畏敬するならば、ありのままに写生する以外に方法はなくなるのではないでしょうか。

俳句では、できるだけ自分のことを詠んだ方がいいといわれますが、他人の行為を詠むとそこには想像力が働くことになります。他人の行為を何等かの解釈とともに作句することは、厳密にいえば作者の創作ということになりましょう。動物ならそれを擬人化といい、他人の行為ならそれを創作とよんでいるだけなのかもしれません。

ここには、作者の立場が典型的に表れています。つまり、自然を尊敬して写生に徹する立場と、自己を信じて創作を施す立場です。現在の俳句は、この両方の立場から作られているように思います。

三四一、吟行で感じたこと

秋晴れの一日を柴又に吟行しました。出句された句を見ていると、句にする材料は人それぞれで、まさに俳句は出会いであるということを強く感じました。

柴又というと、フーテンの寅さんですが、寅さんを演じた渥美清さんは、風天という俳号の俳人でもありました。風天さんの作品をいくつか挙げてみましょう。

芋虫のポトリと落ちて庭しずか　風天

ゆうべの台風どこに居たちょうちょ　同

テレビ消しひとりだった大みそか　　同

なかでも、台風のあとの蝶々は、秋の蝶でしょう。そんなこともあって、風天さんのことがその日、私の意識を占めていたようです。俳句は私たちが見たものを写生して作りますが、もっと厳密にいうと見たものというよりは、見えたものではないかと思うのです。

つまり、こちら側に見る用意があって初めて見えてきたものという意味です。そのように考えると、俳句はまさに出会いではないかと思うのです。

高野素十さんは、自分の作句法について、次のようなことばを残しています。『素十の研究』（亀井新一著、新樹社）

「ある言葉を使うのは使うだけの心の要求がある。その点で技巧とその人の主観とがぴったりと一致して居って、我々が之等の人々の句を鑑賞する場合に、心に寸分の隙を与えない。之も長い修練の結果と思う。然るにこれ等の諸君（注：秋桜子、誓子、青畝等）の句の形骸だけを学んで、本当の自分の態度というものを持たない人々がかなりあると思う。私としてはいつも句を作る場合に、先ず自分の心を静かにする正しくするということが一番焦眉の急務であって、その他のことはあまり考えたことがない。変に面白がった句を作ろうなどと思うと飛んでもない句が出来てしまうのである。」（傍線筆者）

素十さんもまた、こころを空しくして、自然との出会いを待っていたのではないでしょうか。

蝶々のことが気になっていたせいか、秋蝶を何度もみかけました。帝釈天の辺りでも、矢切の渡しから野菊の墓の文学碑へ向かう畑道でも……。

葛飾のひかりに消ゆる秋の蝶　　金子つとむ

葛飾のひかりに生まる秋の蝶　　同

こんな句ができましたが、私のこころの内では、消ゆるといっても、生まれるといってもどこかそぐわない感じがしていました。そこで、

秋の蝶かつしかの野に光充つ　　金子つとむ

としてみました。こうすると秋の蝶は光のなかで勝手に動きだすのではないかと思ったのです。私のこころの要求は、野の光だけだったのかも知れません。

三四二、心の要求

これまでにも何度か紹介しましたが、『素十の研究』(亀井新一著、新樹社)のなかで、亀井氏は、高野素十の作句の心構えについて、素十本人のことばを引用されています。

「ある言葉を使うのは使うだけの心の要求がある。(中略)私としてはいつも句を作る場合に、先ず自分の心を静かにする正しくするということが一番焦眉の急務であって、その他のことはあまり考えたことがない。」

また、他の箇所では、素十の作句態度について、次のように述べています。

《物を重んずるという考えは、徂徠の学問の根本にあった。「大学」の「格物致知」の格物とは、元来、物来るの意であり、知を致す条件をなすものが格物であると解した。これを物の理を窮めて知を致すと解する通説は全く誤りだとした。せっかく物が来るのに出会いながら、物を得ず理しか得られぬとは、まことに詰まらぬ話だ、とするのが徂徠の考えだ。物来る時は、全経験を挙げてこれに応じ、これを習い、これに熟し、「我が有リト為セバ、思ハズシテ得ルナリ」という考えだ……》(徂徠)

素十が「外界から纏まった景色、感じというものが出て来るのを待っている。」とは、つまりこの「物来る」の状態に似ている。だから、それは素十にとって「大へん手間がかかる。手間がかかるというより時間がかかる。」(後略)

素十のいう、心の要求ということを私なりに解釈してみると、以下のようになります。私は、俳句のなかで使われることばは、季語でもそれ以外のことばでも、全て氷山の一角のようなものだと考えています。俳句として、他者に見えているのは、氷山の一角であることばに過ぎません。その氷山の隠れている部分は、そのことばを使う、そのことばでなければならないと考える作者の思いといえるのではないでしょうか。

この思いがあって、ことばが使われるのです。俳句という短詩は、全てのことばを氷山の一角をなすことばで構成せよといっているのではないでしょうか。一つのことばも蔑ろにしない、全て背後にそのことばを使うだけの裏付け、すなわち心の要求を求めているのだと思うのです。

ことばの選択もその配置も、一字一句が心の要求のままに表出されたとき、その句は、ことばに表れなかった作者の大いなる思いを、氷山の見えない部分として抱えることになりましょう。そして、私たちが一句を鑑賞するということは、氷山の一角から作者の思いである隠れた部分に思いを馳せることではないかと思うのです。

柊の花一本の香かな　高野素十

あをあをと春七草の売れのこり　同

歩み来し人麦踏をはじめけり　同

芦刈の天を仰いで梳る　同

三四三、数詞のこと

飯田龍太氏が、『俳句入門三十三講』（講談社学術文庫）のなかで述べていたことが、ずっと気になっていました。以下に引用します。

一瞬の肉片が消ゆ梅雨の檻

この場合、獣をこの表現のなかから意識する人があったとすれば、ある意味の短詩の鑑賞力に欠陥のある人だと思う。そういうことはなにから出てくるかというと、梅雨の檻の肉片が消え去った後にも、作品のなかにまざまざと赤い色を見せておることです。湿っておる檻のセメントの床に、現れようと、投げられようと、拾われようと、食べられようと、ともかく鮮やかな肉片が供されておる。この作品に獣がいようといまいと、湿ったセメントの床がこの作品の隠された重みになっている。（傍線筆者）

私なりに解釈すれば、氏はこの句のポイントは肉片と梅雨の檻であって、そこに至るストーリーではないのだということではないかと思われます。つまり、読者は肉片と梅雨の檻をそのまま感受した方がいいといっているのではないでしょうか。

このことを前置きとして、数詞のことを少し考えてみたいと思います。句会に次の句が投句されました。

リュックより八つ取り出す花梨の実　加納聡子

私だけが特選でいただき、他には点が入りませんでした。

花梨の実はどれも個性的で、生食には適さないようですが、砂糖漬や果実酒、咳止め薬にしたりします。八つというのはどこかで頂いたものでしょう。それを背負ってきて取り出したところと解釈できます。

私は、八つの花梨の実が、ごろごろと転がっている様に、思わずユーモラスなものを感じました。しかし、多くの方が八という数詞に引っかかってしまったようです。

その言い分は、何故八つでなくてはいけないのか、何故七つではダメなのか。八つにはどんな意味があるのか等々です。私は、単純に作者は貰った八つの実をリュックに入れて運んできたのだと思いました。それにつけても思いだすのは、子規の鶏頭の句です。

鶏頭の十四五本もありぬべし　　正岡子規

数詞にこだわりをもつのは致し方ないとしても、私は「十四五本」と捉えた作者の思いを肯うことができればそれでいいのではないかと考えています。子規はおそらく、鶏頭の花の有り様を十把一絡げに捉えて、「十四五本」といったのでしょう。そのような捉え方が、そこら中に生えている鶏頭には相応しいと思うのです。

先程の花梨の実も、八つの花梨の実がもたらす量感や質感、色彩感を感じ取ることができればそれでいいのではないかと思うのですが如何でしょうか。

黄熟をこばみて歪む榠樝の実　　百合山羽公

三四四、写生ということ

現在の取手市に越して十年程になりますが、その間一度も元の住まい付近を訪ねたことはありませんでした。それが、どうしたものか、十一月初旬のある日、別の用件で近くへ行った折、ちょっと立ち寄ってみようという気になったのです。少しお腹も空いていたので、よく通ったラーメン屋さんにでも行ってみようかと思いました。

常磐線の馬橋駅（千葉県松戸市）に降り立ったとき、

昔住みし駅に降り立つ冬日和　　金子つとむ

という句が生まれました。その時、冬日和がやや寂しすぎるような気がしました。私も推敲の際、ごく稀に季語を別の時季のものに取り換えてしまうことがありますが、その時には何故か次のようなことが浮かんだのです。
〈私をここに連れてきたのは、まさしく冬という季節そのものなのではないかと……〉

私たちは、人や自然や様々なものに影響を受けながら生きています。そのなかには、何故そんなアイデアを思いついたのか、自分でも説明できないことがたくさんあります。私が、その日に限って馬橋に立ち寄ってみたいと思った要因として、十年という歳月と冬という季節が大いに影響を与えていたのかもしれません。

仮に冬日和を秋日和や秋うららとしても、この句は成立してしまうでしょう。しかし、私は、ちょっと寂しい句だけれど、原句のままにしておくことにしたのです。

写生というのは、単にそれが事実であったということだけでなく、人知を超えて私たちに働きかける自然の力、その見えない力をも掬い取ることではないかと考えているからです。写生は、私たちが普通に考えるより、もっともっと奥深いものなのではないでしょうか。

哲学者の池田晶子さんは、『千年に一度　一年に一度』という論考（『考える日々Ⅲ』毎日新聞社）のなかで、

人は、日常の意識で生きているぶんには、時間というものは直線的に前方に流れているという表象をもつ。ところが、流れている当の時間とは何なのか、それを反省する意識をもった時、時間は必ず円環運動として表象されるのは何故なのか。円環、すなわち巡ること、一日とは日の巡りであり、一年とは季節の巡りである。（中略）百年というのは、一人の人間が生まれて死ぬまでの単位であろう。

と述べています。十年は人の一生の十分の一、十年一昔というのは、その時間の堆積を懐かしく振り返ることばではないでしょうか。

馬橋に行ったことは、偶然なのか、必然なのかよく分かりませんが、私は何かに導かれるように、昔住んだ町を訪ねたのでした。

一昔ぶりの町並み冬ぬくし　　**金子つとむ**

三四五、命の奇跡を詠う

奇跡などということばを使うと、とても大それたことのように聞こえるかもしれませんが、世界一貧乏な大統領といわれた、ウルグアイの元大統領ホセ・ムヒカさんは、『世界でいちばん貧しい大統領からきみへ』という子ども向けの本のなかで、次のように呼び掛けています。

お金で命を買うことはできないんだよ。命は奇跡なんだ。

奇跡なんだよ。生きてることは。何よりも価値があり、短く、二度と戻ってこない。

人の命が奇跡ならば、鳥も虫も魚も花の命もみな奇跡なのではないでしょうか。『子規365日』（夏井いつき著、朝日新書）を読んでいると、子規もまた、奇跡と呼びたくなるような愛おしさを感じていたのではないかと思えるのです。いくつか、そんな句を拾ってみましょう。

若鮎の二手になりて上りけり　　正岡子規

飛び込んで泥にかくるる蛙哉　　同

口あけて屋根まで来るや烏の子　　同

もりあげてやまひうれしきいちご哉　　同

かたばみの花をめぐるや蟻の道　　同

あふがれて蚊柱ゆがむ夕哉　　同

孑孑やお歯黒どぶの昼過ぎたり　　同

舟一つ虹をくぐつて帰りけり　　同

朝顔ヤ絵ニカクウチニ萎レケリ　　同

嬉しさうに忙しさうに稲雀　　同

子規が写生を推奨した背景には、奇跡のような命を育む自然への畏敬の念が横たわっていたように思われてなりません。子規は自らの命を惜しみ、愛おしむように作句していたのではないでしょうか。

また、高野素十さんには、次の句があります。

甘草の芽のとびとびのひとならび　　高野素十

この句は、水原秋桜子などから草の芽俳句などと揶揄され蔑まれたのですが、本人は一向に意に介しませんでした。掲句もまた、奇跡のような命を見届けているように思えるのです。最後に『高野素十とふるさと茨城』（小川背泳子著、新潟雪書房）から、素十さんのことばをご紹介します。

私の句は「草の芽俳句」だとか「一木一草俳句」だとか馬鹿にされよったんですが、私はそう云われながら自分で充分満足しておる。世の中の或は自然の中の小さい一木とか一草とかそういうものを愛する、大事にする、という気持ちがなくて国を愛することも社会を愛することも出来ないのじゃないかと思うんです。（中略）

一木一草を馬鹿にしている人間、そういうものは向うが私を馬鹿にしていると同じように私は軽蔑している。「一木一草」というものを私は死ぬまで大切にして機会あれば俳句に詠んでいきたい、そう思っている。（後略）

三四六、只一つにして一つに限る

私たちが生きて目撃したことをわざわざ一句に仕立てることに、どのような意味があるのでしょうか。俳句作品は、とりわけ感銘を受けたもののなかから、その感動を核として作られているように思われます。いわば、私たちの眼のエッセンスが、私たちの作品なのではないでしょうか。

昭和の初め、ホトトギスの四Sといわれた高野素十さんの絶句について、倉田紘文氏は、『高野素十研究』（永田書房）のなかで、次のように述べています

蟷螂のとぶ蟷螂をうしろに見　　高野素十

昭和五十一年八月号発表。

これが素十の絶句である。これまで書いてきたように、晩年においてその傾向は情への流れを制し得なかった。しかし、この一句はどうだろう。八十三歳のその命の果つる最後の一句の、その最後の一字が「見」なのである。客観写生俳人としての恐るべき執念が、その双眼をギラつかせての凝視であった。客観写生真骨頂漢素十

のその全生命が「見」を以て幕を閉じたのである。

さて、以前にもご紹介しましたが、素十さんは、〈表現は只一つにして一つに限る〉ということばを残しています。初めてこのことばに接したとき、只一つに限ると何故断言できるのか、少し疑問が残りました。しかし、私たちは、感動したとき、思わず声をあげます。そのことばは、どんなプロセスを経て、生まれるのでしょうか。何故、他のことばではないのでしょうか。同じように、一つの感動が生み出す俳句も又一つだけだと、素十さんは言いたかったのかもしれません。

感動を散文で表現しようとすれば、様々なアプローチが可能でしょう。しかし、それを俳句で表現しようとすればどうなるでしょう。音数が制限される分、季語の選択も盛り込むことばの選択も、その語順も厳しく吟味されることでしょう。その結果として一句が成ると考えると、一つに限るというのも、あながち誇張ではないように思われるのです。素十さんの次の句を見てみましょう。

紅梅の花びらの反りかへりたる　　高野素十

この句を読んだとき、まず本当だろうかと思いました。そして、次にやられたと思いました。最後には、今度紅梅を見る機会があったら、私も絶対に見届けてやろうと思ったのです。

五七五のリズムに合わせて掲句を読むと、中七と下五の間、〈反り〉と〈かへりたる〉の間に僅かな休止があり、そこに素十さんが、凝視の果てにやっとそれを発見した驚きが表現されているように思われます。やはり感動の俳句表現は、只一つに限られるのではないでしょうか。

三四七、感動の舞台化

私は、俳句は一つの舞台のようなもの、季語はその舞台装置というふうに考えています。私たちは、人生の様々な場面で覚えた感動を他者に伝えるために、その場面を再現し、その情景が見えるように表現を工夫します。これを私は、感動の舞台化と呼んでいます。舞台には何が必要でしょうか。ここでは、拙句の推敲過程を通して、舞台の構成要素を探り出す手順を紹介したいと思います。

ところで、何故、感動を舞台化するのでしょうか。

それは、映画や絵画、あるいはスポーツ観戦などで感動した場面を想像してみれば、すぐに分かります。私たちは、本当に感動した場合、ことばを失ってしまうことが多いのではないでしょうか。あるいは、ほんの短いことばで、それを端的に表現します。例えば、素晴らしいとか、美しいとか……。以前、短刀直入に、感動したとおっしゃった総理大臣がありました。

これらは、感動の結果生まれたことばといえましょう。このことばを理解できるのは、その場に一緒にいた人だけです。俳句のように、不特定多数の人に、時間や場所を超えて感動を伝えるには、不向きでしょう。感動を伝えるために、俳句が採用した方法が舞台化なのです。

具体的には、自分が感動した原因を探り当て、他者がそれを見て自分と同じように感動できるように、あたかも舞台のように再現してみせることです。それは、ことばによって再現された感動空間といってもいいでしょう。そこが、説明とは全く異なるところです。

さて、前置きが長くなりましたが、私はある時、葉桜のなかに、一房の白い花を見つけました。その時私が発したことばは、おおぅでした。一句をつくるということは、自分に感動をもたらした場面のなかから、自分を感動させた要素を選びだし、相手に伝わるように構成することです。句は次のようになりました。

葉桜や白き一房そのなかに　　金子つとむ

一房の残れる桜若葉かな　　同

葉桜の照りにまぎれて一房が　　同

葉桜のざわつくなかに残る房　　同

葉桜の照りて一房蔵しけり　　同

葉桜や白き一房今更に（決定稿）　　同

推敲するということは、自分がほんとうは何に感動したのか、自分で自問自答することです。この場面では、葉桜（季語）と一房（花房）は、外せないでしょう。感動の要素と思われるものに傍線を引いてみました。傍線部は、実際の物であったり、その状態であったりします。この句のなかで、私にとってあの場の感動に最も近いのが、決定稿だったわけです。私には、いまごろになってやっと咲いた花の白さが、哀れにも健気にも思えたのです。

三四八、作者の眼力・読者の眼力

私はこの頃、作者の眼力ということを考えています。そのきっかけとなったのが、次の句です。それまで私はこの句を知りませんでしたが、俳句仲間が、湯島聖堂の絵馬に記されていたものを見つけて、句会で紹介してくれたのです。

紅梅の花びらの反りかへりたる　高野素十

私たちが、他人の俳句を読んで面白いと感じるのは、概ね二つあるように思われます。一つは、自分も同感だと共感する場合です。もう一つは、作者の斬新なものの見方、その表現に驚かされ、眼を見開かれる場合です。

素十の句についていえば、私は紅梅の花が反りかえるのを見たことがありませんでした。いや、あるいは見ていたかもしれませんが、殊更意識することはなかったのです。もちろん、それにこころを動かされることはありませんでした。

つい先だっても、雪柳の花が、同じ場所から三つほど花茎をのばしているのに、初めて気づきました。俳句を作ろうという思いが先行してしまうと、どうしても見ることが疎かになってしまうのかもしれません。素十さんは、確か次のようなことを言っていたと記憶しています。

「君達はあわてて見たものをすぐ作るからだめなんだ。いいものは見て置くだけでいい。いいものを見た感じを大切にしておけば何時かはそれが句に表れる。別に雁の句でなくともよい。いいものを見て心を養っておけばどこかに表れるものなんだ」

確かに、写生は忍耐力のいる仕事ですから、忙しい私たちは、ついつい写生を疎かにしがちです。

ところで、私は鳥見をしていてある時、雲雀が低空飛翔するときは体を風上に向けることに気づきました。そしてさらによく見ていると、一瞬羽ばたきを止めるときがあるのです。それで次のような句を作りました。

雲雀つと羽搏きとめて風躱す　金子つとむ

俳句という短い詩が成立する土台は、一つは読者の読解力、もう一つは読者の眼力かと思われます。つまり、作者の眼力を肯うだけの眼力が、読者の側にも要求されるのではないでしょうか。

窄めた傘のような片栗の花が日差しを得てひらき、さらには強く反り返る様は、誰でもすぐに気づきますから、句になり易いものです。しかし、素十の句は、ややもすると見過ごされてしまうかもしれません。私自身もそうですが、そこまで見届けたことがないのですから……。

しかし、私はこの句を読むと、素十にはこの世界はどんなふうに見えていたのかと驚いてしまうのです。片栗程でなくても、紅梅の花弁が反りかえるのは、花を開かせる力の究極のかたちだと思うのです。

三四九、認識の詩

一つの詩の世界が読者の前に提示されたとき、それに共感できるか否かは、その詩句が読者の記憶を呼び覚ますかどうか、あるいは、読者の想像力を掻き立てるかどうかにかかっているように思われます。俳句が記憶の起爆装置として働いたとき、その句は共感を得ることができるのではないでしょうか。

私たちの記憶は、未整理の滓のようなもので、そこには様々な感情が渦巻いているように思われます。何か深い思いの伴う曰く言い難い体験、記憶のなかに不思議と残り続ける鮮やかな映像、折節に思い出す断片的な事柄、しかし、私たちは何故そうなのか知る由もありません。俳句にはそれらを引き寄せ一気に噴出させる力があるのではないでしょうか。その時私たちはあの言い難い思いの正体に気付くことになるのです。

優れた句のもつ紛れもない描写性、迫真性は、作者のゆるぎない認識によって裏打ちされています。

冬の水一枝の影も欺かず　中村草田男

滝の上に水現れて落ちにけり　後藤夜半

閑かさや岩にしみ入る蟬の声　松尾芭蕉

これらの句の、欺かず、現れて、しみ入るはそれぞれ、作者の認識を見事に表現しています。これらの語は、他に置き換えようがない程、作品のなかで大きなウエイトを占めています。なんという厳しい一語でしょうか。

これらの語が容易く得られたとは、到底思われません。恐らく、幾多の推敲を経て辿りついたものではないでしょうか。もし仮に作品が、瞬時に出来たものであったとしても、それで良しとするには長い修練が必要かと思われます。

俳句は認識の詩です。作者の認識によって、あまたの景物のなかから一句を構成するものが集められ、組み合わせられ、並べられるのです。特に似たような意味のことばは、十分に吟味されるといっていいでしょう。

十七音は、その選択を厳密に要求するでしょう。高野素十は、俳句は只一つにして一つに限るといいました。作者の強固な認識がなければ、只一つなど、到底覚束ないことでしょう。素十のことばは、文芸の厳しさを余すところなく伝えているのではないでしょうか。

さて、現実は作者の認識によって、再構築され作品として結実します。写生とは単なる叙景ではなく、景を選び取ることだったのです。この選ぶ作業に厳しさがなければ、作者が読者に伝えるものは曖昧なものとなるでしょう。作句を続けることの意義は、この認識力の修練ということに尽きるのではないでしょうか。

一木の闇に泰山木ひらく　　**金子つとむ**

三五〇、二句一章の二つの句文

作句をしていて、一句一章のままがいいのか、二句一章にした方がいいのか迷う場合があります。今回はその迷いを断ち切るために、有名な芭蕉さんの句で、句形と二つの句文の関係について考えてみたいと思います。

古池や蛙飛びこむ水の音　　**松尾芭蕉**

この句は、

古池に蛙飛びこむ水の音

と一句一章にすることもできます。句意はむしろ一句一章で表現した方が分かり易いようにも思われます。しかし、芭蕉さんは、この形を採用しませんでした。それは、なぜなのでしょうか。ここでは、それぞれの句文の関係を検討したいと思います。便宜上、

句文A：古池や

句文B：蛙飛びこむ水の音

とします。句文AとBはそれぞれ独立した句文ですので、両者の関係は同列ということになりましょう。別の言い方をすれば、句文AとBは同じ強さで読者に迫ってくるのです。さらに、句文Aが時間的に先行しているため、読者は古池のイメージを念頭に置いたあとに、蛙飛びこむ水の音を思い描くことになります。

少し脚色するなら、読者は古池の静寂を十分脳裏に描いたあとに、冬眠から覚めたばかりの蛙が立てる水音に耳をすますのです。その音を契機に、静の世界が一気に動の世界へと移行するダイナミズムを味わうことができます。

これを一句一章にすると、何が起こるのでしょうか。古池は、もはや独立した一語ではありません。句文AとBでは無くなり、古池は単に蛙が飛びこむ場所に過ぎなくなります。そして、読者に最後まで残るのは、水音だけになるのです。〈古池に〉とすると、読者がしっかりと古池のイメージを結ぶ前に、〈蛙〉、〈飛びこむ〉、〈水の音〉と次々に繰り出されることばのなかに埋没してしまうのです。一句一章にすると、古池の静謐なイメージは、ほとんど損なわれてしまうのではないでしょうか。

次に、独立した句文AとBの間に因果関係がある場合を考えてみましょう。例えば、

夕立にふはと大地の匂ひ立つ　　金子つとむ

という句を、

夕立やふはと大地の匂ひ立つ

とすることは可能です。しかし、夕立と匂いの因果関係を無理やり断ち切るため、やや分かりにくくなります。前者は、匂いを強調していますが、やや説明調の嫌いがあります。後者の場合は、夕立と匂いの間に明らかな時間差があります。夕立の景のなかに、匂いが立ち上がってくるのです。夕立という一語を独立させるのは、古池と同じようにその語に付属するイメージを全開させることなのです。

三五一、切れの正体Ⅰ

切れについては、これまでにも何度か考察してきました。ある時は、作者の感動や驚きが二の句を継げないような沈黙のことだといい、切れによって広がる空間は作者の感動で満たされていると指摘しました。

また、切れという切断は、あらゆる句文の接続を可能にし、読者にとって切れとは視点の切り替わるポイントだとも指摘しました。しかしあらゆる接続が可能といっても、そこには自ずから制約があります。切れがあっても、二つないし三つの句文は、纏まってある意味をなすということです。もしそうでなければ、読者に何かを伝えることは不可能だからです。

具体的に見ていきましょう。まず、二句一章の場合です。

古池や。蛙飛びこむ水の音。　松尾芭蕉

閑かさや。岩にしみ入る蟬の声。　同

夏草や。兵どもが夢の跡。　同

唐突ですが、ここで授業の号令について考えてみます。

起立。礼。着席。

号令をかける者は、実際の動作の時間を確保するために、間をおいて発語するでしょう。俳句は、短文ですから読み飛ばされてしまっては読者に何も残すことができません。そこで、〈古池や〉と切ることで、読者に古池をイメージする時間的余裕を与えているのではないでしょうか。読者は、彼自身の体験によって、独自の古池のイメージを呼び覚まし、その状態に留め置かれます。そこへ、次の句文が発せられると、読者はすんなりと句の世界に入ることができるのではないでしょうか。

次に、一句一章の場合を考えてみます。やはり、芭蕉さんの代表句を取り上げます。

旅に病んで夢は枯野をかけ廻る。　松尾芭蕉

白菊の目に立てて見る塵もなし。　同

雲の峰幾つ崩れて月の山。　同

一句一章の場合も、二句一章と同様に考えることができます。作者は、これだけのことを言って、その後にもはや言うべきことは何もないといっているのです。もはや二の句は継げないと……。俳句は、十七音で何かを言い切る文芸です。言い切ることで、作者の感動をそのまま直に読者に手渡しているのです。

俳句を読むことで、私たちは、いきなりその句の世界に拉致されてしまいます。私たちの平素の状態から、これ以上の視点の切り替えはないのではないでしょうか。言い切るこ

と、切ることは、作者が一切の感動をその一句に込めたという証なのだと思われます。切れには、私たちをその句の世界に引き入れ、さらには引き留める力があるのではないでしょうか。

起立礼着席青葉風過ぎた　神野紗希

三五二、感動力と表現力

あまり有名な画家ではありませんが、先ごろ千葉県の川村記念美術館でヴォルス展を観ました。三十八歳で夭折した天才肌の画家で、いくつかの箴言を残しています。その一つに次の箴言があります。

どのような瞬間にもどのようなものにも永遠はある。

今回は、このことばを手掛かりに感動と表現について考えてみたいと思います。

私は、感動力と表現力は句作の両輪と考えています。更にいえば、両者の橋渡しをしているのが、感動の所在を見極める認識力ではないかと思うのです。

六月の初め、関東地方が梅雨入りした直後のことでした。車の運転中にいきなり大粒の雨が降り出しました。屋根を打つ大きな雨音にびっくりしてフロントガラスを見ると、ひしゃげた雨粒がみるみる広がっていました。急いでワイパーを動かしたのですが、暫くすると雨雲の下を通り抜けて、すっかり雨は上がっていました。

わずか十分ほどの出来事ですが、私のなかには何か面白い体験をした後の不思議な後味が残りました。

さてこの場面を句にしようとしたのですが、はじめは自分が何に心を動かされたのか、はっきりとは掴めていませんでした。いくつものことばが浮かんでは消えていく、二日ばかりはそんな状態でした。

フロントガラス、ひしゃげた雨粒、大きな雨音、男梅雨、雨雲の下抜ける……。

この時はまだ、表現したい思いだけがあって、その焦点が定まっていない状態といえましょう。それを掴みとるのが、認識力ということになりましょう。やがて、雨の降り始めの車の天井を打つ大きな雨音が、他ならぬ驚きの核心だったと気づいたのです。そこで、

降り出して車内に響く男梅雨　　金子つとむ

としてみました。

しかし、この表現はどこか説明調・報告調で、あの瞬間の驚きは伝わってきません。ここからは、説明調を脱し、いかに感動を伝えるための表現を目指すかということがポイントになります。

ヴォルスのことばを借りれば、瞬間のなかに、永遠につながるような感動を見つけ出したいわけです。そこで、

太鼓打つ如き車内や男梅雨　　金子つとむ

としました。太鼓ということばを使ったのは、そのとき雨粒という桴《ばち》が、車という太鼓を叩いているように感じられたからです。作品の良し悪しはともかく、表現としては感動の瞬間にやや近づいたのではないでしょうか。

感動力は、私たちの好奇心や経験が育むもので、人それぞれ固有のものです。そこに表現力が相まって優れた作品が生まれてくるのではないでしょうか。

三五三、切れの正体II

朝妻主宰（雲の峰）の句形論のなかで、二句一章・補完関係を示す例句として、芭蕉さんの次の句が取り上げられています。今回は、この例句から切れについての考察を深めていきたいと思います。

石山の石より白し秋の風　　松尾芭蕉

この句は、

石山の石より白き秋の風

と容易に置き換えることができるでしょう。むしろこの方が意味は取りやすいのではないでしょうか。しかし、作者はあえて、白き（連体形）を白し（終止形）にして、そこで切断しています。

私たちは普通切れということばを使いますが、切れには、ひとりでに切れるかのような受動的な意味が含まれています。しかし、むしろ切れは作者にとってはもっと能動的なもの、つまり実体は、〈切れる〉ではなく〈切る〉なのではな

いかと私は考えています。

切れるのではなく敢えて切る、作者は意志的に切っているのです。それゆえ、意味が取りにくくなるのも厭わないのです。もしそうならば、そうまでして切ることにどんな意味があるのでしょうか。もし掲句が、〈石山の石より白き秋の風〉なら、私たちは、石山の石の白さとそれよりも更に白いという秋の風を思って、この句を通り過ぎてしまうでしょう。

しかし、〈石山の石より白し〉といわれれば、石山の白さを思い、それよりも白いものがあれば、いったい何かと想像を巡らすでしょう。五行説では春・夏・秋・冬をそれぞれ青・赤（朱）・白（素）・黒（玄）の色に当てはめています。〈白し〉と切ることで、白はいっそう強調され、私たちは、そこに立ち止まり反芻せざるを得なくなります。

この句点はまた、同時に秋の風も独立させています。この二つの句文を繋ぎとめているのは、作者の感動に他なりません。ですから、そこに、秋の風が置かれると、私たちはいっそう秋風の白さを痛感し、眼前の白一色の世界に引き込まれて行くのです。

切るということが作者の意志的行為である以上、そこには読者を納得させるだけの動機、つまり感動がなくてはならないのです。例えば次の句では、〈吹くや〉と切った作者の動機を果たして読者は肯うことができるでしょうか。

麦笛を並んで吹くや小学生

掲句は、むしろ素直に、

麦笛を並んで吹ける小学生

とした方が、読者は共感しやすいのではないかと思います。

効果的な切れとは、切れ味のことでしょう。最終的には、切るほどの感動があるか否かが常に問われているのです。

三五四、切れの正体Ⅲ

今回も切れの正体について考察したいと思います。前回は、切れとは切るという作者の意志的な行為なのだというお話をしました。今回は、二句一章の二つの句文の関係について考えてみたいと思います。

前回も取り上げた例句を俎上にのせます。

麦笛を並んで吹くや。小学生。

句文Aを〈麦笛を並んで吹くや〉、句文Bを〈小学生〉とすると、二つの句文を繋ぐものは、作者の感動に他なりません。しかし、麦笛を吹くのが小学生である必然性が、果たしてこの句にはあるでしょうか。句文AとBが確かに繋がるためには、その背後にそれを取り結ぶ作者の感動がなければならないと思うのです。講評などで指摘される〈付かず離れず〉というのは、句文AとBの引き合う力のことではないでしょうか。

さらに次の句を見てみましょう。

げんげ田に軟着陸す。鷺一羽。

軟着陸ということばの堅さはしばらく置くとしても、速度を落として着陸するのは鷺に限ったことではありません。つまり、〈げんげ田に軟着陸す〉ということばと、〈鷺一羽〉の間に必然性がないと、句点を打って切断した途端に離ればなれになってしまうのです。このような場合は、無理をせずに、一句一章にすればよいでしょう。

げんげ田に一羽の鷺の舞ひ降りぬ

更にいえば、〈小学生〉や〈鷺一羽〉が句文として独立性を保てるか否かも問題になるでしょう。句文として独立するには、句文自体が豊かな内容をもち、他の句文との関係のなかで、必然性を付与されていることが必要です。

例えば、一語に切字の〈や〉を付加して句文とする場合、季語＋やとなるケースが圧倒的に多いのは、季語のもつ情報量の多さに起因しているように思われます。しかし、〈季語＋や〉の句文がいかに独立を保ったとしても、他の句文との間に必然性が薄い場合には、やはり季語が動くと言われてしまうでしょう。

さて、句文A（一語＋や）が季語ではないケースとして、

閑かさや。岩にしみ入る蟬の声。　松尾芭蕉

荒海や。佐渡に横たふ天の川。　同

古池や。蛙飛びこむ水の音。　同

などがありますが、既に絶対的な地位を獲得しているように思われます。句文AとBの関係は、〈岩にしみ入る蟬の声〉があってこその〈閑かさ〉であり、〈閑かさ〉があってこその〈蟬の声〉だといえましょう。両者は分かちがたく結びつ

いています。このように、句文どうしが独立しつつ互いに引き合う関係こそが、二句一章の醍醐味なのではないでしょうか。

三五五、報告と提示

今回は、表現の仕方としての報告と提示について考えてみたいと思います。報告というのは、文字通り事実をなぞるように記述することで、その特徴は、時系列あるいは因果関係で示されるということでしょう。対する提示では、事実のなかから作者の感動の中心となるものを抽出し、それを併置させる方法をとります。実際に例句で確認してみましょう。

降り出して車内に響く男梅雨　　金子つとむ

ここで、〈降り出して～響く〉は因果関係であり、説明調・報告調を免れないように思います。この調子からは、作者の感動は伝わりにくいのではないでしょうか。それに、〈降り出す〉ということばが果して必要かという疑問も残ります。雨が響くとあれば、降っているに違いないからです。

そこで、添削したのが次の句です。

太鼓打つ如き車内や男梅雨　　金子つとむ

〈太鼓打つ如き〉から、車内の喧騒が伝わってくるのではないでしょうか。ここには、時系列的な表現も因果的な表現も取り除かれています。このような表現方法を私は提示と呼んでいるのです。そのポイントは、提示された事物が作者の感動を表現し得ているかどうかということ、ただそれだけです。もう一つ例句を挙げてみましょう。

夕虹やなごりの雨に濡れて立つ　　金子つとむ

事実としてはまさにこの通りなのですが、この景に必要なものは夕虹となごりの雨だけで、他の措辞は必要ないように思われます。

夕虹やなごりの雨の粒中る　　金子つとむ

句の良し悪しはともかく、〈濡れて立つ〉を〈粒中る〉としてみました。作者は雨粒に着目しているわけで、逆にそれまでの雨粒の大きさを読者に想像させてくれるかもしれません。感動を打ち出すという訳にはいきませんが、報告調だけは脱し得たのではないでしょうか。

さらに例句を挙げましょう。

薫風にふはりと閉まる書斎の戸　　金子つとむ

ひとりでに閉まる扉や風薫る　　同

〈薫風に～閉まる〉という措辞は、やはり因果を感じさせてしまうでしょう。それに対し、〈ひとりでに閉まる〉とするだけで、事実の提示になります。〈風薫る〉というのも作者の感じた事実です。二つあるいは三つの事物を提示することで、説明や報告調から逃れることができましょう。

俳句とは、作者のいた場所を、作者が選択した事物で再構成して見せることではないでしょうか。その選択の拠り所は作者の感動ということになりましょう。提示とはつまるところ、作者がいた場所に、読者を引き入れる手法ではないかと思われます。

三五六、俳句のかたち

いきなり質問ですが、俳句と一般的な文章の一番大きな違いは何でしょうか。私は、それは接続詞の有無ではないかと思います。俳句では、何故接続詞を使わないのでしょうか。

普段文章を書く時、私たちは文章の流れに気を使います。その流れを論理の流れと呼んでもいいでしょう。一般の文章では論理的であるかどうかがいつも問われています。論理的であることが、読者の理解を促すからです。接続詞は、そのために必要に応じて使用されます。

これに対し、俳句では接続詞は用いられません。接続詞なんか入れたら十七音に収まらないという声も聞こえてきそうですが、はたしてそれだけでしょうか。私は、俳句で接続詞の役割をしているのが、作者の感動ではないかと考えています。

端的にいえば、一般的な文章は、論理の糸でつながり、俳句は感動の糸でつながるのです。俳句が感動の糸でつながっていることを、実際の作例で見ていきましょう。

俳句も日本語ですから、一般的な文章で、よく似たものを探すことができます。

おや、こんなところに花が咲いているよ。

よく見れば薺花咲く垣根かな　　松尾芭蕉

夕焼け。あれはお日様のさよならの合図。

古池や蛙飛びこむ水の音　松尾芭蕉

鳥だ。ロケットよ。あっ、スーパーマン。

初蝶来何色と問ふ黄と答ふ　高浜虚子

これらの文章と俳句との共通点は、

●場面設定ができること
●話者の感動を読み取ることができること

の二点ではないかと思います。

このように見てくると、俳句の契機は作者の感動の内にあり、一つの俳句が複数の独立した句文で構成されていたとしても、それらを感動の糸がつないでいるため、一章として認識できるのだといえましょう。

俳句の紐帯は感動なのです。その感動が強ければ強いほど、一見無関係と思われる二つの句文が、やがて一つの俳句として認知され得るのではないでしょうか。俳句を味わうことは、作者の感動をわが物とすることです。作者の感動に共感することです。

一般に、二物衝撃といわれる取り合わせは、二つの句文間の間隙が広くなります。しかし、読者が作者の感動に思い至るとき、その間隙は急速に狭まり、終には端から間隙など無かったように感じられるのではないでしょうか。

夏草や兵どもが夢の跡　松尾芭蕉

蟾蜍長子家去る由もなし　中村草田男

降る雪や明治は遠くなりにけり　同

三五七、作者の存在を消す客観写生

昭和三年十一月十日、九品仏吟行の折の作とされる、

流れ行く大根の葉の早さかな　高浜虚子

を初めて眼にしたとき、早さの文字に少し違和感を覚えました。その違和感というのは次のようなものです。

私は初めこの句は、「速さ」としたほうがいいのではないかと思ったのです。何故なら、大根の葉のはやさとは、まさに速度であって、「速さ」とした方が、句意がすっきりする

ように思われたからです。実はこの違和感は、私のなかで何十年も放置されてきました。

しかし、つい先頃、私はむしろ「早さ」のほうがいいのではないかと思い立ったのです。その理由は、今回のタイトルとも関連してくるのですが、速さとすると背後にどうしても速度の概念が入り込んでくることになり、そのような知識をもつ作者が立ち現れてしまうように思うのです。虚子はそれを避けたかったのではないでしょうか。早さならばむしろ、流れにのって大根の葉の鮮やかな緑が作者の眼前に現れ、すっと消えていくその一瞬の感覚のほうに、重点が移るのではないかと思われるのです。

まるで取返しのつかないものでもあるかのように、大根の葉が一瞬現れ、すぐに視界から去っていきます。この早さは、色彩を認識してそれが消えるまでの早さの実感に他ならないでしょう。このように表現できるかどうかは別として、大根の葉に限らなくても、私たちが一瞬捉えた色が、残像としていつまでも残るということはあるでしょう。それならば、むしろ誰が詠んでもいいのです。

私はこの作品が、誰もがどこかで体験したはずのそのような発見を、作者を消し去ることで普遍化しているのではないかと思うのです。あたかも、諺から作者の存在が消されて、誰のものでもあるように……。

この虚子をして、客観写生真骨頂といわしめた俳人がいます。高野素十さんです。虚子は素十の初句集『初鴉』の序文で、次のように述べています。

磁石が鐵を吸ふ如く自然は素十君の胸に飛び込んで来る。素十君は劃然としてそれを描く。文字の無駄がなく、（略）句に光がある。これは人としての光であろう。

ばらばらに飛んで向うへ初鴉　高野素十

句集名となった作品です。この句にも作者の痕跡はありません。誰の眼であっても構わないのです。だれが見てもいわれてみれば、鴉というのはこんなふうに飛ぶものだ、初鴉であってもなくても……、鴉そのものの存在をみごとに捉えた力強い作品だと私は思います。

素十は、表現は只一つにして一つに限るということばを残しています。その到達点は、自分を消し去ることだったのではないかと思えてならないのです。

三五八、天啓としての俳句

俳句は、季語を契機としていわば天啓のように個人を訪れた何かであろうと思います。子規は、『古池の句の弁』（俳諧大要、岩波文庫）のなかで、「芭蕉は終に自然の妙を悟りて工夫の卑しきを斥けたるなり。」と述べています。

ある日のひばり句会で、私は、次の二つを特選にしました。

遠筑波利根のまそほの夕薄　竹内政光

蝶も鳥も人も獣も秋の風　飯野正勝

前者は、赤味を帯びた薄が夕風にそよぐ向こうに、筑波嶺が小さく見えているのでしょう。まそほの薄という季語の佇まいが筑波とよく響きあっているように思います。〈利根のまそほの〉と畳みかけるような表現に、作者の感動が余すところなく表現されているのではないでしょうか。

一方後者の句には、やや時間の経過を感じます。散歩でもしていたのでしょう。蝶や鳥や勿論人や獣にも出会った作者が、ふと秋風を強く意識されたのだろうと思います。思わず〈も〉を四つも繋げてしまったところに、作者の感動の所在があるように思います。作者はまぎれもなく、秋風に出会ったのではないでしょうか。

これらの句に共通するのは、作者は季語の実物に、いままさに出会ったことが契機となって作品が生まれているということです。冒頭に私が、天啓といったのはまさにそのことです。まそほの薄を見ても、秋風に吹かれていても、いつもそれらに出会えるとは限りません。天啓とは、こちらの心の状態と季語のもつ情趣がぴったりと重なったときにやってくるように思えるのです。

作者が天啓のようにして得た句に、私たちが惹かれるのは、私たちもまたそのような瞬間を記憶にとどめているからでしょう。それが、その作品によって一気に甦ってくるのです。おそらく、同じ人間として生きているそのことが、共感の母胎なのではないでしょうか。もし掲句を、蝶は春の季語だから季重なりなどと言っていたら、掲句を味わうことは到底できないでしょう。蝶といわれて、秋のやや小振りな蝶を想像してみれば、秋風が一入《ひとしお》身に沁みて感じられるのではないでしょうか。

子規が写生を称揚したのは、俳句は頭で作るものではないと、見定めたからでしょう。作者が感嘆詞を発したような場面が、そのまま句になるのではないでしょうか。その感動があるからこそ、俳句に力が宿るのではないかと思うのです。それは、何も俳句に限ったことではなく、詩でも和歌でも同じではないでしょうか。

何事の　おはしますかは　しらねども
かたじけなさに　涙こぼるる　　西行

三五九、ことばの体重

私たちが、その情景をありありと心に浮かべ、その喜びのままに「鳥の声」と書けば、俳句では鳥の声が湧いてきます。ですから、「鳥の声湧く」などと殊更にいう必要はないのです。同様に、紫陽花といえば、紫陽花の花が咲き、赤蜻蛉というだけで赤蜻蛉が群れ飛ぶのは、私たちの中に、そのことばを裏付ける十分な情景が、広がっているからではないでしょうか。

水戸紀行で筑波を見たであろう正岡子規は、

赤蜻蛉筑波に雲もなかりけり　　正岡子規

という作品を残しました。作者にとっても、読者にとってもこの句を口にするたび、赤蜻蛉や筑波山が眼前に立ち現れてくることでしょう。

長年俳句をやっていると、一つの言葉が生まれるというより、一つの俳句が、まるごとそのまま生まれてきます。私たちが、普段何気なく会話をするように、俳句が繰り出されてくるのです。発話してみるまで、どんなことばが出て来るのか分かりません。どうしてことばがそう並んだのか、どうして他のことばでなくて、そのことばなのかを説明することはとても困難です。

敢えていえば、私たちのなかで渦巻いていることばや思念などが、何かを契機として立ち上がってくるのではないでしょうか。そのとき、私たちの五感は、重要な働きをするでしょう。俳句となって立ち現れるのは、そのときどきの作者自身なのかもしれません。その意味で、俳句は作者自身を映す鏡のようなものともいえましょう。

俳句が生まれることで、興味の在り処、ものの見方を自覚するのは、私たち自身の方です。最近、街路樹がやけにごつごつしていることに気づきました。そんなことはとっくに気づいている人もいれば、そんなものには興味がないという人もいるでしょう。しかし、私には、その時初めてそれが見えたのです。その瘤はおそらく、毎年毎年剪定されることと関係があるのでしょう。それで、

街路樹の瘤の多さよ木の芽風　金子つとむ

と詠みました。

私たちが、折々心に係るものを詠むことで、ことばに私たちの体重がかかっていきます。写生をするということのなかには、ことばに体重を乗せるという意味も少なからずあるのではないでしょうか。思いつきでことばをこね回しても、裏付けとなる実景が無い限り、ことばに体重は乗らないでしょう。私は、人が一生かかって紡ぎ出すことばがあってもいいように思います。

湯豆腐やいのちのはてのうすあかり　久保田万太郎

現世の汚れをつつむ春の雪　小林ゆきを

三六〇、人知と写生

江戸時代頃までは、人口の七割近くが農民だったそうですから、多くの人が自然現象と密接な関わりを持ちながら暮らしていたのでしょう。明治の近代化以降、私たちの暮らし振りはどんどん変わっていき、特に戦後は、農業人口が激減していきます。便利な暮しは、私たちから季節感を削いでいるようにも思われます。そのような現代にあって、俳句は忘れかけていた自然との繋がりを取り戻してくれるのではないでしょうか。

俳句は何と問われれば、今なら、「人と自然との出会いがもたらす喜びの詩」だと答えましょう。その喜びの契機となったものが、季節の景物だといえるかもしれません。物だけでなく、寒暖や風や雨が私たちを季節の懐へ誘います。しかし、ほとんどの人は、朝日も夕日も見届けることなく、日々を暮しているのです。

そこに美があるのに、なかなか気づかない。季語はその入口です。先人たちが自然のなかに、あるいは日々の暮しのなかで美を見出してきた集大成といえましょう。季語を一つ知

ることは、その季語につらなる先人たちの思いに連なることを意味するでしょう。俳句を通して、私たちは過去の人たちともコミュニケーションすることができます。

さて、一口に自然の美といっても、それは草花のように景物そのものの美しさであったり、朝靄と青田、赤蜻蛉と夕日というように、景物が相互に引き立てあう美しさであったり、光の強弱がもたらすある特定の時間帯の美しさだったりします。心動かされる風景に出会うと画家は絵筆を握り、俳人は思わず句を口ずさむでしょう。

そうして自然との出会いは、私たちの記憶となってあるいは、作品となって私たちのこころを潤していきます。美しいものをたくさん知っている、それだけで豊かなことではないでしょうか。

もう百年以上も前に、正岡子規が、写生ということを提唱しました。写生をすることで、私たちは人知を超えた美を図らずも捉えることができるように思います。理知で作った俳句は、どうしても人間の枠を超えることはできません。ひとり、写生句だけが、人知を超えられると思うのです。例えば、次のような作品は、私をどこか遠いところへ誘います。

霜掃きし箒しばらくして倒る　　能村登四郎

苗代に落ち一塊の畦の土　　高野素十

これらの作品は、どこか人知を超えたものに触れているような気がしてならないのです。このような作品に接すると自然に対する畏敬の念さえ湧いてきます。自然から離れた生活をしていると、私たちは自然の美しさを忘れてしまいがちです。だからこそ、この時代に俳句をすることには重要な意義があるのではないでしょうか。

三六一、表現は只一つ

私の敬愛する高野素十さんのことばに、「表現は只一つにして一つに限る」というのがあります。また、「俳句の道はただこれ写生。これただ写生」ともいっており、虚子をして「客観写生真骨頂漢」と言わしめた面目躍如といえましょう。

しかし、只一つと言われると、少し疑念も湧いてきます。素十さんは写生ということを前提にして、そう言われているのだろうと思いますが、見たままを写すことが写生だと教わって、私も分かったような気になっていましたが、具体的にはどういうことなのでしょうか。写生を突き詰めれば、素十さんのいわれるように、只一つの表現に行き着くということなのでしょうか。

中村草田男さんは、その『俳句入門』のなかで、

花影婆娑と踏むべくありぬ岨の月　原石鼎

を評して、「対象の姿とそれの伴っている感じを如実に表現するためには、よほど吟味して言葉をえらんでこなければならないことと、つかった言葉の相互間に調和がとれていなければならないことが、この句をよく味わってみると、よくわかると思います。」と述べています。

「あの感じ」に向かって、私たちは推敲を繰り返すのだともいえましょう。しかし、その表現が一つしかないとなるとどうなのでしょうか。ちょっと味気ないことですが、俳句を機械的に分解すると、作者が行っているのは十七音を構成することばの選択とその配置の決定ということになりましょう。それを素十さんは只一つといっているのです。このことが、もう何年も気になっていたのです。

ところが、先頃自作を推敲していて、あることに思い当たりました。写生はその場の状況を写し取るだけでなく、もっと厳密にいえばそのとき作者の意識にのぼった順番をも写し取ることではないか……。そんなことがふと頭を過ったのです。拙作ははじめ、こんな形でした。

夏雲へ少年が坂漕ぎゆけり　金子つとむ

しかし、これではその場面の状況は説明できても、その場に居合わせた私の『あの感じ』を説明するには、不十分のように思えたのです。私は跨線橋のだらだら坂を下り切ったところで、自転車に乗ったその少年とすれ違ったのでした。少年は自転車を漕いだまま、私がいましがた下りてきた坂を上っていきました。とそのとき、少年を見送る私の視界に夏の雲が入ってきました。

私が見たのは、少年、坂、夏の雲という順番だったのです。そう思って原句を眺めてみると、上五はやや説明的に思われました。そこで、次のように推敲したのでした。

少年の漕ぎゆく坂や夏の雲　金子つとむ

このように写生を掘り下げていくと、素十さんのいわれることが少し納得できたように思うのです。

三六二、いのちの実相を写す

高野素十さんの有名な句に、

甘草の芽のとびとびのひとならび

があります。高浜虚子はこれを称賛し、水原秋桜子は、草の芽俳句といって批評しました。素十さんはそれに対し、論戦を挑むというようなタイプではありませんが、『芹』昭和三十八年二月号、瑣末主義と題する一文のなかで、自身の考えを次のように述べています。

> 早春の地上にはやばやと現れた甘草（正しくは萱草）の明るい淡い緑の芽の姿は、地下にある長い宿根の故であろうかこのような姿であった。一つのいとけなきものの宿命の姿が、「とびとびのひとならび」であったのである。それを私はかなしきものと感じ美しきものと感じたのであった。甘草の芽のとびとびにひとならびではないのである。（傍点筆者）

そして、逆に次のように質問しています。

> 「流れ行く大根の葉の早さかな」と「大根の葉の流れ行く早さかな」との両句の興趣の径庭を評者はよく、識別評釈し得るものなりや。

あえて補足するなら、もしこれがとびとびにであったなら、甘草の芽の有り様をただ面白がって詠んだに過ぎないといわれても仕方ないでしょう。しかし、この句はそうではなかった。「甘草の芽のとびとびのひとならび」強いていうなら、この『の』一字によって甘草の根の伸び行く意志のようなものさえ感じられて、作者は紛れもなく甘草のいのちに共感していることが分かるのです。このような自然の営みに感動するか否かは、おそらく人の資質の違いなのでしょう。しかし、だからといって、自然の営みに共感することが、瑣末なことであるはずがないと思うのです。

写生でその場面を詠むという選択は、作者の感動から来ているのではないでしょうか。それをどのように詠むかは、作者が自身の感動に対して、どれだけ自覚的になれるかで決まってくるように思われます。虚子の大根の句についても、同様のことがいえましょう。素十さんが指摘されているように、もしこの句が、「大根の葉の流れ行く早さかな」であったなら、その思わぬ速さに作者が驚いて作ったというだけになってしまうでしょう。しかし、高浜虚子は、そこに時の流れの暴力的なほどの速さをみたのではないでしょうか。

流れ行く大根の葉の早さかな

流れ行くと冒頭に置くことによって、流れ行くは、直接的には『大根』にかかり、流れ行く大根となります。しかし、流れ行くは同時に、『大根の葉の早さかな』全体にかかるともとれるのです。大根の葉の早さは、時の流れの一つの表象に過ぎず、作者はもっと大いなるものの前でたじろいでいるように思えるのです。

三六三、思いやり

現役時代、コミュニケーションの研修で、積極的傾聴というのを教わったことがあります。それは、「相手の話を、相手の立場に立って、相手の気持ちに共感しながら理解しようとする」ことだと言われています。

俳句と積極的傾聴、一見すると関連がなさそうですが、私は、いわば相手の話を「身を乗り出して聞くような」この態度こそが俳句鑑賞の基本だと考えているのです。

俳句は、たった十七音、読者の積極的な関与なしには成立しえない文芸だといえましょう。高野素十さんは、明治書院刊『素十全集』第四巻の文章編のなかで、この辺りの事情を次のように述べています。

元来俳句といふものは、極洗練された芸術であって、言はば物の髄のやうなものである。一句に盛られた景趣を各人各様に鑑賞することによって面白味を生ずるもので、その一句といふものは、ある景色の中の極々のエキスでなければならぬ。（一句の出来た話より）

また、同書の他の箇所では、省略について、

いかなる文章にも省略といふもののないものはない。然し俳句に於いては殊に意識して省略を行はなければならない。省略と云ふ意味は単純なるものを単純に叙すると云ふのではない。之は省略ではない。複雑なるものを単純に叙するのが省略であります。（俳句の技巧の味方より）

さて、俳句の鑑賞とは、そのままでは萎んだ風船に、読者が想像力という息を吹き入れて膨らますようなものではない

でしょうか。俳句として提示されたことばは、景色のなかのエキスであり、そこには複雑な内容が省略されています。もし、読者のなかにそれを読み解こうという意志がなかったら、どんな句であっても、「それがどうしたの？」ということになってしまうでしょう。

例えば次のような句に接したとき、私たちはありったけの想像を膨らませ、その句の世界に没入するのではないでしょうか。

汗の人集まり来たる畳かな　　西宮はるゑ

汗の人は、取るものもとりあえずやってきたのでしょう。「集まり来たる」が一人や二人ではないことを示しています。そして、畳が静かにその場面を描出しているように思います。おそらく、危篤の知らせを受けてやってきた人たちではないでしょうか。誰のこころにもある場面です。この句が私たちの記憶にあるものを甦らせ、そこに私たちを誘うのです。私たちが積極的傾聴によってこの句に没入すればするほど、私たちは作者の思いに深い共感を抱くのではないでしょうか。俳句は私たちの思いやりが成立させる文芸だといえましょう。

三六四、芋銭と素十

小川芋銭は河童の画で知られる画家ですが、『ホトトギス』に拠って俳句を学んでいました。明治三十二年、私の住む取手市にも子規の俳句革新運動に呼応して、水月会という句会が産声をあげています。その水月会に、芋銭は深く関わっていました。そこで、芋銭の俳句とその俳句観をご紹介したいと思います。

古美術妙童刊、『小川芋銭　回想と研究』に、川村柳月氏が「芋銭画伯の俳句」という一文を認めています。

秋風に穴うがつ蠅の力かな　　小川芋銭

を取り上げた上で、氏は次のように述べています。

俳画は巧者らしい筆先や、世間でいう軽妙俳軽と呼ぶ書きぶりは、もっとも禁物であると先生は言われる。俳句がやはり同じである。川柳なれば知らぬこと、俳句は巧者ではいけないのである。人格から生まれた自己の叫びでなければ本当の俳句とは言えない。（中略）先生の俳句には、俳画を見ると同じく技巧がない。苦しい技巧や嫌味な技巧の小さな跡がない。天人の羽衣のごとく無縫であって、自由な俳境に微笑されているのである。(傍線筆者)

さて、冒頭に挙げた句ですが、蠅の飛び行くさまを「秋風に穴うがつ」と見たその眼は、芋銭独自のものではないでしょうか。その時、何故か不意に浮かんだのは、高野素十の次の句でした。

風吹いて蝶々はやくとびにけり　高野素十

この句には、風に乗って飛ばされるのではなく、むしろ飛ばされまいと必死に飛んでいく蝶の姿が活写されています。これを天下の愚作と言った人がありますが、私はそうは思いません。素十は蝶をか弱きものとして見ているのではなく、むしろ自らの意志で飛んでいく、強きものとして見ているのではないでしょうか。飛びにけりという自動詞の主語は、蝶々です。蝶は、決して飛ばされている訳ではないのです。

両句は偶然にも詠嘆の切字で終わっていますが、その共通点は作者の自然の生命への驚きだと思われます。芋銭も素十も蠅や蝶のもつその力強さに驚嘆しているのです。それが、「穴うがつ」であり、「とびにけり」なのではないでしょうか。素十は、「表現は只一つにして、一つに限る」ということばを遺しています。このことばと、芋銭の「人格から生まれた自己の叫びでなければ本当の俳句とは言えない」という考えを重ね合わせたとき、俳句の核心にあるのは、作者の感動だといえるでしょう。それが作者にとって明確に意識されていればいるほど、その表現は、唯一無二の形を取らざるを得ないのです。

俳句では、感動のこころがそれに相応しい形を求めているのです。そこに技巧の入り込む余地は全くないということなのではないでしょうか。

三六五、一輪挿しの美

美術館で一枚の風景画の前に立つと、そこは自ずから画家の立ち位置ということになるでしょう。画家は実際の景色の中からその場所を選び、そこにイーゼルを立て、風景を描いたのです。鑑賞者にとって絵を見ることは、作者と同じ位置に身を置き、作者と同じように風景と対話しながら、風景のもつ情趣を感受することに他なりません。

俳句を鑑賞する場合も同様ではないでしょうか。殊に写生句においては、ことばに触発されて、読者の想像力が風景を描きだすのです。そこに立ち現れるのは、まさに作者の立ち位置から見た風景なのです。それが時には静物だったり、人物だったりしても同じことでしょう。

子規の句に筑波山を詠んだものがあります。

赤蜻蛉筑波に雲もなかりけり　　**正岡子規**

句の表面には、赤蜻蛉と雲のない筑波だけしかありませんが、私たちは一枚の風景画を容易に描き出すことができるでしょう。その理由は赤蜻蛉ということばにあります。赤蜻蛉は季節の景物ですから、そこから赤蜻蛉に纏わる他の景物を簡単に想像できるのです。例えば、夕日、芒、水辺、秋草などです。それは私たちの記憶の中にある景物たちです。しかし、都会育ちで赤蜻蛉に馴染みが薄い人々にとっては、そう簡単ではないのかも知れません。

掲句は、近景に赤蜻蛉を、遠景に筑波山を配しています。それも雲一つない筑波山です。恐らく筑波嶺とそれに連なる山々もくっきりと見えているのでしょう。遠景といっても、雲の有無が確認できるほどの遠さです。また、〈なかりけり〉と強く詠嘆することで、青く澄み渡った空と大気を想像させてくれます。

とても単純な構成の句ですが、主役は赤蜻蛉です。そしてこの主役の登場によって、季節の舞台が一気に整ってしまうのです。本物の風景画ならば、そこに川が流れ、刈田が広がり、ところどころに芒の銀の穂波が光っているかもしれません。しかし、それを描きだすのは、作者ではなく読者の想像力です。もしこの句に、刈田や芒ということばを織り込んだらどうなるでしょう。いわずもがなのことばで景色が賑やかになる代わりに、雑然とした印象は免れないでしょう。

私は、景が見えて景以上のものが伝わるのが優れた俳句だと考えています。それを別のことばでいえば一輪挿しの美しさです。季語の一輪です。赤蜻蛉の赤はいのちのエネルギーであり、きらめく翅は、いのちの息吹なのではないでしょうか。赤蜻蛉ということばは、そんなことまで感じさせてくれるのです。雄大な景色のなかで、赤蜻蛉のいのちがきらめいているのです。

三六六、切字〈や〉の働き

上五に切字〈や〉を使った作品を取り上げ、切字の果たす役割を考えてみたいと思います。直に思い浮かぶのは芭蕉さんの句です。

荒海や佐渡に横たふ天の川　松尾芭蕉

夏草や兵どもが夢の跡　同

閑かさや岩にしみ入る蟬の声　同

曙や白魚白きこと一寸　同

古池や蛙飛びこむ水の音　同

このように並べてみると、上五に置かれたことばには、共通の働きがあることが分かります。それは場面を作る働きです。芝居でいえば、舞台が暗転し、いきなり新しい場面が現れた感じといえばいいでしょうか。ことばの持つイメージ喚起力が、私たちをその場所に連れ去るのです。このように、切れによって後に続く措辞との間に充分な間が置かれると、私たちは存分にその場面を想像することができるのです。

これを作者の側からいえば、その一語の働きを信頼して上五に置いたということもできます。この一語にかけた作者の期待、あるいは一語に込めた作者の思いは如何ばかりでしょうか。俳句の根底には、ことばに対する信頼とそれに委ねる潔さがあるように思われます。一切の説明なしに置かれたことばは、そのことばのもつすべての情報を如何なく発揮して、その意味を伝えようとするでしょう。私たちがそうするのです。そのことばによって喚起されるイメージのなかに私たちが入ってゆくのです。

そうして、充分に準備が整ったところに、中七・下五の措辞がやってきます。それらは、この舞台の登場人物であったり、夏草の句のように作者のモノローグだったりします。それによって上五は補正され、揺るぎないイメージとして固定化されます。佐渡を遠望できる浜の夏の夜の〈荒海〉となり、古戦場跡の〈夏草〉となるのです。閑けさは岩肌の見える場所にあり、白魚漁の浜の薄暗がりのなかで、一寸の白魚を目の当たりにするのです。蛙の登場によって、古池は、春の胎動を秘めた古池となるでしょう。

こうして役者が揃うことで、私たちはそこに繰り広げられる演目を味わうことになります。そこから受け取るものは人それぞれでしょうが、そこには芭蕉さんが表現したかったもの、伝えたかったものが間違いなくあります。それを一言でいえば、生きとし生けるものがいのちに対して抱く感慨といったものではないかと思います。こうしてみると、切字〈や〉の働きは、場面を現出させることだといっていいように思います。勿論切字がなくても、切れにはそのような力があるのです。

赤蜻蛉筑波に雲もなかりけり　　正岡子規

三六七、物の存在感

私たちは普段の生活のなかで、物をよく見ている訳ではありません。初めて見るものは矯《た》めつ眇《すが》めつしますが、少し慣れて来ると一瞥して通り過ぎます。いや一瞥すらしないかもしれない。ですから、何かの拍子に垣根越しに咲いた花などにふと目が留まると、今更のようにびっくりしたりするのです。

足元の野草でもきっとそうでしょう。そんなとき私たちはその物と出会っているのだと思います。物との出会いは、ある種の感動を私たちに与えてくれます。物との出会いが、私たちに俳句を作らせるのかもしれません。芭蕉さんは、それを「物の見えたる光」といいました。

さて、俳句では使える音数の短さから、形容詞や副詞などを一般的に敬遠する傾向があるようです。俳句は名詞だけでも成立しますし、大方は名詞と動詞から成る句が多いように思われます。

物には手触りや存在感が伴いますが、一句の中でその物の存在感が強く感じられると、印象に残る作品が生まれます。ことばのもつイメージ喚起力が、さらにその物の存在に迫っているような作品を鑑賞することで、どうしたらそのような表現が可能なのかを探ってみたいと思います。

滝の上に水現れて落ちにけり　　後藤夜半

方丈の大庇より春の蝶　　高野素十

滝行者まなこ窪みてもどりけり　　小野寿子

一句目、夜半の作品から感じるのは、水現れてという措辞の見事さでしょう。見上げる滝の水が、一瞬静止しているかのように感じられるのは、〈水現れて〉の後にある僅かな間のせいかと思われます。〈水現れて〉は、擬人化表現です。普通は句が甘くなりやすいのですが、この句は、水の躍動感をみごとに捉えて、成功しているように思います。

二句目、方丈の縁に座って大きな庇を見上げているのでしょうか。その伸びやかな広がりの中に、紛れ込んできた一匹の蝶。ひらひらと如何にも頼り無げな蝶の動きが、庇を大きく揺るぎないものに見せています。普通は、大庇とまではあえて言わないものですが、この場合、作者はやはりそうとしかいいようがなかったのだと思います。

三句目は、やはり〈まなこ窪みて〉が眼目でしょう。それが、修行の一切を象徴的に物語っているからです。作者は、この行者と知り合いなのでしょう。修行前の行者を知っている作者にとっては、出迎えたときの咄嗟の印象が、まさに〈まなこ窪みて〉だったのではないでしょうか。

これらの作品で、水や庇やまなこが、存在感をもって私たちに迫ってくるのは、それを作者自身が抜き差しならないものとして感じ取っているからに他なりません。作者はそれ以外に表現しようのないギリギリのところで、ことばを掴み取っているのです。

三六八、忖度

私たちはなぜ俳句という表現形式を選んだのでしょうか。俳句という文芸が成立する根本には、ことばによって読者が抱くイメージの共通性があるように思われます。俳句では、作者が見たものや場面を提示するだけで、それに対する作者の感想なり感慨なりを直裁に述べることはあまりありません。むしろ、景を提示するだけで、景の解釈を読者に委ねているのです。

これを潔さといってもいいし、読者に対する信頼と呼んでもいいかも知れません。読者は、作者が提示する景を待っています。そして、景が提示されると、積極的にその景のなかに入っていき、作者の立ち位置に立って、作者の心情を推し量ろうとします。これは、まさに忖度そのものではないでしょうか。忖度とは、その景を描出した相手の心中を思いやる美しい心情のことです。読者は洗練された言語感覚で、作者の提示したものを見逃すまいと、一言一句を丁寧に受け止めるのです。

このように俳句の鑑賞は、読者の積極的な働きかけによって成り立っています。作者が伝えたかったことは、作者が景から受け取ったものだといえましょう。それは自然の美しさであったり、儚さであったり、作者自身の人生に対する感慨だったりするでしょう。それを、景を通して読者に手渡すわけです。読者は景を思い描くことで、作者が伝えたかったものを直に受け止めます。まさに以心伝心の世界。先人たちは、そのような忖度の世界、以心伝心の世界で心を通わせていたのです。

いわく言い難いもの、名付けようのないもの、もしことばでいってしまえば零れ落ちてしまうあえかなものも、俳句なら相手に手渡すことができましょう。芭蕉さんが、

古池や蛙飛びこむ水の音

と詠うとき、芭蕉さんは古池を眼前にしていることが分かります。私たちの言語感覚が、瞬間的にそう思わせるのです。もし、蛙が飛びこむのを見ているか、事前に蛙を見ているのでなければ、水音をきいて咄嗟に蛙だとは分からないでしょう。〈古池や〉の後に直ぐに〈蛙〉と断定したそのことが、芭蕉さんが蛙を見ていることの証ではないでしょうか。

同様に、子規さんが、

赤蜻蛉筑波に雲もなかりけり

と詠むとき、赤蜻蛉は眼前を飛び回っています。赤蜻蛉だと分かるほどの距離に作者はいるはずだからです。このように私たちは作者の立ち位置を容易に想定することができます。その立ち位置から、景を想像し、作者の心情を味わっているのです。そしてその根幹には、同じ四季に暮らす同胞としての共通体験が横たわっています。俳句を通して私たちは生の実感を分かち合っているともいえましょう。

三六九、割愛される背景

季語には、そこで詠まれた内容に関する背景描写を割愛させる働きがあります。それは、予め特定の季節に限定された季語が、同季の景物を自然に引き寄せるからだといえましょう。植物の場合はその咲く時季はほぼ固定されますが、鳥などのように通年見られるものについては、人為的に季節が定められることになります。

何れにせよ、季節が特定されることで、作者は背景を詳細に描出することを免除されるのです。これを読者の側からい

えば、読者は季語に纏わる季節の景物を、自身の記憶やイメージをもとに自在に描出し、その句の世界に補塡することができるのだといえそうです。

例えば、拙句、

一つ家に鶺鴒のゐて啼き交はす　金子つとむ

の場合、鶺鴒は通年見られますが、俳句では秋の季語になっています。ですから、鶺鴒の声に立ち止まり、見上げた空には、いうまでもなく秋の空が広がっています。また、鶺鴒の声は、澄んだ秋の大気のなかを伝わってくるのです。それらは、全て鶺鴒という季語がもたらしたものだといえましょう。

このように季語には、その季語とともにあるべき他の景物を引き寄せる力があります。それゆえ、作者は、季語が語る内容には触れずに、作者のいいたいことだけに専念して叙述することができるのです。

季語は、多くの場合主役の働きをしますが、季語という主役は、一気に季節の舞台装置を現出させるものだともいえそうです。掲句では番の鶺鴒を描いて、啼き交わす声の微妙な違いに心を寄せています。

さて、子規の次の句でも、季語は主役であり舞台装置として登場します。

赤蜻蛉筑波に雲もなかりけり　正岡子規

前景に赤蜻蛉を、後景に筑波を配したこの句の広がりのなかに、読者は様々な秋の景物を思い描くことができるでしょう。私ならいつも見馴れた田園風景を思い浮かべます。赤蜻蛉の季節なら、既に刈田となって穭の穂が風に吹かれているかもしれません。あるいは、遠くの土手には芒が銀色に輝いていることでしょう。雲一つない青空の下には、深い藍色を湛えて、筑波がくっきりと聳えています。俳句を契機として読者のなかに広がる世界は、読者のものだともいえるのではないでしょうか。

作者が赤蜻蛉といってことばを切ると、こんどは読者である私たちがそれを受け止め、それに纏わる様々な景物を想像する番です。そうして、ことばが手渡される度に私たちはイメージを膨らませ、その句の世界を自分のイメージとして構築し、定着させます。そのなかで赤蜻蛉は、夕べの光をうけて、飛び回っているのです。

三七〇、イメージの詩・認識の詩

自然の景物をそのまま写し取る写生は、単に俳句を作る上での技術的な方法論を超えて、新たな認識に至る方法をも明示しているように思われます。その理由は、私たちはどちらかと言えば視覚優位の世界に生きており、見ること、発見することで日々認識を新たにしているからです。

ことばにはイメージを喚起しやすいことばとそうでないものがありますが、読者は一つの俳句からまずその光景を思い描こうとするでしょう。イメージを浮かべやすい句ほど読者に受け入れられやすいのは、イメージできることと分かることが、ほぼイコールだからです。例えば、俳句ではタブーとされることの多い三段切れでも、読者がイメージしやすいように場面を設定すれば、混乱なく読者に伝わります。例えば、次のような作品です。

目には青葉山郭公初鰹　山口素堂

初蝶来何色と問ふ黄と答ふ　高浜虚子

前者は、山に程近い場所で初鰹を食する場面、後者は、野原で初蝶と出逢った場面を想像すればいいでしょう。

しかし、イメージしやすいだけでは、もちろんいい俳句とはいえません。そこに語られている内容が、読者に新たな認識を促したり、その斬新さに目を見開かれたりする場合に限って、読者の心を動かすのではないでしょうか。例えば細見綾子さんの作品が色あせないのは、そこに作者独自の認識が散りばめられており、その認識がある種の普遍性を帯びているからではないかと思われます。

鶏頭を三尺離れもの思ふ　細見綾子

蕗の薹食べる空気を汚さずに　同

仏見て失はぬ間に桃食めり　同

ところで、作者はどうしてこのような認識に至ることができたのでしょうか。何れの作品においても、そこには作者自身を見つめるもう一つの眼があるように思います。鶏頭の句は、一度近づいた作者が十分に鶏頭を見つめ、気圧されるように後退りした時に生まれた句のように思われます。また、蕗の薹の句は、蕗の薹の味わいを逃すまいとする口の動きから導かれたものだといえましょう。失わぬ間ということばも、心が移ろい易いことを十分承知している作者だからこそ、そこに定着し得たのだろうと思います。その前に作者は仏像をこころゆくまで堪能しているのです。細見さんは、鶏頭や藷の蔓、仏そのものを写生している訳ではありませんが、この句の背後には、それらに対する十分な凝視があったのではないでしょうか。

先頃、散り零れた山茶花を見て、地面に咲いたような印象を受けました。おそらく、散った花びらの艶めかしさがそう思わせたのではないかと思います。

山茶花の今し零れて地にひらく　　金子つとむ

三七一、原初のことば

何万年前、いや何十万年前、人が未だことばを持たなかった頃、どのように意思疎通を図っていたのでしょうか。おそらく、ことばを持たない動物たちのように、スキンシップや、仕草や呻き声などで代用していたものと思われます。それはどれも、五感で相手を認知することによって成り立っていたはずです。現代人のように、誰かの話をきいて、顔も見ずに生返事するようなことは決してなかったでしょう。想像ですが、相手を思いやる力は、そんなことばの無い時代に培われたものかもしれません。

さて、人類がことばを獲得したのは、狩の段取りを効率よく整えるための必要からだったとどこかで読んだことがあります。当時の人類は、動物としては弱い生き物だったため、仲間と協力して動くことで、初めて日々の糧を得ることができたのではないでしょうか。そして、このような社会的生活を通して、ことばはしだいに洗練されていったものと思われます。

ことばが生まれた当初は、ことばに嘘はなかった。思いとそれを表すことばとは、コインの表裏のように不即不離の状態にあったのではないかと思われます。例えば、相手を抱きしめる衝動を抑えながら、愛しているというように……。

しかし、人間がことばを巧みに操るようになると、いつのまにか嘘も紛れこんできたのでしょう。私たちがことばを操ることに長けることで逃げていってしまったもの、それがことばの真実性ではないかと思います。

私たちはなぜ、見ず知らずの人が吐いた十七音のことばを、信じることができるのでしょうか。人は驚いたり、感動したりすると思わず声をあげるものです。そんな混じり気のないことばを核として作句することを推奨しているのが、写生ではないかと思うのです。

それは、実際私たちが作句していて、そこに偽りはないと信じることができるものです。草花や景色を愛で、生き物たちに思いを寄せる心情もまた、私たちがことばを持たない時代から、営々と培われてきたものでしょう。

私たちが感動した瞬間、心が動いた瞬間に発話がなされ、ことばは十七音になります。そこに、偽りの入り込む余地はないのです。

俳句は、作るというよりおそらく生まれ出るものです。そこには、思いとことばが表裏一体であった幸せな時代の、粗削りで力強いことばが息づいています。そんなことばに出会うことこそ、俳句を続けることの意味なのではないでしょうか。写生とは、その場所に立ち返るために意図的に選択された方法だったのです。

三七二、物その物

たくさんの俳句を選句するとき、選ばれる句の共通点は、句のなかに読者を引き留めることばがあることではないでしょうか。以前共振語という呼び方で、そのことばについて考察しました。季語と共振することばという程の意味です。さらにいえば、長い間記憶に残る句には、ことばが何かを指示するというのではなく、物その物になっていると感じられる場合があるように思うのです。いくつか例句を挙げてみましょう。

泥鰌掘集まって来て火を焚けり　皆川盤水

滝行者まなこ窪みてもどりけり　小野寿子

合格子鉄砲玉となってをり　福田キサ子

滝の上に水現れて落ちにけり　後藤夜半

これらの作品の、火、まなこ（眼）、鉄砲玉、水は単なる指示性を超えて、物その物、物の実感を感じさせることばになっているように思うのですが如何でしょうか。

盤水さんの句の「火」は、まさにここに置かれるべくして置かれたとしか思えないほど、居場所を得て赤々と燃えています。この火はどことなく、人間が初めて手にしたという原初の火を思い起こさせます。火を囲む人の姿が、そう思わせるのでしょう。原始人は火を焚くことで暖をとり、猛獣から身を護ったのでしょう。団欒の真ん中にはいつも火があったように思うのです。この火は泥鰌掘たちの冷え切った体を温め、泥に汚れた体を照らしています。この火は一読して忘れられない火になりました。

小野さんの句、滝行者の窪んだ「眼」は、修行の厳しさを物語ります。頬はこけ、眼は落ちくぼみ、眼光鋭く滝行者が還ってきたのでしょう。読者は、この眼に射抜かれてしまうと身動きがとれないのです。

福田さんの「鉄砲玉」が表しているのは、合格子の解放感でしょう。どことなく優しい感じがするのでは、下五の「なつてをり」にそれを肯う気持ちが強く働いているからではないでしょうか。あんなに頑張って勉強したんだから、今は好きなようにすればいい、そんな親心が感じられるのです。鉄砲玉自体は、やや非難めいたニュアンスで語られることが多いように思いますが、この句の場合は、それを親の優しさが包んでいるように思われます。

最後の後藤さんの作品も、人口に膾炙した句の一つでしょう。この「水」もまた、まさに水の量感そのもののように滝の上に現れてきます。これらの例句から分かるのは、それぞれの作品のなかで、そのことばがそこに置かれることで、ことばが物その物になるという事実です。作者は、火を発見し、眼を発見し、鉄砲玉を発見し、水を発見したのではないでしょうか。それは芭蕉さんのいう物の見えたる光ではないかと思うのです。

三七三、底荷再考

以前、上田三四二さんが『短歌一生』（講談社学術文庫）のなかで指摘された『底荷』について考察したことがありました。上田さんは、俳句や短歌が日本語のなかで果たす役割を船の底荷のようだと指摘されたのです。それは、日本語の格調を保つに相応しい、磨かれたことばであるという理由からです。

さて、初心者に俳句を教える際に、これまでは一所懸命俳句そのものを教えようとしてきました。しかし最近では、私たちは日本語を正しく使うことにあまり長けていないのではないかと思うようになりました、俳句を作る以前に、日本語を正しく使うことを学ばなければいけないと気づいたのです。

私たちには、「和を以て貴しとなす」という傾向があって、ことばも通じればいいという程度で、ややルーズになっているように思われます。他人からことばの使い方をとやかく言われることもありません。ですから、文章を書き馴れていない人ほど、それを是正する機会がないのではないでしょうか。その結果、俳句をつくる段になると、途端に躓いてしまいます。意味の通じないことばを平気で並べたり、重複する語彙にも気づかないのです。

俳句や短歌が日本語の底荷になれるのは、共に短詩だからといえましょう。短詩の宿命として、ことばを正しく、十全に働かすことが必須条件として求められているのです。そうでなければ、読者の鑑賞に堪えうる内容を盛り込むことは不可能でしょう。

会話であれば、相手の反応を見て補足説明を加えることもできましょう。しかし、俳句ではできません。正しい表現の仕方を知らなければ、伝えたいことを伝えられないのです。初心者の多くは、俳句そのもので躓くというより、その前段の正しい日本語のところで、躓いてしまうのではないでしょうか。

そのことに気づいて以来、日本語の正しい使い方、ことばが意味する範囲にも力点を置くようになりました。日本語が正しく使えれば、すっきりとして、それでいて豊かな内容を作品に盛り込むことができます。そのために、億劫がらずにできるだけ辞書を引くことを勧めています。類語辞典などは、推敲の際に使用すると語彙を広げる手助けになるでしょう。

俳句や短歌が日本語の底荷だとすると、俳人や歌人は日本語を支える人たちということになりましょう。日本語を支えるには、正しく使うことに徹することです。孔子は、弟子に乱世の政治を任されたらどうするかと問われ、「名を正さんか」と答えたそうです。俳句を通して、私たちは名を正すこと、つまりことばを正しく使うことを実践しているのだといえましょう。

三七四、俳句はどこがいいのか

俳句は好き好きといってしまえばそれまでですが、大別すると実感派と空想派に分かれるような気がします。ここで実感派というのは、例えば子規の次のような作品を良しとする人たちのことです。

苗代のへりをつたうて目高かな　　正岡子規

子規は、古俳諧を渉猟して「俳句分類」という偉業を成し遂げましたが、そのあげく自然のなかの何気ないことに面白さを見出していきます。子規は初心者に向けた「俳句の初歩」という文章（『俳諧大要』所収、岩波文庫）の中で、「写実的自然は俳句の大部分にして、即ち俳句の生命なり。」と述べています。

子規の目高の句を見ても、どこがいいのかさっぱり分からんという人がいるのは事実でしょう。同じく子規の次のような句でも、おなじ感想を持つ人があるのです。

赤蜻蛉筑波に雲もなかりけり　　正岡子規

この二つの作品で語られているのは、いずれもあり触れた情景でしょう。おそらく、それが面白くないのでしょう。しかし、私はそうは思わないのです。むしろ私は、二つの句から得も言われぬような安らぎを感じてしまうのです。それは私が単に子どもの頃に、そのような体験をたくさんしてきたからなのでしょうか。

緑で覆われた苗代の僅かな隙を、目高が泳いでいます。縁をつつくようにしながら、少しずつ横に移動しているのでしょう。とてもけなげないのちの営みがそこにあるように思えてなんだか懐かしさが込み上げてきます。

一方、赤蜻蛉の句も、前景の赤蜻蛉と後景の筑波との間には、様々な景物が横たわっていることでしょう。そしてそれらはすべて清澄な秋の空気に包まれているのです。赤蜻蛉の羽がときおり日差しをうけて、きらりと光ります。遠くの芒原が銀色に輝いています。田んぼはあらかた稲刈りが済んでいるでしょうか。まるで匂いまで感じられるようです。それは、作者が視線を移動させた束の間の出来事です。その間に、これらの景物がなだれ込んできます。私は作品の世界に入り込み、その世界を実感するのです。

反対に次のような句は、私を戸惑わせます。

滝落ちて群青世界とどろけり　　水原秋櫻子

この句は、何故か私の五感に寄り添ってこないのです。どこか、遠くの出来事のような気がしてなりません。その最大の理由は、おそらく群青世界ということばでしょう。群青色の世界ということでしょうが、なんだか夢の世界のようでピンとこないのです。恐らく、そのような世界に遊ぶことが私は不得手なのだろうと思います。このような作品は空想派好みといっていいのかもしれません。俳句はどこがいいのか、答えは一つではないのだろうと思います。

三七五、俳句の前提

もし俳句について何ら予備知識がなく、日本語だけは知っている読者を想定してみると、その読者はどのように俳句を読むのでしょうか。彼らはまず、寸断されたことばの羅列に戸惑い、ありふれた情景を思い描いて、つまらないと思うかも知れません。

地元で句会を開催する傍ら、句会とは別に学習会を開いていますが、俳句の初心者というのは概ね、先程想定したような方々といっていいでしょう。そこで、私はまず、

- 俳句はイメージの詩であること
- 分断された句文は、場面を想定することで繋がること

を説明して、イメージを重ね合わせるように読んでみてくださいと話しています。

俳句の形は、一句一章、二句一章、三句一章（三段切れ）などと呼ばれますが、その句に相当する句文は、場面の力によって分散することなく統べられているからです。

文章を書く時、作者は読者を想定して書きます。例えば、科学的な内容を小学生向けに書くとすれば、作者は読者がもっているはずの知識や語彙などを考慮して、表現に工夫を凝らすはずです。それでは、俳句を作る場合はどうでしょうか。そこまで厳密に、読者を想定してはいないように思われます。ただ、読者が日本人なら、俳句は五七五で、季語が必要くらいは習っていますので、そこを基準にすることはできるかもしれません。

俳句によっては、季語を不要とする立場もありますが、有季の俳句では、季語が一句のなかで果たす役割は他と比べて

格段に大きいといえます。作者は、読者が季語を知っているという条件で俳句を作っているのです。ですから読者の方も、新しい季語と出逢う度、その季語についてしっかり勉強する心構えが必要ではないでしょうか。しかし、初心のうちは、どれが季語でどれが季語でないかよく分かりません。したがって、ただ季語が季節を表すことばというくらいの認識で一句に立ち向かうと、たちまち途方に暮れてしまうのです。

季語がさほど重要でないならば、季語を集めた辞書ともいえる歳時記は、不要ということになるでしょう。歳時記には、その季語に纏わる歴史や先人達の作例などが記載されています。古くからある季語となると、多くのスペースを割いて書かれており、読みこなすのも容易ではありません。私の学習会では、「名句に学ぶ作句のヒント」と称して、名句の解釈やそこから得られる作句上のヒントを掴むようにしていますが、解釈する際にまず季語の本意・本情を探るようにしています。俳句の前提が季語だと分かると、季語に対する向き合い方が、少し変わってくるのではないかと思います。

三七六、不即不離

二句一章の二つの句文の内、例えば上五を単独で構成しうるのは、季語くらいしかないと漠然と思っていたので、芭蕉の次のような句に対して、当初少しばかり違和感を抱いていました。というより、一つの句文を満たす要件は何かという疑問がずっと解けずにいたのです。例えば、次のような例句です。

古池や蛙飛びこむ水の音　松尾芭蕉

荒海や佐渡に横たふ天の川　同

閑かさや岩にしみ入る蟬の声　同

清滝や波に散り込む青松葉　同

曙や白魚白きこと一寸　同

今はそうでもありませんが、最初のうちは、何かとってつけたような違和感を覚えたものです。これを、次のような作品と比べてみると、多少は云わんとするところを理解してもらえるのではないでしょうか。

夏草や兵どもが夢の跡　松尾芭蕉

秋風や藪も畠も不破の関　同

冬の日や馬上に氷る影法師　同

名月や池をめぐりて夜もすがら　同

行く春や鳥啼き魚の目は泪　同

今にして思えば、この違和感の正体は、それぞれの句文の重量だったように思われます。というのは、季語にはそれにまつわる歴史や培われた情趣というものがあるのに対し、荒海や閑さには、他の句文と釣り合うだけの重さがが感じられなかったからです。

しかし、ある時、気づいたのです。私の荒海や閑さと芭蕉さんのそれとの間には、かなりの乖離があるのではないかと……。これは、現代人の傾向のように思われます。私たちは、往時に比べ自然から遥かに遠い暮しをしているからです。例えば、真の閑さといったものを、私たちは簡単には体感できないのではないでしょうか。

句文の意味の総体を仮に重量と呼ぶなら、両者の重量が拮抗することで、二つの句文は互いに響きあうのではないかと思われます。時に干渉し、時に反発し、無限の運動を繰り返すといったらいいでしょうか。そのダイナミズムこそが、作品の生命だと思うのです。細見さんの作品に、

寒卵二つ置きたり相寄らず　細見綾子

があります。この二つの卵の間には、万有引力が働いています。相寄らずとは、相寄るべき力があるのに、相寄らずということでしょう。その措辞が不思議な緊張感を生み出し、静止しているのに、動こうとしているような感じさえ与えています。

二つの句文は、ちょうどこの寒卵のように、一つのときとは別な世界を創りだしています。それを先人たちは、不即不離、即かず離れずと称したのではないでしょうか。

三七七、自然の実感

俳句という短いことばで何かを伝えることができるのは、端的にいえば、ことばがその持てる力を十全に働かせているからだといえましょう。そのためには、作者と読者双方に、ことばに対する豊かな感受性がなければなりません。そして、その感受性を育む方法は、俳句を作り続けること、そして自然に親しむことだと思うのです。

作句を通して、私たちは日本語を学んでいるともいえましょう。語彙の選択や配置には、ことばの持つイメージ喚起力や音楽性など様々な要素がからんできます。実作を通してそれを体得していくのです。それでも、何万とある季語の全てに精通することは、恐らく不可能でしょう。それはまさに、尽きることのない俳の森です。

山本健吉さんのように、評論に徹した人も稀にはありますが、読者が作者でもあることは、とても合理的だと思います。何故なら、俳句の鑑賞には、ことばについての深い造詣が必要だからです。勿論、それがなければ俳句が理解できないなどというつもりはありません。ただ、俳句に限らず、誰かのいったことばをほんとうに理解するには、受け手の側にそれだけの準備が必要なのは、いうまでもないことでしょう。作句を通してその準備ができるのです。

自然に親しむというのは、体のなかにそのものの感触を溜め込んでいくことです。毎日の暮しのなかで、様々なものが手に馴染んでいくように、五感で感知したものが、記憶の滓のように体のなかに蓄積されていきます。手が覚えている、耳が覚えている、目が、鼻が覚えているというふうになったらしめたものです。

グランマ・モーゼスというアメリカの画家は、七十五歳になってからリウマチのリハビリのために絵を描き出したといわれています。家のなかにいても、体が覚えているものを紡ぎ出すように描くことができたそうです。絵に限らず、似たような話は実はたくさんあって、漁師さんだった人が、急に魚の彫刻を彫り始めたり、私自身もそれまでのバードウォッチングの経験から、鳥に纏わる50篇ほどの童話を短期間に書き上げたこともありました。

自然をよく見、味わい、感じることです。触れてみることです。嗅いで、噛んでみることです。そうしている内に、ある種の実感が体のなかに宿ってきます。そうすれば、実感に頼って作句することができます。それは、単なることばの連想ではありません。実感を持つことで、私たちの選句が確固たるものになるのです。

以心伝心、拈華微笑というのは、座の人々がこの実感を共有しているか否かにかかっています。自然をよく見ていると、いままで見えなかったのに、急に見えてくるものがあります。その喜びが、私たちをまた自然へと向かわせてくれるのです。

三七八、場面を詠う
（句文をつなぐ場のちから❶）

今回より、三回に分けて、「場面を詠う」と題して、俳句の句形のなかで、場のちからがどのように働いているのかを見ていきたいと思います。

私は、作句のうえで重要なことは、場面を詠うことだと考えています。生活のふとした瞬間に、おやっと思ったり、きれいだと立ち止まったりすることが誰にもあるでしょう。それらがすべて俳句の種になります。何故なら、作句動機は、間違いなく作者の感動だからです。感動といって大袈裟ならば、ときめきといってもいいでしょう。

「場面を詠う」（1／3）は、まずいちばん分かりやすい三句一章から始めましょう。

❶三句一章（三段切れ）

普通、三段切れは良くないと言われますが、読者が想像しやすいように、作者がしっかりと場面を表現できれば、全く問題ありません。随分昔でうろ覚えですが、テレビのスーパーマンの出だしに、こんな場面があったのを覚えているでしょうか。

鳥だ。ロケットよ。あっ、スーパーマン。

これは、俳句ではありませんが、三つの文で一つの場面を作っています。因みに章というのは、ひとまとまりに完結している詩文のことで、一つの俳句のことだと考えてください。三句一章は、三つの句文で、一つの俳句になっているという程の意味です。

三句一章の例句を、いくつか挙げてみましょう。それぞれどんな場面か想像してみましょう。

初蝶来。何色と問ふ。黄と答ふ。　高浜虚子

かまきりを「持ってて」。「いいよ」。持っている。　柳本々々

目には青葉。山郭公。初鰹。　山口素堂

一句目は、春の野の光景でしょうか。何人かで散策しているのでしょう。あっ、初蝶だと思った瞬間、飛び去ってしまったのでしょう。そこですかさず、誰かが何色と問うた。すると他の誰かが間髪を容れず黄と答えた。とまあ、こんな場面ではないかと思います。初蝶ということばが、この句全体に緊張感あるいは躍動感を与えています。やはり吟行でしょうか。読後には、黄色い蝶が、残像のように読者のこころにもしっかりと刻まれます。

二句目は、小学生の男の子どうしの会話のようです。かまきりを持ったことがないと分からないかもしれませんが、持ったことのある人なら、その時の感触が甦ってくるはずです。触覚を感じさせるというのは、なかなか凄いことだと思います。三句目は、これから初鰹を食する場面を想像すれば、すっと腑に落ちてきます。

このように場面を想定すると、三段切れは、臨場感を出すのに格好の句形だということが分かると思います。場のちからが、三つの句文を束ねているのです。

三七九、場面を詠う
（句文をつなぐ場のちから❷）

「場面を詠う」（2／3）は、一句一章です。前回の三句一章では、人口に膾炙される三段切れの句も、ある場面を想定することにより、句意を取り違えることはないということが分かりました。今回は、一句一章で場のちからを見ていきましょう。

❷一句一章

前回の三句一章が、三つの句文で全体としてある場面をいっているのなら、一句一章は、一つの句文で場面をいっていることになります。つまり、五七五、十七音で書かれた一つの場面です。

例句を見てみましょう。句文の切れ目に句点を入れてあります。句点は、名詞や動詞の終止形、や、かな、けりなどの切字のあとに入ります。

巾着に米三合の寒参。　青野討支夫

戦時下の母偲ばるる寒卵。　小林ゆきを
菊酒を酌む金婚の宴かな。　緑川智
舞ふやうに這ふやうに散る桜かな。　飯野正勝
華やげる銀杏黄葉の大社。　神崎和夫

いかがでしょう。どれも、一つの句文で一つの場面を切り取っています。場面というのは、そこに具体的な物があり、作者がそこにいて、何かをしているということです。青野さんの句には、巾着があり三合の米があり、神社かお寺に寒参をしているところです。小林さんは、寒卵を前に、戦時下のありし日の母を偲んでいます。何か寒卵に纏わるエピソードがおありなのでしょう。緑川さんは、金婚式の宴。黄菊と金色がとてもきらびやかです。飯野さんは、桜吹雪のなかに立っているのでしょう。「やうに」のリフレインが、それを楽しんでいるかのようです。神崎さんは、折しも銀杏の色づいた社に居合わせたのでしょう。

作者は場面のどこかにいると述べましたが、一句一章では、当事者であったり、観察者であったりします。例句でいいますと、青野さん、小林さん、緑川さんは当事者、飯野さんと神崎さんは観察者ということになるでしょう。そして、観察者である作者と対象との距離感は、使われたことばによってある程度想定することができるのです。

飯野さんの「舞ふやうに這ふやうに」という措辞は、作者が花吹雪の直中にいることを示しています。また、神崎さんの「華やげる」という措辞からは、境内で銀杏黄葉を見上げる作者を容易に想像することができましょう。

俳句は、よく一人称の文芸という言い方をされます。『いま、ここ、われ』の文芸だという人もおります。作者の感動体験がその場面を通して語られるということだろうと思います。

三八〇、場面を詠う
(句文をつなぐ場のちから❸)

「場面を詠う」(3／3)は、二句一章です。芭蕉さんの句を通して、二句一章を少し掘り下げてみましょう。

❸二句一章

夏草や兵どもが夢の跡

この句の、二つの句文を強調して表示すると、

夏草や。　　兵どもが夢の跡。

この二つの句文は、それぞれ別の意味をもつ句文であることがよく分かります。夏草やといえば、目の前に夏草が生い茂り、兵どもが夢の跡は、ちょっと分かりにくいかもしれませんが、文としては意味をなしています。一見、関係ないようにも見える二つの句文が、何故一つの俳句になるのでしょうか。その鍵は、その俳句が発せられた場所、つまり場にあります。

「夏草や」まで読んだとき、読者は、何故か呆然と立ち尽くす作者を想像するでしょう。それは、切字「や」の詠嘆の働きです。同時に読者のうちにも、夏草のイメージが広がっていくことでしょう。やがて、「兵どもが夢の跡」は、その場所に立ったときに生まれた、作者の感慨ではないかと気づくのです。

夏草のイメージに、夢の跡のイメージが重なっていきます。すると、だんだんそのことばの謎が解けてきます。今、むせかえるような夏草に覆われたこの地は、なんの変哲もないこの草はらは、かつて兵どもが夢の跡だったに違いないと……。

そしてこの夢の跡が、生死を賭けた戦によって築きあげた豪奢な御殿の跡かもしれないと思い至ったとき、読者の胸にも様々な感慨が去来してくるのではないでしょうか。それを、無常観と受け取る人もいるでしょう。

このように、二つの独立した句文が一つの意味を持ち得るのは、そこに場の力が働いているからなのです。俳句は普通、その場にある景物やその場の雰囲気に触発されて生まれます。その場を形づくるのは、多くの場合季語の情報です。季語は自然の景物ですから（例外もありますが）、時季とおおよその場所を特定することができます。

掲句では、夏草を手掛かりに、読者は自身の体験から、その場をイメージします。知らず知らずのうちに、読者はその場面に引き込まれていきます。こうして、場面を介して作者の感動が読者に伝わっていくのです。無関係のように見えた二つの句文は、実は作者の感動の糸で繋がっています。その感動を共にすることが、俳句の鑑賞なのではないでしょうか。

俳句を読んで、独立した句文を苦も無くつないで意味を受けとることができるのは、場という大前提があるからです。

しかし、場が共感の母胎として働くのは、読者の側にも似たような体験があるからだといえましょう。俳句を通して、私たちは場の体験を交換し合っているのです。

三八一、二句一章（抽出型と触発型）

完全に独立した二つの句文からなる二句一章の場合、俳句の形は、次の何れかに大別できるように思われます。

❶触発型
❷抽出型

命名は、二句一章の二つの句文AとBの関係に因んでいます。以下、例句を交えてその特徴を説明したいと思います。

❶触発型

触発型は、句文Aに触発されて句文Bが生まれたような場合です。

夏草や。（兵どもが夢の跡）。 松尾芭蕉

閑かさや。（岩にしみ入る蟬の声）。 松尾芭蕉

冬晴や。（地上はいのち濃きところ）。 金子つとむ

（身に入むや）。太宰の墓に酒・煙草。 原田要三

どっちがどっちとは一概に断定できない場合もありますが、少なくともある種の感慨といったものは、現実の景や状況が契機となって生まれてくるのではないかと思います。右の例では、感慨に相当する部分を括弧で括っています。また、四句目のように、ある光景が季語の情趣を深く認識させる場合もあるでしょう。作者は、季語を体験したといってもいいのではないでしょうか。

❷抽出型

抽出型は、ある景の中の様々な構成要素の中から二つ、AとBを抽出して感動の場面を表現する場合です。触発型のように一方が他方に依存するというより、両者が最良の組み合わせ（ベストマッチング）にあるといっていいでしょう。この関係のことを、俳句では即かず離れずと呼ぶのではないでしょうか。それは、別のことばでいえば、互いに響きあう関

係です。

荒海や。佐渡に横たふ天の川。　松尾芭蕉

赤蜻蛉。筑波に雲もなかりけり。　正岡子規

海光や。棚田縁取る彼岸花。　竹内政光

冬霞。ほのかに浮かぶ遠筑波。　池田克明

潮待ちの日の出を拝む。冬葵。　高井由治

作者は、ある場面のなかから、この二つの句文を抽出して、読者の前に並べて見せたのです。作句の動機は、作者がその場面に深く感動していることでしょう。そして、その感動の源を探り当て、これはと思う事物を二つの句文に仕立て、提示しているのです。二つの事柄は、互いに響きあって場面を構成しています。

恐らく、作者の目には、抽出された二つの事柄以外にもたくさんのものが見えていたはずです。例えば子規の句の場合、前景の赤蜻蛉と後景の筑波との間には、田園風景が広がっていることでしょう。そこには、刈田や薄や小川といったさまざまな景物が犇めいていたことでしょう。その中から二つに絞ったのは、作者の力量に他なりません。

三八二、『春の旅』考

「春の旅」を季語として採録している歳時記と、そうでない歳時記があります。ことばとしてはもちろん、春の旅があるなら、夏の旅も、秋の旅も、冬の旅もあるでしょう。しかし、それらは果たして季語になりうるのでしょうか。春の旅をめぐって、そのあたりのことを考察してみたいと思います。

まず、季語が季語であるための条件は何でしょうか。歳時記には春の川も、春の野も、春の空も採録されています。まず、これらが何故季語となりうるのかを考えてみます。

季語は季節のことば、俳句のような短詩に季語が必要とされてきたのは、季語のもつ情報量の多さがあるでしょう。春の川といえば、誰しも冬の険しさが消え、水量も増えて穏やかな流れを想像することでしょう。河原はそれまでの枯色から瑞々しい緑へと日毎に変わっていきます。

春の川は、春ならではの川のイメージとそれに伴う情趣をもっています。俳句で春の川といっただけで、読者は春の川をまのあたりにすることになるのです。同じように、夏には夏の、秋には秋の、冬には冬ならではの川のイメージがあります。

このことを念頭に置いて、春の旅を考えてみましょう。春の旅から、どんなイメージを思い浮かべることができるでしょうか。北上する桜前線を追って、桜を愛でるのも春の旅なら、暖かくなって景勝地を巡る旅も、名物を食するための旅もあるでしょう。

そう考えると、春の旅といっても、そのバリエーションはかなり広いことが分かります。そして問題は、そこに春の旅を決定づける、他の季節とは異なる春の旅ならではの情趣が何かあるかどうかということです。

川のような自然物とは違い、旅は人の行為ですからバリエーションが豊富なのは当然です。それだけに、春の旅といっても、春の旅ならではのイメージに収斂しにくいのかもしれません。個人的には、春の旅は、春に出かけた旅のイメージでしかないように思うのです。

桜を愛でる旅はまさに春ならではの旅ですが、それならば桜狩でも花見でもいいことになります。少し遠出の花見ということです。

季語になるための要件は、そのことばに豊かな情趣があって、多くの人が特定のイメージを共有できるかどうかにかかっているのではないでしょうか。

芭蕉さんの時代には、季語は数百しかありませんでした。今は五、六千、副季語を含めると二万弱になっています。その過程で、歳時記による採録のバラツキがでてきたのだろうと思います。いわば、グレーゾーンの季語です。それをどう使用するかは、まさに個人の裁量といえましょう。

三八三、推敲と表現

推敲については、これまでにも何度か取り上げてきましたが、俳句という短詩では何度も推敲を繰り返すということがよくあります。勉強のために、自作の推敲過程をエクセルシートで全て記録していますが、私がこれまで推敲した回数の最高は、一〇二回です。

ところで、推敲とは何なのでしょうか。たくさん推敲を重ねたからといって名句ができるわけではないことは、実作者なら誰でも知っているでしょう。いま私は、推敲とは、自分の感動の所在を探り当てることだと考えています。

先頃、こんな句を作りました。五月だというのに、最高気温が三〇度を超えた、今年最初の真夏日でした。夕方、暑さも一段落した頃、通りがかりの森の側で、鶯の声を聞きました。そこで、

老鶯や初真夏日の夕つかた　金子つとむ

とやったわけです。けれどもその時は、自分自身でも何が作句動機となったのかよく分からなかったのです。心を動かされたのは確かなのですが、その正体が分からない。そして、推敲を繰り返す内に、涼しということばが浮かんできました。

老鶯の夕べの声の涼しさよ　金子つとむ

老鶯のきれいな高音は、私に涼しさを感じさせたのだと得心したのです。運よく、作句時に感動の所在を的確に探りあてることができれば、推敲は不要でしょう。自分が何に感動したのか、自省しながら推敲をすすめると、私の推敲のような酷い事にはならずに済むように思います。

さて、推敲が感動の所在を突き止めることなら、表現とはことばを通して、感動の内実を自他ともにオープンにすることだといえるでしょう。俳句では、例句のように感動の所在が季語の情趣に収まる場合もあれば、そうでない場合もありましょう。

しかし、そんなときでも私たちは、感動の引き金となったものを提示することで、読者をその場に居合わせることができます。以前にご紹介した、高野素十さんのことば、「表現は只一つにして一つに限る」は、いまでは私の座右の銘ですが、このことばのいわんとするところは、その時の作者が持つ、持てる限りの表現力を使って、突き止めた感動を表現しなさいということだろうと思います。

素十さんの句に、何でもないような句があります。

苗代に落ち一塊の畦の土　高野素十

この句の背後には、大いなる自然の力が控えているように思われてなりません。それを、人間のことばで表現しようとしても、適当なことばが見つからない。そんなとき、私たちはその感動を受け取った場面だけを、そのまま提示するしか方法がないのではないでしょうか。

三八四、ことばのイメージ化と繋げ方

俳句が一章である纏まった意味を伝えるといっても、ことばにはそれぞれイメージ喚起力がありますから、実際はことばと共にイメージが現れ、それらのイメージが、やがてジグソーパズルのようにある纏まったイメージへと展開していくものと思われます。特に俳句では、一読して映像が浮かぶということが、読者の共感を得るもっとも基本的な条件といってもいいでしょう。簡単にいえば、イメージの湧かない句は、共感しづらいのです。

このイメージ化とその繋げ方は、自作を推敲する際の指針となるのではないでしょうか。たとえば、次の拙句が分かりにくいのは、イメージ化に失敗しているからではないかと思うのです。

夏鴨の田水くぐりし嘴光る　　金子つとむ

この句を分解すると、夏鴨の嘴光るという文のなかに、中七の形容が挟まる格好になっています。そこで、下五で嘴が出てくるまで、「夏鴨の」というフレーズは、イメージを構成できないまま、宙ぶらりんの状態に置かれます。掲句を添削したのが次の句です。

夏鴨の嘴光らせて田水中　　金子つとむ

句意はやや異なりますが、一読してすっと映像が伝わるのではないでしょうか。ポイントはやはり、ことばをイメージ化し、順に繋げていくことではないかと思います。

また、イメージを繋げる方法としては、イメージを単に並置したり、大から小へフォーカスしたり、逆に小から大へ拡大したりすることが考えられます。そしてそれはそのまま、視線や他の五感の動きと重なっています。

山又山山桜又山桜　　阿波野青畝

目には青葉山郭公初鰹　　山口素堂

みちのくの伊達の郡の春田かな　　富安風生

苗代のへりをつたうて目高かな　　正岡子規

荒海や佐渡に横たふ天の川　　松尾芭蕉

海に出て木枯帰るところなし　山口誓子

ことばがイメージ化され、それが視線の動きにそって繋げられるとき、私たちは、違和感なくその景の中へ入っていくことができるでしょう。散文のなかに置かれたらあまり気にならない文章も、俳句という短詩形で気になってしまうのは、俳句はイメージの伝達ということを主眼にして作られているからだと思われます。

短歌の世界でも、事情は似ているようで、例えば次の作例のように、助詞「の」によってある一点に収斂するような作品では、読者はスムーズにその景を思い浮かべることができるでしょう。

ゆく秋の大和の国の薬師寺の
塔の上なる一ひらの雲　佐々木信綱

三八五、飛んで向うへ

高野素十さんの処女句集『初鴉』に、句集名となった作品があります。

ばらばらに飛んで向うへ初鴉　高野素十

初めてこの句に会ったとき、上五中七がなんともぶっきらぼうに思えたのですが、繰り返し読んでいるうちに、言い得て妙だと気づきました。確かに、塒入りの鴉などは、まっすぐに塒を目指すというふうでもなく、それぞれが勝手気儘で、まさにこんな感じで飛んでいくのです。新年だからといって、鴉が特別な飛び方をする訳では無論ありません。どうやら作者は、初鴉といったって、鴉はいつもと同じだといわんばかり。そこに、なんともいえない諧謔《かいぎゃく》が漂っているように思います。

これまでに何度も取り上げましたが、素十さんのことばに「表現は只一つにして、一つに限る」というのがあります。まさにそのことばを実践した格好の例ではないでしょうか。初鴉といえば、なんとなくこちらも改まって、鴉にもいらぬ装いをさせたがるのが人情でしょう。しかし、素十さんは違います。いつもと同じく、平常心なのです。鴉が群れ飛ぶときはいつも、「ばらばらに飛んで向うへ」いく、それが鴉の有り様なのだと、作者はそういいたげです。もしそうなら、表現に色は付かず、おそらく只一つに収斂していくでしょう。

あるとき、いつも散歩する小貝川の土手から、眼下に広がる早苗田を見晴るかし、

早苗田の果てなる森の緑濃し　金子つとむ

と詠みました。しかし、しばらくすると「果てなる」がどうも気になります。そして試行錯誤の上、最後に、「向こうの」と置いたとき、素十さんの句を思い出したのです。

早苗田の向こうの森の緑濃し　金子つとむ

初鴉の「向うへ」は、作者から離れる方へという意味でしょう。作者は、そのときそれが南だとか東だとか全く意識していなかったと思われます。拙句の「向こうの」は、向こう側のという程の意味です。「向こう」というと、果てよりはぐっと距離感が狭まりますが、誇張せずに只一つの表現を追求すると、「向こう」でいいと合点したのです。

素十さんの五感が捕まえて、「飛んで向うへ」といったものを、素十さんもおそらく「只一つ」と合点したのでしょう。例えば、飛んで南へなどといえば、それは鴉の有り様とは異なって、人の認識が前面に現れてきます。

鴉は飛んで向こうへ行った、それをああ初鴉かと思って作者は見送っただけなのです。それだけの句ですが、それこそが大事なのではないでしょうか。虚飾のない世界とは、大いなる自然の相そのものともいえましょう。それを表現することが、只一つの意味だと思うのです。

三八六、作句の現場

月一回の句会で俳句仲間のIさんがこんな句を投句されました。

早乙女の一挙一動追ふカメラ

早乙女という季語は、老若を問わないとのことですが、Iさんが見たのは東北旅行の折に見かけた田植え祭。早乙女の中には、女子高生もいて、しばらく見惚れていたそうです。テレビカメラもでて、おそらく季節の話題として放映されるのでしょう。その一部始終をご覧になったIさんは、その中から冒頭の場面を詠まれたわけです。

おそらく、早乙女の嫋やかな所作に魅了されていたものと思われます。しかし、いざ表現してみると、一挙一動という

のは、いかにもことばが堅いように思われます。また、自分事ではなく他人事として詠んでいますので、作者の感動が今一つ伝わってこないように思われます。

作者の着眼点はやはり早乙女の所作にあるようですから、それに見入る作者の動作を自分事として詠み込むとより臨場感が増すのではないでしょうか。そこで、次のように添削してみました。

ズームして撮る早乙女の手付かな

今時の家庭用ビデオカメラには、ズーム機能がついていますので、作者がビデオを撮っている様子を詠んだわけです。実際作者もその時の様子を撮っていたようですから、自分事として詠んだ方が、はるかに説得力があるように思います。

さて、俳句に限らず、写真でも動画でも、同じ場面に出くわしたとき、私たちが注目する箇所はそれぞれ異なります。吟行にいっても同じ着眼点の句というものには、めったにお目にかかることはありません。写真もそうでしょう。ですから、それぞれがおやっと思ったところを正直に切り取れば、その人独自の作品ができることになります。冒頭の場面は、例えば、

早乙女や畦に報道カメラマン

というふうに、ロングショットで、大づかみに切り取ることもできます。おや、何だろうと思った瞬間を切り取る訳です。また、もう少し近づいて、早乙女のなかに交じる女子高生に着眼して、

早乙女の中の一人のをさな声

などとすることもできましょう。いずれにしても、作者が切り取った場面が、作者が最も感動した場面、それゆえ、表現したかった場面ということになります。

作者は、場面を描くことで、それを読者に伝え、間接的に作者の感動を読者に伝えようとしているのです。早乙女と報道カメラマンだけで伝わるものがあるのは、読者の側にも似たような経験があるからだといえましょう。それを共感の母胎といってもいいと思います。

三八七、一句一章、表白型

二句一章には、抽出型と触発型という二つの形があると以

前にお話ししました。
抽出型というのは、文字通りある場面のなかから二つの景物（句文）を抽出することで、その場面を再現しようとする試みです。作者と同じ場面を追体験することで、読者のなかにも作者とおなじような感動がもたらされます。代表例として、次の句があります。

赤蜻蛉筑波に雲もなかりけり　正岡子規

一方、触発型というのは、ある景物によって触発された作者の感動、作者の内面のイメージなどを表出したものといえます。例えば、

夏草や兵どもが夢の跡　松尾芭蕉

などがこれにあたるでしょう。かいつまんでいえば、二句一章は、作者が場面の力を借りて、その感動を表現しているといえるのではないでしょうか。

これに対し、一句一章で表現されるものを何といったらいいのでしょうか。例えば水原秋桜子の句に、

冬菊のまとふはおのがひかりのみ　水原秋櫻子

があります。一句一章では、作者の感動の正体は、そのものずばり端的に表現されています。作者は、己の光だけを纏って超然と佇む冬菊の姿に感動しているのです。そこで、これを表白型と呼んでみましょう。一句一章は、作者の感動の所在が明確で、作者もそれを意識して作句しているといえましょう。

ところで、拙作ですが、あるときこんな句を作りました。

紫陽花や尾長声曳く寺の空　金子つとむ

どこかしっくりしなくて、二週間ほどそのままにしておいたのですが、やがて、

紫陽花の寺に尾長の声頻り　金子つとむ

の句を得て、なんとなく落ち着いたのでした。そこで、その原因を探ってみて、はたと思い当たったわけです。前者は二句一章の抽出型ですが、私自身、境内に紫陽花が咲き乱れ、その上を尾長が啼き渡る場面に感動したわけではなかったのです。むしろ逆で、尾長の声をどこか似つかわしくないものとして感じていたのでした。
最近、尾長を見ることは少なくなりました。羽は薄い水色でとても綺麗な鳥ですが、声はご存知の通りの濁声です。地上の花園の上を飛ぶ尾長の声は、確かにちょっと興ざめです

が、それがあるがままの自然でもあります。

そこで、後者では一句一章にして、尾長の声に焦点をあてています。私のいいたいことの中心は、むしろ尾長の声にあったのです。そして、そのことに気づいて推敲してみると、しっくりきたというわけなのです。一句一章は、作者のいいたいことをそのままストレートに表現する表白型と呼んで、差し支えないのではないでしょうか。

三八八、俳句の詠み方読まれ方

句会で選句するとき、初心の内は季語についての知識も乏しいため、季語とそれ以外の語彙を殊更意識して読むことはないでしょう。これは、一般の人が俳句に接するときの状況とほとんど同じです。

例えば、子規の次の句を読んだとき、初心者はどんな景色を想像するでしょうか。


赤蜻蛉筑波に雲もなかりけり　　**正岡子規**

おそらく、近景には赤蜻蛉、遠景には筑波のみえる奥行のある景色を想像することでしょう。赤蜻蛉は赤蜻蛉で、それ以上でもそれ以下でもありません。但し、個人的に赤蜻蛉の記憶があれば、それを思い出すかもしれません。

しかし、俳句を続けていると、季語にまつわる情報がたくさん入ってきます。歳時記の情報や、好きな作家の作品や、自身の体験などもあるでしょう。人によっては、赤蜻蛉という季語から、郷愁や親しみさえ感じるかもしれません。私は、何故か夕日や刈田の匂いを思ったりします。赤蜻蛉といわれただけで、そこには、自然物としての赤蜻蛉以外に、季語としての様々な情趣が加わってくるのです。これが、季語が季語として読まれることの意味だと思います。

つまり、季語の赤蜻蛉は、単なる赤蜻蛉よりももっと膨らみをもったことばとして、そこに立ち現れてくるのです。それは例えていえば、赤蜻蛉が季節の舞台を設えてくれるようなものではないでしょうか。近景の赤蜻蛉と遠景の筑波の間を、読者は埋めることができるのです。

それは、蛇行する川であったり、芒の揺れる夕景であったり、刈田や稲架のある景色かもしれません。季語を媒介として、読者は作品が描く世界に参加していくのです。読者のこの参加があることで、作者は、景のなかから、赤蜻蛉と筑波を描出するだけで、作品を仕上げることができるといってもいいでしょう。

子規が掲句で描きたかったのは、赤蜻蛉と筑波なのでしょうか。私は、そうは思いません。むしろ子規は、よく晴れて澄み切った秋の大空間そのものを、この句の中に据えたかったのだと思っています。その空間こそ、子規が感動したことだと思うからです。読者も又、子規と同じようにこの空間に入り、清澄な秋の空気に浸ることができます。そして、知らず知らずのうちに、赤蜻蛉に纏わる記憶を呼び覚ますことになるのです。

この句は、私が二句一章、抽出型と名付けているものです。作者が見た景のなかから意図的に抽出された二つの句文が、骨格のようにこの句を形作っています。そこに、肉付けするのは、他ならぬ読者だといえましょう。この作業こそが、俳句を鑑賞することだと思うのです。

三八九、二句一章の抽出要件

偶然に立ち会った感動の現場、作者は、その景のなかから二つの句文を抽出して読者に提示します。これが、二句一章の抽出型です。読者は、作者が提示した二つの句文から景を再現し、作者の感動を受け止めます。二句一章は、取り合せともいわれますが、これは、もう一つの触発型をも含めた広い言い方のように思われます。

さて今回は、抽出された二つの句文の関係について、考えてみたいと思います。私が抽出と名付けたのは、あくまでも作者に感動をもたらした実際の景の中から、句文として二つを選びとるということを言いたかったからです。ですから、二つの句文は、作者の眼前にあるものの中から選び取られなければなりません。そして、その二つが、ともに同じ現場のものであることが、よく分かるように表現されなければならないのです。

実際に、例句を見ていきたいと思います。

赤蜻蛉筑波に雲もなかりけり　正岡子規

赤蜻蛉と筑波を子規が見ていると思えるのは、何故でしょうか。そんなことは当たり前と思われるかもしれませんが、ちゃんとした理由があるのです。例えばこの句が、

赤蜻蛉女峰の高き筑波山

だとしたら、どうでしょうか。途端に怪しくなります。「女峰の高き筑波山」は現場にいなくても、知識だけで表現可能だからです。写生すると、作者がそこにいた痕跡を残すことができます。子規の作品の、「雲もない」は、まさにいまここの情景です。そこが、感動の現場であることを証明しているのです。

さて、次の句はどうでしょうか。

十薬の花際立つや藪の中　金子つとむ

一見すると、「藪の中に」の助詞「に」が省略されたようにも思われますが、この句は、二句一章として成立しています。その理由は、際立つと藪（の暗さ）が、読者のなかで自然につながるからです。もう一つ、見てみましょう。

寂寞と梅雨の家並や水溜り　金子つとむ

梅雨と水溜りは無理なく繋がりますので、二句一章としては、ぎりぎり成立するでしょう。しかし、私自身は、水溜りに家並が映っていると言いたかったので、その点は未だ不十分であり、推敲の余地がありそうです。

さて、人口に膾炙した句でも、句文どうしの繋がりから、一つの現場であることを指摘することができます。

古池や蛙飛びこむ水の音　松尾芭蕉

以前に、『古池に蛙は飛びこんだか』（長谷川櫂著、中公文庫）という本を読んだことがありますが、私自身は、池と水音は、一つの現場であることの証明ではないかと考えています。

三九〇、イメージの貼り絵

拙句で恐縮ですが、まず、次の二つの句を比べてみてください。二つとも、ほぼ同じような情景を詠んでいます。

①　**浮雲の影のさ走る青田原**　金子つとむ

②　**青田面翳りて雲の速さかな**　同

実は、二つは詠んだ場所が違います。①は、ベランダから見渡す限りの青田を眺めて詠んだものです。広々とした青田を、浮雲の影が舐めるように通り過ぎていきます。青田原という季語はありませんが、その広がりを強調したいと思い、そう名付けてみました。
②は、あぜ道での景です。ですから、「青田面翳りて」と詠みだしています。句の臨場感でいうと、②の方に軍配が上がるように思います。①の方は、景が遠い分、作者と句の関係が弱いように感じられます。

さて、タイトルのイメージの貼り絵についてです。私は、作者が感動を受け取った場面を読者に提示するのが俳句だと考えていますが、その提示する順番を決める際に、貼り絵ということを意識してはどうかと思うのです。

イメージの貼り絵としたのは、ある纏まったイメージが順番に置かれるということです。実際に、②の例で考えてみましょう。

まず、最初に置かれるのは、青田面です。ここは、助詞「が」が省略されていますので、切れがあるわけではありませんが、一呼吸置くことも可能でしょう。そうすると、読者の眼前には青田の瑞々しい緑が見えてきます。

するとそこに何かの影が過ります。「翳りて」から、読者は日が翳って、青田の色が少し暗く沈むのを感じることができましょう。この「翳り」は、青田の上に置かれた二番目のイメージです。


次にそれが、雲の影であることが明かされ、影の輪郭が明確になってきます。そして、「速さかな」で、影は飛ぶように過ぎる浮雲の影であると分かるのです。速さということばで動きがうまれ、この句は動画的な要素を取り込むことになるのではないでしょうか。句の臨場感がより高まるようにも思われます。臨場感は、読者を作者と同じ立ち位置に、半ば強引に連れていきます。


さて、②と比べると、①は、やや説明のように感じられます。②のように、一つ一つイメージを置いていくような貼り絵的な手法と比べると、②の場合は、最後まで読まないとイメージが立ち上がってこないのです。浮雲の影といわれても、それが走るといわれても、青田原がでてくるまで、読者はイメージを貼る場所がなく、宙ぶらりんの状態に置かれるのではないでしょうか。

次の子規の句のように、前景と後景のイメージを貼ると、そこには、空間が生まれ奥行が生じてきます。

赤蜻蛉筑波に雲もなかりけり　　正岡子規

三九一、切れが生み出すもの

切れは文字通り、句文の完結を意味します。二句一章や三句一章で、二つないし三つの句文が散逸しないのは、そこに場のちからが働くからです。完結は別のことばでいえば、他の句文との断絶ともいえます。それでは、切れという断絶によって、そこに何がもたらされるのでしょうか。私は、そこに時空、時間と空間がもたらされると考えています。

例えば芭蕉さんの句で、古池や、夏草や、荒海や、閑かさや、曙やなどと、ある一語が詠嘆されるとき、それは、どんな効果をもたらすのでしょうか。それは、作者が、そうとしかいいようがなくて発したものです。そのとき、ことばは、それが生まれたときに遡って、そのことばが本然として表している「もの」、あるいは「こと」そのものに、立ち返っていくのではないでしょうか。

日常生活のなかでも、私たちはたった一語の重さを噛み締めることがあります。それは、好きな人が別れ際に発した「さよなら」だったり、信頼する人からの「頑張れ」の一言だったりするでしょう。逆説的に聞こえるかもしれませんが、もうこれしかないという形でぎりぎりに発せられたことばは、より重さを増すように思うのです。そのことばに、作者の全体重が乗るといってもいいでしょう。

考えてみれば、僅か十七音の俳句自体、ことばの重さを重くする、十全に働かすための仕掛けなのかもしれません。作者に古池やと詠嘆されると、読者である私たちもまた、古池のもつあらゆる意味に思いを馳せることになります。そして、そこには、古池のもつ、時間と空間が静かに広がっていくのです。すべての場所には、本来時間と空間が宿っています。古池が、夏草が、荒海が、眼前に立ち現れてくるのです。

このように、切れには、時空を取り込み、その事物の本体を現出させる力があるのではないでしょうか。その句文が完結することで、その存在感、実在感が増すといったらいいかもしれません。一句一章の場合も、その切れによって、その俳句そのものが、一句としての存在感を確立するのだといえましょう。

二つの句文が、互いの存在感を増すとき、両者の間の空間もまた際だってきます。子規の次の作品は、その好例といえましょう。

赤蜻蛉筑波に雲もなかりけり　正岡子規

前景と後景の二つの句文の存在感が、その間に横たわる秋の野の空気感を感じさせずには置かないのです。次の句には、卵を取り巻く冬の空気感があります。

寒卵二つ置きたり相寄らず　細見綾子

三九二、季語から見た俳句の形

季語を中心に俳句の形を考えてみましょう。一句一章では、季語を主役として何ごとかをいっています。何故季語が主役かといえば、作者にとって、季語を実体験することが、作句動機になるからだと思われます。勿論、季語以外に強い作句動機があれば、無季であっても、そのものが主役となって作句されるでしょう。芭蕉さんの頃には、いわゆる雑の句もありました。一句一章の例句をいくつか挙げてみましょう。

うすめても花の匂ひの葛湯かな　渡辺水巴

まさをなる空よりしだれざくらかな　富安風生

冬蜂の死にどころなく歩きけり　村上鬼城

季語の有り様を叙述するといっても、元よりその内容はとても非凡です。単に、季語の情趣の焼き直しでは、詩にならないからです。一句一章は、一物仕立てともいわれ、作者の手腕が問われることになります。

さて、これが二句一章となると、季語が一句文として、詠嘆される場合が多いように思います。それは、季語がまさに主役であり、季語を実体験した作者が、その「もの」、あるいはその「こと」に深く没入したことの証左ではないかと思われます。季語が単独で、あるいは切字を伴って詠嘆されるとき、季語はその一切の情趣をそのなかに閉じ込め、季語の時空をそこに現出させます。季語は単独で詠嘆するに足ることばだともいえましょう。そして、それに続く句文から、作者が、なぜそれほどまでに季語に没入したのか、その理由が明かされることになるのです。同じく、二句一章の例句を挙げてみます。

夏の河赤き鉄鎖のはし浸る　山口誓子

蟾蜍長子家去る由もなし　中村草田男

貧乏に匂ひありけり立葵　小澤實

作者が目撃した景のなかに、季語を強く意識させるものがあったか、あるいは、その季語に触発されて、作者の中に浮かんだ想念が表現されています。この関係性は、作者独自のものですが、読者は自身の体験を通して、その句の世界を肯うことができるのです。

二句一章では、季語ではないことばが、単独で詠嘆されることもあります。その場合も、そのことばには、作者の強い思い入れや没入があったことは、間違いないように思われます。

閑かさや岩にしみ入る蟬の声　松尾芭蕉

曙や白魚白きこと一寸　同

荒海や佐渡に横たふ天の川　同

閑かさと蟬の声、曙と白魚、荒海と天の川は、一句のなかで拮抗し、緊張感を醸し出しています。この緊張感は、虚子の季重なりの名句を思い出させてくれます。

秋天の下に野菊の花弁欠く　高浜虚子

三九三、切れと間合い

現在のような形で句会が行われるようになったのは、子規以来のことだとどこかで読んだことがあります。爾来、私たちは俳句といえば読むものと考えているのではないでしょうか。ですから、披講のときに、取り損ねた句に気づいたりするのです。これは、黙読と音読の違いといってもいいでしょう。句会での選句が黙読であり、披講は披講者による音読だからです。

切れという観点から、両者を比較すると、音読では切れは間合いとなって現れます。上手な披講者程、この間の取り方が絶妙だといえるでしょう。江戸時代の連句の座では、句はもっぱら披講によって、つまり音によって鑑賞されていたそうです。おそらく、切れは適当な間合いとなって、座の連中に共有されたものと思われます。

ところが、黙読となった現在の句会では、切れの間合いの取り方は、すべて読者の裁量に委ねられることになります。披講時に取り損ねたと気づくことがあるのは、間合いの取り方を間違えていたこともその理由の一つではないかと思われます。間を正しくとることは、俳句の鑑賞結果を左右するほど、とても重要なことではないでしょうか。

山又山山桜又山桜　阿波野青畝

例えば掲句を、一気に最後まで読み下してしまったのでは、掲句の味わいの大半が損なわれてしまうのではないでしょうか。この句はむしろ、

山又山

山桜又山桜

と分かち書きにした方が、しっくりくるのではないかと思えるほどです。山又山で十分な間合いを取ることで、点景としての山桜が際立ち、作者の心躍りさえ感じられてくるのではないかと思います。

翻って、黙読するときでも、切れということを充分に意識して読むことが必要だといえましょう。掲句の例でいえば、間合いを取ることで、山道をゆく作者の様子が、読者の内にしっかりと映像化されるでしょう。その定着した映像のなかに、まるで新たな色が生まれるように、山桜が点景として置かれていくのです。

このように考えると、切れは俳句を鑑賞する際のとても重要な要素ということになりましょう。間合いを取ることが切れを読むことになるのではないでしょうか。切れを読むというのは少し変ないい方だと承知していますが、切れを読むとは、間合いを考えることです。掲句が徒歩によって得たイメージならば、それなりに十分な間合いが必要ではないかと思うのです。切れには、私たちが普段考えている以上に、もっと積極的な意味合いがあるように思えてならないのです。

三九四、立ち位置と臨場感

俳句の推敲をしていると、時として全く新しい表現に行き着くことがあります。感動の場面を表現するのに、遠巻きに

表現しても、その場面をなぞるだけで、感動を表現する描写にはならないように思います。ところが、推敲を繰り返すうちに、いきなり場面そのものに分け入るような表現が浮かぶ場合があるのです。

室内に立ち込める香や田刈時　金子つとむ

この句の原句は、

夜通しの小風に匂う刈田かな

です。小屋は、広々とした水田の端に位置し、八月の末には早稲田ではもう稲刈りが始まります。稲刈りがあると、稲の匂いが住宅地一帯に立ち込めます。掲句はその様子を詠んだものです。

原句は、刈田かなと詠嘆していますので、作者は刈田の見える場所にいるような印象を受けます。しかし、それにしては夜通しの小風ですから、読者はまごついてしまうでしょう。

実際のところは、作者は家の中にいて、稲の香りを嗅ぎ、もうそんな季節になったのかと感慨に耽っていたのでした。しかし、原句は作者の思いを裏切っています。その最大の原因は、作者の立ち位置が明示されていないからだと思われます。

一つの作品が読者に受け入れられるためには、作者の立ち位置というのは、必ずしも明瞭である必要はないでしょう。しかし、作者がその場から感動を受け取ったのであれば、その場面を描くことは、臨場感につながり、その場を介して、作者の感動を読者に伝えるのに役立つものと思われます。

例えば高浜虚子の次の句は、場面の臨場感を余すところなく伝えています。

初蝶来何色と問ふ黄と答ふ　高浜虚子

ポンポンと弾むようなことばのやり取りが、人の群れのなかに紛れ込んだ初蝶の姿を彷彿とさせています。

臨場感のある作品というのは、作者がまさにそこに居たことの証ともいえましょう。逆にいえば、そこに居た作者でなければ分からないような、作者ならではの表現が求められているともいえるのではないでしょうか。

私の句の場合は、最初から家の中に立ち込めた稲の香りを描くべきだったのです。刈田の匂いが風に乗って夜通し届いたというのは、頭でこしらえた理屈にしかすぎません。場面を描くことで、作者の感動は直に伝わってくるのではないでしょうか。そして、そのために注意すべきことは、作者の立ち位置を明瞭に描くことだと思うのです。室内ということばが、必要だったのです。

三九五、再現描写

私は、俳句は作者が感動した場面を再現することで、読者の共感を得ようとする文芸だと考えていますが、どうすれば場面を再現することができるのでしょうか。今回は、句会に投句された次の句を手がかりに、そのことについて考えてみたいと思います。

雲海を染め白神に日は沈む

作者は雲海を見ている訳ですから、どこかの山の山頂から見た景でしょうか。それとも、飛行機の窓から見た景でもありましょうか。但し、飛行機からですと、季節を問わず見ることができるので、登山を前提にした雲海（夏の季語）とは、やや異なるかもしれません。それはともかく、作者は淡々と叙述しており、読者はその景を心の中に思い浮かべることができます。ですから、描写としては成功していると思います。

しかし、どこか散文的で、臨場感や現実感が乏しいように感じるのは何故でしょうか。掲句を例えば次のような文章のなかに置いてみると、あまり違和感がなく、収まってしまうことが分かります。

強い日差しにふと機窓を見遣ると、いましも「雲海を染め白神に日は沈む」ところであった。

この句に足りないのは、作者の感動までも感じさせる一句のリアリティではないかと思います。別のことばでいえば、作者がこの句に込めた強い思いといえばいいでしょうか。それが、一句を独立して立たせる力ではないかと思うのです。掲句に作者の心躍りを少し加えるだけで、見違えるような句になります。例えば、

雲海を染め白神に沈む日よ

としてみます。沈む日よと詠嘆するだけで、作者はまさに、落日の現場に立ち会っていることが分かります。俳句の切字がことごとく詠嘆を意味するのは、感動の現場を再現するためではないでしょうか。

また、動詞を無くすことで、より映像的にすることもできましょう。動作は時間を含みますから、動詞がないだけで、場面の映像性が際立つように思います。

雲海を朱に白神に日は沈む

雲海を染め白神の落暉かな

雲海を朱に白神の落暉かな

二句一章にすれば、一気に俳句らしくなります。例えば、

雲海や白神に日は落ちんとす

二句一章や三句一章は俳句独自のもので、二つ以上の独立した句文が一つの意味をなすのは、そこに場の力が働くからだと思われます。読んだ瞬間に場面の立ち上がる句は、多くの共感を得ることができましょう。もちろん、その内容にも拠りますが……。

三九六、共感の構造

アニメーション作家の高畑勲氏は、『アルプスの少女ハイジ』をつくるにあたって、現地のスイスにロケハンを行ったといいます。日常のなかにある発見や喜びを伝えるためには、作画のリアリティが最も重要だと考えたからだといわれています。視聴者の記憶を呼び覚ますには、たとえアニメーションであっても、いやアニメーションだからこそ、そのリアリティに拘ったということでしょうか。リアリティのある場面には、視聴者の記憶のなかのものを引き出す力があるというのです。

実はこのことを知ったとき、私は即座に俳句も同じではないかと思ったのです。そこで、今回は、俳句の共感の構造ということについて考えてみたいと思います。

たった十七音の俳句が、たった十七音の記述だけで何かを伝えようとし、また伝えることができるのは、ことばがもつ意味やニュアンスなどの了解事項の他に、いわば作者と読者の間の共通体験の有無が、大きく影響しているのではないでしょうか。

俳句に歳時記があるのは何故でしょうか。季語の説明や例句を通して、単なる辞書以上に、共通体験としての季語の情趣を補足し、補強するためではないかと思われます。また、富士山や筑波山、佐渡や琵琶湖などのように人々が体験を通してより深く認知している固有名詞は、共通体験になり得るものと思われます。ことばも普段使いのことばの方がよりリアルなのは、いうまでもないことです。

結論を先にいってしまえば、俳句は人々の生活実感を通して共感しあう文芸ではないかと思うのです。そのためには、できるだけ個人の体験を述べることが必要ではないかと思います。感動の体験をしたときに、思わず口をついて出て来たことばや動作には、その場ならではの実感、臨場感が含まれています。そのことばを核として一句を構成すると、より共感が得られ易いのではないでしょうか。

実は、台風が通過する間、いくつか句を詠んでみました。そこで気づいたのは、台風というものを感覚的に捉え、感じたことを句にするよりも、体験をそのまま描写した方がしっくり来るのではないかということです。それは、似たような体験を多くの人がしており、記憶を呼び覚まし易いからではないかと思います。

台風裡風雨というも常ならず　金子つとむ
只管に耐える一念台風裡　同
台風のいきり立つ夜の雨と風　同
台風や燭を灯して一家族　同

初めの三つは、私の感想を述べたものですが、最後だけはその場面を描写しています。

三九七、場面を立ち上げることば

自作の推敲をしていて思うのは、俳句にはその場面を立ち上げる起爆剤のようなことばが必要ではないかということです。その景のもつ核心といいましょうか、勿論作者自身が感じたことの核心のようなものです。

それが、現場で浮かぶこともあれば、その核心のあたりを堂々巡りするだけで、なかなか得られない場合もあります。吟行などの折には、その現場で浮かんだことばを直にメモするようにしていますが、自分でさえその核心が何だか掴みきれないこともあるのです。

次の一連の作品は、畦道を歩いていて、歩くたびに蟆蚸が飛び出すのが面白くて作りました。しかし、これだと思えるような表現に行き着かなかったのです。

畦行けばばった飛んだり転んだり　金子つとむ

畦行けばばった飛ぶ音落ちる音　同

斜交いにばったばたばた畦をゆく　同

ガリバーの足が畦来るばった飛ぶ　同

一～三句目は、全て報告です。その証拠に、「私は見た」、あるいは「私は聞いた」ということばを補えば、いずれも散文になるからです。見聞したというだけでは、何かが圧倒的に足りないのではないかと思います。四句目は、少し視点を変えて、上五中七は、蟆蚸から見た視点を詠んでいます。しかし、これとて、「私は思った」と補えば、散文になるでしょう。

冒頭に述べた起爆剤のようなことばとは、その時のことを作者が忘れ果てていても、その句を読むだけで、何年経ってもその時の景がまざまざと蘇るようなことばのことです。俳句が読者の共感を得るためには、景が容易に想像できることはとても重要なことです。そのためにも、その景を知らない読者には、起爆剤のようなことばが必要だと思うのです。それは、作者の側からいえば、その景の核心を彷彿とさせることばといえましょう。

幽しや一足毎にばった飛び　金子つとむ

その推敲課程で最後に獲得したのが、『幽し』ということばです。蟆蚸の羽音や、着地音、そして、人もあまり通らない畦道の蟆蚸の密やかな営みを思うとき、『幽し』ということばがぴったりではないかと思ったわけです。

このことばを得てから、あの景の核心は『幽し』だと確信を持つに至りました。勿論それは普遍的なものではありませんが、少なくとも、あの時、あの場所で私が感じたことの核心は、この『幽し』にあるように思われたのです。

結論的にいえば、ある俳句作品が、読者に場面を喚起させ共感を呼び起こすためには、景の起爆剤となるようなことばの獲得が必須ではないかと思うのです。

三九八、視点再現

俳句が、場の疑似体験を通して、作者の感動を読者に伝えるものだと仮定すると、作者がある場面から、何らかの感動を受け取っているということは、必須の要件といえましょう。感動のない句が、単なる報告といわれるのはそのためです。また、作者の感動は、そのまま作句動機として、作者の表現を支える核となるのではないかと思います。

読者が作者と同じような感動を受け取るためには、作者は、その場のなかにあって、作者に感動をもたらしたものの正体を見抜かなければなりません。その正体を適切に表現することで、作者自身もその時の感動を呼び覚ますことができるのです。作者が目指すべき表現は、その一点に尽きるでしょう。高野素十さんは、端的に「表現は只一つにして、一つに限る」ということばを残されています。

さて、場面を描くためには、その場にあったものを描出するのがいちばんです。例えばそこにAからEの五つの景物があった場合、どれを選び出したらいいのでしょうか。作者が、感動の正体を見抜いていれば、比較的容易にその内の何れかを選び出すことができるでしょう。例えば、次のような景物が作者の眼前にあったとします。

A　赤蜻蛉の群
B　揺れる芒
C　見渡す限りの刈田
D　雲一つない筑波山
E　塒入りする鴉

作者は、自分に感動をもたらしたものの正体を見破り、その場を再現するのに最もふさわしい景物としてA、Dを選び出したとしましょう。そうしてできたのが、子規の次の句ではないかと思うのです。

赤蜻蛉筑波に雲もなかりけり　　正岡子規

また、逆に次のように考えることもできます。子規は初めからAとDしか見ていなかったのだと……。私たちは、実は注目したものしか見ていないのです。ですから、子規の句は、逆に、赤蜻蛉を見て、ふと目を転じると遠くに雲一つない筑波山が見えた。その時に、得も言われぬ秋の風情を感じたということだろうと思うのです。それを、子規は写生と称したのではないでしょうか。

ごく大雑把にいえば、俳句とは、作者が感動した場面で、作者が注視したものを再現すること、つまり視点再現ではないかと思います。私たちは、外の景物を契機として、感慨に耽ることもありましょう。ですから、俳句は作者が注視したものを、作者の外と内を問わず、描出・再現するものではないかと思うのです。

鰯雲人に告ぐべきことならず　　加藤楸邨

三九九、視点の動き

前項で述べたように、俳句が感動の場面での作者の視点再現であるならば、その観点から作品を鑑賞することは、有意義なことでしょう。ここでは、視点の動きを撮影技法であるロングショット（以下ロング）と、クローズアップ（以下アップ）を参考に考察したいと思います。

それではまず、作者が対象をアップで見つめているような作品を取り上げてみましょう。

冬菊のまとふはおのがひかりのみ　　水原秋櫻子

ここでは作者の視点は、冬菊に釘付けになっています。「冬菊のおのが光」とは、冬菊の花の色、あるいはもっと端的にいのちそのものといってもいいかもしれません。作者はその光の前に、打たれたように立っています。微動だにしない視点が、この句に緊張感をもたらしているのです。アップの作品には他に次のようなものがあります。視点が動かない分、空間は限定されるように思います。

桐一葉日当りながら落ちにけり　　高浜虚子

しづかなる力満ちゆき蜈蚣とぶ　　加藤楸邨

また、草田男の次の作品では、視点は眼前の雪に固定されているのですが、作者の心は、遥かな時間に思いを馳せているともいえましょう。

降る雪や明治は遠くなりにけり　　中村草田男

次に、ロングからアップに至る視点です。

朝がほや一輪深き淵のいろ　与謝蕪村

この句は「朝がほの」でも取り敢えず意味は通じるでしょう。しかし、「朝がほや」で、視点の動きが生まれています。作者は、幾つもの朝顔を見ている状態から、そのなかの一つに焦点を定めていくのです。その視点の動きは、作者のこころの動きまで再現しているのではないでしょうか。同様の作品には、次のようなものがあります。

冬の水一枝の影も欺かず　中村草田男

夏の河赤き鉄鎖のはし浸る　山口誓子

さて、次はアップからロングに至る視点です。

芋の露連山影を正しうす　飯田蛇笏

芋の露から連山への転換が鮮やかで、清澄な秋の空気が一気になだれ込んでくるようです。視点の大きな動きによって、大きな空間が取り込まれていることが分かります。次の句にも、同様の効果が現れています。

赤蜻蛉筑波に雲もなかりけり　正岡子規

ロングのままの視点では、作者と対象との間に越えられぬ距離があるようです。ロングの視点は、作者と対象との間に初めから大きな空間を内包しているのです。

奥白根かの世の雪をかがやかす　前田普羅

遠山に日の当りたる枯野かな　高浜虚子

滝の上に水現れて落ちにけり　後藤夜半

四〇〇、映像詩、再び

作者の視点再現により、感動の場面の再現を試みたものが俳句だと考えると、俳句は絵画というより寧ろ映像に近いものだといえるでしょう。視点の動きには、僅かながら時間が含まれます。そして、あるモノを示すことばには、そのモノの体積や容積があり、動詞には自ずから時間的要素が含まれているからです。

また、俳句で花といえば、眼前に花が咲いていることになるのは、その花は作者によってその存在が認められた証としてそこにあるからだといえましょう。視点の再現を通して、作者の立ち位置は自ずから定まってくるといってもいいかもしれません。例えば、

初蝶来何色と問ふ黄と答ふ　　高浜虚子

という句では、視点は初蝶→問うた人→答えた人というふうに移っていきます。その僅かな時間のなかを、初蝶が通り過ぎていくのです。この句などは、さながら短いビデオ映像のような趣があります。

ここから見えてくるのは、作者は仲間たちと一緒に居て、そこに蝶がやってきたということでしょう。初蝶に一喜一憂するのは俳人、とすると吟行の一場面かもしれません。

視点の動きに時間が伴うように、動詞は主体の動きを表し、その動作には時間が伴います。先程ビデオ映像のようだといったのは、まさにそのことです。もちろん動詞の中には、そのものの状態を表すものもあります。たとえば、

夏の河赤き鉄鎖のはし浸る　　山口誓子

のような句では、ビデオ映像のような動きは感じられないでしょう。しかし、鉄鎖の浸るところは川面ですから、夏の陽射しを返す水面のゆらめきを想像するのは、むしろ容易なことではないでしょうか。

時間のついでに、俳句の時制について考えてみます。俳句が殆ど現在形で表現される理由は何でしょうか。現在形というのは、『今ここ』ということです。それは別のことばでいえば、『いのちの場所』といってもいいのではないでしょうか。何故なら、いのちはいつも『今ここ』にしかないからです。ですから作品をよむとき、私たちは作品のなかに生きている作者に出会うことができるのです。それも、その句を作ったときの作者にいつでも会えるのです。

私たちは、初蝶との出会いにときめく虚子さんに出会い、夏の河の照りに佇む誓子さんにも出会うことができます。上田五千石さんは、「生きることをうたう」といいました。俳句は『今ここ』に生きる私たちの、躍動する『いのちの詩』なのではないでしょうか。

何かに感動したとき、誰かに伝えたいと思うのは、感動がまさに生きる喜びだからでしょう。俳句は、その喜びを伝え合う文芸なのだと思うのです。

四〇一、視点と語順

俳句が作者の視点の再現ならば、作句に当たっては、視点に即した語順というものがあるのではないかと思われます。拙句を通して、このことについて考えてみたいと思います。

市内の東漸寺へ行ったときのことです。茅葺の山門を抜けると、目隠し銀杏と呼ばれる銀杏の巨木があり、その傍らに、私の背丈程の古い石碑がひっそりと立っていました。何の石碑か判読はできませんでしたが、裏に回ると、上の方に蓑虫が一つ、ちょんと忘れられたかのように付いていたのです。その時、珍しいものを見つけたと思って、少し興奮したのでした。

後で、この時の情景を詠んだのが、次の句です。

鬼の子が石碑の裏に東漸寺　　金子つとむ

しかし、東漸寺は馴染みが薄いと思われたので、すぐに、

鬼の子が石碑の裏に札所寺　　金子つとむ

としました。新四国相馬霊場八十八ヶ所第七〇・七一番札所でもあるからです。しかし、何となくしっくりしないものが、わだかまりのように残ったのです。

そこで、その理由を考えてみました。視点の再現というとき、そこには、当然時間の経過が含まれるでしょう。その時間経過を考慮して、自分の中に、二人の作者を想定してみたのです。体験中の作者と体験後の作者です。

掲句は明らかに、体験後の作者が書いたものです。何故なら、石碑の裏に鬼の子（蓑虫）がいるというのは、体験後の作者でなければ、知り得ない事実だからです。体験後の作者だからこそ、「鬼の子が」と書き出すことができたのです。そこで、これを体験中の作者の視点に置き換えてみたのが、次の句です。

碑のうらに鬼の子札所寺　　金子つとむ

前の句が、やや説明調なのに対し、後の方は、上五中七の表現が、作者が体験した通りの語順となり、読者もまた石碑の映像をまず描き、そして裏に回って、鬼の子を発見することができるのではないでしょうか。この語順は、句に臨場感をもたらすように思われます。それは、読者が追体験しやすいように配慮されているからです。

視点の再現とは、つまるところ、読者に追体験の場を提供するということではないかと思われます。写生とは、自分が感動した場を再現するのに、自分の視点の動きをできるだけ忠実に再現することで、その場にいた自分自身をも再現することではないでしょうか。そうしてはじめて、自ずから作者の立ち位置が明確になり、読者は作者の視点を共有することではじめて、句の世界に共感を覚えるのではないでしょうか。

四〇二、リアリティとオリジナリティ

いい俳句の条件は、オリジナリティとリアリティだといわれれば、多くの方が肯うのではないでしょうか。記憶に残る句を挙げてみると、立派にその条件をクリアしていることが分かります。例えば、次のような作品です。

蕗の薹食べる空気を汚さずに　細見綾子

方丈の大庇より春の蝶　高野素十

立春の米こぼれをり葛西橋　石田波郷

冬の水一枝の影も欺かず　中村草田男

滝の上に水現れて落ちにけり　後藤夜半

世に残る名画の多くが強烈な個性を放つように、これらの作品からも作者が見えてきます。私たちは作品を通して、あるいは作者の眼を通して、新たな世界に触れることができます。

ところで、どうやったら、このような作品を作ることができるのでしょうか。私自身まだ手探りですが、そのヒントになるようなことを述べてみたいと思います。

地元で十名程の人と一緒に俳句を学んでいますが、その際、初心者の方に真っ先に話すのは、俳句は『何を詠むか』『どう詠むか』に尽きるということです。前者を作者の感動、後者を表現技術と言い換えることもできます。

それに対し、唯一私が助言できるのは、後者の表現技術だけなのです。感動は、作者自身のものですから、誰にも教えることはできません。しかし、その表現方法なら、多少はお手伝いできるということなのです。

制限を設けず自分の詠みたいもの詠むというのは、表現の自由ということです。極論すれば、表現手段は俳句じゃなくてもいいわけです。短歌でも詩でも絵画でも……。そのなかで、たまたま俳句を選んだに過ぎないのです。オリジナリティということを考えたとき、私は、自分の詠みたいものに徹頭徹尾正直であることだと思っています。ゴッホが明るい光を求めて、南フランスに向かい、独特のタッチを発見したように、自分の詠みたいものを探していくなかで、やがて花ひらくときが来るのだと思います。ゴッホ風の絵を描いてもつまらないのではないでしょうか。

ことばも普段使いのことばでいっこうに構いません。余所行きのことばを使う必要など全くないのです。その方が、自分自身を表現するのに、かえって好都合だからです。一茶の晩年の作品群は、その証といえましょう。

やれ打つな蠅が手をすり足をする　　小林一茶

我と来て遊べや親のない雀　　同

オリジナリティもリアリティも実は同じ泉から溢れてくると私は思っています。それは、作者の感動の泉です。自分自身の感動に忠実であること、俳句はそれに尽きるのではないでしょうか。

四〇三、ネーミングと季語

以前に、『へくそかずらとはきだめぎく（屁糞葛と掃溜め菊）』という童話を書いたことがあります。その時、気になって命名者を調べてみました。ヘクソカズラは万葉の時代からクソカズラとして知られていたようですが、ハキダメギクというのは、牧野富太郎博士の命名と聞いてとてもびっくりしたのを覚えています。

元々私がこの童話を書くに至った動機は、共にあんまりなネーミングに怒りのようなものさえ覚えたからです。確かにヘクソカズラの独特な臭いも、ハキダメギクが実際掃溜めの近くでよく見かけるというのも、その属性の一つかもしれません。しかし、だからといってそれをわざわざ名前にしなくてもいいのにと思ったのです。

植物学の大家といえば、植物に対する愛情も一入だと思うのですが、いったいどうしたことでしょう。但し、今の私が「あんまりな」と感じる程、当時の人々はそう感じなかったという側面もあるかもしれません。この他にも、ママコノシリヌグイ（継子の尻拭い）という棘のある花もあります。

さて、前述のヘクソカズラは、俳句では灸花の副季語となっています。例句もいくつかあって、花の名を面白がったり、悲しんだりしています。

名をへくそかづらとぞいう花盛り　高浜虚子

花あげてへくそかづらは悲しき名　国松ゆたか

名付けるということは、愛情の表れのように思うのですが、ヘクソカズラやハキダメギク、ママコノシリヌグイなど、命名するだけでも愛情だと感じていたのでしょうか。それとも、単に情より理で命名したのでしょうか。

ところがこれが香木の木犀となると、オレンジの花は金木犀、白い花は銀木犀となります。最大限の賛辞としての金や銀ではなかったかと思われるのです。そう思うと、ネーミングというのは、とても人間的な行為だと思われてくるのです。そこには、命名者の偽らざる心情が吐露されているのではないでしょうか。

物の命名と同じように、ある物（又は事）を季語として採録しようとする場合も、その背後には、採録者の偽らざる思いが横たわっているように思います。この思いが、季語に託されているのではないでしょうか。それが、季語の本意・本情ということになりましょう。

ですから、私たちがある季語を使って作句するときは、知らず知らず、採録者の思いに連なっているといえましょう。俳句を詠むことは、季語の情趣を追認することでもあります。そうして、季語が連綿と受け継がれていくことで、俳句という美の系譜が、引き継がれていくのではないでしょうか。

四〇四、旅情ということ

赤蜻蛉筑波に雲もなかりけり　正岡子規

子規のこの句を、これまでに何度も取り上げ鑑賞してきましたが、最近になって、この句には旅情といったものが漂っている気がしてきたのです。子規が見た実景かどうかは定かではありませんが、次の二つの句を手がかりに、再びこの句の魅力を探っていきたいと思います。

芋の露連山影を正しうす　飯田蛇笏

荒海や佐渡に横たふ天の川　松尾芭蕉

当初私は、子規の句の魅力は、蛇笏句のように前景から後景への鮮やかな場面転換にあると考えていました。「赤蜻蛉」から「筑波」へ、「芋の露」から「連山」へ、切れてつながる両句の呼吸は、とてもよく似ていると思います。その場面転換は、大きな空間を取り込み、そこへ一気に清澄な秋の空気がなだれ込んでくるのです。

しかし、それだけではありません。子規句を芭蕉句と比べてみると、前景と後景という類似点に加えて、筑波と佐渡という固有名詞の類似があるように思います。それが、作者にとって初めてみる筑波や佐渡であってみれば、自ずから作者の感興がそのことばに乗ってくるのではないでしょうか。

筑波には雲もなく、佐渡には天の川がかかっているのです。これを旅情と呼んでもいいのではないかと思うのです。子規のいう雲もない筑波とは、別のことばでいえば、筑波山そのもの、これまで書物で知っていた筑波山そのものということもできましょう。

ここには、思った通りの筑波山に出会えた喜びが、語られているように思います。五七五の調べに乗せて、何度もこの句を唱えてみると、作者の喜びが沸々と湧き上がってくるようです。子規にとってこの句は赤蜻蛉の句というよりも、筑波の句だったのではないかと思える程です。同様に、芭蕉にとっては、天の川の句ではなく佐渡の句だったのかもしれません。

人生を旅と観じた芭蕉にとって、もう二度とまみえることのない佐渡だったように、子規にとっても、いつまた会えるか分からない筑波、それが雲一つなく晴れ上がっているのです。その全容を惜しげもなく見せてくれているのです。土地にまつわる固有名詞を読むことで、芭蕉句も子規句もみごとな挨拶句になっています。一期一会、挨拶、旅情、それらが混然一体となっている、それが子規の句なのではないでしょうか。

赤蜻蛉と筑波、荒海と佐渡、そのあまりの自然さにこれまで見落としていたのですが、このように旅情という観点からみてみると、悠久の自然と対峙する二人の俳人の姿が彷彿としてくるように思われます。

四〇五、写生について（1）

写生については、これまで何度も書いたように思いますが、改めて考えてみると肝心なところが抜けていたように思います。思えば子規が写生を唱えた頃と比べ、時代は様変わりしました。今や私たちは、ポケットサイズのパソコンを携帯し、いながらにして様々な情報にアクセスできます。人に会わなくても、電話やメールで用事を済ますこともできます。

しかし、例えばネット上の写真だけで、句作は可能でしょうか。もちろん、子規が写生を言い始めたとき、インターネットはありませんでしたが、画家が現場に赴き、画架を立てて始める写生のように、俳句でも現地・現場を想定していたものと思われます。

これは何も嘱目だけが俳句だといっているわけではありません。実際に俳句は後からでも作れますが、俳句の種はいつでも眼前にあるということです。ですから、俳句のポイントは、まず、

ポイント①　現場で写生する

となりましょう。現場には対象となるものがあります。現場に行けば、視覚だけでなく私たちの五感がひとりでに働きます。そのとき、私たちのすべての知覚が一体となって掴んだものが、ことばとなって表れてきます。

しかし、いくら現場にいても、ただ、通り過ぎてしまったのでは、俳句の種は見つからないでしょう。画家は五感を働かせ、これはと思ってその場所にキャンバスを立てるのです。俳句も同じように、今ここに五感を集中させなければ、これはという場面を見つけ出すことはできないでしょう。私たちは、何か一つ今ここにあるものに注意を向けるだけで、いつでも今ここに立ち戻ることができます。私たちの地球号は、宇宙空間を秒速４６０ｍで自転し、秒速30㎞で公転しています。五感をここに集中させなければ、季節の変化を見届けることなど、とうていできないでしょう。そのようにして発見された場面が、作者が見つけた立ち位置なのではないでしょうか。ですから、二つ目は、

ポイント②　今ここに五感を集中させる

です。さて、三つ目のポイントは、立ち位置から見えた情景をどのように作品にするかということです。本来の写生の目的が絵を描くことなら、俳句の写生もことばによって絵を描くことなのではないでしょうか。

ポイント③　絵を描くように表現する

となりましょう。確かにいい俳句は、情景がよく見えるものです。絵を描くには、対象をそのままことばで置いていくのです。形の代わりにことばを置くのです。実際、子規は、最初に「赤蜻蛉」と置き、次に雲一つない筑波に目を転じて、「筑波に雲もなかりけり」と続けました（次項へ）。

四〇六、写生について(2)

赤蜻蛉筑波に雲もなかりけり　　**正岡子規**

私も初心のうちは、この句の良さがよく分かりませんでした。赤蜻蛉と筑波の間には、かなりの奥行が感じられます。作者はその間にあるものは一切いわず、いきなり雲のない筑波を描出しています。そこに何となく物足りなさを感じていたのかもしれません。しかし、子規は眼前の景のなかから、赤蜻蛉と雲のない筑波の二つだけを選び、それで絵は完成すると確信していたものと思われます。

その理由が季語にあると気付いたのは、随分後のことです。『角川俳句大歳時記』には、五〇万とも六〇万語ともいわれる日本語のなかから、二万弱の季語が採録されています。因みに赤蜻蛉の項目には、秋茜や深山茜など体の赤い蜻蛉の仲間がいくつも採録されています。歳時記の解説を読み、いくつもの例句に接してみると、赤蜻蛉のもっている詩情のようなものが朧げに見えてきます。それは先人たちの赤蜻蛉に対する思いそのものともいえましょう。

さらに、読者に実体験があれば、赤蜻蛉ということばは、単なる自然物としての名称を超えて、人々を様々な思いに誘ったり、様々な景物を想起させる縁ともなりましょう。赤蜻蛉を季語として据えることは、一句のなかに赤蜻蛉のもつ詩情を漲らせることだったのです。赤蜻蛉から読者が想像する秋の景色は、作者が配置しなくても、季語が勝手に埋めてくれるというわけです。そこで、ポイント④は、

ポイント④　季語を信頼し季語に任せる

となりましょう。子規が、赤蜻蛉と筑波だけで絵は完成すると確信したのは、季語の働きを熟知していたからに他なりません。掲句は、季語の雄弁さに支えられていたのです。

しかし、ことばで絵を描いただけで、どうして読者の共感を得ることができるのでしょうか。最後にその秘密を探ってみたいと思います。掲句には、子規の想いのようなことばは殆ど見当たりません。敢えていえば、「筑波に雲も」の、助詞「も」くらいでしょうか。しかし、読者は、掲句の世界に遊ぶことができます。それは、何故なのでしょう。

読者が俳句を通して、描かれた絵に見入るとき、読者はひとりでに作者の視点を獲得することになります。我が主語の俳句の詩形は、作者と読者の入れ替えを容易にしています。読者は赤蜻蛉という季語を契機として作品の世界にはいり、作者の視点をわがものとするわけです。このとき読者は、作者に成り代わって句の世界を堪能することになります。これが、俳句における共感の構造なのです。

俳句という短詩では、季語の実感が共感の母胎として機能しているように思われます。それだけに、自然破壊によりこの実感が薄れてくると、俳句はどこまでも漂流し出すのではないかと危惧されるのです。

四〇七、踊子の季語論

づかづかと来て踊子にささやける

高野素十

を使って、季語について論じてみたいと思います。踊子は普通名詞ですから、踊子が季語だと知らない人にとっては、この句の情景をつぶさに想像することは、おそらく不可能でしょう。踊子といえば、映画の『伊豆の踊子』や、レビューの踊子、あるいは、ドガの描いた踊子などが浮かんでくるかもしれません。

しかし、この句の踊子はそうではありません。俳句で踊といえば盆踊のことですし、踊子といえばその踊り手のことなのです。そのことを理解すると、この句の情景が、まるで映画のワンシーンのように立ち上がってきます。

その場面には、どんな舞台装置や小道具などが配置されているでしょうか。広場の中央に櫓が設えてあります。その櫓を取り巻くように、踊の輪が幾重にも広がっています。周りには、屋台が並び、盆唄が響き、人々の歓声でにぎわっていることでしょう。提灯に灯が入り、闇が夜空を覆っています。さらに言えば、盆踊は、元々盆に迎えた祖霊を供養するためのものであり、死者と生者の魂が交流する場でもあります。そのようななかに、掲句の場面を置いてみると、その生々しさ、艶めかしさが一層際立ってくるように思われます。

さて、掲句のように、季語とその叙述があるだけで、一句は成立するのです。その理由は、季語には場面を引き寄せる力があるからです。すでに見たように、季語の踊子は、普通名詞でありながら、意味を限定されています。更に、初秋という季節を負わされているのです。このことが、季語からすっと場面が立ち上がる理由なのです。ですから、季語が内包しているものを、改めて説明する必要はありません。

それでは、掲句の踊子が普通名詞ではなく、季語だとなぜ分かるのでしょう。季語を入れることは俳句の約束であり、掲句には該当するものが踊子しかありません。また、仮に季語が複数あっても、それぞれの季語が引き寄せる場面に混乱がなければ、構わないともいえましょう。ただ、季語一つで場面の構築は十分ですので、普通はそんなことはしないだけです。

逆に踊子を季語として使いたくない場合はどうすればいいのでしょう。そのような場合は、季語として使わなければばいいだけです。他の季語を設え、その場面のなかに踊子をおけばいいだけです。はじめから踊子という季語があるわけではありません。季語として使われたとき、初めて季語の踊子となるのです。場面を変えて、ステージの踊子とかドガの踊子などとすれは、それはもはや季語の踊子ではありません。ですから、踊子ということばが使われているだけで、季語だというのはナンセンスなのです。

四〇八、作句動機と場の俳句論

眼前に広がる景のなかから、季語を一つ見つけて、その有り様を描写するだけで、果たして俳句になるのでしょうか。今回は、作句動機と場の意義について考えてみたいと思います。

写生を唱えた正岡子規は、初心者に向けた「俳句の初歩」という文章（『俳諧大要』所収、岩波文庫）のなかで、「とにかく予が理屈を捨て自然に入りたるはこの時なり。写実的自然は俳句の大部分にして、即ち俳句の生命なり。」と述べています。彼は、体験的に写生がもたらす妙味を体得していたのでしょう。

ところで、私たちは旅先などで素晴らしいものに出会うと、思わず歓声を上げたり、短いことばを発したりします。それは、自分や同行者に向けて発せられるといってよいでしょう。同行者はもちろん場を共有しています。ですから、単に「凄い」というだけで、何が凄いか分かるわけです。ところで、そのことばが発せられるまでに、私たちの内部では、何が起きているのでしょうか。

ある場面で、自分の口から思わず漏れ出たことばの出所を探ることは、実はそれほど容易ではありません。それが、単に美しいとか、凄いとかいうのなら未だしも、悲しみや切なさといったものであるときは尚更です。私たちは無意識にことばを発していますが、逆になぜそのことばが選ばれたのか、自分にも不明なのではないでしょうか。

ずいぶん昔の話ですが、こんな経験があります。夏休みに北海道を一人旅していたときのことです、サロマ湖で夕日をみていたとき、ふいに「悲しくなるほど美しい」ということばが浮かびました。それを学校の文芸誌に紀行文として掲載したところ、友人から「悲しくなるほど美しいって、どういうこと」と問われたのです。私はうまく説明することができませんでした。

俳句という短い文章で私たちが伝えたいのは、私たちの思いではないかと思います。何かに感動したとき、それを誰かに伝えたいと思うのは自然なことです。もちろん、ただ凄いとか、美しいといっても、現場にいない読者に伝えることはできません。

写生とは単なる場の描写ではありません。感動を表現するために、場を再現してみせることなのです。ここに大きな壁が立ちはだかります。先程のサロマ湖の夕日でいえば、眼前には他にも様々なものがあります。その場にいるということは、私たちの五感すべてが働きその場を感受しているということです。五感が働いた結果として、おそらく「悲しくなるほど美しい」ということばが立ち上がってきたのだろうと思います。そのなかで、もっとも関与していたものは何なのか、それを見つけることは、実は容易ではないのです。しかし、写生をしていると、それが、天啓のように訪れる場合があります。感動の生まれた場を探究すること、それが写生ではないかと思います。

四〇九、季語を感じるとき

ある時、こんなことを考えていました。春の風という季語があり、それを使った俳句から、ほんとうに春の風が吹いてきたら、どんなに素晴らしいことかと……。しかし、これは比喩でもなんでもなく、名句と呼ばれてきた俳句の季語は、生きて動いてそこにあるように思われるのです。

たとえば、蕪村の、

春風や堤長うして家遠し　与謝蕪村

を読めば、春風に吹かれながら、堤をてくてくと歩く作者が彷彿としてきます。「家遠し」といいながら、少しも苦にしていないようにも見受けられます。中八の少し間延びしたような音数が、長閑な感じをさらに強めているようです。この長閑さは、なんといっても春風ならではのものではないでしょうか。ここには、まぎれもなく春の風が吹いています。

さて、春風に限らず、私たちはよく、季語が主役だとか、季語が働いているなどといって、作品を論評します。それを一言でいえば、季語がまざまざと感じられるということではないでしょうか。春の風ならば、まさしく春風が吹いている、梨の花であれば、まぎれもなく眼前に梨の花が咲いている。すでに〇三七項で詳述したように、原石鼎に次の句があります。

青天や白き五弁の梨の花　原石鼎

作者はこの景のような場面で、まさしく梨の花に出会ったのでしょう。見るともなく見ていたものがある時ふと心に留まる。そして、いかにも不思議なものを見るように、それに見惚れてしまうことがあるものです。そんな時、作者は、そのものに出会っているのです。知っていたのに出会えずにいたものに、初めて出会うことができたのです。その感動を確かめるように詠まれたのが、掲句ではないでしょうか。

私の敬愛する高野素十さんの句に、

大榾をかえせば裏は一面火　高野素十

があります。囲炉裏端でしょうか。今ではなかなか経験できない光景ですが、一面火と体言止めしたことで、真っ赤な榾火の映像が眼に焼き付くようです。大榾ですから、木の根っこでもありましょうか。やっと返したところに現れた一面の火なのです。作者の驚きが、下五に凝縮されているようです。そして読者もまた、作者とともにその驚きをともにするのです。

一句を読んですぐにまざまざと景が立ち現れるのは、読者が季語を感じ取ったからだといえましょう。それは、有無をいわさぬ力で、読者の体験に働きかけてきます。読者は、春の風を感じ、梨の花の白さを感じ、そして、一面の榾火に、顔が火照るのさえ感じてしまうのです。

四一〇、奇麗な風と青き味

正岡子規に、

六月を奇麗な風の吹くことよ　正岡子規

という句があります。また、細見綾子には、

そら豆はまことに青き味したり　細見綾子

という句があります。子規の句には、縁側かどこかに座ってゆったりと風に当たっているような趣があり、奇麗な風というこ とばには、ふっと口をついて出てきたような、素直な驚きが込められているようです。まさに、作句現場でひとりでに生まれたような作品ではないかと思うのです。しかも、奇麗な風というのは、六月という季語があるだけに、すんなりと諾うことができます。なんとなく、雨上がりのような気がするのです。空気の中の塵は雨に流されて、そこを風が渡ってくるのでしょう。目に見えるわけではないけれど、奇麗な風は、まさに作者の実感だったのではないでしょうか。

青き味にも、同様のことがいえるように思います。さっと塩をふってゆで上げたそら豆でしょうか。青き味に添えられた『まことに』という措辞が、いままさにそら豆を食している場面を彷彿とさせます。青き味は、もちろん青臭いという意味ではないでしょう。青き味というのは、理屈では割り切れないことばですが、そういわれてみると、そら豆のあのやさしい色が、まず浮かんでくるのではないでしょうか。恐らく、初物ではないかと思われます。また、青きは、初々しさ、瑞々しさなどをも表現しているように思われるのです。

ところで、以前コピーライターの糸井重里さんの「おいしい生活」というキャッチコピーが、ずいぶん話題になったことがありました。この青き味ということばにも、普通なら繋がるはずのないことばを繋げた、新鮮な驚きがあります。しかし、このようなことばを受け入れる素地は既に私たちのなかにあって、身近なことばでいえば、青春、朱夏、白秋、玄冬などがそれです。玄冬の玄は黒いという意味です。さらに中原中也の『サーカス』という詩には、茶色い戦争ということばも出てきます。また、季語では、緑の森をわたる風を青嵐と呼んだり、秋風を白風と呼んだりしています。

奇麗な風も、青き味も、おそらく作句現場で、作者の感動が産み落としたことばなのでしょう。それ故自ずから作者の感動が宿り、作者ならではのことばとなっているのです。これらのことばは、いつでも私たちを作句現場へと連れて行きます。こういうことばに出会うことで、俳句は永遠のいのちを獲得するのではないでしょうか。私たちも無心になって作句の現場に身を置く時、このようなことばに出会う幸運に恵まれるかもしれません。

冬空や地上はいのち濃きところ　　金子つとむ

四一一、感じたことを感じたままに

六月を奇麗な風の吹くことよ　　正岡子規

前回も取り上げた掲句を、こんどは、ことばの生い立ちという観点から考えてみたいと思います。掲句からまず感じ取れるのは、作者の寛いだ雰囲気ではないでしょうか。作者はまず、上五に「六月を」と置いています。このゆったりした出だしから、作者は自宅にいるのではないかと想像できます。あるいは、縁側にでも座っているのでしょうか。

「六月を」は、「六月の中を」、あるいは「六月というこの季節を」というほどの意味でしょうか。作者は、六月という季節を、その中に自分が今身を置いていることをまさに実感しているのです。上五がもし「六月の」であったなら、この実感はやや薄らいでしまうでしょう。何故なら「六月の」は、単に風を修飾するだけだからです。しかし、掲句の風は、六月を吹き渡り我が身にも今吹いているのです。そこには、自然に身を委ね切ったかのような、作者の安らかな心持さえ現れているように思われます。

ところで、奇麗な風とはどんな風でしょうか。梅雨の晴間に吹き渡る雨上がりの風でしょうか。塵一つない風のことでしょうか。六月という季語がそんなことを思わせてくれるでしょう。しかし、どうもそれだけではないような気がするのです。というのも、奇麗な風という言い方が尋常ではないからです。風を修飾するのに、その方向や強さ、湿気などをいうことはあっても、奇麗なとはなかなかいわないものだからです。奇麗な風には作者の特別な思いが込められているのではないでしょうか。

敢えていえば、子規は風に吹かれながら、その風が『身も心も浄化してくれるようだ』と感じたのではないでしょうか。その風を『奇麗な風』と言い止めるまでには、いくばくかの時間が必要だったことでしょう。つまり子規は、六月という季節に身を委ね、吹いてくる風をやがて奇麗な風と認識し、そんなこともあるのだという感慨に浸っているのではないでしょうか。その時間経過とともにこの句は詠まれているのではないかと思うのです。

子規が綺麗な風ということばを掴み得たのは、まさしく季節の現場にいたからでしょう。別のいい方をすれば、その現場が、子規をして奇麗な風を得さしめたともいえるのです。それ故、このことばは、読むたびに私たちを子規のいた現場へと連れて行くのだと思います。いくら読んでもこの句が色あせないのは、このことばが作句現場から生まれ、その現場と切っても切れない関係にあるからだと思われます。つまり『奇麗な風』には、作句現場がみごとに刻印されているのではないでしょうか。

四一二、共視ということ

『日本語が世界を平和にするこれだけの理由』（金谷武洋著、飛鳥新社）によれば、英語は自己主張と対立の言葉であるのに対し、日本語は共感の言葉だといいます。それは、例えば「おはよう」という挨拶によく表れているというのです。金谷氏の文章を少し引用してみましょう。

> この表現ができた時代に二人が見ていたのは、おそらく外の景色です。例えば、まだ太陽が上がりきらずに地平線に顔を出した様子を二人が並んで見ているのです。
> そして「まだ朝早い」という状況に二人が心をふるわせて、「こんなに早いんですねえ」と心を合わせているのが「おはよう」という表現となりました。別の言葉で言うと、二人はそこで「共感」しているのです。
> （二一一～二一二頁）

この二人の関係は、一句を介した作者と読者の関係によく似ていると思います。ただ、決定的に異なるのは、二人が同じ場所にいるわけではないということです。挨拶では二人が同じ場所にいて、同じ太陽を眺め、おはようということばが発せられました。だからこそ、すぐに共感が成立したのです。

しかし、俳句では、同じ場所にいない読者に「おはよう」と伝えることはできません。仮にそういったとしてもそれだけでは、読者はちんぷんかんぷんでしょう。そこで作者は、まだこんなに早いということを伝えるために、地平線に顔を出した太陽という情景を描いて見せる必要があるのです。

作者の作句動機の一つは、共感を得たいということでしょう。それは、自分が何かに感動したり、心が震えた時に誰かに伝えたいというごく自然な欲求だと思われます。作者はその場面を描くことで、読者を自分の傍らに引き寄せようとするのではないでしょうか。

金谷氏はまた、小説『雪国』の冒頭の文章から、面白い指摘をされています。さらに引用してみましょう。

「国境の長いトンネルを抜けると、雪国であった」という日本語の文を読んで読者の頭に浮かぶ情景はなんでしょうか。主人公が汽車に乗っていることは間違いありません。そして読者もまた、その作者の行動を同じ目の高さで追体験していますよね。（中略）これはつまり、「おはようございます」や「寒いね」と同じ「共視」なのです。（一一五～一一六頁）

俳句とはつまり、「私の感動を伝えたくて、その場面を再現してみました。どうぞ、一緒に見てください」ということなのではないでしょうか。

家々や菜の花色の燈をともし　木下夕爾

四十三、季語は感嘆詞

初心のころに先輩から、俳句で花といえば桜のこと、梅といえば梅の花のことだといわれ、深くは考えずに、ああそういうものかと受け止めていました。そういう意味では、歳時記はずっと辞書代わりだったような気もします。

梅の花が出たついでにいいますと、その実の方は、青梅とか梅の実といって区別しています。それではなぜ、歳時記では梅といえば梅の花のことなのでしょうか。初心に帰って改めて考えてみたいと思います。

ところで、『広辞苑』では梅は梅の木のことです。同様に桜といえば桜の木、木槿といえば木槿の木、つまり植物としての樹木全体のことをさしているのです。ところが、俳句では、梅といっただけで梅の花の意味になります。それは、何故なのでしょうか。あるいは、何故そう決めたのでしょうか。

梅は春の季語ですが、晩冬には探梅という季語があります。先人たちは、競って梅を探しに出かけていったものと思われます。春になって、その梅の花が綻びかけた場面を想像してみましょう。庭の梅でも、塀越しに見える近所の梅でもかまいません。今年初めて見る梅の花なら、「あ、梅」といって立ち止まるのではないでしょうか。そのとき私たちは、梅の花とはいわず、もっと短く梅とだけ発語するのではないでしょうか。私は、もともと季語は感嘆詞のように発せられたのではないかと思っています。

季語は感嘆詞と捉えると、梅といっただけで眼前に梅の花が咲き、赤蜻蛉といっただけで、そこに赤蜻蛉が浮かぶ理由がよくわかります。

「梅一輪」といわれれば、一輪の梅の花が目の前に浮かびます。「一輪ほどの暖かさ」といわれれば、「ああ作者は寒さの和らぐ梅の季節を待ちわびていたんだ」と、思わず納得してしまうでしょう。

あるいはまた、「赤蜻蛉」といわれれば、赤蜻蛉の群れが目の前に立ち現れ、「筑波に雲もなかりけり」といわれれば、澄み渡った大気の向こうに、筑波山を望むことができるのです。

梅一輪一輪ほどの暖かさ　服部嵐雪

赤蜻蛉筑波に雲もなかりけり　正岡子規

梅にも、赤蜻蛉にも予め作者の感動が宿っています。それが、私たちの眼前にも、季語を浮かび上がらせる力になっているように思われます。

季語は感嘆詞、そう思って俳句を味わうと、作者の感動を具に感じることができるのではないでしょうか。また逆に作者の側からいえば、季語を見つけた喜びが、作句の動機だったといえるのです。

四一四、変調と復調

ある時、ある場面に遭遇した作者が、その場から受け取った感動や感興を詩情と呼ぶことができるでしょう。しかし、詩情はその時点では作者にとって自明のことではなく、むしろ「曰く言い難いもの」「言い尽くせないもの」「よく分からないけれど心惹かれるもの」といったものなのではないでしょうか。

それは、私たちが感動の場面で思わず上げる感嘆のことば（「おっ」とか「あっ」とか「すごい」など）に含まれるものを全て言い尽くせないのと同じことです。ですから、その詩情を表現するために一つの俳句を作ろうとするとき、作者はその詩情の正体が何であるか、内省を迫られることになります。全ては分からないけれども、あの時のあの感じを求めて、ことばが、語順が、季語が、韻律が選択されていきます。詩情の内実は、これだと思う一句を得る過程のなかで次第に明らかになっていくのです。

こうしてできあがった作品は、詩情そのものではありません。その詩情が伝わるように、いわば作者が変調したものだといえましょう。ですから、作品の鑑賞とは、作者が変調したものから読者が復調することで初めて成り立つものなのです。手掛かりは、作品だけです。たとえば、

をりとりてはらりとおもきすすきかな　　飯田蛇笏

では、作者が伝えたかったのは、持ち重りする芒ということではないはずです。掲句を鑑賞するには、作者の変調の意図を読み解く必要があります。それは、

一、なぜ作者は、かな止めの一句一章を採用したのか
二、なぜ、全てひらがな表記にしたのか
三、なぜ、周辺の景色を捨象して、作者と芒のみの構成にしたのか

などを探ることだといえましょう。それができて初めて、作者の伝えたかった詩情が読者に伝わるのではないでしょうか。

ところで、作者が変調した作品を他人である読者が完全に復調することは可能なのでしょうか。読者に求められるのは、俳句の一文を正しく理解する国語力と、ことばに対する感受性といえましょう。そしてそこには、読者の側の季語の

実体験（自然体験）が横たわっているといえましょう。蛍が自然から急速に絶滅しつつある昨今、

ゆるやかに着てひとと逢ふ蛍の夜　　桂信子

をどれだけの人が肌感覚として味わうことができるでしょうか。復調装置には個人差がありますが、それだけではなく、世代差もあるように思われます。先人たちの作品を復調できるかどうかは、季語体験（自然体験）に掛かっているのではないでしょうか。俳句の観点からいえば、自然破壊は既に限界点を超えているように思えてならないのです。

四一五、提示と余情

ある時、ひばり句会に次の句が投句されました。

数独を解きつつ頬ばる硬き餅

これに対し、私は添削の解説で次のようにコメントしました。

数独《すうどく》というのは、数字のパズルの一種です。作者は、脳トレのために数独に興じているのでしょうか。情景はとてもよく分かります。しかし、読者を立ち止まらせる何かが足りないように思います。別のいい方をすれば、作者が全てを語ってしまっているために、読者の入り込む余白がないのです。芭蕉さんも「いひおほせて、何かある」といっています。全部いってしまってはいけないというのです。寅さんならさしずめ、「それをいっちゃおしまいよ」でしょうか。

それでは、原句はどこが言い過ぎているのでしょうか。掲句の句意は、「数独を解きながら、硬い餅を頬張っているよ」ということでしょう。ところが、この句には、餅が硬いことの理由が、示されていません。全部言おうとして、逆に肝心のところが抜けてしまっています。作者の投句時の解説によれば、数独が思うように解けず、その間に硬くなった餅を頬張ったとのこと。そうすると、掲句は、「数独をしていたけれど、思うように解けなかった」ということと、「傍らの餅」を提示するだけで済むのではないでしょうか。二つの「物・こと」を配置して後は読者の想像にまかせる二句一章の手法です。

そこで、掲句をたとえば、

数独を解きあぐねたり。皿の餅。（二句一章）

としてみます。こうすると、数独を一生懸命解こうとしている作者と、傍らにある皿の餅の取合せになります。皿の餅は、元々食べようと思って持ってきたものでしょう。掲句は、数独を解きあぐねて、ふと気づくと皿の餅があったという情景です。

このように作者が読者の前に二つの句文を提示すると、読者はおやっと思って立ち止まってくれます。そして、この情景をあれこれ思い巡らすのです。「ははあ、食べようと思って持ってきたのに、数独にてこずって忘れたんだな。餅は硬くなってしまったのかな、作者はそれでも食べたんだろうか。その時の作者の気持ちはどんなだったかな」読者は、皿の餅から想像を膨らませることができます。こうすれば、読者はこの句に立ち止まり、さらに入り込むことができるのです。

硬くなった餅を食べたとまでいわなければ、その部分は読者が想像してくれます。これが余情です。さらに、作者にとってもこの句の核心は、皿の餅にふと目を止めた瞬間にあったのではないかと思えるのです。

四一六、季語が満たすもの

これまで何度も取り上げた子規の句、

赤蜻蛉筑波に雲もなかりけり　**正岡子規**

ですが、初心の頃に初めて読んだときには、一瞬何それという感じで、正直にいうとその良さがよく分かりませんでした。いまテレビで話題の夏井いつきさんの『子規365日』という本に、夏井さんは中学の教科書で初めて掲句に出会った時も、国語教師になった時も、掲句の妙味が分からなかったと書かれていて、なんだかほっとしたのを今でも覚えています。そして、夏井さんも俳人になってから、この句の良さがストンと胸に入った日があったと打ち明けています。

たしかに、俳句に慣れていない人がこの句を読むと、その素っ気なさに「んっ？」となるのではないでしょうか。「赤蜻蛉」と「筑波に雲もなかりけり」の間にはギャップがあり、そこでたじろぐからかもしれません。しかし、逆にいうと、掲句ほど俳句というものの特徴を説明するのに格好な句はないのです。

先ず第一に、この句の景物は子規の眼前にあるものと考えてみましょう。そうすると、先程のギャップは、視線移動の僅かな時間とみることができます。初め子規は赤蜻蛉を見ているのでしょう。おそらく数メートル先か、左程遠くないところにいます。そして、目を転じて雲一つない筑波を見遣ったのです。

それにしても、このままでは何がいいたいのかよく分かりませんね。ところが、読者が俳句に少し慣れてきて、この赤蜻蛉が季語だと知るようになると、状況は少し変わってきます。しだいに、赤蜻蛉を季語として読む訓練ができてくるからです。歳時記の赤蜻蛉の項には、赤蜻蛉の解説とともに、先人たちが過去に詠んだ句が例示されています。

因みに『角川俳句大歳時記』には例句として、

赤蜻蛉飛ぶや平家のちりぢりに　　正岡子規

挙げる杖の先きついと来る赤蜻蛉　　高浜虚子

等といった作品が採録されています。そこから私たちも、赤蜻蛉という季語がもつ情趣に思い至るのです。季語の赤蜻蛉は自然物であると同時に、これまで多くの俳人たちによって付与されてきた情趣をもったことばとして存在しています。そして第一義的な働きは季節を特定することなのです。赤蜻蛉は三秋の季語になります。

するとどうでしょう。赤蜻蛉と筑波の間の空間には、秋の景物が一気に雪崩れ込んで来るではありませんか。季語が、季節の舞台を用意したといってもいいでしょう。そして読者もまた、この句を満たす清澄な秋気を体験することになるのです。私自身は、秋の光を受けて赤蜻蛉の翅がきらりと光る様が見えるような気がします。まさに、深呼吸したくなるような景色ではないでしょうか。

四一七、動詞の選択

隣町にある蓮池に蓮を見に行ったときのこと、とても不思議な光景を目にしました。大きな蓮の葉を突き破って、蓮の莟が伸びていたのです。茎の突き抜けたところには、茎の太さよりわずかに大きい穴が空いていました。

これまでにもいろいろな場所で蓮を見てきましたが、破れた蓮の葉を見たことはあっても、このような状況を目撃するのは初めてでした。そうです、目撃してしまったのです。この光景をどう解釈したらいいのか、しばらく私の中で謎として残りました。

やがて得た結論は、そのようにできている、つまり、蓮の葉よりも蓮の蕾は頑丈で尖っており、突き抜けられるようにできているのではないかということでした。花が子孫を残すための営みなら、それは理に適っています。大げさにいえば、自然の摂理のようにも思えたのです。そしていつしかこの光景を俳句に留めておきたいと思ったのです。

それから、思わぬ苦闘が始まりました。以下に主な推敲句を、その推敲順に並べてみます。しかし、これだという句はなかなか得られませんでした。

蓮の葉を破り突き出る蕾かな　金子つとむ

蓮の葉を貫く蓮の蕾かな　同

蓮の葉を貫通したる蕾かな　同

蓮の葉を破りて蓮の花茎伸ぶ　同

蓮の葉を穿ちて出づる蕾あり（決定稿）　同

後から気づいたのですが、推敲句の上五は変わらないのに、動詞だけがどんどん変わっています。私は、動詞の選択に迷い続けていたのです。動詞の変遷をたどると、

破る→突き出る→貫く→貫通する→伸びる→穿つ

のようになっています。どうしてもこんなにも迷ったのか、さっぱり分かりませんでした。しかし、穿つということばに出会ったとき、確信をもってこれだと思えたのです。

少し穿った見方をすれば、私自身、いくら蓮の蕾が尖っていても、蓮の葉を貫くのは容易ではないと、どこかで感じていたのかもしれません。そして、無意識に、蓮の蕾の気持ちになって（こういう言い方も少し変ですが）、感情移入していたのではないかと思われるのです。つまり、蓮の蕾の側に立てば、破るでも貫くでもなく、穿つだったというわけです。

「穿つ」ということばには、「雨垂れ石を穿つ」のように、こつこつと少しずつ成し遂げるような意味合いがあるように思います。そして、決定稿となった句は、まさに、大きな蓮の葉を穿って出て来た蕾を目撃したときの驚きをいちばんよく表しているように思えたのです。推敲は、いちばんしっくりとくることばを探す旅のようなものだと、改めて思った次

第です。

四一八、自然の滝と季語の滝

以前、季語は自然の景物に特定の季節とその情趣を人為的に付加したものだと述べました。また、季語があることで、季節の舞台を設えることができるとも述べました。しかし、俳句に季語一つというのは、思いのほか人々を縛りつけているように思います。そこで、今回はひばり句会に投句された例句をもとに、季重なりについて、少し整理してみたいと思います。

さて、投句されたのは、次の句でした。

朧夜や高千穂峡の響きかな

切字の併用を避けるなら、掲句は、

朧夜の高千穂峡の響きかな

あるいは、

朧夜や高千穂峡の滝の音

などとなりましょう。高千穂峡には真名井の滝、玉垂の滝、あららぎの滝などの名瀑があり、響きといえば、滝音のことだと思われるからです。しかし、ここでもし、作者が、滝は夏の季語だからと、単にことばの気重なりを嫌って、

朧夜や高千穂峡の水の音

と変えてしまったらどうなるでしょう。折角の轟音は、一気に遠のいてしまうのではないでしょうか。

そこで、改めて「自然の滝」と「季語の滝」の違いを考えてみたいと思います。自然の滝が四季折々の風情をもつ自然の景物であるのに対し、季語の滝には、夏（三夏）という季節とその情趣が付与されています。つまり、季語の使用は、季節限定というわけです。それでは、俳句で季語一つというのは、どういう約束なのでしょうか。

次の例句で考えてみたいと思います。

朧夜や高千穂峡の滝の音

掲句では、朧夜（朧月夜）が、季語としてもまた自然現象

としてもほぼ春という季節限定であるのに対し、滝は一年中存在するものです。本来眼前の景に、何ら矛盾はありません。掲句はそれをそのまま詠んだだけです。朧夜も滝も同時に存在しています。それを表現して、何が問題なのでしょうか。

　掲句の季語は、朧夜です。それは、作者が朧夜を春の季語として、季節限定で使用しているからです。それゆえ読者も、その情趣の中で、句意をくみ取ることができるのです。この時滝は、単なる滝という日本語として、その機能を果たしています。

　季語一つというのは、一句の中で季節限定使用の季語は一つだけということです。かりに、季語のことばがあっても、季語として使われていなければ、全く問題ないのです。ですから、次の句の季語は『春寒し』だけです。

春寒し二月も末の霜柱

四一九、詠嘆の切字と季語

　今回は、基本に返って切字について少し考えてみたいと思います。日常生活ではほとんど使うことのない切字を、俳句はなぜ手放すことができないのでしょうか。

　「や」、「かな」は詠嘆の助詞と呼ばれています。「けり」は助動詞ですが、『広辞苑』では、「ある事実を基に、過去を回想する意を表す。後世では助動詞タを詠嘆的にいう時に用いることが多い」と記されています。このように切字は詠嘆の意味をもっています。例句を上げてみましょう。

古池や蛙飛びこむ水の音　松尾芭蕉

をりとりてはらりとおもきすすきかな　飯田蛇笏

赤蜻蛉筑波に雲もなかりけり　正岡子規

　詠嘆とは、そこに記されたモノ・コトに、作者の心が寄り添い、感動しているということでしょう。当たり前のことのように思われるかもしれませんが、俳句がや・かな・けりを手放せないのは、俳句が感動の詩であり、詠嘆の切字には、優れた使い勝手があるからだと思われます。

　さて、もう一つ手放せないものに季語があります。もちろん、無季の句もありますが、ここでは、循環する時間という観点から季語を取り上げてみたいと思います。最近、次のような句を詠んだ後で、私は何故それを詠んだのか、改めて考えてみました。

日一日植田の緑紛れなし　　金子つとむ

木斛の若葉の殊に日を弾く　　同

朝焼やまたも鴉の濁り声　　同

ここに描かれているのは、個人的で些細な体験に過ぎません。実際、俳句に関心のない人にとっては、「それが、どうしたの?」といわんばかりの事ではないでしょうか。しかし、それでも私はそれを詠みたいし、書き留めておきたいのです。

これらの句の季語は、それぞれ植田(仲夏)、若葉(初夏)、朝焼(晩夏)です。季節の循環のなかで、季語は違えることのない約束のように、私たちの眼前に立ち現れてきます。前述の三句の句意は、次のようになりましょう。

ああ、ことしも、植田の季節になった。緑が日ごとに濃くなり、頼もしい限りだ。／木斛のみずみずしい若葉が、やわらかに日を弾いている。庭木のなかで、一入輝いている。／美しい朝焼けの空。濁声の鴉がまた啼いた。お世辞にもいい声とはいえないが、あの声もまた鴉のいのちなのだ。

私は、巡り来る季節の喜びを、季語を通して詠っていただけなのです。それはやがて循環する季節への揺るぎない信頼となり、さらには生死を超えたいのちの循環として、認識されていくのではないでしょうか。芭蕉さんの辞世の句は、そうしたいのちの循環を示唆しているように思えてならないのです。

旅に病んで夢は枯野をかけ廻る　　松尾芭蕉

四二〇、季語と詩情

俳句を読んでただ意味が分かるというだけでは、私たちは満足できません。やはり、意味が分かった上で、作者の心持がよく分かる句に心魅かれるのではないでしょうか。僅か十七音に盛ることができる情報はとても少ないものです。しかし、季語のもつ情報量(その中には、詩情も含まれています)が、それを補ってくれます。添削用として次に取り上げた例句は、いってみれば朝餉の最中に蟬の声を聴いているというだけの情景です。

しかし、字面の情報とは裏腹に、たった十七音に込めた作者の思いに触れるとき、その句は、様々なことを読者に語り掛けてくるのです。それは、季語の持つ情趣が解き放たれた瞬間だといえましょう。初心者にとって俳句の良しあしが分からない最大の原因は、季語の理解不足にあるといっても過言ではありません。

季語を中心（主役）に据えて、作者の思いのこもった世界を構築することができれば、季語の情趣を取り込むことができます。季語を存分に働かせること、それが詩情あふれる句をつくるポイントではないかと思います。

それでは、さっそく次の例句を添削してみましょう。

蟬の声耳澄ましての朝餉かな

ポイントは、蟬の声という季語を活かすことにあります。作者は、七十代のひばり句会のメンバーです。夫婦ふたりして、蟬の声に耳を傾けているのでしょう。穏やかな暮しぶりが偲ばれます。掲句のポイントは、老夫婦が耳を澄ましている点にあります。それを強調することで、季語が活かされると思うのです。しかし掲句は、「朝餉かな」と詠嘆してしまったために、「朝餉」の方に重心が移ってしまいました。そこで、その場面を映像的に描出してみます。

蟬の声暫し朝餉の箸止めて

これで、映像になりにくい耳を澄ますという行為を映像化することができます。さらに、ここで「暫し」を「ふたり」に置き換えてみると、

蟬の声ふたり朝餉の箸止めて

となります。実際の景もおそらく、このようなものではなかったかと思われます。ここで読者は、ありふれた蟬の声にふたりして耳を傾ける理由を問わずにはいられなくなるのではないでしょうか。

蟬は理不尽なほど長い歳月を地中で暮らし、地上にでて僅か一週間程の命といわれています。老夫婦は、この蟬の声に一心に耳を傾けているのです。そこには、小さな命への慈しみがあるように思われます。また、自分たちの命への思いも交錯することでしょう。さらに蟬の声を強調するなら、上五を蟬鳴くやとしてもいいかもしれません。

蟬鳴くやふたり朝餉の箸止めて

四二一、季語の情趣の形成

今回は、季語の情趣がどのように形作られるのかについて考えてみたいと思います。季語に限らず、私たちはあることばに対して、それぞれのイメージをもっています。たとえば、昔、ひまわり娘と呼ばれた若い女性歌手がおりました。彼女がそう呼ばれたいちばんの理由は、そのはちきれんばかりの笑顔でした。それが向日葵のようだというのです。

このひまわり娘ということばが流通するためには、多くの人々の間で、ひまわりといえば、元気、笑顔といったイメージが共有されている必要があります。本来、元気も笑顔もひまわりとは無関係のものです。しかし、多くの人が、ひまわりを見てそんなふうに感じ、連想したのだと思います。

このように、ことばはそれを指示するだけでなく、ある種のイメージを纏っています。とりわけ季語は、そんな日本語のなかでも、詩情豊かなイメージを纏ったことばといえましょう。それはまた、時代を追うごとに、多くの俳人によって再認識され、あるいはあらたな詩情を付加され、作品として結実してきたのです。例句の世界が、それをよく表しています。この季語の情趣を理解し、例句の世界に分け入ることは、連綿と続く俳句の美の世界に連なることでもあります。

さて、そうはいっても、ひまわりからイメージされるのは、元気と笑顔だけなのでしょうか。ゴッホの『ひまわり』という絵を見て、元気や笑顔を思う人はいないでしょう。それもまた、ひまわりの側面なのです。例句の世界で、このことを確認してみましょう。まずは、元気なひまわりからです。

向日葵の大愚ますます旺んなり　飯田龍太

向日葵の一茎一花咲きとほす　津田清子

向日葵の蕊を見るとき海消えし　芝不器男

次に、ひまわりの他の側面を見てみましょう。

ひまわりのうなじのあたりいたいたし　村井一枝

ひまわりの裏から征きて祀られて　大槻玲子

ゴッホの黄あしたは狂うひまわりです　東村美代子

このように一口に「ひまわり」といっても、作者によってイメージはさまざまです。けれども、どこか人を引きつけ、何事かを思わせる力がひまわりにはあるのでしょう。それが、人々に句を詠ませ、季語としての情趣を獲得していくのだともいえましょう。

本来ことばのイメージは、個人的な体験を色濃く反映するものだと思われます。また、同じ人でも年齢によってそのイメージは異なるかもしれません。子どもの頃に見上げたひまわりと、老人のそれとでは、印象が違って当たり前だからです。季語もまた、作品とともに変化しているのではないでしょうか。

四二二、感動のボルテージ

感動は作句の最大の動機だといえると思います。それがないと、これ程短い俳句は、単なる言葉遊びに堕してしまうのではないでしょうか。季語が主役というとき、その季語を契機として作者に去来した思いの丈こそが、その感動の中身です。ところが、この感動のボルテージがあまりに高いと、句作の際に、思わぬ陥穽が待ち受けています。今回は、筆者の体験を通して考えてみたいと思います。

近くの駅に、子育て中の燕がいました。今は恐らく二番子を育てているのでしょう。折り悪しくその日は雲行きが怪しく、とうとう雷雨になってしまいました。まさにバケツをひっくり返したような土砂降りです。駅の通路の出口付近には、みるみる人だかりができています。そんな中、燕の親が戻ってきました。雨音の中に、ひときわ高く子燕たちの鳴き声が響き渡ります。しかし、それも束の間子燕の声が止んだかと思うと、親燕は雨をものともせずに飛び出していったのです。私は思わず「天晴だなあ」と呟いていました。

さて、この情景を次のような句にしてみました。

天晴や雷雨を突いて親燕　　金子つとむ

実際現場で、天晴だと呟いていたこともあり、私は掲句に何の疑問も持たないまま、三カ月ほどが経ちました。ところが、改めてこの句を見たとき、上五がとても気になり出したのです。それは、「言い過ぎている」という思いでした。芭蕉さんの「いいおおせて何かある」といった感じでしょうか。今から思えば、天晴は作者の生のことばです。このことばが詩情を削いでいると気づいたのです。

主観的なことばを避けるのは、むしろ俳句の基本ともいえましょう。もちろん、そのようなことばが効果的な場合もありますが、掲句の場合は、明らかにいい過ぎています。三十五年も俳句をやっていて、何故それに気づけなかったか、私は天を仰いでしまいました。冒頭に陥穽といったのは、まさにそのことでした。思い当たるのは、やはり感動のボルテージの高さです。そこで、その理由を詳らかにしようと思い立ったのです。

もしこれが人との対話であれば、天晴ということばは、筆者の感動をよく相手に伝えてくれることばだと思います。たとえば、状況説明をしながら相手を作者の感動のボルテージまで引き上げていくことができます。そうして、頃合いを見計らって「天晴だと思わない」などといえば、相手も納得してくれるのではないでしょうか。

しかし、俳句ではそうはいきません。やはり場面を丁寧に描出して、読者に共感してもらうしか手がないのです。掲句は結果的に次のように推敲しました。

土砂降りの中へ一羽の親燕　金子つとむ

四二三、いまここの詩

俳句の作り方には大きく分けて二つあります。一つは題詠、もう一つは嘱目吟です。兼題あるいは兼日《けんじつ》題ともいわれる題詠は、予め出された題で詠むものです。句会などでは、投句の内の一部を題詠にしたりします。そうすると、句会当日には、少なくとも参加人数分の題詠が集まることになります。これによって、同じ題で他者がどう詠むかを具に知ることができます。他者の句と比較することで、自分の句を見直すことができるのです。

一方、嘱目吟は眼に触れたものを、間髪を容れずに詠むことです。俳句の大半は視覚によるものですが、もちろん視覚だけとは限りません。作者の五感に触れるものなら何でもいいのです。人は誰でも心の琴線に触れたものは、表現して残したいと思うのではないでしょうか。そしてその先には誰かに伝えたい、誰かと分かち合いたいという欲求が潜んでいるように思われます。

作句になれてくると、実際に十七音の俳句がそのまま口をついて出てくる場合があります。初学の頃は、俳句はまさに感動瞬時定着装置だと思ったものでした。十七音がそれを可能にしてくれるのです。次の二つの句は、まさにそのようにして生まれたものです。

翳りなき一日賜る素十の忌　金子つとむ

大嚔猫は階下へまっしぐら　同

一句目は、故郷の俳人高野素十さんの忌日に詠みました。一〇月四日、刈田にはまご稲が青々と風に吹かれています。秋の清澄な一日を「翳りなき」と感じたとき、すんなりと生まれた句です。また、二句目は、私の突然の嚔に驚いた猫が、一目散に逃げ出した情景をそのまま詠んでいます。やはり嘱目吟は、俳句の醍醐味といえるでしょう。

しかし、会社勤めをしている頃は、なかなかそうはいきませんでした。ややもするとひと月に一句もできないこともざらにあったのです。取り分け仕事が忙しいときは、心は俳句モードになってくれません。今思うに、あの頃は仕事で気掛かりなことがあると、心ここにあらずの日が何日も続いていました。

今はっきりといえるのは、俳句は「いまここの詩」だということです。五感には無意識モードの時と、意識モードの時があります。つまり、眼を開けていても、見ようとしなければ何も見えないし、聞こうとしなければ何も聞こえないということです。そして意識モードとは、心が今ここにあって、初めて作動するものなのです。

俳句は私たちに、季節の移ろいとともに、いまここにいることを常に要求しています。それは、五感を確かに働かせて、いきいきと生きることでもありましょう。俳句を通して私たちは、いまここという自分のいのちの最先端で、その粒立ちを感じているのではないでしょうか。

四二四、俳句についての五つの論点

一、**俳句の時制について**

シナリオと同じく、俳句の時制は現在形です。シナリオが場面を作るように、俳句も場面を作るところが、とてもよく似ています。但し、シナリオには文字数制限はありませんが、俳句はたったの十七音。でもどうやって、そこに俳句固有の工夫があります。

二、場面に集うものたち

俳句に集うのは、循環する季節の景物の中から選ばれた季語たち、そして生きてきた私たち、つまり作者です。俳句の中には、四季折々の花が咲き、いのちの声が響き渡ります。めぐる季節は、私たちに安堵と喜びをもたらします。作者はこうしてまた巡りあった喜びを噛みしめ、俳句にすることで寿いでいるのです。季語は喜びの対象であるばかりか、場面を作る立役者でもあります。例えば赤蜻蛉なら、それが見られる場所や時季を特定し、読者の記憶を呼び覚ましてくれるからです。

三、俳句の形について

独立した句文の数によって、一句一章、二句一章、三句一章（三段切れ）などと呼ばれます。例句は次の通り。

をりとりてはらりとおもきすすきかな。　飯田蛇笏

赤蜻蛉。筑波に雲もなかりけり。　正岡子規

彼一語。我一語。秋深みかも。　高浜虚子

独立した句文が、一つの俳句として意味をなすのは、それらが一つの場面を構成しているからといえましょう。このことは、共感の構造に密接に関わってきます。

四、共感の構造について

作者（一人称）の視点で書かれた俳句は、作者が場面から得た感動を、場面を再構築することで他者に伝えようとします。一方読者は一句を読むことで、ひとりでに作者の視点に立つことになります。こうしてある場面から作者が受け取った感動は、俳句という再現された場面によって、作者と同様の体験を読者にも促すことになるのです。俳句がひたすら感動の場面の再現に拘るのは、短詩ゆえの宿命といってもいいかもしれません。しかし、再現された場面に共感するか否かは、読者次第です。

五、良い作品とは

読者の数だけ良い作品はあるでしょうが、一般的にいえば、場面が見えて、ドラマがあり、共感できる作品が良い作品なのではないでしょうか。私は、これを端的に、「すっと分かる、ぐっとくる」と呼んでいます。

泥鰌掘集まつてきて火を焚けり　皆川盤水

ゆるやかに着てひとと逢ふ蛍の夜　桂信子

ばらばらに飛んで向うへ初鴉　　高野素十

四二五、機縁ということ

今回は、以前から気になっていた次の三つの作品を手掛かりに、機縁という事を考えてみたいと思います。

苗代に落ち一塊の畦の土　　高野素十

霜掃きし箒しばらくして倒る　　能村登四郎

寒雲の二つ合して海暮るる　　渡辺白泉

ところで、掲句を読んで感じるのは、何か命の根源のようなものに思わず触れてしまったような、心がしんとするような感覚です。普段そのような体験はめったにないのですが、句の鑑賞を通して、そのことに迫ってみたいと思います。

素十さんの句は、一見すると何の変哲もない句のように見えます。いや、この三句とも「とりたてていうほどもないこと」を述べています。いわれてみれば、なるほどそんな場面を私自身どこかで見たような気がするだけです。普段なら私も通り過ぎてしまうでしょう。それにも拘わらず、作者は、通り過ぎなかった。それどころか、わざわざ句に残してくれたのです。苗代の句にあるのは、普通なら留まって動きそうもない土塊がふいに転げ落ちたということだけです。作者はまさにその事に虚を突かれたのではないでしょうか。当たり前の背後にあるものが、一瞬垣間見えたとでもいえばいいでしょうか。おそらく、土塊は何かの因を宿して、畦の上に載っていたのです。

もし万有引力がなければ、私たちは立っていることができません。摩擦力が無ければ歩くこともままならないのです。しかし、普段そんなことを気に留めている人など、おそらく皆無でしょう。掲句は、作者が物理法則に気づいたということではなく、ある事柄の背後には、目には見えないけれども、何らかの因が横たわっていることに気づかされたということではないかと思います。

登四郎さんの場合はさらに進んで、作者自身がその因を作ったともいえそうです。作者は、箒をひょいと立てかけて、そそくさと立ち去ったのかもしれません。それが気がかりとして残っていれば、「ああやっぱり」となるでしょうし、そうでなければ、作者にとっては意外だったはずです。
白泉さんの場合は、海辺で物思いに沈んでいたのでしょうか。さっきまでは、二つに分かれていた雲が、海が暮れてゆくにつれて、いつしか一つになっていたというのです。それは、私たちの思いとは無関係に流れている時間の姿といってもいいかもしれません。
作者は、おそらく独りでその場面と対峙していたのでしょう。だからこそ、作者の存在感や孤独感まで際立ってくるのではないでしょうか。私たちは掲句のような極めて個人的体験を積み重ねながら、時間の旅人としてこの世界に生きています。それが、私たちの命の有り様なのです。

四二六、カミと出会う

禅のことばでいえば、啐啄同時《そったくどうじ》というのでしょうか。先頃、詩人の山尾三省さんの本に出会いました。氏は、詩集の他にも『アニミズムという希望』、『カミを詠んだ一茶の俳句』などを上梓されています。山尾さんに触発され、詩を書いてみました。タイトルは『カミと出会う』です。

教育学者の大田堯《たかし》さんは
いのちの特性は
違う、変わる、関わる
ことだという
そしてこの三つは相互に
深く関連していると——

僕らがモノをよく見るのは
関わるからだ
信号の色はよく見るのに
いつLEDになったかなんて
だれも
気にしてはいない

自分の部屋にあるモノだって
おなじだろう
見えていても見ているとは
かぎらないのだ
僕らが一生のうちで関わる
人・モノ・場所——

何かに深く関わった時間を

僕らはきっと覚えているだろう
あっ、おっ、と言葉を洩らすのは
いまその瞬間に
立ち会っている証拠なのだ
それを俳句的瞬間ともいう

詩人の山尾三省さんは
たとえば海が与えてくれる、善いもの、
広がりがあるもの、美しいもの、
なぐさめてくれるもの、
それらをほかに呼びようがないから
カミというのだという。

カミに出会った
わずか十七音の記録を
僕らは俳句と呼んでいるのかもしれない
それができたとき
わけもなく嬉しいのはおそらく
その確信が押し寄せているのだ

四二七、古池というカミ

また、この句に帰ってきました。ところで、タイトルにある「カミ」とは、詩人の山尾三省さんによれば、「たとえば海が与えてくれる、善いもの、広がりがあるもの、美しいのも、なぐさめてくれるもの」をさしています。それらをほかに呼びようがないからカミというのだそうです。実はこの言葉に出会ってから、私は自然児のように駆け回ったふるさとの野山で、たくさんのカミガミに出会っていたのだと思うようになりました。また、長じては俳句が私をカミに引き合わせてくれたのだと……。

古池や蛙飛びこむ水の音　　**松尾芭蕉**

ところで、この句については、初心の頃から気になっていることがありました。それは、上五の古池やの切字のことです。私は詠嘆するなら、季語が相応しいと思っていたのです。芭蕉さんには、あの有名な荒海やの句もあります。以前、三五〇項「二句一章の二つの句文」で考察したことがありますが、掲句を仮に、

古池に蛙飛びこむ水の音

としたら、途端に詰まらない句になってしまうでしょう。そのことは理解できるのですが、古池やと単独で詠嘆するほどの内実が、果たして古池にあるのかどうかよく分からなかったのです。ところが、このカミという言葉に出会って、芭蕉さんはその時、古池というカミに出会っていたのではないかと思ったのです。それは、いつも見過ごしていた古池ではなく、ほんとうの古池、あるいは古池の本質のようなもの、そのことを後半のフレーズが証明しているように思えてきたのです。

蛙飛びこむ水の音は、まさに目覚めた蛙のいのちの躍動の音でしょう。古池は、単なる濁った水溜りではなく、蛙や虫や魚などのいのちを育むものとして、しずかに存在していたのです。いのちを育む小宇宙としての古池と、蛙が出会った瞬間の水の音。まさに両者の出会いによって、古池のカミと蛙のカミが出現したといえましょう。

山本健吉さんは、「挨拶と滑稽」(『俳句とは何か』所収、角川ソフィア文庫)の中で、この句が披露されたときの消息を次のように語っています。

> 笑いを本願とする人たちの心の中の盲点を、この句は次々にあらわにしていく。その速度は意外に早かった。「お前もか」「俺も」——と古池の蛙は思い屈していた人々の胸裡にささやき交わし、その魂を掴んでゆく。蛙の制覇、即ち談林の完全な没落であり、正風の開眼に外ならぬ。

その場に居合わせた芭蕉の門弟たちが、古池のもつカミの気配にすでに触れていたのなら、この句は一気にそれを確信へと導いたことでしょう。まさに拈《ねん》華《げ》微《み》笑《しょう》の世界です。それは、その座に居た人々が、一様にカミに出会えた幸せな時間だったのではないでしょうか。

どこにもない俳論――後書きにかえて

絶景を前にして人は感嘆の声を上げる。命の危機に瀕して人は助けてと叫ぶ。切実な言葉は短い。そして、叫びはその場に居合わせた人に向けて発せられる。

その切実な思いゆえに、俳句もまた一つの叫びではないだろうか。ただ一つ違うのは、俳句が叫びの場を構築しながら叫ぶということだけである。

作者の切実な思いは、一語一語に凝縮される。選び抜かれた言葉は、十七音の中の、唯一の場所に置かれる。一句は、揺るぎない堅牢な石組みとなるのだ。

俳句は静かなる絶叫である。それ以上でも以下でもない。それが短さの所以である。

八月の心はしんとしたる儘　　**金子つとむ**

辞世の句は一世一代の絶叫である。そこに偽りの入る余地はないだろう。

旅に病んで夢は枯野をかけ廻る　　**松尾芭蕉**

それにしても、夢がかけ廻る場所が、枯野とは……。この句には悲愴感がない。むしろ明るさのようなものさえ感じるのは私だけだろうか。この枯野も、旅を愛した芭蕉がどこかで実際に見た光景だろう。しかし、花野ではなくなぜ枯野なのか。芭蕉にとっての枯野とは、いったいどんな場所なのだろうか。

俳句の短さとともに、その最大の特徴が季語の存在である。有季の句と無季の句では、いったい何が違うのだろうか。

哲学者の内山節氏は、『時間についての十二章』（岩波書店）の中で、自分の魂が死後もそこに留まると固く信じている山里の老婆を紹介している。彼女は、循環する命を信じ、見晴らしのいい場所に、生前自分の墓を建てる。死後の家として……。彼女にとって魂とは、再生するまでの仮の姿のことなのだろうか。

　山里の四季の中で長年暮らした老婆は、循環する命を当たり前に肯うことができたのだろう。確証はないが、芭蕉もまた循環する命を信じていたのではないだろうか。そうでなければ、あのような心の浮き立つような辞世句を残せるはずがない。芭蕉にとって枯野とは、再生の力の蠢く希望の場所だったのだ。

　季節は巡り、季語の景物は毎年私たちのもとにやって来る。季語は裏切ることがない。私たちは季語を信じて待つことができるのだ。桜が咲いたといって、いそいそと出かけていくのは、再生の現場を見届けるためなのだ。季節の景物とりわけ季語は、芭蕉が枯野を信じたように、老婆が死後の世界を信じたように、循環する命を私たちに信じさせてくれるものなのだ。

　実は私の中にも、死後の世界を信じたい衝動が横たわっている。私たちが俳句を作るのは、循環する季語の命にあやかりたいからではないだろうか。さらに季語が内包する場の情報が、私たちの叫びの場となるのだ。逆に循環する命に拘らず、叫びの場が容易に想像できるなら、季語はいらないのかもしれない。

　死後三百年以上経っても、芭蕉の句が私たちの中で再生されるように、人間の生きた痕跡が、跡形もなく消え去るわけではない。例句ともなれば、歳時記を通して季節ごとに参照されるのだ。そんな文芸作品が他にあるだろうか。私たちの発した言葉がほんとうの絶叫なら、それはまさに絶唱として人々の脳裏に刻まれ、いつまでも再生されることになるだろう。

金子　つとむ（かねこ　つとむ）

金子勤（かねこつとむ）俳号：金子つとむ
1954年千葉県野田市生まれ。木更津工業高等専門学校卒業。1978年富士ゼロックス㈱入社、上司の朝妻力氏（現雲の峰主宰）の知遇を得て俳句の世界へ。1989年朝妻氏の紹介により、春耕入会、1993年春耕同人（2009年退会）。2000年雲の峰（旧俳句通信）結成時に同人参加。2014年定年退職。2015年地元茨城県取手市にてひばり句会結成。地元での活動に専念するため、2017年雲の峰退会、現在に至る。
フジシローネの物語：http://fujishiro-ne.sakura.ne.jp/

俳の森

2024年2月9日　初版第1刷発行

著　者　金子つとむ
発行者　中田典昭
発行所　東京図書出版
発行発売　株式会社 リフレ出版
〒112-0001　東京都文京区白山5-4-1-2F
電話 (03)6772-7906　FAX 0120-41-8080
印　刷　株式会社 ブレイン

ISBN978-4-86641-697-7 C0095
Printed in Japan 2024
日本音楽著作権協会(出)許諾第2308314-301号